HOMÈRE

ODYSSÉE

HYMNES

ÉPIGRAMMES — BATRAKHOMYOMAKHIE

Traduction nouvelle

PAR

LECONTE DE LISLE

PARIS

ALPHONSE LEMERRE, ÉDITEUR

PASSAGE CHOISEUL, 47

M.D.CCC.LXVIII

à mon ami Marras

Leconte de Lisle

HOMÈRE

—

ODYSSÉE

Il a été tiré de cet ouvrage :

100 exemplaires sur papier de Hollande.

6 » » de Chine.

5 » sur parchemin.

Tous ces exemplaires sont numérotés par l'Éditeur

HOMÈRE

ODYSSÉE

HYMNES

ÉPIGRAMMES — BATRAKHOMYOMAKHIE

Traduction nouvelle

PAR

LECONTE DE LISLE

PARIS

ALPHONSE LEMERRE, ÉDITEUR

PASSAGE CHOISEUL, 47

M.D.CCC.LXVIII

RHAPSODIE I.

Is-moi, Muse, cet homme subtil qui erra si long-temps, après qu'il eut renversé la citadelle sacrée de Troiè. Et il vit les cités de peuples nombreux, et il connut leur esprit ; et, dans son cœur, il endura beaucoup de maux, sur la mer, pour sa propre vie et le retour de ses compagnons. Mais il ne les sauva point, contre son désir ; et ils périrent par leur impiété, les insensés ! ayant mangé les bœufs de Hèlios Hypérionade. Et ce dernier leur ravit l'heure du retour. Dis-moi une partie de ces choses, Déesse, fille de Zeus.

Tous ceux qui avaient évité la noire mort, échappés de la guerre et de la mer, étaient rentrés dans leurs demeures ; mais Odysseus restait seul, loin de son pays et de sa femme, et la vénérable Nymphe Kalypsô, la très-noble Déesse, le retenait dans ses grottes creuses, le désirant pour mari. Et quand le temps vint, après le déroulement des années, où les Dieux voulurent qu'il revît sa demeure en Ithakè, même alors il devait subir des combats au milieu des siens. Et tous les Dieux le prenaient en pitié, excepté Poseidaôn, qui était toujours irrité contre le divin Odysseus, jusqu'à ce qu'il fût rentré dans son pays.

Et Poseidaôn était allé chez les Aithiopiens qui habitent au loin et sont partagés en deux peuples, dont l'un regarde du côté de Hypériôn, au couchant, et l'autre au levant. Et le Dieu y était allé pour une hécatombe de taureaux et d'agneaux. Et comme il se réjouissait, assis à ce repas, les autres Dieux étaient réunis dans la demeure royale de Zeus Olympien. Et le Père des hommes et des Dieux commença de leur parler, se rappelant dans son cœur l'irréprochable Aigisthos que l'illustre Orestès Agamemnonide avait tué. Se souvenant de cela, il dit ces paroles aux Immortels :

— Ah ! combien les hommes accusent les Dieux ! Ils disent que leurs maux viennent de nous, et, seuls, ils aggravent leur destinée par leur démence. Maintenant, voici qu'Aigisthos, contre le destin, a épousé la femme de l'Atréide et a tué ce dernier, sachant quelle serait sa mort terrible ; car nous l'avions prévenu par Herméias, le vigilant tueur d'Argos, de ne point tuer Agamemnôn et de ne point désirer sa femme, de peur que l'Atréide Orestès se vengeât, ayant grandi et désirant revoir son pays. Herméias parla ainsi, mais son conseil salutaire n'a point persuadé l'esprit d'Aigisthos, et, maintenant, celui-ci a tout expié d'un coup.

Et Athènè, la Déesse aux yeux clairs, lui répondit :

— O notre Père, Kronide, le plus haut des Rois ! celui-ci du moins a été frappé d'une mort juste. Qu'il meure ainsi celui qui agira de même ! Mais mon cœur est déchiré au

souvenir du brave Odysseus, le malheureux! qui souffre
depuis longtemps loin des siens, dans une île, au milieu de
la mer, et où en est le centre. Et, dans cette île plantée
d'arbres, habite une Déesse, la fille dangereuse d'Atlas, lui
qui connaît les profondeurs de la mer, et qui porte les
hautes colonnes dressées entre la terre et l'Ouranos. Et sa
fille retient ce malheureux qui se lamente et qu'elle flatte
toujours de molles et douces paroles, afin qu'il oublie
Ithakè; mais il désire revoir la fumée de son pays et sou-
haite de mourir. Et ton cœur n'est point touché, Olympien,
par les sacrifices qu'Odysseus accomplissait pour toi auprès
des nefs Argiennes, devant la grande Troiè. Zeus, pourquoi
donc es-tu si irrité contre lui?

Et Zeus qui amasse les nuées, lui répondant, parla ainsi:
— Mon enfant, quelle parole s'est échappée d'entre tes
dents? Comment pourrais-je oublier le divin Odysseus, qui,
par l'intelligence, est au-dessus de tous les hommes, et qui
offrait le plus de sacrifices aux Dieux qui vivent toujours
et qui habitent le large Ouranos? Mais Poseidaôn qui entoure la terre est constamment irrité à cause du Kyklôps
qu'Odysseus a aveuglé, Polyphèmos tel qu'un Dieu, le plus
fort des Kyklôpes. La Nymphe Thoôsa, fille de Phorkyn,
maître de la mer sauvage, l'enfanta, s'étant unie à Poseidaôn dans ses grottes creuses. C'est pour cela que Poseidaôn
qui secoue la terre, ne tuant point Odysseus, le contraint
d'errer loin de son pays. Mais nous, qui sommes ici, assu-
rons son retour; et Poseidaôn oubliera sa colère, car il ne
pourra rien, seul, contre tous les Dieux Immortels.

Et la Déesse Athènè aux yeux clairs lui répondit:
— O notre Père, Kronide, le plus haut des Rois! s'il
plaît aux Dieux heureux que le sage Odysseus retourne en
sa demeure, envoyons le Messager Herméias, tueur d'Argos,
dans l'île Ogygiè, afin qu'il avertisse la Nymphe à la belle
chevelure que nous avons résolu le retour d'Odysseus à

l'âme forte et patiente. Et moi j'irai à Ithakè, et j'exciterai son fils et lui inspirerai la force, ayant réuni l'agora des Akhaiens chevelus, de chasser tous les Prétendants qui égorgent ses brebis nombreuses et ses bœufs aux jambes torses et aux cornes recourbées. Et je l'enverrai à Spartè et dans la sablonneuse Pylos, afin qu'il s'informe du retour de son père bien-aimé, et qu'il soit très-honoré parmi les hommes.

Ayant ainsi parlé, elle attacha à ses pieds de belles sandales ambroisiennes, dorées, qui la portaient sur la mer et sur l'immense terre comme le souffle du vent. Et elle prit une forte lance, armée d'un airain aigu, lourde, grande et solide, avec laquelle elle dompte la foule des hommes héroïques contre qui, fille d'un père puissant, elle est irritée. Et, s'étant élancée du faîte de l'Olympos, elle descendit au milieu du peuple d'Ithakè, dans le vestibule d'Odysseus, au seuil de la cour, avec la lance d'airain en main, et semblable à un étranger, au chef des Taphiens, à Mentès.

Et elle vit les Prétendants insolents qui jouaient aux jetons devant les portes, assis sur la peau des bœufs qu'ils avaient tués eux-mêmes. Et des hérauts et des serviteurs s'empressaient autour d'eux; et les uns mêlaient l'eau et le vin dans les kratères; et les autres lavaient les tables avec les éponges poreuses; et, les ayant dressées, partageaient les viandes abondantes.

Et, le premier de tous, le divin Tèlémakhos vit Athènè. Et il était assis parmi les Prétendants, le cœur triste, voyant en esprit son brave père revenir soudain, chasser les Prétendants hors de ses demeures, ressaisir sa puissance et régir ses biens. Or, songeant à cela, assis parmi eux, il vit Athènè; et il alla dans le vestibule, indigné qu'un étranger restât longtemps debout à la porte. Et il s'approcha, lui prit la main droite, reçut la lance d'airain et dit ces paroles ailées :

— Salut, Étranger. Tu nous seras ami, et, après le repas,
tu nous diras ce qu'il te faut.

Ayant ainsi parlé, il le conduisit, et Pallas Athènè le
suivit. Et lorsqu'ils furent entrés dans la haute demeure,
il appuya la lance contre une longue colonne, dans un
arsenal luisant où étaient déjà rangées beaucoup d'autres
lances d'Odysseus à l'âme ferme et patiente. Et il fit asseoir
Athènè, ayant mis un beau tapis bien travaillé sur le thrône,
et, sous ses pieds, un escabeau. Pour lui-même il plaça
auprès d'elle un siége sculpté, loin des Prétendants, afin
que l'étranger ne souffrît point du repas tumultueux, au
milieu de convives injurieux, et afin de l'interroger sur son
père absent.

Et une servante versa, pour les ablutions, de l'eau dans
un bassin d'argent, d'une belle aiguière d'or; et elle dressa
auprès d'eux une table luisante. Puis, une Intendante vénérable apporta du pain et couvrit la table de mets nombreux et réservés; et un découpeur servit les plats de
viandes diverses et leur offrit des coupes d'or; et un héraut leur servait souvent du vin.

Et les Prétendants insolents entrèrent. Ils s'assirent en
ordre sur des siéges et sur des thrônes; et des hérauts versaient de l'eau sur leurs mains; et les servantes entassaient
le pain dans les corbeilles, et les jeunes hommes emplis-
saient de vin les kratères. Puis, les Prétendants mirent la
main sur les mets; et, quand leur faim et leur soif furent
assouvies, ils désirèrent autre chose, la danse et le chant,
ornements des repas. Et un héraut mit une très-belle kithare aux mains de Phèmios, qui chantait là contre son
gré. Et il joua de la kithare et commença de bien chanter.
Mais Tèlémakhos dit à Athènè aux yeux clairs, en penchant
la tête, afin que les autres ne pussent entendre :

— Cher Étranger, seras-tu irrité de mes paroles? La
kithare et le chant plaisent aisément à ceux-ci, car ils

mangent impunément le bien d'autrui, la richesse d'un homme dont les ossements blanchis pourrissent à la pluie, quelque part, sur la terre ferme ou dans les flots de la mer qui les roule. Certes, s'ils le voyaient de retour à Ithakè, tous préféreraient des pieds rapides à l'abondance de l'or et aux riches vêtements! Mais il est mort, subissant une mauvaise destinée; et il ne nous reste plus d'espérance, quand même un des habitants de la terre nous annoncerait son retour, car ce jour n'arrivera jamais. Mais parle-moi, et réponds sincèrement. Qui es-tu, et de quelle race? Où est ta ville et quels sont tes parents? Sur quelle nef es-tu venu? Quels matelots t'ont conduit à Ithakè, et qui sont-ils? Car je ne pense pas que tu sois venu à pied. Et dis-moi vrai, afin que je sache : viens-tu pour la première fois, ou bien es-tu un hôte de mon père? Car beaucoup d'hommes connaissent notre demeure, et Odysseus aussi visitait les hommes.

Et la Déesse Athènè aux yeux clairs lui répondit :

— Je te dirai des choses sincères. Je me vante d'être Mentès, fils du brave Ankhialos, et je commande aux Taphiens, amis des avirons. Et voici que j'ai abordé ici avec une nef et des compagnons, voguant sur la noire mer vers des hommes qui parlent une langue étrangère, vers Témésè, où je vais chercher de l'airain et où je porte du fer luisant. Et ma nef s'est arrêtée là, près de la campagne, en dehors de la ville, dans le port Rhéitrôs, sous le Néios couvert de bois. Et nous nous honorons d'être unis par l'hospitalité, dès l'origine, et de père en fils. Tu peux aller interroger sur ceci le vieux Laertès, car on dit qu'il ne vient plus à la ville, mais qu'il souffre dans une campagne éloignée, seul avec une vieille femme qui lui sert à manger et à boire, quand il s'est fatigué à parcourir sa terre fertile plantée de vignes. Et je suis venu, parce qu'on disait que ton père était de retour; mais les Dieux entravent sa route.

Car le divin Odysseus n'est point encore mort sur la terre; et il vit, retenu en quelque lieu de la vaste mer, dans une île entourée des flots; et des hommes rudes et farouches, ses maîtres, le retiennent par la force. Mais, aujourd'hui, je te prédirai ce que les Immortels m'inspirent et ce qui s'accomplira, bien que je ne sois point un divinateur et que j'ignore les augures. Certes, il ne restera point longtemps loin de la chère terre natale, même étant chargé de liens de fer. Et il trouvera les moyens de revenir, car il est fertile en ruses. Mais parle, et dis-moi sincèrement si tu es le vrai fils d'Odysseus lui-même. Tu lui ressembles étrangement par la tête et la beauté des yeux. Car nous nous sommes rencontrés souvent, avant son départ pour Troiè, où allèrent aussi, sur leurs nefs creuses, les autres chefs Argiens. Depuis ce temps je n'ai plus vu Odysseus, et il ne m'a plus vu.

Et le sage Tèlémakhos lui répondit :

— Étranger, je te dirai des choses très-sincères. Ma mère dit que je suis fils d'Odysseus, mais moi, je n'en sais rien, car nul ne sait par lui-même qui est son père. Que ne suis-je plutôt le fils de quelque homme heureux qui dût vieillir sur ses domaines! Et maintenant, on le dit, c'est du plus malheureux des hommes mortels que je suis né, et c'est ce que tu m'as demandé.

Et la Déesse Athènè aux yeux clairs lui répondit :

— Les Dieux ne t'ont point fait sortir d'une race sans gloire dans la postérité, puisque Pènélopéia t'a enfanté tel que te voilà. Mais parle, et réponds-moi sincèrement. Quel est ce repas? Pourquoi cette assemblée? En avais-tu besoin? Est-ce un festin ou une noce? Car ceci n'est point payé en commun, tant ces convives mangent avec insolence et arrogance dans cette demeure! Tout homme, d'un esprit sensé du moins, s'indignerait de te voir au milieu de ces choses honteuses.

Et le sage Tèlémakhos lui répondit :

— Étranger, puisque tu m'interroges sur ceci, cette demeure fut autrefois riche et honorée, tant que le héros habita le pays; mais, aujourd'hui, les Dieux, source de nos maux, en ont décidé autrement, et ils ont fait de lui le plus ignoré d'entre tous les hommes. Et je ne le pleurerais point ainsi, même le sachant mort, s'il avait été frappé avec ses compagnons, parmi le peuple des Troiens, ou s'il était mort entre des mains amies, après la guerre. Alors les Panakhaiens lui eussent bâti un tombeau, et il eût légué à son fils une grande gloire dans la postérité. Mais, aujourd'hui, les Harpyes l'ont enlevé obscurément, et il est mort, et nul n'a rien su, ni rien appris de lui, et il ne m'a laissé que les douleurs et les lamentations. Mais je ne gémis point uniquement sur lui, et les Dieux m'ont envoyé d'autres peines amères. Tous ceux qui commandent aux Iles, à Doulikios, à Samè, à Zakyntos couverte de bois, et ceux qui commandent dans la rude Ithakè, tous recherchent ma mère et épuisent ma demeure. Et ma mère ne peut refuser des noces odieuses ni mettre fin à ceci; et ces hommes épuisent ma demeure en mangeant, et ils me perdront bientôt aussi.

Et, pleine de pitié, Pallas Athènè lui répondit :

— Ah! sans doute, tu as grand besoin d'Odysseus qui mettrait la main sur ces Prétendants injurieux! Car s'il survenait et se tenait debout sur le seuil de la porte, avec le casque et le bouclier et deux piques, tel que je le vis pour la première fois buvant et se réjouissant dans notre demeure, à son retour d'Ephyrè, d'auprès d'Illos Merméridaïde; — car Odysseus était allé chercher là, sur une nef rapide, un poison mortel, pour y tremper ses flèches armées d'une pointe d'airain; et Illos ne voulut point le lui donner, redoutant les Dieux qui vivent éternellement, mais mon père, qui l'aimait beaucoup, le lui donna; — si donc

Odysseus, tel que je le vis, survenait au milieu des Prétendants, leur destinée serait brève et leurs noces seraient
amères! Mais il appartient aux Dieux de décider s'il reviendra, ou non, les punir dans sa demeure. Je t'exhorte
donc à chercher comment tu pourras les chasser d'ici.
Maintenant, écoute, et souviens-toi de mes paroles. Demain, ayant réuni l'agora des héros Akhaiens, parle-leur,
et prends les Dieux à témoins. Contrains les Prétendants
de se retirer chez eux. Que ta mère, si elle désire d'autres
noces, retourne dans la demeure de son père qui a une
grande puissance. Ses proches la marieront et lui donneront une aussi grande dot qu'il convient à une fille bien-
aimée. Et je te conseillerai sagement, si tu veux m'en
croire. Arme ta meilleure nef de vingt rameurs, et va t'informer de ton père parti depuis si longtemps, afin que
quelqu'un des hommes t'en parle, ou que tu entendes un
de ces bruits de Zeus qui dispense le mieux la gloire aux
hommes. Rends-toi d'abord à Pylos et interroge le divin
Nestôr; puis à Spartè, auprès du blond Ménélaos, qui est
revenu le dernier des Akhaiens cuirassés d'airain. Si tu
apprends que ton père est vivant et revient, attends encore une année, malgré ta douleur; mais si tu apprends
qu'il est mort, ayant cessé d'exister, reviens dans la chère
terre natale, pour lui élever un tombeau et célébrer de
grandes funérailles comme il convient, et donner ta mère
à un mari. Puis, lorsque tu auras fait et achevé tout cela,
songe, de l'esprit et du cœur, à tuer les Prétendants dans
ta demeure, par ruse ou par force. Il ne faut plus te livrer
aux choses enfantines, car tu n'en as plus l'âge. Ne sais-tu
pas de quelle gloire s'est couvert le divin Orestès parmi les
hommes, en tuant le meurtrier de son père illustre, Aigisthos aux ruses perfides? Toi aussi, ami, que voilà grand
et beau, sois brave, afin que les hommes futurs te louent.
Je vais redescendre vers ma nef rapide et mes compagnons

qui s'irritent sans doute de m'attendre. Souviens-toi, et ne
néglige point mes paroles.

Et le sage Tèlémakhos lui répondit :

— Étranger, tu m'as parlé en ami, comme un père à son
fils, et je n'oublierai jamais tes paroles. Mais reste, bien
que tu sois pressé, afin que t'étant baigné et ayant charmé
ton cœur, tu retournes vers ta nef, plein de joie, avec un
présent riche et précieux qui te viendra de moi et sera tel
que des amis en offrent à leurs hôtes.

Et la Déesse Athènè aux yeux clairs lui répondit :

— Ne me retiens plus, il faut que je parte. Quand je reviendrai, tu me donneras ce présent que ton cœur me des-
tine, afin que je l'emporte dans ma demeure. Qu'il soit
fort beau, et que je puisse t'en offrir un semblable.

Et Athènè aux yeux clairs, ayant ainsi parlé, s'envola et
disparut comme un oiseau; mais elle lui laissa au cœur la
force et l'audace et le souvenir plus vif de son père. Et lui,
le cœur plein de crainte, pensa dans son esprit que c'était un
Dieu. Puis, le divin jeune homme s'approcha des Prétendants.

Et l'Aoide très-illustre chantait, et ils étaient assis,
l'écoutant en silence. Et il chantait le retour fatal des
Akhaiens, que Pallas Athènè leur avait infligé au sortir de
Troiè. Et, de la haute chambre, la fille d'Ikàrios, la sage
Pènélopéia, entendit ce chant divin, et elle descendit l'es-
calier élevé, non pas seule, mais suivie de deux servantes.
Et quand la divine femme fut auprès des Prétendants, elle
resta debout contre la porte, sur le seuil de la salle solidement construite, avec un beau voile sur les joues, et les
honnêtes servantes se tenaient à ses côtés. Et elle pleura
et dit à l'Aoide divin :

— Phèmios, tu sais d'autres chants par lesquels les
Aoides célèbrent les actions des hommes et des Dieux.
Assis au milieu de ceux-ci, chante-leur une de ces choses,
tandis qu'ils boivent du vin en silence; mais cesse ce triste

chant qui déchire mon cœur dans ma poitrine, puisque je suis la proie d'un deuil que je ne puis oublier. Car je pleure une tête bien aimée, et je garde le souvenir éternel de l'homme dont la gloire emplit Hellas et Argos.

Et le sage Tèlémakhos lui répondit :

— Ma mère, pourquoi défends-tu que ce doux Aoide nous réjouisse, comme son esprit le lui inspire? Les Aoides ne sont responsables de rien, et Zeus dispense ses dons aux poètes comme il lui plaît. Il ne faut point t'indigner contre celui-ci parce qu'il chante la sombre destinée des Danaens, car les hommes chantent toujours les choses les plus récentes. Aie donc la force d'âme d'écouter. Odysseus n'a point perdu seul, à Troiè, le jour du retour, et beaucoup d'autres y sont morts aussi. Rentre dans ta demeure ; continue tes travaux à l'aide de la toile et du fuseau, et remets tes servantes à leur tâche. La parole appartient aux hommes, et surtout à moi qui commande ici.

Étonnée, Pènélopéia s'en retourna chez elle, emportant dans son cœur les sages paroles de son fils. Remontée dans les hautes chambres, avec ses femmes, elle pleura Odysseus, son cher mari, jusqu'à ce que Athènè aux yeux clairs eût répandu un doux sommeil sur ses paupières.

Et les Prétendants firent un grand bruit dans la sombre demeure, et tous désiraient partager son lit. Et le sage Tèlémakhos commença de leur parler :

— Prétendants de ma mère, qui avez une insolence arrogante, maintenant réjouissons-nous, mangeons et ne poussons point de clameurs, car il est bien et convenable d'écouter un tel Aoide qui est semblable aux Dieux par sa voix; mais, dès l'aube, rendons-nous tous à l'agora, afin que je vous déclare nettement que vous ayez tous à sortir d'ici. Faites d'autres repas, mangez vos biens en vous recevant tour à tour dans vos demeures ; mais s'il vous paraît meilleur de dévorer impunément la subsistance d'un seul

homme, dévorez-la. Moi, je supplierai les Dieux qui vivent
toujours, afin que Zeus ordonne que votre action soit punie,
et vous périrez peut-être sans vengeance dans cette demeure.

Il parla ainsi, et tous, se mordant les lèvres, s'étonnaient
que Tèlémakhos parlât avec cette audace.

Et Antinoos, fils d'Eupeithès, lui répondit :

— Tèlémakhos, certes, les Dieux mêmes t'enseignent à
parler haut et avec audace; mais puisse le Kroniôn ne point
te faire roi dans Ithakè entourée des flots, bien qu'elle soit
ton héritage par ta naissance!

Et le sage Tèlémakhos lui répondit :

— Antinoos, quand tu t'irriterais contre moi à cause de
mes paroles, je voudrais être roi par la volonté de Zeus.
Penses-tu qu'il soit mauvais de l'être parmi les hommes?
Il n'est point malheureux de régner. On possède une riche
demeure, et on est honoré. Mais beaucoup d'autres rois
Akhaiens, jeunes et vieux, sont dans Ithakè entourée des
flots. Qu'un d'entre eux règne, puisque le divin Odysseus
est mort. Moi, du moins, je serai le maître de la demeure
et des esclaves que le divin Odysseus a conquis pour moi.

Et Eurymakhos, fils de Polybos, lui répondit :

— Tèlémakhos, il appartient aux Dieux de décider quel
sera l'Akhaien qui régnera dans Ithakè entourée des flots.
Pour toi, possède tes biens et commande en ta demeure, et
que nul ne te dépouille jamais par violence et contre ton
gré, tant que Ithakè sera habitée. Mais je veux, ami, t'interroger sur cet étranger. D'où est-il? De quelle terre se
vante-t-il de sortir? Où est sa famille? Où est son pays?
Apporte-t-il quelque nouvelle du retour de ton père? Est-il
venu réclamer une dette? Il est parti promptement et n'a
point daigné se faire connaître. Son aspect, d'ailleurs, n'est
point celui d'un misérable.

Et le sage Tèlémakhos lui répondit :

— Eurymakhos, certes, mon père ne reviendra plus, et

je n'en croirais pas la nouvelle, s'il m'en venait; et je ne me soucie point des prédictions que ma mère demande au Divinateur qu'elle a appelé dans cette demeure. Mais cet hôte de mes pères est de Taphos; et il se vante d'être Mentès, fils du brave Ankhialos, et il commande aux Taphiens, amis des avirons.

Et Tèlémakhos parla ainsi; mais, dans son cœur, il avait reconnu la Déesse immortelle. Donc, les Prétendants, se livrant aux danses et au chant, se réjouissaient en attendant le soir, et comme ils se réjouissaient, la nuit survint. Alors, désirant dormir, chacun d'eux rentra dans sa demeure. Et Tèlémakhos monta dans la chambre haute qui avait été construite pour lui dans une belle cour, et d'où l'on voyait de tous côtés. Et il se coucha, l'esprit plein de pensées.

Et la sage Eurykléia portait des flambeaux allumés; et elle était fille d'Ops Peisènôride, et Laertès l'avait achetée, dans sa première jeunesse, et payée du prix de vingt bœufs, et il l'honorait dans sa demeure, autant qu'une chaste épouse; mais il ne s'était point uni à elle, pour éviter la colère de sa femme.

Elle portait des flambeaux allumés auprès de Tèlémakhos, étant celle qui l'aimait le plus, l'ayant nourri et élevé depuis son enfance. Elle ouvrit les portes de la chambre solidement construite. Et il s'assit sur le lit, ôta sa molle tunique et la remit entre les mains de la vieille femme aux sages conseils. Elle plia et arrangea la tunique avec soin et la suspendit à un clou auprès du lit sculpté. Puis, sortant de la chambre, elle attira la porte par un anneau d'argent dans lequel elle poussa le verrou à l'aide d'une courroie. Et Tèlémakhos, couvert d'une toison de brebis, médita, pendant toute la nuit, le voyage que Athènè lui avait conseillé.

RHAPSODIE II.

 UAND Eôs aux doigts rosés, née au matin, appa-
rut, le cher fils d'Odysseus quitta son lit. Et il
se vêtit, et il suspendit une épée à ses épaules,
et il attacha de belles sandales à ses pieds brill-
lants, et, semblable à un Dieu, il se hâta de sortir de sa
chambre. Aussitôt, il ordonna aux hérauts à la voix éclatante de convoquer les Akhaiens chevelus à l'agora. Et ils
les convoquèrent, et ceux-ci se réunirent rapidement.

Et quand ils furent réunis, Tèlémakhos se rendit à
l'agora, tenant à la main une lance d'airain. Et il n'était
point seul, mais deux chiens rapides le suivaient. Et Pallas
avait répandu sur lui une grâce divine, et les peuples l'admiraient tandis qu'il s'avançait. Et il s'assit sur le siége de
son père, que les vieillards lui cédèrent.

Et, aussitôt, parmi eux, le héros Aigyptios parla le premier. Il était courbé par la vieillesse et il savait beaucoup
de choses. Et son fils bien-aimé, le brave Antiphos, était

parti, sur les nefs creuses, avec le divin Odysseus, pour
Ilios, nourrice de beaux chevaux; mais le féroce Kyklôps
l'avait tué dans sa caverne creuse, et en avait fait son dernier
repas. Il lui restait trois autres fils, et un d'entre eux, Eurynomos, était parmi les Prétendants. Les deux autres
s'occupaient assidûment des biens paternels. Mais Aigyptios gémissait et se lamentait, n'oubliant point Antiphos.
Et il parla ainsi en pleurant, et il dit :

— Écoutez maintenant, Ithakèsiens, ce que je vais dire.
Nous n'avons jamais réuni l'agora, et nous ne nous y sommes
point assis depuis que le divin Odysseus est parti sur ses
nefs creuses. Qui nous rassemble ici aujourd'hui? Quelle
nécessité le presse? Est-ce quelqu'un d'entre les jeunes
hommes ou d'entre les vieillards? A-t-il reçu quelque nouvelle de l'armée, et veut-il nous dire hautement ce qu'il a
entendu le premier? Ou désire-t-il parler de choses qui in-
téressent tout le peuple? Il me semble plein de justice. Que
Zeus soit propice à son dessein, quel qu'il soit.

Il parla ainsi, et le cher fils d'Odysseus se réjouit de cette
louange, et il ne resta pas plus longtemps assis, dans son
désir de parler. Et il se leva au milieu de l'agora, et le sage
héraut Peisènôr lui mit le sceptre en main. Et, se tournant
vers Aigyptios, il lui dit :

— O vieillard, il n'est pas loin, et, dès maintenant, tu
peux le voir celui qui a convoqué le peuple, car une grande
douleur m'accable. Je n'ai reçu aucune nouvelle de l'armée
que je puisse vous rapporter hautement après l'avoir apprise le premier, et je n'ai rien à dire qui intéresse tout le
peuple; mais j'ai à parler de mes propres intérêts et du
double malheur tombé sur ma demeure; car, d'une part,
j'ai perdu mon père irréprochable, qui autrefois vous commandait, et qui, pour vous aussi, était doux comme un
père; et, d'un autre côté, voici maintenant, — et c'est un
mal pire qui détruira bientôt ma demeure et dévorera tous

mes biens, — que des Prétendants assiégent ma mère contre
sa volonté. Et ce sont les fils bien-aimés des meilleurs
d'entre ceux qui siégent ici. Et ils ne veulent point se rendre
dans la demeure d'Ikarios, père de Pènélopéia, qui dotera
sa fille et la donnera à qui lui plaira davantage. Et ils envahissent tous les jours notre demeure, tuant mes bœufs,
mes brebis et mes chèvres grasses, et ils en font des repas
magnifiques, et ils boivent mon vin noir effrontément et
dévorent tout. Il n'y a point ici un homme tel qu'Odysseus
qui puisse repousser cette ruine loin de ma demeure, et je
ne puis rien, moi qui suis inhabile et sans force guerrière.
Certes, je le ferais si j'en avais la force, car ils commettent
des actions intolérables, et ma maison périt honteusement.
Indignez-vous donc, vous-mêmes. Craignez les peuples voisins qui habitent autour d'Ithakè, et la colère des Dieux
qui puniront ces actions iniques. Je vous supplie, par Zeus
Olympien, ou par Thémis qui réunit ou qui disperse les
agoras des hommes, venez à mon aide, amis, et laissez-moi
subir au moins ma douleur dans la solitude. Si jamais mon
irréprochable père Odysseus a opprimé les Akhaiens aux
belles knèmides, et si, pour venger leurs maux, vous les
excitez contre moi, consumez plutôt vous-mêmes mes biens
et mes richesses; car, alors, peut-être verrions-nous le
jour de l'expiation. Nous pourrions enfin nous entendre
devant tous, expliquant les choses jusqu'à ce qu'elles soient
résolues.

Il parla ainsi, irrité, et il jeta son sceptre contre terre en
versant des larmes, et le peuple fut rempli de compassion,
et tous restaient dans le silence, et nul n'osait répondre aux
paroles irritées de Tèlémakhos. Et Antinoos seul, lui répondant, parla ainsi :

— Tèlémakhos, agorète orgueilleux et plein de colère, tu
as parlé en nous outrageant, et tu veux nous couvrir d'une
tache honteuse. Les Prétendants Akhaiens ne t'ont rien fait.

C'est plutôt ta mère, qui, certes, médite mille ruses. Voici
déjà la troisième année, et bientôt la quatrième, qu'elle se
joue du cœur des Akhaiens. Elle les fait tous espérer, promet à chacun, envoie des messages et médite des desseins
contraires. Enfin, elle a ourdi une autre ruse dans son esprit. Elle a tissé dans ses demeures une grande toile, large
et fine, et nous a dit : — Jeunes hommes, mes prétendants,
puisque le divin Odysseus est mort, cessez de hâter mes
noces jusqu'à ce que j'aie achevé, pour que mes fils ne
restent pas inutiles, ce linceul du héros Laertès, quand la
Moire mauvaise de la mort inexorable l'aura saisi, afin
qu'aucune des femmes Akhaiennes ne puisse me reprocher,
devant tout le peuple, qu'un homme qui a possédé tant de
biens ait été enseveli sans linceul. — Elle parla ainsi, et
notre cœur généreux fut aussitôt persuadé. Et, alors, pendant le jour, elle tissait la grande toile, et, pendant la nuit,
ayant allumé les torches, elle la défaisait. Ainsi, trois ans,
elle cacha sa ruse et trompa les Akhaiens ; mais quand vint
la quatrième année, et quand les saisons recommencèrent,
une de ses femmes, sachant bien sa ruse, nous la dit. Et
nous la trouvâmes défaisant sa belle toile. Mais, contre sa
volonté, elle fut contrainte de l'achever. Et c'est ainsi que
les Prétendants te répondent, afin que tu le saches dans
ton esprit, et que tous les Akhaiens le sachent aussi. Renvoie ta mère et ordonne-lui de se marier à celui que son
père choisira et qui lui plaira à elle-même. Si elle a abusé
si longtemps les fils des Akhaiens, c'est qu'elle songe, dans
son cœur, à tous les dons que lui a faits Athènè, à sa
science des travaux habiles, à son esprit profond, à ses
ruses. Certes, nous n'avons jamais entendu dire rien de
semblable des Akhaiennes aux belles chevelures, qui vé-
curent autrefois parmi les femmes anciennes, Tyrô, Alkmènè et Mykènè aux beaux cheveux. Nulle d'entre elles
n'avait des arts égaux à ceux de Pènélopéia ; mais elle n'en

2

use pas avec droiture. Donc, les Prétendants consumeront tes troupeaux et tes richesses tant qu'elle gardera le même esprit que les Dieux mettent maintenant dans sa poitrine. A la vérité, elle remportera une grande gloire, mais il ne t'en restera que le regret de tes biens dissipés; car nous ne retournerons point à nos travaux, et nous n'irons point en quelque autre lieu, avant qu'elle ait épousé celui des Akhaiens qu'elle choisira.

Et le prudent Tèlémakhos lui répondit :

— Antinoos, je ne puis renvoyer de ma demeure, contre son gré, celle qui m'a enfanté et qui m'a nourri. Mon père vit encore quelque part sur la terre, ou bien il est mort, et il me sera dur de rendre de nombreuses richesses à Ikarios, si je renvoie ma mère. J'ai déjà subi beaucoup de maux à cause de mon père, et les Dieux m'en enverront d'autres après que ma mère, en quittant ma demeure, aura supplié les odieuses Erinnyes, et ce sont les hommes qui la vengeront. Et c'est pourquoi je ne prononcerai point une telle parole. Si votre cœur s'en indigne, sortez de ma demeure, songez à d'autres repas, mangez vos propres biens en des festins réciproques. Mais s'il vous semble meilleur et plus équitable de dévorer impunément la subsistance d'un seul homme, faites! Moi, j'invoquerai les Dieux éternels. Et si jamais Zeus permet qu'un juste retour vous châtie, vous périrez sans vengeance dans ma demeure.

Tèlémakhos parla ainsi, et Zeus qui regarde au loin fit voler du haut sommet d'un mont deux aigles qui s'enlevèrent au souffle du vent, et, côte à côte, étendirent leurs ailes. Et quand ils furent parvenus au-dessus de l'agora bruyante, secouant leurs plumes épaisses, ils en couvrirent toutes les têtes, en signe de mort. Et, de leurs serres, se déchirant la tête et le cou, ils s'envolèrent sur la droite à travers les demeures et la ville des Ithakèsiens. Et ceux-ci, stupéfaits, voyant de leurs yeux ces aigles, cherchaient

dans leur esprit ce qu'ils présageaient. Et le vieux héros
Halithersès Mastoride leur parla. Et il l'emportait sur ses
égaux en âge pour expliquer les augures et les destinées.
Et, très-sage, il parla ainsi au milieu de tous :

— Écoutez maintenant, Ithakèsiens, ce que je vais dire.
Ce signe s'adresse plus particulièrement aux Prétendants.
Un grand danger est suspendu sur eux, car Odysseus ne
restera pas longtemps encore loin de ses amis ; mais voici
qu'il est quelque part près d'ici et qu'il prépare aux Prétendants la Kèr et le carnage. Et il arrivera malheur à beaucoup parmi ceux qui habitent l'illustre Ithakè. Voyons donc,
dès maintenant, comment nous éloignerons les Prétendants, à moins qu'ils se retirent d'eux-mêmes, et ceci leur
serait plus salutaire. Je ne suis point, en effet, un divinateur inexpérimenté, mais bien instruit ; car je pense qu'elles
vont s'accomplir les choses que j'ai prédites à Odysseus
quand les Argiens partirent pour Ilios, et que le subtil
Odysseus les commandait. Je dis qu'après avoir subi une
foule de maux et perdu tous ses compagnons, il reviendrait
dans sa demeure vers la vingtième année. Et voici que ces
choses s'accomplissent.

— Et Eurymakhos, fils de Polybos, lui répondit :

— O Vieillard, va dans ta maison faire des prédictions à
tes enfants, de peur qu'il leur arrive malheur dans l'a-
venir ; mais ici je suis de beaucoup meilleur divinateur que
toi. De nombreux oiseaux volent sous les rayons de Hèlios,
et tous ne sont pas propres aux augures. Certes, Odysseus
est mort au loin, et plût aux Dieux que tu fusses mort
comme lui ! Tu ne proférerais pas tant de prédictions
vaines, et tu n'exciterais pas ainsi Tèlémakhos déjà irrité,
avec l'espoir sans doute qu'il t'offrira un présent dans sa
maison. Mais je te le dis, et ceci s'accomplira : Si, le trompant par ta science ancienne et tes paroles, tu pousses ce
jeune homme à la colère, tu lui seras surtout funeste ; car

tu ne pourras rien contre nous; et nous t'infligerons, ô Vieillard, une amende que tu déploreras dans ton cœur, la supportant avec peine ; et ta douleur sera accablante. Moi, je conseillerai à Tèlémakhos d'ordonner que sa mère retourne chez Ikarios, afin que les siens célèbrent ses noces et lui fassent une dot illustre, telle qu'il convient d'en faire à une fille bien-aimée. Je ne pense pas qu'avant cela les fils des Akhaiens restent en repos et renoncent à l'épouser; car nous ne craignons personne, ni, certes, Tèlémakhos, bien qu'il parle beaucoup; et nous n'avons nul souci, ô Vieillard, de tes vaines prédictions, et tu ne nous en seras que plus odieux. Les biens de Tèlémakhos seront de nouveau consumés, et ce sera ainsi tant que Pènélopéia retiendra les Akhaiens par l'espoir de ses noces. Et, en effet, c'est à cause de sa vertu que nous attendons de jour en jour, en nous la disputant, et que nous n'irons point chercher ailleurs d'autres épouses.

— Et le prudent Tèlémakhos lui répondit :

— Eurymakhos, et tous, tant que vous êtes, illustres Prétendants, je ne vous supplierai ni ne vous parlerai plus longtemps. Les Dieux et tous les Akhaiens savent maintenant ces choses. Mais donnez-moi promptement une nef rapide et vingt compagnons qui fendent avec moi les chemins de la mer. J'irai à Spartè et dans la sablonneuse Pylos m'informer du retour de mon père depuis longtemps absent. Ou quelqu'un d'entre les hommes m'en parlera, ou j'entendrai la renommée de Zeus qui porte le plus loin la gloire des hommes. Si j'entends dire que mon père est vivant et revient, j'attendrai encore une année, bien qu'affligé. Si j'entends dire qu'il est mort et ne doit plus reparaître, je reviendrai dans la chère terre de la patrie, je lui élèverai un tombeau, je célébrerai d'illustres funérailles, telles qu'il convient, et je donnerai ma mère à un mari.

Ayant ainsi parlé, il s'assit. Et au milieu d'eux se leva

Mentôr, qui était le compagnon de l'irréprochable Odysseus. Et celui-ci, comme il partait, lui confia toute sa
maison, lui remit ses biens en garde et voulut qu'on obéît
au vieillard. Et, au milieu d'eux, plein de sagesse, il parla
et dit :

— Écoutez-moi maintenant, Ithakèsiens, quoi que je
dise. Craignez qu'un roi porte-sceptre ne soit plus jamais
ni bienveillant, ni doux, et qu'il ne médite plus de bonnes
actions dans son esprit, mais qu'il soit cruel désormais et
veuille l'iniquité, puisque nul ne se souvient du divin
Odysseus parmi les peuples auxquels il commandait aussi
doux qu'un père. Je ne reproche point aux Prétendants
orgueilleux de commettre des actions violentes dans un
esprit inique, car ils jouent leurs têtes en consumant la
demeure d'Odysseus qu'ils pensent ne plus revoir. Maintenant, c'est contre tout le peuple que je m'irrite, contre
vous qui restez assis en foule et qui n'osez point parler, ni
réprimer les Prétendants peu nombreux, bien que vous
soyez une multitude.

Et l'Euènoride Leiôkritos lui répondit :

— Mentôr, injurieux et stupide, qu'as-tu dit ? Tu nous
exhortes à nous retirer ! Certes, il serait difficile de chasser
violemment du festin tant de jeunes hommes. Même si
l'Ithakèsien Odysseus, survenant lui-même, songeait dans
son esprit à chasser les illustres Prétendants assis au festin
dans sa demeure, certes, sa femme, bien qu'elle le désire
ardemment, ne se réjouirait point alors de le revoir, car il
rencontrerait une mort honteuse, s'il combattait contre un
si grand nombre. Tu n'as donc point bien parlé. Allons !
dispersons-nous, et que chacun retourne à ses travaux.
Mentôr et Halithersès prépareront le voyage de Tèlémakhos, puisqu'ils sont dès sa naissance ses amis paternels. Mais je pense qu'il restera longtemps ici, écoutant

des nouvelles dans Ithakè, et qu'il n'accomplira point son dessein.

Ayant ainsi parlé, il rompit aussitôt l'agora, et ils se dispersèrent, et chacun retourna vers sa demeure. Et les Prétendants se rendirent à la maison du divin Odysseus. Et Tèlémakhos s'éloigna sur le rivage de la mer, et, plongeant ses mains dans la blanche mer, il supplia Athènè :

— Entends-moi, Déesse qui es venue hier dans ma demeure, et qui m'as ordonné d'aller sur une nef, à travers la mer sombre, m'informer de mon père depuis longtemps absent. Et voici que les Akhaiens m'en empêchent, et surtout les orgueilleux Prétendants.

Il parla ainsi en priant, et Athènè parut auprès de lui, semblable à Mentôr par l'aspect et par la voix, et elle lui dit ces paroles ailées :

— Tèlémakhos, tu ne seras ni un lâche, ni un insensé, si l'excellent esprit de ton père est en toi, tel qu'il le possédait pour parler et pour agir, et ton voyage ne sera ni inutile, ni imparfait. Si tu n'étais le fils d'Odysseus et de Pènélopéia, je n'espérerais pas que tu pusses accomplir ce que tu entreprends, car peu de fils sont semblables à leur père. La plupart sont moindres, peu sont meilleurs que leurs parents. Mais tu ne seras ni un lâche, ni un insensé, puisque l'intelligence d'Odysseus est restée en toi, et tu dois espérer accomplir ton dessein. C'est pourquoi oublie les projets et les résolutions des Prétendants insensés, car ils ne sont ni prudents, ni équitables, et ils ne songent point à la mort et à la Kèr noire qui vont les faire périr tous en un seul jour. Ne tarde donc pas plus longtemps à faire ce que tu as résolu. Moi qui suis le compagnon de ton père, je te préparerai une nef rapide et je t'accompagnerai. Mais retourne à ta demeure te mêler aux Prétendants. Apprête nos vivres; enferme le vin dans les amphores, et, dans les outres épaisses, la farine, moelle des

hommes. Moi, je te réunirai des compagnons volontaires
parmi le peuple. Il y a beaucoup de nefs, neuves et vieilles,
dans Ithakè entourée des flots. Je choisirai la meilleure
de toutes, et nous la conduirons, bien armée, sur la mer
vaste.

Ainsi parla Athènaiè, fille de Zeus; et Tèlémakhos ne
tarda pas plus longtemps, dès qu'il eut entendu la voix de
la Déesse. Et, le cœur triste, il se hâta de retourner dans
sa demeure. Et il trouva les Prétendants orgueilleux dé-
pouillant les chèvres et faisant rôtir les porcs gras dans la
cour.

Et Antinoos, en riant, vint au-devant de Tèlémakhos;
et, lui prénant la main, il lui parla ainsi :

— Tèlémakhos, agorète orgueilleux et plein de colère,
qu'il n'y ait plus dans ton cœur ni soucis, ni mauvais desseins. Mange et bois en paix comme auparavant. Les
Akhaiens agiront pour toi. Ils choisiront une nef et des
rameurs, afin que tu ailles promptement à la divine Pylos
t'informer de ton illustre père.

Et le prudent Tèlémakhos lui répondit :

— Antinoos, il ne m'est plus permis de m'asseoir au
festin et de me réjouir en paix avec vous, orgueilleux!
N'est-ce pas assez, Prétendants, que vous ayez déjà dévoré
mes meilleures richesses, tandis que j'étais enfant? Maintenant, je suis plus grand, et j'ai écouté les conseils des
autres hommes, et la colère a grandi dans mon cœur. Je
tenterai donc de vous apporter la Kèr fatale, soit en allant
à Pylos, soit ici, par le peuple. Certes, je partirai, et mon
voyage ne sera point inutile. J'irai sur une nef louée, puisque je n'ai moi-même ni nef, ni rameurs, et qu'il vous a
plu de m'en réduire là.

Ayant parlé, il arracha vivement sa main de la main
d'Antinoos. Et les Prétendants préparaient le repas dans la

maison. Et ces jeunes hommes orgueilleux poursuivaient Tèlémakhos de paroles outrageantes et railleuses :

— Certes, voici que Tèlémakhos médite notre destruc-tion, soit qu'il ramène des alliés de la sablonneuse Pylos, soit qu'il en ramène de Spartè. Il le désire du moins avec ardeur. Peut-être aussi veut-il aller dans la fertile terre d'Ephyrè, afin d'en rapporter des poisons mortels qu'il jet-tera dans nos kratères pour nous tuer tous.

Et un autre de ces jeunes hommes orgueilleux disait :

— Qui sait si, une fois parti sur sa nef creuse, il ne pé-rira pas loin des siens, ayant erré comme Odýsseus ? Il nous donnerait ainsi un plus grand travail. Nous aurions à partager ses biens, et nous donnerions cette demeure à sa mère et à celui qu'elle épouserait.

Ils parlaient ainsi. Et Tèlémakhos monta dans la haute chambre de son père, où étaient amoncelés l'or et l'airain, et les vêtements dans les coffres, et l'huile abondante et parfumée. Et là aussi étaient des muids de vieux vin doux. Et ils étaient rangés contre le mur, enfermant la boisson pure et divine réservée à Odysseus quand il reviendrait dans sa patrie, après avoir subi beaucoup de maux. Et les portes étaient bien fermées au double verrou, et une femme les surveillait nuit et jour avec une active vigilance; et c'était Eurykléia, fille d'Ops Peisènôride. Et Tèlé-makhos, l'ayant appelée dans la chambre, lui dit :

— Nourrice, puise dans les amphores le plus doux de ces vins parfumés que tu conserves dans l'attente d'un homme très-malheureux, du divin Odysseus, s'il revient jamais, ayant évité la Kèr et la mort. Emplis douze vases et ferme-les de leurs couvercles. Verse de la farine dans des outres bien cousues, et qu'il y en ait vingt mesures. Que tu le saches seule, et réunis toutes ces provisions. Je les prendrai à la nuit, quand ma mère sera retirée dans sa chambre, désirant son lit. Je vais à Spartè et à la sablonneuse Pylos pour m'informer du retour de mon père bien-aimé.

Il parla ainsi, et sa chère nourrice Eurykléia gémit, et, se lamentant, elle dit ces paroles ailées :

— Pourquoi, cher enfant, as-tu cette pensée? Tu veux aller à travers tant de pays, ô fils unique et bien-aimé? Mais le divin Odysseus est mort, loin de la terre de la patrie, chez un peuple inconnu. Et les Prétendants te tendront aussitôt des piéges, et tu périras par ruse, et ils partageront tes biens. Reste donc ici auprès des tiens! Il ne faut pas que tu subisses des maux et que tu erres sur la mer indomptée.

Et le prudent Tèlémakhos lui répondit :

— Rassure-toi, nourrice ; ce dessein n'est point sans l'avis d'un Dieu. Mais jure que tu ne diras rien à ma chère mère avant onze ou douze jours, à moins qu'elle me demande ou qu'elle sache que je suis parti, de peur qu'en pleurant elle blesse son beau corps.

Il parla ainsi, et la vieille femme jura le grand serment des Dieux. Et, après avoir juré et accompli les formes du serment, elle puisa aussitôt le vin dans les amphores et versa la farine dans les outres bien cousues. Et Tèlémakhos, entrant dans sa demeure, se mêla aux Prétendants.

Alors la Déesse Athènè aux yeux clairs songea à d'autres soins. Et, semblable à Tèlémakhos, elle marcha par la ville, parlant aux hommes qu'elle avait choisis et leur ordonnant de se réunir à la nuit sur une nef rapide. Elle avait demandé cette nef rapide à Noèmôn, le cher fils de Phronios, et celui-ci la lui avait confiée très-volontiers.

Et Hèlios tomba, et tous les chemins se couvrirent d'ombre. Alors Athènè lança à la mer la nef rapide et y déposa les agrès ordinaires aux nefs bien pontées. Puis, elle la plaça à l'extrémité du port. Et, autour de la nef, se

réunirent tous les excellents compagnons, et la Déesse ex-
hortait chacun d'eux.

Alors la Déesse Athènè aux yeux clairs songea à d'autres
soins. Se hâtant d'aller à la demeure du divin Odysseus,
elle y répandit le doux sommeil sur les Prétendants. Elle
les troubla tandis qu'ils buvaient, et fit tomber les coupes
de leurs mains. Et ils s'empressaient de retourner par la
ville pour se coucher, et, à peine étaient-ils couchés, le
sommeil ferma leurs paupières.

Et la Déesse Athènè aux yeux clairs, ayant appelé Tèlémakhos hors de la maison, lui parla ainsi, ayant pris l'aspect et la voix de Mentôr :

— Tèlémakhos, déjà tes compagnons aux belles knèmides
sont assis, l'aviron aux mains, prêts à servir ton ardeur.
Allons, et ne tardons pas plus longtemps à faire route.

Ayant ainsi parlé, Pallas Athènè le précéda aussitôt, et
il suivit en hâte les pas de la Déesse ; et, parvenus à la mer
et à la nef, ils trouvèrent leurs compagnons chevelus sur le
rivage. Et le divin Tèlémakhos leur dit :

— Venez, amis. Emportons les provisions qui sont préparées dans ma demeure. Ma mère et ses femmes ignorent
tout. Ma nourrice seule est instruite.

Ayant ainsi parlé, il les précéda et ils le suivirent. Et ils
transportèrent les provisions dans la nef bien pontée, ainsi
que le leur avait ordonné le cher fils d'Odysseus. Et Tèlémakhos monta dans la nef, conduit par Athènè qui s'assit
à la poupe. Et auprès d'elle s'assit Tèlémakhos. Et ses
compagnons détachèrent le cable et se rangèrent sur les
bancs de rameurs. Et Athènè aux yeux clairs fit souffler un
vent favorable, Zéphyros, qui les poussait en résonnant sur
la mer sombre.

Puis, Tèlémakhos ordonna à ses compagnons de dresser
le mât, et ils lui obéirent. Et ils dressèrent le mât de sapin
sur sa base creuse et ils le fixèrent avec des câbles. Puis,

ils déployèrent les voiles blanches retenues par des courroies, et le vent les gonfla par le milieu. Et le flot pourpré
résonnait le long de la carène de la nef qui marchait et
courait sur la mer, faisant sa route.

Puis, ayant lié la mâture sur la nef rapide et noire, ils
se levèrent debout, avec des kratères pleins de vin, faisant
des libations aux Dieux éternels et surtout à la fille aux
yeux clairs de Zeus. Et, toute la nuit, jusqu'au jour, la
Déesse fit route avec eux.

RHAPSODIE III.

Hèlios, quittant son beau lac, monta dans l'Ouranos d'airain, afin de porter la lumière aux
Immortels et aux hommes mortels sur la terre
féconde. Et ils arrivèrent à Pylos, la citadelle bien bâtie
de Nèleus. Et les Pyliens, sur le rivage de la mer, faisaient
des sacrifices de taureaux entièrement noirs à Poseidaôn
aux cheveux bleus. Et il y avait neuf rangs de siéges, et
sur chaque rang cinq cents hommes étaient assis, et devant
chaque rang il y avait neuf taureaux égorgés.

Et ils goûtaient les entrailles et ils brûlaient les cuisses
pour le Dieu, quand ceux d'Ithakè entrèrent dans le port,
serrèrent les voiles de la nef égale, et, l'ayant amarrée, en
sortirent. Et Tèlémakhos sortit aussi de la nef, conduit
par Athènè. Et, lui parlant la première, la Déesse Athènè
aux yeux clairs lui dit :

— Tèlémakhos, il ne te convient plus d'être timide,
maintenant que tu as traversé la mer pour l'amour de ton

père, afin de t'informer quelle terre le renferme, et quelle
a été sa destinée. Allons! va droit au dompteur de chevaux Nestôr, et voyons quelle pensée il cache dans sa poitrine. Supplie-le de te dire la vérité. Il ne mentira pas, car
il est plein de sagesse.

Et le prudent Tèlémakhos lui répondit :

— Mentôr, comment l'aborder et comment le saluer? Je
n'ai point l'expérience des sages discours, et un jeune
homme a quelque honte d'interroger un vieillard.

Et Athènè, la Déesse aux yeux clairs, lui répondit :

— Tèlémakhos, tu y songeras dans ton esprit, ou un
Dieu te l'inspirera, car je ne pense pas que tu sois né et
que tu aies été élevé sans la bienveillance des Dieux.

Ayant ainsi parlé, Pallas Athènè le précéda rapidement
et il suivit aussitôt la Déesse. Et ils parvinrent à l'assemblée où siégeaient les hommes Pyliens. Là était assis Nestôr avec ses fils, et, tout autour, leurs compagnons préparaient le repas, faisaient rôtir les viandes et les embro-
chaient. Et dès qu'ils eurent vu les étrangers, ils vinrent
tous à eux, les accueillant du geste, et ils les firent asseoir.
Et le Nestôride Peisistratos, s'approchant le premier, les
prit l'un et l'autre par la main et leur fit place au repas,
sur des peaux moelleuses qui couvraient le sable marin,
auprès de son frère Thrasymèdès et de son père. Puis, il
leur offrit des portions d'entrailles, versa du vin dans une
coupe d'or, et, la présentant à Pallas Athènaiè, fille de
Zeus tempêtueux, il lui dit :

— Maintenant, ô mon hôte, supplie le Roi Poseidaôn.
Ce festin auquel vous venez tous deux prendre part est à
lui. Après avoir fait des libations et imploré le Dieu,
comme il convient, donne cette coupe de vin doux à ton
compagnon, afin qu'il fasse à son tour des libations. Je
pense qu'il supplie aussi les Immortels. Tous les hommes
ont besoin des Dieux. Mais il est plus jeune que toi et

semble être de mon âge, c'est pourquoi je te donne d'abord cette coupe d'or.

Ayant ainsi parlé, il lui mit aux mains la coupe de vin doux, et Athènaiè se réjouit de la sagesse et de l'équité du jeune homme, parce qu'il lui avait offert d'abord la coupe d'or. Et aussitôt elle supplia le Roi Poseidaôn :

— Entends-moi, Poseidaôn qui contiens la terre! Ne nous refuse pas, à nous qui t'en supplions, d'accomplir notre dessein. Glorifie d'abord Nestôr et ses fils, et sois aussi favorable à tous les Pyliens en récompense de cette illustre hécatombe. Fais, enfin, que Tèlémakhos et moi nous retournions, ayant accompli l'œuvre pour laquelle nous sommes venus sur une nef noire et rapide.

Elle pria ainsi, exauçant elle-même ses vœux. Et elle donna la belle coupe ronde à Tèlémakhos, et le cher fils d'Odysseus supplia aussi le Dieu. Et dès que les Pyliens eurent rôti les chairs supérieures, ils les retirèrent du feu, et, les distribuant par portions, ils célébrèrent le festin splendide. Et dès qu'ils eurent assouvi le besoin de boire et de manger, le cavalier Gérennien Nestôr leur parla ainsi :

— Maintenant, nous pouvons demander qui sont nos hôtes, puisqu'ils sont rassasiés de nourriture. O nos hôtes, qui êtes-vous? Naviguez-vous pour quelque trafic, ou bien, à l'aventure, comme des pirates qui, jouant leur vie, portent le malheur aux étrangers?

Et le prudent Tèlémakhos lui répondit avec assurance, car Athènè avait mis la fermeté dans son cœur, afin qu'il s'informât de son père absent et qu'une grande gloire lui fût acquise par là parmi les hommes :

— O Nestôr Nèlèiade, grande gloire des Akhaiens, tu demandes d'où nous sommes, et je puis te le dire. Nous venons d'Ithakè, sous le Nèios, pour un intérêt privé, et non public, que je t'apprendrai. Je cherche à entendre

parler de l'immense gloire de mon père, le divin et patient
Odysseus qui, autrefois, dit-on, combattant avec toi, a
renversé la ville des Troiens. Nous avons su dans quel lieu
chacun de ceux qui combattaient contre les Troiens a subi
la mort cruelle ; mais le Kroniôn, au seul Odysseus, a fait
une mort ignorée ; et aucun ne peut dire où il a péri, s'il
a été dompté sur la terre ferme par des hommes ennemis,
ou dans la mer, sous les écumes d'Amphitritè. C'est pour
lui que je viens, à tes genoux, te demander de me dire, si
tu le veux, quelle a été sa mort cruelle, soit que tu l'aies
vue de tes yeux, soit que tu l'aies apprise de quelque voyageur ; car sa mère l'a enfanté pour être très-malheureux.
Ne me flatte point d'espérances vaines, par compassion ;
mais parle-moi ouvertement, je t'en supplie, si jamais mon
père, l'excellent Odysseus, soit par ses paroles, soit par ses
actions, a tenu les promesses qu'il t'avait faites, chez le
peuple des Troiens, où vous, Akhaiens, avez subi tant de
maux. Souviens-t'en maintenant, et dis-moi la vérité.

Et le cavalier Gérennien Nestôr lui répondit :

— O ami, tu me fais souvenir des maux que nous, fils
indomptables des Akhaiens, nous avons subis chez le
peuple Troien, soit en poursuivant notre proie, sur nos
nefs, à travers la mer sombre, et conduits par Akhilleus,
soit en combattant autour de la grande ville du Roi
Priamos, là où tant de guerriers excellents ont été tués.
C'est là que gisent le brave Aias, et Akhilleus, et Patroklos
semblable aux Dieux par la sagesse, et mon fils bien-aimé
Antilokhos, robuste et irréprochable, habile à la course et
courageux combattant. Et nous avons subi bien d'autres
maux, et nul, parmi les hommes mortels, ne pourrait les
raconter tous. Et tu pourrais rester ici et m'interroger
pendant cinq ou six ans, que tu retournerais, plein de tristesse, dans la terre de la patrie, avant de connaître tous
les maux subis par les divins Akhaiens. Et, pendant neuf

. ans, nous avons assiégé Troiè par mille ruses, et le Kroniôn ne nous donna la victoire qu'avec peine. Là, nul n'é-
gala jamais le divin Odysseus par la sagesse, car ton père
l'emportait sur tous par ses ruses sans nombre, si vraiment tu es son fils. Mais l'admiration me saisit en te regardant. Tes paroles sont semblables aux siennes, et on ne
te croirait pas si jeune, tant tu sais parler comme lui. Là-
bas, jamais le divin Odysseus et moi, dans l'agora ou dans
le conseil, nous n'avons parlé différemment ; et nous don-
nions aux Akhaiens les meilleurs avis, ayant le même
esprit et la même sagesse. Enfin, après avoir renversé la
haute citadelle de Priamos, nous partîmes sur nos nefs, et
un Dieu dispersa les Akhaiens. Déjà Zeus, sans doute, préparait, dans son esprit, un triste retour aux Akhaiens ; car
tous n'étaient point prudents et justes, et une destinée terrible était réservée à beaucoup d'entre eux, à cause de la
colère d'Athènè aux yeux clairs qui a un Père effrayant, et
qui jeta la discorde entre les deux Atréides. Et ceux-ci
avaient convoqué tous les Akhaiens à l'agora, sans raison
et contre l'usage, au coucher de Hèlios ; et les fils des
Akhaiens y vinrent alourdis par le vin, et les Atréides leur
expliquèrent pourquoi ils avaient convoqué le peuple.
Alors Ménélaos leur ordonna de songer au retour sur le
vaste dos de la mer ; mais cela ne plut point à Agamemnôn,
qui voulait retenir le peuple et sacrifier de saintes hécatombes, afin d'apaiser la violente colère d'Athènaiè. Et
l'insensé ne savait pas qu'il ne pourrait l'apaiser, car l'esprit des Dieux éternels ne change point aussi vite. Et
tandis que les Atréides, debout, se disputaient avec d'âpres
paroles, tous les Akhaiens aux belles knèmides se levèrent,
dans une grande clameur, pleins de résolutions contraires.
Et nous dormîmes pendant la nuit, méditant un dessein
fatal, car Zeus préparait notre plus grand malheur. Et,
au matin, traînant nos nefs à la mer divine, nous y dépo-

sâmes notre butin et les femmes aux ceintures dénouées.
Et la moitié de l'armée resta auprès du Roi Atréide Agamemnôn; et nous, partant sur nos nefs, nous naviguions.
Un Dieu apaisa la mer où vivent les monstres, et, parvenus
promptement à Ténédos, nous fîmes des sacrifices aux
Dieux, désirant revoir nos demeures. Mais Zeus irrité, nous
refusant un prompt retour, excita de nouveau une fatale
dissension. Et quelques-uns, remontant sur leurs nefs à
double rang d'avirons, et parmi eux était le Roi Odysseus
plein de prudence, retournèrent vers l'Atréide Agamemnôn,
afin de lui complaire. Pour moi, ayant réuni les nefs qui
me suivaient, je pris la fuite, car je savais quels malheurs
préparait le Dieu. Et le brave fils de Tydeus, excitant ses
compagnons, prit aussi la fuite; et le blond Ménélaos nous
rejoignit plus tard à Lesbos, où nous délibérions sur la
route à suivre. Irions-nous par le nord de l'âpre Khios, ou
vers l'île Psyriè, en la laissant à notre gauche, ou par le
sud de Khios, vers Mimas battue des vents? Ayant supplié
Zeus de nous montrer un signe, il nous le montra et nous
ordonna de traverser le milieu de la mer d'Euboia, afin
d'éviter notre perte. Et un vent sonore commença de
souffler; et nos nefs, ayant parcouru rapidement les chemins poissonneux, arrivèrent dans la nuit à Géraistos; et
là, après avoir traversé la grande mer, nous brûlâmes
pour Poseidaôn de nombreuses cuisses de taureaux. Le
quatrième jour, les nefs égales et les compagnons du
dompteur de chevaux Tydéide Diomèdès s'arrêtèrent dans
Argos, mais je continuai ma route vers Pylos, et le vent ne
cessa pas depuis qu'un Dieu lui avait permis de souffler.
C'est ainsi que je suis arrivé, cher fils, ne sachant point
quels sont ceux d'entre les Akhaiens qui se sont sauvés ou
qui ont péri. Mais ce que j'ai appris, tranquille dans mes
demeures, il est juste que tu en sois instruit, et je ne te le
cacherai point. On dit que l'illustre fils du magnanime

3

Akhilleus a ramené en sûreté les Myrmidones habiles à manier la lance. Philoktètès, l'illustre fils de Paian, a aussi ramené les siens, et Idoméneus a reconduit dans la Krètè ceux de ses compagnons qui ont échappé à la guerre, et la mer ne lui en a ravi aucun. Tu as entendu parler de l'Atréide, bien qu'habitant au loin; et tu sais comment il revint, et comment Aigisthos lui infligea une mort lamentable. Mais le meurtrier est mort misérablement, tant il est bon qu'un homme laisse un fils qui le venge. Et Orestès a tiré vengeance d'Aigisthos qui avait tué son illustre père. Et toi, ami, que je vois si beau et si grand, sois brave, afin qu'on parle bien de toi parmi les hommes futurs.

Et le prudent Tèlémakhos lui répondit :

— O Nestôr Nèlèiade, grande-gloire des Akhaiens, certes, Orestès a tiré une juste vengeance, et tous les Akhaiens l'en glorifient, et les hommes futurs l'en glorifieront. Plût aux Dieux que j'eusse la force de faire expier aux Prétendants les maux qu'ils me font et l'opprobre dont ils me couvrent. Mais les Dieux ne nous ont point destinés à être honorés, mon père et moi, et, maintenant, il me faut tout subir avec patience.

Et le cavalier Gérennien Nestôr lui répondit :

— O ami, ce que tu me dis m'a été rapporté, que de nombreux Prétendants, à cause de ta mère, t'opprimaient dans ta demeure. Mais, dis-moi, souffres-tu ces maux sans résistance, ou bien les peuples, obéissant à l'oracle d'un Dieu, t'ont-ils pris en haine! Qui sait si Odysseus ne châtiera pas un jour leur iniquité violente, seul, ou aidé de tous les Akhaiens? Qu'Athènè aux yeux clairs puisse t'aimer autant qu'elle aimait le glorieux Odysseus, chez le peuple des Troiens, où, nous, Akhaiens, nous avons subi tant de maux! Non, je n'ai jamais vu les Dieux aimer aussi manifestement un homme que Pallas Athènè aimait Odysseus.

Si elle voulait t'aimer ainsi et te protéger, chacun des Prétendants oublierait bientôt ses désirs de noces !

Et le prudent Tèlémakhos lui répondit :

— O vieillard, je ne pense pas que ceci arrive jamais. Les grandes choses que tu prévois me troublent et me jettent dans la stupeur. Elles tromperaient mes espérances, même si les Dieux le voulaient.

Alors, Athènè, la Déesse aux yeux clairs, lui répondit :

— Tèlémakhos, quelle parole s'est échappée d'entre tes dents ! Un Dieu peut aisément sauver un homme, même de loin. J'aimerais mieux, après avoir subi de nombreuses douleurs, revoir le jour du retour et revenir dans ma demeure, plutôt que de périr à mon arrivée, comme Agamemnôn par la perfidie d'Aigisthos et de Klytaimnestrè. Cependant, les Dieux eux-mêmes ne peuvent éloigner de l'homme qu'ils aiment la mort commune à tous, quand la Moire fatale de la rude mort doit les saisir.

Et le prudent Tèlémakhos lui répondit :

— Mentôr, n'en parlons pas plus longtemps, malgré notre tristesse. Odysseus ne reviendra jamais, et déjà les Dieux Immortels lui ont infligé la mort et la noire Kèr. Maintenant, je veux interroger Nestôr, car il l'emporte sur tous par l'intelligence et par la justice. O Nestôr Nèlèiade, dis-moi la vérité ; comment a péri l'Atréide Agamemnôn qui commandait au loin ? Quelle mort lui préparait le perfide Aigisthos ? Certes, il a tué un homme qui lui était bien supérieur. Où était Ménélaos ? Non dans l'Argos Akhaïque, sans doute ; et il errait au loin parmi les hommes, et Aigisthos, en son absence, a commis le meurtre.

Et le cavalier Gérennien Nestôr lui répondit :

— Certes, mon enfant, je te dirai la vérité sur ces choses, et tu les sauras, telles qu'elles sont arrivées. Si le blond Ménélaos Atréide, à son retour de Troiè, avait trouvé, dans ses demeures, Aigisthos vivant, sans doute celui-ci

eût péri, et n'eût point été enseveli, et les chiens et les
oiseaux carnassiers l'eussent mangé, gisant dans la plaine,
loin d'Argos; et aucune Akhaienne ne l'eût pleuré, car
il avait commis un grand crime. En effet, tandis que nous
subissions devant Ilios des combats sans nombre, lui, tranquille en une retraite, dans Argos nourrice de chevaux, sé-
duisait par ses paroles l'Épouse Agamemnonienne. Et
certes, la divine Klytaimnestrè repoussa d'abord cette action
indigne, car elle obéissait à ses bonnes pensées; et auprès
d'elle était un Aoide à qui l'Atréide, en partant pour Troiè,
avait confié la garde de l'Épouse. Mais quand la Moire des
Dieux eut décidé que l'Aoide mourrait, on jeta celui-ci dans
une île déserte et on l'y abandonna pour être déchiré par
les oiseaux carnassiers. Alors, ayant tous deux les mêmes
désirs, Aigisthos conduisit Klytaimnestrè dans sa demeure.
Et il brûla de nombreuses cuisses sur les autels des Dieux,
et il y suspendit de nombreux ornements et des vêtements
d'or, parce qu'il avait accompli le grand dessein qu'il n'eût
jamais osé espérer dans son âme. Et nous naviguions loin
de Troiè, l'Atréide et moi, ayant l'un pour l'autre la même
amitié. Mais, comme nous arrivions à Sounios, sacré promontoire des Athènaiens, Phoibos Apollôn tua soudainement de ses douces flèches le pilote de Ménélaos, Phrontis
Onètoride, au moment où il tenait le gouvernail de la nef
qui marchait. Et c'était le plus habile de tous les hommes
à gouverner une nef, aussi souvent que soufflaient les tempêtes. Et Ménélaos, bien que pressé de continuer sa course,
s'arrêta en ce lieu pour ensevelir son compagnon et célébrer ses funérailles. Puis, reprenant son chemin à travers
la mer sombre, sur ses nefs creuses, il atteignit le promontoire Maléien. Alors Zeus à la grande voix, s'opposant à
sa marche, répandit le souffle des vents sonores qui soule-
vèrent les grands flots pareils à des montagnes. Et les nefs
se séparèrent, et une partie fut poussée en Krètè, où ha-

bitent les Kydônes, sur les rives du Iardanos. Mais il y a,
sur les côtes de Gortyna, une roche escarpée et plate qui
sort de la mer sombre. Là, le Notos pousse les grands flots
vers Phaistos, à la gauche du promontoire ; et cette roche,
très-petite, rompt les grands flots. C'est là qu'ils vinrent,
et les hommes évitèrent à peine la mort ; et les flots fracas-
sèrent les nefs contre les rochers, et le vent et la mer poussèrent cinq nefs aux proues bleues vers le fleuve Aigyptos.
Et Ménélaos, amassant beaucoup de richesses et d'or, errait parmi les hommes qui parlent une langue étrangère.
Pendant ce temps, Aigisthos accomplissait dans ses demeures son lamentable dessein, en tuant l'Atréide et en
soumettant son peuple. Et il commanda sept années dans
la riche Mykènè. Et, dans la huitième année, le divin Orestès
revint d'Athèna, et il tua le meurtrier de son père, le perfide Aigisthos, qui avait tué son illustre père. Et, quand il
l'eut tué, il offrit aux Argiens le repas funéraire de sa malheureuse mère et du lâche Aigisthos. Et ce jour-là, arriva
le brave Ménélaos, apportant autant de richesses que sa
nef en pouvait contenir. Mais toi, ami, ne reste pas plus
longtemps éloigné de ta maison, ayant ainsi laissé dans tes
demeures tant d'hommes orgueilleux, de peur qu'ils con-
sument tes biens et se partagent tes richesses, car tu aurais
fait un voyage inutile. Je t'exhorte cependant à te rendre
auprès de Ménélaos. Il est récemment arrivé de pays étrangers, d'où il n'espérait jamais revenir ; et les tempêtes l'ont
poussé à travers la grande mer que les oiseaux ne pour-
raient traverser dans l'espace d'une année, tant elle est
vaste et horrible. Va maintenant avec ta nef et tes compagnons ; ou, si tu veux aller par terre, je te donnerai un char
et des chevaux, et mes fils te conduiront dans la divine
Lakédaimôn où est le blond Ménélaos, afin que tu le pries
de te dire la vérité. Et il ne te dira pas de mensonges, car
il est très-sage.

Il parla ainsi, et Hèlios descendit, et les ténèbres arrivèrent. Et la Déesse Athènè aux yeux clairs lui dit :

— O Vieillard, tu as parlé convenablement. Mais tran-
chez les langues des victimes, et mêlez le vin, afin que nous
fassions des libations à Poseidaôn et aux autres Immortels.
Puis, nous songerons à notre lit, car voici l'heure. Déjà la
lumière est sous l'horizon, et il ne convient pas de rester
plus longtemps au festin des Dieux; mais il faut nous
retirer.

La fille de Zeus parla ainsi, et tous obéirent à ses paroles.
Et les hérauts leur versèrent de l'eau sur les mains, et les
jeunes hommes couronnèrent les kratères de vin et les distribuèrent entre tous à pleines coupes. Et ils jetèrent les
langues dans le feu. Et ils firent, debout, des libations; et,
après avoir fait des libations et bu autant que leur cœur le
désirait, alors, Athènaiè et Tèlémakhos voulurent tous
deux retourner à leur nef creuse. Mais, aussitôt, Nestôr
les retint et leur dit :

— Que Zeus et tous les autres Dieux Immortels me préservent de vous laisser retourner vers votre nef rapide, en
me quittant, comme si j'étais un homme pauvre qui n'a
dans sa maison ni vêtements ni tapis, afin que ses hôtes y
puissent dormir mollement! Certes, je possède beaucoup
de vêtements et de beaux tapis. Et jamais le cher fils du
héros Odysseus ne passera la nuit dans sa nef tant que je
vivrai, et tant que mes enfants habiteront ma maison royale
et y recevront les étrangers qui viennent dans ma demeure.

Et la Déesse Athènè aux yeux clairs lui répondit :

— Tu as bien parlé, cher Vieillard. Il convient que tu
persuades Tèlémakhos, afin que tout soit pour le mieux.
Il te suivra donc pour dormir dans ta demeure, et je re-
tournerai vers notre nef noire pour donner des ordres à
nos compagnons, car je me glorifie d'être le plus âgé
d'entre eux. Ce sont des jeunes hommes, du même âge que

le magnanime Tèlémakhos, et ils l'ont suivi par amitié. Je
dormirai dans la nef noire et creuse, et, dès le matin, j'irai
vers les magnanimes Kaukônes, pour une somme qui m'est
due et qui n'est pas médiocre. Quand Tèlémakhos sera
dans ta demeure, envoie-le sur le char, avec ton fils, et
donne-lui tes chevaux les plus rapides et les plus vigoureux.

Ayant ainsi parlé, Athènè aux yeux clairs disparut semblable à un aigle, et la stupeur saisit tous ceux qui la virent. Et le Vieillard, l'ayant vue de ses yeux, fut plein d'admiration, et il prit la main de Tèlémakhos et il lui dit ces
paroles :

— O ami, tu ne seras ni faible ni lâche, puisque les
Dieux eux-mêmes te conduisent, bien que tu sois si jeune.
C'est là un des habitants des demeures Olympiennes, la
fille de Zeus, la dévastatrice Tritogénéia, qui honorait ton
père excellent entre tous les Argiens. C'est pourquoi, ô
Reine, sois-moi favorable! Donne-nous une grande gloire,
à moi, à mes fils et à ma vénérable épouse, et je te sacrifierai une génisse d'un an, au front large, indomptée, et
que nul autre n'a soumise au joug; et je te la sacrifierai
après avoir répandu de l'or sur ses cornes.

Il parla ainsi, et Pallas-Athènè l'entendit.

Et le cavalier Gérennien Nestôr, en tête de ses fils et de
ses gendres, retourna vers sa belle demeure. Et quand ils
furent arrivés à l'illustre demeure du Roi, ils s'assirent en
ordre sur des gradins et sur des trônes. Et le Vieillard
mêla pour eux un kratère de vin doux, âgé de onze ans,
dont une servante ôta le couvercle. Et le Vieillard, ayant
mêlé le vin dans le kratère, supplia Athènè, faisant des
libations à la fille de Zeus tempêtueux. Et chacun d'eux,
ayant fait des libations et bu autant que son cœur le désirait, retourna dans sa demeure pour y dormir. Et le cavalier Gérennien Nestôr fit coucher Tèlémakhos, le cher

fils du divin Odysseus, en un lit sculpté, sous le portique
sonore, auprès du brave Peisistratos, le plus jeune des
fils de la maison royale. Et lui-même s'endormit au fond
de sa haute demeure, là où l'Épouse lui avait préparé
un lit.

Et quand Eôs aux doigts rosés, née au matin, apparut,
le cavalier Gérennien Nestôr se leva de son lit. Puis, étant
sorti, il s'assit sur les pierres polies, blanches et brillantes
comme de l'huile, qui étaient devant les hautes portes, et
sur lesquelles s'asseyait autrefois Nèleus semblable aux
Dieux par la sagesse. Mais celui-ci, dompté par la Kèr,
était descendu chez Aidès. Et, maintenant, le Gérennien
Nestôr, rempart des Akhaiens, s'asseyait à sa place, tenant
le sceptre. Et ses fils, sortant des chambres nuptiales, se
réunirent autour de lui : Ekhéphrôn, et Stratios, et Perseus, et Arètos, et le divin Thrasymèdès. Et le héros Peisistratos vint le sixième. Et ils firent approcher Tèlémakhos semblable à un Dieu; et le cavalier Gérennien
Nestôr commença de leur parler :

— Mes chers enfants, satisfaites promptement mon
désir, afin que je me rende favorable, avant tous les Dieux,
Athènaiè qui s'est montrée ouvertement à moi au festin
sacré de Poseidaôn. Que l'un de vous aille dans la campagne chercher une génisse que le bouvier amènera, et
qu'il revienne à la hâte. Un autre se rendra à la nef noire
du magnanime Tèlémakhos, et il amènera tous ses compagnons, et il n'en laissera que deux. Un autre ordonnera
au fondeur d'or Laerkeus de venir répandre de l'or sur les
cornes de la génisse; et les autres resteront auprès de moi.
Ordonnez aux servantes de préparer un festin sacré dans
la demeure, et d'apporter des siéges, du bois et de l'eau
pure.

Il parla ainsi, et tous lui obéirent. La génisse vint de la
campagne, et les compagnons du magnanime Tèlémakhos

vinrent de la nef égale et rapide. Et l'ouvrier vint, portant
dans ses mains les instruments de son art, l'enclume, le
maillet et la tenaille, avec lesquels il travaillait l'or. Et
Athènè vint aussi, pour jouir du sacrifice. Et le vieux cavalier Nestôr donna de l'or, et l'ouvrier le répandit et le fixa
sur les cornes de la génisse, afin que la Déesse se réjouît
en voyant cet ornement. Stratios et le divin Ekhéphrôn
amènèrent la génisse par les cornes, et Arètos apporta, de
la chambre nuptiale, dans un bassin fleuri, de l'eau pour
leurs mains, et une servante apporta les orges dans une
corbeille. Et le brave Thrasymèdès se tenait prêt à tuer la
génisse, avec une hache tranchante à la main, et Perseus
tenait un vase pour recevoir le sang. Alors, le vieux cavalier Nestôr répandit l'eau et les orges, et supplia Athènè, en
jetant d'abord dans le feu quelques poils arrachés de la
tête.

Et, après qu'ils eurent prié et répandu les orges, aussitôt,
le noble Thrasymèdès, fils de Nestôr, frappa, et il trancha
d'un coup de hache les muscles du cou; et les forces de la
génisse furent rompues. Et les filles, les belles-filles et la
vénérable épouse de Nestôr, Eurydikè, l'aînée des filles de
Klyménos, hurlèrent toutes.

Puis, relevant la génisse qui était largement étendue, ils
la soutinrent, et Peisistratos, chef des hommes, l'égorgea.
Et un sang noir s'échappa de sa gorge, et le souffle abandonna ses os. Aussitôt ils la divisèrent. Les cuisses furent
coupées, selon le rite, et recouvertes de graisse des deux
côtés. Puis, on déposa, par-dessus, les entrailles saignantes.
Et le vieillard les brûlait sur du bois, faisant des libations
de vin rouge. Et les jeunes hommes tenaient en mains des
broches à cinq pointes. Les cuisses étant consumées, ils
goûtèrent les entrailles; puis, divisant les chairs avec soin,
ils les embrochèrent et les rôtirent, tenant en mains les
broches aiguës.

Pendant ce temps, la belle Polykastè, la plus jeune des
filles de Nestôr Nèlèiade, baigna Tèlémakhos; et, après
l'avoir baigné et parfumé d'une huile grasse, elle le revêtit
d'une tunique et d'un beau manteau. Et il sortit du bain,
semblable par sa beauté aux Immortels. Et le prince des
peuples vint s'asseoir auprès de Nestôr.

Les autres, ayant rôti les chairs, les retirèrent du feu et
s'assirent au festin. Et les plus illustres, se levant, versaient
du vin dans les coupes d'or. Et quand ils eurent assouvi la
soif et la faim, le cavalier Gérennien Nestôr commença de
parler au milieu d'eux :

— Mes enfants, donnez promptement à Tèlémakhos des
chevaux au beau poil, et liez-les au char, afin qu'il fasse
son voyage.

Il parla ainsi, et, l'ayant entendu, ils lui obéirent aussitôt. Et ils lièrent promptement au char deux chevaux rapides. Et la servante intendante y déposa du pain et du vin
et tous les mets dont se nourrissent les Rois élevés par
Zeus. Et Tèlémakhos monta dans le beau char, et, auprès
de lui, le Nestoride Peisistratos, chef des hommes, monta
aussi et prit les rênes en mains. Puis, il fouetta les chevaux, et ceux-ci s'élancèrent avec ardeur dans la plaine,
laissant derrière eux la ville escarpée de Pylos. Et, tout
le jour, ils secouèrent le joug qui les retenait des deux
côtés.

Alors, Hèlios tomba, et les chemins s'emplirent d'ombre.
Et ils arrivèrent à Phèra, dans la demeure de Diokleus,
fils d'Orthilokhos que l'Alphéios engendra. Là, ils passèrent la nuit, et Diokleus leur fit les dons de l'hospitalité.

Et quand Eôs aux doigts rosés, née au matin, apparut,
ils attelèrent les chevaux et montèrent sur le beau char, et
ils sortirent du vestibule et du portique sonore. Et Peisis-

tratos fouetta les chevaux, qui s'élancèrent ardemment dans la plaine fertile. Et ils achevèrent leur route, tant les chevaux rapides couraient avec vigueur. Et Hèlios tomba de nouveau, et les chemins s'emplirent d'ombre.

RHAPSODIE IV.

T ils parvinrent à la vaste et creuse Lakédai-
môn. Et ils se dirigèrent vers la demeure du
glorieux Ménélaos, qu'ils trouvèrent célébrant
dans sa demeure, au milieu de nombreux con-
vives, les noces de son fils et de sa fille irréprochable qu'il
envoyait au fils du belliqueux Akhilleus. Dès longtemps,
devant Troiè, il l'avait promise et fiancée, et les Dieux
accomplissaient leurs noces, et Ménélaos l'envoyait, avec
un char et des chevaux, vers l'illustre ville des Myrmidones, auxquels commandait le fils d'Akhilleus.

Et il mariait une Spartiate, fille d'Alektôr, à son fils, le
robuste Mégapenthès, que, dans sa vieillesse, il avait eu
d'une captive. Car les Dieux n'avaient plus accordé d'enfants à Hélènè depuis qu'elle avait enfanté sa fille gracieuse, Hermionè, semblable à Aphroditè d'or.

Et les voisins et les compagnons du glorieux Ménélaos
étaient assis au festin, dans la haute et grande demeure; et

ils se réjouissaient, et un Aoide divin chantait au milieu
d'eux, en jouant de la flûte, et deux danseurs bondissaient
au milieu d'eux, aux sons du chant.

Et le héros Tèlémakhos et l'illustre fils de Nestôr s'arrêtèrent, eux et leurs chevaux, dans le vestibule de la
maison. Et le serviteur familier du glorieux Ménélaos,
Etéôneus, accourant et les ayant vus, alla rapidement les
annoncer dans les demeures du prince des peuples. Et,
se tenant debout auprès de lui, il dit ces paroles ailées :

— Ménélaos, nourri par Zeus, voici deux Étrangers qui
semblent être de la race du grand Zeus. Dis-moi s'il faut
dételer leurs chevaux rapides, ou s'il faut les renvoyer vers
quelqu'autre qui les reçoive.

Et le blond Ménélaos lui répondit en gémissant :

— Etéôneus Boèthoide, tu n'étais pas insensé avant ce
moment, et voici que tu prononces comme un enfant des
paroles sans raison. Nous avons souvent reçu, en grand
nombre, les présents de l'hospitalité chez des hommes
étrangers, avant de revenir ici. Que Zeus nous affran-
chisse de nouvelles misères dans l'avenir! Mais délie les
chevaux de nos hôtes et conduis-les eux-mêmes à ce
festin.

Il parla ainsi, et Etéôneus sortit à la hâte des demeures,
et il ordonna aux autres serviteurs fidèles de le suivre. Et ils
délièrent les chevaux suant sous le joug, et ils les attachè-
rent aux crèches, en plaçant devant eux l'orge blanche et
l'épeautre mêlés. Et ils appuyèrent le char contre le mur
poli. Puis, ils conduisirent les étrangers dans la demeure
divine.

Et ceux-ci regardaient, admirant la demeure du Roi
nourrisson de Zeus. Et la splendeur de la maison du glorieux Ménélaos était semblable à celle de Hèlios et de Sé-
lénè. Et quand ils furent rassasiés de regarder, ils entrèrent, pour se laver, dans des baignoires polies. Et après

que les servantes les eurent lavés et parfumés d'huile, et
revêtus de tuniques et de manteaux moelleux, ils s'assirent
sur des thrônes auprès de l'Atréide Ménélaos. Et une servante, pour laver leurs mains, versa de l'eau, d'une belle
aiguière d'or, dans un bassin d'argent; et elle dressa devant
eux une table polie; et la vénérable Intendante, pleine de
bienveillance, y déposa dù pain et des mets nombreux. Et
le découpeur leur offrit les plateaux couverts de viandes
différentes, et il posa devant eux des coupes d'or. Et le
blond Ménélaos, leur donnant la main droite, leur dit :

— Mangez et réjouissez-vous. Quand vous serez rassasiés de nourriture, nous vous demanderons qui vous êtes
parmi les hommes. Certes, la race de vos aïeux n'a point
failli, et vous êtes d'une race de Rois Porte-sceptres
nourris par Zeus, car jamais des lâches n'ont enfanté de
tels fils.

Il parla ainsi, et, saisissant de ses mains le dos gras d'une
génisse, honneur qu'on lui avait fait à lui-même, il le
plaça devant eux. Et ceux-ci étendirent les mains vers les
mets offerts. Et quand ils eurent assouvi le besoin de manger et de boire, Tèlémakhos dit au fils de Nestôr, en approchant la tête de la sienne, afin de n'être point entendu :

— Vois, Nestoride, très-cher à mon cœur, la splendeur
de l'airain et la maison sonore, et l'or, et l'émail, et l'argent
et l'ivoire. Sans doute, telle est la demeure de l'Olympien
Zeus, tant ces richesses sont nombreuses. L'admiration
me saisit en les regardant.

Et le blond Ménélaos, ayant compris ce qu'il disait, leur
adressa ces paroles ailées :

— Chers enfants, aucun vivant ne peut lutter contre
Zeus, car ses demeures et ses richesses sont immortelles.
Il y a des hommes plus ou moins riches que moi; mais
j'ai subi bien des maux, et j'ai erré sur mes nefs pendant
huit années, avant de revenir. Et j'ai vu Kypros et la

Phoinikè, et les Aigyptiens, et les Aithiopiens, et les Sidônes, et les Erembes, et la Lybiè où les agneaux sont
cornus, et où les brebis mettent bas trois fois par an. Là,
ni le Roi ni le berger ne manquent de fromage, de viandes
et de lait doux, car ils peuvent traire le lait pendant toute
·l'année. Et tandis que j'errais en beaucoup de pays, amassant des richesses, un homme tuait traîtreusement mon
frère, aidé par la ruse d'une femme perfide. Et je règne,
plein de tristesse malgré mes richesses. Mais vous devez
avoir appris ces choses de vos pères,. quels qu'ils soient.
Et j'ai subi des maux nombreux, et j'ai détruit une ville
bien peuplée qui renfermait des trésors précieux. Plût aux
Dieux que j'en eusse trois fois moins dans mes demeures,
et qu'ils fussent encore vivants les héros qui ont péri devant la grande Troiè, loin d'Argos où paissent les beaux chevaux! Et je pleure et je gémis sur eux tous. Souvent, assis
dans mes demeures, je me plais à m'attrister en me souvenant, et tantôt je cesse de gémir, car la lassitude du
deuil arrive promptement. Mais, bien qu'attristé, je les regrette moins tous ensemble qu'un seul d'entre eux, dont
le souvenir interrompt mon sommeil et chasse ma faim;
car Odysseus a supporté plus de travaux que tous les
Akhaiens. Et d'autres douleurs lui étaient réservées dans
l'avenir; et une tristesse incurable me saisit à cause de lui
qui est depuis si longtemps absent. Et nous ne savons s'il
est vivant ou mort; et le vieux Laertès le pleure, et la sage
Pènélopéia, et Tèlémakhos qu'il laissa tout enfant dans ses
demeures.

Il parla ainsi, et il donna à Tèlémakhos le désir de
pleurer à cause de son père; et, entendant parler de son
père, il se couvrit les yeux de son manteau pourpré, avec
ses deux mains, et il répandit des larmes hors de ses paupières. Et Ménélaos le reconnut, et il délibéra dans son
esprit et dans son cœur s'il le laisserait se souvenir le pre-

mier de son père, ou s'il l'interrogerait en lui disant ce qu'il pensait.

Pendant qu'il délibérait ainsi dans son esprit et dans son cœur, Hélénè sortit de la haute chambre nuptiale parfumée, semblable à Artémis qui porte un arc d'or. Aussitôt Adrestè lui présenta un beau siége, Alkippè apporta un tapis de laine moelleuse, et Phylô lui offrit une corbeille d'argent que lui avait donnée Alkandrè, femme de Polybos, qui habitait dans Thèbè Aigyptienne, où de nombreuses richesses étaient renfermées dans les demeures. Et Polybos donna à Ménélaos deux baignoires d'argent, et deux trépieds, et dix talents d'or ; et Alkandrè avait aussi offert de beaux présents à Hélénè : Une quenouille d'or et une corbeille d'argent massif dont la bordure était d'or. Et la servante Phylô la lui apporta, pleine de fil préparé, et, pardessus, la quenouille chargée de laine violette. Hélénè s'assit, avec un escabeau sous les pieds, et aussitôt elle interrogea ainsi son époux :

— Savons-nous, divin Ménélaos, qui sont ces hommes qui se glorifient d'être entrés dans notre demeure? Mentirai-je ou dirai-je la vérité? Mon esprit me l'ordonne. Je ne pense pas avoir jamais vu rien de plus ressemblant, soit un homme, soit une femme; et l'admiration me saisit tandis que je regarde ce jeune homme, tant il est semblable au fils du magnanime Odysseus, à Tèlémakhos qu'il laissa tout enfant dans sa demeure, quand pour moi, chienne, les Akhaiens vinrent à Troiè, portant la guerre audacieuse.

Et le blond Ménélaos, lui répondant, parla ainsi :

— Je reconnais comme toi, femme, que ce sont là les pieds, les mains, l'éclair des yeux, la tête et les cheveux d'Odysseus. Èt voici que je me souvenais de lui et que je me rappelais combien de misères il avait patiemment subies pour moi. Mais ce jeune homme répand de ses pau-

pières des larmes amères, couvrant ses yeux de son manteau pourpré.

Et le Nestoride Peisistratos lui répondit :

— Atréide Ménélaos, nourri par Zeus, prince des peuples, certes, il est le fils de celui que tu dis. Mais il est
sage, et il pense qu'il ne serait pas convenable, dès son
arrivée, de prononcer des paroles téméraires devant toi
dont nous écoutons la voix comme celle d'un Dieu. Le cavalier Gérennien Nestôr m'a ordonné de l'accompagner. Et
il désire te voir, afin que tu le conseilles ou que tu l'aides ;
car il subit beaucoup de maux, à cause de son père absent,
dans sa demeure où il a peu de défenseurs. Cette destinée
est faite à Tèlémakhos, et son père est absent, et il n'a personne, parmi son peuple, qui puisse détourner de lui les
calamités.

Et le blond Ménélaos, lui répondant, parla ainsi :

— O Dieux ! certes, le fils d'un homme que j'aime est
entré dans ma demeure, d'un héros qui, pour ma cause, a
subi tant de combats. J'avais résolu de l'honorer entre tous
les Akhaiens, si l'Olympien Zeus qui tonne au loin nous
eût donné de revenir sur la mer et sur nos nefs rapides. Et
je lui aurais élevé une ville dans Argos, et je lui aurais bâti
une demeure ; et il aurait transporté d'Ithakè ses richesses
et sa famille et tout son peuple dans une des villes où je
commande et qui aurait été quittée par ceux qui l'habitent.
Et, souvent, nous nous fussions visités tour à tour, nous
aimant et nous charmant jusqu'à ce que la noire nuée de
la mort nous eût enveloppés. Mais, sans doute, un Dieu
nous a envié cette destinée, puisque, le retenant seul et
malheureux, il lui refuse le retour.

Il parla ainsi, et il excita chez tous le désir de pleurer.
Et l'Argienne Hélénè, fille de Zeus, pleurait ; et Tèlémakhos
pleurait aussi, et l'Atréide Ménélaos ; et le fils de Nestôr
avait les yeux pleins de larmes, et il se souvenait dans son

4

esprit de l'irréprochable Antilokhos que l'illustre fils de la
splendide Eôs avait tué; et, se souvenant, il dit en paroles ailées :

— Atréide, souvent le vieillard Nestôr m'a dit, quand
nous nous souvenions de toi dans ses demeures, et quand
nous nous entretenions, que tu l'emportais sur tous par
ta sagesse. C'est pourquoi, maintenant, écoute-moi. Je ne
me plais point à pleurer après le repas; mais nous verse-
rons des larmes quand Eôs née au matin reviendra. Il faut
pleurer ceux qui ont subi leur destinée. C'est là, certes, la
seule récompense des misérables mortels de couper pour
eux sa chevelure et de mouiller ses joues de larmes. Mon
frère aussi est mort, et il n'était pas le moins brave des
Argiens, tu le sais. Je n'en ai pas été témoin, et je ne l'ai
point vu, mais on dit qu'Antilokhos l'emportait sur tous,
quand il courait et quand il combattait.

Et le blond Ménélaos lui répondit :

— O cher, tu parles comme un homme sage et plus âgé
que toi parlerait et agirait, comme le fils d'un sage père.
On reconnaît facilement l'illustre race d'un homme que le
Kroniôn a honoré, qu'il a bien marié et qui est bien né.
C'est ainsi qu'il a accordé tous les jours à Nestôr de vieillir
en paix dans sa demeure, au milieu de fils sages et qui
excellent par la lance. Mais retenons les pleurs qui viennent de nous échapper. Souvenons-nous de notre repas et
versons de l'eau sur nos mains. Tèlémakhos et moi, demain
matin, nous parlerons et nous nous entretiendrons.

Il parla ainsi, et Asphaliôn, fidèle serviteur de l'illustre
Ménélaos, versa de l'eau sur leurs mains, et tous étendirent les mains vers les mets placés devant eux.

Et alors Hélénè, fille de Zeus, eut une autre pensée, et,
aussitôt, elle versa dans le vin qu'ils buvaient un baume, le
Nèpenthès, qui donne l'oubli des maux. Celui qui aurait
bu ce mélange ne pourrait plus répandre des larmes de

tout un jour, même si sa mère et son père étaient morts,
même si on tuait devant lui par l'airain son frère ou son
fils bien-aimé, et s'il le voyait de ses yeux. Et la fille de
Zeus possédait cette liqueur excellente que lui avait donnée
Polydamna, femme de Thôs, en Aigyptiè, terre fertile qui
produit beaucoup de baumes, les uns salutaires et les autres mortels. Là tous les médecins sont les plus habiles
d'entre les hommes, et ils sont de la race de Paièôn. Après
l'avoir préparé, Hélénè ordonna de verser le vin, et elle
parla ainsi :

— Atréide Ménélaos, nourrisson de Zeus, certes, ceux-
ci sont fils d'hommes braves, mais Zeus dispense comme il
le veut le bien et le mal, car il peut tout. C'est pourquoi,
maintenant, mangeons, assis dans nos demeures, et charmons-nous par nos paroles. Je vous dirai des choses
qui vous plairont. Cependant, je ne pourrai raconter, ni
même rappeler tous les combats du patient Odysseus,
tant cet homme brave a fait et supporté de travaux chez
le peuple des Troiens, là où les Akhaiens ont été accablés de misères. Se couvrant lui-même de plaies honteuses, les épaules enveloppées de vils haillons et semblable à un esclave, il entra dans la vaste ville des guerriers ennemis, s'étant fait tel qu'un mendiant, et bien diffé-
rent de ce qu'il était auprès des nefs des Akhaiens. C'est
ainsi qu'il entra dans la ville des Troiens, inconnu de tous.
Seule, je le reconnus et je l'interrogeai, mais il me répondit avec ruse. Puis, je le baignai et je le parfumai
d'huile, et je le couvris de vêtements, et je jurai un grand
serment, promettant de ne point révéler Odysseus aux
Troiens avant qu'il fût retourné aux nefs rapides et aux
tentes. Et alors il me découvrit tous les projets des
Akhaiens. Et, après avoir tué avec le long airain un grand
nombre de Troiens, il retourna vers les Argiens, leur rap-
portant beaucoup de secrets. Et les Troiennes gémissaient

lamentablement; mais mon esprit se réjouissait, car déjà
j'avais dans mon cœur le désir de retourner vers ma demeure, et je pleurais sur la mauvaise destinée qu'Aphroditè m'avait faite, quand elle me conduisit, en me trompant, loin de la chère terre de la patrie, et de ma fille, et
de la chambre nuptiale, et d'un mari qui n'est privé d'aucun
don, ni d'intelligence, ni de beauté.

Et le blond Ménélaos, lui répondant, parla ainsi :

— Tu as dit toutes ces choses, femme, comme il convient. Certes, j'ai connu la pensée et la sagesse de beaucoup de héros, et j'ai parcouru beaucoup de pays, mais
je n'ai jamais vu de mes yeux un cœur tel que celui
du patient Odysseus, ni ce que ce vaillant homme fit
et affronta dans le cheval bien travaillé où nous étions
tous entrés, nous, les princes des Argiens, afin de porter
le meurtre et la Kèr aux Troiens. Et tu vins là, et sans
doute un Dieu te l'ordonna qui voulut accorder la gloire
aux Troiens, et Dèiphobos semblable à un Dieu te suivait. Et tu fis trois fois le tour de l'embûche creuse, en
la frappant; et tu nommais les princes des Danaens en
imitant la voix des femmes de tous les Argiens; et nous,
moi, Diomèdès et le divin Odysseus, assis au milieu, nous
écoutions ta voix. Et Diomèdès et moi nous voulions sortir
impétueusement plutôt que d'écouter de l'intérieur, mais
Odysseus nous arrêta et nous retint malgré notre désir. Et
les autres fils des Akhaiens restaient muets, et Antiklos,
seul, voulut te répondre; mais Odysseus lui comprima
la bouche de ses mains robustes, et il sauva tous les
Akhaiens; et il le contint ainsi jusqu'à ce que Pallas Athènè
t'eût éloignée.

Et le prudent Tèlémakhos lui répondit :

— Atréide Ménélaos, nourrisson de Zeus, prince des
peuples, cela est triste, mais ces actions n'ont point éloigné
de lui la mauvaise mort, et même si son cœur eût été de

fer. Mais conduis-nous à nos lits, afin que nous jouissions
du doux sommeil.

Il parla ainsi, et l'Argienne Hélénè ordonna aux servantes de préparer les lits sous le portique, d'amasser des
vêtements beaux et pourprés, de les couvrir de tapis et de
recouvrir ceux-ci de laines épaisses. Et les servantes sortirent des demeures, portant des torches dans leurs mains,
et elles étendirent les lits, et un héraut conduisit les hôtes.
Et le héros Tèlémakhos et l'illustre fils de Nestôr s'endormirent sous le portique de la maison. Et l'Atréide s'endormit au fond de la haute demeure, et Hélénè au large
péplos, la plus belle des femmes, se coucha auprès de lui.

Mais quand Eôs aux doigts rosés, née au matin, apparut, le brave Ménélaos se leva de son lit, mit ses vêtements, suspendit une épée aiguë autour de ses épaules et
attacha de belles sandales à ses pieds luisants. Et, semblable à un Dieu, sortant de la chambre nuptiale, il s'assit
auprès de Tèlémakhos et il lui parla :

— Héros Tèlémakhos, quelle nécessité t'a poussé vers la
divine Lakédaimôn, sur le large dos de la mer? Est-ce un
intérêt public ou privé? Dis-le-moi avec vérité.

Et le prudent Tèlémakhos lui répondit :

— Atréide Ménélaos, nourrisson de Zeus, prince des
peuples, je viens afin que tu me dises quelque chose de
mon père. Ma maison est ruinée, mes riches travaux péris-
sent. Ma demeure est pleine d'hommes ennemis qui égorgent mes brebis grasses et mes bœufs aux pieds flexibles et
aux fronts sinueux. Ce sont les Prétendants de ma mère,
et ils ont une grande insolence. C'est pourquoi, maintenant, je viens à tes genoux, afin que, me parlant de la mort
lamentable de mon père, tu me dises si tu l'as vue de tes
yeux, ou si tu l'as apprise d'un voyageur. Certes, une mère
malheureuse l'a enfanté. Ne me trompe point pour me con-
soler, et par pitié; mais raconte-moi franchement tout ce

que tu as vu. Je t'en supplie, si jamais mon père, le brave
Odysseus, par la parole ou par l'action, a tenu ce qu'il
avait promis, chez le peuple des Troiens, où les Akhaiens
ont subi tant de misères, souviens-t'en et dis-moi la vérité.

Et, avec un profond soupir, le blond Ménélaos lui répondit :

— O Dieux! certes, des lâches veulent coucher dans le
lit d'un brave! Ainsi une biche a déposé dans le repaire
d'un lion robuste ses faons nouveaux-nés et qui tettent,
tandis qu'elle va paître sur les hauteurs ou dans les vallées
herbues; et voici que le lion, rentrant dans son repaire, tue
misérablement tous les faons. Ainsi Odysseus leur fera
subir une mort misérable. Plaise au Père Zeus, à Athènè,
à Apollôn, qu'Odysseus se mêle aux Prétendants tel qu'il
était dans Lesbos bien bâtie, quand se levant pour lutter
contre le Philomèléide, il le terrassa rudement. Tous les
Akhaiens s'en réjouirent. La vie des Prétendants serait
brève et leurs noces seraient amères! Mais les choses que
tu me demandes en me suppliant, je te les dirai sans te
rien cacher, telles que me les a dites le Vieillard véridique de
la mer. Je te les dirai toutes et je ne te cacherai rien. Malgré
mon désir du retour, les Dieux me retinrent en Aigyptiè,
parce que je ne leur avais point offert les hécatombes qui
leur étaient dues. Les Dieux, en effet, ne veulent point que
nous oubliions leurs commandements. Et il y a une île, au
milieu de la mer onduleuse, devant l'Aigyptiè, et on la
nomme Pharos, et elle est éloignée d'autant d'espace qu'une
nef creuse, que le vent sonore pousse en poupe, peut en
franchir en un jour entier. Et dans cette île il y a un port
excellent d'où, après avoir puisé une eau profonde, on
traîne à la mer les nefs égales. Là, les Dieux me retinrent
vingt jours, et les vents marins ne soufflèrent point qui
mènent les nefs sur le large dos de la mer. Et mes vivres
étaient déjà épuisés, et l'esprit de mes hommes était abattu,

quand une Déesse me regarda et me prit en pitié, la fille
du Vieillard de la mer, de l'illustre Prôteus, Eidothéè. Et
je touchai son âme, et elle vint au-devant de moi tandis que
j'étais seul, loin de mes compagnons qui, sans cesse, erraient
autour de l'île, pêchant à l'aide des hameçons recourbés,
car la faim tourmentait leur ventre. Et, se tenant près de
moi, elle parla ainsi :

— Tu es grandement insensé, ô Étranger, ou tu as perdu
l'esprit, ou tu restes ici volontiers et tu te plais à souffrir,
car, certes, voici longtemps que tu es retenu dans l'île, et
tu ne peux trouver aucune fin à cela, et le cœur de tes compagnons s'épuise.

Elle parla ainsi, et, lui répondant aussitôt, je dis :

— Je te dirai avec vérité, qui que tu sois entre les Déesses,
que je ne reste point volontairement ici; mais je dois avoir
offensé les Immortels qui habitent le large Ouranos. Dis-
moi donc, car les Dieux savent tout, quel est celui des Immortels qui me retarde en route et qui s'oppose à ce que
je retourne en fendant la mer poissonneuse.

Je parlais ainsi, et, aussitôt, l'illustre Déesse me répondit :

— O Étranger, je te répondrai avec vérité. C'est ici
qu'habite le véridique Vieillard de la mer, l'immortel Prôteus Aigyptien qui connaît les profondeurs de toute la mer
et qui est esclave de Poseidaôn. On dit qu'il est mon père
et qu'il m'a engendrée. Si tu peux le saisir par ruse, il te
dira ta route et comment tu retourneras à travers la mer
poissonneuse; et, de plus, il te dira, ô enfant de Zeus, si
tu le veux, ce qui est arrivé dans tes demeures, le bien et
le mal, pendant ton absence et ta route longue et difficile.

Elle parla ainsi, et, aussitôt, je lui répondis :

— Maintenant, explique-moi les ruses du Vieillard, de
peur que, me voyant, il me prévienne et m'échappe, car un
Dieu est difficile à dompter pour un homme mortel.

Je parlais ainsi, et, aussitôt, l'illustre Déesse me répondit :

— O Étranger, je te répondrai avec vérité. Quand Hèlios atteint le milieu de l'Ouranos, alors le véridique Vieillard marin sort de la mer, sous le souffle de Zéphyros, et couvert d'une brume épaisse. Étant sorti, il s'endort sous les grottes creuses. Autour de lui, les phoques sans pieds de la belle Halosydnè, sortant aussi de la blanche mer, s'endorment, innombrables, exhalant l'âcre odeur de la mer profonde. Je te conduirai là, au lever de la lumière, et je t'y placerai comme il convient, et tu choisiras trois de tes compagnons parmi les plus braves qui sont sur tes nefs aux bancs de rameurs. Maintenant, je te dirai toutes les ruses du Vieillard. D'abord il comptera et il examinera les phoques ; puis, les ayant séparés par cinq, il se couchera au milieu d'eux comme un berger au milieu d'un troupeau de brebis. Dès que vous le verrez presque endormi, alors souvenez-vous de votre courage et de votre force, et retenez-le malgré son désir de vous échapper, et ses efforts. Il se fera semblable à toutes les choses qui sont sur la terre, aux reptiles, à l'eau, au feu ardent ; mais retenez-le vigoureusement et serrez-le plus fort. Mais quand il t'interrogera lui-même et que tu le verras tel qu'il était endormi, n'use plus de violence et lâche le Vieillard. Puis, ô Héros, demande-lui quel Dieu t'afflige, et il te dira comment retourner à travers la mer poissonneuse.

Elle parla ainsi et sauta dans la mer agitée. Et je retournai vers mes nefs, là où elles étaient tirées sur la plage, et mon cœur agité de nombreuses pensées tandis que j'allais. Puis, étant arrivé à ma nef et à la mer, nous préparâmes le repas, et la nuit divine survint, et alors nous nous endormîmes sur le rivage de la mer. Et quand Eôs aux doigts rosés, née au matin, apparut, je marchai vers le rivage de la mer large, en suppliant les Dieux ; et je con-

duisais trois de mes compagnons, me confiant le plus dans
leur courage. Pendant ce temps, la Déesse, étant sortie du
large sein de la mer, en apporta quatre peaux de phoques
récemment écorchés, et elle prépara une ruse contre son
père. Et elle s'était assise, nous attendant, après avoir
creusé des lits dans le sable marin. Et nous vînmes auprès
d'elle. Et elle nous plaça et couvrit chacun de nous d'une
peau. C'était une embuscade très-dure, car l'odeur affreuse
des phoques nourris dans la mer nous affligeait cruellement. Qui peut en effet coucher auprès d'un monstre marin? Mais la Déesse nous servit très-utilement, et elle mit
dans les narines de chacun de nous l'ambroisie au doux
parfum qui chassa l'odeur des bêtes marines. Et nous attendîmes, d'un esprit patient, toute la durée du matin.
Enfin, les phoques sortirent, innombrables, de la mer, et
vinrent se coucher en ordre le long du rivage. Et, vers
midi, le Vieillard sortit de la mer, rejoignit les phoques
gras, les compta, et nous les premiers parmi eux, ne se
doutant point de la ruse; puis, il se coucha lui-même.
Aussitôt, avec des cris, nous nous jetâmes sur lui en l'entourant de nos bras; mais le Vieillard n'oublia pas ses ruses
adroites, et il se changea d'abord en un lion à longue crinière, puis en dragon, en panthère, en grand sanglier, en
eau, en arbre au vaste feuillage. Et nous le tenions avec
vigueur et d'un cœur ferme; mais quand le Vieillard plein
de ruses se vit réduit, alors il m'interrogea et il me dit:

— Qui d'entre les Dieux, fils d'Atreus, t'a instruit, afin
que tu me saisisses malgré moi? Que désires-tu?

Il parla ainsi, et, lui répondant, je lui dis:

— Tu le sais, Vieillard. Pourquoi me tromper en m'in-
terrogeant? Depuis longtemps déjà je suis retenu dans cette
île, et je ne puis trouver fin à cela, et mon cœur s'épuise.
Dis-moi donc, car les Dieux savent tout, quel est celui des

Immortels qui me détourne de ma route et qui m'empêche
de retourner à travers la mer poissonneuse?

Je parlai ainsi, et lui, me répondant, dit:

— Avant tout, tu devais sacrifier à Zeus et aux autres
Dieux, afin d'arriver très-promptement dans ta patrie, en
naviguant sur la noire mer. Ta destinée n'est point de revoir tes amis ni de regagner ta demeure bien construite et
la terre de la patrie, avant que tu ne sois retourné vers les
eaux du fleuve Aigyptos tombé de Zeus, et que tu n'aies
offert de sacrées hécatombes aux Dieux immortels qui habitent le large Ouranos. Alors les Dieux t'accorderont la
route que tu désires.

Il parla ainsi, et, aussitôt, mon cher cœur se brisa parce
qu'il m'ordonnait de retourner en Aigyptiè, à travers la
noire mer, par un chemin long et difficile. Mais, lui répondant, je parlai ainsi:

— Je ferai toutes ces choses, Vieillard, ainsi que tu me
le recommandes; mais dis-moi, et réponds avec vérité,
s'ils sont revenus sains et saufs avec leurs nefs tous les
Akhaiens que Nestôr et moi nous avions laissés en partant
de Troiè, ou si quelqu'un d'entre eux a péri d'une mort
soudaine, dans sa nef, ou dans les bras de ses amis, après
la guerre?

Je parlai ainsi, et, me répondant, il dit:

— Atréide, ne m'interroge point, car il ne te convient
pas de connaître ma pensée, et je ne pense pas que tu
restes longtemps sans pleurer, après avoir tout entendu.
Beaucoup d'Akhaiens ont été domptés, beaucoup sont vivants. Tu as vu toi-même les choses de la guerre. Deux
chefs des Akhaiens cuirassés d'airain ont péri au retour;
un troisième est vivant et retenu au milieu de la mer large.
Aias a été dompté sur sa nef aux longs avirons. Poseidaôn
le conduisit d'abord vers les grandes roches de Gyras et le
sauva de la mer; et sans doute il eût évité la mort, bien

que haï d'Athènè, s'il n'eût dit une parole impie et s'il n'eût commis une action mauvaise. Il dit que, malgré les Dieux, il échapperait aux grands flots de la mer. Et Poseidaôn entendit cette parole orgueilleuse, et, aussitôt, de sa main robuste saisissant le trident, il frappa la roche de Gyras et la fendit en deux; et une partie resta debout, et l'autre, sur laquelle Aias s'était réfugié, tomba et l'emporta dans la grande mer onduleuse. C'est ainsi qu'il périt, ayant bu l'eau salée.

Ton frère évita la mort et il s'échappa sur sa nef creuse, et la vénérable Hèrè le sauva; mais à peine avait-il vu le haut cap des Maléiens, qu'une tempête, l'ayant saisi, l'emporta, gémissant, à l'extrémité du pays où Thyestès habitait autrefois, et où habitait alors le Thyestade Aigysthos. Là, le retour paraissait sans danger, et les Dieux firent changer les vents et regagnèrent leurs demeures. Et Agamemnôn, joyeux, descendit sur la terre de la patrie, et il la baisait, et il versait des larmes abondantes parce qu'il l'avait revue avec joie. Mais une sentinelle le vit du haut d'un rocher où le traître Aigysthos l'avait placée, lui ayant promis en récompense deux talents d'or. Et, de là, elle veillait depuis toute une année, de peur que l'Atréide arrivât en secret et se souvînt de sa force et de son courage. Et elle se hâta d'aller l'annoncer, dans ses demeures, au prince des peuples. Aussitôt Aigysthos médita une embûche rusée, et il choisit, parmi le peuple, vingt hommes très-braves, et il les plaça en embuscade, et, d'un autre côté, il ordonna de préparer un repas. Et lui-même il invita, méditant de honteuses actions, le prince des peuples Agamemnôn à le suivre avec ses chevaux et ses chars. Et il mena ainsi à la mort l'Atréide imprudent, et il le tua pendant le repas, comme on égorge un bœuf à l'étable. Et aucun des compagnons d'Agamemnôn ne fut sauvé, ni même ceux d'Aigysthos; et tous furent égorgés dans la demeure royale.

Il parla ainsi, et ma chère âme fut brisée aussitôt, et je pleurais couché sur le sable, et mon cœur ne voulait plus vivre ni voir la lumière de Hèlios. Mais, après que je me fus rassasié de pleurer, le véridique Vieillard de la mer me dit :

— Ne pleure point davantage, ni plus longtemps, sans agir, fils d'Atreus, car il n'y a en cela nul remède ; mais tente plutôt très-promptement de regagner la terre de la patrie. Ou tu saisiras Aigysthos encore vivant, ou Orestès, te prévenant, l'aura tué, et tu seras présent au repas funèbre.

Il parla ainsi, et, dans ma poitrine, mon cœur et mon esprit généreux, quoique tristes, se réjouirent de nouveau, et je lui dis ces paroles ailées :

— Je connais maintenant la destinée de ceux-ci ; mais nomme-moi le troisième, celui qui, vivant ou mort, est retenu au milieu de la mer large. Je veux le connaître, quoique plein de tristesse.

Je parlai ainsi, et, me répondant, il dit :

— C'est le fils de Laertès qui avait ses demeures dans Ithakè. Je l'ai vu versant des larmes abondantes dans l'île et dans les demeures de la nymphe Kalypsô qui le retient de force ; et il ne peut regagner la terre de la patrie. Il n'a plus en effet de nefs armées d'avirons ni de compagnons qui puissent le reconduire sur le large dos de la mer. Pour toi, ô divin Ménélaos, ta destinée n'est point de subir la Moire et la mort dans Argos nourrice de chevaux ; mais les Dieux t'enverront dans la prairie Élysienne, aux bornes de la terre, là où est le blond Rhadamanthos. Là, il est très-facile aux hommes de vivre. Ni neige, ni longs hivers, ni pluie ; mais toujours le Fleuve Okéanos envoie les douces haleines de Zéphyros, afin de rafraîchir les hommes. Et ce sera ta destinée, parce que tu possèdes Hélénè et que tu es gendre de Zeus.

Il parla ainsi, et il plongea dans la mer écumeuse. Et je retournai vers mes nefs avec mes divins compagnons. Et mon cœur agitait de nombreuses pensées tandis que je marchais. Étant arrivés à ma nef et à la mer, nous préparâmes le repas, et la nuit solitaire survint, et nous nous endormîmes sur le rivage de la mer. Et quand Eôs aux doigts rosés, née au matin, apparut, nous trainâmes nos nefs à la mer divine. Puis, dressant les mâts et déployant les voiles des nefs égales, mes compagnons s'assirent sur les bancs de rameurs, et tous, assis en ordre, frappèrent de leurs avirons la mer écumeuse. Et j'arrêtai de nouveau mes nefs dans le fleuve Aigyptos tombé de Zeus, et je sacrifiai de saintes hécatombes. Et, après avoir apaisé la colère des Dieux qui vivent toujours, j'élevai un tombeau à Agamemnôn, afin que sa gloire se répandît au loin. Ayant accompli ces choses, je retournai, et les Dieux m'envoyèrent un vent propice et me ramenèrent promptement dans la chère patrie. Maintenant, reste dans mes demeures jusqu'au onzième ou au douzième jour ; et, alors, je te renverrai dignement, et je te ferai des présents splendides, trois chevaux et un beau char ; et je te donnerai aussi une belle coupe afin que tu fasses des libations aux Dieux immortels et que tu te souviennes toujours de moi.

Et le sage Tèlémakhos lui répondit :

— Atréide, ne me retiens pas ici plus longtemps. Certes, je consumerais toute une année assis auprès de toi, que je n'aurais le regret ni de ma demeure, ni de mes parents, tant je suis profondément charmé de tes paroles et de tes discours ; mais déjà je suis un souci pour mes compagnons dans la divine Pylos, et tu me retiens longtemps ici. Mais que le don, quel qu'il soit, que tu désires me faire, puisse être emporté et conservé. Je ne conduirai point de chevaux dans Ithakè, et je te les laisserai ici dans l'abondance. Car tu possèdes de vastes plaines où croissent abondamment le lotos, le souchet et le froment, et l'avoine et l'orge. Dans Itakhè il n'y a ni routes pour les chars, ni prairies ; elle nourrit plutôt les chèvres que les chevaux et plaît mieux aux premières. Aucune des îles qui s'inclinent à la mer n'est grande, ni munie de prairies, et Ithakè par-dessus toutes.

Il parla ainsi, et le brave Ménélaos rit, et il lui prit la main, et il lui dit :

— Tu es d'un bon sang, cher enfant, puisque tu parles ainsi. Je changerai ce présent, car je le puis. Parmi tous les trésors qui sont dans ma demeure je te donnerai le plus beau et le plus précieux. Je te donnerai un beau kratère tout en argent et dont les bords sont ornés d'or. C'est l'ouvrage de Hèphaistos, et le héros illustre, roi des Sidônes, quand il me reçut dans sa demeure, à mon retour, me le donna ; et je veux te le donner.

Et ils se parlaient ainsi, et les convives revinrent dans la demeure du roi divin. Et ils amenaient des brebis, et ils apportaient le vin qui donne la vigueur ; et les épouses aux belles bandelettes apportaient le pain. Et ils préparaient ainsi le repas dans la demeure.

Mais les Prétendants, devant la demeure d'Odysseus, se plaisaient à lancer les disques à courroies de peau de chèvre sur le pavé orné où ils déployaient d'habitude leur insolence. Antinoos et Eurymakhos semblable à un Dieu y étaient assis, et c'étaient les chefs des Prétendants et les plus braves d'entre eux. Et Noèmôn, fils de Phronios, s'approchant d'eux, dit à Antinoos :

— Antinoos, savons-nous, ou non, quand Tèlémakhos revient de la sablonneuse Pylos ? Il est parti, emmenant ma nef dont j'ai besoin pour aller dans la grande Elis, où j'ai douze cavales et de patients mulets encore indomptés dont je voudrais mettre quelques-uns sous le joug.

Il parla ainsi, et tous restèrent stupéfaits, car ils ne

pensaient pas que Tèlémakhos fût parti pour la Nèléienne
Pylos, mais ils croyaient qu'il était dans les champs, auprès
des brebis ou du berger. Et, aussitôt, Antinoos, fils d'Eupeithès, lui dit :

— Dis-moi avec vérité quand il est parti, et quels jeunes
hommes choisis dans Ithakè l'ont suivi. Sont-ce des mer-
cenaires ou ses esclaves ? Ils ont donc pu faire ce voyage !
Dis-moi ceci avec vérité, afin que je sache s'il t'a pris ta
nef noire par force et contre ton gré, ou si, t'ayant persuadé par ses paroles, tu la lui as donnée volontairement.

Et le fils de Phronios, Noèmôn, lui répondit :

— Je la lui ai donnée volontairement. Comment aurais-
je fait autrement ? Quand un tel homme, ayant tant de
soucis, adresse une demande, il est difficile de refuser. Les
jeunes hommes qui l'ont suivi sont des nôtres et les premiers du peuple, et j'ai reconnu que leur chef était Mentôr,
ou un Dieu qui est tout semblable à lui ; car j'admire ceci :
j'ai vu le divin Mentôr, hier, au matin, et cependant il était
parti sur la nef pour Pylos !

Ayant ainsi parlé, il regagna la demeure de son père. Et
l'esprit généreux des deux hommes fut troublé. Et les Prétendants s'assirent ensemble, se reposant de leurs jeux. Et
le fils d'Eupeithès, Antinoos, leur parla ainsi, plein de
tristesse, et une noire colère emplissait son cœur, et ses
yeux étaient comme des feux flambants :

— O Dieux ! voici une grande action orgueilleusement
accomplie, ce départ de Tèlémakhos ! Nous disions qu'il
n'en serait rien, et cet enfant est parti témérairement,
malgré nous, et il a traîné une nef à la mer, après avoir
choisi les premiers parmi le peuple ! Il a commencé, et il
nous réserve des calamités, à moins que Zeus ne rompe
ses forces avant qu'il nous porte malheur. Mais donnez-
moi promptement une nef rapide et vingt compagnons,
afin que je lui tende une embuscade à son retour, dans le

détroit d'Ithakè et de l'âpre Samos; et, à cause de son père, il aura couru la mer pour sa propre ruine.

Il parla ainsi, et tous l'applaudirent et donnèrent des ordres, et aussitôt ils se levèrent pour entrer dans la demeure d'Odysseus.

Mais Pènélopéia ne fut pas longtemps sans connaître leurs paroles et ce qu'ils agitaient dans leur esprit, et le héraut Médôn, qui les avait entendus, le lui dit, étant au seuil de la cour, tandis qu'ils ourdissaient leur dessein à l'intérieur. Et il se hâta d'aller l'annoncer par les demeures à Pènélopéia. Et comme il paraissait sur le seuil, Pènélopéia lui dit :

— Héraut, pourquoi les illustres Prétendants t'envoient-ils? Est-ce pour dire aux servantes du divin Odysseus de cesser de travailler afin de préparer leur repas? Si, du moins, ils ne me recherchaient point en mariage, s'ils ne s'entretenaient point ici ni ailleurs, si, enfin, ils prenaient ici leur dernier repas! Vous qui vous êtes rassemblés pour consumer tous les biens et la richesse du sage Tèlémakhos, n'avez-vous jamais entendu dire par vos pères, quand vous étiez enfants, quel était Odysseus parmi vos parents? Il n'a jamais traité personne avec iniquité, ni parlé injurieusement en public, bien que ce soit le droit des rois divins de haïr l'un et d'aimer l'autre; mais lui n'a jamais violenté un homme. Et votre mauvais esprit et vos indignes actions apparaissent, et vous n'avez nulle reconnaissance des bienfaits reçus.

Et Médôn plein de sagesse lui répondit :

— Plût aux Dieux, Reine, que tu subisses maintenant tes pires malheurs! mais les Prétendants méditent un dessein plus pernicieux. Que le Kroniôn ne l'accomplisse pas! Ils veulent tuer Tèlémakhos avec l'airain aigu, à son retour dans sa demeure; car il est parti, afin de s'informer de son père, pour la sainte Pylos et la divine Lakédaimôn.

Il parla ainsi, et les genoux de Pènélopéia et son cher
cœur furent brisés, et longtemps elle resta muette, et ses
yeux s'emplirent de larmes, et sa tendre voix fut haletante,
et, lui répondant, elle dit enfin :

— Héraut, pourquoi mon enfant est-il parti ? Où était la
nécessité de monter sur les nefs rapides qui sont pour les
hommes les chevaux de la mer et qui traversent les eaux
immenses? Veut-il que son nom même soit oublié parmi
les hommes?

Et Médôn plein de sagesse lui répondit :

— Je ne sais si un Dieu l'a poussé, ou s'il est allé de lui-
même vers Pylos, afin de s'informer si son père revient ou
s'il est mort.

Ayant ainsi parlé, il sortit de la demeure d'Odysseus. Et
une douleur déchirante enveloppa l'âme de Pènélopéia, et
elle ne put même s'asseoir sur ses siéges, quoiqu'ils fussent nombreux dans la maison ; mais elle s'assit sur le seuil
de la belle chambre nuptiale, et elle gémit misérablement,
et, de tous côtés, les servantes jeunes et vieilles, qui étaient
dans la demeure, gémissaient aussi.

Et Pènélopéia leur dit en pleurant :

— Écoutez, amies! les Olympiens m'ont accablée de maux
entre toutes les femmes nées et nourries avec moi. J'ai
perdu d'abord mon brave mari au cœur de lion, ayant
toutes les vertus parmi les Danaens, illustre, et dont la
gloire s'est répandue dans la grande Hellas et tout Argos ;
et maintenant voici que les tempêtes ont emporté obscurément mon fils bien-aimé loin de ses demeures, sans que
j'aie appris son départ! Malheureuses! aucune de vous n'a
songé dans son esprit à me faire lever de mon lit, bien que
sachant, certes, qu'il allait monter sur une nef creuse et
noire. Si j'avais su qu'il se préparait à partir, ou il serait
resté malgré son désir, ou il m'eût laissée morte dans cette
demeure. Mais qu'un serviteur appelle le vieillard Dolios,

mon esclave, que mon père me donna quand je vins ici, et qui cultive mon verger, afin qu'il aille dire promptement toutes ces choses à Laertès, et que celui-ci prenne une résolution dans son esprit, et vienne en deuil au milieu de ce peuple qui veut détruire sa race et celle du divin Odysseus.

Et la bonne nourrice Eurykléia lui répondit :

— Chère nymphe, tue-moi avec l'airain cruel ou garde-moi dans ta demeure! Je ne te cacherai rien. Je savais tout, et je lui ai porté tout ce qu'il m'a demandé, du pain et du vin. Et il m'a fait jurer un grand serment que je ne te dirais rien avant le douzième jour, si tu ne le demandais pas, ou si tu ignorais son départ. Et il craignait qu'en pleurant tu blessasses ton beau corps. Mais baigne-toi et revêts de purs vêtements, et monte dans la haute chambre avec tes femmes. Là, supplie Athènè, fille de Zeus tempêtueux, afin qu'elle sauve Tèlémakhos de la mort. N'afflige point un vieillard. Je ne pense point que la race de l'Arkeisïade soit haïe des Dieux heureux. Mais Odysseus ou Tèlémakhos possèdera encore ces hautes demeures et ces champs fertiles.

Elle parla ainsi, et la douleur de Pènélopéia cessa, et ses larmes s'arrêtèrent. Elle se baigna, se couvrit de purs vêtements, et, montant dans la chambre haute avec ses femmes, elle répandit les orges sacrées d'une corbeille et supplia Athènè :

— Entends-moi, fille indomptée de Zeus tempêtueux. Si jamais, dans ses demeures, le subtil Odysseus a brûlé pour toi les cuisses grasses des bœufs et des agneaux, souviens-t'en et garde-moi mon cher fils. Romps le mauvais dessein des insolents Prétendants.

Elle parla ainsi en gémissant, et la Déesse entendit sa prière.

Et les Prétendants s'agitaient tumultueusement dans les

salles déjà noires. Et chacun de ces jeunes hommes insolents disait :

— Déjà la Reine, désirée par beaucoup, prépare, certes,
nos noces, et elle ne sait pas que le meurtre de son fils est
proche.

Chacun d'eux parlait ainsi, mais elle connaissait leurs
desseins, et Antinoos leur dit :

— O insensés! cessez tous ces paroles téméraires, de
peur qu'on les répète à Pènélopéia; mais levons-nous, et
accomplissons en silence ce que nous avons tous approuvé
dans notre esprit.

Il parla ainsi, et il choisit vingt hommes très-braves qui
se hâtèrent vers le rivage de la mer et la nef rapide. Et ils
traînèrent d'abord la nef à la mer, établirent le mât et les
voiles dans la nef noire, et lièrent comme il convenait les
avirons avec des courroies. Puis, ils tendirent les voiles
blanches, et leurs braves serviteurs leur apportèrent des
armes. Enfin, s'étant embarqués, ils poussèrent la nef au
large et ils prirent leur repas, en attendant la venue de
Hespéros.

Mais, dans la chambre haute, la sage Pènélopéia s'était
couchée, n'ayant mangé ni bu, et se demandant dans son
esprit si son irréprochable fils éviterait la mort, ou s'il
serait dompté par les orgueilleux Prétendants. Comme un
lion entouré par une foule d'hommes s'agite, plein de
crainte, dans le cercle perfide, de même le doux sommeil
saisit Pènélopéia tandis qu'elle roulait en elle-même
toutes ces pensées. Et elle s'endormit, et toutes ses peines
disparurent. Alors la Déesse aux yeux clairs, Athènè, eut
une autre pensée, et elle forma une image semblable à
Iphthimè, à la fille du magnanime Ikarios, qu'Eumèlos
qui habitait Phérè avait épousée. Et Athènè l'envoya dans
la demeure du divin Odysseus, afin d'apaiser les peines et
les larmes de Pènélopéia qui se lamentait et pleurait. Et

l'Image entra dans la chambre nuptiale le long de la courroie du verrou, et, se tenant au-dessus de sa tête, elle lui
dit :

— Tu dors, Pènélopéia, affligée dans ton cher cœur;
mais les Dieux qui vivent toujours ne veulent pas que tu
pleures, ni que tu sois triste, car ton fils reviendra, n'ayant
jamais offensé les Dieux.

Et la sage Pènélopéia, doucement endormie aux portes
des Songes, lui répondit :

— O sœur, pourquoi es-tu venue ici, où je ne t'avais encore jamais vue, tant la demeure est éloignée où tu habites?
Pourquoi m'ordonnes-tu d'apaiser les maux et les peines
qui me tourmentent dans l'esprit et dans l'âme? J'ai perdu
d'abord mon brave mari au cœur de lion, ayant toutes les
vertus parmi les Danaens, illustre, et dont la gloire s'est
répandue dans la grande Hellas et tout Argos; et, maintenant, voici que mon fils bien-aimé est parti sur une nef
creuse, l'insensé! sans expérience des travaux et des discours. Et je pleure sur lui plus que sur son père; et je
tremble, et je crains qu'il souffre chez le peuple vers lequel
il est allé, ou sur la mer. De nombreux ennemis lui tendent
des embûches et veulent le tuer avant qu'il revienne dans
la terre de la patrie.

Et la vague Image lui répondit :

— Prends courage, et ne redoute rien dans ton esprit. Il
a une compagne telle que les autres hommes en souhaite-
raient volontiers, car elle peut tout. C'est Pallas Athènè,
et elle a compassion de tes gémissements, et, maintenant,
elle m'envoie te le dire.

Et la sage Pènélopéia lui répondit :

— Si tu es Déesse, et si tu as entendu la voix de la
Déesse, parle-moi du malheureux Odysseus. Vit-il encore
quelque part, et voit-il la lumière de Hèlios, ou est-il mort
et dans les demeures d'Aidès?

Et la vague Image lui répondit :

— Je ne te dirai rien de lui. Est-il vivant ou mort ? Il ne faut point parler de vaines paroles.

En disant cela, elle s'évanouït le long du verrou dans un souffle de vent. Et la fille d'Ikarios se réveilla, et son cher cœur se réjouit parce qu'un songe véridique lui était survenu dans l'ombre de la nuit.

Et les Prétendants naviguaient sur les routes humides, méditant dans leur esprit le meurtre cruel de Tèlémakhos. Et il y a une île au milieu de la mer pleine de rochers, entre Ithakè et l'âpre Samos, Astéris, qui n'est pas grande, mais où se trouvent pour les nefs des ports ayant une double issue. C'est là que s'arrêtèrent les Akhaiens embusqués.

RHAPSODIE V.

ôs sortait du lit de l'illustre Tithôn, afin de porter la lumière aux Immortels et aux mortels. Et les Dieux étaient assis en conseil, et au milieu d'eux était Zeus qui tonne dans les hauteurs et dont la puissance est la plus grande. Et Athènaiè leur rappelait les nombreuses traverses d'Odysseus. Et elle se souvenait de lui avec tristesse parce qu'il était retenu dans les demeures d'une Nymphe :

— Père Zeus, et vous, Dieux heureux qui vivez toujours, craignez qu'un roi porte-sceptre ne soit plus jamais ni doux, ni clément, mais que, loin d'avoir des pensées équitables, il soit dur et injuste, si nul ne se souvient du divin Odysseus parmi ceux sur lesquels il a régné comme un père plein de douceur. Voici qu'il est étendu, subissant des peines cruelles, dans l'île et dans les demeures de la Nymphe Kalypsô qui le retient de force, et il ne peut retourner dans la terre de la patrie, car il n'a ni nefs armées d'avirons, ni compagnons, qui puissent le conduire sur le vaste dos de la mer. Et voici maintenant qu'on veut tuer son fils bien-aimé à son retour dans ses demeures, car il est parti, afin de s'informer de son père, pour la divine Pylos et l'illustre Lakédaimôn.

Et Zeus qui amasse les nuées lui répondit :

— Mon enfant, quelle parole s'est échappée d'entre tes dents? N'as-tu point délibéré toi-même dans ton esprit pour qu'Odysseus revînt et se vengeât? Conduis Tèlémakhos avec soin, car tu le peux, afin qu'il retourne sain et sauf dans la terre de la patrie, et les Prétendants reviendront sur leur nef.

Il parla ainsi, et il dit à Herméias, son cher fils :

— Herméias, qui es le messager des Dieux, va dire à la Nymphe aux beaux cheveux que nous avons résolu le retour d'Odysseus. Qu'elle le laisse partir. Sans qu'aucun Dieu ou qu'aucun homme mortel le conduise, sur un radeau uni par des liens, seul, et subissant de nouvelles douleurs, il parviendra le vingtième jour à la fertile Skhériè, terre des Phaiakiens qui descendent des Dieux. Et les Phaiakiens, dans leur esprit, l'honoreront comme un Dieu, et ils le renverront sur une nef dans la chère terre de la patrie, et ils lui donneront en abondance de l'airain, de l'or et des vêtements, de sorte qu'Odysseus n'en eût point rapporté autant de Troiè, s'il était revenu sain et sauf, ayant reçu sa part du butin. Ainsi sa destinée est de revoir ses amis et de rentrer dans sa haute demeure et dans la terre de la patrie.

Il parla ainsi, et le Messager tueur d'Argos obéit. Et il attacha aussitôt à ses pieds de belles sandales, immortelles et d'or, qui le portaient, soit au-dessus de la mer, soit au-dessus de la terre immense, pareil au souffle du vent. Et il prit aussi la baguette à l'aide de laquelle il charme les yeux des hommes, ou il les réveille, quand il le veut. Tenant

· · cette baguette dans ses mains, le puissant Tueur d'Argos, s'envolant vers la Piériè, tomba de l'Aithèr sur la mer et s'élança, rasant les flots, semblable à la mouette qui, autour des larges golfes de la mer indomptée, chasse les poissons et plonge ses ailes robustes dans l'écume salée. Semblable à cet oiseau, Hermès rasait les flots innombrables.

Et, quand il fut arrivé à l'île lointaine, il passa de la mer bleue sur la terre, jusqu'à la vaste grotte que la Nymphe aux beaux cheveux habitait, et où il la trouva. Et un grand feu brûlait au foyer, et l'odeur du cèdre et du thuia ardents parfumait toute l'île. Et la Nymphe chantait d'une belle voix, tissant une toile avec une navette d'or. Et une forêt verdoyante environnait la grotte, l'aune, le peuplier et le cyprès odorant, où les oiseaux qui déploient leurs ailes faisaient leurs nids : les chouettes, les éperviers et les bavardes corneilles de mer qui s'inquiètent toujours des flots. Et une jeune vigne, dont les grappes mûrissaient, entourait la grotte, et quatre cours d'eau limpide, tantôt voisins, tantôt allant çà et là, faisaient verdir de molles prairies de violettes et d'aches. Même si un Immortel s'en approchait, il admirerait et serait charmé dans son esprit. Et le puissant Messager tueur d'Argos s'arrêta et, ayant tout admiré dans son esprit, entra aussitôt dans la vaste grotte.

Et l'illustre Déesse Kalypsô le reconnut, car les Dieux immortels ne sont point inconnus les uns aux autres, même quand ils habitent, chacun, une demeure lointaine. Et Hermès ne vit pas dans la grotte le magnanime Odysseus, car celui-ci pleurait, assis sur le rivage; et, déchirant son cœur de sanglots et de gémissements, il regardait la mer agitée et versait des larmes. Mais l'illustre Déesse Kalypsô interrogea Herméias, étant assise sur un thrône splendide :

— Pourquoi es-tu venu vers moi, Herméias à la baguette d'or, vénérable et cher, que je n'ai jamais vu ici? Dis ce que tu désires. Mon cœur m'ordonne de te satisfaire, si je le

puis et si cela est possible. Mais suis-moi, afin que je t'offre
les mets hospitaliers.

Ayant ainsi parlé, la Déesse dressa une table en la couvrant d'ambroisie et mêla le rouge nektar. Et le Messager
tueur d'Argos but et mangea, et quand il eut achevé son
repas et satisfait son âme, il dit à la Déesse :

— Tu me demandes pourquoi un Dieu vient vers toi,
Déesse; je te répondrai avec vérité, comme tu le désires.
Zeus m'a ordonné de venir, malgré moi, car qui parcour-
rait volontiers les immenses eaux salées où il n'y a aucune
ville d'hommes mortels qui font des sacrifices aux Dieux et
leur offrent de saintes hécatombes? Mais il n'est point
permis à tout autre Dieu de résister à la volonté de Zeus
tempêtueux. On dit qu'un homme est auprès de toi, le
plus malheureux de tous les hommes qui ont combattu
pendant neuf ans autour de la ville de Priamos, et qui
l'ayant saccagée dans la dixième année, montèrent sur leurs
nefs pour le retour. Et ils offensèrent Athènè, qui souleva
contre eux le vent, les grands flots et le malheur. Et tous les
braves compagnons d'Odysseus périrent, et il fut lui-même
jeté ici par le vent et les flots. Maintenant, Zeus t'ordonne
de le renvoyer très-promptement, car sa destinée n'est
point de mourir loin de ses amis, mais de les revoir et de
rentrer dans sa haute demeure et dans la terre de la patrie.

Il parla ainsi, et l'illustre Déesse Kalypsô frémit, et, lui
répondant, elle dit en paroles ailées :

— Vous êtes injustes, ô Dieux, et les plus jaloux des autres Dieux, et vous enviez les Déesses qui dorment ouvertement avec les hommes qu'elles choisissent pour leurs
chers maris. Ainsi, quand Eôs aux doigts rosés enleva
Oriôn, vous fûtes jaloux d'elle, ô Dieux qui vivez toujours,
jusqu'à ce que la chaste Artémis au thrône d'or eût tué
Oriôn de ses douces flèches, dans Ortygiè; ainsi, quand
Dèmètèr aux beaux cheveux, cédant à son âme, s'unit d'a-

mour à Iasiôn sur une terre récemment labourée, Zeus, l'ayant su aussitôt, le tua en le frappant de la blanche foudre; ainsi, maintenant, vous m'enviez, ô Dieux, parce que je garde auprès de moi un homme mortel que j'ai sauvé et recueilli seul sur sa carène, après que Zeus eut fendu d'un jet de foudre sa nef rapide au milieu de la mer sombre. Tous ses braves compagnons avaient péri, et le vent et les flots l'avaient poussé ici. Et je l'aimai et je le recueillis, et je me promettais de le rendre immortel et de le mettre pour toujours à l'abri de la vieillesse. Mais il n'est point permis à tout autre Dieu de résister à la volonté de Zeus tempêtueux. Puisqu'il veut qu'Odysseus soit de nouveau errant sur la mer agitée, soit; mais je ne le renverrai point moi-même, car je n'ai ni nefs armées d'avirons, ni compagnons qui le reconduisent sur le vaste dos de la mer. Je lui révélerai volontiers et ne lui cacherai point ce qu'il faut faire pour qu'il parvienne sain et sauf dans la terre de la patrie.

Et le Messager tueur d'Argos lui répondit aussitôt :

— Renvoie-le dès maintenant, afin d'éviter la colère de Zeus, et de peur qu'il s'enflamme contre toi à l'avenir.

Ayant ainsi parlé, le puissant Tueur d'Argos s'envola, et la vénérable Nymphe, après avoir reçu les ordres de Zeus, alla vers le magnanime Odysseus. Et elle le trouva assis sur le rivage, et jamais ses yeux ne tarissaient de larmes, et sa douce vie se consumait à gémir dans le désir du retour, car la Nymphe n'était point aimée de lui. Certes, pendant la nuit, il dormait contre sa volonté dans la grotte creuse, sans désir, auprès de celle qui le désirait; mais, le jour, assis sur les rochers et sur les rivages, il déchirait son cœur par les larmes, les gémissements et les douleurs, et il regardait la mer indomptée en versant des larmes.

Et l'illustre Déesse, s'approchant, lui dit :

— Malheureux, ne te lamente pas plus longtemps ici, et

ne consume point ta vie, car je vais te renvoyer promptement. Va ! fais un large radeau avec de grands arbres tran-
chés par l'airain, et pose par-dessus un banc très-élevé, afin
qu'il te porte sur la mer sombre. Et j'y placerai moi-même
du pain, de l'eau et du vin rouge qui satisferont ta faim, et
je te donnerai des vêtements, et je t'enverrai un vent propice afin que tu parviennes sain et sauf dans la terre de la
patrie, si les Dieux le veulent ainsi qui habitent le large
Ouranos et qui sont plus puissants que moi par l'intelligence et la sagesse.

Elle parla ainsi, et le patient et divin Odysseus frémit et
il lui dit en paroles ailées :

— Certes, tu as une autre pensée, Déesse, que celle de
mon départ, puisque tu m'ordonnes de traverser sur un
radeau les grandes eaux de la mer, difficiles et effrayantes,
et que traversent à peine les nefs égales et rapides se réjouissant du souffle de Zeus. Je ne monterai point, comme
tu le veux, sur un radeau, à moins que tu ne jures par le
grand serment des Dieux que tu ne prépares point mon
malheur et ma perte.

Il parla ainsi, et l'illustre Déesse Kalypsô rit, et elle le
caressa de la main; et elle lui répondit :

— Certes, tu es menteur et rusé, puisque tu as pensé
et parlé ainsi. Que Gaia le sache, et le large Ouranos supérieur, et l'eau souterraine de Styx, ce qui est le plus
grand et le plus terrible serment des Dieux heureux, que je
ne prépare ni ton malheur, ni ta perte. Je t'ai offert et conseillé ce que je tenterais pour moi-même, si la nécessité
m'y contraignait. Mon esprit est équitable, et je n'ai point
dans ma poitrine un cœur de fer, mais compatissant.

Ayant ainsi parlé, l'illustre Déesse le précéda promptement, et il allait sur les traces de la Déesse. Et tous deux
parvinrent à la grotte creuse. Et il s'assit sur le thrône
d'où s'était levé Herméias, et la Nymphe plaça devant lui

les choses que les hommes mortels ont coutume de manger et de boire. Elle-même s'assit auprès du divin Odysseus, et les servantes placèrent devant elle l'ambroisie et le nektar. Et tous deux étendirent les mains vers les mets placés devant eux; et quand ils eurent assouvi la faim et la soif, l'illustre Déesse Kalypsô commença de parler :

— Divin Laertiade, subtil Odysseus, ainsi, tu veux donc retourner dans ta demeure et dans la chère terre de la patrie? Cependant, reçois mon salut. Si tu savais dans ton esprit combien de maux il est dans ta destinée de subir avant d'arriver à la terre de la patrie, certes, tu resterais ici avec moi, dans cette demeure, et tu serais immortel, bien que tu désires revoir ta femme que tu regrettes tous les jours. Et certes, je me glorifie de ne lui être inférieure ni par la beauté, ni par l'esprit, car les mortelles ne peuvent lutter de beauté avec les immortelles.

Et le subtil Odysseus, lui répondant, parla ainsi :

— Vénérable Déesse, ne t'irrite point pour cela contre moi. Je sais en effet que la sage Pènélopéia t'est bien inférieure en beauté et majesté. Elle est mortelle, et tu ne connaîtras point la vieillesse; et, cependant, je veux et je désire tous les jours revoir le moment du retour et regagner ma demeure. Si quelque Dieu m'accable encore de maux sur la sombre mer, je les subirai avec un cœur patient. J'ai déjà beaucoup souffert sur les flots et dans la guerre; que de nouvelles misères m'arrivent, s'il le faut.

Il parla ainsi, et Hèlios tomba et les ténèbres survinrent; et tous deux, se retirant dans le fond de la grotte creuse, se charmèrent par l'amour, couchés ensemble. Et quand Eôs aux doigts rosés, née au matin, apparut, aussitôt Odysseus revêtit sa tunique et son manteau, et la Nymphe se couvrit d'une grande robe blanche, légère et gracieuse; et elle mit autour de ses reins une belle ceinture d'or, et, sur sa tête, un voile. Enfin, préparant le départ du magna-

nime Odysseus, elle lui donna une grande hache d'airain,
bien en main, à deux tranchants et au beau manche fait de
bois d'olivier. Et elle lui donna ensuite une doloire ai-
guisée. Et elle le conduisit à l'extrémité de l'île où croissaient de grands arbres, des aunes, des peupliers et des
pins qui atteignaient l'Ouranos, et dont le bois sec flotte-
rait plus légèrement. Et, lui ayant montré le lieu où les
grands arbres croissaient, l'illustre Déesse Kalypsô retourna dans sa demeure.

Et aussitôt Odysseus trancha les arbres et fit promptement son travail. Et il en abattit vingt qu'il ébrancha,
équarrit et aligna au cordeau. Pendant ce temps l'illustre
Déesse Kalypsô apporta des tarières; et il perça les bois et
les unit entre eux, les liant avec des chevilles et des cordes.
Aussi grande est la cale d'une nef de charge que construit
un excellent ouvrier, aussi grand était le radeau construit
par Odysseus. Et il éleva un pont qu'il fit avec des ais
épais; et il tailla un mât auquel il attacha l'antenne. Puis
il fit le gouvernail, qu'il munit de claies de saule afin qu'il
résistât au choc des flots; puis il amassa un grand lest.
Pendant ce temps, l'illustre Déesse Kalypsô apporta de la
toile pour faire les voiles, et il les fit habilement et il les
lia aux antennes avec des cordes. Puis il conduisit le radeau
à la mer large, à l'aide de leviers. Et le quatrième jour
tout le travail était achevé; et le cinquième jour la divine
Kalypsô le renvoya de l'île, l'ayant baigné et couvert de vêtements parfumés. Et la Déesse mit sur le radeau une outre
de vin noir, puis une outre plus grande pleine d'eau, puis
elle lui donna, dans un sac de cuir, une grande quantité de vivres fortifiants, et elle lui envoya un vent doux et propice.

Et le divin Odysseus, joyeux, déploya ses voiles au vent
propice; et, s'étant assis à la barre, il gouvernait habilement, sans que le sommeil fermât ses paupières. Et il con-
templait les Plèiades, et le Bouvier qui se couchait, et

l'Ourse qu'on nomme le Chariot, et qui tourne en place en regardant Oriôn, et, seule, ne touche point les eaux de l'Okéanos. L'illustre Déesse Kalypsô lui avait ordonné de naviguer en la laissant toujours à gauche. Et, pendant dix-sept jours, il fit route sur la mer, et, le dix-huitième, apparurent les monts boisés de la terre des Phaiakiens. Et cette terre était proche, et elle lui apparaissait comme un bouclier sur la mer sombre.

Et le Puissant qui ébranle la terre revenait du pays des Aithiopiens, et du haut des montagnes des Solymes, il vit de loin Odysseus traversant la mer; et son cœur s'échauffa violemment, et secouant la tête, il dit dans son esprit :

— O Dieux! les Immortels ont décidé autrement d'Odysseus tandis que j'étais chez les Aithiopiens. Voici qu'il approche de la terre des Phaiakiens, où sa destinée est qu'il rompe la longue chaîne de misères qui l'accablent. Mais je pense qu'il va en subir encore.

Ayant ainsi parlé, il amassa les nuées et souleva la mer. Et il saisit de ses mains son trident et il déchaîna la tempête de tous les vents. Et il enveloppa de nuages la terre et la mer, et la nuit se rua de l'Ouranos. Et l'Euros et le Notos soufflèrent, et le violent Zéphyros et l'impétueux Boréas, soulevant de grandes lames. Et les genoux d'Odysseus et son cher cœur furent brisés, et il dit avec tristesse dans son esprit magnanime :

— Ah! malheureux que je suis! Que va-t-il m'arriver? Je le crains, la Déesse ne m'a point trompé quand elle m'a dit que je subirais des maux nombreux sur la mer, avant de parvenir à la terre de la patrie. Certes, voici que ses paroles s'accomplissent. De quelles nuées Zeus couronne le large Ouranos! La mer est soulevée, les tempêtes de tous les vents sont déchaînées, et voici ma ruine suprême. Trois et quatre fois heureux les Danaens qui sont morts autrefois, devant la grande Troiè, pour plaire aux Atréides! Plût aux

Dieux que j'eusse subi ma destinée et que je fusse mort le jour où les Troiens m'assiégeaient de leurs lances d'airain autour du cadavre d'Akhilleus! Alors on eût accompli mes funérailles, et les Akhaiens eussent célébré ma gloire. Maintenant ma destinée est de subir une mort obscure!

Il parla ainsi, et une grande lame, se ruant sur lui, effrayante, renversa le radeau. Et Odysseus en fut enlevé, et le gouvernail fut arraché de ses mains; et la tempête horrible des vents confondus brisa le mât par le milieu; et l'antenne et la voile furent emportées à la mer; et Odysseus resta longtemps sous l'eau, ne pouvant émerger de suite, à cause de l'impétuosité de la mer. Et il reparut enfin, et les vêtements que la divine Kalypsô lui avait donnés étaient alourdis, et il vomit l'eau salée, et l'écume ruisselait de sa tête. Mais, bien qu'affligé, il n'oublia point le radeau, et, nageant avec vigueur à travers les flots, il le ressaisit, et, se sauvant de la mort, il s'assit. Et les grandes lames impétueuses emportaient le radeau çà et là. De même que l'automnal Boréas chasse par les plaines les feuilles desséchées, de même les vents chassaient çà et là le radeau sur la mer. Tantôt l'Euros le cédait à Zéphyros afin que celui-ci l'entraînât, tantôt le Notos le cédait à Boréas.

Et la fille de Kadmos, Inô aux beaux talons, qui autrefois était mortelle, le vit. Maintenant elle se nomme Leukothéè et partage les honneurs des Dieux dans les flots de la mer. Et elle prit en pitié Odysseus errant et accablé de douleurs. Et elle émergea de l'abîme, semblable à un plongeon, et, se posant sur le radeau, elle dit à Odysseus :

— Malheureux! pourquoi Poseidaôn qui ébranle la terre est-il si cruellement irrité contre toi, qu'il t'accable de tant de maux? Mais il ne te perdra pas, bien qu'il le veuille. Fais ce que je vais te dire, car tu ne me sembles pas manquer de sagesse. Ayant rejeté tes vêtements, abandonne le radeau aux vents et nage de tes bras jusqu'à la terre des

Phaiakiens, où tu dois être sauvé. Prends cette bandelette immortelle, étends-la sur ta poitrine et ne crains plus ni la douleur, ni la mort. Dès que tu auras saisi le rivage de tes mains, tu la rejetteras au loin dans la sombre mer en te détournant.

La Déesse, ayant ainsi parlé, lui donna la bandelette, puis elle se replongea dans la mer tumultueuse, semblable à un plongeon, et le flot noir la recouvrit. Mais le patient et divin Odysseus hésitait, et il dit, en gémissant, dans son esprit magnanime :

— Hélas! je crains qu'un des Immortels ourdisse une ruse contre moi en m'ordonnant de me jeter hors du radeau; mais je ne lui obéirai pas aisément, car cette terre est encore très-éloignée où il dit que je dois échapper à la mort; mais je ferai ceci, et il me semble que c'est le plus sage : aussi longtemps que ces pièces de bois seront unies par leurs liens, je resterai ici et je subirai mon mal patiemment, et dès que la mer aura rompu le radeau, je nagerai, car je ne pourrai rien faire de mieux.

Tandis qu'il pensait ainsi dans son esprit et dans son cœur, Poseidaôn qui ébranle la terre souleva une lame immense, effrayante, lourde et haute, et il la jeta sur Odysseus. De même que le vent qui souffle avec violence disperse un monceau de pailles sèches qu'il emporte çà et là, de même la mer dispersa les longues poutres, et Odysseus monta sur une d'entre elles comme sur un cheval qu'on dirige. Et il dépouilla les vêtements que la divine Kalypsô lui avait donnés, et il étendit aussitôt sur sa poitrine la bandelette de Leukothéè; puis, s'allongeant sur la mer, il étendit les bras, plein du désir de nager. Et le Puissant qui ébranle la terre le vit, et secouant la tête, il dit dans son esprit :

— Va! subis encore mille maux, errant sur la mer, jusqu'à ce que tu abordes ces hommes nourris par Zeus; mais j'espère que tu ne te riras plus de mes châtiments.

Ayant ainsi parlé, il poussa ses chevaux aux belles
crinières et parvint à Aigas, où sont ses demeures illustres.

Mais Athènaiè, la fille de Zeus, eut d'autres pensées.
Elle rompit le cours des vents, et elle leur ordonna de
cesser et de s'endormir. Et elle excita, seul, le rapide Boréas, et elle refréna les flots, jusqu'à ce que le divin Odysseus, ayant évité la Kèr et la mort, se fût mêlé aux Phaiakiens habiles aux travaux de la mer.

Et, pendant deux nuits et deux jours, Odysseus erra par
les flots sombres, et son cœur vit souvent la mort; mais
quand Eôs aux beaux cheveux amena le troisième jour, le
vent s'apaisa, et la sérénité tranquille se fit; et, se soulevant sur la mer, et regardant avec ardeur, il vit la terre
toute proche. De même qu'à des fils est rendue la vie désirée d'un père qui, en proie à un Dieu contraire, a longtemps subi de grandes douleurs, mais que les Dieux ont
enfin délivré de son mal, de même la terre et les bois apparurent joyeusement à Odysseus. Et il nageait s'efforçant
de fouler de ses pieds cette terre. Mais, comme il n'en était
éloigné que de la portée de la voix, il entendit le son de la
mer contre les rochers. Et les vastes flots se brisaient, ef-
frayants, contre la côte aride, et tout était enveloppé de
l'écume de la mer. Et il n'y avait là ni ports, ni abris pour
les nefs, et le rivage était hérissé d'écueils et de rochers.

Alors, les genoux et le cher cœur d'Odysseus furent
brisés, et, gémissant, il dit dans son esprit magnanime :

— Hélas ! Zeus m'a accordé de voir une terre inespérée,
et je suis arrivé ici, après avoir sillonné les eaux, et je
ne sais comment sortir de la mer profonde. Les rochers
aigus se dressent, les flots impétueux écument de tous côtés
et la côte est escarpée. La profonde mer est proche, et je
ne puis appuyer mes pieds nulle part, ni échapper à mes
misères, et peut-être le grand flot va-t-il me jeter contre

6

ces roches, et tous mes efforts seront vains. Si je nage encore, afin de trouver ailleurs une plage heurtée par les eaux,
ou un port, je crains que la tempête me saisisse de nouveau et me rejette, malgré mes gémissements, dans la haute
mer poissonneuse; ou même qu'un Dieu me livre à un
monstre marin, de ceux que l'illustre Amphitritè nourrit en
grand nombre. Je sais, en effet, combien l'Illustre qui
ébranle la terre est irrité contre moi.

Tandis qu'il délibérait ainsi dans son esprit et dans son
cœur, une vaste lame le porta vers l'âpre rivage, et il y
eût déchiré sa peau et brisé ses os, si Athènè, la Déesse
aux yeux clairs, ne l'eût inspiré. Emporté en avant, de ses
deux mains il saisit la roche et il l'embrassa en gémissant
jusqu'à ce que le flot immense se fût déroulé, et il se sauva
ainsi; mais le reflux, se ruant sur lui, le frappa et le remporta en mer. De même que les petites pierres restent, en
grand nombre, attachées aux articulations creuses du po-
lypode arraché de son abri, de même la peau de ses mains
vigoureuses s'était déchirée au rocher, et le flot vaste le
recouvrit. Là, enfin, le malheureux Odysseus eût péri
malgré la destinée, si Athènè, la Déesse aux yeux clairs,
ne l'eût inspiré sagement. Il revint sur l'eau, et, traversant les lames qui le poussaient à la côte, il nagea, exa-
minant la terre et cherchant s'il trouverait quelque part
une plage heurtée par les flots, ou un port. Et quand il
fut arrivé, en nageant, à l'embouchure d'un fleuve au beau
cours, il vit que cet endroit était excellent et mis à l'abri
du vent par des roches égales. Et il examina le cours du
fleuve, et, dans son esprit, il dit en suppliant :

— Entends-moi, ô Roi, qui que tu sois! Je viens à toi
en te suppliant avec ardeur, et fuyant hors de la mer la
colère de Poseidaôn. Celui qui vient errant est vénérable
aux Dieux immortels et aux hommes. Tel je suis maintenant en abordant ton cours, car je t'approche après avoir

subi de nombreuses misères. Prends pitié, ô Roi! Je me
glorifie d'être ton suppliant.

Il parla ainsi, et le fleuve s'apaisa, arrêtant son cours et
les flots; et il se fit tranquille devant Odysseus, et il le recueillit à son embouchure. Et les genoux et les bras vigoureux du Laertiade étaient rompus, et son cher cœur
était accablé par la mer. Tout son corps était gonflé, et
l'eau salée remplissait sa bouche et ses narines. Sans ha-
leine et sans voix, il gisait sans force, et une violente fatigue
l'accablait. Mais, ayant respiré et recouvré l'esprit, il détacha la bandelette de la Déesse et la jeta dans le Fleuve,
qui l'emporta à la mer, où Inô la saisit aussitôt de ses chères
mains. Alors Odysseus, s'éloignant du Fleuve, se coucha
dans les joncs. Et il baisa la terre et dit en gémissant dans
son esprit magnanime :

— Hélas! que va-t-il m'arriver et que vais-je souffrir, si
je passe la nuit dangereuse dans le fleuve? Je crains que la
mauvaise fraîcheur et la rosée du matin achèvent d'affaiblir
mon âme. Le fleuve souffle en effet, au matin, un air froid.
Si je montais sur la hauteur, vers ce bois ombragé, je
m'endormirais sous les arbustes épais, et le doux sommeil
me saisirait, à moins que le froid et la fatigue s'y opposent.
Mais je crains d'être la proie des bêtes fauves.

Ayant ainsi délibéré, il vit que ceci était pour le mieux,
et il se hâta vers la forêt qui se trouvait sur la hauteur,
près de la côte. Et il aperçut deux arbustes entrelacés,
dont l'un était un olivier sauvage et l'autre un olivier. Et
là, ni la violence humide des vents, ni Hèlios étincelant de
rayons, ni la pluie ne pénétrait, tant les rameaux entrelacés
étaient touffus. Et Odysseus s'y coucha, après avoir amassé
un large lit de feuilles, et si abondant, que deux ou trois
hommes s'y seraient blottis par le temps d'hiver le plus
rude. Et le patient et divin Odysseus, joyeux de voir ce lit,
se coucha au milieu, en se couvrant de l'abondance des

feuilles. De même qu'un berger, à l'extrémité d'une terre où il n'a aucun voisin, recouvre ses tisons de cendre noire et conserve ainsi le germe du feu, afin de ne point aller le chercher ailleurs ; de même Odysseus était caché sous les feuilles, et Athènè répandit le sommeil sur ses yeux et ferma ses paupières, pour qu'il se reposât promptement de ses rudes travaux.

RHAPSODIE VI.

Ainsi dormait là le patient et divin Odysseus, dompté par le sommeil et par la fatigue, tandis qu'Athènè se rendait à la ville et parmi le peuple des hommes Phaiakiens qui habitaient autrefois la grande Hypériè, auprès des Kyklôpes insolents qui les opprimaient, étant beaucoup plus forts qu'eux. Et Nausithoos, semblable à un Dieu, les emmena de là et les établit dans l'île de Skhériè, loin des autres hommes. Et il bâtit un mur autour de la ville, éleva des demeures, construisit les temples des Dieux et partagea les champs. Mais, déjà, dompté par la Kèr, il était descendu chez Aidès. Et maintenant régnait Alkinoos, instruit dans la sagesse par les Dieux. Et Athènè, la Déesse aux yeux clairs, se rendait à sa demeure, méditant le retour du magnanime Odysseus. Et elle entra promptement dans la chambre ornée où dormait la jeune vierge semblable aux Immortelles par la grâce et la beauté, Nausikaa, fille du magnanime

Alkinoos. Et deux servantes, belles comme les Kharites, se tenaient des deux côtés du seuil, et les portes brillantes étaient fermées.

Athènè, comme un souffle du vent, approcha du lit de la jeune vierge, et, se tenant au-dessus de sa tête, lui parla, semblable à la fille de l'illustre marin Dymas, laquelle était du même âge qu'elle, et qu'elle aimait. Semblable à cette jeune fille, Athènè aux yeux clairs parla ainsi :

— Nausikaa, pourquoi ta mère t'a-t-elle enfantée si négligente? En effet, tes belles robes gisent négligées, et tes noces approchent où il te faudra revêtir les plus belles et en offrir à ceux qui te conduiront. La bonne renommée, parmi les hommes, vient des beaux vêtements, et le père et la mère vénérable s'en réjouissent. Allons donc laver tes robes, au premier lever du jour, et je te suivrai et t'aiderai, afin que nous finissions promptement, car tu ne seras plus longtemps vierge. Déjà les premiers du peuple te recherchent, parmi tous les Phaiakiens d'où sort ta race. Allons! demande à ton illustre père, dès le matin, qu'il fasse préparer les mulets et le char qui porteront les ceintures, les péplos et les belles couvertures. Il est mieux que tu montes aussi sur le char que d'aller à pied, car les lavoirs sont très-éloignés de la ville.

Ayant ainsi parlé, Athènè aux yeux clairs retourna dans l'Olympos, où sont toujours, dit-on, les solides demeures des Dieux, que le vent n'ébranle point, où la pluie ne coule point, dont la neige n'approche point, mais où la sérénité vole sans nuage et qu'enveloppe une splendeur éclatante dans laquelle les Dieux heureux se réjouissent sans cesse. C'est là que remonta la Déesse aux yeux clairs, après qu'elle eut parlé à la jeune vierge.

Et aussitôt la brillante Eôs se leva et réveilla Nausikaa au beau péplos, qui admira le songe qu'elle avait eu. Et elle se hâta d'aller par les demeures, afin de prévenir ses

parents, son cher père et sa mère, qu'elle trouva dans l'intérieur. Et sa mère était assise au foyer avec ses servantes,
filant la laine teinte de pourpre marine; et son père sortait
avec les rois illustres, pour se rendre au conseil où l'appelaient les nobles Phaiakiens. Et, s'arrêtant près de son cher
père, elle lui dit :

— Cher père, ne me feras-tu point préparer un char large
et élevé, afin que je porte au fleuve et que je lave nos beaux
vêtements qui gisent salis? Il te convient, en effet, à toi qui
t'assieds au conseil parmi les premiers, de porter de beaux
vêtements. Tu as cinq fils dans ta maison royale; deux
sont mariés, et trois sont encore des jeunes hommes florissants. Et ceux-ci veulent aller aux danses, couverts de vêtements propres et frais, et ces soins me sont réservés.

Elle parla ainsi, n'osant nommer à son cher père ses
noces fleuries; mais il la comprit et il lui répondit :

— Je ne te refuserai, mon enfant, ni des mulets, ni autre
chose. Va, et mes serviteurs te prépareront un char large
et élevé propre à porter une charge.

Ayant ainsi parlé, il commanda aux serviteurs, et ils obéirent. Ils firent sortir un char rapide et ils le disposèrent,
et ils mirent les mulets sous le joug et les lièrent au char.
Et Nausikaa apporta de sa chambre ses belles robes, et elle
les déposa dans le char. Et sa mère enfermait d'excellents
mets dans une corbeille, et elle versa du vin dans une outre
de peau de chèvre. La jeune vierge monta sur le char, et sa
mère lui donna dans une fiole d'or une huile liquide, afin
qu'elle se parfumât avec ses femmes. Et Nausikaa saisit le
fouet et les belles rênes, et elle fouetta les mulets afin qu'ils
courussent; et ceux-ci, faisant un grand bruit, s'élancèrent,
emportant les vêtements et Nausikaa, mais non pas seule,
car les autres femmes allaient avec elle.

Et quand elles furent parvenues au cours limpide du
fleuve, là où étaient les lavoirs pleins toute l'année, car

une belle eau abondante y débordait, propre à laver toutes
les choses souillées, elles délièrent les mulets du char, et
elles les menèrent vers le fleuve tourbillonnant, afin qu'ils
pussent manger les douces herbes. Puis, elles saisirent de
leurs mains, dans le char, les vêtements qu'elles plongèrent
dans l'eau profonde, les foulant dans les lavoirs et disputant de promptitude. Et, les ayant lavés et purifiés de toùte
souillure, elles les étendirent en ordre sur les rochers du
rivage que la mer avait baignés. Et s'étant elles-mêmes
baignées et parfumées d'huile luisante, elles prirent leur
repas sur le bord du fleuve. Et les vêtements séchaient à la
splendeur de Hèlios.

Après que Nausikaa et ses servantes eurent mangé, elles
jouèrent à la balle, ayant dénoué les bandelettes de leur
tête. Et Nausikaa aux beaux bras commença une mélopée.
Ainsi Artémis marche sur les montagnes, joyeuse de ses
flèches, et, sur le Tèygétos escarpé ou l'Erymanthos, se
réjouit des sangliers et des cerfs rapides. Et les Nymphes
agrestes, filles de Zeus tempêtueux, jouent avec elle, et
Lètô se réjouit dans son cœur. Artémis les dépasse toutes
de la tête et du front, et on la reconnaît facilement, bien
qu'elles soient toutes belles. Ainsi la jeune vierge brillait
au milieu de ses femmes.

Mais quand il fallut plier les beaux vêtements, atteler
les mulets et retourner vers la demeure, alors Athènè, la
Déesse aux yeux clairs, eut d'autres pensées, et elle voulut
qu'Odysseus se réveillât et vît la vierge aux beaux yeux, et
qu'elle le conduisît à la ville des Phaiakiens. Alors, la jeune
reine jeta une balle à l'une de ses femmes, et la balle s'é-
gara et tomba dans le fleuve profond. Et toutes poussèrent
de hautes clameurs, et le divin Odysseus s'éveilla. Et, s'asseyant, il délibéra dans son esprit et dans son cœur :

— Hélas ! à quels hommes appartient cette terre où je
suis venu? Sont-ils injurieux, sauvages, injustes, ou hospi-

taliers, et leur esprit craint-il les Dieux? J'ai entendu des
clameurs de jeunes filles. Est-ce la voix des Nymphes qui
habitent le sommet des montagnes et les sources des fleuves
et les marais herbus, ou suis-je près d'entendre la voix des
hommes? Je m'en assurerai et je verrai.

Ayant ainsi parlé, le divin Odysseus sortit du milieu des
arbustes, et il arracha de sa main vigoureuse un rameau
épais afin de voiler sa nudité sous les feuilles. Et il se hâta,
comme un lion des montagnes, confiant dans ses forces,
marche à travers les pluies et les vents. Ses yeux luisent
ardemment, et il se jette sur les bœufs, les brebis ou les
cerfs sauvages, car son ventre le pousse à attaquer les troupeaux et à pénétrer dans leur solide demeure. Ainsi Odysseus parut au milieu des jeunes filles aux beaux cheveux,
tout nu qu'il était, car la nécessité l'y contraignait. Et il
leur apparut horrible et souillé par l'écume de la mer, et
elles s'enfuirent, çà et là, sur les hauteurs du rivage. Et,
seule, la fille d'Alkinoos resta, car Athènè avait mis l'audace dans son cœur et chassé la crainte de ses membres.
Elle resta donc seule en face d'Odysseus.

Et celui-ci délibérait, ne sachant s'il supplierait la vierge
aux beaux yeux, en saisissant ses genoux, ou s'il la prierait
de loin, avec des paroles flatteuses, de lui donner des vêtements et de lui montrer la ville. Et il vit qu'il valait
mieux la supplier de loin par des paroles flatteuses, de
peur que, s'il saisissait ses genoux, la vierge s'irritât dans
son esprit. Et, aussitôt, il lui adressa ce discours flatteur
et adroit :

— Je te supplie, ô Reine, que tu sois Déesse ou mortelle!
si tu es Déesse, de celles qui habitent le large Ouranos, tu
me sembles Artémis, fille du grand Zeus, par la beauté,
la stature et la grâce; si tu es une des mortelles qui habitent sur la terre, trois fois heureux ton père et ta mère vénérable! trois fois heureux tes frères! Sans doute leur âme

est pleine de joie devant ta grâce, quand ils te voient te
mêler aux chœurs dansants! Mais plus heureux entre tous
celui qui, te comblant de présents d'hyménée, te conduira
dans sa demeure! Jamais, en effet, je n'ai vu de mes yeux
un homme aussi beau, ni une femme aussi belle, et je suis
saisi d'admiration. Une fois, à Dèlos, devant l'autel d'Apollôn, je vis une jeune tige de palmier. J'étais allé là, en effet,
et un peuple nombreux m'accompagnait dans ce voyage
qui devait me porter malheur. Et, en voyant ce palmier, je
restai longtemps stupéfait dans l'âme qu'un arbre aussi beau
fût sorti de terre. Ainsi je t'admire, ô femme, et je suis
stupéfait ; et je tremble de saisir tes genoux, car je suis en
proie à une grande douleur. Hier, après vingt jours, je me
suis enfin échappé de la sombre mer. Pendant ce temps-
là, les flots et les rapides tempêtes m'ont entraîné de l'île
d'Ogygiè, et voici qu'un Dieu m'a poussé ici, afin que j'y
subisse encore peut-être d'autres maux, car je ne pense pas
en avoir vu la fin, et les Dieux vont sans doute m'en accabler
de nouveau. Mais, ô Reine, aie pitié de moi, car c'est vers
toi, la première, que je suis venu, après avoir subi tant de
misères. Je ne connais aucun des hommes qui habitent cette
ville et cette terre. Montre-moi la ville et donne-moi quelque lambeau pour me couvrir, si tu as apporté ici quelque
enveloppe de vêtements. Que les Dieux t'accordent autant
de choses que tu en désires : un mari, une famille et une
heureuse concorde ; car rien n'est plus désirable et meilleur
que la concorde à l'aide de laquelle on gouverne sa famille.
Le mari et l'épouse accablent ainsi leurs ennemis de douleurs et leurs amis de joie, et eux-mêmes sont heureux.

Et Nausikaa aux bras blancs lui répondit :

— Étranger, — car, certes, tu n'es semblable ni à un lâche,
ni à un insensé, — Zeus Olympien dispense la richesse aux
hommes, aux bons et aux méchants, à chacun, comme il
veut. C'est lui qui t'a fait cette destinée, et il faut la subir

patiemment. Maintenant, étant venu vers notre terre et notre ville, tu ne manqueras ni de vêtements, ni d'aucune autre des choses qui conviennent à un malheureux qui vient en suppliant. Et je te montrerai la ville et je te dirai le nom de notre peuple. Les Phaiakiens habitent cette ville et cette terre, et moi, je suis la fille du magnanime Alkinoos, qui est le premier parmi les Phaiakiens par le pouvoir et la puissance.

Elle parla ainsi et commanda à ses servantes aux belles chevelures :

— Venez près de moi, servantes. Où fuyez-vous pour avoir vu cet homme? Pensez-vous que ce soit quelque ennemi? Il n'y a point d'homme vivant, et il ne peut en être un seul qui porte la guerre sur la terre des Phaiakiens, car nous sommes très-chers aux Dieux immortels, et nous habitons aux extrémités de la mer onduleuse, et nous n'avons aucun commerce avec les autres hommes. Mais si quelque malheureux errant vient ici, il nous faut le secourir, car les hôtes et les mendiants viennent de Zeus, et le don, même modique, qu'on leur fait, lui est agréable. C'est pourquoi, servantes, donnez à notre hôte à manger et à boire, et lavez-le dans le fleuve, à l'abri du vent.

Elle parla ainsi, et les servantes s'arrêtèrent et s'exhortèrent l'une l'autre, et elles conduisirent Odysseus à l'abri du vent, comme l'avait ordonné Nausikaa, fille du magnanime Alkinoos, et elles placèrent auprès de lui des vêtements, un manteau et une tunique, et elles lui donnèrent l'huile liquide dans la fiole d'or, et elles lui commandèrent de se laver dans le courant du fleuve. Mais alors le divin Odysseus leur dit :

— Servantes, éloignez-vous un peu, afin que je lave l'écume de mes épaules et que je me parfume d'huile, car il y a longtemps que mon corps manque d'onction. Je ne me laverai point devant vous, car je crains, par respect, de me montrer nu au milieu de jeunes filles aux beaux cheveux.

Il parla ainsi, et, se retirant, elles rapportèrent ces paroles à la vierge Nausikaa.

Et le divin Odysseus lava dans le fleuve l'écume salée qui couvrait son dos, ses flancs et ses épaules; et il purifia sa tête des souillures de la mer indomptée. Et, après s'être entièrement baigné et parfumé d'huile, il se couvrit des vêtements que la jeune vierge lui avait donnés. Et Athènè, fille de Zeus, le fit paraître plus grand et fit tomber de sa tête sa chevelure bouclée semblable aux fleurs d'hyacinthe. De même un habile ouvrier qui répand de l'or sur de l'argent, et que Hèphaistos et Pallas Athènè ont instruit, achève de brillantes œuvres avec un art accompli. De même Athènè répandit la grâce sur sa tête et sur ses épaules. Et il s'assit ensuite à l'écart, sur le rivage de la mer, resplendissant de beauté et de grâce. Et la vierge, l'admirant, dit à ses servantes aux beaux cheveux :

— Écoutez-moi, servantes aux bras blancs, afin que je dise quelque chose. Ce n'est pas malgré tous les Dieux qui habitent l'Olympos que cet homme divin est venu chez les Phaiakiens. Il me semblait d'abord méprisable, et maintenant il est semblable aux Dieux qui habitent le large Ouranos. Plût aux Dieux qu'un tel homme fût nommé mon mari, qu'il habitât ici et qu'il lui plût d'y rester! Mais, vous, servantes, offrez à notre hôte à boire et à manger.

Elle parla ainsi, et les servantes l'entendirent et lui obéirent; et elles offrirent à Odysseus à boire et à manger. Et le divin Odysseus buvait et mangeait avec voracité, car il y avait longtemps qu'il n'avait pris de nourriture. Mais Nausikaa aux bras blancs eut d'autres pensées; elle posa les vêtements pliés dans le char, y monta après avoir attelé les mulets aux sabots massifs, et, exhortant Odysseus, elle lui dit :

— Lève-toi, Étranger, afin d'aller à la ville et que je te
conduise à la demeure de mon père prudent, où je pense
que tu verras les premiers d'entre les Phaiakiens. Mais fais
ce que je vais te dire, car tu me sembles plein de sagesse : aussi longtemps que nous irons à travers les champs
et les travaux des hommes, marche rapidement avec les
servantes, derrière les mulets et le char, et, moi, je montrerai le chemin; mais quand nous serons arrivés à la ville,
qu'environnent de hautes tours et que partage en deux un
beau port dont l'entrée est étroite, où sont conduites les
nefs, chacune à une station sûre, et devant lequel est le beau
temple de Poseidaôn dans l'agora pavée de grandes pierres
taillées; — et là aussi sont les armements des noires nefs,
les cordages et les antennes et les avirons qu'on polit, car
les arcs et les carquois n'occupent point les Phaiakiens,
mais seulement les mâts, et les avirons des nefs, et les nefs
égales sur lesquelles ils traversent joyeux la mer pleine
d'écume; —évite alors leurs amères paroles, de peur qu'un
d'entre eux me blâme en arrière, car ils sont très-insolents,
et que le plus méchant, nous rencontrant, dise peut être :
— Quel est cet étranger grand et beau qui suit Nausikaa?
Où l'a-t-elle trouvé? Certes, il sera son mari. Peut-être l'a-
t-elle reçu avec bienveillance, comme il errait hors de sa nef
conduite par des hommes étrangers, car aucuns n'habitent
près d'ici; ou peut-être encore un Dieu qu'elle a supplié
ardemment est-il descendu de l'Ouranos, et elle le possé-
dera tous les jours. Elle a bien fait d'aller au-devant d'un
mari étranger, car, certes, elle dédaigne les Phaiakiens
illustres et nombreux qui la recherchent! — Ils parleraient
ainsi, et leurs paroles seraient honteuses pour moi. Je blâ-
merais moi-même celle qui, à l'insu de son cher père et de sa
mère, irait seule parmi les hommes avant le jour des noces.
Écoute donc mes paroles, Étranger, afin d'obtenir de mon
père des compagnons et un prompt retour. Nous trouverons

auprès du chemin un beau bois de peupliers consacré à
Athènè. Une source en coule et une prairie l'entoure, et là
sont le verger de mon père et ses jardins florissants, éloignés de la ville d'une portée de voix. Il faudra t'arrêter là
quelque temps, jusqu'à ce que nous soyons arrivées à la ville
et à la maison de mon père. Dès que tu penseras que nous
y sommes parvenues, alors, marche vers la ville des Phaiakiens et cherche les demeures de mon père, le magnanime
Alkinoos. Elles sont faciles à reconnaître, et un enfant
pourrait y conduire; car aucune des maisons des Phaiakiens
n'est telle que la demeure du héros Alkinoos. Quand tu
seras entré dans la cour, traverse promptement la maison
royale afin d'arriver jusqu'à ma mère. Elle est assise à son
foyer, à la splendeur du feu, filant une laine pourprée admirable à voir. Elle est appuyée contre une colonne et ses
servantes sont assises autour d'elle. Et, à côté d'elle, est le
trône de mon père, où il s'assied, pour boire du vin, semblable à un Immortel. En passant devant lui, embrasse les
genoux de ma mère, afin que, joyeux, tu voies promptement
le jour du retour, même quand tu serais très-loin de ta demeure. En effet, si ma mère t'est bienveillante dans son
âme, tu peux espérer revoir tes amis, et rentrer dans ta demeure bien bâtie et dans la terre de la patrie.

Ayant ainsi parlé, elle frappa les mulets du fouet brillant, et les mulets, quittant rapidement les bords du fleuve,
couraient avec ardeur et en trépignant. Et Nausikaa les
guidait avec art des rênes et du fouet, de façon que les servantes et Odysseus suivissent à pied. Et Hèlios tomba, et
ils parvinrent au bois sacré d'Athènè, où le divin Odysseus s'arrêta. Et, aussitôt, il supplia la fille du magnanime
Zeus :

— Entends-moi, fille indomptée de Zeus tempêtueux!
Exauce-moi maintenant, puisque tu ne m'as point secouru,
quand l'Illustre qui entoure la terre m'accablait. Accorde-

moi d'être le bien venu chez les Phaiakiens, et qu'ils aient pitié.

Il parla ainsi en suppliant, et Pallas Athènè l'entendit, mais elle ne lui apparut point, respectant le frère de son père ; car il devait être violemment irrité contre le divin Odysseus jusqu'à ce que celui-ci fût arrivé dans la terre de la patrie.

RHAPSODIE VII.

ANDIS que le patient et divin Odysseus suppliait ainsi Athènè, la vigueur des mulets emportait la jeune vierge vers la ville. Et quand elle fut arrivée aux illustres demeures de son père, elle s'arrêta dans le vestibule; et, de tous côtés, ses frères, semblables aux Immortels, s'empressèrent autour d'elle, et ils détachèrent les mulets du char, et ils portèrent les vêtements dans la demeure. Puis, la vierge rentra dans sa chambre où la vieille servante Epirote Eurymédousa alluma du feu. Des nefs à deux rangs d'avirons l'avaient autrefois amenée du pays des Epirotes, et on l'avait donnée en récompense à Alkinoos, parce qu'il commandait à tous les Phaiakiens et que le peuple l'écoutait comme un Dieu. Elle avait allaité Nausikaa aux bras blancs dans la maison royale, et elle allumait son feu et elle préparait son repas.

Et, alors, Odysseus se leva pour aller à la ville, et Athènè, pleine de bienveillance pour lui, l'enveloppa d'un épais brouillard, de peur qu'un des Phaiakiens insolents, le rencontrant, l'outrageât par ses paroles et lui demandât qui il était. Mais, quand il fut entré dans la belle ville, alors Athènè, la Déesse aux yeux clairs, sous la figure d'une jeune vierge portant une urne, s'arrêta devant lui, et le divin Odysseus l'interrogea :

— O mon enfant, ne pourrais-tu me montrer la demeure du héros Alkinoos qui commande parmi les hommes de ce pays? Je viens ici, d'une terre lointaine et étrangère, comme un hôte, ayant subi beaucoup de maux, et je ne connais aucun des hommes qui habitent cette ville et cette terre.

Et la Déesse aux yeux clairs, Athènè, lui répondit :

— Hôte vénérable, je te montrerai la demeure que tu me demandes, car elle est auprès de celle de mon père irréprochable. Mais viens en silence, et je t'indiquerai le chemin. Ne parle point et n'interroge aucun de ces hommes, car ils n'aiment point les étrangers et ils ne reçoivent point avec amitié quiconque vient de loin. Confiants dans leurs nefs légères et rapides, ils traversent les grandes eaux, et Celui qui ébranle la terre leur a donné des nefs rapides comme l'aile des oiseaux et comme la pensée.

Ayant ainsi parlé, Pallas Athènè le précéda promptement, et il marcha derrière la Déesse, et les illustres navigateurs Phaiakiens ne le virent point tandis qu'il traversait la ville au milieu d'eux, car Athènè, la vénérable Déesse aux beaux cheveux, ne le permettait point, ayant enveloppé Odysseus d'un épais brouillard, dans sa bienveillance pour lui. Et Odysseus admirait le port, les nefs égales, l'agora des héros et les longues murailles fortifiées de hauts pieux, admirables à voir. Et, quand ils furent arrivés à l'illustre demeure du Roi, Athènè, la Déesse aux yeux clairs, lui parla d'abord :

— Voici, hôte, mon père, la demeure que tu m'as demandé de te montrer. Tu trouveras les Rois, nourrissons

7

de Zeus, prenant leur repas. Entre, et ne crains rien dans
ton âme. D'où qu'il vienne, l'homme courageux est celui
qui accomplit le mieux tout ce qu'il fait. Va d'abord à la
Reine, dans la maison royale. Son nom est Arètè, et elle
le mérite, et elle descend des mêmes parents qui ont engendré le roi Alkinoos. Poseidaôn qui ébranle la terre engendra Nausithoos que conçut Périboia, la plus belle des
femmes et la plus jeune fille du magnanime Eurymédôn
qui commanda autrefois aux fiers Géants. Mais il perdit son
peuple impie et périt lui-même. Poseidaôn s'unit à Périboia,
et il engendra le magnanime Nausithoos qui commanda
aux Phaiakiens. Et Nausithoos engendra Rhèxènôr et Alkinoos. Apollôn à l'arc d'argent frappa le premier qui venait de se marier dans la maison royale et qui ne laissa
point de fils, mais une fille unique, Arètè, qu'épousa Alkinoos. Et il l'a honorée plus que ne sont honorées toutes
les autres femmes qui, sur la terre, gouvernent leur maison
sous la puissance de leurs maris. Et elle est honorée par
ses chers enfants non moins que par Alkinoos, ainsi que
par les peuples, qui la regardent comme une Déesse et qui
recueillent ses paroles quand elle marche par la ville. Elle
ne manque jamais de bonnes pensées dans son esprit, et
elle leur est bienveillante, et elle apaise leurs différends.
Si elle t'est favorable dans son âme, tu peux espérer revoir
tes amis et rentrer dans ta haute demeure et dans la terre
de la patrie.

Ayant ainsi parlé, Athènè aux yeux clairs s'envola sur la
mer indomptée, et elle abandonna l'aimable Skhériè, et
elle arriva à Marathôn, et, étant parvenue dans Athèna
aux larges rues, elle entra dans la forte demeure d'E-
rekhtheus.

Et Odysseus se dirigea vers l'illustre maison d'Alkinoos,
et il s'arrêta, l'âme pleine de pensées, avant de fouler le
pavé d'airain. En effet, la haute demeure du magnanime

Alkinoos resplendissait comme Hèlios ou Sélènè. De solides murs d'airain, des deux côtés du seuil, enfermaient la cour intérieure, et leur pinacle était d'émail. Et des portes d'or fermaient la solide demeure, et les poteaux des portes étaient d'argent sur le seuil d'airain argenté, et, au-dessus, il y avait une corniche d'or, et, des deux côtés, il y avait des chiens d'or et d'argent que Hèphaistos avait faits très-habilement, afin qu'ils gardassent la maison du magnanime Alkinoos, étant immortels et ne devant point vieillir. Dans la cour, autour du mur, des deux côtés, étaient des thrônes solides, rangés jusqu'à l'entrée intérieure et recouverts de légers péplos, ouvrage des femmes. Là, siégeaient les Princes des Phaiakiens, mangeant et buvant toute l'année. Et des figures de jeunes hommes, en or, se dressaient sur de beaux autels, portant aux mains des torches flambantes qui éclairaient pendant la nuit les convives dans la demeure. Et cinquante servantes habitaient la maison, et les unes broyaient sous la meule le grain mûr, et les autres, assises, tissaient les toiles et tournaient la quenouille agitée comme les feuilles du haut peuplier, et une huile liquide distillait de la trame des tissus. Autant les Phaiakiens étaient les plus habiles de tous les hommes pour voguer en mer sur une nef rapide, autant leurs femmes l'emportaient pour travailler les toiles, et Athènè leur avait accordé d'accomplir de très-beaux et très-habiles ouvrages. Et, au delà de la cour, au-près des portes, il y avait un grand jardin de quatre arpents, entouré de tous côtés par une haie. Là, croissaient de grands arbres florissants qui produisaient, les uns la poire et la grenade, les autres les belles oranges, les douces fi-gues et les vertes olives. Et jamais ces fruits ne manquaient ni ne cessaient, et ils duraient tout l'hiver et tout l'été, et Zéphyros, en soufflant, faisait croître les uns et mûrir les autres ; la poire succédait à la poire, la pomme mûrissait après la pomme, et la grappe après la grappe, et la figue après la figue. Là, sur la vigne fructueuse, le raisin séchait, sous l'ardeur de Hèlios, en un lieu découvert, et, là, il était cueilli et foulé; et, parmi les grappes, les unes perdaient leurs fleurs tandis que d'autres mûrissaient. Et à la suite du jardin, il y avait un verger qui produisait abondamment toute l'année. Et il y avait deux sources, dont l'une courait à travers tout le jardin, tandis que l'autre jaillissait sous le seuil de la cour, devant la haute demeure, et les citoyens venaient y puiser de l'eau. Et tels étaient les splendides présents des Dieux dans la demeure d'Alkinoos.

Le patient et divin Odysseus, s'étant arrêté, admira toutes ces choses, et, quand il les eut admirées, il passa rapidement le seuil de la demeure. Et il trouva les princes et les chefs des Phaiakiens faisant des libations au vigilant Tueur d'Argos, car ils finissaient par lui, quand ils songeaient à gagner leurs lits. Et le divin et patient Odysseus traversa la demeure, enveloppé de l'épais brouillard que Pallas Athènè avait répandu autour de lui, et il parvint à Arètè et au roi Alkinoos. Et Odysseus entoura de ses bras les genoux d'Arètè, et le brouillard divin tomba. Et, à sa vue, tous restèrent muets dans la demeure, et ils l'admiraient. Mais Odysseus fit cette prière :

— Arètè, fille du divin Rhèxènôr, je viens à tes genoux, et vers ton mari et vers ses convives, après avoir beaucoup souffert. Que les Dieux leur accordent de vivre heureusement, et de laisser à leurs enfants les biens qui sont dans leurs demeures et les récompenses que le peuple leur a données! Mais préparez mon retour, afin que j'arrive promptement dans ma patrie, car il y a longtemps que je subis de nombreuses misères, loin de mes amis.

Ayant ainsi parlé, il s'assit dans les cendres du foyer, devant le feu, et tous restaient muets. Enfin, le vieux héros Ekhénèos parla ainsi. C'était le plus âgé de tous les Phaiakiens, et il savait beaucoup de choses anciennes, et il l'em-

portait sur tous par son éloquence. Plein de sagesse, il
parla ainsi au milieu de tous :

— Alkinoos, il n'est ni bon, ni convenable pour toi, que
ton hôte soit assis dans les cendres du foyer. Tes convives
attendent tous ta décision. Mais hâte-toi ; fais asseoir ton
hôte sur un thrône orné de clous d'argent, et commande
aux hérauts de verser du vin, afin que nous fassions des libations à Zeus Foudroyant qui accompagne les suppliants
vénérables. Pendant ce temps, l'Économe offrira à ton
hôte les mets qui sont dans la demeure.

Dès que la Force sacrée d'Alkinoos eut entendu ces paroles, il prit par la main le sage et subtil Odysseus, et il le
fit lever du foyer, et il le fit asseoir sur un thrône brillant
d'où s'était retiré son fils, le brave Laodamas, qui siégeait
à côté de lui et qu'il aimait le plus. Une servante versa de
l'eau d'un belle aiguière d'or dans un bassin d'argent, pour
qu'il lavât ses mains, et elle dressa devant lui une table
polie. Et la vénérable Économe, gracieuse pour tous, apporta
le pain et de nombreux mets. Et le sage et divin Odysseus
buvait et mangeait. Alors Alkinoos dit à un héraut :

— Pontonoos, mêle le vin dans le kratère et distribue-le
à tous dans la demeure, afin que nous fassions des libations à Zeus Foudroyant qui accompagne les suppliants
vénérables.

Il parla ainsi, et Pontonoos mêla le doux vin, et il le
distribua en goûtant d'abord à toutes les coupes. Et ils
firent des libations, et ils burent autant que leur âme le
désirait, et Alkinoos leur parla ainsi :

— Écoutez-moi, Princes et chefs des Phaiakiens, afin que
je dise ce que mon cœur m'inspire dans ma poitrine. Maintenant que le repas est achevé, allez dormir dans vos
demeures. Demain matin, ayant convoqué les vieillards,
nous exercerons l'hospitalité envers notre hôte dans ma
maison, et nous ferons de justes sacrifices aux Dieux ; puis

nous songerons au retour de notre hôte, afin que, sans
peine et sans douleur, et par nos soins, il arrive plein de
joie dans la terre de sa patrie, quand même elle serait très-
lointaine. Et il ne subira plus ni maux, ni misères, jusqu'à
ce qu'il ait foulé sa terre natale. Là, il subira ensuite la
destinée que les lourdes Moires lui ont filée dès l'instant
où sa mère l'enfanta. Qui sait s'il n'est pas un des Immortels descendu de l'Ouranos? Les Dieux auraient ainsi médité quelque autre dessein; car ils se sont souvent, en effet,
manifestés à nous, quand nous leur avons offert d'illustres
hécatombes, et ils se sont assis à nos repas, auprès de nous
et comme nous; et si un voyageur Phaiakien les rencontre
seul sur sa route, ils ne se cachent point de lui, car nous
sommes leurs parents, de même que les Kyklôpes et la
race sauvage des Géants.

Et le prudent Odysseus lui répondit :

— Alkinoos, que d'autres pensées soient dans ton esprit.
Je ne suis point semblable aux Immortels qui habitent le
large Ouranos ni par l'aspect, ni par la démarche; mais je
ressemble aux hommes mortels, de ceux que vous savez
être le plus accablés de misères. C'est à ceux-ci que je
suis semblable par mes maux. Et les douleurs infinies
que je pourrais raconter, certes, je les ai toutes souffer-
tes par la volonté des Dieux. Mais laissez-moi prendre
mon repas malgré ma tristesse; car il n'est rien de pire qu'un
ventre affamé, et il ne se laisse pas oublier par l'homme
le plus affligé et dont l'esprit est le plus tourmenté d'inquiétudes. Ainsi, j'ai dans l'âme un grand deuil, et la faim
et la soif m'ordonnent de manger et de boire et de me rassasier, quelques maux que j'aie subis. Mais hâtez-vous, dès
qu'Eôs reparaîtra, de me renvoyer, malheureux que je suis,
dans ma patrie, afin qu'après avoir tant souffert, la vie ne
me quitte pas sans que j'aie revu mes biens, mes serviteurs
et ma haute demeure!

Il parla ainsi, et tous l'applaudirent, et ils s'exhortaient
à reconduire leur hôte, parce qu'il avait parlé convenablement. Puis, ayant fait des libations et bu autant que leur
âme le désirait, ils allèrent dormir, chacun dans sa demeure.
Mais le divin Odysseus resta, et, auprès de lui, Arètè et le
divin Alkinoos s'assirent, et les servantes emportèrent les
vases du repas. Et Arètè aux bras blancs parla la première,
ayant reconnu le manteau, la tunique, les beaux vêtements
qu'elle avait faits elle-même avec ses femmes. Et elle dit à
Odysseus ces paroles ailées :

— Mon hôte, je t'interrogerai la première. Qui es-tu?
D'où viens-tu? Qui t'a donné ces vêtements? Ne dis-tu pas
qu'errant sur la mer, tu es venu ici?

Et le prudent Odysseus lui répondit :

— Il me serait difficile, Reine, de raconter de suite tous les
maux dont les Dieux Ouraniens m'ont accablé; mais je te
dirai ce que tu me demandes d'abord. Il y a au milieu de la
mer une île, Ogygiè, qu'habite Kalypsô, Déesse dangereuse,
aux beaux cheveux, fille rusée d'Atlas; et aucun des Dieux ni
des hommes mortels n'habite avec elle. Un Daimôn m'y conduisit seul, malheureux que j'étais! car Zeus, d'un coup de la
blanche foudre, avait fendu en deux ma nef rapide au milieu de la noire mer où tous mes braves compagnons périrent. Et moi, serrant de mes bras la carène de ma nef au
double rang d'avirons, je fus emporté pendant neuf jours,
et, dans la dixième nuit noire, les Dieux me poussèrent
dans l'île Ogygiè, où habitait Kalypsô, la Déesse dangereuse
aux beaux cheveux. Et elle m'accueillit avec bienveillance,
et elle me nourrit, et elle me disait qu'elle me rendrait
immortel et qu'elle m'affranchirait pour toujours de la
vieillesse; mais elle ne put persuader mon cœur dans ma
poitrine. Et je passai là sept années, et je mouillais de mes
larmes les vêtements immortels que m'avait donnés Kalypsô. Mais quand vint la huitième année, alors elle me

pressa elle-même de m'en retourner, soit par ordre de Zeus,
soit que son cœur eût changé. Elle me renvoya sur un radeau
lié de cordes, et elle me donna beaucoup de pain et de vin,
et elle me couvrit de vêtements divins, et elle me suscita
un vent propice et doux. Je naviguai pendant dix-sept jours,
faisant ma route sur la mer, et, le dix-huitième jour, les
montagnes ombragées de votre terre m'apparurent, et mon
cher cœur fut joyeux. Malheureux! j'allais être accablé de
nouvelles et nombreuses misères que devait m'envoyer Poseidaôn qui ébranle la terre. Et il excita les vents, qui m'arrêtèrent en chemin; et il souleva la mer immense, et il
voulut que les flots, tandis que je gémissais, accablassent
le radeau, que la tempête dispersa; et je nageai, fendant les
eaux, jusqu'à ce que le vent et le flot m'eurent porté à
terre, où la mer me jeta d'abord contre de grands rochers,
puis me porta en un lieu plus favorable; car je nageai de
nouveau jusqu'au fleuve, à un endroit accessible, libre de
rochers et à l'abri du vent. Et je raffermis mon esprit, et
la nuit divine arriva. Puis, étant sorti du fleuve tombé de
Zeus, je me couchai sous les arbustes, où j'amassai des
feuilles, et un Dieu m'envoya un profond sommeil. Là,
bien qu'affligé dans mon cher cœur, je dormis toute la nuit
jusqu'au matin et tout le jour. Et Hèlios tombait, et le
doux sommeil me quitta. Et j'entendis les servantes de ta
fille qui jouaient sur le rivage, et je la vis elle-même, au
milieu de toutes, semblable aux Immortelles. Je la suppliai, et elle montra une sagesse excellente bien supérieure
à celle qu'on peut espérer d'une jeune fille, car la jeunesse,
en effet, est toujours imprudente. Et elle me donna aussitôt
de la nourriture et du vin rouge, et elle me fit baigner dans
le fleuve, et elle me donna des vêtements. Je t'ai dit toute
la vérité, malgré mon affliction.

Et Alkinoos, lui répondant, lui dit :

— Mon hôte, certes, ma fille n'a point agi convenablement, puisqu'elle ne t'a point conduit, avec ses servantes, dans ma demeùre, car tu l'avais suppliée la première.

Et le subtil Odysseus lui répondit :

— Héros, ne blâme point, à cause de moi, la jeune vierge irréprochable. Elle m'a ordonné de la suivre avec ses femmes, mais je ne l'ai point voulu, craignant de t'irriter si tu avais vu cela; car nous, race des hommes, sommes soupçonneux sur la terre.

Et Alkinoos, lui répondant, dit :

— Mon hôte, mon cher cœur n'a point coutume de s'irriter sans raison dans ma poitrine, et les choses équitables sont toujours les plus puissantes sur moi. Plaise au Père Zeus, à Athènè, à Apollôn, que, tel que tu es, et sentant en toutes choses comme moi, tu veuilles rester, épouser ma fille, être appelé mon gendre! Je te donnerais une demeure et des biens, si tu voulais rester. Mais aucun des Phaiakiens ne te retiendra malgré toi, car ceci ne serait point agréable au Père Zeus. Afin que tu le saches bien, demain je déciderai ton retour. Jusque-là, dors, dompté par le sommeil; et mes hommes profiteront du temps paisible, afin que tu parviennes dans ta patrie et dans ta demeure, ou partout où il te plaira d'aller, même par de là l'Euboiè, que ceux de notre peuple qui l'ont vue disent la plus lointaine des terres, quand ils y conduisirent le blond Rhadamanthos, pour visiter Tityos, le fils de Gaia. Ils y allèrent et en revinrent en un seul jour. Tu sauras par toi-même combien mes nefs et mes jeunes hommes sont habiles à frapper la mer de leurs avirons.

Il parla ainsi, et le subtil et divin Odysseus, plein de joie, fit cette supplication :

— Père Zeus! qu'il te plaise qu'Alkinoos accomplisse ce qu'il promet, et que sa gloire soit immortelle sur la terre féconde si je rentre dans ma patrie!

Et tandis qu'ils se parlaient ainsi, Arètè ordonna aux

servantes aux bras blancs de dresser un lit sous le portique, d'y mettre plusieurs couvertures pourprées, et d'é-
tendre par-dessus des tapis et des manteaux laineux. Et les
servantes sortirent de la demeure en portant des torches
flambantes; et elles dressèrent un beau lit à la hâte, et,
s'approchant d'Odysseus, elles lui dirent :

— Lève-toi, notre hôte, et va dormir; ton lit est préparé.

Elles parlèrent ainsi, et il lui sembla doux de dormir.
Et ainsi le divin et patient Odysseus s'endormit dans un
lit profond, sous le portique sonore. Et Alkinoos dormait
aussi au fond de sa haute demeure. Et, auprès de lui, la
Reine, ayant préparé le lit, se coucha.

RHAPSODIE VIII.

UAND Eôs aux doigts rosés, née au matin, apparut, la Force sacrée d'Alkinoos se leva de
son lit, et le dévastateur de citadelles, le divin
et subtil Odysseus se leva aussi; et la Force
sacrée d'Alkinoos le conduisit à l'agora des Phaiakiens, auprès des nefs. Et, dès leur arrivée, ils s'assirent l'un près
de l'autre sur des pierres polies. Et Pallas Athènè parcou-
rait la Ville, sous la figure d'un héraut prudent d'Alkinoos;
et, méditant le retour du magnanime Odysseus, elle abordait chaque homme et lui disait :

— Princes et chefs des Phaiakiens, allez à l'agora, afin
d'entendre l'Etranger qui est arrivé récemment dans la demeure du sage Alkinoos, après avoir erré sur la mer. Il est
semblable aux Immortels.

Ayant parlé ainsi, elle excitait l'esprit de chacun, et
bientôt l'agora et les siéges furent pleins d'hommes rassemblés; et ils admiraient le fils prudent de Laertès, car

Athènè avait répandu une grâce divine sur sa tête et sur
ses épaules, et l'avait rendu plus grand et plus majestueux,
afin qu'il parût plus agréable, plus fier et plus vénérable
aux Phaiakiens et qu'il accomplît toutes les choses par
lesquelles ils voudraient l'éprouver. Et, après que tous se
furent réunis, Alkinoos leur parla ainsi :

— Écoutez-moi, Princes et chefs des Phaiakiens, afin
que je dise ce que mon cœur m'inspire dans ma poitrine.
Je ne sais qui est cet Etranger errant qui est venu dans ma
demeure, soit du milieu des hommes qui sont du côté d'Eôs,
soit de ceux qui habitent du côté de Hespéros. Il nous demande d'aider à son prompt retour. Nous le reconduirons,
comme cela est déjà arrivé pour d'autres ; car aucun
homme entré dans ma demeure n'a jamais pleuré longtemps ici, désirant son retour. Allons ! tirons à la mer divine une nef noire et neuve, et que cinquante-deux jeunes
hommes soient choisis dans le peuple parmi les meilleurs
de tous. Liez donc à leurs bancs les avirons de la nef, et
préparons promptement dans ma demeure un repas que je
vous offre. Les jeunes hommes accompliront mes ordres,
et vous tous, Rois porteurs de sceptres, venez dans ma
belle demeure, afin que nous honorions notre hôte dans la
maison royale. Que nul ne refuse, et appelez le divin Aoide
Dèmodokos, car un Dieu lui a donné le chant admirable
qui charme, quand son âme le pousse à chanter.

Ayant ainsi parlé, il marcha devant, et les Porteurs de
sceptres le suivaient, et un héraut courut vers le divin
Aoide. Et cinquante-deux jeunes hommes, choisis dans le
peuple, allèrent, comme Alkinoos l'avait ordonné, sur le
rivage de la mer indomptée. Étant arrivés à la mer et à la
nef, ils traînèrent la noire nef à la mer profonde, dressèrent le mât, préparèrent les voiles, lièrent les avirons avec
des courroies, et, faisant tout comme il convenait, étendirent les blanches voiles et poussèrent la nef au large. Puis,

ils se rendirent à la grande demeure du sage Alkinoos. Et
le portique, et la salle, et la demeure étaient pleins d'hommes rassemblés, et les jeunes hommes et les vieillards
étaient nombreux.

Et Alkinoos tua pour eux douze brebis, huit porcs aux
blanches dents et deux bœufs aux pieds flexibles. Et ils les
écorchèrent, et ils préparèrent le repas agréable. Et le héraut vint, conduisant le divin Aoide. La Muse l'aimait plus
que tous, et elle lui avait donné de connaître le bien et le
mal, et, l'ayant privé des yeux, elle lui avait accordé le
chant admirable. Le héraut plaça pour lui, au milieu des
convives, un thrône aux clous d'argent, appuyé contre une
longue colonne; et, au-dessus de sa tête, il suspendit la
kithare sonore, et il lui montra comment il pourrait la
prendre. Puis, il dressa devant lui une belle table et il y mit
une corbeille et une coupe de vin, afin qu'il bût autant de
fois que son âme le voudrait. Et tous étendirent les mains
vers les mets placés devant eux.

Après qu'ils eurent assouvi leur faim et leur soif, la Muse
excita l'Aoide à célébrer la gloire des hommes par un chant
dont la renommée était parvenue jusqu'au large Ouranos.
Et c'était la querelle d'Odysseus et du Pèléide Akhilleus,
quand ils se querellèrent autrefois en paroles violentes dans
un repas offert aux Dieux. Et le Roi des hommes, Agamemnôn, se réjouissait dans son âme parce que les premiers
d'entre les Akhaiens se querellaient. En effet, la prédiction
s'accomplissait que lui avait faite Phoibos Apollôn, quand,
dans la divine Pythô, il avait passé le seuil de pierre pour
interroger l'oracle; et alors se préparaient les maux des
Troiens et des Danaens, par la volonté du grand Zeus.

Et l'illustre Aoide chantait ces choses, mais Odysseus
ayant saisi de ses mains robustes son grand manteau pourpré, l'attira sur sa tête et en couvrit sa belle face, et il
avait honte de verser des larmes devant les Phaiakiens.

Mais quand le divin Aoide cessait de chanter, lui même cessait de pleurer, et il écartait son manteau, et, prenant une
coupe ronde, il faisait des libations aux Dieux. Puis, quand
les princes des Phaiakiens excitaient l'Aoide à chanter de
nouveau, car ils étaient charmés de ses paroles, de nouveau Odysseus pleurait, la tête cachée. Il se cachait de
tous en versant des larmes; mais Alkinoos le vit, seul,
étant assis auprès de lui, et il l'entendit gémir, et aussitôt
il dit aux Phaiakiens habiles à manier les avirons :

— Écoutez-moi, Princes et chefs des Phaiakiens. Déjà
nous avons satisfait notre âme par ce repas et par les sons
de la kithare qui sont la joie des repas. Maintenant, sor-
tons, et livrons-nous à tous les jeux, afin que notre hôte
raconte à ses amis, quand il sera retourné dans sa patrie,
combien nous l'emportons sur les autres hommes au combat des poings, à la lutte, au saut et à la course.

Ayant ainsi parlé, il marcha le premier et tous le suivirent. Et le héraut suspendit la kithare sonore à la colonne,
et, prenant Dèmodokos par la main, il le conduisit hors
des demeures, par le même chemin qu'avaient pris les
princes des Phaiakiens afin d'admirer les jeux. Et ils allèrent à l'agora, et une foule innombrable suivait. Puis,
beaucoup de robustes jeunes hommes se levèrent, Akronéôs,
Okyalos, Elatreus, Nauteus, Prymneus, Ankhialos, Ereth-
meus, Ponteus, Prôteus, Thoôn, Anabèsinéôs, Amphialos, fils de Polinéos Tektonide, et Euryalos semblable au
tueur d'hommes Arès, et Naubolidès qui l'emportait par
la force et la beauté sur tous les Phaiakiens, après l'irréprochable Laodamas. Et les trois fils de l'irréprochable
Alkinoos se levèrent aussi, Laodamas, Halios et le divin
Klytonèos.

Et ils combattirent d'abord à la course, et ils s'élancèrent
des barrières, et, tous ensemble, ils volaient rapidement,
soulevant la poussière de la plaine. Mais celui qui les de-

vançait de plus loin était l'irréprochable Klytonèos. Autant
les mules qui achèvent un sillon ont franchi d'espace, autant il les précédait, les laissant en arrière, quand il revint
devant le peuple. Et d'autres engagèrent le combat de la
lutte, et dans ce combat Euryalos l'emporta sur les plus
vigoureux. Et Amphialos fut vainqueur en sautant le mieux,
et Elatreus fut le plus fort au disque, et Laodamas, l'illustre
fils d'Alkinoos, au combat des poings. Mais, après qu'ils
eurent charmé leur âme par ces combats, Laodamas, fils
d'Alkinoos, parla ainsi :

— Allons, amis, demandons à notre hôte s'il sait aussi
combattre. Certes, il ne semble point sans courage. Il a des
cuisses et des bras et un cou très-vigoureux, et il est encore
jeune, bien qu'il ait été affaibli par beaucoup de malheurs ;
car je pense qu'il n'est rien de pire que la mer pour épui-
ser un homme, quelque vigoureux qu'il soit.

Et Euryalos lui répondit :

— Laodamas, tu as bien parlé. Maintenant, va, provoque-
le, et rapporte-lui nos paroles.

Et l'illustre fils d'Alkinoos, ayant écouté ceci, s'arrêta au
milieu de l'arène et dit à Odysseus :

— Allons, hôte, mon père, viens tenter nos jeux, si tu y
es exercé comme il convient que tu le sois. Il n'y a point
de plus grande gloire pour les hommes que celle d'être
brave par les pieds et par les bras. Viens donc, et chasse
la tristesse de ton âme. Ton retour n'en subira pas un long
retard, car déjà ta nef est traînée à la mer et tes compagnons sont prêts à partir.

Et le subtil Odysseus lui répondit :

— Laodamas, pourquoi me provoques-tu à combattre?
Les douleurs remplissent mon âme plus que le désir des
jeux. J'ai déjà subi beaucoup de maux et supporté beaucoup de travaux, et maintenant, assis dans votre agora,
j'implore mon retour, priant le Roi et tout le peuple.

Et Euryalos, lui répondant, l'outragea ouvertement :

— Tu parais, mon hôte, ignorer tous les jeux où s'exercent les hommes, et tu ressembles à un chef de matelots marchands qui, sur une nef de charge, n'a souci que de gain et de provisions, plutôt qu'à un athlète.

Et le subtil Odysseus, avec un sombre regard, lui dit :

— Mon hôte, tu n'as point parlé convenablement, et tu ressembles à un homme insolent. Les Dieux ne dispensent point également leurs dons à tous les hommes, la beauté, la prudence ou l'éloquence. Souvent un homme n'a point de beauté, mais un Dieu l'orne par la parole, et tous sont charmés devant lui, car il parle avec assurance et une douce modestie, et il domine l'agora, et, quand il marche par la ville, on le regarde comme un Dieu. Un autre est semblable aux Dieux par sa beauté, mais il ne lui a point été accordé de bien parler. Ainsi, tu es beau, et un Dieu ne t'aurait point formé autrement, mais tu manques d'intelligence, et, comme tu as mal parlé, tu as irrité mon cœur dans ma chère poitrine. Je n'ignore point ces combats, ainsi que tu le dis. J'étais entre les premiers, quand je me confiais dans ma jeunesse et dans la vigueur de mes bras. Maintenant, je suis accablé de misères et de douleurs, ayant subi de nombreux combats parmi les hommes ou en traversant les flots dangereux. Mais, bien que j'aie beaucoup souffert, je tenterai ces jeux, car ta parole m'a mordu, et tu m'as irrité par ce discours.

Il parla ainsi, et, sans rejeter son manteau, s'élançant impétueusement, il saisit une pierre plus grande, plus épaisse, plus lourde que celle dont les Phaiakiens avaient coutume de se servir dans les jeux, et, l'ayant fait tourbillonner, il la jeta d'une main vigoureuse. Et la pierre rugit, et tous les Phaiakiens habiles à manier les avirons courbèrent la tête sous l'impétuosité de la pierre qui vola bien au delà des marques de tous les autres. Et Athènè accourut

promptement, et, posant une marque, elle dit, ayant pris
la figure d'un homme :

— Même un aveugle, mon hôte, pourrait reconnaître ta
marque en la touchant, car elle n'est point mêlée à la foule
des autres, mais elle est bien au delà. Aie donc confiance,
car aucun des Phaiakiens n'atteindra là, loin de te dé-
passer.

Elle parla ainsi, et le patient et divin Odysseus fut
joyeux, et il se réjouissait d'avoir dans l'agora un compagnon bienveillant. Et il dit avec plus de douceur aux Phaiakiens :

— Maintenant, jeunes hommes, atteignez cette pierre. Je
pense que je vais bientôt en jeter une autre aussi loin, et
même au delà. Mon âme et mon cœur m'excitent à tenter
tous les autres combats. Que chacun de vous se fasse ce
péril, car vous m'avez grandement irrité. Au ceste, à la
lutte, à la course, je ne refuse aucun des Phaiakiens, sauf
le seul Laodamas. Il est mon hôte. Qui pourrait combattre
un ami? L'insensé seul et l'homme de nulle valeur le dis-
putent à leur hôte dans les jeux, au milieu d'un peuple
étranger, et ils s'avilissent ainsi. Mais je n'en récuse ni n'en
repousse aucun autre. Je n'ignore aucun des combats qui
se livrent parmi les hommes. Je sais surtout tendre un arc
récemment poli, et le premier j'atteindrais un guerrier lançant des traits dans la foule des hommes ennemis, même
quand de nombreux compagnons l'entoureraient et ten-
draient l'arc contre moi. Le seul Philoktètès l'emportait
sur moi par son arc, chez le peuple des Troiens, toutes les
fois que les Akhaiens lançaient des flèches. Mais je pense
être maintenant le plus habile de tous les mortels qui se
nourrissent de pain sur la terre. Certes, je ne voudrais
point lutter contre les anciens héros, ni contre Hèraklès,
ni contre Eurytos l'Oikhalien, car ils luttaient, comme ar-
chers, même avec les Dieux. Le grand Eurytos mourut

8

tout jeune, et il ne vieillit point dans ses demeures. En effet, Apollôn irrité le tua, parce qu'il l'avait provoqué au combat de l'arc. Je lance la pique aussi bien qu'un autre lance une flèche. Seulement, je crains qu'un des Phaiakiens me surpasse à la course, ayant été affaibli par beaucoup de fatigues au milieu des flots, car je ne possédais pas une grande quantité de vivres dans ma nef, et mes chers genoux sont rompus.

Il parla ainsi, et tous restèrent muets, et le seul Alkinoos lui répondit :

— Mon hôte, tes paroles me plaisent. Ta force veut prouver la vertu qui te suit partout, étant irrité, car cet homme t'a défié; mais aucun n'oserait douter de ton courage, si du moins il n'a point perdu le jugement. Maintenant, comprends bien ce que je vais dire, afin que tu parles favorablement de nos héros quand tu prendras tes repas dans tes demeures, auprès de ta femme et de tes enfants, et que tu te souviennes de notre vertu et des travaux dans lesquels Zeus nous a donné d'exceller dès le temps de nos ancêtres. Nous ne sommes point les plus forts au ceste, ni des lutteurs irréprochables, mais nous courons rapidement et nous excellons sur les nefs. Les repas nous sont chers, et la kithare et les danses, et les vêtements renouvelés, les bains chauds et les lits. Allons! vous qui êtes les meilleurs danseurs Phaiakiens, dansez, afin que notre hôte, de retour dans sa demeure, dise à ses amis combien nous l'emportons sur tous les autres hommes dans la science de la mer, par la légèreté des pieds, à la danse et par le chant. Que quelqu'un apporte aussitôt à Dèmodokos sa kithare sonore qui est restée dans nos demeures.

Alkinoos semblable à un Dieu parla ainsi, et un héraut se leva pour rapporter la kithare harmonieuse de la maison royale. Et les neuf chefs des jeux, élus par le sort, se levèrent, car c'étaient les régulateurs de chaque chose dans

les jeux. Et ils aplanirent la place du chœur, et ils disposèrent un large espace. Et le héraut revint, apportant la
kithare sonore à Dèmodokos; et celui-ci se mit au milieu,
et autour de lui se tenaient les jeunes adolescents habiles à
danser. Et ils frappaient de leurs pieds le chœur divin, et
Odysseus admirait la rapidité de leurs pieds, et il s'en éton-
nait dans son âme.

Mais l'Aoide commença de chanter admirablement l'a-
mour d'Arès et d'Aphroditè à la belle couronne, et comment ils s'unirent dans la demeure de Hèphaistos. Arès fit
de nombreux présents, et il déshonora le lit du Roi Hèphaistos. Aussitôt Hèlios, qui les avait vus s'unir, vint l'annoncer à Hèphaistos, qui entendit là une cruelle parole.
Puis, méditant profondément sa vengeance, il se hâta d'aller à sa forge, et, dressant une grande enclume, il forgea
des liens qui ne pouvaient être ni rompus, ni dénoués.
Ayant achevé cette trame pleine de ruse, il se rendit dans
la chambre nuptiale où se trouvait son cher lit. Et il suspendit de tous côtés, en cercle, ces liens qui tombaient des
poutres autour du lit comme les toiles de l'araignée, et que
nul ne pouvait voir, pas même les Dieux heureux. Ce fut
ainsi qu'il ourdit sa ruse. Et, après avoir enveloppé le lit,
il feignit d'aller à Lemnos, ville bien bâtie, celle de toutes
qu'il aimait le mieux sur la terre. Arès au frein d'or le surveillait, et quand il vit partir l'illustre ouvrier Hèphaistos,
il se hâta, dans son désir d'Aphroditè à la belle couronne,
de se rendre à la demeure de l'illustre Hèphaistos. Et
Aphroditè, revenant de voir son tout-puissant père Zeus,
était assise. Et Arès entra dans la demeure, et il lui prit la
main, et il lui dit:

— Allons, chère, dormir sur notre lit. Hèphaistos n'est
plus ici; il est allé à Lemnos, chez les Sintiens au langage
barbare.

Il parla ainsi, et il sembla doux à la Déesse de lui céder,

et ils montèrent sur le lit pour y dormir, et, aussitôt, les liens habilement disposés par le subtil Hèphaistos les enveloppèrent. Et ils ne pouvaient ni mouvoir leurs membres, ni se lever, et ils reconnurent alors qu'ils ne pouvaient fuir. Et l'illustre Boiteux des deux pieds approcha, car il était revenu avant d'arriver à la terre de Lemnos, Hèlios ayant veillé pour lui et l'ayant averti. Et il rentra dans sa demeure, affligé en sa chère poitrine. Il s'arrêta sous le vestibule, et une violente colère le saisit, et il cria horriblement, et il fit que tous les Dieux l'entendirent :

— Père Zeus, et vous, Dieux heureux qui vivez toujours, venez voir des choses honteuses et intolérables. Moi qui suis boiteux, la fille de Zeus, Aphroditè, me déshonore, et elle aime le pernicieux Arès parce qu'il est beau et qu'il ne boite pas. Si je suis laid, certes, je n'en suis pas cause, mais la faute en est à mon père et à ma mère qui n'auraient pas dû m'engendrer. Voyez comme ils sont couchés unis par l'amour. Certes, en les voyant sur ce lit, je suis plein de douleur, mais je ne pense pas qu'ils tentent d'y dormir encore, bien qu'ils s'aiment beaucoup ; et ils ne pourront s'unir, et mon piége et mes liens les retiendront jusqu'à ce que son père m'ait rendu toute la dot que je lui ai livrée à cause de sa fille aux yeux de chien, parce qu'elle était belle.

Il parla ainsi, et tous les Dieux se rassemblèrent dans la demeure d'airain. Poseidaôn qui entoure la terre vint, et le très-utile Herméias vint aussi, puis le royal Archer Apollôn. Les Déesses, par pudeur, restèrent seules dans leurs demeures. Et les Dieux qui dispensent les biens étaient debout dans le vestibule. Et un rire immense s'éleva parmi les Dieux heureux quand ils virent l'ouvrage du prudent Hèphaistos ; et, en le regardant, ils disaient entre eux :

— Les actions mauvaises ne valent pas la vertu. Le plus

lent a atteint le rapide. Voici que Hèphaistos, bien que boiteux, a saisi, par sa science, Arès, qui est le plus rapide de tous les Dieux qui habitent l'Olympos, et c'est pourquoi il se fera payer une amende.

Ils se parlaient ainsi entre eux. Et le Roi Apollôn, fils de Zeus, dit à Herméias :

— Messager Herméias, fils de Zeus, qui dispenses les biens, certes, tu voudrais sans doute être enveloppé de ces liens indestructibles, afin de coucher dans ce lit, auprès d'Aphroditè d'or ?

Et le Messager Herméias lui répondit aussitôt :

— Plût aux Dieux, ô royal Archer Apollôn, que cela arrivât, et que je fusse enveloppé de liens trois fois plus inextricables, et que tous les Dieux et les Déesses le vissent, pourvu que je fusse couché auprès d'Aphroditè d'or !

Il parla ainsi, et le rire des Dieux Immortels éclata. Mais Poseidaôn ne riait pas, et il suppliait l'illustre Hèphaistos de délivrer Arès, et il lui disait ces paroles ailées :

— Délivre-le, et je te promets qu'il te satisfera, ainsi que tu le désires, et comme il convient entre Dieux Immortels.

Et l'illustre ouvrier Hèphaistos lui répondit :

— Poseidaôn qui entoures la terre, ne me demande point cela. Les cautions des mauvais sont mauvaises. Comment pourrais-je te contraindre, parmi les Dieux Immortels, si Arès échappait à sa dette et à mes liens ?

Et Poseidaôn qui ébranle la terre lui répondit :

— Hèphaistos, si Arès, reniant sa dette, prend la fuite, je te la payerai moi-même.

Et l'illustre Boiteux des deux pieds lui répondit :

— Il ne convient point que je refuse ta parole, et cela ne sera point.

Ayant ainsi parlé, la Force de Hèphaistos rompit les liens. Et tous deux, libres des liens inextricables, s'envolèrent aussitôt, Arès dans la Thrèkè, et Aphroditè qui aime les sourires dans Kypros, à Paphos où sont ses bois sacrés et ses autels parfumés. Là, les Kharites la baignèrent et la parfumèrent d'une huile ambroisienne, comme il convient aux Dieux Immortels, et elles la revêtirent de vêtements précieux, admirables à voir.

Ainsi chantait l'illustre Aoide, et, dans son esprit, Odysseus se réjouissait de l'entendre, ainsi que tous les Phaiakiens habiles à manier les longs avirons des nefs.

Et Alkinoos ordonna à Halios et à Laodamas de danser seuls, car nul ne pouvait lutter avec eux. Et ceux-ci prirent dans leurs mains une belle boule pourprée que le sage Polybos avait faite pour eux. Et l'un, courbé en arrière, la jetait vers les sombres nuées, et l'autre la recevait avant qu'elle eût touché la terre devant lui. Après avoir ainsi admirablement joué de la boule, ils dansèrent alternativement sur la terre féconde; et tous les jeunes hommes, debout dans l'agora, applaudirent, et un grand bruit s'éleva. Alors, le divin Odysseus dit à Alkinoos :

— Roi Alkinoos, le plus illustre de tout le peuple, certes, tu m'as annoncé les meilleurs danseurs, et cela est manifeste. L'admiration me saisit en les regardant.

Il parla ainsi, et la Force sacrée d'Alkinoos fut remplie de joie, et il dit aussitôt aux Phaiakiens qui aiment les avirons :

— Écoutez, Princes et chefs des Phaiakiens. Notre hôte me semble plein de sagesse. Allons! Il convient de lui offrir les dons hospitaliers. Douze Rois illustres, douze princes, commandent ce peuple, et moi, je suis le treizième. Apportez-lui, chacun, un manteau bien lavé, une tunique et un talent d'or précieux. Et, aussitôt, nous apporterons tous ensemble ces présents, afin que notre hôte, les possédant, siége au repas, l'âme pleine de joie. Et Euryalos l'apaisera par ses paroles, puisqu'il n'a point parlé convenablement.

Il parla ainsi, et tous, ayant applaudi, ordonnèrent qu'on apportât les présents, et chacun envoya un héraut. Et Euryalos, répondant à Alkinoos, parla ainsi :

— Roi Alkinoos, le plus illustre de tout le peuple, j'apaiserai notre hôte, comme tu me l'ordonnes, et je lui donnerai cette épée d'airain, dont la poignée est d'argent et dont la gaîne est d'ivoire récemment travaillé. Ce don sera digne de notre hôte.

En parlant ainsi, il mit l'épée aux clous d'argent entre les mains d'Odysseus, et il lui dit en paroles ailées :

— Salut, hôte, mon père ! si j'ai dit une parole mauvaise, que les tempêtes l'emportent ! Que les Dieux t'accordent de retourner dans ta patrie et de revoir ta femme, car tu as longtemps souffert loin de tes amis.

Et le subtil Odysseus lui répondit :

— Et toi, ami, je te salue. Que les Dieux t'accordent tous les biens. Puisses-tu n'avoir jamais le regret de cette épée que tu me donnes en m'apaisant par tes paroles.

Il parla ainsi, et il suspendit l'épée aux clous d'argent autour de ses épaules. Puis, Hèlios tomba, et les splendides présents furent apportés, et les hérauts illustres les déposèrent dans la demeure d'Alkinoos ; et les irréprochables fils d'Alkinoos, les ayant reçus, les placèrent devant leur mère vénérable. Et la Force sacrée d'Alkinoos commanda aux Phaiakiens de venir dans sa demeure, et ils s'assirent sur des thrônes élevés, et la Force d'Alkinoos dit à Arètè :

— Femme, apporte un beau coffre, le plus beau que tu aies, et tu y renfermeras un manteau bien lavé et une tunique. Qu'on mette un vase sur le feu, et que l'eau chauffe, afin que notre hôte, s'étant baigné, contemple les présents que lui ont apportés les irréprochables Phaiakiens, et qu'il se réjouisse du repas, en écoutant le chant de l'Aoide. Et moi, je lui donnerai cette belle coupe d'or, afin qu'il se souvienne de moi tous les jours de sa vie, quand il fera, dans sa demeure, des libations à Zeus et aux autres Dieux.

Il parla ainsi, et Arètè ordonna aux servantes de mettre promptement un grand vase sur le feu. Et elles mirent sur le feu ardent le grand vase pour le bain; et elles y versèrent de l'eau, et elles allumèrent le bois par-dessous. Et le feu enveloppa le vase à trois pieds, et l'eau chauffa.

Et, pendant ce temps, Arètè descendit, de sa chambre nuptiale, pour son hôte, un beau coffre, et elle y plaça les présents splendides, les vêtements et l'or que les Phaiakiens lui avaient donnés. Elle-même y déposa un manteau et une belle tunique, et elle dit à Odysseus ces paroles ailées :

— Vois tois-même ce couvercle, et ferme-le d'un nœud, afin que personne, en route, ne puisse te dérober quelque chose, car tu dormiras peut-être d'un doux sommeil dans la nef noire.

Ayant entendu cela, le patient et divin Odysseus ferma aussitôt le couvercle à l'aide d'un nœud inextricable que la vénérable Kirkè lui avait enseigné autrefois. Puis, l'Intendante l'invita à se baigner, et il descendit dans la baignoire, et il sentit, plein de joie, l'eau chaude, car il y avait longtemps qu'il n'avait usé de ces soins, depuis qu'il avait quitté la demeure de Kalypsô aux beaux cheveux, où ils lui étaient toujours donnés comme à un Dieu. Et les servantes, l'ayant baigné, le parfumèrent d'huile et le revêtirent d'une tunique et d'un beau manteau; et, sortant du bain, il revint au milieu des hommes buveurs de vin. Et Nausikaa, qui avait reçu des Dieux la beauté, s'arrêta sur le seuil de la demeure bien construite, et, regardant Odysseus qu'elle admirait, elle lui dit ces paroles ailées :

— Salut, mon hôte! Plaise aux Dieux, quand tu seras dans la terre de la patrie, que tu te souviennes de moi à qui tu dois la vie.

Et le subtil Odysseus lui répondit :

— Nausikaa, fille du magnanime Alkinoos, si, maintenant, Zeus, le retentissant époux de Hèrè, m'accorde de voir le jour du retour et de rentrer dans ma demeure, là, certes, comme à une Déesse, je t'adresserai des vœux tous les jours de ma vie, car tu m'as sauvé, ô vierge !

Il parla ainsi, et il s'assit sur un trône auprès du Roi Alkinoos. Et les hommes faisaient les parts et mélangeaient le vin. Et un héraut vint, conduisant l'Aoide harmonieux, Dèmodokos vénérable au peuple, et il le plaça au milieu des convives, appuyé contre une haute colonne. Alors Odysseus, coupant la plus forte part du dos d'un porc aux blanches dents, et qui était enveloppée de graisse, dit au héraut :

— Prends, héraut, et offre, afin qu'il la mange, cette chair à Dèmodokos. Moi aussi je l'aime, quoique je sois affligé. Les Aoides sont dignes d'honneur et de respect parmi tous les hommes terrestres, car la Muse leur a enseigné le chant, et elle aime la race des Aoides.

Il parla ainsi, et le héraut déposa le mets aux mains du héros Dèmodokos, et celui-ci le reçut, plein de joie. Et tous étendirent les mains vers la nourriture placée devant eux. Et, après qu'ils se furent rassasiés de boire et de manger, le subtil Odysseus dit à Dèmodokos :

— Dèmodokos, je t'honore plus que tous les hommes mortels, soit que la Muse, fille de Zeus, t'ait instruit, soit Apollôn. Tu as admirablement chanté la destinée des Akhaiens, et tous les maux qu'ils ont endurés, et toutes les fatigues qu'ils ont subies, comme si toi-même avais été présent, ou comme si tu avais tout appris d'un Argien. Mais chante maintenant le cheval de bois qu'Epéios fit avec l'aide d'Athènè, et que le divin Odysseus conduisit par ses ruses dans la citadelle, tout rempli d'hommes qui renversèrent Ilios. Si tu me racontes exactement ces choses, je

déclarerai à tous les hommes qu'un Dieu t'a doué avec
bienveillance du chant divin.

Il parla ainsi, et l'Aoide, inspiré par un Dieu, commença
de chanter. Et il chanta d'abord comment les Argiens, étant
montés sur les nefs aux bancs de rameurs, s'éloignèrent
après avoir mis le feu aux tentes. Mais les autres Akhaiens
étaient assis déjà auprès de l'illustre Odysseus, enfermés
dans le cheval, au milieu de l'agòra des Troiens. Et ceux-
ci, eux-mêmes, avaient traîné le cheval dans leur citadelle.
Et là, il se dressait, tandis qu'ils proféraient mille paroles,
assis autour de lui. Et trois desseins leur plaisaient, ou de
fendre ce bois creux avec l'airain tranchant, ou de le pré-
cipiter d'une hauteur sur les rochers, ou de le garder comme
une vaste offrande aux Dieux. Ce dernier dessein devait être
accompli, car leur destinée était de périr, après que la ville
eût reçu dans ses murs le grand cheval de bois où étaient
assis les Princes des Akhaiens, devant porter le meurtre et
la Kèr aux Troiens. Et Dèmodokos chanta comment les
fils des Akhaiens, s'étant précipités du cheval, leur creuse
embuscade, saccagèrent la ville. Puis, il chanta la dévasta-
tion de la ville escarpée, et Odysseus et le divin Ménélaos
semblable à Arès assiégeant la demeure de Dèiphobos, et
le très-rude combat qui se livra en ce lieu, et comment ils
vainquirent avec l'aide de la magnanime Athènè.

L'illustre Aoide chantait ces choses, et Odysseus défail-
lait, et, sous ses paupières, il arrosait ses joues de larmes.
De même qu'une femme entoure de ses bras et pleure son
mari bien aimé tombé devant sa ville et son peuple, laissant
une mauvaise destinée à sa ville et à ses enfants; et de
même que, le voyant mort et encore palpitant, elle se jette
sur lui en hurlant, tandis que les ennemis, lui frappant le
dos et les épaules du bois de leurs lances, l'emmènent en
servitude afin de subir le travail et la douleur, et que ses
jours sont flétris par un très-misérable désespoir; de même

Odysseus versait des larmes amères sous ses paupières, en les cachant à tous les autres convives. Et le seul Alkinoos, étant assis auprès de lui, s'en aperçut, et il l'entendit'gémir profondément, et aussitôt il dit aux Phaiakiens habiles dans la science de la mer :

— Écoutez, Princes et chefs des Phaiakiens, et que Dèmodokos fasse taire sa kithare sonore. Ce qu'il chante ne plaît pas également à tous. Dès le moment où nous avons achevé le repas et où le divin Aoide a commencé de chanter, notre hôte n'a point cessé d'être en proie à un deuil cruel, et la douleur a envahi son cœur. Que Dèmodokos cesse donc, afin que, nous et notre hôte, nous soyons tous également satisfaits. Ceci est de beaucoup le plus convenable. Nous avons préparé le retour de notre hôte vénérable et des présents amis que nous lui avons offerts parce que nous l'aimons. Un hôte, un suppliant, est un frère pour tout homme qui peut encore s'attendrir dans l'âme. C'est pourquoi, Etranger, ne me cache rien, par ruse, de tout ce que je vais te demander, car il est juste que tu parles sincèrement. Dis-moi comment se nommaient ta mère, ton père, ceux qui habitaient ta ville, et tes voisins. Personne, en effet, parmi les hommes, lâches ou illustres, n'a manqué de nom, depuis qu'il est né. Les parents qui nous ont engendrés nous en ont donné à tous. Dis-moi aussi ta terre natale, ton peuple et ta ville, afin que nos nefs qui pensent t'y conduisent ; car elles n'ont point de pilotes, ni de gouvernails, comme les autres nefs, mais elles pensent comme les hommes, et elles connaissent les villes et les champs fertiles de tous les hommes, et elles traversent rapidement la mer, couvertes de brouillards et de nuées, sans jamais craindre d'être maltraitées ou de périr. Cependant j'ai entendu autrefois mon père Nausithoos dire que Poseidaôn s'irriterait contre nous, parce que nous reconduisons impunément tous les étrangers. Et il disait qu'une solide nef des

Phaiakiens périrait au retour d'un voyage sur la mer sombre, et qu'une grande montagne serait suspendue devant notre ville. Ainsi parlait le vieillard. Peut-être ces choses s'accompliront-elles, peut-être n'arriveront-elles point. Ce sera comme il plaira au Dieu. Mais parle, et dis-nous dans quels lieux tu as erré, les pays que tu as vus, et les villes bien peuplées et les hommes, cruels et sauvages, ou justes et hospitaliers et dont l'esprit plaît aux Dieux. Dis pourquoi tu pleures en écoutant la destinée des Argiens, des Danaens et d'Ilios! Les Dieux eux-mêmes ont fait ces choses et voulu la mort de tant de guerriers, afin qu'on les chantât dans les jours futurs. Un de tes parents est-il mort devant Ilios? Était-ce ton gendre illustre ou ton beau-père, ceux qui nous sont le plus chers après notre propre sang? Est-ce encore un irréprochable compagnon? Un sage compagnon, en effet, n'est pas moins qu'un frère.

RHAPSODIE IX.

T le subtil Odysseus, lui répondant, parla ainsi :
— Roi Alkinoos, le plus illustre de tout le
peuple, il est doux d'écouter un Aoide tel que
celui-ci, semblable aux Dieux par la voix. Je
ne pense pas que rien soit plus agréable. La joie saisit
tout ce peuple, et tes convives, assis en rang dans ta demeure, écoutent l'Aoide. Et les tables sont chargées de pain
et de chairs, et l'Échanson, puisant le vin dans le kratère,
en remplit les coupes et le distribue. Il m'est très-doux,
dans l'âme, de voir cela. Mais tu veux que je dise mes douleurs lamentables, et je n'en serai que plus affligé. Que
dirai-je d'abord? Comment continuer? comment finir?
car les Dieux Ouraniens m'ont accablé de maux innombrables. Et maintenant je dirai d'abord mon nom, afin que
vous le sachiez et me connaissiez, et, qu'ayant évité la
cruelle mort, je sois votre hôte, bien qu'habitant une demeure lointaine.

Je suis Odysseus Laertiade, et tous les hommes me connaissent par mes ruses, et ma gloire est allée jusqu'à l'Ouranos. J'habite la très-illustre Ithakè, où se trouve le mont
Nèritos aux arbres battus des vents. Et plusieurs autres îles
sont autour, et voisines, Doulikhios, et Samè, et Zakynthos couverte de forêts. Et Ithakè est la plus éloignée de
la terre ferme et sort de la mer du côté de la nuit; mais
les autres sont du côté d'Eôs et de Hèlios. Elle est âpre,
mais bonne nourrice de jeunes hommes, et il n'est point
d'autre terre qu'il me soit plus doux de contempler. Certes,
la noble Déesse Kalypsô m'a retenu dans ses grottes profondes, me désirant pour mari ; et, de même, Kirkè, pleine
de ruses, m'a retenu dans sa demeure, en l'île Aiaiè, me
voulant aussi pour mari ; mais elles n'ont point persuadé
mon cœur dans ma poitrine, tant rien n'est plus doux que
la patrie et les parents pour celui qui, loin des siens, habite même une riche demeure dans une terre étrangère.
Mais je te raconterai le retour lamentable que me fit Zeus
à mon départ de Troiè.

D'Ilios le vent me poussa chez les Kikônes, à Ismaros.
Là, je dévastai la ville et j'en tuai les habitants ; et les femmes et les abondantes dépouilles enlevées furent partagées,
et nul ne partit privé par moi d'une part égale. Alors,
j'ordonnai de fuir d'un pied rapide, mais les insensés n'o-
béirent pas. Et ils buvaient beaucoup de vin, et ils égorgeaient sur le rivage les brebis et les bœufs noirs aux pieds
flexibles.

Et, pendant ce temps, des Kikônes fugitifs avaient appelé d'autres Kikônes, leurs voisins, qui habitaient l'intérieur des terres. Et ceux-ci étaient nombreux et braves,
aussi habiles à combattre sur des chars qu'à pied, quand
il le fallait. Et ils vinrent aussitôt, vers le matin, en aussi
grand nombre que les feuilles et les fleurs printanières.
Alors la mauvaise destinée de Zeus nous accabla, malheu-

reux, afin que nous subissions mille maux. Et ils nous
combattirent auprès de nos nefs rapides; et des deux côtés
nous nous frappions de nos lances d'airain. Tant que
dura le matin et que la lumière sacrée grandit, malgré leur
multitude, le combat fut soutenu par nous; mais quand
Hèlios marqua le moment de délier les bœufs, les Kikônes
domptèrent les Akhaiens, et six de mes compagnons aux
belles knèmides furent tués par nef, et les autres échap-
pèrent à la mort et à la Kèr.

Et nous naviguions loin de là, joyeux d'avoir évité la mort
et tristes dans le cœur d'avoir perdu nos chers compagnons;
et mes nefs armées d'avirons des deux côtés ne s'éloignèrent
pas avant que nous eussions appelé trois fois chacun de
nos compagnons tués sur la plage par les Kikônes. Et Zeus
qui amasse les nuées souleva Boréas et une grande tempête,
et il enveloppa de nuées la terre et la mer, et la nuit se rua
de l'Ouranos. Et les nefs étaient emportées hors de leur
route, et la force du vent déchira les voiles en trois ou
quatre morceaux; et, craignant la mort, nous les serrâmes
dans les nefs. Et celles-ci, avec de grands efforts, furent tirées sur le rivage, où, pendant deux nuits et deux jours,
nous restâmes gisants, accablés de fatigue et de douleur.
Mais quand Eôs aux beaux cheveux amena le troisième
jour, ayant dressé les mâts et déployé les blanches voiles,
nous nous assîmes sur les bancs, et le vent et les pilotes
nous conduisirent; et je serais arrivé sain et sauf dans la
terre de la patrie, si la mer et le courant du cap Maléien et
Boréas ne m'avaient porté par de là Kythèrè. Et nous fûmes
entraînés, pendant neuf jours, par les vents contraires, sur
la mer poissonneuse; mais, le dixième jour, nous abordâmes la terre des Lotophages qui se nourrissent d'une
fleur. Là, étant montés sur le rivage, et ayant puisé de
l'eau, mes compagnons prirent leur repas auprès des nefs
rapides. Et, alors, je choisis deux de mes compagnons, et

le troisième fut un héraut, et je les envoyai afin d'apprendre quels étaient les hommes qui vivaient sur cette terre.

Et ceux-là, étant partis, rencontrèrent les Lotophages, et les Lotophages ne leur firent aucun mal, mais ils leur offrirent le lotos à manger. Et dès qu'ils eurent mangé le doux lotos, ils ne songèrent plus, ni à leur message, ni au retour; mais, pleins d'oubli, ils voulaient rester avec les Lotophages et manger du lotos. Et, les reconduisant aux nefs, malgré leurs larmes, je les attachai sous les bancs des nefs creuses; et j'ordonnai à mes chers compagnons de se hâter de monter dans nos nefs rapides, de peur qu'en mangeant le lotos, ils oubliassent le retour.

Et ils y montèrent, et, s'asseyant en ordre sur les bancs de rameurs, ils frappèrent de leurs avirons la blanche mer, et nous naviguâmes encore, tristes dans le cœur. Et nous parvînmes à la terre des Kyklopes orgueilleux et sans lois qui, confiants dans les Dieux immortels, ne plantent point de leurs mains et ne labourent point. Mais, n'étant ni semées, ni cultivées, toutes les plantes croissent pour eux, le froment et l'orge, et les vignes qui leur donnent le vin de leurs grandes grappes que font croître les pluies de Zeus. Et les agoras ne leur sont point connues, ni les coutumes; et ils habitent le faîte des hautes montagnes, dans de profondes cavernes, et chacun d'eux gouverne sa femme et ses enfants, sans nul souci des autres.

Une petite île est devant le port de la terre des Kyklopes, ni proche, ni éloignée. Elle est couverte de forêts où se multiplient les chèvres sauvages. Et la présence des hommes ne les a jamais effrayées, car les chasseurs qui supportent les douleurs dans les bois et les fatigues sur le sommet des montagnes ne parcourent point cette île. On n'y fait point paître de troupeaux et on n'y laboure point; mais elle n'est ni ensemencée ni labourée; elle manque d'habitants et elle ne nourrit que des chèvres bêlantes. En effet, les Kyklopes n'ont point de nefs peintes en rouge, et ils n'ont point de constructeurs de nefs à bancs de rameurs qui les portent vers les villes des hommes, comme ceux-ci traversent la mer les uns vers les autres, afin que, sur ces nefs, ils puissent venir habiter cette île. Mais celle-ci n'est pas stérile, et elle produirait toutes choses selon les saisons. Il y a de molles prairies arrosées sur le bord de la blanche mer, et des vignes y croîtraient abondamment, et cette terre donnerait facilement des moissons, car elle est très-grasse. Son port est sûr, et on n'y a besoin ni de cordes, ni d'ancres jetées, ni de lier les câbles ; et les marins peuvent y rester aussi longtemps que leur âme le désire et attendre le vent. Au fond du port, une source limpide coule sous une grotte, et l'aune croît autour.

C'est là que nous fûmes poussés, et un Dieu nous y conduisit pendant une nuit obscure, car nous ne pouvions rien voir. Et un épais brouillard enveloppait les nefs, et Sélènè ne luisait point dans l'Ouranos, étant couverte de nuages. Et aucun de nous ne vit l'île de ses yeux, ni les grandes lames qui roulaient vers le rivage, avant que nos nefs aux bancs de rameurs n'y eussent abordé. Alors nous serrâmes toutes les voiles et nous descendîmes sur le rivage de la mer, puis, nous étant endormis, nous attendîmes la divine Eôs.

Quand Eôs aux doigts rosés, née au matin, apparut, admirant l'île, nous la parcourûmes. Et les Nymphes, filles de Zeus tempêtueux, firent lever les chèvres montagnardes, afin que mes compagnons pussent faire leur repas. Et, aussitôt, on retira des nefs les arcs recourbés et les lances à longues pointes d'airain, et, divisés en trois corps, nous lançâmes nos traits, et un Dieu nous donna une chasse abondante. Douze nefs me suivaient, et à chacune le sort accorda neuf chèvres, et dix à la mienne. Ainsi, tout le jour, jusqu'à

9

la chute de Hèlios, nous mangeâmes, assis, les chairs abondantes, et nous bûmes le vin rouge; mais il en restait encore dans les nombreuses amphores que nous avions enlevées de la citadelle sacrée des Kikônes. Et nous apercevions
la fumée sur la terre prochaine des Kyklopes, et nous en-
tendions leur voix, et celle des brebis et des chèvres. Et
quand Hèlios tomba, la nuit survint, et nous nous endormîmes sur le rivage de la mer. Et quand Eôs aux doigts
rosés, née au matin, apparut, ayant convoqué l'agora, je
dis à tous mes compagnons :

— Restez ici, mes chers compagnons. Moi, avec ma nef
et mes rameurs, j'irai voir quels sont ces hommes, s'ils sont
injurieux, sauvages et injustes, ou s'ils sont hospitaliers et
craignant les Dieux.

Ayant ainsi parlé, je montai sur ma nef et j'ordonnai à
mes compagnons d'y monter et de détacher le câble. Et ils
montèrent, et, assis en ordre sur les bancs de rameurs, ils
frappèrent la blanche mer de leurs avirons.

Quand nous fûmes parvenus à cette terre prochaine, nous
vîmes, à son extrémité, une haute caverne ombragée de lau-
riers, près de la mer. Et là, reposaient de nombreux troupeaux de brebis et de chèvres. Auprès, il y avait un enclos
pavé de pierres taillées et entouré de grands pins et de
chênes aux feuillages élevés. Là habitait un homme géant
qui, seul et loin de tous, menait paître ses troupeaux, et
ne se mêlait point aux autres, mais vivait à l'écart, faisant
le mal. Et c'était un monstre prodigieux, non semblable à
un homme qui mange le pain, mais au faîte boisé d'une
haute montagne, qui se dresse, seul, au milieu des autres
sommets.

Et alors j'ordonnai à mes chers compagnons de rester
auprès de la nef et de la garder. Et j'en choisis douze des
plus braves, et je partis, emportant une outre de peau de
chèvre, pleine d'un doux vin noir que m'avait donné Marôn,

fils d'Euanthéos, sacrificateur d'Apollôn, et qui habitait
Ismaros, parce que nous l'avions épargné avec sa femme et
ses enfants, par respect. Et il habitait dans le bois sacré de
Phoibos Apollôn; il me fit de beaux présents, car il me
donna sept talents d'or bien travaillés, un kratère d'argent
massif, et, dans douze amphores, un vin doux, pur et divin, qui n'était connu dans sa demeure ni de ses serviteurs,
ni de ses servantes, mais de lui seul, de sa femme et de
l'Intendante. Toutes les fois qu'on buvait ce doux vin rouge,
on y mêlait, pour une coupe pleine, vingt mesures d'eau,
et son arome parfumait encore le kratère, et il eût été dur
de s'en abstenir. Et j'emportai une grande outre pleine de
ce vin, et des vivres dans un sac, car mon âme courageuse
m'excitait à m'approcher de cet homme géant, doué d'une
grande force, sauvage, ne connaissant ni la justice ni les
lois.

Et nous arrivâmes rapidement à son antre, sans l'y
trouver, car il paissait ses troupeaux dans les gras pâturages; et nous entrâmes, admirant tout ce qu'on voyait là.
Les claies étaient chargées de fromages, et les étables
étaient pleines d'agneaux et de chevreaux, et ceux-ci étaient
renfermés en ordre et séparés, les plus jeunes d'un côté,
et les nouveau-nés de l'autre. Et tous les vases à traire
étaient pleins, dans lesquels la crème flottait sur le petit
lait. Et mes compagnons me suppliaient d'enlever les fromages et de retourner, en chassant rapidement vers la nef
les agneaux et les chevreaux hors des étables, et de fuir sur
l'eau salée. Et je ne le voulus point, et, certes, cela eût été
le plus sage; mais je désirais voir cet homme, afin qu'il me
fît les présents hospitaliers. Bientôt sa vue ne devait pas
être agréable à mes compagnons.

Alors, ranimant le feu et mangeant les fromages, nous
l'attendîmes, assis. Et il revint du pâturage, et il portait un
vaste monceau de bois sec, afin de préparer son repas, et

il le jeta à l'entrée de la caverne, avec retentissement. Et nous nous cachâmes, épouvantés, dans le fond de l'antre. Et il poussa dans la caverne large tous ceux de ses gras troupeaux qu'il devait traire, laissant dehors les mâles, béliers et boucs, dans le haut enclos. Puis, soulevant un énorme bloc de pierre, si lourd que vingt-deux chars solides, à quatre roues, n'auraient pu le remuer, il le mit en place. Telle était la pierre immense qu'il plaça contre la porte. Puis, s'asseyant, il commença de traire les brebis et les chèvres bêlantes, comme il convenait, et il mit les petits sous chacune d'elles. Et il fit cailler aussitôt la moitié du lait blanc qu'il déposa dans des corbeilles tressées, et il versa l'autre moitié dans les vases, afin de la boire en mangeant et qu'elle lui servît pendant son repas. Et quand il eut achevé tout ce travail à la hâte, il alluma le feu, nous aperçut et nous dit :

— O Étrangers, qui êtes-vous ? D'où venez-vous sur la mer ? Est-ce pour un trafic, ou errez-vous sans but, comme des pirates qui vagabondent sur la mer, exposant leurs âmes au danger et portant les calamités aux autres hommes ?

Il parla ainsi, et notre cher cœur fut épouvanté au son de la voix du monstre et à sa vue. Mais, lui répondant ainsi, je dis :

— Nous sommes des Akhaiens venus de Troiè, et nous errons entraînés par tous les vents sur les vastes flots de la mer, cherchant notre demeure par des routes et des chemins inconnus. Ainsi Zeus l'a voulu. Et nous nous glorifions d'être les guerriers de l'Atréide Agamemnôn, dont la gloire, certes, est la plus grande sous l'Ouranos. En effet, il a renversé une vaste ville et dompté des peuples nombreux. Et nous nous prosternons, en suppliants, à tes genoux, pour que tu nous sois hospitalier, et que tu nous fasses les présents qu'on a coutume de faire à des hôtes.

O Excellent, respecte les Dieux, car nous sommes tes suppliants, et Zeus est le vengeur des suppliants et des étrangers dignes d'être reçus comme des hôtes vénérables.

Je parlai ainsi, et il me répondit avec un cœur farouche :

— Tu es insensé, ô Étranger, et tu viens de loin, toi qui m'ordonnes de craindre les Dieux et de me soumettre à eux. Les Kyklopes ne se soucient point de Zeus tempêtueux, ni des Dieux heureux, car nous sommes plus forts qu'eux. Pour éviter la colère de Zeus, je n'épargnerai ni toi, ni tes compagnons, à moins que mon âme ne me l'ordonne. Mais dis-moi où tu as laissé, pour venir ici, ta nef bien construite. Est-ce loin ou près? que je le sache.

Il parla ainsi, me tentant; mais il ne put me tromper, car je savais beaucoup de choses, et je lui répondis ces paroles rusées :

— Poseidaôn qui ébranle la terre a brisé ma nef poussée contre les rochers d'un promontoire à l'extrémité de votre terre, et le vent l'a jetée hors de la mer; et, avec ceux-ci, j'ai échappé à la mort.

Je parlai ainsi, et, dans son cœur farouche, il ne me répondit rien; mais, en se ruant, il étendit les mains sur mes compagnons, et il en saisit deux et les écrasa contre terre comme des petits chiens. Et leur cervelle jaillit et coula sur la terre. Et, les coupant membre à membre, il prépara son repas. Et il les dévora comme un lion montagnard, et il ne laissa ni leurs entrailles, ni leurs chairs, ni leurs os pleins de moelle. Et nous, en gémissant, nous levions nos mains vers Zeus, en face de cette chose affreuse, et le désespoir envahit notre âme.

Quand le Kyklôps eut empli son vaste ventre en mangeant les chairs humaines et en buvant du lait sans mesure, il s'endormit étendu au milieu de l'antre, parmi ses troupeaux. Et je voulus, dans mon cœur magnanime, tirant mon épée aiguë de la gaîne et me jetant sur lui, le frapper à la poitrine, là où les entrailles entourent le foie; mais une autre pensée me retint. En effet, nous aurions péri de même d'une mort affreuse, car nous n'aurions pu mouvoir de nos mains le lourd rocher qu'il avait placé devant la haute entrée. C'est pourquoi nous attendîmes en gémissant la divine Eôs.

Quand Eôs aux doigts rosés, née au matin, apparut, il alluma le feu et se mit à traire ses illustres troupeaux. Et il plaça les petits sous leurs mères. Puis, ayant achevé tout ce travail à la hâte, il saisit de nouveau deux de mes compagnons et prépara son repas. Et dès qu'il eut mangé, écartant sans peine la grande pierre, il poussa hors de l'antre ses gras troupeaux. Et il remit le rocher en place, comme le couvercle d'un carquois. Et il mena avec beaucoup de bruit ses gras troupeaux sur la montagne.

Et je restai, méditant une action terrible et cherchant comment je me vengerais et comment Athènè exaucerait mon vœu. Et ce dessein me sembla le meilleur dans mon esprit. La grande massue du Kyklôps gisait au milieu de l'enclos, un olivier vert qu'il avait coupé afin de s'y appuyer quand il serait sec. Et ce tronc nous semblait tel qu'un mât de nef de charge à vingt avirons qui fend les vastes flots. Telles étaient sa longueur et son épaisseur. J'en coupai environ une brasse que je donnai à mes compagnons, leur ordonnant de l'équarrir. Et ils l'équarrirent, et je taillai le bout de l'épieu en pointe, et je le passai dans le feu ardent pour le durcir; puis je le cachai sous le fumier qui était abondamment répandu dans toute la caverne, et j'ordonnai à mes compagnons de tirer au sort ceux qui le soulèveraient avec moi pour l'enfoncer dans l'œil du Kyklôps quand le doux sommeil l'aurait saisi. Ils tirèrent au sort, qui marqua ceux mêmes que j'aurais voulu prendre. Et ils étaient quatre, et j'étais le cinquième, car ils m'avaient choisi.

Le soir, le Kyklôps revint, ramenant ses troupeaux du

pâturage; et, aussitôt, il les poussa tous dans la vaste caverne et il n'en laissa rien dans l'enclos, soit par défiance,
soit qu'un Dieu le voulût ainsi. Puis, il plaça l'énorme
pierre devant l'entrée, et, s'étant assis, il se mit à traire
les brebis et les chèvres bêlantes. Puis, il mit les petits
sous leurs mères. Ayant achevé tout ce travail à la hâte, il
saisit de nouveau deux de mes compagnons et prépara son
repas. Alors, tenant dans mes mains une coupe de vin noir,
je m'approchai du Kyklôps et je lui dis :

— Kyklôps, prends et bois ce vin après avoir mangé des
chairs humaines, afin de savoir quel breuvage renfermait
notre nef. Je t'en rapporterais de nouveau, si, me prenant
en pitié, tu me renvoyais dans ma demeure ; mais tu es
furieux comme on ne peut l'être davantage. Insensé !
Comment un seul des hommes innombrables pourra-t-il
t'approcher désormais, puisque tu manques d'équité ?

Je parlai ainsi, et il prit et but plein de joie ; puis, ayant
bu le doux breuvage, il m'en demanda de nouveau :

— Donne-m'en encore, cher, et dis-moi promptement
ton nom, afin que je te fasse un présent hospitalier dont tu
te réjouisses. La terre féconde rapporte aussi aux Kyklopes
un vin généreux, et les pluies de Zeus font croître nos
vignes ; mais celui-ci est fait de nektar et d'ambroisie.

Il parla ainsi, et de nouveau je lui donnai ce vin ardent.
Et je lui en offris trois fois, et trois fois il le but dans sa
démence. Mais dès que le vin eut troublé son esprit, alors
je lui parlai ainsi en paroles flatteuses :

— Kyklôps, tu me demandes mon nom illustre. Je te le
dirai, et tu me feras le présent hospitalier que tu m'as promis. Mon nom est Personne. Mon père et ma mère et tous
mes compagnons me nomment Personne.

Je parlai ainsi, et, dans son âme farouche, il me répondit :

— Je mangerai Personne après tous ses compagnons,

tous les autres avant lui. Ceci sera le présent hospitalier
que je te ferai.

Il parla ainsi, et il tomba à la renverse, et il gisait, courbant son cou monstrueux, et le sommeil qui dompte tout
le saisit, et de sa gorge jaillirent le vin et des morceaux de
chair humaine; et il vomissait ainsi, plein de vin. Aussitôt
je mis l'épieu sous la cendre, pour l'échauffer; et je rassu-
rai mes compagnons, afin qu'épouvantés, ils ne m'abandon-
nassent pas. Puis, comme l'épieu d'olivier, bien que vert,
allait s'enflammer dans le feu, car il brûlait violemment,
alors je le retirai du feu. Et mes compagnons étaient autour
de moi, et un Daimôn nous inspira un grand courage. Ayant
saisi l'épieu d'olivier aigu par le bout, ils l'enfoncèrent dans
l'œil du Kyklôps, et moi, appuyant dessus, je le tournais,
comme un constructeur de nefs troue le bois avec une tarière, tandis que ses compagnons la fixent des deux côtés
avec une courroie, et qu'elle tourne sans s'arrêter. Ainsi
nous tournions l'épieu enflammé dans son œil. Et le sang
chaud en jaillissait, et la vapeur de la pupille ardente brûla
ses paupières et son sourcil; et les racines de l'œil frémis-
saient, comme lorsqu'un forgeron plonge une grande hache
ou une doloire dans l'eau froide, et qu'elle crie, stridente,
ce qui donne la force au fer. Ainsi son œil faisait un bruit
strident autour de l'épieu d'olivier. Et il hurla horriblement, et les rochers en retentirent. Et nous nous enfuîmes
épouvantés. Et il arracha de son œil l'épieu souillé de
beaucoup de sang, et, plein de douleur, il le rejeta. Alors,
à haute voix, il appela les Kyklopes qui habitaient autour
de lui les cavernes des promontoires battus des vents. Et,
entendant sa voix, ils accoururent de tous côtés, et, debout
autour de l'antre, ils lui demandaient pourquoi il se plai-
gnait : .

— Pourquoi, Polyphèmos, pousses-tu de telles clameurs
dans la nuit divine et nous réveilles-tu? Souffres-tu? Quel-

que mortel a-t-il enlevé tes brebis! Quelqu'un veut-il te
tuer par force ou par ruse?

Et le robuste Polyphèmos leur répondit du fond de son
antre :

— O amis, qui me tue par ruse et non par force? Personne.

Et ils lui répondirent en paroles ailées :

— Certes, nul ne peut te faire violence, puisque tu es
seul. On ne peut échapper aux maux qu'envoie le grand
Zeus. Supplie ton père, le roi Poseidaôn.

Ils parlèrent ainsi et s'en allèrent. Et mon cher cœur rit,
parce que mon nom les avait trompés, ainsi que ma ruse
irréprochable.

Mais le Kyklôps, gémissant et plein de douleurs, tâtant
avec les mains, enleva le rocher de la porte, et, s'asseyant
là, étendit les bras, afin de saisir ceux de nous qui voudraient sortir avec les brebis. Il pensait, certes, que j'étais
insensé. Aussitôt, je songeai à ce qu'il y avait de mieux à
faire pour sauver mes compagnons et moi-même de la mort.
Et je méditai ces ruses et ce dessein, car il s'agissait de la
vie, et un grand danger nous menaçait. Et ce dessein me
parut le meilleur dans mon esprit.

Les mâles des brebis étaient forts et laineux, beaux et
grands, et ils avaient une laine de couleur violette. Je les
attachai par trois avec l'osier tordu sur lequel dormait le
Kyklôps monstrueux et féroce. Celui du milieu portait un
homme, et les deux autres, de chaque côté, cachaient mes
compagnons. Et il y avait un bélier, le plus grand de tous.
J'embrassai son dos, suspendu sous son ventre, et je saisis
fortement de mes mains sa laine très-épaisse, dans un esprit
patient. Et c'est ainsi qu'en gémissant nous attendîmes la
divine Eôs.

Et quand Eôs aux doigts rosés, née au matin, apparut,
alors le Kyklôps poussa les mâles des troupeaux au pâtu-

rage. Et les femelles bêlaient dans les étables, car il n'avait pu les traire et leurs mamelles étaient lourdes. Et lui, accablé de douleurs, tâtait le dos de tous les béliers qui passaient devant lui, et l'insensé ne s'apercevait point que mes compagnons étaient liés sous le ventre des béliers laineux. Et celui qui me portait dans sa laine épaisse, alourdi, sortit le dernier, tandis que je roulais mille pensées. Et le robuste Polyphèmos, le tâtant, lui dit :

— Bélier paresseux, pourquoi sors-tu le dernier de tous de mon antre? Auparavant, jamais tu ne restais derrière les autres, mais, le premier, tu paissais les tendres fleurs de l'herbe, et, le premier, marchant avec fierté, tu arrivais au cours des fleuves, et, le premier, le soir, tu rentrais à l'enclos. Maintenant, te voici le dernier. Regrettes-tu l'œil de ton maître qu'un méchant homme a arraché, à l'aide de ses misérables compagnons, après m'avoir dompté l'âme par le vin, Personne, qui n'échappera pas, je pense, à la mort? Plût aux Dieux que tu pusses entendre, parler, et me dire où il se dérobe à ma force! Aussitôt sa cervelle écrasée coulerait çà et là dans la caverne, et mon cœur se consolerait des maux que m'a faits ce misérable Personne!

Ayant ainsi parlé, il laissa sortir le bélier. A peine éloignés de peu d'espace de l'antre et de l'enclos, je quittai le premier le bélier et je détachai mes compagnons. Et nous poussâmes promptement hors de leur chemin les troupeaux chargés de graisse, jusqu'à ce que nous fussions arrivés à notre nef. Et nos chers compagnons nous revirent, nous du moins qui avions échappé à la mort, et ils nous regrettaient; aussi ils gémissaient, et ils pleuraient les autres. Mais, par un froncement de sourcils, je leur défendis de pleurer, et j'ordonnai de pousser promptement les troupeaux laineux dans la nef, et de fendre l'eau salée. Et aussitôt ils s'embarquèrent, et, s'asseyant en ordre sur les bancs de rameurs, ils frappèrent la blanche mer de leurs avirons. Mais quand nous fûmes éloignés de la distance où porte la voix, alors je dis au Kyklôps ces paroles outrageantes :

— Kyklôps, tu n'as pas mangé dans ta caverne creuse, avec une grande violence, les compagnons d'un homme sans courage, et le châtiment devait te frapper, malheureux ! toi qui n'as pas craint de manger tes hôtes dans ta demeure. C'est pourquoi Zeus et les autres Dieux t'ont châtié.

Je parlai ainsi, et il entra aussitôt dans une plus violente fureur, et, arrachant la cime d'une grande montagne, il la lança. Et elle tomba devant notre nef à noire proue, et l'extrémité de la poupe manqua être brisée, et la mer nous inonda sous la chute de ce rocher qui la fit refluer vers le rivage, et le flot nous remporta jusqu'à toucher le bord. Mais, saisissant un long pieu, je repoussai la nef du rivage, et, d'un signe de tête, j'ordonnai à mes compagnons d'agiter les avirons afin d'échapper à la mort, et ils se courbèrent sur les avirons. Quand nous nous fûmes une seconde fois éloignés à la même distance, je voulus encore parler au Kyklôps, et tous mes compagnons s'y opposaient par des paroles suppliantes :

— Malheureux ! pourquoi veux-tu irriter cet homme sauvage ? Déjà, en jetant ce rocher dans la mer, il a ramené notre nef contre terre, où, certes, nous devions périr ; et s'il entend tes paroles ou le son de ta voix, il pourra briser nos têtes et notre nef sous un autre rocher qu'il lancera, tant sa force est grande.

Ils parlaient ainsi, mais ils ne persuadèrent point mon cœur magnanime, et je lui parlai de nouveau injurieusement :

— Kyklôps, si quelqu'un parmi les hommes mortels t'interroge sur la perte honteuse de ton œil, dis-lui qu'il a été arraché par le dévastateur de citadelles Odysseus, fils de Laertès, et qui habite dans Ithakè.

Je parlai ainsi, et il me répondit en gémissant :

— O Dieux! voici que les anciennes prédictions qu'on m'a faites se sont accomplies. Il y avait ici un excellent et grand divinateur, Tèlémos Eurymide, qui l'emportait sur tous dans la divination, et qui vieillit en prophétisant au milieu des Kyklopes. Et il me dit que toutes ces choses s'accompliraient qui me sont arrivées, et que je serais privé de la vue par Odysseus. Et je pensais que ce serait un homme grand et beau qui viendrait ici, revêtu d'une immense force. Et c'est un homme de rien, petit et sans courage, qui m'a privé de mon œil après m'avoir dompté avec du vin! Viens ici, Odysseus, afin que je te fasse les présents de l'hospitalité. Je demanderai à l'Illustre qui ébranle la terre de te reconduire. Je suis son fils, et il se glorifie d'être mon père, et il me guérira, s'il le veut, et non quelque autre des Dieux Immortels ou des hommes mortels.

Il parla ainsi et je lui répondis :

— Plût aux Dieux que je t'eusse arraché l'âme et la vie, et envoyé dans la demeure d'Aidès aussi sûrement que Celui qui ébranle la terre ne guérira point ton œil.

Je parlais ainsi, et, aussitôt, il supplia le Roi Poseidaôn, en étendant les mains vers l'Ouranos étoilé :

— Entends-moi, Poseidaôn aux cheveux bleus, qui contiens la terre! Si je suis ton fils, et si tu te glorifies d'être mon père, fais que le dévastateur de citadelles, Odysseus, fils de Laertès, et qui habite dans Ithakè, ne retourne jamais dans sa patrie. Mais si sa destinée est de revoir ses amis et de rentrer dans sa demeure bien construite et dans la terre de sa patrie, qu'il n'y parvienne que tardivement, après avoir perdu tous ses compagnons, et sur une nef étrangère, et qu'il souffre encore en arrivant dans sa demeure!

Il pria ainsi, et l'Illustre aux cheveux bleus l'entendit. Puis, il souleva un plus lourd rocher, et, le faisant tourner, il le jeta avec une immense force. Et il tomba à l'arrière de la nef à proue bleue, manquant d'atteindre l'extrémité du gouvernail, et la mer se souleva sous le coup; mais le flot, cette fois, emporta la nef et la poussa vers l'île; et nous parvînmes bientôt là où étaient les autres nefs à bancs de rameurs. Et nos compagnons y étaient assis, pleurant et nous attendant toujours. Ayant abordé, nous tirâmes la nef sur le sable et nous descendîmes sur le rivage de la mer.

Et nous partageâmes les troupeaux du Kyklôps, après les avoir retirés de la nef creuse, et nul ne fut privé d'une part égale. Et mes compagnons me donnèrent le bélier, outre ma part, et après le partage. Et, l'ayant sacrifié sur le rivage à Zeus Kronide qui amasse les noires nuées et qui commande à tous, je brûlai ses cuisses. Mais Zeus ne reçut point mon sacrifice; mais, plutôt, il songeait à perdre toutes mes nefs à bancs de rameurs et tous mes chers compagnons.

Et nous nous reposâmes là, tout le jour, jusqu'à la chute de Hèlios, mangeant les chairs abondantes et buvant le doux vin. Et quand Hèlios tomba et que les ombres survinrent, nous dormîmes sur le rivage de la mer.

Et quand Eôs aux doigts rosés, née au matin, apparut, je commandai à mes compagnons de s'embarquer et de détacher les câbles. Et, aussitôt, ils s'embarquèrent, et, s'asseyant en ordre sur les bancs, ils frappèrent la blanche mer de leurs avirons. Et, de là, nous naviguâmes, tristes dans le cœur, bien que joyeux d'avoir échappé à la mort, car nous avions perdu nos chers compagnons.

RHAPSODIE X.

T nous arrivâmes à l'île Aioliè, où habitait Aiolos Hippotade cher aux Dieux immortels. Et un mur d'airain qu'on ne peut rompre entourait l'île entière, et une roche escarpée la bordait de toute part. Douze enfants étaient nés dans la maison royale d'Aiolos : six filles et six fils pleins de jeunesse. Et il unit ses filles à ses fils afin qu'elles fussent les femmes de ceux-ci, et tous prenaient leur repas auprès de leur père bien-aimé et de leur mère vénérable, et de nombreux mets étaient placés devant eux. Pendant le jour, la maison et la cour retentissaient, parfumées ; et, pendant la nuit, tous dormaient auprès de leurs femmes chastes, sur des tapis et sur des lits sculptés.

Et nous entrâmes dans la Ville et dans les belles démeures. Et tout un mois Aiolos m'accueillit, et il m'interrogeait sur Ilios, sur les nefs des Argiens et sur le retour des Akhaiens. Et je lui racontai toutes ces choses comme il convenait. Et quand je lui demandai de me laisser partir et de me renvoyer, il ne me refusa point et il prépara mon retour. Et il me donna une outre, faite de la peau d'un bœuf de neuf ans, dans laquelle il enferma le souffle des Vents tempêtueux ; car le Kroniôn l'avait fait le maître des Vents, et lui avait donné de les soulever ou de les apaiser, selon sa volonté. Et, avec un splendide câble d'argent, il l'attacha dans ma nef creuse, afin qu'il n'en sortît aucun souffle. Puis il envoya le seul Zéphyros pour nous emporter, les nefs et nous. Mais ceci ne devait point s'accomplir, car nous devions périr par notre démence.

Et, sans relâche, nous naviguâmes pendant neuf jours et neuf nuits, et au dixième jour la terre de la patrie apparaissait déjà, et nous apercevions les feux des habitants. Et, dans ma fatigue, le doux sommeil me saisit. Et j'avais toujours tenu le gouvernail de la nef, ne l'ayant cédé à aucun de mes compagnons, afin d'arriver promptement dans la terre de la patrie. Et mes compagnons parlèrent entre eux, me soupçonnant d'emporter dans ma demeure de l'or et de l'argent, présents du magnanime Aiolos Hippotade. Et ils se disaient entre eux :

— O Dieux ! combien Odysseus est aimé de tous les hommes et très-honoré de tous ceux dont il aborde la ville et la terre ! Il a emporté de Troiè, pour sa part du butin, beaucoup de choses belles et précieuses, et nous rentrons dans nos demeures, les mains vides, après avoir fait tout ce qu'il a fait. Et voici que, par amitié, Aiolos l'a comblé de présents ! Mais voyons à la hâte ce qu'il y a dans cette outre, et combien d'or et d'argent on y a renfermé.

Ils parlaient ainsi, et leur mauvais dessein l'emporta. Ils ouvrirent l'outre, et tous les Vents en jaillirent. Et aussitôt la tempête furieuse nous emporta sur la mer, pleurants, loin de la terre de la patrie. Et, m'étant réveillé, je délibérai dans mon cœur irréprochable si je devais périr en

me jetant de ma nef dans la mer, ou si, restant parmi les
vivants, je souffrirais en silence. Je restai et supportai mes
maux. Et je gisais caché dans le fond de ma nef, tandis
que tous étaient de nouveau emportés par les tourbillons
du vent vers l'île Aioliè. Et mes compagnons gémissaient.

Étant descendus sur le rivage, nous puisâmes de l'eau, et
mes compagnons prirent aussitôt leur repas auprès des
nefs rapides. Après avoir mangé et bu, je choisis un héraut et un autre compagnon, et je me rendis aux illustres
demeures d'Aiolos. Et je le trouvai faisant son repas avec
sa femme et ses enfants. Et, en arrivant, nous nous assîmes
sur le seuil de la porte. Et tous étaient stupéfaits et ils
m'interrogèrent :

— Pourquoi es-tu revenu, Odysseus? Quel Daimôn t'a
porté malheur? N'avions-nous pas assuré ton retour, afin
que tu parvinsses dans la terre de ta patrie, dans tes demeures, là où il te plaisait d'arriver?

Ils parlaient ainsi, et je répondis, triste dans le cœur :

— Mes mauvais compagnons m'ont perdu, et, avant eux,
le sommeil funeste. Mais venez à mon aide, amis, car vous
en avez le pouvoir.

Je parlai ainsi, tâchant de les apaiser par des paroles
flatteuses; mais ils restèrent muets, et leur père me répondit :

— Sors promptement de cette île, ô le pire des vivants!
Il ne m'est point permis de recueillir ni de reconduire un
homme qui est odieux aux Dieux heureux. Va! car, certes,
si tu es revenu, c'est que tu es odieux aux Dieux heureux.

Il parla ainsi, et il me chassa de ses demeures tandis
que je soupirais profondément. Et nous naviguions de là,
tristes dans le cœur; et l'âme de mes compagnons était
accablée par la fatigue cruelle des avirons, car le retour
ne nous semblait plus possible, à cause de notre démence.
Et nous naviguâmes ainsi six jours et six nuits. Et, le sep-

tième jour, nous arrivâmes à la haute ville de Lamos, dans
la Laistrygoniè Télépyle. Là, le pasteur qui rentre appelle le
pasteur qui sort en l'entendant. Là, le pasteur qui ne dort pas
gagne un salaire double, en menant paître les bœufs d'a-
bord, et, ensuite, les troupeaux aux blanches laines, tant
les chemins du jour sont proches des chemins de la nuit.
Et nous abordâmes le port illustre entouré d'un haut ro-
chèr. Et, des deux côtés, les rivages escarpés se rencon-
traient, ne laissant qu'une entrée étroite. Et mes compagnons conduisirent là toutes les nefs égales, et ils les amar-
rèrent, les unes auprès des autres, au fond du port, où jamais le flot ne se soulevait, ni peu, ni beaucoup, et où il y
avait une constante tranquillité. Et, moi seul, je retins ma
nef noire en dehors, et je l'amarrai aux pointes du rocher.
Puis, je montai sur le faîte des écueils, et je ne vis ni les
travaux des bœufs, ni ceux des hommes, et je ne vis que
de la fumée qui s'élevait de terre. Alors, je choisis deux de
mes compagnons et un héraut, et je les envoyai pour savoir quels hommes nourris de pain habitaient cette terre.
Et ils partirent, prenant un large chemin par où les chars
portaient à la Ville le bois des hautes montagnes. Et ils
rencontrèrent devant la Ville, allant chercher de l'eau, une
jeune vierge, fille du robuste Laistrygôn Antiphatès. Et
elle descendait à la fontaine limpïde d'Artakiè. Et c'est
là qu'on puisait de l'eau pour la Ville. S'approchant d'elle,
ils lui demandèrent quel était le roi qui commandait à ces
peuples; et elle leur montra aussitôt la haute demeure de
son père. Étant entrés dans l'illustre demeure, ils y trouvèrent une femme haute comme une montagne, et ils en
furent épouvantés. Mais elle appela aussitôt de l'agora
l'illustre Antiphatès, son mari, qui leur prépara une lugubre destinée, car il saisit un de mes compagnons pour
le dévorer. Et les deux autres, précipitant leur fuite, revinrent aux nefs. Alors, Antiphatès poussa des clameurs

10

par la Ville, et les robustes Laistrygones, l'ayant entendu,
se ruaient de toutes parts, innombrables, et pareils, non à
des hommes, mais à des géants. Et ils lançaient de lourdes pierres arrachées au rocher, et un horrible retentissement s'éleva d'hommes mourants et de nefs écrasées. Et les
Laistrygones transperçaient les hommes comme des poissons,
et ils emportaient ces tristes mets. Pendant qu'ils les
tuaient ainsi dans l'intérieur du port, je tirai de la gaîne
mon épée aiguë et je coupai les câbles de ma nef noire, et,
aussitôt, j'ordonnai à mes compagnons de se courber sur
les avirons, afin de fuir notre perte. Et tous ensemble se
courbèrent sur les avirons, craignant la mort. Ainsi ma
nef gagna la pleine mer, évitant les lourdes pierres; mais
toutes les autres périrent en ce lieu.

Et nous naviguions loin de là, tristes dans le cœur d'a-
voir perdu tous nos chers compagnons, bien que joyeux
d'avoir évité la mort. Et nous arrivâmes à l'île Aiaiè, et
c'est là qu'habitait Kirkè aux beaux cheveux, vénérable et
éloquente Déesse, sœur du prudent Aiètès. Et tous deux
étaient nés de Hèlios qui éclaire les hommes, et leur mère
était Persè, qu'engendra Okéanos. Et là, sur le rivage, nous
conduisîmes notre nef dans une large rade, et un Dieu nous
y mena. Puis, étant descendus, nous restâmes là deux
jours, l'âme accablée de fatigue et de douleur. Mais quand
Eôs aux beaux cheveux amena le troisième jour, prenant
ma lance et mon épée aiguë, je quittai la nef et je montai
sur une hauteur d'où je pusse voir des hommes et entendre
leurs voix. Et, du sommet escarpé où j'étais monté, je vis
s'élever de la terre large, à travers une forêt de chênes épais,
la fumée des demeures de Kirkè. Puis, je délibérai, dans
mon esprit et dans mon cœur, si je partirais pour reconnaître la fumée que je voyais. Et il me parut plus sage de
regagner ma nef rapide et le rivage de la mer, de faire
prendre le repas à mes compagnons et d'envoyer recon-

naître le pays. Mais, comme, déjà, j'étais près de ma nef, un Dieu qui, sans doute, eut compassion de me voir seul, envoya sur ma route un grand cerf au bois élevé qui descendait des pâturages de la forêt pour boire au fleuve, car la force de Hèlios le poussait. Et, comme il s'avançait, je le frappai au milieu de l'épine du dos, et la lame d'airain le traversa, et, en bramant, il tomba dans la poussière et son esprit s'envola. Je m'élançai, et je retirai la lance d'airain de la blessure. Je la laissai à terre, et, arrachant toute sorte de branches pliantes, j'en fis une corde tordue de la longueur d'une brasse, et j'en liai les pieds de l'énorme bête. Et, la portant à mon cou, je descendis vers ma nef, appuyé sur ma lance, car je n'aurais pu retenir un animal aussi grand, d'une seule main, sur mon épaule. Et je le jetai devant la nef, et je ranimai mes compagnons en adressant des paroles flatteuses à chacun d'eux :

— O amis, bien que malheureux, nous ne descendrons point dans les demeures d'Aidès avant notre jour fatal. Allons, hors de la nef rapide, songeons à boire et à manger, et ne souffrons point de la faim.

Je parlai ainsi, et ils obéirent à mes paroles, et ils descendirent sur le rivage de la mer, admirant le cerf, et combien il était grand. Et après qu'ils se furent réjouis de le regarder, s'étant lavé les mains, ils préparèrent un excellent repas. Ainsi, tout le jour, jusqu'à la chute de Hèlios, nous restâmes assis, mangeant les chairs abondantes et buvant le vin doux. Et quand Hèlios tomba et que les ombres survinrent, nous nous endormîmes sur le rivage de la mer. Et quand Eôs, aux doigts rosés, née au matin, apparut, alors, ayant convoqué l'agora, je parlai ainsi :

— Écoutez mes paroles et supportez patiemment vos maux, compagnons. O amis! nous ne savons, en effet, où est le couchant, où le levant, de quel côté Hèlios se lève sur la terre pour éclairer les hommes, ni de quel côté il se

couche. Délibérons donc promptement, s'il est nécessaire;
mais je ne le pense pas. Du faîte de la hauteur où j'ai
monté, j'ai vu que cette terre est une île que la mer sans
bornes environne. Elle est petite, et j'ai vu de la fumée
s'élever à travers une forêt de chênes épais.

Je parlai ainsi, et leur cher cœur fut brisé, se souvenant
des crimes du Laistrygôn Antiphatès et de la violence du
magnanime Kyklôps mangeur d'hommes. Et ils pleuraient,
répandant des larmes abondantes. Mais il ne servait à rien
de gémir. Je divisai mes braves compagnons, et je donnai
un chef à chaque troupe. Je commandai l'une, et Eurylokhos semblable à un Dieu commanda l'autre. Et les sorts
ayant été promptement jetés dans un casque d'airain, ce
fut celui du magnanime Eurylokhos qui sortit. Et il partit
à la hâte, et en pleurant, avec vingt-deux compagnons, et
ils nous laissèrent gémissants.

Et ils trouvèrent, dans une vallée, en un lieu découvert, les demeures de Kirkè, construites en pierres polies.
Et tout autour erraient des loups montagnards et des lions.
Et Kirkè les avait domptés avec des breuvages perfides; et
ils ne se jetaient point sur les hommes, mais ils les appro-
chaient en remuant leurs longues queues, comme des chiens
caressant leur maître qui se lève du repas, car il leur donne
toujours quelques bons morceaux. Ainsi les loups aux ongles robustes et les lions entouraient, caressants, mes compagnons; et ceux-ci furent effrayés de voir ces bêtes féroces,
et ils s'arrêtèrent devant les portes de la Déesse aux beaux
cheveux. Et ils entendirent Kirkè chantant d'une belle voix
dans sa demeure et tissant une grande toile ambroisienne,
telle que sont les ouvrages légers, gracieux et brillants des
Déesses. Alors Polytès, chef des hommes, le plus cher de
mes compagnons, et que j'honorais le plus, parla le premier :

— O amis, quelque femme, tissant une grande toile,

chante d'une belle voix dans cette demeure, et tout le mur
en résonne. Est-ce une Déesse ou une mortelle? Poussons
promptement un cri.

Il les persuada ainsi, et ils appelèrent en criant. Et Kirkè
sortit aussitôt, et, ouvrant les belles portes, elle les invita,
et tous la suivirent imprudemment. Eurylokhos resta seul
dehors, ayant soupçonné une embûche. Et Kirkè, ayant
fait entrer mes compagnons, les fit asseoir sur des siéges
et sur des thrônes. Et elle mêla, avec du vin de Pramnios,
du fromage, de la farine et du miel doux; mais elle mit
dans le pain des poisons, afin de leur faire oublier la terre
de la patrie. Et elle leur offrit cela, et ils burent, et, aussitôt, les frappant d'une baguette, elle les renferma dans
les étables à porcs. Et ils avaient la tête, la voix, le corps
et les soies du porc, mais leur esprit était le même qu'auparavant. Et ils pleuraient, ainsi renfermés; et Kirkè leur
donna du gland de chêne et du fruit de cornouiller à
manger, ce que mangent toujours les porcs qui couchent
sur la terre.

Mais Eurylokhos revint à la hâte vers la nef noire et rapide nous annoncer la dure destinée de nos compagnons.
Et il ne pouvait parler, malgré son désir, et son cœur
était frappé d'une grande douleur, et ses yeux étaient pleins
de larmes, et son âme respirait le deuil. Mais, comme nous
l'interrogions tous avec empressement, il nous raconta la
perte de ses compagnons :

— Nous avons marché à travers la forêt, comme tu l'a-
vais ordonné, illustre Odysseus, et nous avons rencontré,
dans une vallée, en un lieu découvert, de belles demeures
construites en pierres polies. Là, une Déesse, ou une mortelle, chantait harmonieusement en tissant une grande
toile. Et mes compagnons l'appelèrent en criant. Aussitôt,
elle sortit, et, ouvrant la belle porte, elle les invita, et tous
la suivirent imprudemment, et, moi seul, je restai, ayant

soupçonné une embûche. Et tous les autres disparurent à la fois, et aucun n'a reparu, bien que je les aie longtemps épiés et attendus.

Il parla ainsi, et je jetai sur mes épaules une grande épée d'airain aux clous d'argent et un arc, et j'ordonnai à Eurylokhos de me montrer le chemin. Mais, ayant saisi mes genoux de ses mains, en pleurant, il me dit ces paroles ailées :

— Ne me ramène point là contre mon gré, ô Divin, mais laisse-moi ici. Je sais que tu ne reviendras pas et que tu ne ramèneras aucun de nos compagnons. Fuyons promptement avec ceux-ci, car, sans doute, nous pouvons encore éviter la dure destinée.

Il parla ainsi, et je lui répondis :

— Eurylokhos, reste donc ici, mangeant et buvant auprès de la nef noire et creuse. Moi, j'irai, car une nécessité inexorable me contraint.

Ayant ainsi parlé, je m'éloignai de la mer et de la nef, et traversant les vallées sacrées, j'arrivai à la grande demeure de l'empoisonneuse Kirkè. Et Herméias à la baguette d'or vint à ma rencontre, comme j'approchais de la demeure, et il était semblable à un jeune homme dans toute la grâce de l'adolescence. Et, me prenant la main, il me dit :

— O malheureux! où vas-tu seul, entre ces collines, ignorant ces lieux? Tes compagnons sont enfermés dans les demeures de Kirkè, et ils habitent comme des porcs des étables bien closes. Viens-tu pour les délivrer? Certes, je ne pense pas que tu reviennes toi-même, et tu resteras là où ils sont déjà. Mais je te délivrerai de ce mal et je te sauverai. Prends ce remède excellent, et le portant avec toi, rends-toi aux demeures de Kirkè, car il éloignera de ta tête le jour fatal. Je te dirai tous les mauvais desseins de Kirkè. Elle te préparera un breuvage et elle mettra les poisons dans le pain, mais elle ne pourra te charmer, car

l'excellent remède que je te donnerai ne le permettra pas.
Je vais te dire le reste. Quand Kirkè t'aura frappé de sa
longue baguette, jette-toi sur elle, comme si tu voulais la
tuer. Alors, pleine de crainte, elle t'invitera à coucher
avec elle. Ne refuse point le lit d'une Déesse, afin qu'elle
délivre tes compagnons et qu'elle te traite toi-même avec
bienveillance. Mais ordonne-lui de jurer par le grand serment des Dieux heureux, afin qu'elle ne te tende aucune
autre embûche, et que, t'ayant mis nu, elle ne t'enlève
point ta virilité.

Ayant ainsi parlé, le Tueur d'Argos me donna le remède
qu'il arracha de terre, et il m'en expliqua la nature. Et sa
racine est noire et sa fleur semblable à du lait. Les Dieux
la nomment Môly. Il est difficile aux hommes mortels de
l'arracher, mais les Dieux peuvent tout. Puis Herméias
s'envola vers le grand Olympos, sur. l'île boisée, et je
marchai vers la demeure de Kirkè, et mon cœur roulait
mille pensées tandis que je marchais.

Et, m'arrêtant devant la porte de la Déesse aux beaux
cheveux, je l'appelai, et elle entendit ma voix, et, sortant
aussitôt, elle ouvrit les portes brillantes et elle m'invita.
Et, l'ayant suivie, triste dans le cœur, elle me fit entrer,
puis asseoir sur un thrône à clous d'argent, et bien travaillé. Et j'avais un escabeau sous les pieds. Aussitôt elle
prépara dans une coupe d'or le breuvage que je devais
boire, et, méditant le mal dans son esprit, elle y mêla le
poison. Après me l'avoir donné, et comme je buvais, elle
me frappa de sa baguette et elle me dit :

— Va maintenant dans l'étable à porcs, et couche avec
tes compagnons.

Elle parla ainsi, mais je tirai de la gaîne mon épée aiguë
et je me jetai sur elle comme si je voulais la tuer. Alors,
poussant un grand cri, elle se prosterna, saisit mes genoux
et me dit ces paroles ailées, en pleurant :

— Qui es-tu parmi les hommes? Où est ta ville? Où

sont tes parents? Je suis stupéfaite qu'ayant bu ces poisons tu ne sois pas transformé. Jamais aucun homme, pour les avoir seulement fait passer entre ses dents, n'y a résisté. Tu as un esprit indomptable dans ta poitrine, ou tu es le subtil Odysseus qui devait arriver ici, à son retour de Troiè, sur sa nef noire et rapide, ainsi que Herméias à la baguette d'or me l'avait toujours prédit. Mais, remets ton épée dans sa gaîne, et couchons-nous tous deux sur mon lit, afin que nous nous unissions, et que nous nous confiions l'un à l'autre.

Elle parla ainsi, et, lui répondant, je lui dis :

— O Kirkè! comment me demandes-tu d'être doux pour toi qui as changé, dans tes demeures, mes compagnohs en porcs, et qui me retiens ici moi-même, m'invitant à monter sur ton lit, dans la chambre nuptiale, afin qu'étant nu, tu m'enlèves ma virilité? Certes, je ne veux point monter sur ton lit, à moins que tu ne jures par un grand serment, ô Déesse, que tu ne me tendras eucune autre embûche.

Je parlais ainsi, et aussitôt elle jura comme je le lui demandais; et après qu'elle eut juré et prononcé toutes les paroles du serment, alors je montai sur son beau lit.

Et les servantes s'agitaient dans la demeure; et elles étaient quatre, et elles prenaient soin de toute chose. Et elles étaient nées des sources des forêts et des fleuves sacrés qui coulent à la mer. L'une d'elles jeta sur les thrônes de belles couvertures pourprées, et, par-dessus, de légères toiles de lin. Une autre dressa devant les thrônes des tables d'argent sur lesquelles elle posa des corbeilles d'or. Une troisième mêla le vin doux et mielleux dans un kratère d'argent et distribua des coupes d'or. La quatrième apporta de l'eau et alluma un grand feu sous un grand trépied, et l'eau chauffa. Et quand l'eau eut chauffé dans l'airain brillant, elle me mit au bain, et elle me lava la tête et les épaules avec l'eau doucement versée du grand trépied. Et

quand elle m'eut lavé et parfumé d'huile grasse, elle me
revêtit d'une tunique et d'un beau manteau. Puis, elle me
fit asseoir sur un thrône d'argent bien travaillé, et j'avais un
escabeau sous mes pieds. Une servante versa, d'une belle
aiguière d'or dans un bassin d'argent, de l'eau pour les
mains, et dressa devant moi une table polie. Et la vénérable Intendante, bienveillante pour tous, apporta du pain
qu'elle plaça sur la table ainsi que beaucoup de mets. Et
Kirkè m'invita à manger, mais cela ne plut point à mon
âme.

Et j'étais assis, ayant d'autres pensées et prévoyant d'autres maux. Et Kirkè, me voyant assis, sans manger, et plein
de tristesse, s'approcha de moi et me dit ces paroles ailées :

— Pourquoi, Odysseus, restes-tu ainsi muet et te rongeant le cœur, sans boire et sans manger ? Crains-tu quelque
autre embûche ? Tu ne dois rien craindre, car j'ai juré un
grand serment.

Elle parla ainsi, et, lui répondant, je dis :

— O Kirkè, quel homme équitable et juste oserait boire
et manger, avant que ses compagnons aient été délivrés, et
qu'il les ait vus de ses yeux? Si, dans ta bienveillance, tu
veux que je boive et que je mange, délivre mes compagnons
et que je les voie.

Je parlai ainsi, et Kirkè sortit de ses demeures, tenant
une baguette à la main, et elle ouvrit les portes de l'étable
à porcs. Elle en chassa mes compagnons semblables à des
porcs de neuf ans. Ils se tenaient devant nous, et, se penchant, elle frotta chacun d'eux d'un autre baume, et de
leurs membres tombèrent aussitôt les poils qu'avait fait
pousser le poison funeste que leur avait donné la vénérable
Kirkè ; et ils redevinrent des hommes plus jeunes qu'ils
n'étaient auparavant, plus beaux et plus grands. Et ils me
reconnurent, et tous, me serrant la main, pleuraient de joie,

et la demeure retentissait de leurs sanglots. Et la Déesse
elle-même fut prise de pitié. Puis, la noble Déesse, s'approchant de moi, me dit :

— Divin Laertiade, subtil Odysséus, va maintenant vers
ta nef rapide et le rivage de la mer. Fais tirer, avant tout, ta
nef sur le sable. Cachez ensuite vos richesses et vos armes
dans une caverne, et revenez aussitôt, toi-même et tes
chers compagnons.

Elle parla ainsi, et mon esprit généreux fut persuadé, et
je me hâtai de retourner à ma nef rapide et au rivage de la
mer, et je trouvai auprès de ma nef rapide mes chers compagnons gémissant misérablement et versant des larmes
abondantes. De même que les génisses, retenues loin de la
prairie, s'empressent autour des vaches qui, du pâturage,
reviennent à l'étable après s'être rassasiées d'herbes, et
vont toutes ensemble au-devant d'elles, sans que les enclos
puissent les retenir, et mugissent sans relâche autour de
leurs mères ; de même, quand mes compagnons me virent
de leurs yeux, ils m'entourèrent en pleurant, et leur cœur
fut aussi ému que s'ils avaient revu leur patrie et la ville
de l'âpre Ithakè, où ils étaient nés et avaient été nourris.
Et, en pleurant, ils me dirent ces paroles ailées :

— A ton retour, ô Divin ! nous sommes aussi joyeux que
si nous voyions Ithakè et la terre de la patrie. Mais dis-nous
comment sont morts nos compagnons.

Ils parlaient ainsi, et je leur répondis par ces douces paroles :

— Avant tout, tirons la nef sur le rivage, et cachons
dans une caverne nos richesses et toutes nos armes. Puis,
suivez-moi tous à la hâte, afin de revoir, dans les demeures sacrées de Kirkè, vos compagnons mangeant et buvant
et jouissant d'une abondante nourriture.

Je parlai ainsi, et ils obéirent promptement à mes pa-

roles; mais le seul Eurylokhos tentait de les retenir, et il
leur dit ces paroles ailées :

— Ah! malheureux, où allez-vous? Vous voulez donc
subir les maux qui vous attendent dans les demeures de
Kirkè, elle qui nous changera en porcs, en loups et en
lions, et dont nous garderons de force la demeure? Elle
fera comme le Kyklôps, quand nos compagnons vinrent
dans sa caverne, conduits par l'audacieux Odysseus. Et ils y
ont péri par sa démence.

Il parla ainsi, et je délibérai dans mon esprit si, ayant
tiré ma grande épée de sa gaîne, le long de la cuisse, je
lui couperais la tête et la jetterais sur le sable, malgré
notre parenté; mais tous mes autres compagnons me retinrent par de flatteuses paroles :

— O Divin! laissons-le, si tu y consens, rester auprès
de la nef et la garder. Nous, nous te suivrons à la demeure
sacrée de Kirkè.

Ayant ainsi parlé, ils s'éloignèrent de la nef et de la mer,
mais Eurylokhos ne resta point auprès de la nef creuse, et
il nous suivit, craignant mes rudes menaces. Pendant cela,
Kirkè, dans ses demeures, baigna et parfuma d'huile mes
autres compagnons, et elle les revêtit de tuniques et de
beaux manteaux, et nous les trouvâmes tous faisant leur
repas dans les demeures. Et quand ils se furent réunis, ils
se racontèrent tous leurs maux, les uns aux autres, et ils
pleuraient, et la maison retentissait de leurs sanglots. Et
la noble Déesse, s'approchant, me dit :

— Divin Laertiade, subtil Odysseus, ne vous livrez pas
plus longtemps à la douleur. Je sais moi-même combien
vous avez subi de maux sur la mer poissonneuse et
combien d'hommes injustes vous ont fait souffrir sur la
terre. Mais, mangez et buvez, et ranimez votre cœur dans
votre poitrine, et qu'il soit tel qu'il était quand vous avez
quitté la terre de l'âpre Ithakè, votre patrie. Cependant,

jamais vous n'oublierez vos misères, et votre esprit ne sera jamais plus dans la joie, car vous avez subi des maux innombrables.

Elle parla ainsi, et notre cœur généreux lui obéit. Et nous restâmes là toute une année, mangeant les chairs abondantes et buvant le doüx vin. Mais, à la fin de l'année, quand les Heures eurent accompli leur tour, quand les mois furent passés et quand les longs jours se furent écoulés, alors, mes chers compagnons m'appelèrent et me dirent :

— Malheureux, souviens-toi de ta patrie, si toutefois il est dans ta destinée de survivre et de rentrer dans ta haute demeure et dans la terre de la patrie.

Ils parlèrent ainsi, et mon cœur généreux fut persuadé. Alors, tout le jour, jusqu'à la chute de Hèlios, nous restâmes assis, mangeant les chairs abondantes et buvant le doux vin. Et quand Hèlios tomba, et quand la nuit vint, mes compagnons s'endormirent dans la demeure obscure. Et moi, étant monté dans le lit splendide de Kirkè, je saisis ses genoux en la suppliant, et la Déesse entendit ma voix. Et je lui dis ces paroles ailées :

— O Kirkè, tiens la promesse que tu m'as faite de me renvoyer dans ma demeure, car mon âme me pousse, et mes compagnons affligent mon cher cœur et gémissent autour de moi, quand tu n'es pas là.

Je parlai ainsi, et la noble Déesse me répondit aussitôt :

— Divin Laertiade, subtil Odysseus, vous ne resterez pas plus longtemps malgré vous dans ma demeure; mais il faut accomplir un autre voyage et entrer dans la demeure d'Aidès et de l'implacable Perséphonéia, afin de consulter l'âme du Thébain Teirésias, du divinateur aveugle, dont l'esprit est toujours vivant. Perséphonéia n'a accordé qu'à ce seul Mort l'intelligence et la pensée. Les autres ne seront que des ombres autour de toi.

Elle parla ainsi, et mon cher cœur fut dissous, et je pleurais, assis sur le lit, et mon âme ne voulait plus vivre, ni voir la lumière de Hèlios. Mais, après avoir pleuré et m'être rassasié de douleur, alors, lui répondant, je lui dis :

— O Kirkè, qui me montrera le chemin? Personne n'est jamais arrivé chez Aidès sur une nef noire.

Je parlai ainsi, et la noble Déesse me répondit aussitôt :

— Divin Laertiade, subtil Odysseus, n'aie aucun souci pour ta nef. Assieds-toi, après avoir dressé le mât et déployé les blanches voiles ; et le souffle de Boréas conduira ta nef. Mais quand tu auras traversé l'Okéanos, jusqu'au rivage étroit et aux bois sacrés de Perséphonéia, où croissent de hauts peupliers et des saules stériles, alors arrête ta nef dans l'Okéanos aux profonds tourbillons, et descends dans la noire demeure d'Aidès, là où coulent ensemble, dans l'Akhérôn, le Pyriphlégéthôn et le Kokytos qui est un courant de l'eau de Styx. Il y a une roche au confluent des deux fleuves retentissants. Tu t'en approcheras, héros, comme je te l'ordonne, et tu creuseras là une fosse d'une coudée dans tous les sens, et, sur elle, tu feras des libations à tous les morts, de lait mielleux d'abord, puis de vin doux, puis enfin d'eau, et tu répandras par-dessus de la farine blanche. Prie alors les têtes vaines des morts et promets, dès que tu seras rentré dans Ithakè, de sacrifier dans tes demeures la meilleure vache stérile que tu posséderas, d'allumer un bûcher formé de choses précieuses, et de sacrifier, à part, au seul Teirésias un bélier entièrement noir, le plus beau de tes troupeaux. Puis, ayant prié les illustres âmes des morts, sacrifie un mâle et une brebis noire, tourne-toi vers l'Erébos, et, te penchant, regarde dans le cours du fleuve, et les innombrables âmes des morts qui ne sont plus accourront. Alors, ordonne et commande à tes compagnons d'écorcher les animaux égorgés par l'airain aigu, de les brûler et de les vouer aux Dieux, à l'illustre

Aidès et à l'implacable Perséphonéia. Tire ton épée aiguë de sa gaîne, le long de ta cuisse, et ne permets pas aux ombres vaines des morts de boire le sang, avant que tu aies entendu Teirésias. Aussitôt le Divinateur arrivera, ô chef des peuples, et il te montrera ta route et comment tu la feras pour ton retour, et comment tu traverseras la mer poissonneuse.

Elle parla ainsi, et aussitôt Eôs s'assit sur son thrône d'or. Et Kirkè me revêtit d'une tunique et d'un manteau. Elle-même se couvrit d'une longue robe blanche, légère et gracieuse, ceignit ses reins d'une belle ceinture et mit sur sa tête un voile couleur de feu. Et j'allai par la demeure, excitant mes compagnons, et je dis à chacun d'eux ces douces paroles :

— Ne dormez pas plus longtemps, et chassez le doux sommeil, afin que nous partions, car la vénérable Kirkè me l'a permis.

Je parlai ainsi, et leur cœur généreux fut persuadé. Mais je n'emmenai point tous mes compagnons sains et saufs. Elpènôr, un d'eux, jeune, mais ni très-brave, ni intelligent, à l'écart de ses compagnons, s'était endormi au faîte des demeures sacrées de Kirkè, ayant beaucoup bu et recherchant la fraîcheur. Entendant le bruit que faisaient ses compagnons, il se leva brusquement, oubliant de descendre par la longue échelle. Et il tomba du haut du toit, et son cou fut rompu, et son âme descendit chez Aidès. Mais je dis à mes compagnons rassemblés :

— Vous pensiez peut-être que nous partions pour notre demeure et pour la chère terre de la patrie? Mais Kirkè nous ordonne de suivre une autre route, vers la demeure d'Aidès et de l'implacable Perséphonéia, afin de consulter l'âme du Thébain Teirésias.

Je parlai ainsi, et leur cher cœur fut brisé, et ils s'assirent, pleurant et s'arrachant les cheveux. Mais il n'y a nul

remède à gémir. Et nous parvînmes à notre nef rapide et
au rivage de la mer, en versant des larmes abondantes. Et,
pendant ce temps, Kirkè était venue, apportant dans la nef
un bélier et une brebis noire; et elle s'était aisément cachée à nos yeux; car qui pourrait voir un Dieu et le suivre
de ses yeux, s'il ne le voulait pas?

RHAPSODIE XI.

TANT arrivés à la mer, nous traînâmes d'abord notre nef à la mer divine. Puis, ayant dressé le mât, avec les voiles blanches de la nef noire, nous y portâmes les victimes offertes. Et, nous-mêmes nous y prîmes place, pleins de tristesse et versant des larmes abondantes. Et Kirkè à la belle chevelure, Déesse terrible et éloquente, fit souffler pour nous un vent propice derrière la nef à proue bleue, et ce vent, bon compagnon, gonfla la voile.

Toutes choses étant mises en place sur la nef, nous nous assîmes, et le vent et le pilote nous dirigeaient. Et, tout le jour, les voiles de la nef qui courait sur la mer furent déployées, et Hèlios tomba, et tous les chemins s'emplirent d'ombre. Et la nef arriva aux bornes du profond Okéanos.

Là, étaient le peuple et la ville des Kimmériens, toujours enveloppés de brouillards et de nuées; et jamais le brillant Hèlios ne les regardait de ses rayons, ni quand il montait

dans l'Ouranos étoilé, ni quand il descendait de l'Ouranos
sur la terre; mais une affreuse nuit était toujours suspendue sur les misérables hommes. Arrivés là, nous arrêtâmes
la nef, et, après en avoir retiré les victimes, nous mar-
châmes le long du cours d'Okéanos, jusqu'à ce que nous
fussions parvenus dans la contrée que nous avait indiquée
Kirkè. Et Périmèdès et Eurylokhos portaient les victimes.

Alors je tirai mon épée aiguë de sa gaîne, le long de ma
cuisse, et je creusai une fosse d'une coudée dans tous les
sens, et j'y fis des libations pour tous les morts, de lait
mielleux d'abord, puis de vin doux, puis enfin d'eau, et,
par-dessus, je répandis la farine blanche. Et je priai les têtes
vaines des morts, promettant, dès que je serais rentré dans
Ithakè, de sacrifier dans mes demeures la meilleure vache
stérile que je posséderais, d'allumer un bûcher formé de
choses précieuses, et de sacrifier à part, au seul Teirésias,
un bélier entièrement noir, le plus beau de mes troupeaux.
Puis, ayant prié les générations des morts, j'égorgeai les
victimes sur la fosse, et le sang noir y coulait. Et les âmes
des morts qui ne sont plus sortaient en foule de l'Erébos.
Les nouvelles épouses, les jeunes hommes, les vieillards
qui ont subi beaucoup de maux, les tendres vierges ayant
un deuil dans l'âme, et les guerriers aux armes sanglantes,
blessés par les lances d'airain, tous s'amassaient de toutes
parts sur les bords de la fosse, avec un frémissement immense. Et la terreur pâle me saisit.

Alors j'ordonnai à mes compagnons d'écorcher les victimes qui gisaient égorgées par l'airain cruel, de les brûler
et de les vouer aux Dieux, à l'illustre Aidès et à l'implacable Perséphonéia. Et je m'assis, tenant l'épée aiguë tirée
de sa gaîne, le long de ma cuisse; et je ne permettais pas
aux têtes vaines des morts de boire le sang, avant que
j'eusse entendu Teirésias.

La première, vint l'âme de mon compagnon Elpènôr. Et

11

il n'avait point été enseveli dans la vaste terre, et nous
avions laissé son cadavre dans les demeures de Kirkè, non
pleuré et non enseveli, car un autre souci nous pressait.
Et je pleurai en le voyant, et je fus plein de pitié dans le
cœur. Et je lui dis ces paroles ailées :

— Elpènôr, comment es-tu venu dans les épaisses ténèbres ? Comment as-tu marché plus vite que moi sur ma
nef noire ?

Je parlai ainsi, et il me répondit en pleurant :

— Divin Laertiade, subtil Odysseus, la mauvaise volonté
d'un Daimôn et l'abondance du vin m'ont perdu. Dormant
sur la demeure de Kirkè, je ne songeai pas à descendre par
la longue échelle, et je tombai du haut du toit, et mon cou
fut rompu, et je descendis chez Aidès. Maintenant, je te
supplie par ceux qui sont loin de toi, par ta femme, par ton
père qui t'a nourri tout petit, par Tèlémakhos, l'enfant
unique que tu as laissé dans tes demeures ! Je sais qu'en
sortant de la demeure d'Aidès tu retourneras sur ta nef
bien construite à l'île Aiaiè. Là, ô Roi, je te demande de
te souvenir de moi, et de ne point partir, me laissant non
pleuré et non enseveli, de peur que je ne te cause la colère
des Dieux ; mais de me brûler avec toutes mes armes.
Élève sur le bord de la mer écumeuse le tombeau de ton
compagnon malheureux. Accomplis ces choses, afin qu'on
se souvienne de moi dans l'avenir, et plante sur mon tombeau l'aviron dont je me servais quand j'étais avec mes
compagnons.

Il parla ainsi, et, lui répondant, je dis :

— Malheureux, j'accomplirai toutes ces choses.

Nous nous parlions ainsi tristement, et je tenais mon
épée au-dessus du sang, tandis que, de l'autre côté de la
fosse, mon compagnon parlait longuement. Puis, arriva
l'âme de ma mère morte, d'Antikléia, fille du magnanime
Autolykos, que j'avais laissée vivante en partant pour la

sainte Ilios. Et je pleurai en la voyant, le cœur plein de
pitié; mais, malgré ma tristesse, je ne lui permis pas de
boire le sang avant que j'eusse entendu Teirésias. Et l'âme
du Thébain Teirésias arriva, tenant un sceptre d'or, et elle
me reconnut et me dit :

— Pourquoi, ô malheureux, ayant quitté la lumière de
Hèlios, es-tu venu pour voir les morts et leur pays lamentable? Mais recule de la fosse, écarte ton épée, afin que je
boive le sang, et je te dirai la vérité.

Il parla ainsi, et, me reculant, je remis dans la gaîne mon
épée aux clous d'argent. Et il but le sang noir, et, alors,
l'irréprochable divinateur me dit :

— Tu désires un retour très-facile, illustre Odysseus,
mais un Dieu te le rendra difficile; car je ne pense pas que
Celui qui entoure la terre apaise sa colère dans son cœur, et
il est irrité parce que tu as aveuglé son fils. Vous arriverez
cependant, après avoir beaucoup souffert, si tu veux contenir ton esprit et celui de tes compagnons. En ce temps,
quand ta nef solide aura abordé l'île Thrinakiè, où vous
échapperez à la sombre mer, vous trouverez là, paissant,
les bœufs et les gras troupeaux de Hèlios qui voit et entend
tout. Si vous les laissez sains et saufs, si tu te souviens de
ton retour, vous parviendrez tous dans Ithakè, après avoir
beaucoup souffert; mais, si tu les blesses, je te prédis la
perte de ta nef et de tes compagnons. Tu échapperas seul,
et tu reviendras misérablement, ayant perdu ta nef et tes
compagnons, sur une nef étrangère. Et tu trouveras le malheur dans ta demeure et des hommes orgueilleux qui consumeront tes richesses, recherchant ta femme et lui offrant
des présents. Mais, certes, tu te vengeras de leurs outrages
en arrivant. Et, après que tu auras tué les Prétendants
dans ta demeure, soit par ruse, soit ouvertement avec l'airain aigu, tu partiras de nouveau, et tu iras, portant un
aviron léger, jusqu'à ce que tu rencontres des hommes qui

ne connaissent point la mer et qui ne salent point ce qu'ils mangent, et qui ignorent les nefs aux proues rouges et les avirons qui sont les ailes des nefs. Et je te dirai un signe manifeste qui ne t'échappera pas. Quand tu rencontreras un autre voyageur qui croira voir un fléau sur ta brillante épaule, alors, plante l'aviron en terre et fais de saintes offrandes au Roi Poseidaôn, un bélier, un taureau et un verrat. Et tu retourneras dans ta demeure, et tu feras, selon leur rang, de saintes hécatombes à tous les Dieux immortels qui habitent le large Ouranos. Et la douce mort te viendra de la mer et te tuera consumé d'une heureuse vieillesse, tandis qu'autour de toi les peuples seront heureux. Et je t'ai dit, certes, des choses vraies.

Il parla ainsi, et je lui répondis :

— Teirésias, les Dieux eux-mêmes, sans doute, ont résolu ces choses. Mais dis-moi la vérité. Je vois l'âme de ma mère qui est morte. Elle se tait et reste loin du sang, et elle n'ose ni regarder son fils, ni lui parler. Dis-moi, ô Roi, comment elle me reconnaîtra.

Je parlai ainsi, et il me répondit :

— Je t'expliquerai ceci aisément. Garde mes paroles dans ton esprit. Tous ceux des morts qui ne sont plus, à qui tu laisseras boire le sang, te diront des choses vraies ; celui à qui tu refuseras cela s'éloignera de toi.

Ayant ainsi parlé, l'âme du Roi Teirésias, après avoir rendu ses oracles, rentra dans la demeure d'Aidès ; mais je restai sans bouger jusqu'à ce que ma mère fût venue et eût bu le sang noir. Et aussitôt elle me reconnut, et elle me dit, en gémissant, ces paroles ailées :

— Mon fils, comment es-tu venu sous le noir brouillard, vivant que tu es ? Il est difficile aux vivants de voir ces choses. Il y a entre celles-ci et eux de grands fleuves et des courants violents, Okéanos d'abord qu'on ne peut traverser, à moins d'avoir une nef bien construite. Si, maintenant,

longtemps errant en revenant de Troiè, tu es venu ici sur
ta nef et avec tes compagnons, tu n'as donc point revu
Ithakè, ni ta demeure, ni ta femme?

Elle parla ainsi, et je lui répondis:

— Ma mère, la nécessité m'a poussé vers les demeures
d'Aidès, afin de demander un oracle à l'âme du Thébain
Teirésias. Je n'ai point en effet abordé, ni l'Akhaiè, ni notre
terre; mais j'ai toujours erré, plein de misères, depuis le
jour où j'ai suivi le divin Agamemnôn à Ilios qui nourrit
d'excellents chevaux, afin d'y combattre les Troiens. Mais
dis-moi la vérité. Comment la Kèr de la cruelle mort t'a-
t-elle domptée? Est-ce par une maladie? Ou bien Artémis
qui se réjouit de ses flèches t'a-t-elle atteinte de ses doux
traits? Parle-moi de mon père et de mon fils. Mes biens
sont-ils encore entre leurs mains, ou quelque autre parmi
les hommes les possède-t-il? Tous, certes, pensent que je
ne reviendrai plus. Dis-moi aussi les desseins et les pensées
de ma femme que j'ai épousée. Reste-t-elle avec son enfant? Garde-t-elle toutes mes richesses intactes? ou déjà,
l'un des premiers Akhaiens l'a-t-il emmenée?

Je parlai ainsi, et, aussitôt, ma mère vénérable me répondit:

— Elle reste toujours dans tes demeures, le cœur affligé,
pleurant, et consumant ses jours et ses nuits dans le chagrin. Et nul autre ne possède ton beau domaine; et Tèlémakhos jouit, tranquille, de tes biens, et prend part à de
beaux repas, comme il convient à un homme qui rend la
justice, car tous le convient. Et ton père reste dans son
champ; et il ne vient plus à la ville, et il n'a plus ni lits
moelleux, ni manteaux, ni couvertures luisantes. Mais,
l'hiver, il dort avec ses esclaves dans les cendres près du
foyer, et il couvre son corps de haillons; et quand vient
l'été, puis l'automne verdoyant, partout, dans sa vigne
fertile, on lui fait un lit de feuilles tombées, et il se couche

là, triste ; et une grande douleur s'accroît dans son cœur, et il pleure ta destinée, et la dure vieillesse l'accable. Pour moi, je suis morte, et j'ai subi la destinée ; mais Artémis habile à lancer des flèches ne m'a point tuée de ses doux traits dans ma demeure, et la maladie ne m'a point saisie, elle qui enlève l'âme du corps affreusement flétri ; mais le regret, le chagrin de ton absence, illustre Odysseus, et le souvenir de ta bonté, m'ont privée de la douce vie.

Elle parla ainsi, et je voulus, agité dans mon esprit, embrasser l'âme de ma mère morte. Et je m'élançai trois fois, et mon cœur me poussait à l'embrasser, et trois fois elle se dissipa comme une ombre, semblable à un songe. Et une vive douleur s'accrut dans mon cœur, et je lui dis ces paroles ailées :

— Ma mère, pourquoi ne m'attends-tu pas quand je désire t'embrasser ? Même chez Aidès, nous entourant de nos chers bras, nous nous serions rassasiés de deuil ! N'es-tu qu'une Image que l'illustre Perséphonéia suscite afin que je gémisse davantage ?

Je parlai ainsi, et ma mère vénérable me répondit :

— Hélas ! mon enfant, le plus malheureux de tous les hommes, Perséphonéia, fille de Zeus, ne se joue point de toi ; mais telle est la loi des mortels quand ils sont morts. En effet, les nerfs ne soutiennent plus les chairs et les os, et la force du feu ardent les consume aussitôt que la vie abandonne les os blancs, et l'âme vole comme un songe. Mais retourne promptement à la lumière des vivants, et souviens-toi de toutes ces choses, afin de les redire à Pènélopéia.

Nous parlions ainsi, et les femmes et les filles des héros accoururent, excitées par l'illustre Perséphonéia. Et elles s'assemblaient, innombrables, autour du sang noir. Et je songeais comment je les interrogerais tour à tour ; et il me sembla meilleur, dans mon esprit, de tirer mon épée aiguë

de la gaîne, le long de ma cuisse, et de ne point leur permettre de boire, toutes à la fois, le sang noir. Et elles approchèrent tour à tour, et chacune disait son origine, et je
les interrogeais l'une après l'autre.

Et je vis d'abord Tyrô, née d'un noble père, car elle me
dit qu'elle était la fille de l'irréprochable Salmoneus et la
femme de Krètheus Aioliade. Et elle aimait le divin fleuve
Enipeus, qui est le plus beau des fleuves qui coulent sur
la terre; et elle se promenait le long des belles eaux de
l'Enipeus. Sous la figure de ce dernier, Celui qui entoure
la terre et qui la secoue sortit des bouches du fleuve tourbillonnant; et une lame bleue, égale en hauteur à une
montagne, enveloppa, en se recourbant, le Dieu et la
femme mortelle. Et il dénoua sa ceinture de vierge, et il
répandit sur elle le sommeil. Puis, ayant accompli le travail amoureux, il prit la main de Tyrô et lui dit :

— Réjouis-toi, femme, de mon amour. Dans une année
tu enfanteras de beaux enfants, car la couche des Immortels n'est point inféconde. Nourris et élève-les. Maintenant, va vers ta demeure, mais prends garde et ne me
nomme pas. Je suis pour toi seul Poseidaôn qui ébranle la
terre.

Ayant ainsi parlé, il plongea dans la mer agitée. Et Tyrô,
devenue enceinte, enfanta Péliès et Nèleus, illustres serviteurs du grand Zeus. Et Péliès riche en troupeaux habita
la grande Iaolkôs, et Nèleus la sablonneuse Pylos. Puis,
la reine des femmes conçut de son mari, Aisôn, Phérès et
le dompteur de chevaux Hamythaôr.

Puis, je vis Antiopè, fille d'Aisopos, qui se glorifiait d'a-
voir dormi dans les bras de Zeus. Elle en eut deux fils, Amphiôn et Zèthos, qui, les premiers, bâtirent Thèbè aux sept
portes et l'environnèrent de tours. Car ils n'auraient pu,
sans ces tours, habiter la grande Thèbè, malgré leur courage.

Puis, je vis Alkmènè, la femme d'Amphitryôn, qui conçut
Hèraklès au cœur de lion dans l'embrassement du magnanime Zeus; puis, Mègarè, fille de l'orgueilleux Krèiôn, et
qu'eut pour femme l'Amphitryonade indomptable dans sa
force.

Puis, je vis la mère d'Oidipous, la belle Epikàstè, qui
commit un grand crime dans sa démence, s'étant mariée à
son fils. Et celui-ci, ayant tué son père, épousa sa mère. Et
les Dieux révélèrent ces actions aux hommes. Et Oidipous, subissant de grandes douleurs dans la désirable
Thèbè, commanda aux Kadméiones par la volonté cruelle
des Dieux. Et Epikastè descendit dans les demeures aux
portes solides d'Aidès, ayant attaché, saisie de douleur, une
corde à une haute poutre, et laissant à son fils les innombrables maux que font souffrir les Erinnyes d'une mère.

Puis, je vis la belle Khlôris qu'autrefois Nèleus épousa
pour sa beauté, après lui avoir offert les présents nuptiaux.
Et c'était la plus jeune fille d'Amphiôn Iaside qui commanda autrefois puissamment sur Orkhomènos Minyèénne
et sur Pylos. Et elle conçut de lui de beaux enfants,
Nestôr, Khromios et l'orgueilleux Périklyménos. Puis,
elle enfanta l'illustre Pèrô, l'admiration des hommes qui la
suppliaient tous, voulant l'épouser; mais Nèleus ne voulait
la donner qu'à celui qui enlèverait de Phylakè les bœufs
au large front de la Force Iphikléenne. Seul, un divinateur irréprochable le promit; mais la Moire contraire d'un
Dieu, les rudes liens et les bergers l'en empêchèrent. Cependant, quand les jours et les mois se furent écoulés, et
que, l'année achevée, les saisons recommencèrent, alors
la Force Iphikléenne délivra l'irréprochable divinateur, et
le dessein de Zeus s'accomplit.

Puis, je vis Lèdè, femme de Tyndaros. Et elle conçut
de Tyndaros des fils excellents, Kastôr dompteur de chevaux et Polydeukès formidable par ses poings. La terre

nourricière les enferme, encore vivants, et, sous la terre,
ils sont honorés par Zeus. Ils vivent l'un après l'autre
et meurent de même, et sont également honorés par les
Dieux.

Puis, je vis Iphimédéia, femme d'Aôleus, et qui disait
s'être unie à Poseidaôn. Et elle enfanta deux fils dont la vie
fut brève, le héros Otos et l'illustre Ephialtès, et ils étaient
les plus grands et les plus beaux qu'eût nourris la terre féconde, après l'illustre Oriôn. Ayant neuf ans, ils étaient
larges de neuf coudées, et ils avaient neuf brasses de haut.
Et ils menacèrent les Immortels de porter dans l'Olympos
le combat de la guerre tumultueuse. Et ils tentèrent de
poser l'Ossa sur l'Olympos et le Pèlios boisé sur l'Ossa,
afin d'atteindre l'Ouranos. Et peut-être eussent-ils accompli leurs menaces, s'ils avaient eu leur puberté; mais le fils
de Zeus, qu'enfanta Lètô aux beaux cheveux, les tua tous
deux, avant que le duvet fleurît sur leurs joues et qu'une
barbe épaisse couvrît leurs mentons.

Puis, je vis Phaidrè, et Prokris, et la belle Ariadnè, fille
du sage Minôs, que Thèseus conduisit autrefois de la Krètè
dans la terre sacrée des Athènaiens; mais il ne le put pas,
car Artémis, sur l'avertissement de Dionysos, retint Ariadnè
dans Diè entourée des flots.

Puis, je vis Mairè, et Klyménè, et la funeste Eriphylè
qui trahit son mari pour de l'or.

Mais je ne pourrais ni vous dire combien je vis de femmes
et de filles de héros, ni vous les nommer avant la fin de la
nuit divine. Voici l'heure de dormir, soit dans la nef rapide
avec mes compagnons, soit ici; car c'est aux Dieux et à
vous de prendre soin de mon départ.

Il parla ainsi, et tous restèrent immobiles et pleins de
plaisir dans la demeure obscure. Alors, Arètè aux bras
blancs parla la première :

— Phaiakiens, que penserons-nous de ce héros, de sa

beauté, de sa majesté et de son esprit immuable? Il est, certes, mon hôte, et c'est un honneur que vous partagez tous. Mais ne vous hâtez point de le renvoyer sans lui faire des présents, car il ne possède rien. Par la bonté des Dieux nous avons beaucoup de richesses dans nos demeures.

Alors, le vieux héros Ekhéneus parla ainsi, et c'était le plus vieux des Phaiakiens :

— O amis, la Reine prudente nous parle selon le sens droit. Obéissez donc. C'est à Alkinoos de parler et d'agir, et nous l'imiterons.

Et Alkinoos dit :

— Je ne puis parler autrement, tant que je vivrai et que je commanderai aux Phaiakiens habiles dans la navigation. Mais que notre hôte reste, malgré son désir de partir, et qu'il attende le matin, afin que je réunisse tous les présents. Le soin de son retour me regarde plus encore que tous les autres, car je commande pour le peuple.

Et le subtil Odysseus, lui répondant, parla ainsi :

— Roi Alkinoos, le plus illustre de tout le peuple, si vous m'ordonniez de rester ici toute l'année, tandis que vous prépareriez mon départ et que vous réuniriez de splendides présents, j'y consentirais volontiers ; car il vaudrait mieux pour moi rentrer les mains pleines dans ma chère patrie. J'en serais plus aimé et plus honoré de tous ceux qui me verraient de retour dans Ithakè.

Et Alkinoos lui dit :

— O Odysseus, certes, nous ne pouvons te soupçonner d'être un menteur et un voleur, comme tant d'autres vagabonds que nourrit la noire terre, qui ne disent que des mensonges dont nul ne peut rien comprendre. Mais ta beauté, ton éloquence, ce que tu as raconté, d'accord avec l'Aoide, des maux cruels des Akhaiens et des tiens, tout a pénétré en nous. Dis-moi donc et parle avec vérité, si tu as vu quelques-uns de tes illustres compagnons qui t'ont suivi à Ilios

et que la destinée a frappés là. La nuit sera encore longue,
et le temps n'est point venu de dormir dans nos demeures.
Dis-moi donc tes travaux admirables. Certes, je t'écouterai
jusqu'au retour de la divine Eôs, si tu veux nous dire tes
douleurs.

Et le subtil Odysseus parla ainsi :

— Roi Alkinoos, le plus illustre de tout le peuple, il y a
un temps de parler et un temps de dormir ; mais, si tu désires m'entendre, certes, je ne refuserai pas de raconter les
misères et les douleurs de mes compagnons, de ceux qui
ont péri auparavant, ou qui, ayant échappé à la guerre lamentable des Troiens, ont péri au retour par la ruse d'une
femme perfide.

Après que la vénérable Perséphonéia eut dispersé çà et là
les âmes des femmes, survint l'âme pleine de tristesse de
l'Atréide Agamemnôn ; et elle était entourée de toutes les
âmes de ceux qui avaient subi la destinée et qui avaient péri
avec lui dans la demeure d'Aigisthos.

Ayant bu le sang noir, il me reconnut aussitôt, et il
pleura, en versant des larmes amères, et il étendit les bras
pour me saisir ; mais la force qui était en lui autrefois
n'était plus, ni la vigueur qui animait ses membres souples.
Et je pleurai en le voyant, plein de pitié dans mon cœur,
et je lui dis ces paroles ailées :

— Atréide Agamemnôn, roi des hommes, comment la
Kèr de la dure mort t'a-t-elle dompté ? Poseidaôn t'a-t-il
dompté dans tes nefs en excitant les immenses souffles des
vents terribles, ou des hommes ennemis t'ont-ils frappé
sur la terre ferme, tandis que tu enlevais leurs bœufs et
leurs beaux troupeaux de brebis, ou bien que tu combattais
pour ta ville et pour tes femmes ?

Je parlai ainsi, et, aussitôt, il me répondit :

— Divin Laertiade, subtil Odysseus, Poseidaôn ne m'a
point dompté sur mes nefs, en excitant les immenses souf-

fles des vents terribles, et des hommes ennemis ne m'ont
point frappé sur la terre ferme; mais Aigisthos m'a infligé
la Kèr et la mort à l'aide de ma femme perfide. M'ayant
convié à un repas dans la demeure, il m'a tué comme un
bœuf à l'étable. J'ai subi ainsi une très-lamentable mort.
Et, autour de moi, mes compagnons ont été égorgés
comme des porcs aux dents blanches, qui sont tués dans
les demeures d'un homme riche et puissant, pour des
noces, des festins sacrés ou des repas de fête. Certes, tu
t'es trouvé au milieu du carnage de nombreux guerriers,
entouré de morts, dans la terrible mêlée; mais tu aurais
gémi dans ton cœur de voir cela. Et nous gisions dans les
demeures, parmi les kratères et les tables chargées, et toute
la salle était souillée de sang. Et j'entendais la voix lamentable de la fille de Priamos, Kassandrè, que la perfide
Klytaimnestrè égorgeait auprès de moi. Et comme j'étais
étendu mourant, je soulevai mes mains vers mon épée;
mais la femme aux yeux de chien s'éloigna et elle ne
voulut point fermer mes yeux et ma bouche au moment où
je descendais dans la demeure d'Aidès. Rien n'est plus
cruel, ni plus impie qu'une femme qui a pu méditer de tels
crimes. Ainsi, certes, Klytaimnestrè prépara le meurtre
misérable du premier mari qui la posséda, et je péris ainsi,
quand je croyais rentrer dans ma demeure, bien accueilli
de mes enfants, de mes servantes et de mes esclaves! Mais
cette femme, pleine d'affreuses pensées, couvrira de sa
honte toutes les autres femmes futures, et même celles qui
auront la sagesse en partage.

Il parla ainsi, et je lui répondis :

— O Dieux! combien, certes, Zeus qui tonne hautement
n'a-t-il point haï la race d'Atreus à cause des actions des
femmes! Déjà, à cause de Hélénè beaucoup d'entre nous
sont morts, et Klytaimnestrè préparait sa trahison pendant
que tu étais absent.

Je parlai ainsi, et il me répondit aussitôt :

— C'est pourquoi, maintenant, ne sois jamais trop bon envers ta femme, et ne lui confie point toutes tes pensées, mais n'en dis que quelques-unes et cache-lui-en une partie. Mais pour toi, Odysseus, ta perte ne te viendra point de ta femme, car la sage fille d'Ikarios, Pènélopéia, est pleine de prudence et de bonnes pensées dans son esprit. Nous l'avons laissée nouvellement mariée quand nous sommes partis pour la guerre, et son fils enfant était suspendu à sa mamelle; et maintenant celui-ci s'assied parmi les hommes; et il est heureux, car son cher père le verra en arrivant, et il embrassera son père. Pour moi, ma femme n'a point permis à mes yeux de se rassasier de mon fils, et m'a tué auparavant. Mais je te dirai une autre chose; garde mon conseil dans ton esprit : Fais aborder ta nef dans la chère terre de la patrie, non ouvertement, mais en secret; car il ne faut point se confier dans les femmes. Maintenant, parle et dis-moi la vérité. As-tu entendu dire que mon fils fût encore vivant, soit à Orkhoménos, soit dans la sablonneuse Pylos, soit auprès de Ménélaos dans la grande Sparta? En effet, le divin Orestès n'est point encore mort sur la terre.

Il parla ainsi, et je lui répondis :

— Atréide, pourquoi me demandes-tu ces choses? Je ne sais s'il est mort ou vivant. Il ne faut point parler inutilement.

Et nous échangions ainsi de tristes paroles, affligés et répandant des larmes. Et l'âme du Pèlèiade Akhilleus survint, celle de Patroklos, et celle de l'irréprochable Antilokhos, et celle d'Aias qui était le plus grand et le plus beau de tous les Akhaiens, après l'irréprochable Pèléiôn. Et l'âme du rapide Aiakide me reconnut, et, en gémissant, il me dit ces paroles ailées :

— Divin Laertiade, subtil Odysseus, malheureux, com-

ment as-tu pu méditer quelque chose de plus grand que
tes autres actions? Comment as-tu osé venir chez Aidès où
habitent les images vaines des hommes morts?

Il parla ainsi, et je lui répondis :

— O Akhilleus, fils de Pèleus, le plus brave des Akhaiens, je suis venu pour l'oracle de Teirésias, afin qu'il
m'apprenne comment je parviendrai dans l'âpre Ithakè,
car je n'ai abordé ni l'Akhaiè, ni la terre de ma patrie, et
j'ai toujours souffert. Mais toi, Akhilleus, aucun des anciens hommes n'a été, ni aucun des hommes futurs ne sera
plus heureux que toi. Vivant, nous, Akhaiens, nous t'honorions comme un Dieu, et, maintenant, tu commandes à
tous les morts. Tel que te voilà, et bien que mort, ne te
plains pas, Akhilleus.

Je parlai ainsi, et il me répondit :

— Ne me parle point de la mort, illustre Odysseus!
J'aimerais mieux être un laboureur, et servir, pour un salaire, un homme pauvre et pouvant à peine se nourrir, que
de commander à tous les morts qui ne sont plus. Mais
parle-moi de mon illustre fils. Combat-il au premier rang,
ou non? Dis-moi ce que tu as appris de l'irréprochable
Pèleus. Possède-t-il encore les mêmes honneurs parmi les
nombreux Myrmidones, ou le méprisent-ils dans Hellas
et dans la Phthiè, parce que ses mains et ses pieds sont
liés par la vieillesse? En effet, je ne suis plus là pour le
défendre, sous la splendeur de Hèlios, tel que j'étais autrefois devant la grande Troiè, quand je domptais les plus
braves, en combattant pour les Akhaiens. Si j'apparaissais
ainsi, un instant, dans la demeure de mon père, certes, je
dompterais de ma force et de mes mains inévitables ceux
qui l'outragent ou qui lui enlèvent ses honneurs.

Il parla ainsi, et je lui répondis :

— Certes, je n'ai rien appris de l'irréprochable Pèleus;
mais je te dirai toute la vérité, comme tu le désires, sur

ton cher fils Néoptolémos. Je l'ai conduit moi-même, sur
une nef creuse, de l'île Skyros vers les Akhaiens aux
belles knèmides. Quand nous convoquions l'agora devant
la ville Troiè, il parlait le premier sans se tromper jamais,
et l'illustre Nestôr et moi nous luttions seuls contre lui.
Toutes les fois que nous, Akhaiens, nous combattions autour de la ville des Troiens, jamais il ne restait dans la
foule des guerriers, ni dans la mêlée; mais il courait en
avant, ne le cédant à personne en courage. Et il tua beaucoup de guerriers dans le combat terrible, et je ne pourrais ni les rappeler, ni les nommer tous, tant il en a tué en
défendant les Akhaiens. C'est ainsi qu'il tua avec l'airain
le héros Tèléphide Eurypylos; et autour de celui-ci de
nombreux Kètéiens furent tués à cause des présents des
femmes. Et Eurypylos était le plus beau des hommes que
j'aie vus, après le divin Memnôn. Et quand nous montâmes, nous, les princes des Akhaiens, dans le Cheval qu'a-
vait fait Epéios, c'est à moi qu'ils remirent le soin d'ouvrir
ou de fermer cette énorme embûche. Et les autres chefs
des Akhaiens versaient des larmes, et les membres de
chacun tremblaient; mais lui, je ne le vis jamais ni pâlir,
ni trembler, ni pleurer. Et il me suppliait de le laisser
sortir du Cheval, et il secouait son épée et sa lance lourde
d'airain, en méditant la perte des Troiens. Et quand nous
eûmes renversé la haute ville de Priamos, il monta, avec
une illustre part du butin, sur sa nef, sain et sauf, n'ayant
jamais été blessé de l'airain aigu, ni de près ni de loin,
comme il arrive toujours dans la guerre, quand Arès mêle
furieusement les guerriers.

Je parlai ainsi, et l'âme de l'Aiakide aux pieds rapides
s'éloigna, marchant fièrement sur la prairie d'asphodèle,
et joyeuse, parce que je lui avais dit que son fils était illustre par son courage.

Et les autres âmes de ceux qui ne sont plus s'avançaient

tristement, et chacune me disait ses douleurs ; mais, seule,
l'âme du Télamoniade Aias, restait à l'écart, irritée à cause
de' la victoire que j'avais remportée sur lui, auprès des
nefs, pour les armes d'Akhilleus. La mère vénérable de
l'Aiakide les déposa devant tous, et nos juges furent les fils
des Troiens et Pallas Athènè. Plût aux Dieux que je ne
l'eusse point emporté dans cette lutte qui envoya sous la
terre une telle tête, Aias, le plus beau et le plus brave des
Akhaiens après l'irréprochable Pèléiôn ! Et je lui adressai
ces douces paroles :

— Aias, fils irréprochable de Télamôn, ne devrais-tu
pas, étant mort, déposer ta colère à cause des armes fatales
que les Dieux nous donnèrent pour la ruine des Argiens ?
Ainsi, tu as péri, toi qui étais pour eux comme une tour !
Et les Akhaiens ne t'ont pas moins pleuré que le Pèlèiade
Akhilleus. Et la faute n'en est à personne. Zeus, seul, dans
sa haine pour l'armée des Danaens, t'a livré à la Moire.
Viens, ô Roi, écoute ma prière, et dompte ta colère et ton
cœur magnanime.

Je parlai ainsi, mais il ne me répondit rien, et il se mêla,
dans l'Erébos, aux autres âmes des morts qui ne sont plus.
Cependant, il m'eût parlé comme je lui parlais, bien qu'il
fût irrité ; mais j'aimai mieux, dans mon cher cœur, voir
les autres âmes des morts.

Et je vis Minôs, l'illustre fils de Zeus, et il tenait un
sceptre d'or, et, assis, il jugeait les morts. Et ils s'asseyaient
et se levaient autour de lui, pour défendre leur cause, dans
la vaste demeure d'Aidès,

Puis, je vis le grand Oriôn chassant, dans la prairie
d'asphodèle, les bêtes fauves qu'il avait tuées autrefois
sur les montagnes sauvages, en portant dans ses mains la
massue d'airain qui ne se brisait jamais.

Puis, je vis Tityos, le fils de l'illustre Gaia, étendu sur
le sol et long de neuf plèthres. Et deux vautours, des deux

côtés, fouillaient son foie avec leurs becs ; et, de ses mains,
il ne pouvait les chasser ; car, en effet, il avait outragé par
violence Lètô, l'illustre concubine de Zeus, comme elle
allait à Pythô, le long du riant Panopeus.

Et je vis Tantalos, subissant de cruelles douleurs, debout
dans un lac qui lui baignait le menton. Et il était là, souffrant la soif et ne pouvant boire. Toutes les fois, en effet,
que le vieillard se penchait, dans son désir de boire, l'eau
décroissait absorbée, et la terre noire apparaissait autour
de ses pieds, et un Daimôn la desséchait. Et des arbres
élevés laissaient pendre leurs fruits sur sa tête, des poires,
des grenades, des oranges, des figues douces et des olives
vertes. Et toutes les fois que le vieillard voulait les saisir
de ses mains, le vent les soulevait jusqu'aux nuées sombres.

Et je vis Sisyphos subissant de grandes douleurs et poussant un immense rocher avec ses deux mains. Et il s'effor-
çait, poussant ce rocher des mains et des pieds jusqu'au
faîte d'une montagne. Et quand il était près d'atteindre ce
faîte, alors la force lui manquait, et l'immense rocher roulait jusqu'au bas. Et il recommençait de nouveau, et la
sueur coulait de ses membres, et la poussière s'élevait au-
dessus de sa tête.

Et je vis la Force Hèrakléenne, ou son image, car lui-
même est auprès des Dieux immortels, jouissant de leurs
repas et possédant Hèbè aux beaux talons, fille du magnanime Zeus et de Hèrè aux sandales d'or. Et, autour de la
Force Hèrakléenne, la rumeur des morts était comme celle
des oiseaux, et ils fuyaient de toutes parts. Et Hèraklès
s'avançait, semblable à la nuit sombre, l'arc en main, la
flèche sur le nerf, avec un regard sombre, comme un
homme qui va lancer un trait. Un effrayant baudrier d'or
entourait sa poitrine, et des images admirables y étaient
sculptées, des ours, des sangliers sauvages et des lions ter-

12

ribles, des batailles, des mêlées et des combats tueurs
d'hommes, car un très-habile ouvrier avait fait ce baudrier. Et, m'ayant vu, il me reconnut aussitôt, et il me dit
en gémissant ces paroles ailées :

— Divin Laertiade, subtil Odysseus, sans doute tu es
misérable et une mauvaise destinée te conduit, ainsi que
moi, quand j'étais sous la clarté de Hèlios. J'étais le fils
du Kroniôn Zeus, mais je subissais d'innombrables misères,
opprimé par un homme qui m'était inférieur et qui me
commandait de lourds travaux. Il m'envoya autrefois ici
pour enlever le chien Kerbéros, et il pensait que ce serait
mon plus cruel travail; mais j'enlevai Kerbéros et je le
traînai hors des demeures d'Aidès, car Herméias et Athènè
aux yeux clairs m'avaient aidé.

Il parla ainsi, et il rentra dans la demeure d'Aidès. Et
moi, je restai là, immobile, afin de voir quelques-uns des
hommes héroïques qui étaient morts dans les temps antiques ; et peut-être eussé-je vu les anciens héros que je
désirais, Thèseus, Peirithoos, illustres enfants des Dieux ;
mais l'innombrable multitude des morts s'agita avec un si
grand tumulte que la pâle terreur me saisit, et je craignis
que l'illustre Perséphonéia m'envoyât, du Hadès, la tête de
l'horrible monstre Gorgônien. Et aussitôt je retournai vers
ma nef, et j'ordonnai à mes compagnons d'y monter et de
détacher le câble. Et aussitôt ils s'assirent sur les bancs de
la nef, et le courant emporta celle-ci sur le Fleuve Okéanos,
à l'aide de la force des avirons et du vent favorable.

RHAPSODIE XII.

 A nef, ayant quitté le Fleuve Okéanos, courut
sur les flots de la mer, là où Hèlios se lève,
où Eôs, née au matin, a ses demeures et ses
chœurs, vers l'île Aiaiè. Étant arrivés là, nous
tirâmes la nef sur le sable ; puis, descendant sur le rivage
de la mer, nous nous endormîmes en attendant la divine
Eôs.

Et quand Eôs aux doigts rosés, née au matin, apparut,
j'envoyai mes compagnons vers la demeure de Kirkè, afin
d'en rapporter le cadavre d'Elpènôr qui n'était plus. Puis,
ayant coupé des arbres sur la hauteur du rivage, nous
fîmes ses funérailles, tristes et versant d'abondantes larmes.
Et quand le cadavre et les armes du mort eurent été brûlés,
ayant construit le tombeau surmonté d'une colonne, nous
plantâmes l'aviron au sommet. Et ces choses furent faites ;
mais, en revenant du Hadès, nous ne retournâmes point
chez Kirkè. Elle vint elle-même à la hâte, et, avec elle,

vinrent ses servantes qui portaient du pain, des chairs abondantes et du vin rouge. Et la noble Déesse, au milieu de nous, parla ainsi :

— Malheureux, qui, vivants, êtes descendus dans la demeure d'Aidès, vous mourrez deux fois, et les autres hommes ne meurent qu'une fois. Allons! mangez et buvez pendant tout le jour, jusqu'à la chute de Hèlios; et, à la lumière naissante, vous naviguerez, et je vous dirai la route, et je vous avertirai de toute chose, de peur que vous subissiez encore des maux cruels sur la mer ou sur la terre.

Elle parla ainsi, et elle persuada notre âme généreuse. Et, pendant tout le jour, jusqu'à la chute de Hèlios, nous restâmes, mangeant les chairs abondantes et buvant le vin doux. Et, quand Hèlios tomba, le soir survint, et mes compagnons s'endormirent auprès des câbles de la nef. Mais Kirkè, me prenant par la main, me conduisit loin de mes compagnons, et, s'étant couchée avec moi, m'interrogea sur les choses qui m'étaient arrivées. Et je lui racontai tout, et, alors, la vénérable Kirkè me dit :

— Ainsi, tu as accompli tous ces travaux. Maintenant, écoute ce que je vais te dire. Un Dieu lui-même fera que tu t'en souviennes. Tu rencontreras d'abord les Seirènes qui charment tous les hommes qui les approchent; mais il est perdu celui qui, par imprudence, écoute leur chant, et jamais sa femme et ses enfants ne le reverront dans sa demeure, et ne se réjouiront. Les Seirènes le charment par leur chant harmonieux, assises dans une prairie, autour d'un grand amas d'ossements d'hommes et de peaux en putréfaction. Navigue rapidement au delà, et bouche les oreilles de tes compagnons avec de la cire molle, de peur qu'aucun d'eux entende. Pour toi, écoute-les, si tu veux; mais que tes compagnons te lient, à l'aide de cordes, dans la nef rapide, debout contre le mât, par les pieds et les mains, avant que tu écoutes avec une grande volupté la

voix des Seirènes. Et, si tu pries tes compagnons, si tu
leur ordonnes de te délier, qu'ils te chargent de plus de
liens encore. Après que vous aurez navigué au delà, je ne
puis te dire, des deux voies que tu trouveras, laquelle
choisir; mais tu te décideras dans ton esprit. Je te les dé-
crirai cependant. Là, se dressent deux hautes roches, et
contre elles retentissent les grands flots d'Amphitritè aux
yeux bleus. Les Dieux heureux les nomment les Errantes.
Et jamais les oiseaux ne volent au delà, pas même les timides colombes qui portent l'ambroisie au Père Zeus. Souvent une d'elles tombe sur la roche, mais le Père en crée
une autre, afin que le nombre en soit complet. Jamais aucune nef, ayant approché ces roches, n'en a échappé; et
les flots de la mer et la tempête pleine d'éclairs emportent
les bancs de rameurs et les corps des hommes. Et une
seule nef, sillonnant la mer, a navigué au delà : Argô,
chère à tous les Dieux, et qui revenait de la terre d'Aiètès.
Et même elle allait être jetée contre les grandes roches,
mais Hèrè la fit passer outre, car Jèsôn lui était cher. Tels
sont ces deux écueils. L'un, de son faîte aigu, atteint le
haut Ouranos, et une nuée bleue l'environne sans cesse, et
jamais la sérénité ne baigne son sommet, ni en été, ni en
automne; et jamais aucun homme mortel ne pourrait y
monter ou en descendre, quand il aurait vingt bras et vingt
pieds, tant la roche est haute et semblable à une pierre
polie. Au milieu de l'écueil il y a une caverne noire dont
l'entrée est tournée vers l'Erébos; et c'est de cette caverne, illustre Odysseus, qu'il faut approcher ta nef creuse.
Un homme dans la force de la jeunesse ne pourrait, de sa
nef, lancer une flèche jusque dans cette caverne profonde.
Et c'est là qu'habite Skyllè qui pousse des rugissements et
dont la voix est aussi forte que celle d'un jeune lion. C'est
un monstre prodigieux, et nul n'est joyeux de l'avoir vu, pas
même un Dieu. Elle a douze pieds difformes, et six cous

sortent longuement de son corps, et à chaque cou est attachée une tête horrible, et dans chaque gueule pleine de la noire mort il y a une triple rangée de dents épaisses et nombreuses. Et elle est plongée dans la caverne creuse jusqu'aux reins; mais elle étend au dehors ses têtes, et, regardant autour de l'écueil, elle saisit les dauphins, les chiens de mer et les autres monstres innombrables qu'elle veut prendre et que nourrit la gémissante Amphitritè. Jamais les marins ne pourront se glorifier d'avoir passé auprès d'elle sains et saufs sur leur nef, car chaque tête enlève un homme hors de la nef à proue bleue. L'autre écueil voisin que tu verras, Odysseus, est moins élevé, et tu en atteindrais le sommet d'un trait. Il y croît un grand figuier sauvage chargé de feuilles, et, sous ce figuier, la divine Kharybdis engloutit l'eau noire. Et elle la revomit trois fois par jour et elle l'engloutit trois fois horriblement. Et si tu arrivais quand elle l'engloutit, Celui qui ébranle la terre, lui-même, voudrait te sauver, qu'il ne le pourrait pas. Pousse donc rapidement ta nef le long de Skyllè, car il vaut mieux perdre six hommes de tes compagnons, que de les perdre tous.

Elle parla ainsi, et je lui répondis :

— Parle, Déesse, et dis-moi la vérité. Si je puis échapper à la désastreuse Kharybdis, ne pourrai-je attaquer Skyllè, quand elle saisira mes compagnons?

Je parlai ainsi, et la noble Déesse me répondit :

— Malheureux, tu songes donc encore aux travaux de la guerre? Et tu ne veux pas céder, même aux Dieux immortels! Mais Skyllè n'est point mortelle, et c'est un monstre cruel, terrible et sauvage, et qui ne peut être combattu. Aucun courage ne peut en triompher. Si tu ne te hâtes point, ayant saisi tes armes près de la Roche, je crains que, se ruant de nouveau, elle emporte autant de têtes qu'elle a déjà enlevé d'hommes. Vogue donc rapidement,

et invoque Krataïs, mère de Skyllè, qui l'a enfantée pour
la perte des hommes, afin qu'elle l'apaise, et que celle-ci
ne se précipite point de nouveau. Tu arriveras ensuite à
l'île Thrinakiè. La, paissent les bœufs et les gras troupeaux de Hèlios. Et il a sept troupeaux de bœufs et autant
de brebis, cinquante par troupeau. Et ils ne font point de
petits, et ils ne meurent point, et leurs pasteurs sont deux
Nymphes divines, Phaéthousa et Lampétiè, que la divine
Néaira a conçues du Hypérionide Hèlios. Et leur mère
vénérable les enfanta et les nourrit, et elle les laissa dans
l'île Thrinakiè, afin qu'elles habitassent au loin, gardant
les brebis paternelles et les bœufs aux cornes recourbées.
Si, songeant à ton retour, tu ne touches point à ces troupeaux, vous rentrerez tous dans Ithakè, après avoir beaucoup souffert; mais si tu les blesses, alors je te prédis la
perte de ta nef et de tes compagnons. Et tu échapperas seul,
mais tu rentreras tard et misérablement dans ta demeure,
ayant perdu tous tes compagnons.

Elle parla ainsi, et aussitôt Eôs s'assit sur son thrône
d'or, et la noble Déesse Kirkè disparut dans l'île. Et, retournant vers ma nef, j'excitai mes compagnons à y monter
et à détacher les câbles. Et ils montèrent aussitôt, et ils
s'assirent en ordre sur les bancs, et ils frappèrent la blanche
mer de leurs avirons. Kirkè aux beaux cheveux, terrible et
vénérable Déesse, envoya derrière la nef à proue bleue un
vent favorable qui emplit la voile; et, toutes choses étant
mises en place sur la nef, nous nous assîmes, et le vent et le
pilote nous conduisirent. Alors, triste dans le cœur, je dis
à mes compagnons.

— O amis, il ne faut pas qu'un seul, et même deux seulement d'entre nous, sachent ce que m'a prédit la noble
Déesse Kirkè; mais il faut que nous le sachions tous, et je
vous le dirai. Nous mourrons après, ou, évitant le danger,
nous échapperons à la mort et à la Kèr. Avant tout, elle

nous ordonne de fuir le chant et la prairie des divines Seirènes, et à moi seul elle permet de les écouter; mais liez-
moi fortement avec des cordes, debout contre le mât, afin
que j'y reste immobile, et, si je vous supplie et vous ordonne de me délier, alors, au contraire, chargez-moi de
plus de liens.

Et je disais cela à mes compagnons, et, pendant ce
temps, la nef bien construite approcha rapidement de l'île
des Seirènes, tant le vent favorable nous poussait; mais il
s'apaisa aussitôt, et il fit silence, et un Daimôn assoupit
les flots. Alors, mes compagnons, se levant, plièrent les
voiles et les déposèrent dans la nef creuse; et, s'étant
assis, ils blanchirent l'eau avec leurs avirons polis. Et je
coupai, à l'aide de l'airain tranchant, une grande masse
ronde de cire, dont je pressai les morceaux dans mes fortes
mains; et la cire s'amollit, car la chaleur du Roi Hèlios
était brûlante, et j'employais une grande force. Et je
fermai les oreilles de tous mes compagnons. Et, dans la
nef, ils me lièrent avec des cordes, par les pieds et les
mains, debout contre le mât. Puis, s'asseyant, ils frappèrent de leurs avirons la mer écumeuse.

Et nous approchâmes à la portée de la voix, et la nef
rapide, étant proche, fut promptement aperçue par les
Seirènes, et elles chantèrent leur chant harmonieux :

— Viens, ô illustre Odysseus, grande gloire des Akhaiens. Arrête ta nef, afin d'écouter notre voix. Aucun
homme n'a dépassé notre île sur sa nef noire sans écouter
notre douce voix; puis, il s'éloigne, plein de joie, et sachant de nombreuses choses. Nous savons, en effet, tout
ce que les Akhaiens et les Troiens ont subi devant la
grande Troiè par la volonté des Dieux, et nous savons
aussi tout ce qui arrive sur la terre nourricière.

Elles chantaient ainsi, faisant résonner leur belle voix,
et mon cœur voulait les entendre; et, en remuant les sour-

cils, je fis signe à mes compagnons de me détacher; mais
ils agitaient plus ardemment les avirons; et, aussitôt, Périmèdès et Eurylokhos, se levant, me chargèrent de plus
de liens.

Après que nous les eûmes dépassées et que nous n'en-
tendîmes plus leur voix et leur chant, mes chers compagnons retirèrent la cire de leurs oreilles et me détachèrent;
mais, à peine avions-nous laissé l'île, que je vis de la fumée
et de grands flots et que j'entendis un bruit immense. Et
mes compagnons, frappés de crainte, laissèrent les avirons
tomber de leurs mains. Et le courant emportait la nef,
parce qu'ils n'agitaient plus les avirons. Et moi, courant
çà et là, j'exhortai chacun d'eux par de douces paroles :

— O amis, nous n'ignorons pas les maux. N'avons-nous
pas enduré un mal pire quand le Kyklôps nous tenait renfermés dans sa caverne creuse avec une violence horrible ?
Mais, alors, par ma vertu, par mon intelligence et ma sagesse, nous lui avons échappé. Je ne pense pas que vous
l'ayez oublié. Donc, maintenant, faites ce que je dirai ;
obéissez tous. Vous, assis sur les bancs, frappez de vos
avirons les flots profonds de la mer; et toi, pilote, je t'ordonne ceci, retiens-le dans ton esprit, puisque tu tiens le
gouvernail de la nef creuse. Dirige-la en dehors de cette
fumée et de ce courant, et gagne cet autre écueil. Ne
cesse pas d'y tendre avec vigueur, et tu détourneras notre
perte.

Je parlai ainsi, et ils obéirent promptement à mes paroles; mais je ne leur dis rien de Skyllè, cette irrémé-
diable tristesse, de peur qu'épouvantés, ils cessassent de
remuer les avirons, pour se cacher tous ensemble dans le
fond de la nef. Et alors j'oubliai les ordres cruels de Kirkè
qui m'avait recommandé de ne point m'armer. Et, m'étant
revêtu de mes armes splendides, et, ayant pris deux longues lances, je montai sur la proue de la nef, d'où je

croyais apercevoir d'abord la rocheuse Skyllè apportant la mort à mes compagnons. Mais je ne pus la voir, mes yeux se fatiguaient à regarder de tous les côtés de la Roche noire.

Et nous traversions ce détroit en gémissant. D'un côté était Skyllè; et, de l'autre, la divine Kharybdis engloutissait l'horrible eau salée de la mer; et, quand elle la revomissait, celle-ci bouillonnait comme dans un bassin sur un grand feu, et elle la lançait en l'air, et l'eau pleuvait sur les deux écueils. Et, quand elle engloutissait de nouveau l'eau salée de la mer, elle semblait bouleversée jusqu'au fond, et elle rugissait affreusement autour de la Roche; et le sable bleu du fond apparaissait, et la pâle terreur saisit mes compagnons. Et nous regardions Kharybdis, car c'était d'elle que nous attendions notre perte; mais, pendant ce temps, Skyllè enleva de la nef creuse six de mes plus braves compagnons. Et, comme je regardais sur la nef, je vis leurs pieds et leurs mains qui passaient dans l'air; et ils m'appelaient dans leur désespoir.

De même qu'un pêcheur, du haut d'un rocher, avec une longue baguette, envoie dans la mer, aux petits poissons, un appât enfermé dans la corne d'un bœuf sauvage, et jette chaque poisson qu'il a pris, palpitant, sur le rocher; de même Skyllè emportait mes compagnons palpitants et les dévorait sur le seuil, tandis qu'ils poussaient des cris et qu'ils tendaient vers moi leurs mains. Et c'était la chose la plus lamentable de toutes celles que j'aie vues dans mes courses sur la mer.

Après avoir fui l'horrible Kharybdis et Skyllè, nous arrivâmes à l'île irréprochable du Dieu. Et là étaient les bœufs irréprochables aux larges fronts et les gras troupeaux du Hypérionide Hèlios. Et comme j'étais encore en mer, sur la nef noire, j'entendis les mugissements des bœufs dans les étables et le bêlement des brebis; et la parole du Divinateur aveugle, du Thébain Teirésias, me revint à l'esprit, et Kirkè aussi qui m'avait recommandé d'éviter l'île de Hèlios qui charme les hommes. Alors, triste dans mon cœur, je parlai ainsi à mes compagnons :

— Écoutez mes paroles, compagnons, bien qu'accablés de maux, afin que je vous dise les oracles de Teirésias et de Kirkè qui m'a recommandé de fuir promptement l'île de Hèlios qui donne la lumière aux hommes. Elle m'a dit qu'un grand malheur nous menaçait ici. Donc, poussez la nef noire au delà de cette île.

Je parlai ainsi, et leur cher cœur fut brisé. Et, aussitôt, Eurylokhos me répondit par ces paroles funestes :

— Tu es dur pour nous, ô Odysseus! Ta force est grande, et tes membres ne sont jamais fatigués, et tout te semble de fer. Tu ne veux pas que tes compagnons, chargés de fatigue et de sommeil, descendent à terre, dans cette île entourée des flots où nous aurions préparé un repas abondant ; et tu ordonnes que nous errions à l'aventure, pendant la nuit rapide, loin de cette île, sur la sombre mer! Les vents de la nuit sont dangereux et perdent les nefs. Qui de nous éviterait la Kèr fatale, si, soudainement, survenait une tempête du Notos ou du violent Zéphyros qui perdent le plus sûrement les nefs, même malgré les Dieux? Maintenant donc, obéissons à la nuit noire, et préparons notre repas auprès de la nef rapide. Nous y remonterons demain, au matin, et nous fendrons la vaste mer.

Eurylokhos parla ainsi, et mes compagnons l'approuvèrent. Et je vis sûrement qu'un Daimôn méditait leur perte. Et je lui dis ces paroles ailées :

— Eurylokhos, vous me faites violence, car je suis seul ; mais jure-moi, par un grand serment, que, si nous trouvons quelque troupeau de bœufs ou de nombreuses brebis, aucun de vous, de peur de commettre un crime, ne tuera ni un bœuf, ni une brebis. Mangez tranquillement les vivres que nous a donnés l'immortelle Kirkè.

Je parlai ainsi, et, aussitôt, ils me le jurèrent comme je l'avais ordonné. Et, après qu'ils eurent prononcé toutes les paroles du serment, nous arrêtâmes la nef bien construite, dans un port profond, auprès d'une eau douce ; et mes compagnons sortirent de la nef et préparèrent à la hâte leur repas. Puis, après s'être rassasiés de boire et de manger, ils pleurèrent leurs chers compagnons que Skyllè avait enlevés de la nef creuse et dévorés. Et, tandis qu'ils pleuraient, le doux sommeil les saisit. Mais, vers la troisième partie de la nuit, à l'heure où les astres s'inclinent, Zeus qui amasse les nuées excita un vent violent, avec de grands tourbillons ; et il enveloppa la terre et la mer de brouillards, et l'obscurité tomba de l'Ouranos.

Et quand Eôs aux doigts rosés, née au matin, apparut, nous traînâmes la nef à l'abri dans une caverne profonde. Là étaient les belles demeures des Nymphes et leurs siéges. Et alors, ayant réuni l'agora, je parlai ainsi :

— O amis, il y a dans la nef rapide à boire et à manger. Abstenons-nous donc de ces bœufs, de peur d'un grand malheur. En effet, ce sont les bœufs terribles et les illustres troupeaux d'un Dieu, de Hèlios qui voit et entend tout.

Je parlai ainsi, et leur esprit généreux fut persuadé. Et, tout un mois, le Notos souffla perpétuellement ; et aucun des autres vents ne soufflait, que le Notos et l'Euros. Et aussi longtemps que mes compagnons eurent du pain et du vin rouge, ils s'abstinrent des bœufs qu'ils désiraient vivement ; mais quand tous les vivres furent épuisés, la nécessité nous contraignant, nous fîmes, à l'aide d'hameçons recourbés, notre proie des poissons et des oiseaux qui nous tombaient entre les mains. Et la faim tourmentait notre ventre.

Alors, je m'enfonçai dans l'île, afin de supplier les
Dieux, et de voir si un d'entre eux me montrerait le chemin
du retour. Et j'allai dans l'île, et, laissant mes compagnons, je lavai mes mains à l'abri du vent, et je suppliai
tous les Dieux qui habitent le large Olympos. Et ils répandirent le doux sommeil sur mes paupières. Alors, Eurylokhos inspira à mes compagnons un dessein fatal :

— Écoutez mes paroles, compagnons, bien que souffrant
beaucoup de maux. Toutes les morts sont odieuses aux misérables hommes, mais mourir par la faim est tout ce qu'il y
a de plus lamentable. Allons ! saisissons les meilleurs bœufs
de Hèlios, et sacrifions-les aux Immortels qui habitent le
large Ouranos. Si nous rentrons dans Ithakè, dans la terre
de la patrie, nous élèverons aussitôt à Hèlios un beau
temple où nous placerons toute sorte de choses précieuses ;
mais, s'il est irrité à cause de ses bœufs aux cornes dressées, et s'il veut perdre la nef, et si les autres Dieux y
consentent, j'aime mieux mourir en une fois, étouffé par
les flots, que de souffrir plus longtemps dans cette île déserte.

Eurylokhos parla ainsi, et tous l'applaudirent. Et, aussitôt, ils entraînèrent les meilleurs bœufs de Hèlios, car
les bœufs noirs au large front paissaient non loin de la nef
à proue bleue. Et, les entourant, ils les vouèrent aux Immortels ; et ils prirent les feuilles d'un jeune chêne, car ils
n'avaient point d'orge blanche dans la nef. Et, après avoir
prié, ils égorgèrent les bœufs et les écorchèrent ; puis, ils
rôtirent les cuisses recouvertes d'une double graisse, et ils
posèrent par-dessus les entrailles crues. Et, n'ayant point
de vin pour faire les libations sur le feu du sacrifice, ils en
firent avec de l'eau, tandis qu'ils rôtissaient les entrailles.
Quand les cuisses furent consumées, ils goûtèrent les entrailles. Puis, ayant coupé le reste en morceaux, ils les
traversèrent de broches.

Alors, le doux sommeil quitta mes paupières, et je me hâtai de retourner vers la mer et vers la nef rapide. Mais quand je fus près du lieu où celle-ci avait été poussée, la douce odeur vint au-devant de moi. Et, gémissant, je criai vers les Dieux immortels :

— Père Zeus, et vous, Dieux heureux et immortels, certes, c'est pour mon plus grand malheur que vous m'avez envoyé ce sommeil fatal. Voici que mes compagnons, restés seuls ici, ont commis un grand crime.

Aussitôt, Lampétiè au large péplos alla annoncer à Hèlios Hypérionide que mes compagnons avaient tué ses bœufs, et le Hypérionide, irrité dans son cœur, dit aussitôt aux autres Dieux :

— Père Zeus, et vous, Dieux heureux et immortels, vengez-moi des compagnons du Laertiade Odysseus. Ils ont tué audacieusement les bœufs dont je me réjouissais quand je montais à travers l'Ouranos étoilé, et quand je descendais de l'Ouranos sur la terre. Si vous ne me donnez pas une juste compensation pour mes bœufs, je descendrai dans la demeure d'Aidès, et j'éclairerai les morts.

Et Zeus qui amasse les nuées, lui répondant, parla ainsi :

— Hèlios, éclaire toujours les Immortels et les hommes mortels sur la terre féconde. Je brûlerai bientôt de la blanche foudre leur nef fracassée au milieu de la sombre mer.

Et j'appris cela de Kalypsô aux beaux cheveux, qui le savait du Messager Herméias.

Étant arrivé à la mer et à ma nef, je fis des reproches violents à chacun de mes compagnons ; mais nous ne pouvions trouver aucun remède au mal, car les bœufs étaient déjà tués. Et déjà les prodiges des Dieux s'y manifestaient : les peaux rampaient comme des serpents, et les chairs mugissaient autour des broches, cuites ou crues, et on eût dit

la voix des bœufs eux-mêmes. Et, pendant six jours, mes
chers compagnons mangèrent les meilleurs bœufs de Hèlios, les ayant tués. Quand Zeus amena le septième jour,
le vent cessa de souffler par tourbillons. Alors, étant
montés sur la nef, nous la poussâmes au large; et, le mât
étant dressé, nous déployâmes les blanches voiles. Et nous
abandonnâmes l'île, et aucune autre terre n'était en vue,
et rien ne se voyait que l'Ouranos et la mer.

Alors le Kroniôn suspendit une nuée épaisse sur la nef
creuse qui ne marchait plus aussi vite, et, sous elle, la
mer devint toute noire. Et aussitôt le strident Zéphyros
souffla avec un grand tourbillon, et la tempête rompit les
deux câbles du mât, qui tomba dans le fond de la nef avec
tous les agrès. Et il s'abattit sur la poupe, brisant tous les
os de la tête du pilote, qui tomba de son banc, semblable à
un plongeur. Et son âme généreuse abandonna ses ossements. En même temps, Zeus tonna et lança la foudre sur
la nef, et celle-ci, frappée de la foudre de Zeus, tourbil-
lonna et s'emplit de soufre, et mes compagnons furent
précipités. Semblables à des corneilles marines, ils étaient
emportés par les flots, et un Dieu leur refusa le retour.
Moi, je marchai sur la nef jusqu'à ce que la force de la
tempête eût arraché ses flancs. Et les flots l'emportaient,
inerte, çà et là. Le mât avait été rompu à la base, mais
une courroie de peau de bœuf y était restée attachée. Avec
celle-ci je le liai à la carène, et, m'asseyant dessus, je fus
emporté par la violence des vents.

Alors, il est vrai, le Zéphyros apaisa ses tourbillons,
mais le Notos survint, m'apportant d'autres douleurs, car,
de nouveau, j'étais entraîné vers la funeste Kharybdis. Je
fus emporté toute la nuit, et, au lever de Hèlios, j'arrivai
auprès de Skyllè et de l'horrible Kharybdis, comme celle-ci
engloutissait l'eau salée de la mer. Et je saisis les branches du haut figuier, et j'étais suspendu en l'air comme

un oiseau de nuit, ne pouvant appuyer les pieds, ni monter, car les racines étaient loin, et les rameaux immenses et longs ombrageaient Kharybdis; mais je m'y attachai fermement, jusqu'à ce qu'elle eût revomi le mât et la carène. Et ils tardèrent longtemps pour mes désirs.

A l'heure où le juge, afin de prendre son repas, sort de l'agora où il juge les nombreuses contestations des hommes, le mât et la carène rejaillirent de Kharybdis; et je me laissai tomber avec bruit parmi les longues pièces de bois et, m'asseyant dessus, je nageai avec mes mains pour avirons. Et le Père des Dieux et des hommes ne permit pas à Skyllè de me voir, car je n'aurais pu échapper à la mort. Et je fus emporté pendant neuf jours, et, la dixième nuit, les Dieux me poussèrent à l'île Ogygiè, qu'habitait Kalypsô, éloquente et vénérable Déesse aux beaux cheveux, qui me recueillit et qui m'aima. Mais pourquoi te dirais-je ceci? Déjà je te l'ai raconté dans ta demeure, à toi et à ta chaste femme; et il m'est odieux de raconter de nouveau les mêmes choses.

RHAPSODIE XIII.

Il parla ainsi, et tous, dans les demeures obscures, restaient muets et charmés. Et Alkinoos lui répondit :

— O Odysseus, puisque tu es venu dans ma haute demeure d'airain, je ne pense pas que tu erres de nouveau et que tu subisses d'autres maux pour ton retour, car tu en as beaucoup souffert. Et je dis ceci à chacun de vous qui, dans mes demeures, buvez l'honorable vin rouge et qui écoutez l'Aoide. Déjà sont enfermés dans le beau coffre les vêtements, et l'or bien travaillé, et tous les présents que les chefs des Phaiakiens ont offerts à notre hôte ; mais, allons ! que chacun de nous lui donne encore un grand trépied et un bassin. Réunis de nouveau, nous nous ferons aider par tout le peuple, car il serait difficile à chacun de nous de donner autant.

Alkinoos parla ainsi, et ses paroles plurent à tous, et chacun retourna dans sa demeure pour y dormir.

Quand Eôs aux doigts rosés, née au matin, apparut, ils

13

se hâtèrent vers la nef, portant l'airain solide. Et la Force
sacrée d'Alkinoos déposa les présents dans la nef; et il les
rangea lui-même sous les bancs des rameurs, afin que
ceux-ci, en se courbant sur les avirons, ne les heurtassent
point. Puis, ils retournèrent vers les demeures d'Alkinoos
et préparèrent le repas.

Au milieu d'eux, la Force sacrée d'Alkinoos égorgea un
bœuf pour Zeus Kronide qui amasse les nuées et qui commande à tous. Et ils brûlèrent les cuisses, et ils prirent,
charmés, l'illustre repas; et au milieu d'eux chantait le
divin Aoide Dèmodokos, honoré des peuples. Mais Odysseus tournait souvent la tête vers Hèlios qui éclaire toutes
choses, pressé de se rendre à la nef, et désirant son départ.
De même que le laboureur désire son repas, quand tout le
jour ses bœufs noirs ont traîné la charrue dans le sillon, et
qu'il voit enfin la lumière de Hèlios tomber, et qu'il se rend
à son repas, les genoux rompus de fatigue; de même
Odysseus vit tomber avec joie la lumière de Hèlios, et,
aussitôt, il dit aux Phaiakiens habiles aux avirons, et surtout à Alkinoos :

— Roi Alkinoos, le plus illustre de tout le peuple! Ren-
voyez-moi sain et sauf, et faites des libations. Je vous salue
tous. Déjà ce que désirait mon cher cœur est accompli;
mon retour est décidé, et je possède vos chers présents dont
les Dieux Ouraniens m'ont fait une richesse. Plaise aux
Dieux que je retrouve dans ma demeure ma femme irréprochable et mes amis sains et saufs! Pour vous, qui vous
réjouissez ici de vos femmes et de vos chers enfants, que
les Dieux vous donnent la vertu et vous préservent de tout
malheur public !

Il parla ainsi, et tous l'applaudirent et décidèrent de
renvoyer leur hôte qui parlait toujours si convenablement.
Et, alors, la Force d'Alkinoos dit au héraut :

— Pontonoos, distribue, du kratère plein, du vin à tous,

dans la demeure, afin qu'ayant prié le Père Zeus, nous renvoyions notre hôte dans sa patrie.

Il parla ainsi, et Pontonoos mêla le vin mielleux et le distribua à tous. Et ils firent des libations aux Dieux heureux qui habitent le large Ouranos, mais sans quitter leurs siéges. Et le divin Odysseus se leva. Et, mettant aux mains d'Arètè une coupe ronde, il dit ces paroles ailées :

— Salut, ô Reine! et sois heureuse jusqu'à ce que t'arrivent la vieillesse et la mort, qui sont inévitables pour les hommes. Moi, je pars. Toi, réjouis-toi, dans ta demeure, de tes enfants, de tes peuples et du roi Alkinoos.

Ayant ainsi parlé, le divin Odysseus sortit, et la Force d'Alkinoos envoya le héraut pour le précéder vers la nef rapide et le rivage de la mer. Et Arètè envoya aussi ses servantes, et l'une portait une blanche khlamide et une tunique, et l'autre un coffre peint, et une troisième du pain et du vin rouge.

Étant arrivés à la nef et à la mer, aussitôt les marins joyeux montèrent sur la nef creuse et y déposèrent le vin et les vivres. Puis ils étendirent sur la poupe de la nef creuse un lit et une toile de lin, afin qu'Odysseus fût mollement couché. Et il entra dans la nef, et il se coucha en silence. Et, s'étant assis en ordre sur les bancs, ils détachèrent le câble de la pierre trouée; puis, se courbant, ils frappèrent la mer de leurs avirons. Et un doux sommeil se répandit sur les paupières d'Odysseus, invincible, très-agréable et semblable à la mort.

De même que, dans une plaine, un quadrige d'étalons, excité par les morsures du fouet, dévore rapidement la route, de même la nef était enlevée, et l'eau noire et immense de la mer sonnante se ruait par derrière. Et la nef courait, ferme et rapide, et l'épervier, le plus rapide des oiseaux, n'aurait pu la suivre. Ainsi, courant avec vitesse, elle fendait les eaux de la mer, portant un homme ayant

des pensées égales à celles des Dieux, et qui, en son âme,
avait subi des maux innombrables, dans les combats des
hommes et sur les mers dangereuses. Et maintenant il
dormait en sûreté, oublieux de tout ce qu'il avait souffert.

Et quand la plus brillante des étoiles se leva, celle qui
annonce la lumière d'Eôs née au matin, alors la nef qui
fendait la mer aborda l'île.

Le port de Phorkys, vieillard de la mer, est sur la côte
d'Ithakè. Deux promontoires abrupts l'enserrent et le dé-
fendent des vents violents et des grandes eaux; et les nefs
à bancs de rameurs, quand elles y sont entrées, y restent
sans câbles. A la pointe du port, un olivier aux rameaux
épais croît devant l'antre obscur, frais et sacré, des Nymphes qu'on nomme Naiades. Dans cet antre il y a des kratères et des amphores de pierre où les abeilles font leur
miel, et de longs métiers à tisser où les Nymphes travaillent des toiles pourprées admirables à voir. Et là sont
aussi des sources inépuisables. Et il y a deux entrées,
l'une, pour les hommes, vers le Boréas, et l'autre, vers le
Notos, pour les Dieux. Et jamais les hommes n'entrent
par celle-ci, mais seulement les Dieux.

Et dès que les Phaiakiens eurent reconnu ce lieu, ils y
abordèrent. Et une moitié de la nef s'élança sur la plage,
tant elle était vigoureusement poussée par les bras des rameurs. Et ceux-ci, étant sortis de la nef à bancs de rameurs, transportèrent d'abord Odysseus hors de la nef
creuse, et, avec lui, le lit brillant et la toile de lin; et ils
le déposèrent endormi sur le sable. Et ils transportèrent
aussi les choses que lui avaient données les illustres Phaiakiens à son départ, ayant été inspirés par la magnanime
Athènè. Et ils les déposèrent donc auprès des racines de
l'olivier, hors du chemin, de peur qu'un passant y touchât
avant le réveil d'Odysseus. Puis, ils retournèrent vers leurs
demeures,

Mais Celui qui ébranle la terre n'avait point oublié les menaces qu'il avait faites au divin Odysseus, et il interrogea la pensée de Zeus :

— Père Zeus, je ne serai plus honoré par les Dieux immortels, puisque les Phaiakiens ne m'honorent point, eux qui sont cependant de ma race. En effet, je voulais qu'Odysseus souffrît encore beaucoup de maux avant de rentrer dans sa demeure, mais je ne lui refusais point entièrement le retour, puisque tu l'as promis et juré. Et voici qu'ils l'ont conduit sur la mer, dormant dans leur nef rapide, et qu'ils l'ont déposé dans Ithakè. Et ils l'ont comblé de riches présents, d'airain, d'or et de vêtements tissés, si nombreux, qu'Odysseus n'en eût jamais rapporté autant de Troiè, s'il en était revenu sain et sauf, avec sa part du butin.

Et Zeus qui amasse les nuées, lui répondant, parla ainsi :

— O Dieux! toi qui entoures la terre, qu'as-tu dit? Les Immortels ne te mépriseront point, car il serait difficile de mépriser le plus ancien et le plus illustre des Dieux; mais si quelque mortel, inférieur en force et en puissance, ne te respecte point, ta vengeance ne sera pas tardive. Fais comme tu le veux et comme il te plaira.

Et Poseidaôn qui ébranle la terre lui répondit :

— Je le ferai aussitôt, ainsi que tu le dis, toi qui amasses les nuées, car j'attends ta volonté et je la respecte. Maintenant, je veux perdre la belle nef des Phaiakiens, qui revient de son voyage sur la mer sombre, afin qu'ils s'abstiennent désormais de reconduire les étrangers; et je placerai une grande montagne devant leur ville.

Et Zeus qui amasse les nuées lui répondit :

— O Poseidaôn, il me semble que ceci sera pour le mieux. Quand la multitude sortira de la ville pour voir la nef, transforme, près de terre, la nef rapide en un rocher, afin que tous les hommes l'admirent, et place une grande montagne devant leur ville.

·Et Poseidaôn qui ébranle la terre, ayant entendu cela, s'élança vers Skhériè, où habitaient les Phaiakiens. Et comme la nef, vigoureusement poussée, arrivait, Celui qui ébranle la terre, la frappant de sa main, la transforma en rocher aux profondes racines, et s'éloigna. Et les Phaiakiens illustres par les longs avirons se dirent les uns aux autres :

— O Dieux ! qui donc a fixé notre nef rapide dans la mer, comme elle revenait vers nos demeures ?

Chacun parlait ainsi, et ils ne comprenaient pas comment cela s'était fait. Mais Alkinoos leur dit :

— O Dieux ! Certes, voici que les anciens oracles de mon père se sont accomplis, car il me disait que Poseidaôn s'irriterait contre nous, parce que nous reconduisions tous les étrangers sains et saufs. Et il me dit qu'une belle nef des Phaiakiens se perdrait à son retour d'un voyage sur la sombre mer, et qu'une grande montagne serait placée devant notre ville. Ainsi parla le vieillard, et les choses se sont accomplies. Allons ! faites ce que je vais dire. Ne reconduisons plus les étrangers, quel que soit celui d'entre eux qui vienne vers notre ville. Faisons un sacrifice de douze taureaux choisis à Poseidaôn, afin qu'il nous prenne en pitié et qu'il ne place point cette grande montagne devant notre ville.

Il parla ainsi, et les Phaiakiens craignirent, et ils préparèrent les taureaux. Et les peuples, les chefs et les princes des Phaiakiens suppliaient le roi Poseidaôn, debout autour de l'autel.

Mais le divin Odysseus se réveilla couché sur la terre de la patrie, et il ne la reconnut point, ayant été longtemps éloigné. Et la déesse Pallas Athènaiè l'enveloppa d'une nuée, afin qu'il restât inconnu et qu'elle l'instruisît de toute chose, et que sa femme, ses concitoyens et ses amis ne le reconnussent point avant qu'il eût réprimé l'insolence des

Prétendants. Donc, tout lui semblait changé, les chemins, le port, les hautes roches et les arbres verdoyants. Et, se levant, et debout, il regarda la terre de la patrie. Et il pleura, et, se frappant les cuisses de ses deux mains, il dit en gémissant :

— O malheureux ! Dans quelle terre des hommes suis-je venu? Ceux-ci sont-ils injurieux, cruels et iniques? sont-ils hospitaliers, et leur esprit est-il pieux? où porter toutes ces richesses? où aller moi-même? Plût aux Dieux que je fusse resté avec les Phaiakiens! J'aurais trouvé quelque autre roi magnanime qui m'eût aimé et donné des compagnons pour mon retour. Maintenant, je ne sais où porter ces richesses, ni où les laisser, de peur qu'elles soient la proie d'étrangers. O Dieux ! ils ne sont point, en effet, véridiques ni justes, les princes et les chefs des Phaiakiens qui m'ont conduit dans une terre étrangère, et qui me disaient qu'ils me conduiraient sûrement dans Ithakè! Mais ils ne l'ont point fait. Que Zeus qu'on supplie me venge d'eux, lui qui veille sur les hommes et qui punit ceux qui agissent mal ! Mais je compterai mes richesses, et je verrai s'ils ne m'en ont rien enlevé en les transportant hors de la nef creuse.

Ayant parlé ainsi, il compta les beaux trépieds et les bassins, et l'or et les beaux vêtements tissés; mais rien n'en manquait. Et il pleurait la terre de sa patrie, et il se jeta en gémissant sur le rivage de la mer aux bruits sans nombre. Et Athènè s'approcha de lui sous la figure d'un jeune homme pasteur de brebis, tel que sont les fils des Rois, ayant un beau vêtement sur ses épaules, des sandales sous ses pieds délicats, et une lance à la main. Et Odysseus, joyeux de la voir, vint à elle, et il lui dit ces paroles ailées :

— O ami! puisque je te rencontre le premier en ce lieu, salut! Ne viens pas à moi dans un esprit ennemi. Sauve ces richesses et moi. Je te supplie comme un Dieu et je me mets à tes chers genoux. Dis-moi la vérité, afin que je la

sache. Quelle est cette terre ? Quels hommes l'habitent ?
Quel est ton peuple ? Est-ce une belle île, ou est-ce la côte
avancée dans la mer d'une terre fertile ?

Et la déesse Athènè aux yeux clairs lui répondit :

— Tu es insensé, ô Étranger, ou tu viens de loin, puisque tu me demandes quelle est cette terre, car elle n'est point
aussi méprisable, et beaucoup la connaissent, soit les peuples qui habitent du côté d'Eôs et de Hèlios, ou du côté de
la nuit obscure. Certes, elle est âpre et non faite pour les
chevaux ; mais elle n'est point stérile, bien que petite. Elle
possède beaucoup de froment et beaucoup de vignes, car
la pluie et la rosée y abondent. Elle a de bons pâturages
pour les chèvres et les vaches, et des forêts de toute sorte
d'arbres, et elle est arrosée de sources qui ne tarissent point.
C'est ainsi, Étranger, que le nom d'Ithakè est parvenu jusqu'à Troiè qu'on dit si éloignée de la terre Akhaienne.

Elle parla ainsi, et le patient et divin Odysseus fut rempli
de joie, se réjouissant de sa patrie que nommait Pallas
Athènè, la fille de Zeus tempêtueux. Et il lui dit en paroles
ailées, mais en lui cachant la vérité, car il n'oubliait point
son esprit rusé :

— J'avais entendu parler d'Ithakè dans la grande Krètè
située au loin sur la mer. Maintenant je suis venu ici avec
mes richesses, et j'en ai laissé autant à mes enfants. Je fuis,
car j'ai tué le fils bien-aimé d'Idoméneus, Orsilokhos aux
pieds rapides, qui, dans la grande Krètè, l'emportait sur
tous les hommes par la rapidité de ses pieds. Et je le tuai
parce qu'il voulait m'enlever ma part du butin, que j'avais
rapportée de Troiè, et pour laquelle j'avais subi mille
maux dans les combats des hommes ou en parcourant les
mers. Car je ne servais point, pour plaire à son père, dans
la plaine Troienne, et je commandais à d'autres guerriers
que les siens. Et, dans les champs, m'étant mis en embuscade avec un de mes compagnons, je perçai de ma lance

d'airain Orsilokhos qui venait à moi. Et comme la nuit
noire couvrait tout l'Ouranos, aucun homme ne nous vit, et
je lui arrachai l'âme sans témoin. Et quand je l'eus tué de
l'airain aigu, je me rendis aussitôt dans une nef des illustres Phaiakiens, et je les priai de me recevoir, et je leur
donnai une part de mes richesses. Je leur demandai de me
porter à Pylos ou dans la divine Elis, où commandent les
Epéiens ; mais la force du vent les en éloigna malgré eux,
car ils ne voulaient point me tromper. Et nous sommes venus ici à l'aventure, cette nuit; et nous sommes entrés dans
le port ; et, sans songer au repas, bien que manquant de
forces, nous nous sommes tous couchés en sortant de la
nef. Et le doux sommeil m'a saisi, tandis que j'étais fatigué.
Et les Phaiakiens, ayant retiré mes richesses de leur nef
creuse, les ont déposées sur le sable où j'étais moi-même
couché. Puis ils sont partis pour la belle Sidôn et m'ont
laissé plein de tristesse.

Il parla ainsi, et la déesse Athènè aux yeux clairs se mit
à rire, et, le caressant de la main, elle prit la figure d'une
femme belle et grande et habile aux travaux, et elle lui dit
ces paroles ailées :

— O fourbe, menteur, subtil et insatiable de ruses ! qui
te surpasserait en adresse, si ce n'est peut-être un Dieu !
Tu ne veux donc pas, même sur la terre de ta patrie, re-
noncer aux ruses et aux paroles trompeuses qui t'ont été
chères dès ta naissance ? Mais ne parlons pas ainsi. Nous
connaissons tous deux ces ruses ; et de même que tu l'emportes sur tous les hommes par la sagesse et l'éloquence,
ainsi je me glorifie de l'emporter par là sur tous les Dieux.
N'as-tu donc point reconnu Pallas Athènaiè, fille de Zeus,
moi qui t'assiste toujours dans tous tes travaux et qui te
protége ? moi qui t'ai rendu cher à tous les Phaiakiens ?
Viens donc, afin que je te conseille et que je t'aide à cacher
les richesses que j'ai inspiré aux illustres Phaiakiens de te

donner à ton retour dans tes demeures. Je te dirai les douleurs que tu es destiné à subir dans tes demeures bien construites. Subis-les par nécessité ; ne confie à. aucun homme
ni à aucune femme tes courses et ton arrivée ; mais supporte en silence tes maux nombreux et les outrages que te
feront les hommes.

Et le subtil Odysseus, lui répondant, parla ainsi :

— Il est difficile à un homme qui te rencontre de te reconnaître, ô Déesse ! même au plus sage ; car tu prends
toutes les figures. Certes, je sais que tu m'étais bienveillante, quand nous, les fils des Akhaiens, nous combattions
devant Troiè ; mais quand nous eûmes renversé la haute
citadelle de Priamos, nous montâmes sur nos nefs, et un
Dieu dispersa les Akhaiens. Et, depuis, je ne t'ai point revue, fille de Zeus ; et je n'ai point senti ta présence sur ma
nef pour éloigner de moi le malheur ; mais toujours, le
cœur accablé dans ma poitrine, j'ai erré, jusqu'à ce que les
Dieux m'aient délivré de mes maux. Et tu m'as encouragé
par tes paroles chez le riche peuple des Phaiakiens, et tu
m'as conduit toi-même à leur ville. Maintenant je te supplie par ton père ! Je ne pense point, en effet, être arrivé
dans Ithakè, car je vois une terre étrangère, et je pense que
tu me parles ainsi pour te jouer de moi et tromper mon
esprit. Dis-moi donc sincèrement si je suis arrivé dans ma
chère patrie.

Et la Déesse Athènè aux yeux clairs lui répondit :

— Tu as donc toujours cette pensée dans ta poitrine ?
Mais je ne puis permettre que tu sois malheureux, car tu
es éloquent, intelligent et sage. Un autre homme, de retour après avoir tant erré, désirerait ardemment revoir sa
femme et ses enfants dans ses demeures ; mais toi, tu ne
veux parler et apprendre qu'après avoir éprouvé ta femme
qui est assise dans tes demeures, passant les jours et les
nuits dans les gémissements et les larmes. Certes, je n'ai

jamais craint ce qu'elle redoute, et je savais dans mon
esprit que tu reviendrais, ayant perdu tous tes compagnons.
Mais je ne pouvais m'opposer au frère de mon père, à Poseidaôn qui était irrité dans son cœur contre toi, parce que
tu avais aveuglé son cher fils. Et, maintenant, je te montrerai la terre d'Ithakè, afin que tu croies. Ce port est celui
de Phorkys, le Vieillard de la mer, et, à la pointe du port,
voici l'olivier épais devant l'antre haut et obscur des Nymphes sacrées qu'on nomme Naiades. C'est cette caverne
où tu sacrifiais aux Nymphes de complètes hécatombes.
Et voici le mont Nèritos couvert de forêts.

Ayant ainsi parlé, la Déesse dissipa la nuée, et la terre
apparut. Et le patient et divin Odysseus fut plein de joie,
se réjouissant de sa patrie. Et il baisa la terre féconde, et,
aussitôt, levant les mains, il supplia les Nymphes :

— Nymphes Naiades, filles de Zeus, je disais que je ne
vous reverrais plus ! Et, maintenant, je vous salue d'une
voix joyeuse. Je vous offrirai des présents, comme autrefois, si la Dévastatrice, fille de Zeus, me laisse vivre et fait
grandir mon cher fils.

Et la Déesse Athènè aux yeux clairs lui répondit :

— Prends courage, et que ceci ne t'inquiète point; mais
déposons aussitôt tes richesses au fond de l'antre divin, où
elles seront en sûreté, et délibérons tous deux sur ce qu'il
y a de mieux à faire.

Ayant ainsi parlé, la Déesse entra dans la grotte obscure,
cherchant un lieu secret; et Odysseus y porta aussitôt l'or
et le dur airain, et les beaux vêtements que les Phaiakiens
lui avaient donnés. Il les y déposa, et Pallas Athènè, fille
de Zeus tempêtueux, ferma l'entrée avec une pierre. Puis,
tous deux, s'étant assis au pied de l'olivier sacré, médite-
rent la perte des Prétendants insolents. Et la Déesse Athènè
aux yeux clairs parla la première :

— Divin Laertiade, subtil Odysseus, songe comment tu

mettras la main sur les Prétendants insolents qui commandent depuis trois ans dans ta maison, recherchant ta
femme divine et lui faisant des présents. Elle attend toujours ton retour, gémissant dans son cœur, et elle donne
de l'espoir et elle fait des promesses à chacun d'eux, et elle
leur envoie des messagers; mais son esprit a d'autres
pensées.

Et le subtil Odysseus, lui répondant, parla ainsi :

— O Dieux! je devais donc, comme l'Atréide Agamemnôn, périr d'une mauvaise mort dans mes demeures, si tu ne
m'eusses averti à temps, ô Déesse! Mais dis-moi comment
nous punirons ces hommes. Debout auprès de moi, souffle
dans mon cœur une grande audace, comme au jour où
nous avons renversé les grandes murailles de Troiè. Si tu
restes, pleine d'ardeur, auprès de moi, ô Athènè aux yeux
clairs, et si tu m'aides, ô vénérable Déesse, je combattrai
seul trois cents guerriers.

Et la Déesse Athènè aux yeux clairs lui répondit :

— Certes, je serai auprès de toi et je ne te perdrai pas
de vue, quand nous accomplirons ces choses. Et j'espère
que le large pavé sera souillé du sang et de la cervelle de
plus d'un de ces Prétendants qui mangent tes richesses. Je
vais te rendre inconnu à tous les hommes. Je riderai ta
belle peau sur tes membres courbés; je ferai tomber tes
cheveux blonds de ta tête; je te couvrirai de haillons qui
font qu'on se détourne de celui qui les porte; je ternirai
tes yeux maintenant si beaux, et tu apparaîtras à tous les
Prétendants comme un misérable, ainsi qu'à ta femme et
au fils que tu as laissés dans tes demeures. Va d'abord
trouver le porcher qui garde tes porcs, car il te veut du
bien, et il aime ton fils et la sage Pènélopéia. Tu le trouveras surveillant les porcs; et ceux-ci se nourrissent auprès de la Roche du Corbeau et de la fontaine Aréthousè,
mangeant le gland qui leur plaît et buvant l'eau noire.

Reste-là, et interroge-le avec soin sur toute chose, jusqu'à
ce que je revienne de Spartè aux belles femmes, où j'ap-
pellerai, ô Odysseus, ton cher fils Tèlémakhos qui est allé
dans la grande Lakédaimôn, vers Ménélaos, pour s'informer
de toi et apprendre si tu vis encore.

Et le subtil Odysseus, lui répondant, parla ainsi :

— Pourquoi ne lui avoir rien dit, toi qui sais tout? Est-ce
pour qu'il soit errant et subisse mille maux sur la mer indomptée, tandis que ceux-ci mangent ses richesses?

Et la Déesse Athènè aux yeux clairs lui répondit :

— Qu'il ne soit point une inquiétude pour toi. Je l'ai
conduit là moi-même, afin qu'il se fasse une bonne renommée; mais il ne souffre aucune douleur, et il est assis,
tranquille, dans les demeures de l'Atréide, où tout lui est
abondamment offert. A la vérité, les jeunes Prétendants
lui tendent une embûche sur leur nef noire, désirant le tuer
avant qu'il rentre dans la terre de sa patrie; mais je ne
pense pas que cela soit, et je pense plutôt que la terre re-
cevra auparavant plus d'un de ces Prétendants qui mangent
tes richesses.

En parlant ainsi, Athènè le toucha d'une baguette, et
elle desséча sa belle peau sur ses membres courbés, et
elle fit tomber ses blonds cheveux de sa tête. Elle chargea
tout son corps de vieillesse; elle ternit ses yeux, si beaux
auparavant; elle lui donna un vêtement en haillons, déchiré, sale et souillé de fumée; elle le couvrit ensuite de la
grande peau nue d'un cerf rapide, et elle lui donna enfin
un bâton et une besace misérable attachée par une courroie tordue.

Ils se séparèrent après s'être ainsi entendus, et Athènè
se rendit dans la divine Lakédaimôn, auprès du fils d'O-
dysseus.

RHAPSODIE XIV.

T Odysseus s'éloigna du port, par un âpre sentier, à travers les bois et les hauteurs, vers le lieu où Athènè lui avait dit qu'il trouverait son divin porcher, qui prenait soin de ses biens plus que tous les serviteurs qu'il avait achetés, lui, le divin Odysseus.

Et il le trouva assis sous le portique, en un lieu découvert où il avait construit de belles et grandes étables autour desquelles on pouvait marcher. Et il les avait construites, pour ses porcs, de pierres superposées et entourées d'une haie épineuse, en l'absence du Roi, sans l'aide de sa maîtresse et du vieux Laertès. Et il avait planté au dehors des pieux épais et nombreux, en cœur noir de chêne; et, dans l'intérieur, il avait fait douze parcs à porcs. Dans chacun étaient couchées cinquante femelles pleines; et les mâles couchaient dehors; et ceux-ci étaient beaucoup moins nombreux, car les divins Prétendants les diminuaient

en les mangeant, et le porcher leur envoyait toujours le
plus gras et le meilleur de tous ; et il n'y en avait plus que
trois cent soixante. Quatre chiens, semblables à des bêtes
fauves, et que le prince des porchers nourrissait, veillaient
toujours sur les porcs.

Et celui-ci adaptait à ses pieds des sandales qu'il taillait
dans la peau d'une vache coloriée. Et trois des autres porchers étaient dispersés, faisant paître leurs porcs ; et le
quatrième avait été envoyé par nécessité à la Ville, avec un
porc pour les Prétendants orgueilleux, afin que ceux-ci,
l'ayant tué, dévorassent sa chair.

Et aussitôt les chiens aboyeurs virent Odysseus, et ils
accoururent en hurlant ; mais Odysseus s'assit plein de
ruse, et le bâton tomba de sa main. Alors il eût subi un
indigne traitement auprès de l'étable qui était à lui ; mais
le porcher accourut promptement de ses pieds rapides ; et
le cuir lui tomba des mains, et, en criant, il chassa les
chiens à coups de pierres, et il dit au Roi :

— O Vieillard, certes, ces chiens allaient te déchirer et
me couvrir d'opprobre. Les Dieux m'ont fait assez d'autres
maux. Je reste ici, gémissant, et pleurant un Roi divin, et
je nourris ses porcs gras, pour que d'autres que lui les mangent ; et peut-être souffre-t-il de la faim, errant parmi les
peuples étrangers, s'il vit encore et s'il voit la lumière de
Hèlios. Mais suis-moi, et entrons dans l'étable, ô Vieillard,
afin que, rassasié dans ton âme de nourriture et de vin, tu
me dises d'où tu es et quels maux tu as subis.

Ayant ainsi parlé, le divin porcher le précéda dans l'é-
table, et, l'introduisant, il le fit asseoir sur des branches
épaisses qu'il recouvrit de la peau d'une chèvre sauvage et
velue. Et, s'étant couché sur cette peau grande et épaisse,
Odysseus se réjouit d'être reçu ainsi, et il dit :

— Que Zeus, ô mon hôte, et les autres Dieux immortels

t'accordent ce que tu désires le plus, car tu me reçois avec
bonté.

Et le porcher Eumaios lui répondit :

— Étranger, il ne m'est point permis de mépriser même
un hôte plus misérable encore, car les étrangers et les pauvres viennent de Zeus, et le présent modique que nous leur
faisons lui plaît; car cela seul est au pouvoir d'esclaves toujours tremblants que commandent de jeunes rois. Certes,
les Dieux s'opposent au retour de celui qui m'aimait et qui
m'eût donné un domaine aussi grand qu'un bon roi a coutume d'en donner à son serviteur qui a beaucoup travaillé
pour lui et dont un Dieu a fait fructifier le labeur; et,
aussi, une demeure, une part de ses biens et une femme
désirable. Ainsi mon travail a prospéré, et le Roi m'eût
grandement récompensé, s'il était devenu vieux ici ; mais il
a péri. Plût aux Dieux que la race des Hélénè eût péri entièrement, puisqu'elle a rompu les genoux de tant de guerriers ! car mon maître aussi, pour la cause d'Agamemnôn,
est allé vers Ilios nourrice de chevaux, afin de combattre
les Troiens.

Ayant ainsi parlé, il ceignit sa tunique, qu'il releva, et,
allant vers les étables où était enfermé le troupeau de
porcs, il prit deux jeunes pourceaux, les égorgea, alluma
le feu, les coupa et les traversa de broches, et, les ayant fait
rôtir, les offrit à Odysseus, tout chauds autour des broches. Puis, il les couvrit de farine blanche, mêla du vin
doux dans une coupe grossière, et, s'asseyant devant Odysseus, il l'exhorta à manger et lui dit :

— Mange maintenant, ô Étranger, cette nourriture destinée aux serviteurs, car les Prétendants mangent les porcs
gras, n'ayant aucune pudeur, ni aucune bonté. Mais les
Dieux heureux n'aiment pas les actions impies, et ils aiment au contraire la justice et les actions équitables. Même
les ennemis barbares qui envahissent une terre étrangère, à

qui Zeus accorde le butin, et qui reviennent vers leurs demeures avec des nefs pleines, sentent l'inquiétude et la crainte
dans leurs âmes. Mais ceux-ci ont appris sans doute, ayant
entendu la voix d'un Dieu, la mort fatale d'Odysseus,
car ils ne veulent point rechercher des noces légitimes, ni
retourner chez eux; mais ils dévorent immodérément, et
sans rien épargner, les biens du Roi; et, toutes les nuits, et
tous les jours qui viennent de Zeus, ils sacrifient, non pas
une seule victime, mais deux au moins. Et ils puisent et
boivent le vin sans mesure. Certes, les richesses de mon
maître étaient grandes. Aucun héros n'en avait autant, ni
sur la noire terre ferme, ni dans Ithakè elle-même. Vingt
hommes n'ont point tant de richesses. Je t'en ferai le
compte : douze troupeaux de bœufs sur la terre ferme, autant de brebis, autant de porcs, autant de larges étables de
chèvres. Le tout est surveillé par des pasteurs étrangers.
Ici, à l'extrémité de l'île, onze grands troupeaux de chèvres
paissent sous la garde de bons serviteurs; et chacun de
ceux-ci mène tous les jours aux Prétendants la meilleure
des chèvres engraissées. Et moi, je garde ces porcs et je les
protége, mais j'envoie aussi aux Prétendants le meilleur et
le plus gras.

Il parla ainsi, et Odysseus mangeait les chairs et buvait
le vin en silence, méditant le malheur des Prétendants.
Après qu'il eut mangé et bu et satisfait son âme, Eumaios
lui remit pleine de vin la coupe où il avait bu lui-même. Et
Odysseus la reçut, et, joyeux dans son cœur, il dit à Eumaios ces paroles ailées :

— O ami, quel est cet homme qui t'a acheté de ses propres richesses, et qui, dis-tu, était si riche et si puissant ?
Tu dis aussi qu'il a péri pour la cause d'Agamemnôn? Dis-
moi son nom, car je le connais peut-être. Zeus et les autres Dieux immortels savent, en effet, si je viens vous annoncer que je l'ai vu, car j'ai beaucoup erré.

14

Et le chef des porchers lui répondit :

— O vieillard, aucun voyageur errant et apportant des nouvelles ne persuadera sa femme et son cher fils. Que de mendiants affamés mentent effrontément et ne veulent point dire la vérité ! Chaque étranger qui vient parmi le peuple d'Ithakè va trouver ma maîtresse et lui fait des mensonges. Elle les reçoit avec bonté, les traite bien et les interroge sur chaque chose. Puis elle gémit, et les larmes tombent de ses paupières, comme c'est la coutume de la femme dont le mari est mort. Et toi, vieillard, tu inventerais aussitôt une histoire, afin qu'elle te donnât un manteau, une tunique, des vêtements. Mais déjà les chiens rapides et les oiseaux carnassiers ont arraché sa chair de ses os, et il a perdu l'âme ; ou les poissons l'ont mangé dans la mer, et ses os gisent sur le rivage, couverts d'un monceau de sable. Il a péri ainsi, laissant à ses amis et à moi de grandes douleurs ; car, dans quelque lieu que j'aille, je ne trouverai jamais un autre maître aussi bon, même quand j'irais dans la demeure de mon père et de ma mère, là où je suis né et où ceux-ci m'ont élevé. Et je ne les pleure point tant, et je ne désire point tant les revoir de mes yeux sur la terre de ma patrie, que je ne suis saisi du regret d'Odysseus absent. Et maintenant qu'il n'est point là, ô Étranger, je le respecte en le nommant, car il m'aimait beaucoup et prenait soin de moi ; c'est pourquoi je l'appelle mon frère aîné, bien qu'il soit absent au loin.

Et le patient et divin Odysseus lui répondit :

— O ami, puisque tu nies mes paroles et que tu affirmes qu'il ne reviendra pas, ton esprit est toujours incrédule. Cependant, je ne parle point au hasard, et je jure par serment qu'Odysseus reviendra. Qu'on me récompense de cette bonne nouvelle quand il sera rentré dans ses demeures. Je n'accepterai rien auparavant, malgré ma misère ; mais, alors seulement, qu'on me donne des vêtements, un

manteau et une tunique. Il m'est odieux, non moins que
les portes d'Aidès, celui qui, poussé par la misère, parle
faussement. Que Zeus, le premier des Dieux, le sache ! Et
cette table hospitalière, et le foyer de l'irréprochable Odysseus où je me suis assis ! Certes, toutes les choses que j'annonce s'accompliront. Odysseus arrivera ici dans cette
même année, même à la fin de ce mois; même dans peu
de jours il rentrera dans sa demeure et il punira chacun
de ceux qui outragent sa femme et son illustre fils.

Et le porcher Eumaios lui répondit :

— O vieillard, je ne te donnerai point cette récompense
d'une bonne nouvelle, car jamais Odysseus ne reviendra
vers sa demeure. Bois donc en repos ; ne parlons plus de
cela, et ne me rappelle point ces choses, car je suis triste
dans mon cœur quand quelqu'un se souvient de mon glorieux
maître. Mais j'accepte ton serment. Qu'Odysseus revienne,
comme je le désire, ainsi que Pènélopéia, le vieux Laertès
et le divin Tèlémakhos. Maintenant, je gémis sur cet enfant, Tèlémakhos, qu'a engendré Odysseus, et que les Dieux
ont nourri comme une jeune plante. J'espérais que, parmi
les hommes, il ne serait inférieur à son père bien-aimé, ni
en sagesse, ni en beauté ; mais quelqu'un d'entre les Immortels, ou d'entre les hommes, a troublé son esprit calme,
et il est allé vers la divine Pylos pour s'informer de son
père, et les Prétendants insolents lui tendent une embuscade au retour, afin que la race du divin Arkeisios périsse
entièrement dans Ithakè. Mais laissons-le, soit qu'il périsse,
soit qu'il échappe, et que le Kroniôn le couvre de sa main !
Pour toi, vieillard, raconte-moi tes malheurs, et parle avec
vérité, afin que je t'entende. Qui es-tu? quel est ton peuple?
où sont tes parents et ta ville? sur quelle nef es-tu venu?
comment des marins t'ont-ils mené à Ithakè? qui sont-ils?
car je pense que tu n'es pas venu ici à pied ?

Et le subtil Odysseus lui répondit :

— Je te dirai, en effet, ces choses avec vérité; mais,
quand même cette nourriture et ton vin doux dureraient
un long temps, quand même nous resterions ici, mangeant
tranquillement, tandis que d'autres travaillent, il me serait
facile, pendant toute une année, de te raconter les douleurs
que j'ai subies par la volonté des Dieux. Je me glorifie d'être
né dans la vaste Krètè et d'être le fils d'un homme riche.
Beaucoup d'autres fils lui étaient nés dans ses demeures,
d'une femme légitime, et y avaient été élevés. Pour moi,
c'est une mère achetée et concubine qui m'a enfanté ; mais
Kastôr Hylakide m'aima autant que ses enfants légitimes ;
et je me glorifie d'avoir été engendré par lui qui, autrefois,
était honoré comme un Dieu par les Krètois, à cause de ses
domaines, de ses richesses et de ses fils illustres. Mais les
Kères de la mort l'emportèrent aux demeures d'Aidès, et
ses fils magnanimes partagèrent ses biens et les tirèrent au
sort. Et ils m'en donnèrent une très petite part avec sa
maison. Mais, par ma vertu, j'épousai une fille d'hommes
très-riches, car je n'étais ni insensé, ni lâche. Maintenant
tout est flétri en moi, mais, cependant, tu peux juger en
regardant le chaume ; et, certes, j'ai subi des maux cruels.
Arès et Athènè m'avaient donné l'audace et l'intrépidité, et
quand, méditant la perte des ennemis, je choisissais des
hommes braves pour une embuscade, jamais, en mon cœur
courageux, je n'avais la mort devant les yeux ; mais, courant aux premiers rangs, je tuais de ma lance celui des
guerriers ennemis qui me le cédait en agilité. Tel j'étais
dans la guerre ; mais les travaux et les soins de la famille,
par lesquels on élève les chers enfants, ne me plaisaient
point ; et j'aimais seulement les nefs armées d'avirons, les
combats, les traits aigus et les flèches ; et ces armes cruelles qui sont horribles aux autres hommes me plaisaient,
car un Dieu me les présentait toujours à l'esprit. Ainsi
chaque homme se réjouit de choses différentes. En effet,

avant que les fils des Akhaiens eussent mis le pied devant
Troiè, j'avais neuf fois commandé des guerriers et des nefs
rapides contre des peuples étrangers, et tout m'avait réussi.
Je choisissais d'abord ma part légitime du butin, et je rece-
vais ensuite beaucoup de dons ; et ma maison s'accroissait,
et j'étais craint et respecté parmi les Krètois. Mais quand
l'irréprochable Zeus eut décidé cette odieuse expédition qui
devait rompre les genoux à tant de héros, alors les peuples
nous ordonnèrent, à moi et à l'illustre Idoméneus, de conduire nos nefs à Ilios, et nous ne pûmes nous y refuser à
cause des rumeurs menaçantes du peuple. Là, nous, fils
des Akhaiens, nous combattîmes pendant neuf années, et,
la dixième, ayant saccagé la ville de Priamos, nous revîn-
mes avec nos nefs vers nos demeures ; mais un Dieu dispersa les Akhaiens. Mais à moi, malheureux, le sage Zeus
imposa d'autres maux. Je restai un seul mois dans ma demeure, me réjouissant de mes enfants, de ma femme et de
mes richesses ; et mon cœur me poussa ensuite à naviguer vers l'Aigyptiè sur mes nefs bien construites, avec de
divins compagnons. Et je préparai neuf nefs, et aussitôt les
équipages en furent réunis. Pendant six jours mes chers
compagnons prirent de joyeux repas, car j'offris beaucoup
de sacrifices aux Dieux, et, en même temps, des mets à mes
hommes. Le septième jour, étant partis de la grande Krètè,
nous naviguâmes aisément au souffle propice de Boréas ,
comme au courant d'un fleuve ; et aucune de mes nefs n'a-
vait souffert ; mais, en repos et sains et saufs, nous restâmes assis ; et le vent et les pilotes conduisaient les nefs ;
et, le cinquième jour, nous parvîmes au beau fleuve Aigyptos. Et j'arrêtai mes nefs recourbées dans le fleuve Aigyptos. Là, j'ordonnai à mes chers compagnons de rester auprès des nefs pour les garder, et j'envoyai des éclaireurs
pour aller à la découverte. Mais ceux-ci, égarés par leur
audace et confiants dans leurs forces, dévastèrent aussitôt

les beaux champs des hommes Aigyptiens, entraînant les
femmes et les petits enfants et tuant les hommes. Et aussitôt le tumulte arriva jusqu'à la ville. Et les habitants, entendant ces clameurs, accoururent au lever d'Eôs, et toute
la plaine se remplit de piétons et de cavaliers et de l'éclat
de l'airain. Et le foudroyant Zeus mit mes compagnons en
fuite, et aucun d'eux ne soutint l'attaque, et la mort les environna de toutes parts. Là, un grand nombre des nôtres
fut tué par l'airain aigu, et les autres furent emmenés vivants pour être esclaves. Mais Zeus lui-même mit cette résolution dans mon esprit. Plût aux Dieux que j'eusse dû
mourir en Aigyptiè et subir alors ma destinée, car d'autres
malheurs m'attendaient. Ayant aussitôt retiré mon casque
de ma tête et mon bouclier de mes épaules, et jeté ma
lance, je courus aux chevaux du Roi, et j'embrassai ses genoux, et il eut pitié de moi, et il me sauva ; et, m'ayant fait
monter dans son char, il m'emmena dans ses demeures.
Certes, ses guerriers m'entouraient, voulant me tuer de
leurs lances de frêne, car ils étaient très-irrités ; mais il
m'arracha à eux, craignant la colère de Zeus hospitalier qui
châtie surtout les mauvaises actions. Je restai là sept ans,
et j'amassai beaucoup de richesses parmi les Aigyptiens,
car tous me firent des présents. Mais vers la huitième année, arriva un homme de la Phoinikiè, plein de mensonges,
et qui avait déjà causé beaucoup de maux aux hommes. Et
il me persuada par ses mensonges d'aller en Phoinikiè, où
étaient sa demeure et ses biens. Et je restai là une année
entière auprès de lui. Et quand les jours et les mois se furent écoulés, et que, l'année étant accomplie, les saisons
revinrent, il me fit monter sur une nef, sous prétexte d'aller avec lui conduire un chargement en Libyè, mais pour
me vendre et retirer de moi un grand prix. Et je le suivis,
le soupçonnant, mais contraint. Et la nef, poussée par le
souffle propice de Boréas, approchait de la Krètè, quand

Zeus médita notre ruine. Et déjà nous avions laissé la
Krètè, et rien n'apparaissait plus que l'Oùranos et la mer.
Alors, le Kroniôn suspendit une nuée noire sur la nef
creuse, et sous cette nuée toute la mer devint noire aussi.
Et Zeus tonna, et il lança la foudre sur la nef, qui se renversa, frappée par la foudre de Zeus, et se remplit de fumée. Et tous les hommes furent précipités de la nef, et ils
étaient emportés, comme des oiseaux de mer, par les flots,
autour de la nef noire, et un Dieu leur refusa le retour.
Alors Zeus me mit entre les mains le long mât de la nef à
proue bleue, afin que je pusse fuir la mort; et l'ayant embrassé, je fus la proie des vents furieux. Et je fus emporté
pendant neuf jours, et, dans la dixième nuit noire, une
grande lame me jeta sur la terre des Thesprôtes. Alors le
héros Pheidôn, le roi des Thesprôtes, m'accueillit généreu-
sement; car je rencontrai d'abord son cher fils, et celui-ci
me conduisit, accablé de froid et de fatigue, et, me soutenant de la main, m'emmena dans les demeures de son père.
Et celui-ci me donna des vêtements, un manteau et une
tunique. Là, j'entendis parler d'Odysseus. Pheidôn me
dit que, lui ayant donné l'hospitalité, il l'avait traité en
ami, comme il retournait dans la terre de sa patrie. Et il
me montra les richesses qu'avait réunies Odysseus, de l'airain, de l'or et du fer très-difficile à travailler, le tout assez
abondant pour nourrir jusqu'à sa dixième génération. Et
tous ces trésors étaient déposés dans les demeures du Roi.
Et celui-ci me disait qu'Odysseus était allé à Dôdônè pour
apprendre du grand Chêne la volonté de Zeus, et pour
savoir comment, depuis longtemps absent, il rentrerait dans
la terre d'Ithakè, soit ouvertement, soit en secret. Et Pheidôn me jura, en faisant des libations dans sa demeure, que
la nef et les hommes étaient prêts qui devaient conduire
Odysseus dans la chère terre de sa patrie. Mais il me renvoya d'abord, profitant d'une nef des Thesprôtes qui allait

à Doulikhios. Et il ordonna de me mener au Roi Akastos;
mais ces hommes prirent une résolution funeste pour moi,
afin, sans doute, que je subisse. toutes les misères. Quand la
nef fut éloignée de terre, ils songèrent aussitôt à me réduire en servitude ; et, m'arrachant mon vêtement, mon
manteau et ma tunique, ils jetèrent sur moi ce misérable
haillon et cette tunique déchirée, tels que tu les vois. Vers
le soir ils parvinrent aux champs de la riante Ithakè, et ils
me lièrent aux bancs de la nef avec une corde bien tordue;
puis ils descendirent sur le rivage de la mer pour prendre
leur repas. Mais les Dieux eux-mêmes détachèrent aisément mes liens. Alors, enveloppant ma tête de ce haillon,
je descendis à la mer par le gouvernail, et pressant l'eau de
ma poitrine et nageant des deux mains, j'abordai très loin
d'eux. Et je montai sur la côte, là où croissait un bois de
chênes touffus, et je me couchai contre terre, et ils me
cherchaient en gémissant; mais, ne me voyant point, ils ju-
gèrent qu'il était mieux de ne plus me chercher; car les
Dieux m'avaient aisément caché d'eux, et ils m'ont conduit
à l'étable d'un homme excellent, puisque ma destinée est
de vivre encore.

Et le porcher Eumaios lui répondit :

— O Étranger très-malheureux, certes, tu as fortement
ému mon cœur en racontant les misères que tu as subies et tes courses errantes ; mais, en parlant d'Odysseus,
je pense que tu n'as rien dit de sage, et tu ne me persuade-
ras point. Comment un homme tel que toi peut-il mentir
aussi effrontément ? Je sais trop que penser du retour de
mon maître. Certes, il est très-odieux à tous les Dieux,
puisqu'ils ne l'ont point dompté par la main des Troiens,
ou qu'ils ne lui ont point permis, après la guerre, de mourir entre les bras de ses amis. Car tous les Akhaiens lui
eussent élevé un tombeau, et une grande gloire eût été ac-
cordée à son fils dans l'avenir. Et, maintenant les Harpyes

l'ont déchiré sans gloire, et moi, séparé de tous, je reste
auprès de mes porcs ; et je ne vais point à la ville, si ce
n'est quand la sage Pènélopéia m'ordonne d'y aller, quand
elle a reçu quelque nouvelle. Et, alors, tous s'empressent
de m'interroger, ceux qui s'attristent de la longue absence
de leur Roi et ceux qui se réjouissent de dévorer impunément ses richesses. Mais il ne m'est point agréable de demander ou de répondre depuis qu'un Aitôlièn m'a trompé
par ses paroles. Ayant tué un homme, il avait erré en
beaucoup de pays, et il vint dans ma demeure, et je le reçus avec amitié. Il me dit qu'il avait vu, parmi les Krètois,
auprès d'Idoméneus, mon maître réparant ses nefs que les
tempêtes avaient brisées. Et il me dit qu'Odysseus allait
revenir, soit cet été, soit cet automne, ramenant de nombreuses richesses avec ses divins compagnons. Et toi, vieillard, qui as subi tant de maux, et que la destinée a conduit
vers moi, ne cherche point à me plaire par des mensonges,
car je ne t'honorerai, ni ne t'aimerai pour cela, mais par
respect pour Zeus hospitalier et par compassion pour toi.

Et le subtil Odysseus lui répondit :

— Certes, tu as dans ta poitrine un esprit incrédule,
puisqu'ayant juré par serment, je ne t'ai point persuadé.
Mais faisons un pacte, et que les Dieux qui habitent l'Olympos soient témoins. Si ton Roi revient dans cette demeure,
donne-moi des vêtements, un manteau et une tunique, et
fais-moi conduire à Doulikhios, ainsi que je le désire ; mais
si ton Roi ne revient pas comme je te le dis, ordonne à tes
serviteurs de me jeter du haut d'un grand rocher, afin que,
désormais, un mendiant craigne de mentir.

Et le divin porcher lui répondit :

— Étranger, je perdrais ainsi ma bonne renommée et ma
vertu parmi les hommes, maintenant et à jamais, moi qui
t'ai conduit dans mon étable et qui t'ai offert les dons de
l'hospitalité, si je te tuais et si je t'arrachais ta chère âme.

Comment supplierais-je ensuite le Kroniôn Zeus ? Mais
voici l'heure du repas, et mes compagnons vont arriver
promptement, afin que nous préparions un bon repas dans
l'étable.

Tandis qu'ils se parlaient ainsi, les porcs et les porchers
arrivèrent. Et ils enfermèrent les porcs, comme de coutume,
pour la nuit, et une immense rumeur s'éleva du milieu des
animaux qui allaient à l'enclos. Puis le divin porcher dit à
ses compagnons :

— Amenez-moi un porc excellent, afin que je le tue pour
cet hôte qui vient de loin, et nous nous en délecterons aussi,
nous qui souffrons beaucoup, et qui surveillons les porcs
aux dents blanches, tandis que d'autres mangent impunément le fruit de notre travail.

Ayant ainsi parlé, il fendit du bois avec l'airain tranchant. Et les porchers amenèrent un porc très-gras ayant
cinq ans. Et ils l'étendirent devant le foyer. Mais Eumaios
n'oublia point les Immortels, car il n'avait que de bonnes
pensées ; et il jeta d'abord dans le feu les soies de la tête
du porc aux dents blanches, et il pria tous les Dieux, afin
que le subtil Odysseus revînt dans ses demeures. Puis, levant les bras, il frappa la victime d'un morceau de chêne
qu'il avait réservé, et la vie abandonna le porc. Et les porchers l'égorgèrent, le brûlèrent et le coupèrent par morceaux. Et Eumaios, retirant les entrailles saignantes, qu'il
recouvrit de la graisse prise au corps, les jeta dans le feu
après les avoir saupoudrées de fleur de farine d'orge. Et
les porchers, divisant le reste, traversèrent les viandes de
broches, les firent rôtir avec soin et les retirèrent du feu.
Puis ils les déposèrent sur des disques. Eumaios se leva,
faisant les parts, car il avait des pensées équitables ; et il fit
en tout sept parts. Il en consacra une aux Nymphes et à
Hermès, fils de Maiè, et il distribua les autres à chacun ;
mais il honora Odysseus du dos entier du porc aux dents

blanches. Et le héros, le subtil Odysseus, s'en glorifia, et
dit à Eumaios :

— Plaise aux Dieux, Eumaios, que tu sois toujours cher
au Père Zeus, puisque, tel que je suis, tu m'as honoré de
cette part excellente.

Et le porcher Eumaios lui répondit :

— Mange heureusement, mon hôte, et délecte-toi de ces
mets tels qu'ils sont. Un Dieu nous les a donnés et nous
laissera en jouir, s'il le veut ; car il peut tout.

Il parla ainsi, et il offrit les prémices aux Dieux éternels. Puis, ayant fait des libations avec du vin rouge, il
mit une coupe entre les mains d'Odysseus destructeur des
citadelles. Et celui-ci s'assit devant le dos du porc ; et
Mésaulios, que le chef des porchers avait acheté en l'absence de son maître, et sans l'aide de sa maîtresse et du
vieux Laertès, distribua les parts. Il l'avait acheté de ses
propres richesses à des Taphiens.

Et tous étendirent les mains vers les mets placés devant
eux. Et après qu'ils eurent assouvi le besoin de boire et de
manger, Mésaulios enleva le pain, et tous, rassasiés de
nourriture, allèrent à leurs lits.

Mais la nuit vint, mauvaise et noire ; et Zeus plut toute
la nuit, et le grand Zéphyros soufflait chargé d'eau. Alors
Odysseus parla ainsi, pour éprouver le porcher qui prenait tant de soins de lui, afin de voir si, retirant son propre manteau, il le lui donnerait, ou s'il avertirait un de
ses compagnons :

— Écoutez-moi maintenant, toi, Eumaios, et vous, ses
compagnons, afin que je vous parle en me glorifiant, car le
vin insensé m'y pousse, lui qui excite le plus sage à chanter,
à rire, à danser, et à prononcer des paroles qu'il eût été
mieux de ne pas dire ; mais dès que j'ai commencé à être
bavard, je ne puis rien cacher. Plût aux Dieux que je fusse
jeune et que ma force fût grande, comme au jour où nous

tendîmes une embuscade sous Troiè. Les chefs étaient
Odysseus et l'Atréide Ménélaos, et je commandais avec
eux, car ils m'avaient choisi eux-mêmes. Quand nous fûmes arrivés à la ville, sous la haute muraille, nous nous
couchâmes avec nos armes, dans un marais, au milieu de
roseaux et de broussailles épaisses. La nuit vint, mauvaise,
et le souffle de Boréas était glacé. Puis la neige tomba,
froide, et le givre couvrait nos boucliers. Et tous avaient
leurs manteaux et leurs tuniques; et ils dormaient tranquilles, couvrant leurs épaules de leurs boucliers. Pour moi,
j'avais laissé mon manteau à mes compagnons comme un
insensé; mais je n'avais point pensé qu'il dût faire un si
grand froid, et je n'avais que mon bouclier et une tunique
brillante. Quand vint la dernière partie de la nuit, à l'heure
où les astres s'inclinent, ayant touché du coude Odysseus,
qui était auprès de moi, je lui dis ces paroles qu'il comprit
aussitôt:

— Divin Laertiade, subtil Odysseus, je ne vivrai pas
longtemps et ce froid me tuera, car je n'ai point de manteau et un Daimôn m'a trompé en me persuadant de ne
prendre que ma seule tunique; et maintenant il n'y a plus
aucun remède.

Je parlai ainsi, et il médita aussitôt un projet dans son
esprit, aussi prompt qu'il l'était toujours pour délibérer ou
pour combattre. Et il me dit à voix basse:

— Tais-toi maintenant, de peur qu'un autre parmi les
Akhaiens t'entende.

Il parla ainsi, et, appuyé sur le coude, il dit:

— Écoutez-moi, amis. Un songe divin m'a réveillé. Nous
sommes loin des nefs; mais qu'un de nous aille prévenir le prince des peuples, l'Atréide Agamemnôn, afin qu'il
ordonne à un plus grand nombre de sortir des nefs et de
venir ici.

Il parla ainsi, et aussitôt Thoas Andraimonide se leva,

jeta son manteau pourpré et courut vers les nefs, et je me
couchai joyeusement dans son manteau, jusqu'à la .clarté
d'Eôs au thrône d'or. Plût aux Dieux que je fusse aussi jeune
et que ma force fût aussi grande ! un des porchers, dans
ces étables, me donnerait un manteau, par amitié et par
respect pour un homme brave. Mais maintenant, je suis
méprisé, à cause des misérables haillons qui me couvrent
le corps.

Et le porcher Eumaios lui répondit :

— O vieillard, tu as raconté une histoire irréprochable,
et tu n'auras point dit en vain une parole excellente. C'est
pourquoi tu ne manqueras ni d'un manteau, ni d'aucune
chose qui convienne à un suppliant malheureux venu de
loin ; mais, au matin, tu reprendras tes haillons, car ici
nous n'avons pas beaucoup de manteaux, ni de tuniques
de rechange, et chaque homme n'en a qu'une. Quand le
cher fils d'Odysseus sera revenu, il te donnera lui-même
des vêtements, un manteau et une tunique, et il te fera
conduire où ton cœur désire aller.

Ayant ainsi parlé, il se leva, approcha le feu du lit de
peaux de chèvres et de brebis où Odysseus se coucha, et il
jeta sur lui un grand et épais manteau de rechange et dont
il se couvrait quand les mauvais temps survenaient. Et
Odysseus se coucha, et, auprès de lui, les jeunes porchers
s'endormirent ; mais il ne plut point à Eumaios de repo-
ser dans son lit loin de ses porcs, et il sortit, armé. Et
Odysseus se réjouissait qu'il prît tant de soin de ses biens
pendant son absence. Et, d'abord, Eumaios mit une épée
aiguë autour de ses robustes épaules ; puis, il se couvrit
d'un épais manteau qui garantissait du vent ; et il prit
aussi la peau d'une grande chèvre, et il saisit une lance
aiguë pour se défendre des chiens et des hommes ; et il
alla dormir où dormaient ses porcs, sous une pierre creuse,
à l'abri de Boréas.

RHAPSODIE XV.

T Pallas Athènè se rendit dans la grande Laké-
daimôn, vers l'illustre fils du magnanime Odysseus, afin de l'avertir et de l'exciter au retour.
Et elle trouva Tèlémakhos et l'illustre fils de
Nestôr dormant sous le portique de la demeure de l'illustre
Ménélaos. Et le Nestoride dormait paisiblement; mais le
doux sommeil ne saisissait point Tèlémakhos, et il songeait à son père, dans son esprit, pendant la nuit solitaire.
Et Athènè aux yeux clairs, se tenant près de lui, parla ainsi :
— Tèlémakhos, il ne serait pas bien de rester plus longtemps loin de ta demeure et de tes richesses laissées en
proie à des hommes insolents qui dévoreront et se partageront tes biens; car tu aurais fait un voyage inutile. Excite
donc très-promptement l'illustre Ménélaos à te renvoyer,
afin que tu retrouves ton irréprochable mère dans tes demeures. Déjà son père et ses frères lui ordonnent d'épouser Eurymakhos, car il l'emporte sur tous les Prétendants
par les présents qu'il offre et la plus riche dot qu'il pro-

met. Prends garde que, contre son gré, elle emporte ces richesses de ta demeure. Tu sais, en effet, quelle est l'âme d'une femme ; elle veut toujours enrichir la maison de celui qu'elle épouse. Elle ne se souvient plus de ses premiers enfants ni de son premier mari mort, et elle n'y songe plus. Quand tu seras de retour, confie donc, jusqu'à ce que les Dieux t'aient donné une femme vénérable, toutes tes richesses à la meilleure de tes servantes. Mais je te dirai autre chose. Garde mes paroles dans ton esprit. Les plus braves des Prétendants te tendent une embuscade dans le détroit d'Ithakè et de la stérile Samos, désirant te tuer avant que tu rentres dans ta patrie ; mais je ne pense pas qu'ils le fassent, et, auparavant, la terre enfermera plus d'un de ces Prétendants qui mangent tes biens. Conduis ta nef bien construite loin des îles, et navigue la nuit. Celui des Immortels qui veille sur toi t'enverra un vent favorable. Et dès que tu seras arrivé au rivage d'Ithakè, envoie la nef et tous tes compagnons à la ville, et va d'abord chez le porcher qui garde tes porcs et qui t'aime. Dors chez lui, et envoie-le à la ville annoncer à l'irréprochablé Pènélopéia que tu la salues et que tu reviens de Pylos.

Ayant ainsi parlé, elle remonta dans le haut Olympos. Et Tèlémakhos éveilla le Nestoride de son doux sommeil en le poussant du pied, et il lui dit :

— Lève-toi, Nestoride Peisistratos, et lie au char les chevaux au sabot massif afin que nous partions.

Et le Nestoride Peisistratos lui répondit :

— Tèlémakhos, nous ne pouvons, quelque hâte que nous ayons, partir dans la nuit ténébreuse. Bientôt Eôs paraîtra. Attendons au matin et jusqu'à ce que le héros Atréide Ménélaos illustre par sa lance ait placé ses présents dans le char et t'ait renvoyé avec des paroles amies. Un hôte se souvient toujours d'un homme aussi hospitalier qui l'a reçu avec amitié.

Il parla ainsi, et aussitôt Eôs s'assit sur son thrône d'or, et le brave Ménélaos s'approcha d'eux, ayant quitté le lit où était Hélénè aux beaux cheveux. Et dès que le cher fils du divin Odysseus l'eut reconnu, il se hâta de se vêtir de sa tunique brillante, et, jetant un grand manteau sur ses épaules, il sortit du portique, et dit à Ménélaos :

— Divin Atréide Ménélaos, prince des peuples, renvoie-moi dès maintenant dans la chère terre de la patrie, car voici que je désire en mon âme revoir ma demeure.

Et le brave Ménélaos lui répondit :

— Tèlémakhos, je ne te retiendrai pas plus longtemps, puisque tu désires t'en retourner. Je m'irrite également contre un homme qui aime ses hôtes outre mesure ou qui les hait. Une conduite convenable est la meilleure. Il est mal de renvoyer un hôte qui veut rester, ou de retenir celui qui veut partir ; mais il faut le traiter avec amitié s'il veut rester, ou le renvoyer s'il veut partir. Reste cependant jusqu'à ce que j'aie placé sur ton char de beaux présents que tu verras de tes yeux, et je dirai aux servantes de préparer un repas abondant dans mes demeures à l'aide des mets qui s'y trouvent. Il est honorable, glorieux et utile de parcourir une grande étendue de pays après avoir mangé. Si tu veux parcourir Hellas et Argos, je mettrai mes chevaux sous le joug et je te conduirai vers les villes des hommes, et aucun d'eux ne nous renverra outrageusement, mais chacun te donnera quelque chose, ou un trépied d'airain, ou un bassin, ou deux mulets, ou une coupe d'or.

Et le prudent Tèlémakhos lui répondit :

— Divin Atréide Ménélaos, prince des peuples, je veux rentrer dans nos demeures, car je n'ai laissé derrière moi aucun gardien de mes richesses, et je crains, ou de périr en cherchant mon divin père, ou, loin de mes demeures, de perdre mes richesses.

Et le brave Ménélaos, l'ayant entendu, ordonna aussitôt
à sa femme et à ses servantes de préparer dans les demeures
un repas abondant, à l'aide des mets qui s'y trouvaient.
Et alors le Boèthoide Etéônteus, qui sortait de son lit et
qui n'habitait pas loin du Roi, arriva près de lui. Et le
brave Ménélaos lui ordonna d'allumer du feu et de faire
rôtir les viandes. Et le Boèthoide obéit dès qu'il eut entendu. Et Ménélaos rentra dans sa chambre nuptiale parfumée, et Hélénè et Mégapenthès allaient avec lui. Quand ils
furent arrivés là où les choses précieuses étaient enfermées,
l'Atréide prit une coupe ronde, et il ordonna à son fils
Mégapenthès d'emporter un kratère d'argent. Et Hélénè
s'arrêta devant un coffre où étaient enfermés les vêtements
aux couleurs variées qu'elle avait travaillés elle-même. Et
Hélénè, la divine femme, prit un péplos, le plus beau de
tous par ses couleurs diverses, et le plus grand, et qui resplendissait comme une étoile ; et il était placé sous tous
les autres. Et ils retournèrent par les demeures jusqu'à
ce qu'ils fussent arrivés auprès de Tèlémakhos. Et le brave
Ménélaos lui dit :

— Tèlémakhos, que Zeus, le puissant mari de Hèrè, accomplisse le retour que tu désires dans ton âme ! De tous
mes trésors qui sont enfermés dans ma demeure je te donnerai le plus beau et le plus précieux, ce kratère bien travaillé, d'argent massif, et dont les bords sont enrichis d'or.
C'est l'ouvrage de Hèphaistos, et l'illustre héros, roi des
Sidônes, me l'offrit, quand il me reçut dans sa demeure, à
mon retour ; et, moi, je veux te l'offrir.

Ayant ainsi parlé, le héros Atréide lui mit la coupe ronde
entre les mains ; et le robuste Mégapenthès posa devant lui
le splendide kratère d'argent, et Hélénè, tenant le péplos à
la main, s'approcha et lui dit :

— Et moi aussi, cher enfant, je te ferai ce présent, ouvrage des mains de Hélénè, afin que tu le donnes à la

15

femme bien-aimée que tu épouseras. Jusque-là, qu'il reste auprès de ta chère mère. En quittant notre demeure pour la terre de ta patrie, réjouis-toi de mon souvenir.

Ayant ainsi parlé, elle lui mit le péplos entre les mains, et il le reçut avec joie. Et le héros Peisistratos plaça les présents dans une corbeille, et il les admirait dans son âme. Puis, le blond Ménélaos les conduisit dans les demeures où ils s'assirent sur des sièges et sur des thrônes. Et une servante versa, d'une belle aiguière d'or dans un bassin d'argent, de l'eau pour laver leurs mains ; et, devant eux, elle dressa la table polie. Et l'irréprochable Intendante, pleine de grâce pour tous, couvrit la table de pain et de mets nombreux ; et le Boèthoide coupait les viandes et distribuait les parts, et le fils de l'illustre Ménélaos versait le vin. Et tous étendirent les mains vers les mets placés devant eux.

Après qu'ils eurent assouvi la faim et la soif, Tèlémakhos et l'illustre fils de Nestôr, ayant mis les chevaux sous le joug, montèrent sur le beau char et sortirent du vestibule et du portique sonore. Et le blond Ménélaos Atréide allait avec eux, portant à la main une coupe d'or pleine de vin doux, afin de faire une libation avant le départ. Et, se tenant devant les chevaux, il parla ainsi :

— Salut, ô jeunes hommes ! Portez mon salut au prince des peuples Nestôr, qui était aussi doux qu'un père pour moi, quand les fils des Akhaiens combattaient devant Troiè.

Et le prudent Tèlémakhos lui répondit :

— O divin, nous répéterons toutes tes paroles à Nestôr. Plaise aux Dieux que, de retour dans Ithakè et dans la demeure d'Odysseus, je puisse dire avec quelle amitié tu m'as reçu, toi dont j'emporte les beaux et nombreux présents.

Et tandis qu'il parlait ainsi, un aigle s'envola à sa droite, portant dans ses serres une grande oie blanche domestique.

Les hommes et les femmes le poursuivaient avec des cris;
et l'aigle, s'approchant, passa à la droite des chevaux. Et
tous, l'ayant vu, se réjouirent dans leurs âmes; et le Nestoride Peisistratos dit le premier :

— Décide, divin Ménélaos, prince des peuples, si un
Dieu nous envoie ce signe, ou à toi.

Il parla ainsi, et Ménélaos cher à Arès, songeait comment il répondrait sagement; mais Hélénè au large péplos
le devança et dit :

— Écoutez-moi, et je prophétiserai ainsi que les Immortels me l'inspirent, et je pense que ceci s'accomplira. De
même que l'aigle, descendu de la montagne où est sa race
et où sont ses petits, a enlevé l'oie dans les demeures,
ainsi Odysseus, après avoir beaucoup souffert et beaucoup
erré, reviendra dans sa maison et se vengera. Peut-être
déjà est-il dans sa demeure, apportant la mort aux Prétendants.

Et le prudent Tèlémakhos lui répondit :

— Puisse Zeus, le tonnant mari de Hèrè, le vouloir ainsi,
et, désormais, je t'adresserai des prières comme à une
Déesse.

Ayant ainsi parlé, il fouetta les chevaux, et ceux-ci s'é-
lancèrent rapidement par la ville et la plaine. Et, ce jour
entier, ils coururent tous deux sous le joug. Et Hèlios
tomba, et tous les chemins devinrent sombres.

Et ils arrivèrent à Phèra, dans la demeure de Diokleus,
fils d'Orsilokhos que l'Alphéios avait engendré. Et ils y
dormirent la nuit, car il leur offrit l'hospitalité. Mais quand
Eôs aux doigts rosés, née au matin, apparut, ils attelèrent
leurs chevaux, et, montant sur leur beau char, ils sortirent du vestibule et du portique sonore. Et ils excitèrent
les chevaux du fouet, et ceux-ci couraient avec ardeur. Et
ils parvinrent bientôt à la haute ville de Pylos. Alors Tèlémakhos dit au fils de Nestôr :

—Nestoride, comment accompliras-tu ce que tu m'as
promis? Nous nous glorifions d'être hôtes à jamais, à cause
de l'amitié de nos pères, de notre âge qui est le même, et
de ce voyage qui nous unira plus encore. O divin, ne me conduis pas plus loin que ma nef, mais laisse-moi ici, de peur
que le Vieillard me retienne malgré moi dans sa demeure,
désirant m'honorer; car il est nécessaire que je parte très-
promptement.

Il parla ainsi, et le Nestoride délibéra dans son esprit
comment il accomplirait convenablement sa promesse. Et,
en délibérant, ceci lui sembla la meilleure résolution. Il
tourna les chevaux du côté de la nef rapide et du rivage de
la mer. Et il déposa les présents splendides sur la poupe
de la nef, les vêtements et l'or que Ménélaos avait donnés,
et il dit à Tèlémakhos ces paroles ailées :

— Maintenant, monte à la hâte et presse tous tes compagnons, avant que je rentre à la maison et que j'avertisse
le Vieillard. Car je sais dans mon esprit et dans mon cœur
quelle est sa grande âme. Il ne te renverrait pas, et, lui-
même, il viendrait ici te chercher, ne voulant pas que tu
partes les mains vides. Et, certes, il sera très-irrité.

Ayant ainsi parlé, il poussa les chevaux aux belles crinières vers la ville des Pyliens, et il parvint rapidement à
sa demeure.

Et aussitôt Tèlémakhos excita ses compagnons :

— Compagnons, préparez les agrès de la nef noire, mon-
tons-y et faisons notre route.

Il parla ainsi, et, dès qu'ils l'eurent entendu, ils montèrent
sur la nef et s'assirent sur les bancs. Et, tandis qu'ils se
préparaient, il suppliait Athènè à l'extrémité de la nef. Et
voici qu'un étranger survint, qui, ayant tué un homme,
fuyait Argos; et c'était un divinateur de la race de Mélam-
pous. Et celui-ci habitait autrefois Pylos nourrice de brebis,
et il était riche parmi les Pyliens, et il possédait de belles

demeures; mais il s'enfuit loin de sa patrie vers un autre
peuple, par crainte du magnanime Nèleus, le plus illustre
des vivants, qui lui avait retenu de force ses nombreuses
richesses pendant une année, tandis que lui-même était
chargé de liens et subissait de nouvelles douleurs dans la
demeure de Phylas; car il avait outragé Iphiklès, à cause de
la fille de Nèleus, poussé par la cruelle Déesse Erinnys.
Mais il évita la mort, ayant chassé les bœufs mugissants de
Phylakè à Pylos et s'étant vengé de l'outrage du divin Nèleus; et il conduisit vers son frère la jeune fille qu'il avait
épousée, et sa destinée fut d'habiter parmi les Argiens qu'il
commanda. Là, il s'unit à sa femme et bâtit une haute de-
meure. Et il engendra deux fils robustes, Antiphatès et
Mantios. Antiphatès engendra le magnanime Oikleus, et
Oikleus engendra Amphiaraos, sauveur du peuple, que
Zeus tempêtueux et Apollôn aimèrent au-dessus de tous.
Mais il ne parvint pas au seuil de la vieillesse, et il périt à
Thèbè, trahi par sa femme que des présents avaient séduite.
Et deux fils naquirent de lui, Alkmaôn et Amphilokhos.
Et Mantios engendra Polypheideus et Klitos. Mais Eôs au
thrône d'or enleva Klitos à cause de sa beauté et le mit
parmi les Immortels. Et, quand Amphiaraos fut mort,
Apollôn rendit le magnanime Polypheideus le plus habile
des divinateurs. Et celui-ci, irrité contre son père, se retira
dans la Hypérèsiè, où il habita, prophétisant pour tous les
hommes. Et ce fut son fils qui survint, et il se nommait
Théoklyménos. Et, s'arrêtant auprès de Tèlémakhos, qui
priait et faisait des libations à l'extrémité de la nef noire,
il lui dit ces paroles ailées :

— O ami, puisque je te trouve faisant des libations en ce
lieu, je te supplie par ces libations, par le Dieu invoqué,
par ta propre tête et par tes compagnons, dis-moi la vérité
et ne me cache rien. Qui es-tu ? D'où viens-tu ? Où est ta
ville ? Où sont tes parents ?

Et le prudent Tèlémakhos lui répondit :

— Étranger, je te dirai la vérité. Ma famille est d'Ithakè et mon père est Odysseus, s'il vit encore; mais déjà sans doute il a péri d'une mort lamentable. Je suis venu ici, avec mes compagnons et ma nef noire, pour m'informer de mon père depuis longtemps absent.

Et le divin Théoklyménos lui répondit :

— Moi, je fuis loin de ma patrie, ayant tué un homme. Ses frères et ses compagnons nombreux habitent Argos nourrice de chevaux et commandent aux Akhaiens. Je fuis leur vengeance et la Kèr noire, puisque ma destinée est d'errer parmi les hommes. Laisse-moi monter sur ta nef, puisque je viens en suppliant, de peur qu'ils me tuent, car je pense qu'ils me poursuivent.

Et le prudent Tèlémakhos lui répondit:

— Certes, je ne te chasserai point de ma nef égale. Suis-moi ; nous t'accueillerons avec amitié et de notre mieux.

Ayant ainsi parlé, il prit la lance d'airain de Théoklyménos et il la déposa sur le pont de la nef aux deux rangs d'avirons ; et il y monta lui-même, et il s'assit sur la poupe, et il y fit asseoir Théoklyménos auprès de lui. Et ses compagnons détachèrent le câble, et il leur ordonna d'appareiller, et ils se hâtèrent d'obéir. Ils dressèrent le mât de sapin sur le pont creux et ils le soutinrent avec des cordes, et ils déployèrent les blanches voiles tenues ouvertes à l'aide de courroies. Athènè aux yeux clairs leur envoya un vent propice qui soufflait avec force, et la nef courait rapidement sur l'eau salée de la mer. Hèlios tomba et tous les chemins devinrent sombres. Et la nef, poussée par un Vent propice de Zeus, dépassa Phéras et la divine Elis où commandent les Epéiens. Puis Tèlémakhos s'engagea entre les îles rocheuses, se demandant s'il éviterait la mort ou s'il serait fait captif.

Mais Odysseus et le divin porcher et les autres pâtres

prenaient de nouveau leur repas dans l'étable; et quand ils eurent assouvi la faim et la soif, alors Odysseus dit au porcher, afin de voir s'il l'aimait dans son cœur, s'il voudrait le retenir dans l'étable ou s'il l'engagerait à se rendre à la ville :

— Écoutez-moi, Eumaios, et vous, ses compagnons. Je désire aller au matin à la ville, afin d'y mendier et de ne plus vous être à charge. Donnez-moi donc un bon conseil et un conducteur qui me mène. J'irai, errant çà et là, par nécessité, afin qu'on m'accorde à boire et à manger. Et j'entrerai dans la demeure du divin Odysseus, pour en donner des nouvelles à la sage Pènélopéia. Et je me mêlerai aux Prétendants insolents, afin qu'ils me donnent à manger, car ils ont des mets en abondance. Je ferai même aussitôt au milieu d'eux tout ce qu'ils m'ordonneront. Car je te le dis, écoute-moi et retiens mes paroles dans ton esprit : par la faveur du messager Herméias qui honore tous les travaux des hommes, aucun ne pourrait lutter avec moi d'adresse pour allumer du feu, fendre le bois sec et l'amasser afin qu'il brûle bien, préparer le repas, verser le vin et s'acquitter de tous les soins que les pauvres rendent aux riches.

Et le porcher Eumaios, très-irrité, lui répondit :

— Hélas! mon hôte, quel dessein a conçu ton esprit ? Certes, si tu désires te mêler à la foule des Prétendants, c'est que tu veux périr. Leur insolence et leur violence sont montées jusqu'à l'Ouranos de fer. Leurs serviteurs ne te ressemblent pas; ce sont des jeunes hommes vêtus de beaux manteaux et de belles tuniques, beaux de tête et de visage, qui chargent les tables polies de pain, de viandes et de vins. Reste ici; aucun ne se plaint de ta présence, ni moi, ni mes compagnons. Dès que le cher fils d'Odysseus sera revenu, il te donnera une tunique et un manteau, et il te fera reconduire là où ton âme t'ordonne d'aller.

Et le patient et divin Odysseus lui répondit :

— Plaise aux Dieux, Eumaios, que tu sois aussi cher au Père Zeus qu'à moi, puisque tu as mis fin à mes courses errantes et à mes peines ; car il n'est rien de pire pour les hommes que d'errer ainsi, et celui d'entre eux qui vagabonde subit l'inquiétude et la douleur et les angoisses d'un ventre affamé. Maintenant, puisque tu me retiens et que tu m'ordonnes d'attendre Tèlémakhos, parle-moi de la mère du divin Odysseus, et de son père qu'il a laissé en partant sur le seuil de la vieillesse. Vivent-ils encore sous la splendeur de Hèlios, ou sont-ils morts et dans les demeures d'Aidès?

Et le chef des porchers lui répondit :

— Mon hôte, je te dirai la vérité. Laertès vit encore, mais il supplie toujours Zeus, dans ses demeures, d'enlever son âme de son corps, car il gémit très-amèrement sur son fils qui est absent, et sur sa femme qu'il avait épousée vierge ; et la mort de celle-ci l'accable surtout de tristesse et lui fait sentir l'horreur de la vieillesse. Elle est morte d'une mort lamentable par le regret de son illustre fils. Ainsi, bientôt, mourra ici quiconque m'a aimé. Aussi longtemps qu'elle a vécu, malgré sa douleur, elle aimait à me questionner et à m'interroger ; car elle m'avait élevé elle-même, avec son illustre fille Klyménè au large péplos, qu'elle avait enfantée la dernière. Elle m'éleva avec sa fille et elle m'honora non moins que celle-ci. Mais, quand nous fûmes arrivés tous deux à la puberté, Klyménè fut mariée à un Samien qui donna de nombreux présents à ses parents. Et alors Antikléia me donna un manteau, une tunique, de belles sandales, et elle m'envoya aux champs, et elle m'aima plus encore dans son cœur. Et, maintenant, je suis privé de tous ces biens ; mais les Dieux ont fécondé mon travail, et, par eux, j'ai mangé et bu, et j'ai donné aux suppliants vénérables. Cependant, il m'est amer de ne plus entendre les paroles de ma maîtresse ; mais le malheur et des hommes insolents sont entrés dans sa demeure, et les serviteurs sont privés de parler ouvertement à leur maîtresse, de l'interroger, de manger et de boire avec elle et de rapporter aux champs les présents qui réjouissent l'âme des serviteurs.

Et le patient Odysseus lui répondit :

— O Dieux ! ainsi, porcher Eumaiòs, tu as été enlevé tout jeune à ta patrie et à tes parents. Raconte-moi tout, et dis la vérité. La ville aux larges rues a-t-elle été détruite où habitaient ton père et ta mère vénérable, ou des hommes ennemis t'ont-ils saisi., tandis que tu étais auprès de tes brebis ou de tes bœufs, transporté dans leur nef et vendu dans les demeures d'un homme qui donna de toi un bon prix ?

Et le chef des porchers lui répondit :

— Étranger, puisque tu m'interroges sur ces choses, écoute en silence et réjouis-toi de boire ce vin en repos. Les nuits sont longues et laissent le temps de dormir et le temps d'être charmé par les récits. Il ne faut pas que tu dormes avant l'heure, car beaucoup de sommeil fait du mal. Si le cœur et l'âme d'un d'entre ceux-ci lui ordonnent de dormir, qu'il sorte ; et, au lever d'Eôs, après avoir mangé, il conduira les porcs du maître. Pour nous, mangeant et buvant dans l'étable, nous nous charmerons par le souvenir de nos douleurs ; car l'homme qui a beaucoup souffert et beaucoup erré est charmé par le souvenir de ses douleurs. Je vais donc te répondre, puisque tu m'interroges.

Il y a une île qu'on nomme Syrè, au-dessous d'Ortygiè, du côté où Hèlios tourne. Elle est moins grande, mais elle est agréable et produit beaucoup de bœufs, de brebis, de vin et de froment ; et jamais la famine n'afflige son peuple, ni aucune maladie odieuse aux misérables hommes. Quand les générations ont vieilli dans leur ville, Apollôn à l'arc d'argent et Artémis surviennent et les tuent de leurs flèches illustres. Il y a deux villes qui se sont partagé tout le pays, et mon père Ktèsios Orménide, semblable aux Immortels, commandait à toutes deux, quand survinrent des Phoinikes illustres par leurs nefs, habiles et rusés, amenant sur leur nef noire mille choses frivoles. Il y avait dans la demeure de mon père une femme de Phoinikiè, grande, belle et habile aux beaux ouvrages des mains. Et les Phoinikes rusés la séduisirent. Tandis qu'elle allait laver, un d'eux, dans la nef creuse, s'unit à elle par l'amour qui trouble l'esprit des femmes luxurieuses, même de celles qui sont sages. Et il lui demanda ensuite qui elle était et d'où elle venait; et, aussitôt, elle lui parla de la haute demeure de son père :

— Je me glorifie d'être de Sidôn riche en airain, et je suis la fille du riche Arybas. Des pirates Taphiens m'ont enlevée dans les champs, transportée ici dans les demeures de Ktèsios qui leur a donné de moi un bon prix.

Et l'homme lui répondit :

— Certes, si tu voulais revenir avec nous vers tes demeures, tu reverrais la haute maison de ton père et de ta mère, et eux-mêmes, car ils vivent encore et sont riches.

Et la femme lui répondit :

— Que cela soit, si les marins veulent me jurer par serment qu'ils me reconduiront saine et sauve.

Elle parla ainsi, et tous le lui jurèrent, et, après qu'ils eurent juré et prononcé toutes les paroles du serment, la femme leur dit encore :

— Maintenant, qu'aucun de vous, me rencontrant, soit dans la rue, soit à la fontaine, ne me parle, de peur qu'on le dise au vieillard; car, me soupçonnant, il me chargerait de liens et méditerait votre mort. Mais gardez mes paroles dans votre esprit, et hâtez-vous d'acheter des vivres.

Et quand la nef sera chargée de provisions, qu'un messager vienne promptement m'avertir dans la demeure. Je vous apporterai tout l'or qui me tombera sous les mains, et même je vous ferai, selon mon désir, un autre présent. J'élève, en effet, dans les demeures, le fils de Ktèsios, un enfant remuant et courant dehors. Je le conduirai dans la nef, et vous en aurez un grand prix en le vendant à des étrangers.

Ayant ainsi parlé, elle rentra dans nos belles demeures. Et les Phoinikes restèrent toute une année auprès de nous, rassemblant de nombreuses richesses dans leur nef creuse. Et quand celle-ci fut pleine, ils envoyèrent à la femme un messager pour lui annoncer qu'ils allaient partir. Et ce messager plein de ruses vint à la demeure de mon père avec un collier d'or orné d'émaux. Et ma mère vénérable et toutes les servantes se passaient ce collier de mains en mains et l'admiraient, et elles lui offrirent un prix; mais il ne répondit rien ; et, ayant fait un signe à la femme, il retourna vers la nef. Alors, la femme, me prenant par la main, sortit de la demeure. Et elle trouva dans le vestibule des coupes d'or sur les tables des convives auxquels mon père avait offert un repas. Et ceux-ci s'étaient rendus à l'agora du peuple. Elle saisit aussitôt trois coupes qu'elle cacha dans son sein, et elle sortit, et je la suivis sans songer à rien. Hèlios tomba, et tous les chemins devinrent sombres; et nous arrivâmes promptement au port où était la nef rapide des Phoinikes qui, nous ayant mis dans la nef, y montèrent et sillonnèrent les chemins humides ; et Zeus leur envoya un vent propice. Et nous naviguâmes pendant six jours et six nuits ; mais quand le Kroniôn Zeus amena le septième jour, Artémis, qui se réjouit de ses flèches, tua la femme, qui tomba avec bruit dans la sentine comme une poule de mer ; et les marins la jetèrent pour être mangée par les poissons et par les phoques, et je restai seul, gé-

missant dans mon cœur. Et le vent et le flot poussèrent
les Phoinikes jusqu'à Ithakè, où Laertès m'acheta de ses
propres richesses. Et c'est ainsi que j'ai vu de mes yeux
cette terre.

Et le divin Odysseus lui répondit :

— Eumaios, certes, tu as profondément ému mon cœur
en me racontant toutes les douleurs que tu as déjà subies ;
mais Zeus a mêlé pour toi le bien au mal, puisque tu es
entré, après avoir beaucoup souffert, dans la demeure d'un
homme excellent qui t'a donné abondamment à boire et à
manger, et chez qui ta vie est paisible ; mais moi, je ne suis
arrivé ici qu'après avoir erré à travers de nombreuses villes
des hommes !

Et ils se parlaient ainsi. Puis ils s'endormirent, mais
peu de temps ; et, aussitôt, Eôs au beau thrône parut.

Pendant ce temps les compagnons de Tèlémakhos, ayant
abordé, plièrent les voiles et abattirent le mât et conduisirent la nef dans le port, à force d'avirons. Puis, ils jetèrent les ancres et lièrent les câbles. Puis, étant sortis de la
nef, ils préparèrent leur repas sur le rivage de la mer et
mêlèrent le vin rouge. Et quand ils eurent assouvi la faim
et la soif, le prudent Tèlémakhos leur dit :

— Conduisez la nef noire à la ville ; moi, j'irai vers mes
champs et mes bergers. Ce soir, je m'en reviendrai après
avoir vu les travaux des champs ; et demain, au matin, je
vous offrirai, pour ce voyage, un bon repas de viandes et
de vin doux.

Et, alors, le divin Théoklyménos lui dit :

— Et moi, cher enfant, où irai-je ? Quel est celui des
hommes qui commandent dans l'âpre Ithakè dont je dois
gagner la demeure ? Dois-je me rendre auprès de ta mère,
dans ta propre maison ?

Et le prudent Tèlémakhos lui répondit :

— Je ne te dirais point de te rendre à une autre demeure

que la mienne, et les dons hospitaliers ne t'y manqueraient
pas ; mais ce serait le pire pour toi. Je serais absent, et
ma mère ne te verrait point, car elle tisse la toile, loin des
Prétendants, dans la chambre supérieure ; mais je t'indiquerai un autre homme vers qui tu iras, Eurymakhos,
illustre fils du prudent Polybos, que les Ithakèsiens regardent comme un Dieu. C'est de beaucoup l'homme le plus illustre, et il désire ardemment épouser ma mère et posséder
les honneurs d'Odysseus. Mais l'Olympien Zeus qui habite
l'Aithèr sait s'ils ne verront pas tous leur dernier jour
avant leurs noces.

Il parlait ainsi quand un épervier, rapide messager d'A-
pollôn, vola à sa droite, tenant entre ses serres une colombe dont il répandait les plumes entre la nef et Tèlémakhos. Alors Théoklyménos, entraînant celui-ci loin de
ses compagnons, le prit par la main et lui dit :

— Tèlémakhos, cet oiseau ne vole point à ta droite sans
qu'un Dieu l'ait voulu. Je reconnais, l'ayant regardé, que
c'est un signe augural. Il n'y a point de race plus royale
que la vôtre dans Ithakè, et vous y serez toujours puissants.

Et le prudent Tèlémakhos lui répondit aussitôt :

— Plaise aux Dieux, Étranger, que ta parole s'accomplisse ! Je t'aimerai, et je te ferai de nombreux présents, et
nul ne pourra se dire plus heureux que toi.

Il parla ainsi, et il dit à son fidèle compagnon Peiraios :

— Peiraios Klytide, tu m'es le plus cher des compagnons
qui m'ont suivi à Pylos. Conduis maintenant cet étranger
dans ta demeure ; aie soin de lui et honore-le jusqu'à ce
que je revienne.

Et Peiraios illustre par sa lance lui répondit :

— Tèlémakhos, quand même tu devrais rester longtemps
ici, j'aurai soin de cet étranger, et rien ne lui manquera de
ce qui est dû à un hôte.

Ayant ainsi parlé, il entra dans la nef, et il ordonna à ses compagnons d'y monter et de détacher les câbles. Et Tèlémakhos, ayant lié de belles sandales à ses pieds, prit sur le pont de la nef une lance solide et brillante à pointe d'airain. Et, tandis que ses compagnons détachaient les câbles et naviguaient vers la ville, comme l'avait ordonné Tèlémakhos, le cher fils du divin Odysseus, les pieds du jeune homme le portaient rapidement vers l'étable où étaient enfermés ses nombreux porcs auprès desquels dormait le porcher fidèle et attaché à ses maîtres.

RHAPSODIE XVI.

u lever d'Eôs, Odysseus et le divin porcher
préparèrent le repas, et ils allumèrent le feu,
et ils envoyèrent les pâtres avec les troupeaux
de porcs. Alors les chiens aboyeurs n'aboyèrent pas à l'approche de Tèlémakhos, mais ils remuaient
la queue. Et le divin Odysseus, les ayant vus remuer la
queue et ayant entendu un bruit de pas, dit à Eumaios ces
paroles ailées :

— Eumaios, certes, un de tes compagnons approche, ou
un hommme bien connu, car les chiens n'aboient point, et
ils remuent la queue, et j'entends un bruit de pas.

`Il avait à peine ainsi parlé, quand son cher fils s'arrêta
sous le portique. Et le porcher stupéfait s'élança, et le vase
dans lequel il mêlait le vin rouge tomba de ses mains; et
il courut au-devant du maître, et il baisa sa tête, ses beaux
yeux et ses mains, et il versait des larmes, comme un père
plein de tendresse qui revient d'une terre lointaine, dans

la dixième année, et qui embrasse son fils unique, engendré dans sa vieillesse, et pour qui il a souffert bien des maux. Ainsi le porcher couvrait de baisers le divin Tèlémakhos ; et il l'embrassait comme s'il eût échappé à la mort, et il lui dit, en pleurant, ces paroles ailées :

— Tu es donc revenu, Tèlémakhos, douce lumière ! Je pensais que je ne te reverrais plus, depuis ton départ pour Pylos. Hâte-toi d'entrer, cher enfant, afin que je me délecte à te regarder, toi qui reviens de loin. Car tu ne viens pas souvent dans tes champs et vers tes pâtres ; mais tu restes loin d'eux, et il te plaît de surveiller la multitude funeste des Prétendants.

Et le prudent Tèlémakhos lui répondit :

— Qu'il en soit comme tu le désires, Père. C'est pour toi que je suis venu, afin de te voir de mes yeux et de t'entendre, et pour que tu me dises si ma mère est restée dans nos demeures, ou si quelqu'un l'a épousée. Certes, peut-être le lit d'Odysseus, étant abandonné, reste-t-il en proie aux araignées immondes !

Et le chef des porchers lui répondit :

— Ta mère est restée, avec un cœur patient, dans tes demeures ; elle pleure nuit et jour, accablée de chagrins.

Ayant ainsi parlé, il prit sa lance d'airain. Et Tèlémakhos entra et passa le seuil de pierre. Et son père Odysseus voulut lui céder sa place ; mais Tèlémakhos le retint et lui dit :

— Assieds-toi, ô Étranger. Je trouverai un autre siége dans cette étable, et voici un homme qui me le préparera.

Il parla ainsi, et Odysseus se rassit, et le porcher amassa des branches vertes et mit une peau par-dessus, et le cher fils d'Odysseus s'y assit. Puis le porcher plaça devant eux des plateaux de chairs rôties que ceux qui avaient mangé la veille avaient laissées. Et il entassa à la hâte du pain dans des corbeilles, et il mêla le vin rouge dans un vase

grossier, et il s'assit en face du divin Odysseus. Puis, ils
étendirent les mains vers la nourriture placée devant eux.
Et, après qu'ils eurent assouvi la faim et la soif, Tèlémakhos dit au divin porcher :

— Dis-moi, père, d'où vient cet Étranger? Comment
des marins l'ont-ils amené à Ithakè? Qui se glorifie-t-il
d'être? Car je ne pense pas qu'il soit venu ici à pied.

Et le porcher Eumaios lui répondit :

— Certes, mon enfant, je te dirai la vérité. Il se glorifie
d'être né dans la grande Krètè. Il dit qu'en errant il a
parcouru de nombreuses villes des hommes, et, sans doute,
un Dieu lui a fait cette destinée. Maintenant, s'étant
échappé d'une nef de marins Thesprôtes, il est venu dans
mon étable, et je te le confie. Fais de lui ce que tu veux. Il
dit qu'il est ton suppliant.

Et le prudent Tèlémakhos lui répondit :

— Eumaios, certes, tu as prononcé une parole doulou-
reuse. Comment le recevrais-je dans ma demeure? Je suis
jeune et je ne pourrais réprimer par la force de mes mains
un homme qui l'outragerait le premier. L'esprit de ma
mère hésite, et elle ne sait si, respectant le lit de son mari
et la voix du peuple, elle restera dans sa demeure pour en
prendre soin, ou si elle suivra le plus illustre d'entre les
Akhaiens qui l'épousera et lui fera de nombreux présents.
Mais, certes, puisque cet Étranger est venu dans ta demeure, je lui donnerai de beaux vêtements, un manteau et
une tunique, une épée à double tranchant et des sandales,
et je le renverrai où son cœur désire aller. Si tu y consens, garde-le dans ton étable. J'enverrai ici des vêtements
et du pain, afin qu'il mange et qu'il ne soit point à charge
à toi et à tes compagnons. Mais je ne le laisserai point
approcher des Prétendants, car ils ont une grande insolence, de peur qu'ils l'outragent, ce qui me serait une amère
douleur. Que pourrait faire l'homme le plus vigoureux

16

contre un si grand nombre? Ils seront toujours les plus forts.

Et le patient et divin Odysseus lui répondit :

— O ami, certes, puisqu'il m'est permis de répondre, mon cœur est déchiré de t'entendre dire que les Prétendants, malgré toi, et tel que te voilà, commettent de telles iniquités dans tes demeures. Dis-moi si tu leur cèdes volontairement, ou si les peuples, obéissant aux Dieux, te haïssent? Accuses-tu tes frères? car c'est sur leur appui qu'il faut compter, quand une dissension publique s'élève. Plût aux Dieux que je fusse jeune comme toi, étant plein de courage, ou que je fusse le fils irréprochable d'Odysseus, ou lui-même, et qu'il revînt, car tout espoir n'en est point perdu! Je voudrais qu'un ennemi me coupât la tête, si je ne partais aussitôt pour la demeure du Laertiade Odysseus, pour être leur ruine à tous! Et si, étant seul, leur multitude me domptait, j'aimerais mieux être tué dans mes demeures que de voir ces choses honteuses : mes hôtes maltraités, mes servantes misérablement violées dans mes belles demeures, mon vin épuisé, mes vivres dévorés effrontément, et cela pour un dessein inutile qui ne s'accomplira point!

Et le prudent Tèlémakhos lui répondit :

— Étranger, je te dirai la vérité. Le peuple n'est point irrité contre moi, et je n'accuse point de frères sur l'appui desquels il faut compter, quand une dissension publique s'élève. Le Kroniôn n'a donné qu'un seul fils à chaque génération de toute notre race. Arkeisios n'a engendré que le seul Laertès, et Laertès n'a engendré que le seul Odysseus, et Odysseus n'a engendré que moi dans ses demeures où il m'a laissé et où il n'a point été caressé par moi. Et, maintenant, de nombreux ennemis sont dans ma demeure. Ceux qui dominent dans les îles, à Doulikhios, à Samè, à Zakynthos couverte de bois, et ceux qui dominent dans l'âpre Ithakè, tous recherchent ma mère et ruinent ma maison. Et ma mère ne refuse ni n'accepte ces noces odieuses; et tous mangent mes biens, ruinent ma maison, et bientôt ils me tueront moi-même. Mais, certes, ces choses sont sur les genoux des Dieux. Va, père Eumaios, et dis à la prudente Pènélopéia que je suis sauvé et revenu de Pylos. Je resterai ici. Reviens, n'ayant parlé qu'à elle seule; et qu'aucun des autres Akhaiéns ne t'entende, car tous méditent ma perte.

Et le porcher Eumaios lui répondit :

— J'entends et je comprends ce que tu m'ordonnes de faire. Mais dis-moi la vérité, et si, dans ce même voyage, je porterai cette nouvelle à Laertès qui est malheureux. Auparavant, bien que gémissant sur Odysseus, il surveillait les travaux, et, quand son âme le lui ordonnait, il buvait et mangeait avec ses serviteurs dans sa maison; mais depuis que tu es parti sur une nef pour Pylos, on dit qu'il ne boit ni ne mange et qu'il ne surveille plus les travaux, mais qu'il reste soupirant et gémissant, et que son corps se dessèche autour de ses os.

Et le prudent Tèlémakhos lui répondit :

— Cela est très-triste; mais cependant ne va pas à lui malgré sa douleur. Si les destinées pouvaient être choisies par les hommes, nous nous choisirions le jour du retour de mon père. Reviens donc après avoir parlé à ma mère, et ne t'éloigne pas vers Laertès et vers ses champs; mais dis à ma mère d'envoyer promptement, et en secret, l'Intendante annoncer mon retour au Vieillard.

Il parla ainsi, excitant le porcher qui attacha ses sandales à ses pieds et partit pour la Ville. Mais le porcher Eumaios ne cacha point son départ à Athènè, et celle-ci apparut, semblable à une femme belle, grande et habile aux beaux ouvrages. Et elle s'arrêta sur le seuil de l'étable, étant visible seulement à Odysseus; et Tèlémakhos ne la vit pas, car les Dieux ne se manifestent point à tous les hommes. Et Odysseus et les chiens la virent, et les chiens n'aboyèrent point, mais ils s'enfuirent en gémissant au fond de l'étable. Alors Athènè fit un signe avec ses sourcils, et le divin Odysseus le comprit, et, sortant, il se rendit au delà du grand mur de l'étable ; et il s'arrêta devant Athènè, qui lui dit :

— Divin Laertiade, subtil Odysseus, parle maintenant à ton fils et ne lui cache rien, afin de préparer le carnage et la mort des Prétendants et d'aller à la Ville. Je ne serai pas longtemps loin de vous et j'ai hâte de combattre.

Athènè parla ainsi, et elle le frappa de sa baguette d'or. Et elle le couvrit des beaux vêtements qu'il portait auparavant, et elle le grandit et le rajeunit ; et ses joues devinrent plus brillantes, et sa barbe devint noire. Et Athènè, ayant fait cela, disparut.

Alors Odysseus rentra dans l'étable, et son cher fils resta stupéfait devant lui ; et il détourna les yeux, craignant que ce fût un Dieu, et il lui dit ces paroles ailées :

— Etranger, tu m'apparais tout autre que tu étais auparavant ; tu as d'autres vêtements et ton corps n'est plus le même. Si tu es un des Dieux qui habitent le large Ouranos, apaise-toi. Nous t'offrirons de riches sacrifices et nous te ferons des présents d'or. Épargne-nous.

Et le patient et divin Odysseus lui répondit :

— Je ne suis point un des Dieux. Pourquoi me compares-tu aux Dieux ? Je suis ton père, pour qui tu soupires et pour qui tu as subi de nombreuses douleurs et les outrages des hommes.

Ayant ainsi parlé, il embrassa son fils, et ses larmes coulèrent de ses joues sur la terre, car il les avait retenues jusque-là. Mais Tèlémakhos, ne pouvant croire que ce fût son père, lui dit de nouveau :

— Tu n'es pas mon père Odysseus, mais un Dieu qui

me trompe, afin que je soupire et que je gémisse davantage. Jamais un homme mortel ne pourrait, dans son
esprit, accomplir de telles choses, si un Dieu, survenant,
ne le faisait, aisément, et comme il le veut, paraître jeune
ou vieux. Certes, tu étais vieux, il y a peu de temps, et
vêtu misérablement, et voici que tu es semblable aux
Dieux qui habitent le large Ouranos.

Et le sage Odysseus lui répondit :

— Tèlémakhos, il n'est pas bien à toi, devant ton cher
père, d'être tellement surpris et de rester stupéfait. Jamais
plus un autre Odysseus ne reviendra ici. C'est moi qui suis
Odysseus et qui ai souffert des maux innombrables, et qui
reviens, après vingt années, dans la terre de la patrie. C'est
la dévastatrice Athènaiè qui a fait ce prodige. Elle me fait
apparaître tel qu'il lui plaît, car elle le peut. Tantôt elle
me rend semblable à un mendiant, tantôt à un homme
jeune ayant de beaux vêtements sur son corps; car il est
facile aux Dieux qui habitent le large Ouranos de glorifier
un homme mortel ou de le rendre misérable.

Ayant ainsi parlé, il s'assit. Alors Tèlémakhos embrassa
son brave père en versant des larmes. Et le désir de pleurer
les saisit tous les deux, et ils pleuraient abondamment,
comme les aigles aux cris stridents, ou les vautours aux
serres recourbées, quand les pâtres leur ont enlevé leurs
petits avant qu'ils pussent voler. Ainsi, sous leurs sourcils,
ils versaient des larmes. Et, avant qu'ils eussent cessé de
pleurer, la lumière de Hèlios fût tombée, si Tèlémakhos
n'eût dit aussitôt à son père :

— Père, quels marins t'ont conduit sur leur nef dans
Ithakè? Quels sont-ils? Car je ne pense pas que tu sois
venu ici à pied.

Et le patient et divin Odysseus lui répondit :

— Mon enfant, je te dirai la vérité. Les illustres marins
Phaiakiens m'ont amené, car ils ont coutume de recon-

duire tous les hommes qui viennent chez eux. M'ayant
amené, à travers la mer, dormant sur leur nef rapide, ils
m'ont déposé sur la terre d'Ithakè ; et ils m'ont donné en
abondance des présents splendides, de l'airain, de l'or et
de beaux vêtements. Par le conseil des Dieux toutes ces
choses sont déposées dans une caverne ; et je suis venu ici,
averti par Athènè, afin que nous délibérions sur le carnage
de nos ennemis. Dis-moi donc le nombre des Prétendants,
pour que je sache combien d'hommes braves ils sont; et je
verrai, dans mon cœur irréprochable, si nous devons les
combattre seuls, ou si nous chercherons un autre appui.

Et le prudent Tèlémakhos lui répondit :

— O Père, certes, j'ai appris ta grande gloire, et je sais
que tu es très-brave et plein de sagesse ; mais tu as dit une
grande parole, et la stupeur me saisit, car deux hommes
seuls ne peuvent lutter contre tant de robustes guerriers.
Les Prétendants ne sont pas seulement dix, ou deux fois
dix, mais ils sont beaucoup plus, et je vais te dire leur
nombre, afin que tu le saches. Il y a d'abord cinquante-
deux jeunes hommes choisis de Doulikhios, suivis de six
serviteurs; puis vingt-quatre de Samè ; puis vingt jeunes
Akhaiens de Zakynthos ; puis les douze plus braves, qui sont
d'Ithakè. Avec ceux-ci se trouvent Médôn, héraut et Aoïde
divin, et deux serviteurs habiles à préparer les repas. Si
nous les attaquons tous ainsi réunis, vois si tu ne souffriras
point amèrement et terriblement de leur violence. Mais tu
peux appeler à notre aide un allié qui nous secoure d'un
cœur empressé.

Et le patient et divin Odysseus lui répondit :

— Je te le dis. Écoute-moi avec attention. Vois si Athènè
et son père Zeus suffiront, et si je dois appeler un autre
allié à l'aide.

Et le prudent Tèlémakhos lui répondit :

— Ceux que tu nommes sont les meilleurs alliés. Ils

sont assis, dans les hautes nuées, et ils commandent aux hommes et aux Dieux immortels.

Et le patient et divin Odysseus lui répondit :

— Ils ne seront pas longtemps éloignés, dans la rude mêlée, quand la Force d'Arès décidera entre nous et les Prétendants dans nos demeures. Mais toi, dès le lever d'Eôs, retourne à la maison et parle aux Prétendants insolents. Le porcher me conduira ensuite à la ville, semblable à un vieux mendiant. S'ils m'outragent dans nos demeures, que ton cher cœur supporte avec patience mes souffrances. Même s'ils me traînaient par les pieds hors de la maison, même s'ils me frappaient de leurs armes, regarde tout patiemment. Par des paroles flatteuses, demande-leur seulement de cesser leurs outrages. Mais ils ne t'écouteront point, car leur jour fatal est proche. Quand Athènè aux nombreux conseils aura averti mon esprit, je te ferai signe de la tête, et tu me comprendras. Transporte alors dans le réduit de la chambre haute toutes les armes d'Arès qui sont dans la grande salle. Et si les Prétendants t'interrogent sur cela, dis-leur en paroles flatteuses : « Je les ai mises à l'abri de la fumée, car elles ne sont plus telles qu'elles étaient autrefois, quand Odysseus les laissa à son départ pour Troiè ; mais elles sont souillées par la grande vapeur du feu. Puis, le Kroniôn m'a inspiré une autre pensée meilleure, et je crains qu'excités par le vin, et une querelle s'élevant parmi vous, vous vous blessiez les uns les autres et vous souilliez le repas et vos noces futures, car le fer attire l'homme. » Tu laisseras pour nous seuls deux épées, deux lances, deux boucliers, que nous puissions saisir quand nous nous jetterons sur eux. Puis, Pallas Athènaiè et le très-sage Zeus leur troubleront l'esprit. Maintenant, je te dirai autre chose. Retiens ceci dans ton esprit. Si tu es de mon sang, que nul ne sache qu'Odysseus est revenu, ni Laertès, ni le porcher, ni aucun des serviteurs, ni Pènélopéia elle-même.

Que seuls, toi et moi, nous connaissions l'esprit des servantes et des serviteurs, afin de savoir quel est celui qui nous
honore et qui nous respecte dans son cœur, et celui qui n'a
point souci de nous et qui te méprise.

Et son illustre fils lui répondit :

— O père, certes, je pense que tu connaîtras bientôt
mon courage, car je ne suis ni paresseux ni mou; mais je
pense aussi que ceci n'est pas aisé pour nous deux, et je te
demande d'y songer. Tu serais longtemps à éprouver chaque
serviteur en parcourant les champs, tandis que les Prétendants, tranquilles dans tes demeures, dévorent effrontément tes richesses et n'en épargnent rien. Mais tâche de
reconnaître les servantes qui t'outragent et celles qui sont
fidèles. Cependant, il ne faut pas éprouver les serviteurs
dans les demeures. Fais-le plus tard, si tu as vraiment
quelque signe de Zeus tempêtueux.

Et tandis qu'ils se parlaient ainsi, la nef bien construite
qui avait porté Tèlémakos et tous ses compagnons à Pylos
était arrivée à Ithakè et entra dans le port profond. Là, ils
traînèrent la nef noire à terre. Puis, les magnanimes serviteurs enlevèrent tous les agrès et portèrent aussitôt les
splendides présents dans les demeures de Klytios. Puis, ils
envoyèrent un messager à la demeure d'Odysseus, afin
d'annoncer à la prudente Pènélopéia que Tèlémakhos était
allé aux champs, après avoir ordonné de conduire la nef
à la ville, et pour que l'illustre Reine, rassurée, ne versât
plus de larmes. Et leur messager et le divin porcher se rencontrèrent, chargés du même message pour la noble femme.
Mais quand ils furent arrivés à la demeure du divin Roi, le
héraut dit, au milieu des servantes :

— Ton cher fils, ô Reine, est arrivé.

Et le porcher, s'approchant de Pènélopéia, lui répéta tout
ce que son cher fils avait ordonné de lui dire. Et, après avoir

accompli son message, il se hâta de rejoindre ses porcs, et il
quitta les cours et la demeure.

Et les Prétendants, attristés et soucieux dans l'âme, sortirent de la demeure et s'assirent auprès du grand mur de
la cour, devant les portes. Et, le premier, Eurymakhos, fils
de Polybos, leur dit :

— O amis, certes, une audacieuse entreprise a été accomplie, ce voyage de Tèlémakhos, que nous disions qu'il n'accomplirait pas. Traînons donc à la mer une solide nef noire
et réunissons très promptement des rameurs qui avertiront
nos compagnons de revenir à la hâte.

Il n'avait pas achevé de parler, quand Amphinomos,
tourné vers la mer, vit une nef entrer dans le port profond.
Et les marins, ayant serré les voiles, ne se servaient que des
avirons. Alors, il se mit à rire, et il dit aux Prétendants :

— N'envoyons aucun message. Les voici entrés. Ou
quelque Dieu les aura avertis, ou ils ont vu revenir
l'autre nef et n'ont pu l'atteindre.

Il parla ainsi, et tous, se levant, coururent au rivage de
la mer. Et aussitôt les marins traînèrent la nef noire à
terre, et les magnanimes serviteurs enlevèrent tous les
agrès. Puis ils se rendirent tous à l'agora ; et ils ne laissèrent s'asseoir ni les jeunes, ni les vieux. Et Antinoos,
fils d'Eupeithès, leur dit :

— O amis, les Dieux ont préservé cet homme de tout
mal. Tous les jours, de nombreuses sentinelles étaient
assises sur les hauts rochers battus des vents. Même à la
chute de Hèlios, jamais nous n'avons dormi à terre ; mais,
naviguant sur la nef rapide, nous attendions la divine Eôs,
épiant Tèlémakhos afin de le tuer au passage. Mais quelque Dieu l'a reconduit dans sa demeure. Délibérons donc
ici sur sa mort. Il ne faut pas que Tèlémakhos nous
échappe, car je ne pense pas que, lui vivant, nous accom-
plissions notre dessein. Il est, en effet, plein de sagesse et

d'intelligence, et, déjà, les peuples ne nous sont pas favo-
rables. Hâtons-nous avant qu'il réunisse les Akhaiens à
l'agora, car je ne pense pas qu'il tarde à le faire. Il excitera
leur colère, et il dira, se levant au milieu de tous, que nous
avons médité de le tuer, mais que nous ne l'avons point
rencontré. Et, l'ayant entendu, ils n'approuveront point ce
mauvais dessein. Craignons qu'ils méditent notre malheur,
qu'ils nous chassent dans nos demeures, et que nous
soyons contraints de fuir chez des peuples étrangers. Pré-
venons Tèlémakhos en le tuant loin de la ville, dans les
champs, ou dans le chemin. Nous prendrons sa vie et ses
richesses que nous partagerons également entre nous, et
nous donnerons cette demeure à sa mère, quel que soit
celui qui l'épousera. Si mes paroles ne vous plaisent pas,
si vous voulez qu'il vive et conserve ses biens paternels, ne
consumons pas, assemblés ici, ses chères richesses ; mais
que chacun de nous, retiré dans sa demeure, recherche Pènélopéia à l'aide de présents, et celui-là l'épousera qui lui
fera le plus de présents et qui l'obtiendra par le sort.

Il parla ainsi, et tous restèrent muets. Et, alors, Amphinomos, l'illustre fils du roi Nisos Arètiade, leur parla. C'é-
tait le chef des Prétendants venus de Doulikhios herbue et
fertile en blé, et il plaisait plus que les autres à Pènélopéia par ses paroles et ses pensées. Et il leur parla avec
prudence, et il leur dit :

— O amis, je ne veux point tuer Tèlémakhos. Il est terrible de tuer la race des Rois. Mais interrogeons d'abord
les desseins des Dieux. Si les lois du grand Zeus nous approuvent, je tuerai moi-même Tèlémakhos et j'exciterai
les autres à m'imiter ; mais si les Dieux nous en détour-
nent, je vous engagerai à ne rien entreprendre.

Amphinomos parla ainsi, et ce qu'il avait dit leur plut.
Et, aussitôt, ils se levèrent et entrèrent dans la demeure
d'Odysseus, et ils s'assirent sur des thrônes polis. Et, alors,

la prudente Pènélopéia résolut de paraître devant les Prétendants très-injurieux. En effet, elle avait appris la mort destinée à son fils dans les demeures. Le héraut Médôn, qui savait leurs desseins, les lui avait dits. Et elle se hâta de descendre dans la grande salle avec ses femmes. Et quand la noble femme se fut rendue auprès des Prétendants, elle s'arrêta sur le seuil de la belle salle, avec un beau voile sur les joues. Et elle réprimanda Antinoos et lui dit :

— Antinoos, injurieux et mauvais, on dit que tu l'emportes sur tes égaux en âge, parmi le peuple d'Ithakè, par ta sagesse et par tes paroles. Mais tu n'es point ce qu'on dit. Insensé ! Pourquoi médites-tu le meurtre et la mort de Tèlémakhos ? Tu ne te soucies point des prières des suppliants ; mais Zeus n'est-il pas leur témoin ? C'est une pensée impie que de méditer la mort d'autrui. Ne sais-tu pas que ton père s'est réfugié ici, fuyant le peuple qui était très-irrité contre lui ? Avec des pirates Taphiens, il avait pillé les Thesprôtes qui étaient nos amis, et le peuple voulait le tuer, lui déchirer le cœur et dévorer ses nombreuses richesses. Mais Odysseus les en empêcha et les retint. Et voici que, maintenant, tu ruines honteusement sa maison, tu recherches sa femme, tu veux tuer son fils et tu m'accables moi-même de douleurs ! Je t'ordonne de t'arrêter et de faire que les autres s'arrêtent.

Et Eurymakhos, fils de Polybos, lui répondit :

— Fille d'Ikarios, sage Pènélopéia, reprends courage et n'aie point ces inquiétudes dans ton esprit. L'homme n'existe point et n'existera jamais qui, moi vivant et les yeux ouverts, portera la main sur ton fils Tèlémakhos. Je le dis, en effet, et ma parole s'accomplirait : aussitôt son sang noir ruissellerait autour de ma lance. Souvent, le destructeur de citadelles Odysseus, me faisant asseoir sur ses genoux, m'a offert de ses mains de la chair rôtie et du vin rouge. C'est

pourquoi Tèlémakhos m'est le plus cher de tous les hommes.
Je l'invite à ne point craindre la mort de la part des Prétendants ; mais on ne peut l'éviter de la part d'un Dieu.

Il parla ainsi, la rassurant, et il méditait la mort de Tèlémakhos. Et Pènélopéia remonta dans la haute chambre
splendide, où elle pleura son cher mari Odysseus, jusqu'à
ce que Athènè aux yeux clairs eut répandu le doux sommeil
sur ses paupières.

Et, vers le soir, le divin porcher revint auprès d'Odysseus
et de son fils. Et ceux-ci, sacrifiant un porc d'un an, préparaient le repas dans l'étable. Mais Athènè s'approchant
du Laertiade Odysseus, et le frappant de sa baguette, l'a-
vait de nouveau rendu vieux. Et elle lui avait couvert le
corps de haillons, de peur que le porcher, le reconnaissant,
allât l'annoncer à la prudente Pènélopéia qui oublierait
peut-être sa prudence.

Et, le premier, Tèlémakhos lui dit :

— Tu es revenu, divin Eumaios! Que dit-on dans la
Ville? Les Prétendants insolents sont-ils de retour de leur
embuscade, ou sont-ils encore à m'épier au passage?

Et le porcher Eumaios lui répondit :

— Je ne me suis point inquiété de cela en traversant la
Ville, car mon cœur m'a ordonné de revenir très-promptement ici, après avoir porté mon message ; mais j'ai rencontré
un héraut rapide envoyé par tes compagnons, et qui a, le
premier, parlé à ta mère. Mais je sais ceci, et mes yeux l'ont
vu : Étant hors de la ville, sur la colline de Herméias, j'ai
vu une nef rapide entrer dans le port. Elle portait beaucoup
d'hommes, et elle était chargée de boucliers et de lances à
deux pointes. Je pense que c'étaient les Prétendants eux-
mêmes, mais je n'en sais rien.

Il parla ainsi, et la Force sacrée de Tèlémakhos se mit à

rire en regardant son père à l'insu du porcher. Et, après
avoir terminé leur travail, ils préparèrent le repas, et ils
mangèrent, et aucun, dans son âme, ne fut privé d'une part
égale. Et, quand ils eurent assouvi la soif et la faim, ils se
couchèrent et s'endormirent.

RHAPSODIE XVII.

UAND Eôs aux doigts rosés, née au matin, apparut, Tèlémakhos, le cher fils du divin Odysseus, attacha de belles sandales à ses pieds, saisit une lance solide qui convenait à ses mains, et, prêt à partir pour la Ville, il dit au porcher :

— Père, je vais à la Ville, afin que ma mère me voie, car je ne pense pas qu'elle cesse, avant de me revoir, de pleurer et de gémir. Et je t'ordonne ceci. Mène à la ville ce malheureux Etranger afin qu'il y mendie sa nourriture. Celui qui voudra lui donner à manger et à boire le fera. Je ne puis, accablé moi-même de douleurs, supporter tous les hommes. Si cet Etranger s'en irrite, ceci sera plus cruel pour lui ; mais, certes, j'aime à parler sincèrement.

Et le subtil Odysseus lui répondit :

— O ami, je ne désire point être retenu ici. Il vaut mieux mendier sa nourriture à la ville qu'aux champs. Me donnera qui voudra. Je ne veux point rester davantage dans

tes étables afin d'obéir à tous les ordres d'un chef. Va donc,
et celui-ci me conduira, comme tu le lui ordonnes, dès que
je me serai réchauffé au feu et que la chaleur sera venue;
car, n'ayant que ces haillons, je crains que le froid du matin me saisisse, et on dit que la Ville est loin d'ici.

Il parla ainsi, et Tèlémakhos sortit de l'étable et marcha
rapidement en méditant la perte des Prétendants. Puis,
étant arrivé aux demeures bien peuplées, il appuya sa lance
contre une haute colonne, et il entra, passant le seuil de
pierre. Et, aussitôt, la nourrice Eurykléia, qui étendait des
peaux sur les thrônes bien travaillés, le vit la première.
Et elle s'élança, fondant en larmes. Et les autres servantes
du patient Odysseus se rassemblèrent autour de lui, et elles
l'entouraient de leurs bras, baisant sa tête et ses épaules.
Et la sage Pènélopéia sortit à la hâte de la chambre nuptiale, semblable à Artémis ou à Aphroditè d'or. Et, en
pleurant, elle jeta ses bras autour de son cher fils, et elle
baisa sa tête et ses beaux yeux, et elle lui dit, en gémissant,
ces paroles ailées:

— Tu es donc revenu, Tèlémakhos, douce lumière! Je
pensais ne plus te revoir depuis que tu es allé sur une nef
à Pylos, en secret et contre mon gré, afin de t'informer de
ton cher père. Mais dis-moi promptement ce que tu as appris.

Et le prudent Tèlémakhos lui répondit:

— Ma mère, n'excite point mes larmes et ne remue point
mon cœur dans ma poitrine, à moi qui viens d'échapper à
la mort. Mais baigne ton corps, prends des vêtements frais,
monte avec tes servantes dans les chambres hautes et voue
à tous les Dieux de complètes hécatombes que tu sacrifieras
si Zeus m'accorde de me venger. Pour moi, je vais à l'agora,
où je vais chercher un hôte qui m'a suivi quand je suis
revenu. Je l'ai envoyé en avant avec mes divins compagnons, et j'ai ordonné à Peiraios de l'emmener dans sa de-

meure, de prendre soin de lui et de l'honorer jusqu'à ce que je vinsse.

Il parla ainsi, et sa parole ne fut pas vaine. Et Pènélopéia baigna son corps, prit des vêtements frais, monta avec ses servantes dans les chambres hautes et voua à tous les Dieux de complètes hécatombes qu'elle devait leur sacrifier si Zeus accordait à son fils de se venger.

Tèlémakhos sortit ensuite de sa demeure, tenant sa lance. Et deux chiens aux pieds rapides le suivaient, et Athènè répandit sur lui une grâce divine. Tous les peuples l'admiraient au passage; et les Prétendants insolents s'empressèrent autour de lui, le félicitant à l'envi, mais, au fond de leur âme, méditant son malheur. Et il se dégagea de leur multitude et il alla s'asseoir là où étaient Mentôr, Antiphos et Halithersès, qui étaient d'anciens amis de son père. Il s'assit là, et ils l'interrogèrent sur chaque chose. Et Peiraios illustre par sa lance vint à eux, conduisant son hôte à l'agora, à travers la ville. Et Tèlémakhos ne tarda pas à se tourner du côté de l'Etranger. Mais Peiraios dit le premier :

— Tèlémakhos, envoie promptement des servantes à ma demeure, afin que je te remette les présents que t'a faits Ménélaos.

Et le prudent Tèlémakhos lui répondit :

— Peiraios, nous ne savons comment tourneront les choses. Si les Prétendants insolents me tuent en secret dans mes demeures et se partagent mes biens paternels, je veux que tu possèdes ces présents, et j'aime mieux que tu en jouisses qu'eux. Si je leur envoie la Kèr et la mort, alors tu me les rapporteras, joyeux, dans mes demeures, et je m'en réjouirai.

Ayant ainsi parlé, il conduisit vers sa demeure son hôte malheureux. Et dès qu'ils furent arrivés ils déposèrent leurs manteaux sur des siéges et sur des thrônes, et ils se

baignèrent dans des baignoires polies. Et, après que les
servantes les eurent baignés et parfumés d'huile, elles les
couvrirent de tuniques et de riches manteaux, et ils s'assirent sur des thrônes. Une servante leur versa de l'eau,
d'une belle aiguière d'or dans un bassin d'argent, pour se
laver les mains, et elle dressa devant eux une table polie
que la vénérable Intendante, pleine de bienveillance pour
tous, couvrit de pain qu'elle avait apporté et de nombreux
mets. Et Pènélopéia s'assit en face d'eux, à l'entrée de la
salle, et, se penchant de son siége, elle filait des laines fines.
Puis, ils étendirent les mains vers les mets placés devant
eux; et, après qu'ils eurent assouvi la soif et la faim, la
prudente Pènélopéia leur dit la première :

— Tèlémakhos, je remonterai dans ma chambre nuptiale
et je me coucherai sur le lit plein de mes soupirs et arrosé
de mes larmes depuis le jour où Odysseus est allé à Ilios
avec les Atréides, et tu ne veux pas, avant l'entrée des Prétendants insolents dans cette demeure, me dire tout ce que
tu as appris sur le retour de ton père !

Et le prudent Tèlémakhos lui répondit :

— Ma mère, je vais te dire la vérité. Nous sommes allés
à Pylos, auprès du prince des peuples Nestôr. Et celui-ci
m'a reçu dans ses hautes demeures, et il m'a comblé de
soins, comme un père accueille son fils récemment arrivé
après une longue absence. C'est ainsi que lui et ses illustres
fils m'ont accueilli. Mais il m'a dit qu'aucun des hommes
terrestres ne lui avait rien appris du malheureux Odysseus
mort ou vivant. Et il m'a envoyé avec un char et des chevaux vers l'Atréide Ménélaos, illustre par sa lance. Et là j'ai
vu l'Argienne Hélénè, pour qui tant d'Argiens et de Troiens
ont souffert par la volonté des Dieux. Et le brave Ménélaos
m'a demandé aussitôt pourquoi je venais dans la divine
Lakédaimôn; et je lui ai dit la vérité, et, alors, il m'a ré-
pondu ainsi : — O Dieux! certes, des lâches veulent coucher

dans le lit d'un brave ! Ainsi une biche a déposé dans le repaire d'un lion robuste ses faons nouveau-nés et qui tettent, tandis qu'elle va paître sur les hauteurs ou dans les
vallées herbues ; et voici que le lion, rentrant dans son repaire, tue misérablement tous les faons. Ainsi Odysseus
leur fera subir une mort misérable. Plaise au père Zeus, à
Athènè, à Apollôn, qu'Odysseus se mêle aux Prétendants,
tel qu'il était dans Lesbos bien bâtie, quand, se levant pour
lutter contre le Philomèléide, il le terrassa rudement ! Tous
les Akhaiens s'en réjouirent. La vie des Prétendants serait
brève et leurs noces seraient amères. Mais les choses que tu
me demandes en me suppliant, je te les dirai sans te rien
cacher, telles que me les a dites le Vieillard véridique de la
mer. Je te les dirai toutes et je ne te cacherai rien. Il m'a
dit qu'il avait vu Odysseus subissant de cruelles douleurs
dans l'île et dans les demeures de la nymphe Kalypsô, qui
le retient de force. Et il ne pouvait regagner la terre de sa
patrie. Il n'avait plus, en effet, de nefs armées d'avirons, ni
de compagnons pour le reconduire sur le large dos de la
mer.—C'est ainsi que m'a parlé l'Atréide Ménélaos, illustre
par sa lance. Puis, je suis parti, et les Immortels m'ont envoyé un vent propice et m'ont ramené promptement dans
la terre de la patrie.

Il parla ainsi, et l'âme de Pènélopéia fut émue dans sa
poitrine. Et le divin Théoklyménos leur dit :

— O vénérable femme du Laertiade Odysseus, certes,
Tèlémakhos ne sait pas tout. Ecoute donc mes paroles. Je
te prédirai des choses vraies et je ne te cacherai rien. Que
Zeus, le premier des Dieux, le sache ! et cette table hospitalière, et la maison du brave Odysseus où je suis venu !
Certes, Odysseus est déjà dans la terre de la patrie. Caché
ou errant, il s'informe des choses funestes qui se passent
et il prépare la perte des Prétendants. Tel est le signe que
j'ai vu sur la nef et que j'ai révélé à Tèlémakhos.

Et la prudente Pènélopéia lui répondit :

— Plaise aux Dieux, Etranger, que tes paroles s'accomplissent ! Tu connaîtras alors mon amitié, et je te ferai de nombreux présents, et chacun te dira un homme heureux.

Et c'est ainsi qu'ils se parlaient. Et les Prétendants, devant la demeure d'Odysseus, sur le beau pavé, là où ils avaient coutume d'être insolents, se réjouissaient en lançant les disques et les traits. Mais quand le temps de prendre le repas fut venu, et quand les troupeaux arrivèrent de tous côtés des champs avec ceux qui les amenaient ordinairement, alors Médôn, qui leur plaisait le plus parmi les hérauts et qui mangeait avec eux, leur dit :

— Jeunes hommes, puisque vous avez charmé votre âme par ces jeux, entrez dans la demeure, afin que nous préparions le repas. Il est bon de prendre son repas quand le temps en est venu.

Il parla ainsi, et tous se levèrent et entrèrent dans la maison. Et quand ils furent entrés, ils déposèrent leurs manteaux sur les siéges et sur les thrônes. Puis, ils égorgèrent les grandes brebis et les chèvres grasses. Et ils égorgèrent aussi les porcs gras et une génisse indomptée, et ils préparèrent le repas.

Pendant ce temps, Odysseus et le divin porcher se disposaient à se rendre des champs à la Ville, et le chef des porchers, le premier, parla ainsi :

— Etranger, allons ! puisque tu désires aller aujourd'hui à la Ville, comme mon maître l'a ordonné. Certes, j'aurais voulu te faire gardien des étables ; mais je respecte mon maître et je crains qu'il s'irrite, et les menaces des maîtres sont à redouter. Allons donc maintenant. Le jour s'incline déjà, et le froid est plus vif vers le soir.

Et le subtil Odysseus lui répondit :

— J'entends et je comprends, et je ferai avec intelligence ce que tu ordonnes. Allons, et conduis-moi, et donne-moi

un bâton, afin que je m'appuie, puisque tu dis que le chemin est difficile.

· Ayant ainsi parlé, il jeta sur ses épaules sa misérable besace pleine de trous et fermée par une courroie tordue. Et
Eumaios lui donna un bâton à son goût, et ils partirent,
laissant les chiens et les porchers garder les étables. Et
Eumaios conduisait ainsi vers la ville son Roi semblable à
un vieux et misérable mendiant, appuyé sur un bâton et
couvert de haillons.

En avançant sur la route difficile, ils approchèrent de la
Ville et de la fontaine aux belles eaux courantes où venaient
puiser les citoyens. Ithakos, Nèritos et Polyktôr l'avaient
construite, et, tout autour, il y avait un bois sacré de peupliers rafraîchis par l'eau qui coulait en cercle régulier. Et
l'eau glacée tombait aussi de la cime d'une roche, et, au-
dessous, il y avait un autel des Nymphes où sacrifiaient
tous les voyageurs.

Ce fut là que Mélanthios, fils de Dolios, les rencontra
tous deux. Il conduisait les meilleures chèvres de ses troupeaux pour les repas des Prétendants, et deux bergers le
suivaient. Alors, ayant vu Odysseus et Eumaios, il les in-
sulta grossièrement et honteusement, et il remua l'âme
d'Odysseus:

— Voici qu'un misérable conduit un autre misérable, et
c'est ainsi qu'un Dieu réunit les semblables! Ignoble porcher, où mènes-tu ce mendiant vorace, vile calamité des
repas, qui usera ses épaules en s'appuyant à toutes les portes,
demandant des restes et non des épées et des bassins. Si tu
me le donnais, j'en ferais le gardien de mes étables, qu'il
nettoierait. Il porterait le fourrage aux chevaux, et buvant
au moins du petit lait, il engraisserait. Mais, sans doute, il
ne sait faire que le mal, et il ne veut point travailler, et il
aime mieux, parmi le peuple, mendier pour repaître son
ventre insatiable. Je te dis ceci, et ma parole s'accomplira :

s'il entre dans les demeures du divin Odysseus, les esca-
beaux des hommes voleront autour de sa tête par la demeure, le frapperont et lui meurtriront les flancs.

Ayant ainsi parlé, l'insensé se rua et frappa Odysseus à
la cuisse, mais sans pouvoir l'ébranler sur le chemin. Et
Odysseus resta immobile, délibérant s'il lui arracherait l'âme
d'un coup de bâton, ou si, le soulevant de terre, il lui écra-
serait la tête contre le sol. Mais il se contint dans son âme.
Et le porcher, ayant vu cela, s'indigna, et il dit en levant
les mains :

— Nymphes Krèniades, filles de Zeus, si jamais Odysseus a brûlé pour vous les cuisses grasses et odorantes des
agneaux et des chevreaux, accomplissez mon vœu. Que ce
héros revienne et qu'une divinité le conduise! Certes, alors,
ô Mélanthios, il troublerait les joies que tu goûtes en errant sans cesse, plein d'insolence, par la Ville, tandis que
de mauvais bergers perdent les troupeaux.

Et le chevrier Mélanthios lui répondit :

— O dieux! Que dit ce chien rusé? Mais bientôt je le
conduirai moi-même, sur une nef noire, loin d'Ithakè, et
un grand prix m'en reviendra. Plût aux Dieux qu'Apollôn
à l'arc d'argent tuât aujourd'hui Tèlémakhos dans ses demeures, ou qu'il fût tué par les Prétendants, aussi vrai
qu'Odysseus, au loin, a perdu le jour du retour!

Ayant ainsi parlé, il les laissa marcher en silence, et, les
devançant, il parvint rapidement aux demeures du Roi. Et
il y entra aussitôt, et il s'assit parmi les Prétendants, auprès d'Eurymakhos qui l'aimait beaucoup. Et on lui offrit
sa part des viandes, et la vénérable Intendante lui apporta
du pain à manger.

Alors, Odysseus et le divin porcher, étant arrivés, s'arrêtèrent; et le son de la kithare creuse vint jusqu'à eux,
car Phèmios commençait à chanter au milieu des Prétendants. Et Odysseus, ayant pris la main du porcher, lui dit:

— Eumaios, certes, voici les belles demeures d'Odysseus. Elles sont faciles à reconnaître au milieu de toutes les autres, tant elles en sont différentes. La cour est ornée de murs et de pieux, et les portes à deux battants sont solides. Aucun homme ne pourrait les forcer. Je comprends que beaucoup d'hommes prennent là leur repas, car l'odeur s'en élève, et la kithare résonne, elle dont les Dieux ont fait le charme des repas.

Et le porcher Eumaios lui répondit :

— Tu as tout compris aisément, car tu es très-intelligent; mais délibérons sur ce qu'il faut faire. Ou tu entreras le premier dans les riches demeures, au milieu des Prétendants, et je resterai ici; ou, si tu veux rester, j'irai devant. Mais ne tarde pas dehors, de peur qu'on te frappe et qu'on te chasse. Je t'engage à te décider.

Et le patient et divin Odysseus lui répondit :

— Je sais, je comprends, et je ferai avec intelligence ce que tu dis. Va devant, et je resterai ici. J'ai l'habitude des blessures, et mon âme est patiente sous les coups, car j'ai subi bien des maux sur la mer et dans la guerre. Advienne que pourra. Il ne m'est point possible de cacher la faim cruelle qui ronge mon ventre et qui fait souffrir tant de maux aux hommes, et qui pousse sur la mer indomptée les nefs à bancs de rameurs pour apporter le malheur aux ennemis.

Et ils se parlaient ainsi, et un chien, qui était couché là, leva la tête et dressa les oreilles. C'était Argos, le chien du malheureux Odysseus qui l'avait nourri lui-même autrefois, et qui n'en jouit pas, étant parti pour la sainte Ilios. Les jeunes hommes l'avaient autrefois conduit à la chasse des chèvres sauvages, des cerfs et des lièvres; et, maintenant, en l'absence de son maître, il gisait, délaissé, sur l'amas de fumier de mulets et de bœufs qui était devant les portes, et y restait jusqu'à ce que les serviteurs d'Odysseus l'eussent emporté pour engraisser son grand verger. Et le

chien Argos gisait là, rongé de vermine. Et, aussitôt, il reconnut Odysseus qui approchait, et il remua la queue et
dressa les oreilles; mais il ne put pas aller au-devant de
son maître, qui, l'ayant vu, essuya une larme, en se cachant
aisément d'Eumaios. Et, aussitôt, il demanda à celui-ci :

— Eumaios, voici une chose prodigieuse. Ce chien gisant
sur ce fumier a un beau corps. Je ne sais si, avec cette
beauté, il a été rapide à la course, ou si c'est un de ces
chiens que les hommes nourrissent à leur table et que les
Rois élèvent à cause de leur beauté.

Et le porcher Eumaios lui répondit :

— C'est le chien d'un homme mort au loin. S'il était encore, par les formes et les qualités, tel qu'Odysseus le laissa
en allant à Troiè, tu admirerais sa rapidité et sa force.
Aucune bête fauve qu'il avait aperçue ne lui échappait dans
les profondeurs des bois, et il était doué d'un flair excellent.
Maintenant les maux l'accablent. Son maître est mort loin
de sa patrie, et les servantes négligentes ne le soignent
point. Les serviteurs, auxquels leurs maîtres ne commandent plus, ne veulent plus agir avec justice, car le retentissant Zeus ôte à l'homme la moitié de sa vertu, quand il
le soumet à la servitude.

Ayant ainsi parlé, il entra dans la riche demeure, qu'il
traversa pour se rendre au milieu des illustres Prétendants.
Et, aussitôt, la Kèr de la noire mort saisit Argos comme il
venait de revoir Odysseus après la vingtième année.

Et le divin Tèlémakhos vit, le premier, Eumaios traverser la demeure, et il lui fit signe pour l'appeler promptement à lui. Et le porcher, ayant regardé, prit le siége vide
du Découpeur qui servait alors les viandes abondantes aux
Prétendants, et qui les découpait pour les convives. Et
Eumaios, portant ce siége devant la table de Tèlémakhos,
s'y assit. Et un héraut lui offrit une part des mets et du
pain pris dans une corbeille.

Et, après lui, Odysseus entra dans la demeure, semblable
à un misérable et vieux mendiant, appuyé sur un bâton et
couvert de vêtements en haillons. Et il s'assit sur le seuil
de frêne, en dedans des portes, et il s'adossa contre le montant de cyprès qu'un ouvrier avait autrefois habilement
poli et dressé avec le cordeau. Alors, Tèlémakhos, ayant
appelé le porcher, prit un pain entier dans la belle corbeille,
et des viandes, autant que ses mains purent en prendre, et
dit :

— Porte ceci, et donne-le à l'Etranger, et ordonne-lui de
demander à chacun des Prétendants. La honte n'est pas
bonne à l'indigent.

Il parla ainsi, et le porcher, l'ayant entendu, s'approcha
d'Odysseus et lui dit ces paroles ailées :

— Tèlémakhos, ô Etranger, te donne ceci, et il t'ordonne
de demander à chacun des Prétendants. Il dit que la honte
n'est pas bonne à l'indigent.

Et le subtil Odysseus lui répondit :

— Roi Zeus! accorde-moi que Tèlémakhos soit heureux
entre tous les hommes, et que tout ce qu'il désire s'accomplisse!

Il parla ainsi, et, prenant la nourriture des deux mains,
il la posa à ses pieds sur sa besace trouée, et il mangea
pendant que le divin Aoide chantait dans les demeures.
Mais le divin Aoide se tut, et les Prétendants élevèrent un
grand tumulte, et Athènè, s'approchant du Laertiade Odysseus, l'excita à demander aux Prétendants, afin de reconnaître ceux qui étaient justes et ceux qui étaient iniques.
Mais aucun d'eux ne devait être sauvé de la mort. Et Odysseus se hâta de prier chacun d'eux en commençant par la
droite et en tendant les deux mains, comme ont coutume
les mendiants. Et ils lui donnaient, ayant pitié de lui, et
ils s'étonnaient, et ils se demandaient qui il était et d'où il
venait. Alors, le chevrier Mélanthios leur dit :

— Écoutez-moi, Prétendants de l'illustre Reine, je parlerai de cet Étranger que j'ai déjà vu. C'est assurément le porcher qui l'a conduit ici; mais je ne sais où il est né.

Il parla ainsi, et Antinoos réprimanda le porcher par ces paroles :

— O porcher, pourquoi as-tu conduit cet homme à la Ville? N'avons-nous pas assez de vagabonds et de mendiants, calamité des repas? Trouves-tu qu'il ne suffit pas de ceux qui sont réunis ici pour dévorer les biens de ton maître, que tu aies encore appelé celui-ci?

Et le porcher Eumaios lui répondit :

— Antinoos, tu ne dis pas de bonnes paroles, bien que tu sois illustre. Quel homme peut appeler un étranger, afin qu'il vienne de loin, s'il n'est de ceux qui sont habiles, un divinateur, un médecin, un ouvrier qui taille le bois, ou un grand Aoide qui charme en chantant? Ceux-là sont illustres parmi les hommes sur la terre immense. Mais personne n'appelle un mendiant, s'il ne désire se nuire à soi-même. Tu es le plus dur des Prétendants pour les serviteurs d'Odysseus, et surtout pour moi; mais je n'en ai nul souci, tant que la sage Pènélopéia et le divin Tèlémakhos vivront dans leurs demeures.

Et le prudent Tèlémakhos lui dit :

— Tais-toi, et ne lui réponds point tant de paroles. Antinoos a coutume de chercher querelle par des paroles injurieuses et d'exciter tous les autres.

Il parla ainsi, et il dit ensuite à Antinoos ces paroles ailées :

— Antinoos, tu prends soin de moi comme un père de son fils, toi qui ordonnes impérieusement à un étranger de sortir de ma demeure! mais qu'un Dieu n'accomplisse point cet ordre. Donne à cet homme; je ne t'en blâmerai point. Je te l'ordonne même. Tu n'offenseras ainsi, ni ma mère, ni aucun des serviteurs qui sont dans la demeure dù

divin Odysseus. Mais telle n'est point la pensée que tu as
dans ta poitrine, et tu aimes mieux manger davantage toi-
même que de donner à un autre.

Et Antinoos lui répondit :

— Tèlémakhos, agorète orgueilleux et plein de colère,
qu'as-tu dit? Si tous les Prétendants lui donnaient autant
que moi, il serait retenu loin de cette demeure pendant trois
mois au moins.

Il parla ainsi, saisissant et montrant l'escabeau sur lequel
il appuyait ses pieds brillants sous la table. Mais tous les
autres donnèrent à Odysseus et emplirent sa besace de
viandes et de pain. Et déjà Odysseus s'en retournait pour
goûter les dons des Akhaiens, mais il s'arrêta auprès d'Antinoos et lui dit :

— Donne-moi, ami, car tu ne parais pas le dernier des
Akhaiens mais plutôt le premier d'entre eux, et tu es semblable à un roi. Il t'appartient de me donner plus abondamment que les autres, et je te louerai sur la terre immense.
En effet, moi aussi, autrefois, j'ai habité une demeure parmi
les hommes; j'ai été riche et heureux, et j'ai souvent
donné aux étrangers, quels qu'ils fussent et quelle que fût
leur misère. Je possédais de nombreux serviteurs et tout
ce qui fait vivre heureux et fait dire qu'on est riche; mais
Zeus Kroniôn a tout détruit, car telle a été sa volonté. Il
m'envoya avec des pirates vagabonds dans l'Aigyptiè lointaine, afin que j'y périsse. Le cinquième jour j'arrêtai mes
nefs à deux rangs d'avirons dans le fleuve Aigyptos. Alors
j'ordonnai à mes chers compagnons de rester auprès des
nefs pour les garder, et j'envoyai des éclaireurs pour aller
à la découverte. Mais ceux-ci, égarés par leur audace et
confiants dans leurs forces, dévastèrent aussitôt les beaux
champs des hommes Aigyptiens, entraînant les femmes et
les petits enfants et tuant les hommes. Et aussitôt le tumulte arriva jusqu'à la Ville, et les habitants, entendant ces

clameurs, accoururent au lever d'Eôs, et toute la plaine se
remplit de piétons et de cavaliers et de l'éclat de l'airain. Et
le Foudroyant Zeus mit mes compagnons en fuite, et aucun d'eux ne soutint l'attaque, et la mort les environna de
toutes parts. Là, un grand nombre des nôtres fut tué par
l'airain aigu, et les autres furent emmenés vivants pour être
esclaves. Et les Aigyptiens me donnèrent à Dmètôr Iaside,
qui commandait à Kypros, et il m'y emmena, et de là je
suis venu ici, après avoir beaucoup souffert.

Et Antinoos lui répondit :

— Quel Dieu a conduit ici cette peste, cette calamité des
repas? Tiens-toi au milieu de la salle, loin de ma table, si
tu ne veux voir bientôt une Aigyptiè et une Kypros amères,
aussi sûrement que tu es un audacieux et impudent mendiant. Tu t'arrêtes devant chacun, et ils te donnent inconsidérément, rien ne les empêchant de donner ce qui ne
leur appartient pas, car ils ont tout en abondance.

Et le subtil Odysseus dit en s'en retournant :

— O Dieux! Tu n'as pas les pensées qui conviennent à
ta beauté; et à celui qui te le demanderait dans ta propre
demeure tu ne donnerais pas même du sel, toi qui, assis
maintenant à une table étrangère, ne peux supporter la
pensée de me donner un peu de pain, quand tout abonde
ici.

Il parla ainsi, et Antinoos fut grandement irrité dans son
cœur, et, le regardant d'un œil sombre, il lui dit ces paroles ailées :

— Je ne pense pas que tu sortes sain et sauf de cette
demeure, puisque tu as prononcé cet outrage.

Ayant ainsi parlé, il saisit son escabeau et en frappa
l'épaule droite d'Odysseus à l'extrémité du dos. Mais Odysseus resta ferme comme une pierre, et le trait d'Antinoos
ne l'ébranla pas. Il secoua la tête en silence, en méditant
la mort du Prétendant. Puis, il retourna s'asseoir sur le

seuil, posa à terre sa besace pleine et dit aux Prétendants :

— Ecoutez-moi, Prétendants de l'illustre Reine, afin
que je dise ce que mon cœur m'ordonne dans ma poitrine.
Il n'y a ni douleur, ni honte, quand un homme est frappé,
combattant pour ses biens, soit des bœufs, soit de grasses
brebis; mais Antinoos m'a frappé parce que mon ventre
est rongé par la faim cruelle qui cause tant de maux aux
hommes. Donc, s'il est des Dieux et des Erinnyes pour les
mendiants, Antinoos, avant ses noces, rencontrera la mort.

Et Antinoos, le fils d'Eupeithès, lui dit :

— Mange en silence, Etranger, ou sors, de peur que,
parlant comme tu le fais, les jeunes hommes te traînent, à
travers la demeure, par les pieds ou par les bras, et te
mettent en pièces.

Il parla ainsi, mais tous les autres le blâmèrent rudement,
et un des jeunes hommes insolents lui dit :

— Antinoos, tu as mal fait de frapper ce malheureux
vagabond. Insensé! si c'était un des Dieux Ouraniens? Car
les Dieux, qui prennent toutes les formes, errent souvent
par les villes, semblables à des étrangers errants, afin de
reconnaître la justice ou l'iniquité des hommes.

Les Prétendants parlèrent ainsi, mais leurs paroles ne
touchèrent point Antinoos. Et une grande douleur s'éleva
dans le cœur de Tèlémakhos à cause du coup qui avait été
porté. Cependant, il ne versa point de larmes, mais il secoua la tête en silence, en méditant la mort du Prétendant.
Et la prudente Pènélopéia, ayant appris qu'un Etranger
avait été frappé dans la demeure, dit à ses servantes :

— Puisse Apollôn illustre par son arc frapper ainsi Antinoos!

Et Eurynomè l'Intendante lui répondit :

— Si nous pouvions accomplir nos propres vœux, aucun
de ceux-ci ne verrait le retour du beau matin!

Et la prudente Pènélopéia lui dit :

. — Nourrice, tous me sont ennemis, car ils méditent le
mal; mais Antinoos, plus que tous, est pour moi semblable
à la noire Kèr. Un malheureux Etranger mendie dans la
demeure, demandant à chacun, car la nécessité le presse,
et tous lui donnent; mais Antinoos le frappe d'un escabeau
à l'épaule droite!

Elle parla ainsi au milieu de ses servantes. Et le divin
Odysseus acheva son repas, et Pènélopéia fit appeler le
divin porcher et lui dit :

. — Va, divin Eumaios, et ordonne à l'Etranger de venir,
afin que je le salue et l'interroge. Peut-être qu'il a entendu
parler du malheureux Odysseus, ou qu'il l'a vu de ses yeux,
car il semble lui-même avoir beaucoup erré. .

Et le porcher Eumaios lui répondit :

— Plût aux Dieux, Reine, que tous les Akhaiens fissent
silence et qu'il charmât ton cher cœur de ses paroles ! Je
l'ai retenu dans l'étable pendant trois nuits et trois jours,
car il était d'abord venu vers moi après s'être enfui d'une
nef. Et il n'a point achevé de dire toute sa destinée malheureuse. De même qu'on révère un Aoide instruit par les
Dieux à chanter des paroles douces aux hommes, et qu'on
ne veut jamais cesser de l'écouter quand il chante, de même
celui-ci m'a charmé dans mes demeures. Il dit qu'il est un
hôte paternel d'Odysseus et qu'il habitait la Krètè où commande la race de Minôs. Après avoir subi beaucoup de
maux, errant çà et là, il est venu ici. Il dit qu'il a entendu
parler d'Odysseus chez le riche peuple des Thesprôtes, et
qu'il vit encore, et qu'il rapporte de nombreuses richesses
dans sa demeure.

Et la prudente Pènélopéia lui répondit :

— Va! Appelle-le, afin qu'il parle devant moi. Les Prétendants se réjouissent, assis les uns devant les portes, les
autres dans la demeure, car leur esprit est joyeux. Leurs
richesses restent intactes dans leurs maisons, leur pain et

leur vin doux, dont se nourrissent leurs serviteurs seulement. Mais, tous les jours, dans notre demeure, ils tuent nos bœufs, nos brebis et nos chèvres grasses, et ils les mangent, et ils boivent notre vin rouge impunément, et ils ont déjà consumé beaucoup de richesses. Il n'y a point ici d'homme tel qu'Odysseus pour chasser cette ruine hors de la demeure. Mais si Odysseus revenait et abordait la terre de la patrie, bientôt, avec son fils, il aurait réprimé les insolences de ces hommes.

Elle parla ainsi, et Tèlémakhos éternua très-fortement, et toute la maison en retentit. Et Pènélopéia se mit à rire, et, aussitôt, elle dit à Eumaios ces paroles ailées :

— Va! Appelle cet Etranger devant moi. Ne vois-tu pas que mon fils a éternué comme j'achevais de parler? Que la mort de tous les Prétendants s'accomplisse ainsi, et que nul d'entre eux n'évite la Kèr et la mort! Mais je te dirai ceci ; retiens-le dans ton esprit : si je reconnais que cet Etranger me dit la vérité, je lui donnerai de beaux vête-ments, un manteau et une tunique.

Elle parla ainsi, et le porcher, l'ayant entendue, s'appro-cha d'Odysseus et lui dit ces paroles ailées :

— Père Etranger, la sage Pènélopéia, la mère de Tèlé-makhos, t'appelle. Son âme lui ordonne de t'interroger sur son mari, bien qu'elle subisse beaucoup de douleurs. Si elle reconnaît que tu lui as dit la vérité, elle te donnera un manteau et une tunique dont tu as grand besoin ; et tu demanderas ton pain parmi le peuple, et tu satisferas ta faim, et chacun te donnera s'il le veut.

Et le patient et divin Odysseus lui répondit :

— Eumaios, je dirai bientôt toute la vérité à la fille d'I-karios, la très-sage Pènélopéia. Je sais toute la destinée d'Odysseus, et nous avons subi les mêmes maux. Mais je crains la multitude des Prétendants insolents. Leur orgueil et leur violence sont montés jusqu'à l'Ouranos de fer. Voici qu'un d'entre eux, comme je traversais innocemment la salle, m'ayant frappé, m'a fait un grand mal. Et Tèlémakhos n'y a point pris garde, ni aucun autre. Donc, maintenant, engage Pènélopéia, malgré sa hâte, à attendre dans ses demeures jusqu'à la chute de Hèlios. Alors, tandis que je serai assis auprès du foyer, elle m'interrogera sur le jour du retour de son mari. Je n'ai que des vêtements en haillons ; tu le sais, puisque c'est toi que j'ai supplié le premier.

Il parla ainsi, et le porcher le quitta après l'avoir entendu. Et, dès qu'il parut sur le seuil, Pènélopéia lui dit :

— Tu ne l'amènes pas, Eumaios ? Pourquoi refuse-t-il ? Craint-il quelque outrage, ou a-t-il honte ? La honte n'est pas bonne à l'indigent.

Et le porcher Eumaios lui répondit :

— Il parle comme il convient et comme chacun pense. Il veut éviter l'insolence des Prétendants orgueilleux. Mais il te prie d'attendre jusqu'au coucher de Hèlios. Il te sera ainsi plus facile, ô Reine, de parler seule à cet Etranger et de l'écouter.

Et la prudente Pènélopéia lui répondit :

— Cet Etranger, quel qu'il soit, ne semble point sans prudence ; et, en effet, aucun des plus injurieux parmi les hommes mortels n'a médité plus d'iniquités que ceux-ci.

Elle parla ainsi, et le divin porcher retourna dans l'assemblée des Prétendants, après avoir tout dit. Et, penchant la tête vers Tèlémakhos, afin que les autres ne l'entendissent pas, il dit ces paroles ailées :

— O ami, je pars, afin d'aller garder tes porcs et veiller sur tes richesses et les miennes. Ce qui est ici te regarde. Mais conserve-toi et songe dans ton âme à te préserver. De nombreux Akhaiens ont de mauvais desseins, mais que Zeus les perde avant qu'ils nous nuisent !

Et le prudent Tèlémakhos lui répondit :

— Il en sera ainsi, Père. Mais pars avant la nuit. Reviens demain, au matin, et amène les belles victimes. C'est
aux Immortels et à moi de nous inquiéter de tout le reste.

Il parla ainsi, et le porcher s'assit de nouveau sur le siége
poli, et là il contenta son âme en buvant et en mangeant;
puis, se hâtant de retourner vers ses porcs, il laissa les
cours et la demeure pleines de convives qui se charmaient
par la danse et le chant, car déjà le soir était venu.

RHAPSODIE XVIII.

T il vint un mendiant qui errait par la Ville et qui mendiait dans Ithakè. Et il était renommé par son ventre insatiable, car il mangeait et buvait sans cesse; mais il n'avait ni force, ni courage, bien qu'il fût beau et grand. Il se nommait Arnaios, et c'était le nom que sa mère vénérable lui avait donné à sa naissance; mais les jeunes hommes le nommaient tous Iros, parce qu'il faisait volontiers les messages, quand quelqu'un le lui ordonnait. Et dès qu'il fut arrivé, il voulut chasser Odysseus de sa demeure, et, en l'injuriant, il lui dit ces paroles ailées :

— Sors du portique, Vieillard, de peur d'être traîné aussitôt par les pieds. Ne comprends-tu pas que tous me font signe et m'ordonnent de te traîner dehors? Cependant, j'ai pitié de toi. Lève-toi donc, de peur qu'il y ait de la discorde entre nous et que nous en venions aux mains.

18

Et le subtil Odysseus, le regardant d'un œil sombre, lui dit :

— Malheureux! Je ne te fais aucun mal, je ne te dis rien, et je ne t'envie pas à cause des nombreux dons que tu pourras recevoir. Ce seuil nous servira à tous deux. Il ne faut pas que tu sois envieux d'un étranger, car tu me sembles un vagabond comme moi, et ce sont les Dieux qui distribuent les richesses. Ne me provoque donc pas aux coups et n'éveille pas ma colère, de peur que je souille de sang ta poitrine et tes lèvres, bien que je sois vieux. Demain je n'en serai que plus tranquille, et je ne pense pas que tu reviennes après cela dans la demeure du Laertiade Odysseus.

Et le mendiant Iros, irrité, lui dit :

— O Dieux! comme ce mendiant parle avec facilité, semblable à une vieille enfumée! Mais je vais le maltraiter en le frappant des deux mains, et je ferai tomber toutes ses dents de ses mâchoires, comme celles d'un sanglier mangeur de moissons! Maintenant, ceins-toi, et que tous ceux-ci nous voient combattre. Mais comment lutteras-tu contre un homme jeune ?

Ainsi, devant les hautes portes, sur le seuil poli, ils se querellaient de toute leur âme. Et la Force sacrée d'Antinoos les entendit, et, se mettant à rire, il dit aux Prétendants :

— O amis! jamais rien de tel n'est arrivé. Quel plaisir un Dieu nous envoie dans cette demeure! L'Etranger et Iros se querellent et vont en venir aux coups. Mettons-les promptement aux mains.

Il parla ainsi, et tous se levèrent en riant, et ils se réunirent autour des mendiants en haillons, et Antinoos, fils d'Eupeithès, leur dit :

— Ecoutez-moi, illustres Prétendants, afin que je parle. Des poitrines de chèvres sont sur le feu, pour le repas, et pleines de sang et de graisse. Celui qui sera vainqueur et le plus fort choisira la part qu'il voudra. Il assistera toujours à nos repas, et nous ne laisserons aucun autre mendiant demander parmi nous.

Ainsi parla Antinoos, et ses paroles plurent à tous. Mais le subtil Odysseus parla ainsi, plein de ruse :

— O amis, il n'est pas juste qu'un vieillard flétri par la douleur lutte contre un homme jeune; mais la faim, mauvaise conseillère, me pousse à me faire couvrir de plaies. Cependant, jurez tous par un grand serment qu'aucun de vous, pour venir en aide à Iros, ne me frappera de sa forte main, afin que je sois dompté.

Il parla ainsi, et tous jurèrent comme il l'avait demandé. Et la Force sacrée de Tèlèmakhos lui dit :

— Etranger, si ton cœur et ton âme courageuse t'invitent à chasser cet homme, ne crains aucun des Akhaiens. Celui qui te frapperait aurait à combattre contre plusieurs, car je t'ai donné l'hospitalité, et deux rois prudents, Eurymakhos et Antinoos, m'approuvent.

Il parla ainsi, et tous l'approuvèrent. Et Odysseus ceignit ses parties viriles avec ses haillons, et il montra ses cuisses belles et grandes, et ses larges épaules, et sa poitrine et ses bras robustes. Et Athènè, s'approchant de lui, augmenta les membres du prince des peuples. Et tous les Prétendants furent très-surpris, et ils se dirent les uns aux autres :

— Certes, bientôt Iros ne sera plus Iros, et il aura ce qu'il a cherché. Quelles cuisses montre ce Vieillard en retirant ses haillons !

Ils parlèrent ainsi, et l'âme de Iros fut troublée ; mais les serviteurs, après l'avoir ceint de force, le conduisirent, et toute sa chair tremblait sur ses os. Et Antinoos le réprimanda et lui dit :

— Puisses-tu n'être jamais né, n'étant qu'un fanfaron, puisque tu trembles, plein de crainte, devant un vieillard flétri par la misère! Mais je te dis ceci, et ma parole s'accomplira: si celui-ci est vainqueur et le plus fort, je t'enverrai sur la terre ferme, jeté dans une nef noire, chez le Roi Ekhétos, le plus féroce de tous les hommes, qui te coupera le nez et les oreilles avec l'airain tranchant, qui t'arrachera les parties viriles et les donnera, sanglantes, à dévorer aux chiens.

Il parla ainsi, et une plus grande terreur fit trembler la chair d'Iros. Et on le conduisit au milieu, et tous deux levèrent leurs bras. Alors, le patient et divin Odysseus délibéra s'il le frapperait de façon à lui arracher l'âme d'un seul coup, ou s'il ne ferait que l'étendre contre terre. Et il jugea que ceci était le meilleur, de ne le frapper que légèrement de peur que les Akhaïens le reconnussent.

Tous deux ayant levé les bras, Iros le frappa à l'épaule droite; mais Odysseus le frappa au cou, sous l'oreille, et brisa ses os, et un sang noir emplit sa bouche, et il tomba dans la poussière en criant, et ses dents furent arrachées, et il battit la terre de ses pieds. Les Prétendants insolents, les bras levés, mouraient de rire. Mais Odysseus le traîna par un pied, à travers le portique, jusque dans la cour et jusqu'aux portes, et il l'adossa contre le mur de la cour, lui mit un bâton à la main, et lui adressa ces paroles ailées:

— Maintenant, reste-là, et chasse les chiens et les porcs, et ne te crois plus le maître des étrangers et des mendiants, misérable! de peur d'un mal pire.

Il parla ainsi, et, jetant sur son épaule sa pauvre besace pleine de trous suspendue à une courroie tordue, il revint s'asseoir sur le seuil. Et tous les Prétendants rentrèrent en riant, et ils lui dirent:

— Que Zeus et les autres Dieux immortels, Etranger, t'accordent ce que tu désires le plus et ce qui est cher à ton cœur! car tu empêches cet insatiable de mendier. Nous l'enverrons bientôt sur la terre ferme, chez le Roi Ekhétos, le plus féroce de tous les hommes.

Ils parlaient ainsi, et le divin Odysseus se réjouit de leur vœu. Et Antinoos plaça devant lui une large poitrine de chèvre pleine de sang et de graisse. Et Amphinomos prit dans une corbeille deux pains qu'il lui apporta, et, l'honorant d'une coupe d'or, il lui dit :

— Salut, Père Etranger. Que la richesse que tu possédais te soit rendue, car, maintenant, tu es accablé de beaucoup de maux.

Et le subtil Odysseus lui répondit :

— Amphinomos, tu me sembles plein de prudence, et tel que ton père, car j'ai appris par la renommée que Nisos était à Doulikhios un homme honnête et riche. On dit que tu es né de lui, et tu sembles un homme sage. Je te dis ceci; écoute et comprends-moi. Rien n'est plus misérable que l'homme parmi tout ce qui respire ou rampe sur la terre, et qu'elle nourrit. Jamais, en effet, il ne croit que le malheur puisse l'accabler un jour, tant que les Dieux lui conservent la force et que ses genoux se meuvent; mais quand les Dieux heureux lui ont envoyé les maux, il ne veut pas les subir d'un cœur patient. Tel est l'esprit des hommes terrestres, semblable aux jours changeants qu'amène le Père des hommes et des Dieux. Moi aussi, autrefois, j'étais heureux parmi les guerriers, et j'ai commis beaucoup d'actions injustes, dans ma force et dans ma violence, me fiant à l'aide de mon père et de mes frères. C'est pourquoi qu'aucun homme ne soit inique, mais qu'il accepte en silence les dons des Dieux. Je vois les Prétendants, pleins de pensées iniques, consumant les richesses et outrageant la femme d'un homme qui, je le dis, ne sera pas longtemps éloigné de ses amis et de la terre de la patrie. Qu'un Daimôn te ramène dans ta demeure, de peur qu'il te rencontre quand il reviendra dans la chère terre de la patrie. Ce ne sera pas, en effet, sans carnage, que tout se décidera entre les Prétendants et lui, quand il reviendra dans ses demeures.

Il parla ainsi, et, faisant une libation, il but le vin doux et remit la coupe entre les mains du Prince des peuples. Et celui-ci, le cœur déchiré et secouant la tête, allait à travers la salle, car, en effet, son âme prévoyait des malheurs. Mais cependant il ne devait pas éviter la Kèr, et Athènè l'empêcha de partir, afin qu'il fût tué par les mains et par la lance de Tèlémakhos. Et il alla s'asseoir de nouveau sur le thrône d'où il s'était levé.

Alors, la Déesse Athènè aux yeux clairs mit dans l'esprit de la fille d'Ikarios, de la prudente Pènélopéia, d'apparaître aux Prétendants, afin que leur cœur fût transporté, et qu'elle même fût plus honorée encore par son mari et par son fils. Pènélopéia se mit donc à rire légèrement, et elle dit :

— Eurynomè, voici que mon âme m'excite maintenant à apparaître aux Prétendants odieux. Je dirai à mon fils une parole qui lui sera très-utile. Je lui conseillerai de ne point se mêler aux Prétendants insolents qui lui parlent avec amitié et méditent sa mort.

Et Eurynomè l'Intendante lui répondit :

— Mon enfant, ce que tu dis est sage ; fais-le. Donne ce conseil à ton fils, et ne lui cache rien. Lave ton corps et parfume tes joues avec de l'huile, et ne sors pas avec un visage sillonné de larmes, car rien n'est pire que de pleurer continuellement. En effet, ton fils est maintenant tel que tu suppliais ardemment les Dieux qu'il devînt.

Et la prudente Pènélopéia lui répondit :

— Eurynomè, ne me parle point, tandis que je gémis, de laver et de parfumer mon corps. Les Dieux qui habitent l'Olympos m'ont ravi ma splendeur, du jour où Odysseus est parti sur ses nefs creuses. Mais ordonne à Autonoè et à

Hippodamia de venir, afin de m'accompagner dans les demeures. Je ne veux point aller seule au milieu des hommes, car j'en aurais honte.

Elle parla ainsi, et la vieille femme sortit de la maison
afin d'avertir les servantes et qu'elles vinssent à la hâte.

Et, alors, la Déesse Athènè aux yeux clairs eut une autre
pensée, et elle répandit le doux sommeil sur la fille d'I-
karios. Et celle-ci s'endormit, penchée en arrière, et sa
force l'abandonna sur le lit de repos. Et, alors, la noble
Déesse lui fit des dons immortels, afin qu'elle fût admirée
des Akhaiens. Elle purifia son visage avec de l'ambroisie,
de même que Kythéréia à la belle couronne se parfume,
quand elle se rend aux chœurs charmants des Kharites.
Elle la fit paraître plus grande, plus majestueuse, et elle
la rendit plus blanche que l'ivoire récemment travaillé.
Cela fait, la noble Déesse s'éloigna, et les deux servantes
aux bras blancs, ayant été appelées, arrivèrent de la maison,
et le doux sommeil quitta Pènélopéia. Et elle pressa ses
joues avec ses mains, et elle s'écria :

— Certes, malgré mes peines, le doux sommeil m'a enveloppée. Puisse la chaste Artémis m'envoyer une mort
aussi douce! Je ne consumerais plus ma vie à gémir dans
mon cœur, regrettant mon cher mari qui avait toutes les
vertus et qui était le plus illustre des Akhaiens.

Ayant ainsi parlé, elle descendit des chambres splendides. Et elle n'était point seule, car deux servantes la suivaient. Et quand la divine femme arriva auprès des Prétendants, elle s'arrêta sur le seuil de la salle richèment
ornée, ayant un beau voile sur les joues. Et les servantes
prudentes se tenaient à ses côtés. Et les genoux des Prétendants furent rompus, et leur cœur fût transporté par
l'amour, et ils désiraient ardemment dormir avec elle dans
leurs lits. Mais elle dit à son fils Tèlémakhos :

— Tèlémakhos, ton esprit n'est pas fermè, ni ta pensée.

Quand tu étais encore enfant, tu avais des pensées plus sé-
rieuses; mais, aujourd'hui que tu es grand et parvenu au
terme de la puberté, et que chacun dit que tu es le fils
d'un homme heureux, et que l'étranger admire ta grandeur
et ta beauté, ton esprit n'est plus équitable, ni ta pensée.
Comment as-tu permis qu'une telle action mauvaise ait été
commise dans tes demeures et qu'un hôte ait été ainsi outragé? Qu'arrivera-t-il donc, si un étranger assis dans nos
demeures souffre un tel outrage?. La honte et l'opprobre
seront pour toi parmi les hommes.

Et le prudent Tèlémakhos lui répondit :

— Ma mère, je ne te blâme point de t'irriter; mais je
comprends et je sais dans mon âme ce qui est juste ou injuste. Il y a peu de temps j'étais encore enfant, et je ne puis
avoir une égale prudence en toute chose. Ces hommes,
assis les uns auprès des autres, méditent ma perte et je
n'ai point de soutiens. Mais le combat de l'Etranger et d'I-
ros ne s'est point terminé selon le désir des Prétendants,
et notre hôte l'a emporté par sa force. Plaise au Père
Zeus, à Athènè, à Apollôn, que les Prétendants, domptés
dans nos demeures, courbent bientôt la tête, les uns sous
le portique, les autres dans la demeure, et que leurs forces
soient rompues; de même qu'Iros est assis devant les portes
extérieures, baissant la tête comme un homme ivre et ne
pouvant ni se tenir debout, ni revenir à sa place accou-
tumée, parce que ses forces sont rompues.

Et ils se parlaient ainsi. Eurymakhos dit à Pènélopéia :

— Fille d'Ikarios, sage Pènélopéia, si tous les Akhaiens
de l'Argos d'Iasos te voyaient, demain, d'autres nombreux
Prétendants viendraient s'asseoir à nos repas dans ces demeures, car tu l'emportes sur toutes les femmes par la
beauté, la majesté et l'intelligence.

Et la sage Pènélopéia lui répondit :

— Eurymakhos, certes, les Immortels m'ont enlevé ma

vertu et ma beauté depuis que les Argiens sont partis pour
Ilios, et qu'Odysseus est parti avec eux; mais s'il revenait
et gouvernait ma vie, ma renommée serait meilleure et je
serais plus belle. Maintenant je suis affligée, tant un Daimôn
ennemi m'a envoyé de maux. Quand Odysseus quitta la
terre de la patrie, il me prit la main droite et il me dit : —
O'femme, je ne pense pas que les Akhaiens aux belles knèmides reviennent tous sains et saufs de Troiè. On dit, en
effet, que les Troiens sont de braves guerriers, lanceurs de
piques et de flèches, et bons conducteurs de chevaux rapides qui décident promptement de la victoire dans la mêlée
du combat furieux. Donc, je ne sais si un Dieu me sauvera,
ou si je mourrai là, devant Troiè. Mais toi, prends soin
de toute chose, et souviens-toi, dans mes demeures, de
mon père et de ma mère, comme maintenant, et plus encore quand je serai absent. Puis, quand tu verras ton fils
arrivé à la puberté, épouse celui que tu choisiras et abandonne ta demeure. — Il parla ainsi, et toutes ces choses
sont accomplies, et la nuit viendra où je subirai d'odieuses
noces, car Zeus m'a ravi le bonheur. Cependant, une douleur amère a saisi mon cœur et mon âme, et vous ne suivez
pas la coutume ancienne des Prétendants. Ceux qui voulaient épouser une noble femme fille d'un homme riche, et
qui se la disputaient, amenaient dans sa demeure des bœufs
et de grasses brebis, et ils offraient à la jeune fille des
repas et des présents splendides, et ils ne dévoraient pas
impunément les biens d'autrui.

Elle parla ainsi, et le patient et divin Odysseus se réjouit
parce qu'elle attirait leurs présents et charmait leur âme
par de douces paroles, tandis qu'elle avait d'autres pensées.

Et Antinoos, fils d'Eupeithès, lui répondit :

— Fille d'Ikarios, sage Pènélopéia, accepte les présents
que chacun des Akhaiens voudra apporter ici. Il n'est pas
convenable de refuser des présents, et nous ne retourne-

rons point à nos travaux et nous ne ferons aucune autre
chose avant que tu aies épousé celui des Akhaiens que
tu préféreras.

Antinoos parla ainsi, et ses paroles furent approuvées
de tous. Et chacun envoya un héraut pour apporter les présents. Et celui d'Antinoos apporta un très-beau péplos
aux couleurs variées et orné de douze anneaux d'or où
s'attachaient autant d'agrafes recourbées. Et celui d'Eurymakhos apporta un riche collier d'or et d'ambre étincelant,
et semblable à Hèlios. Et les deux serviteurs d'Eurydamas
des boucles d'oreilles merveilleuses et bien travaillées et
resplendissantes de grâce. Et le serviteur de Peisandros
Polyktoride apporta un collier, très-riche ornement. Et les
hérauts apportèrent aux autres Akhaiens d'aussi beaux présents. Et la noble femme remonta dans les chambres
hautes, tandis que les servantes portaient ces présents magnifiques.

Mais les Prétendants restèrent jusqu'à ce que le soir fût
venu, se charmant par la danse et le chant. Et le soir
sombre survint tandis qu'ils se charmaient ainsi. Aussitôt,
ils dressèrent trois lampes dans les demeures, afin d'en être
éclairés, et ils disposèrent, autour, du bois depuis fort longtemps desséché et récemment fendu à l'aide de l'airain.
Puis ils enduisirent les torches. Et les servantes du subtil
Odysseus les allumaient tour à tour; mais le patient et
divin Odysseus leur dit :

— Servantes du Roi Odysseus depuis longtemps absent,
rentrez dans la demeure où est la Reine vénérable. Ré-
jouissez-la, assises dans la demeure; tournez les fuseaux et
préparez les laines. Seul j'allumerai ces torches pour les
éclairer tous. Et, même s'ils voulaient attendre la brillante
Eôs, ils ne me lasseraient point, car je suis plein de patience.

Il parla ainsi, et les servantes se mirent à rire, se regar

dant les unes les autres. Et Mélanthô aux belles joues lui
répondit injurieusement. Dolios l'avait engendrée, et Pènélopéia l'avait nourrie et élevée comme sa fille et entourée
de délices; mais elle ne prenait point part à la douleur de
Pènélopéia, et elle s'était unie d'amour à Eurymakhos, et
elle l'aimait; et elle adressa ces paroles injurieuses à Odysseus :

— Misérable Etranger, tu es privé d'intelligence, puisque
tu ne veux pas aller dormir dans la demeure de quelque ouvrier, ou dans quelque bouge, et puisque tu dis ici de vaines
paroles au milieu de nombreux héros et sans rien craindre.
Certes, le vin te trouble l'esprit, ou il est toujours tel, et tu
ne prononces que de vaines paroles. Peut-être es-tu fier
d'avoir vaincu le vagabond Iros? Mais crains qu'un plus
fort qu'Iros se lève bientôt, qui t'accablera de ses mains
robustes et qui te chassera d'ici souillé de sang.

Et le subtil Odysseus, la regardant d'un œil sombre, lui
répondit :

— Chienne! je vais répéter à Tèlémakhos ce que tu oses
dire, afin qu'ici même il te coupe en morceaux!

Il parla ainsi, et il épouvanta les servantes; et elles s'enfuirent à travers la demeure, tremblantes de terreur et
croyant qu'il disait vrai. Et il alluma les torches, se tenant
debout et les surveillant toutes; mais il méditait dans son
esprit d'autres desseins qui devaient s'accomplir. Et Athènè
ne permit pas que les Prétendants insolents cessassent de
l'outrager, afin que la colère entrât plus avant dans le cœur
du Laertiade Odysseus. Alors, Eurymakhos, fils de Polybos, commença de railler Odysseus, excitant le rire de ses
compagnons :

— Ecoutez-moi, Prétendants de l'illustre Reine, afin
que je dise ce que mon cœur m'ordonne dans ma poitrine.
Cet homme n'est pas venu dans la demeure d'Odysseus
sans qu'un Dieu l'ait voulu. La splendeur des torches me

semble sortir de son corps et de sa tête, où il n'y a plus absolument de cheveux.

Il parla ainsi, et il dit au destructeur de citadelles Odysseus :

— Etranger, si tu veux servir pour un salaire, je t'emmènerai à l'extrémité de mes champs. Ton salaire sera suffisant. Tu répareras les haies et tu planteras les arbres. Je te donnerai une nourriture abondante, des vêtements et des sandales. Mais tu ne sais faire que le mal; tu ne veux point travailler, et tu aimes mieux mendier parmi le peuple afin de satisfaire ton ventre insatiable.

Et le subtil Odysseus lui répondit :

— Eurymakhos, plût aux Dieux que nous pussions lutter en travaillant, au printemps, quand les jours sont longs, promenant, tous deux à jeun, la faux recourbée dans un pré, et jusqu'au soir, tant qu'il y aura de l'herbe à couper! Plût aux Dieux que j'eusse à conduire deux grands bœufs gras, rassasiés de fourrage, et de force égale, dans un vaste champ de quatre arpents! Tu verrais alors si je saurais tracer un profond sillon et faire obéir la glèbe à la charrue. Si le Kroniôn excitait une guerre, aujourd'hui même, et si j'avais un bouclier, deux lances, et un casque d'airain autour des tempes, tu me verrais alors mêlé aux premiers combattants et tu ne m'outragerais plus en me raillant parce que j'ai faim. Mais tu m'outrages dans ton insolence, et ton esprit est cruel, et tu te crois grand et brave parce que tu es mêlé à un petit nombre de lâches. Mais si Odysseus revenait et abordait la terre de la patrie, aussitôt ces larges portes seraient trop étroites pour ta fuite, tandis que tu te sauverais hors du portique !

Il parla ainsi, et Eurymakhos fut très-irrité dans son cœur, et, le regardant d'un œil sombre, il dit ces paroles ailées :

— Ah! misérable, certes je vais t'accabler de maux,

puisque tu prononces de telles paroles au milieu de nombreux héros, et sans rien craindre. Certes, le vin te trouble
l'esprit, ou il est toujours tel, et c'est pour cela que tu prononces de vaines paroles. Peut-être es-tu fier parce que tu
as vaincu le mendiant Iros?

Comme il parlait ainsi, il saisit un escabeau; mais Odysseus s'assit aux genoux d'Amphinomos de Doulikhios pour
échapper à Eurymakhos, qui atteignit à la main droite
l'enfant qui portait à boire, et l'urne tomba en résonnant,
et lui-même, gémissant, se renversa dans la poussière. Et
les Prétendants, en tumulte dans les demeures sombres, se
disaient les uns aux autres :

— Plût aux Dieux que cet Etranger errant eût péri ailleurs et ne fût point venu nous apporter tant de trouble!
Voici que nous nous querellons pour un mendiant, et que
la joie de nos repas est détruite parce que le mal l'emporte!

Et la Force sacrée de Tèlémakhos leur dit :

— Malheureux, vous devenez insensés. Ne mangez ni ne
buvez davantage, car quelque Dieu vous excite. Allez dormir, rassasiés, dans vos demeures, quand votre cœur vous
l'ordonnera, car je ne contrains personne.

Il parla ainsi; et tous se mordirent les lèvres, admirant
Tèlémakhos parce qu'il avait parlé avec audace. Alors,
Amphinomos, l'illustre fils du roi Nisos Arètiade, leur dit :

— O amis, qu'aucun ne réponde par des paroles irritées à cette juste réprimande. Ne frappez ni cet Etranger,
ni aucun des serviteurs qui sont dans la maison du divin
Odysseus. Allons! que le Verseur de vin distribue les coupes,
afin que nous fassions des libations et que nous allions
dormir dans nos demeures. Laissons cet Etranger ici, aux
soins de Tèlémakhos qui l'a reçu dans sa chère demeure.

Il parla ainsi, et ses paroles furent approuvées de tous.
Et le héros Moulios, héraut de Doulikhios et serviteur

d'Amphinomos, mêla le vin dans le kratère et le distribua comme il convenait. Et tous firent des libations aux Dieux heureux et burent le vin doux. Et, après avoir fait des libations et bu autant que leur âme le désirait, ils se hâtèrent d'aller dormir, chacun dans sa demeure.

RHAPSODIE XIX.

 AIS le divin Odysseus resta dans la demeure, méditant avec Athènè la mort des Prétendants. Et, aussitôt, il dit à Tèlémakhos ces paroles ailées :

— Tèlémakhos, il faut transporter toutes les armes guerrières hors de la salle, et, quand les Prétendants te les demanderont, les tromper par ces douces paroles : — Je les ai mises à l'abri de la fumée, car elles ne sont pas telles qu'elles étaient autrefois, quand Odysseus les laissa à son départ pour Troiè; mais elles sont souillées par la grande vapeur du feu. Puis, le Kroniôn m'a inspiré une autre pensée meilleure, et je crains qu'excités par le vin, et une querelle s'élevant parmi vous, vous vous blessiez les uns les autres et vous souilliez le repas et vos noces futures, car le fer attire l'homme.

Il parla ainsi, et Tèlémakhos obéit à son cher père; et, ayant appelé la nourrice Eurykléia, il lui dit :

— Nourrice, enferme les femmes dans les demeures, jusqu'à ce que j'aie transporté dans la chambre nuptiale les belles armes de mon père, qui ont été négligées et que la fumée a souillées pendant l'absence de mon père, car j'étais encore enfant. Maintenant, je veux les transporter là où la vapeur du feu n'ira pas.

Et la chère nourrice Eurykléia lui répondit :

— Plaise aux Dieux, mon enfant, que tu aies toujours la prudence de prendre soin de la maison et de conserver toutes tes richesses ! Mais qui t'accompagnera en portant une lumière, puisque tu ne veux pas que les servantes t'éclairent ?

Et le prudent Tèlémakhos lui répondit :

— Ce sera cet Etranger. Je ne le laisserai pas sans rien faire, puisqu'il a mangé à ma table, bien qu'il vienne de loin.

Il parla ainsi, et sa parole ne fut point vaine. Et Eurykléia ferma les portes des grandes demeures. Puis, Odysseus et son illustre fils se hâtèrent de transporter les casques, les boucliers bombés et les lances aiguës. Et Pallas Athènè, portant devant eux une lanterne d'or, les éclairait vivement ; et, alors, Tèlémakhos dit aussitôt à son père :

— O Père, certes, je vois de mes yeux un grand prodige ! Voici que les murs de la demeure, et ses belles poutres, et ses solives de sapin, et ses hautes colonnes, brillent comme un feu ardent. Certes, un des Dieux qui habitent le large Ouranos est entré ici.

Et le subtil Odysseus lui répondit :

— Tais-toi, et retiens ton esprit, et ne m'interroge pas. Telle est la coutume des Dieux qui habitent l'Olympos. Toi, va dormir. Je resterai ici, afin d'éprouver les servantes et ta mère. Dans sa douleur elle va m'interroger sur beaucoup de choses.

Il parla ainsi, et Tèlémakhos sortit de la salle, et il monta, éclairé par les torches flambantes, dans la chambre où il avàit coutume de dormir. Là, il s'endormit, en attendant le matin; et le divin Odysseus resta dans la demeure, méditant avec Athènè la mort des Prétendants.

Et la prudente Pènélopéia, semblable à Artémis ou à Aphroditè d'or, sortit de sa chambre nuptiale. Et les servantes placèrent pour elle, devant le feu, le thrône où elle s'asseyait. Il était d'ivoire et d'argent, et travaillé au tour. Et c'était l'ouvrier Ikmalios qui l'avait fait autrefois, ainsi qu'un escabeau pour appuyer les pieds de la Reine, et qui était recouvert d'une grande peau. Ce fut là que s'assit la prudente Pènélopéia.

Alors, les femmes aux bras blancs vinrent de la demeure, et elles emportèrent les pains nombreux, et les tables, et les coupes dans lesquelles les Prétendants insolents avaient bu. Et elles jetèrent à terre le feu des torches, et elles amassèrent, par-dessus, du bois qui devait les éclairer et les chauffer. Et, alors, Mélanthô injuria de nouveau Odysseus :

— Etranger, te voilà encore qui erres dans la demeure, épiant les femmes! Sors d'ici, misérable, après t'être rassasié, ou je te frapperai de ce tison!

Et le sage Odysseus, la regardant d'un œil sombre, lui dit :

— Malheureuse! pourquoi m'outrager avec fureur? Est-ce parce que je suis vêtu de haillons et que je mendie parmi le peuple, comme la nécessité m'y contraint? Tels sont les mendiants et les vagabonds. Et moi aussi, autrefois, j'étais heureux, et j'habitais une riche demeure, et je donnais aux vagabonds, quels qu'ils fussent et quels que fussent leurs besoins. Et j'avais de nombreux serviteurs et tout ce qui rend heureux et fait appeler un homme riche; mais le Kroniôn Zeus m'a tout enlevé, le voulant ainsi. C'est pourquoi, femme, crains de perdre un jour la beauté dont tu es ornée

19

parmi les servantes; crains que ta maîtresse irritée te pu-
nisse, ou qu'Odysseus revienne, car tout espoir n'est pas
perdu. Mais s'il a péri, et s'il ne doit plus revenir, son fils
Tèlémakhos le remplace par la volonté d'Apollôn, et rien
de ce que font les femmes dans les demeures ne lui échappera, car rien n'est plus au-dessus de son âge.

Il parla ainsi, et la prudente Pènélopéia, l'ayant entendu,
réprimanda sa servante et lui dit :

— Chienne audacieuse, tu ne peux me cacher ton insolence effrontée que tu payeras de ta tête, car tu sais bien,
m'ayant entendue toi-même, que je veux, étant très-
affligée, interroger cet Etranger sur mon mari.

Elle parla ainsi, et elle dit à l'Intendante Eurynomè :

— Eurynomè, approche un siége et recouvre-le d'une
peau afin que cet Etranger, s'étant assis, m'écoute et me
réponde, car je veux l'interroger.

Elle parla ainsi, et Eurynomè approcha à la hâte un siége
poli qu'elle recouvrit d'une peau, et le patient et divin Odysseus s'y assit, et la prudente Pènélopéia lui dit :

— Etranger, je t'interrogerai d'abord sur toi-même. Qui
es-tu? D'où viens-tu? Où sont ta ville et tes parents?

Et le sage Odysseus lui répondit :

— O femme, aucune des mortelles qui sont sur la terre
immense ne te vaut, et, certes, ta gloire est parvenue jusqu'au large Ouranos, telle que la gloire d'un roi irréprochable qui, vénérant les Dieux, commande à de nombreux
et braves guerriers et répand la justice. Et par lui la terre
noire produit l'orge et le blé, et les arbres sont lourds de
fruits, et les troupeaux multiplient, et la mer donne des
poissons, et, sous ses lois équitables, les peuples sont heureux et justes. C'est pourquoi, maintenant, dans ta demeure, demande-moi toutes les autres choses, mais non ma
race et ma patrie. N'emplis pas ainsi mon âme de nouvelles douleurs en me faisant souvenir, car je suis très-af-

fligé, et je ne veux pas pleurer et gémir dans une maison
étrangère, car il est honteux de pleurer toujours. Peut-être
qu'une de tes servantes m'outragerait, ou que tu t'irriterais
toi-même, disant que je pleure ainsi ayant l'esprit troublé
par le vin.

Et la prudente Pènélopéia lui répondit :

— Etranger, certes, les Dieux m'ont ravi ma vertu et ma
beauté du jour où les Argiens sont partis pour Ilios, et,
avec eux, mon mari Odysseus. S'il revenait et gouvernait
ma vie, ma gloire serait plus grande et plus belle. Mais,
maintenant, je gémis, tant un Daimôn funeste m'a accablée
de maux. Voici que ceux qui dominent dans les Iles, à
Doulikhios, à Samè, à Zakynthos couverte de bois, et ceux
qui habitent l'âpre Ithakè elle-même, tous me recherchent
malgré moi et ruinent ma maison. Et je ne prends plus
soin des étrangers, ni des suppliants, ni des hérauts qui agissent en public; mais je regrette Odysseus et je gémis dans
mon cher cœur. Et les Prétendants hâtent mes noces, et
je médite des ruses. Et, d'abord, un Dieu m'inspira de
tisser dans mes demeures une grande toile, large et fine,
et je leur dis aussitôt : — Jeunes hommes, mes Prétendants,
puisque le divin Odysseus est mort, cessez de hâter mes
noces, jusqu'à ce que j'aie achevé, pour que mes fils ne restent pas inutiles, ce linceul du héros Laertès, quand la
Moire mauvaise de la mort inexorable l'aura saisi, afin
qu'aucune des femmes akhaiennes ne puisse me reprocher
devant tout le peuple qu'un homme qui a possédé tant de
biens ait été enseveli sans linceul. — Je parlai ainsi, et leur
cœur généreux fut persuadé; et alors, pendant le jour, je
tissais la grande toile, et pendant la nuit, ayant allumé des
torches, je la défaisais. Ainsi, pendant trois ans, je cachai
ma ruse et trompai les Akhaiens; mais quand vint la quatrième année, et quand les saisons recommencèrent, après
le cours des mois et des jours nombreux, alors avertis par

mes chiennes de servantes, ils me surprirent et me menacèrent, et, contre ma volonté, je fus contrainte d'achever
ma toile. Et, maintenant, je ne puis plus éviter mes noces,
ne trouvant plus aucune ruse. Et mes parents m'exhortent
à me marier, et mon fils supporte avec peine que ceux-ci
dévorent ses biens, auxquels il tient; car c'est aujourd'hui
un homme, et il peut prendre soin de sa maison, et Zeus
lui a donné la gloire. Mais toi, Etranger, dis-moi ta race
et ta patrie, car tu ne sors pas du chêne et du rocher des
histoires antiques.

Et le sage Odysseus lui répondit :

— O femme vénérable du Laertiade Odysseus, ne cesse-
ras-tu point de m'interroger sur mes parents? Je te répondrai donc, bien que tu renouvelles ainsi mes maux innombrables; mais c'est là la destinée d'un homme depuis longtemps absent de la patrie, tel que moi qui ai erré parmi les
villes des hommes, étant accablé de maux. Je te dirai cependant ce que tu me demandes.

La Krètè est une terre qui s'élève au milieu de la sombre
mer, belle et fertile, où habitent d'innombrables hommes
et où il y a quatre-vingt-dix villes. On y parle des langages
différents, et on y trouve des Akhaiens, de magnanimes
Krètois indigènes, des Kydônes, trois tribus de Dôriens et
les divins Pélasges. Sur eux tous domine la grande ville de
Knôssos, où régna Minôs qui s'entretenait tous les neuf ans
avec le grand Zeus, et qui fut le père du magnanime Deukaliôn mon père. Et Deukaliôn nous engendra, moi et le
roi Idoméneus. Et Idoméneus alla, sur ses nefs à proues
recourbées, à Ilios, avec les Atréides. Mon nom illustre est
Aithôn, et j'étais le plus jeune. Idoméneus était l'aîné et le
plus brave. Je vis alors Odysseus et je lui offris les dons
hospitaliers. En effet, comme il allait à Ilios, la violence
du vent l'avait poussé en Krètè, loin du promontoire Maléien, dans Amnisos où est la caverne des Ilithyies; et,

dans ce port difficile, à peine évita-t-il la tempête. Arrivé à
la ville, il demanda Idoméneus, qu'il appelait son hôte cher
et vénérable. Mais Eôs avait reparu pour la dixième ou
onzième fois depuis que, sur ses nefs à proue recourbée,
Idoméneus était parti pour Ilios. Alors, je conduisis Odysseus dans mes demeures, et je le reçus avec amitié, et je le
comblai de soins à l'aide des richesses que je possédais, et
je lui donnai, ainsi qu'à ses compagnons, de la farine, du
vin rouge, et des bœufs à tuer, jusqu'à ce que leur âme fût
rassasiée. Et les divins Akhaiens restèrent là douze jours,
car le grand et tempêtueux Boréas soufflait et les arrêtait,
excité par quelque Daimôn. Mais le vent tomba le treizième
jour, et ils partirent.

Il parlait ainsi, disant ces nombreux mensonges semblables à la vérité; et Pènélopéia, en l'écoutant, pleurait, et
ses larmes ruisselaient sur son visage, comme la neige
ruisselle sur les hautes montagnes, après que Zéphiros l'a
amoncelée et que l'Euros la fond en torrents qui emplissent
les fleuves. Ainsi les belles joues de Pènélopéia ruisselaient
de larmes tandis qu'elle pleurait son mari. Et Odysseus
était plein de compassion en voyant pleurer sa femme;
mais ses yeux, comme la corne et le fer, restaient immobiles sous ses paupières, et il arrêtait ses larmes par prudence. Et après qu'elle se fut rassasiée de larmes et de
deuil, Pènélopéia, lui répondant, dit de nouveau :

— Maintenant, Etranger, je pense que je vais t'éprouver,
et je verrai si, comme tu le dis, tu as reçu dans tes demeures
mon mari et ses divins compagnons. Dis-moi quels étaient
les vêtements qui le couvraient, quel il était lui-même, et
quels étaient les compagnons qui le suivaient.

Et le sage Odysseus, lui répondant, parla ainsi :

— O femme, il est bien difficile, après tant de temps, de
te répondre, car voici la vingtième année qu'Odysseus est
venu dans ma patrie et qu'il en est parti. Cependant, je te

dirai ce dont je me souviens dans mon esprit. Le divin
Odysseus avait un double manteau de laine pourprée qu'at-
tachait une agrafe d'or à deux tuyaux, et ornée, par-dessus,
d'un chien qui tenait sous ses pattes de devant un jeune
cerf tremblant. Et tous admiraient, s'étonnant que ces deux
animaux fussent d'or, ce chien qui voulait étouffer le faon,
et celui-ci qui, palpitant sous ses pieds, voulait s'enfuir. Et
je vis aussi sur le corps d'Odysseus une tunique splendide.
Fine comme une pelure d'oignon, cette tunique brillait
comme Hèlios. Et, certes, toutes les femmes l'admiraient.
Mais, je te le dis, et retiens mes paroles dans ton esprit :
je ne sais si Odysseus portait ces vêtements dans sa demeure, ou si quelqu'un de ses compagnons les lui avait
donnés comme il montait sur sa nef rapide, ou bien quelqu'un d'entre ses hôtes, car Odysseus était aimé de beaucoup d'hommes, et peu d'Akhaiens étaient semblables à lui.
Je lui donnai une épée d'airain, un double et grand manteau pourpré et une tunique longue, et je le conduisis avec
respect sur sa nef à bancs de rameurs. Un héraut, un peu
plus âgé que lui, le suivait, et je te dirai quel il était. Il
avait les épaules hautes, la peau brune et les cheveux cré-
pus, et il se nommait Eurybatès, et Odysseus l'honorait
entre tous ses compagnons, parce qu'il était plein de sagesse.

Il parla ainsi, et le désir de pleurer saisit Pènélopéia, car
elle reconnut ces signes certains que lui décrivait Odysseus.
Et, après qu'elle se fut rassasiée de larmes et de deuil, elle
dit de nouveau :

— Maintenant, ô mon hôte, auparavant misérable, tu
seras aimé et honoré dans mes demeures. J'ai moi-même
donné à Odysseus ces vêtements que tu décris et qui étaient
pliés dans ma chambre nuptiale, et j'y ai attaché cette
agrafe brillante. Mais je ne le verrai plus de retour dans la
chère terre de la patrie! C'est par une mauvaise destinée

qu'Odysseus, montant dans sa nef creuse, est parti pour
cette Troiè fatale qu'on ne devrait plus nommer!

Et le sage Odysseus lui répondit :

— O femme vénérable du Laertiade Odysseus, ne flétris
point ton beau visage et né te consume point dans ton cœur
à pleurer. Cependant, je ne te blâme en rien. Quelle
femme pleurerait un jeune mari dont elle a conçu des enfants, après s'être unie d'amour à lui, plus que tu dois
pleurer Odysseus qu'on dit semblable aux Dieux? Mais
cesse de gémir et écoute-moi. Je te dirai la vérité et je ne
te cacherai rien. J'ai entendu parler du retour d'Odysseus
chez le riche peuple des Thesprôtes où il a paru vivant, et
il rapporte de nombreuses richesses qu'il a amassées parmi
beaucoup de peuples; mais il a perdu ses chers compagnons et sa nef creuse, dans la noire mer, en quittant Thrinakiè. Zeus et Hèlios étaient irrités, parce que ses compagnons avaient tué les bœufs de Hèlios; et ils ont tous péri
dans la mer tumultueuse. Mais la mer a jeté Odysseus,
attaché à la carène de sa nef, sur la côte des Phaiakiens
qui descendent des Dieux. Et ils l'ont honoré comme un
Dieu, et ils lui ont fait de nombreux présents, et ils ont
voulu le ramener sain et sauf dans sa demeure. Odysseus
serait donc déjà revenu depuis longtemps, mais il lui a
semblé plus utile d'amasser d'autres richesses en parcourant beaucoup de terres; car il sait un plus grand nombre
de ruses que tous les hommes mortels, et nul ne pourrait
lutter contre lui. Ainsi me parla Pheidôn, le roi des Thesprôtes. Et il me jura, en faisant des libations dans sa demeure, que la nef et les hommes étaient prêts qui devaient
reconduire Odysseus dans la chère terre de sa patrie. Mais
il me renvoya d'abord, profitant d'une nef des Thesprôtes
qui allait à Doulikhios fertile en blé. Et il me montra les
richesses qu'avait réunies Odysseus, de l'airain, de l'or et du
fer très-difficile à travailler, le tout assez abondant pour

nourrir jusqu'à sa dixième génération. Et il me disait
qu'Odysseus était allé à Dôdônè pour apprendre du grand
Chêne la volonté de Zeus, et pour savoir comment, depuis
longtemps absent, il rentrerait dans la terre d'Ithakè, soit
ouvertement, soit en secret. Ainsi Odysseus est sauvé, et il
viendra bientôt, et, désormais, il ne sera pas longtemps
éloigné de ses amis et de sa patrie. Et je te ferai un grand
serment : Qu'ils le sachent, Zeus, le meilleur et le plus
grand des Dieux, et la demeure du brave Odysseus où je
suis arrivé ! Tout s'accomplira comme je le dis. Odysseus
reviendra avant la fin de cette année, avant la fin de ce
mois, dans quelques jours.

Et la prudente Pènélopéia lui répondit :

— Plaise aux Dieux, Etranger, que tes paroles s'accomplissent ! Je te prouverais aussitôt mon amitié par de nombreux présents et chacun te dirait heureux; mais je sens
dans mon cœur que jamais Odysseus ne reviendra dans sa
demeure et que ce n'est point lui qui te renverra. Il n'y
a point ici de chefs tels qu'Odysseus parmi les hommes, si
jamais il en a existé, qui congédient les étrangers après les
avoir accueillis et honorés. Maintenant, servantes, baignez
notre hôte, et préparez son lit avec des manteaux et des
couvertures splendides, afin qu'il ait chaud en attendant
Eôs au trône d'or. Puis, au matin, baignez et parfumez-le,
afin qu'assis dans la demeure, il prenne son repas auprès
de Tèlémakhos. Il arrivera malheur à celui d'entre eux qui
l'outragera. Et qu'il ne soit soumis à aucun travail, quel
que soit celui qui s'en irrite. Comment, ô Etranger, recon-
naîtrais-tu que je l'emporte sur les autres femmes par l'intelligence et par la sagesse, si, manquant de vêtements, tu
t'asseyais en haillons au repas dans les demeures ? La vie
des hommes est brève. Celui qui est injuste et commet des
actions mauvaises, les hommes le chargent d'imprécations
tant qu'il est vivant, et ils le maudissent quand il est mort;

mais celui qui est irréprochable et qui a fait de bonnes actions, les étrangers répandent au loin sa gloire, et tous les hommes le louent.

Et le sage Odysseus, lui répondant, parla ainsi :

— O femme vénérable du Laertiade Odysseus, les beaux vêtements et les couvertures splendides me sont odieux, depuis que, sur ma nef aux longs avirons, j'ai quitté les montagnes neigeuses de la Krètè. Je me coucherai, comme je l'ai déjà fait pendant tant de nuits sans sommeil, sur une misérable couche, attendant la belle et divine Eôs. Les bains de pieds non plus ne me plaisent point, et aucune servante ne me touchera les pieds, à moins qu'il n'y en ait une, vieille et prudente, parmi elles, et qui ait autant souffert que moi. Je n'empêche point celle-ci de me laver les pieds.

Et la prudente Pènélopéia lui répondit :

— Cher hôte, aucun homme n'est plus sage que toi de tous les étrangers amis qui sont venus dans cette demeure, car tout ce que tu dis est plein de sagesse. J'ai ici une femme âgée et très-prudente qui nourrit et qui éleva autrefois le malheureux Odysseus, et qui l'avait reçu dans ses bras quand sa mère l'eut enfanté. Elle lavera tes pieds, bien qu'elle soit faible. Viens, lève-toi, prudente Eurykléia ; lave les pieds de cet Etranger qui a l'âge de ton maître. Peut-être que les pieds et les mains d'Odysseus ressemblent aux siens, car les hommes vieillissent vite dans le malheur.

Elle parla ainsi, et la vieille femme cacha son visage dans ses mains, et elle versa de chaudes larmes et elle dit ces paroles lamentables :

— Hélas ! je suis sans force pour te venir en aide, ô mon enfant ! Assurément Zeus te hait entre tous les hommes, bien que tu aies un esprit pieux. Aucun homme n'a brûlé plus de cuisses grasses à Zeus qui se réjouit de la foudre,

ni d'aussi complètes hécatombes. Tu le suppliais de te laisser parvenir à une pleine vieillesse et de te laisser élever
ton fils illustre, et voici qu'il t'a enlevé le jour du retour !
Peut-être aussi que d'autres femmes l'outragent, quand il
entre dans les illustres demeures où parviennent les étrangers, comme ces chiennes-ci t'outragent toi-même. Tu fuis
leurs injures et leurs paroles honteuses, et tu ne veux point
qu'elles te lavent ; et la fille d'Ikarios, la prudente Pènélopéia, m'ordonne de le faire, et j'y consens. C'est pourquoi
je laverai tes pieds, pour l'amour de Pènélopéia et de toi,
car mon cœur est ému de tes maux. Mais écoute ce que je
vais dire : de tous les malheureux étrangers qui sont venus
ici, aucun ne ressemble plus que toi à Odysseus. Tu as son
corps, sa voix et ses pieds.

Et le sage Odysseus, lui répondant, parla ainsi :

— O vieille femme, en effet, tous ceux qui nous ont vus
tous deux de leurs yeux disent que nous nous ressemblons
beaucoup. Tu as parlé avec sagesse.

Il parla ainsi, et la vieille femme prit un bassin splendide
dans lequel on lavait les pieds, et elle y versa beaucoup
d'eau froide, puis de l'eau chaude. Et Odysseus s'assit devant le foyer, en se tournant vivement du côté de l'ombre,
car il craignit aussitôt, dans son esprit, qu'en le touchant
elle reconnût sa cicatrice et que tout fût découvert. Eurykléia, s'approchant de son roi, lava ses pieds, et aussitôt elle
reconnut la cicatrice de la blessure qu'un sanglier lui avait
faite autrefois de ses blanches dents sur le Parnèsos, quand
il était allé chez Autolykos et ses fils. Autolykos était l'illustre père de sa mère, et il surpassait tous les hommes
pour faire du butin et de faux serments. Un Dieu lui avait
fait ce don, Herméias, pour qui il brûlait des chairs d'a-
gneaux et de chevreaux et qui l'accompagnait toujours. Et
Autolykos étant venu chez le riche peuple d'Ithakè, il
trouva le fils nouveau-né de sa fille. Et Eurykléia, après le

repas, posa l'enfant sur les chers genoux d'Autolykos et lui
dit : — Autolykos, donne toi-même un nom au cher fils de
ta fille, puisque tu l'as appelé par tant de vœux. — Et Autolykos lui répondit : — Mon gendre et ma fille, donnez-
lui le nom que je vais dire. Je suis venu ici très-irrité contre
un grand nombre d'hommes et de femmes sur la face de la
terre nourricière. Que son nom soit donc Odysseus. Quand
il sera parvenu à la puberté, qu'il vienne sur le Parnèsos,
dans la grande demeure de son aïeul maternel où sont mes
richesses, et je lui en ferai de nombreux présents, et je le
renverrai plein de joie. — Et, à cause de ces paroles, Odysseus y alla, afin de recevoir de nombreux présents. Et
Autolykos et les fils d'Autolykos le saluèrent des mains et
le reçurent avec de douces paroles. Amphithéè, la mère de
sa mère, l'embrassa, baisant sa tête et ses deux beaux
yeux. Et Autolykos ordonna à ses fils illustres de préparer le repas. Aussitôt, ceux-ci obéirent et amenèrent un
taureau de cinq ans qu'ils écorchèrent. Puis, le préparant,
ils le coupèrent en morceaux qu'ils embrochèrent, firent
rôtir avec soin et distribuèrent. Et tout le jour, jusqu'à la
chute de Hèlios, ils mangèrent, et nul dans son âme ne
manqua d'une part égale. Quand Hèlios tomba et que les
ténèbres survinrent, ils se couchèrent et s'endormirent;
mais quand Eôs aux doigts rosés, née au matin, apparut,
les fils d'Autolykos et leurs chiens partirent pour la chasse,
et le divin Odysseus alla avec eux. Et ils gravirent le haut
Parnèsos couvert de bois, et ils pénétrèrent bientôt dans
ses gorges battues des vents. Hèlios, à peine sorti du cours
profond d'Okéanos, frappait les campagnes, quand les
chasseurs parvinrent dans une vallée. Et les chiens les
précédaient, flairant une piste; et derrière eux venaient les
fils d'Autolykos, et, avec eux, après les chiens, le divin
Odysseus marchait agitant une longue lance. Là, dans le
bois épais, était couché un grand sanglier. Et la violence

humide des vents ne pénétrait point ce hallier, et le splendide Hèlios ne le perçait point de ses rayons, et la pluie n'y tombait point, tant il était épais; et le sanglier était couché là, sous un monceau de feuilles. Et le bruit des hommes et des chiens parvint jusqu'à lui, et, quand les chasseurs arrivèrent, il sortit du hallier à leur rencontre, les soies hérissées sur le cou et le feu dans les yeux, et il s'arrêta près des chasseurs. Alors, le premier, Odysseus, levant sa longue lance, de sa forte main, se rua, désirant le percer; mais le sanglier, le prévenant, le blessa au genou d'un coup oblique de ses défenses et enleva profondément les chairs, mais sans arriver jusqu'à l'os. Et Odysseus le frappa à l'épaule droite, et la pointe de la lance brillante le traversa de part en part, et il tomba étendu dans la poussière, et son âme s'envola. Aussitôt les chers fils d'Autolykos, s'empressant autour de la blessure de l'irréprochable et divin Odysseus, la bandèrent avec soin et arrêtèrent le sang noir par une incantation; puis, ils rentrèrent aux demeures de leur cher père. Et Autolykos et les fils d'Autolykos, ayant guéri Odysseus et lui ayant fait de riches présents, le renvoyèrent plein de joie dans sa chère Ithakè. Là, son père et sa mère vénérable se réjouirent de son retour et l'interrogèrent sur chaque chose et sur cette blessure qu'il avait reçue. Et il leur raconta qu'un sanglier l'avait blessé de ses défenses blanches, à la chasse, où il était allé sur le Parnèsos avec les fils d'Autolykos.

Et voici que la vieille femme, touchant de ses mains cette cicatrice, la reconnut et laissa retomber le pied dans le bassin d'airain qui résonna et se renversa, et toute l'eau fut répandue à terre. Et la joie et la douleur envahirent à la fois l'âme d'Eurykléia, et ses yeux s'emplirent de larmes, et sa voix fut entrecoupée; et, saisissant le menton d'Odysseus, elle lui dit:

— Certes, tu es Odysseus mon cher enfant! Je ne t'ai

point reconnu avant d'avoir touché tout mon maître.

Elle parla ainsi, et elle fit signe des yeux à Pènélopéia pour lui faire entendre que son cher mari était dans la demeure ; mais, du lieu où elle était, Pènélopéia ne put la voir ni la comprendre, car Athènè avait détourné son esprit. Alors, Odysseus, serrant de la main droite la gorge d'Eurykléia, et l'attirant à lui de l'autre main, lui dit :

— Nourrice, pourquoi veux-tu me perdre, toi qui m'as nourri toi-même de ta mamelle ? Maintenant, voici qu'ayant subi bien des maux, j'arrive après vingt ans dans la terre de la patrie. Mais, puisque tu m'as reconnu, et qu'un Dieu te l'a inspiré, tais-toi, et que personne ne t'entende, car je te le dis, et ma parole s'accomplira : Si un Dieu tue par mes mains les Prétendants insolents, je ne t'épargnerai même pas, bien que tu sois ma nourrice, quand je tuerai les autres servantes dans mes demeures.

Et la prudente Eurykléia lui répondit :

— Mon enfant, quelle parole s'échappe d'entre tes dents ? Tu sais que mon âme est constante et ferme. Je me tairai comme la pierre ou le fer. Mais je te dirai autre chose ; garde mes paroles dans ton esprit : Si un Dieu dompte par tes mains les Prétendants insolents, je t'indiquerai dans les demeures les femmes qui te méprisent et celles qui sont innocentes.

Et le sage Odysseus lui répondit :

— Nourrice, pourquoi me les indiquerais-tu ? Il n'en est pas besoin. J'en jugerai moi-même et je les reconnaîtrai. Garde le silence et remets le reste aux Dieux.

Il parla ainsi, et la vieille femme traversa la salle pour rapporter un autre bain de pieds, car toute l'eau s'était répandue. Puis, ayant lavé et parfumé Odysseus, elle approcha son siége du feu, afin qu'il se chauffât, et elle cacha la cicatrice sous les haillons. Et la sage Pènélopéia dit de nouveau :

— Etranger, je t'interrogerai encore quelques instants ;
car l'heure du sommeil est douce, et le sommeil lui-même
est doux pour le malheureux. Pour moi, un Dieu m'a envoyé une grande affliction. Le jour, du moins, je surveille
en pleurant les travaux des servantes de cette maison et je
charme ainsi ma douleur ; mais quand la nuit vient et
quand le sommeil saisit tous les hommes, je me couche sur
mon lit, et, autour de mon cœur impénétrable, les pensées
amères irritent mes peines. Ainsi que la fille de Pandaros,
la verte Aèdôn, chante, au retour du printemps, sous les
feuilles épaisses des arbres, d'où elle répand sa voix sonore,
pleurant son cher fils Itylos qu'engendra le roi Zéthoios,
et qu'elle tua autrefois, dans sa démence, avec l'airain ; ainsi
mon âme est agitée çà et là, hésitant si je dois rester auprès
de mon fils, garder avec soin mes richesses, mes servantes
et ma haute demeure, et respecter le lit de mon mari et la
voix du peuple, ou si je dois me marier, parmi les Akhaiens
qui me recherchent dans mes demeures, à celui qui est le
plus noble et qui m'offrira le plus de présents. Tant que
mon fils est resté enfant et sans raison, je n'ai pu ni me marier, ni abandonner la demeure de mon mari ; mais voici
qu'il est grand et parvenu à la puberté, et il me supplie de
quitter ces demeures, irrité qu'il est à cause de ses biens
que dévorent les Akhaiens. Mais écoute, et interprète-moi
ce songe : — Vingt oies, sortant de l'eau, mangent du blé
dans ma demeure, et je les regarde, joyeuse. Et voici qu'un
grand aigle au bec recourbé, descendu d'une haute montagne, tombe sur leurs cous et les tue. Et elles restent toutes
amassées dans les demeures, tandis que l'aigle s'élève dans
l'aithèr divin. Et je pleure et je gémis dans mon songe ; et
les Akhaiennes aux beaux cheveux se réunissent autour de
moi qui gémis amèrement parce que l'aigle a tué mes oies.
Mais voici qu'il redescend sur le faîte de la demeure, et il
me dit avec une voix d'homme : — Rassure-toi, fille de

l'illustre Ikarios; ceci n'est point un songe, mais une chose
heureuse qui s'accomplira. Les oies sont les Prétendants,
et moi, qui semble un aigle, je suis ton mari qui suis revenu pour infliger une mort honteuse à tous les Prétendants. — Il parle ainsi, et le sommeil me quitte, et, les cherchant des yeux, je vois mes oies qui mangent le blé dans le
bassin comme auparavant.

Et le sage Odysseus lui répondit :

— O femme, personne ne pourrait expliquer ce songe
autrement; et, certes, Odysseus lui-même t'a dit comment
il s'accomplira. La perte des Prétendants est manifeste, et
aucun d'entre eux n'évitera les Kères et la mort.

Et la sage Pènélopéia lui répondit :

— Etranger, certes, les songes sont difficiles à expliquer,
et tous ne s'accomplissent point pour les hommes. Les
songes sortent par deux portes, l'une de corne et l'autre
d'ivoire. Ceux qui sortent de l'ivoire bien travaillé trompent
par de vaines paroles qui ne s'accomplissent pas ; mais ceux
qui sortent par la porte de corne polie disent la vérité aux
hommes qui les voient. Je ne pense pas que celui-ci sorte
de là et soit heureux pour moi et mon fils. Voici venir le
jour honteux qui m'emmènera de la demeure d'Odysseus,
car je vais proposer une épreuve. Odysseus avait dans ses
demeures des haches qu'il rangeait en ordre comme des
mâts de nefs, et, debout, il les traversait de loin d'une flèche.
Je vais proposer cette épreuve aux Prétendants. Celui qui,
de ses mains, tendra le plus facilement l'arc et qui lancera
une flèche à travers les douze anneaux des haches, celui-là
je le suivrai loin de cette demeure si belle, qui a vu ma jeunesse, qui est pleine d'abondance, et dont je me souviendrai, je pense, même dans mes songes !

Et le sage Odysseus lui répondit :

— O femme vénérable du Laertiade Odysseus, ne retarde
pas davantage cette épreuve dans tes demeures. Le prudent

Odysseus reviendra avant qu'ils aient tendu le nerf, tiré l'arc poli et envoyé la flèche à travers le fer.

Et la prudente Pènélòpéia lui répondit :

— Si tu voulais, Etranger, assis à côté de moi, me charmer dans mes demeures, le sommeil ne se répandrait pas sur mes paupières ; mais les hommes ne peuvent rester sans sommeil, et les Immortels, sur la terre féconde, ont fait la part de toute chose aux mortels. Certes, je remonterai donc dans la haute chambre, et je me coucherai sur mon lit plein d'affliction et arrosé de mes larmes depuis le jour où Odysseus est parti pour cette Ilios fatale qu'on ne devrait plus nommer. Je me coucherai là ; et toi, couche dans cette salle, sur la terre ou sur le lit qu'on te fera.

Ayant ainsi parlé, elle monta dans sa haute chambre splendide, mais non pas seule, car deux servantes la suivaient. Et quand elle eut monté avec les servantes dans la haute chambre, elle pleura Odysseus, son cher mari, jusqu'à ce qu'Athènè aux yeux clairs eût répandu le doux sommeil sur ses paupières.

RHAPSODIE XX.

T le divin Odysseus se coucha dans le vestibule, et il étendit une peau de bœuf encore saignante, et, par-dessus, les nombreuses peaux de brebis que les Akhaiens avaient sacrifiées; et Eurykléia jeta un manteau sur lui, quand il se fut couché. C'est là qu'Odysseus était couché, méditant dans son esprit la mort des Prétendants, et plein de vigilance.

Et les femmes qui s'étaient depuis longtemps livrées aux Prétendants sortirent de la maison, riant entre elles et songeant à la joie. Alors, le cœur d'Odysseus s'agita dans sa poitrine, et il délibérait dans son âme, si, se jetant sur elles, il les tuerait toutes, ou s'il les laisserait pour la dernière fois s'unir aux Prétendants insolents. Et son cœur aboyait dans sa poitrine, comme une chienne qui tourne autour de ses petits aboie contre un inconnu et désire le combattre. Ainsi son cœur aboyait dans sa poitrine contre

ces outrages; et, se frappant la poitrine, il réprima son
cœur par ces paroles :

— Souffre encore, ô mon cœur! Tu as subi des maux
pires le jour où le Kyklôps indomptable par sa force mangea
mes braves compagnons. Tu le supportas courageusement,
jusqu'à ce que ma prudence t'eût retiré de la caverne où tu
pensais mourir.

Il parla ainsi, apaisant son cher cœur dans sa poitrine,
et son cœur s'apaisa et patienta. Mais Odysseus se retournait çà et là. De même qu'un homme tourne et retourne,
sur un grand feu ardent, un ventre plein de graisse et de
sang, de même il s'agitait d'un côté et de l'autre, songeant
comment, seul contre une multitude, il mettrait la main
sur les Prétendants insolents. Et voici qu'Athènè, étant
descendue de l'Ouranos, s'approcha de lui, semblable à
une femme, et, se tenant près de sa tête, lui dit ces paroles :

— Pourquoi veilles-tu, ô le plus malheureux de tous les
hommes? Cette demeure est la tienne, ta femme est ici, et
ton fils aussi, lui que chacun désirerait pour fils.

Et le sage Odysseus lui répondit :

— Certes, Déesse, tu as parlé très-sagement, mais je songe
dans mon âme comment je mettrai la main sur les Prétendants insolents, car je suis seul, et ils se réunissent ici en
grand nombre. Et j'ai une autre pensée plus grande dans
mon esprit. Serai-je tué par la volonté de Zeus et par la
tienne? Échapperai-je? Je voudrais le savoir de toi.

Et la Déesse aux yeux clairs, Athènè, lui répondit :

— Insensé! Tout homme a confiance dans le plus faible
de ses compagnons, qui n'est qu'un mortel, et de peu de
sagesse. Mais moi, je suis Déesse, et je t'ai protégé dans
tous tes travaux, et je te le dis hautement : Quand même
cinquante armées d'hommes parlant des langues diverses
nous entoureraient pour te tuer avec l'épée, tu n'en ravirais

pas moins leurs bœufs et leurs grasses brebis. Dors donc.
Il est cruel de veiller toute la nuit. Bientôt tu échapperas
à tous tes maux.

Elle parla ainsi et répandit le sommeil sur ses paupières.
Puis, la noble Déesse remonta dans l'Olympos, dès que le
sommeil eut saisi Odysseus, enveloppant ses membres et
apaisant les peines de son cœur. Et sa femme se réveilla;
et elle pleurait, assise sur son lit moelleux. Et, après qu'elle
se fut rassasiée de larmes, la noble femme supplia d'abord
la vénérable Déesse Artémis, fille de Zeus :

— Artémis, vénérable Déesse, fille de Zeus, plût aux
Dieux que tu m'arrachasses l'âme, à l'instant même, avec
tes flèches, ou que les tempêtes pussent m'emporter par
les routes sombres et me jeter dans les courants du rapide
Okéanos! Ainsi, les tempêtes emportèrent autrefois les
filles de Pandaros. Les Dieux avaient fait mourir leurs
parents et elles étaient restées orphelines dans leurs demeures, et la divine Aphrodité les nourrissait de fromage,
de miel doux et de vin parfumé. Hèrè les doua, plus que
toutes les autres femmes, de beauté et de prudence, et la
chaste Artémis d'une haute taille, et Athènè leur enseigna
à faire de beaux ouvrages. Alors, la divine Aphrodité
monta dans le haut Olympos, afin de demander, pour ces
vierges, d'heureuses noces à Zeus qui se réjouit de la foudre
et qui connaît les bonnes et les mauvaises destinées des
hommes mortels. Et, pendant ce temps, les Harpyes enlevèrent ces vierges et les donnèrent aux odieuses Erinnyes
pour les servir. Que les Olympiens me perdent ainsi!
Qu'Artémis aux beaux cheveux me frappe, afin que je re-
voie au moins Odysseus sous la terre odieuse, plutôt que
réjouir l'âme d'un homme indigne! On peut supporter son
mal, quand, après avoir pleuré tout le jour, le cœur gémissant, on dort la nuit; car le sommeil, ayant fermé leurs
paupières, fait oublier à tous les hommes les biens et les

maux. Mais l'insomnie cruelle m'a envoyé un Daimôn qui
a couché cette nuit auprès de moi, semblable à ce qu'était
Odysseus quand il partit pour l'armée. Et mon cœur était
consolé, pensant que ce n'était point un songe, mais la vérité.

Elle parla ainsi, et, aussitôt, Eôs au thrône d'or apparut.
Et le divin Odysseus entendit la voix de Pènélopéia qui
pleurait. Et il pensa et il lui vint à l'esprit que, placée au-
dessus de sa tête, elle l'avait reconnu. C'est pourquoi, ra-
massant le manteau et les toisons sur lesquelles il était
couché, il les plaça sur le thrône dans la salle ; et, jetant
dehors la peau de bœuf, il leva les mains et supplia Zeus :

— Père Zeus ! si, par la volonté des Dieux, tu m'as ramené dans ma patrie, à travers la terre et la mer, et après
m'avoir accablé de tant de maux, fais qu'un de ceux qui
s'éveillent dans cette demeure dise une parole heureuse, et,
qu'au dehors, un de tes signes m'apparaisse.

Il parla ainsi en priant, et le très-sage Zeus l'entendit,
et, aussitôt, il tonna du haut de l'Olympos éclatant et par
dessus les nuées, et le divin Odysseus s'en réjouit. Et, aussitôt, une femme occupée à moudre éleva la voix dans la
maison. Car il y avait non loin de là douze meules du
prince des peuples, et autant de servantes les tournaient,
préparant l'huile et la farine, moelle des hommes. Et elles
s'étaient endormies, après avoir moulu le grain, et l'une
d'elles n'avait pas fini, et c'était la plus faible de toutes.
Elle arrêta sa meule et dit une parole heureuse pour le
roi :

— Père Zeus, qui commandes aux Dieux et aux hommes, certes, tu as tonné fortement du haut de l'Ouranos
étoilé où il n'y a pas un nuage. C'est un de tes signes à
quelqu'un. Accomplis donc mon souhait, à moi, malheureuse : Que les Prétendants, en ce jour et pour la dernière
fois, prennent le repas désirable dans la demeure d'O-

dysseus! Ils ont rompu mes genoux sous ce dur travail de
moudre leur farine; qu'ils prennent aujourd'hui leur dernier repas!

Elle parla ainsi, et le divin Odysseus se réjouit de cette
parole heureuse et du tonnerre de Zeus, et il se dit qu'il
allait punir les coupables. Et les autres servantes se ras-
semblaient dans les belles demeures d'Odysseus, et elles
allumèrent un grand feu dans le foyer. Et le divin Tèlémakhos se leva de son lit et se couvrit de ses vêtements. Il
suspendit une épée à ses épaules et il attacha de belles sandales à ses pieds brillants; puis, il saisit une forte lance à
pointe d'airain, et, s'arrêtant, comme il passait le seuil, il
dit à Eurykléia :

— Chère nourrice, comment avez-vous honoré l'Etranger
dans la demeure? Lui avez-vous donné un lit et de la nourriture, ou gît-il négligé? Car ma mère est souvent ainsi,
bien que prudente; elle honore inconsidérément le moindre
des hommes et renvoie le plus méritant sans honneurs.

Et la prudente Eurykléia lui répondit :

— N'accuse point ta mère innocente, mon enfant. L'E-
tranger s'est assis et il a bu du vin autant qu'il l'a voulu;
mais il a refusé de manger davantage quand ta mère l'invi-
tait elle-même. Elle a ordonné aux servantes de préparer
son lit; mais lui, comme un homme plein de soucis et
malheureux, a refusé de dormir dans un lit, sous des couvertures; et il s'est couché, dans le vestibule, sur une peau
de bœuf encore saignante et sur des peaux de brebis; et
nous avons jeté un manteau par-dessus.

Elle parla ainsi, et Tèlémakhos sortit de la demeure, tenant sa lance à la main. Et deux chiens rapides le suivaient.
Et il se hâta vers l'agora des Akhaiens aux belles knèmides.
Et Eurykléia, fille d'Ops Peisènoride, la plus noble des
femmes, dit aux servantes :

— Allons! hâtez-vous! Balayez la salle, arrosez-la, jetez

des tapis pourprés sur les beaux thrônes, épongez les tables,
purifiez les kratères et les coupes rondes; et qu'une partie
d'entre vous aille puiser de l'eau à la fontaine et revienne
aussitôt. Les Prétendants ne tarderont pas à arriver, et ils
viendront dès le matin, car c'est une fête pour tous.

Elle parla ainsi, et les servantes, l'ayant entendue, lui
obéirent. Et les unes allèrent à la fontaine aux eaux noires,
et les autres travaillaient avec ardeur dans la maison. Puis,
les Prétendants insolents entrèrent; et ils se mirent à fendre
du bois. Et les servantes revinrent de la fontaine, et, après
elles, le porcher qui amenait trois de ses meilleurs porcs.
Et il les laissa manger dans l'enceinte des haies. Puis il
adressa à Odysseus ces douces paroles :

— Etranger, les Akhaiens te traitent-ils mieux, ou t'ou-
tragent-ils comme auparavant?

Et le prudent Odysseus lui répondit :

— Puissent les Dieux, Eumaios, châtier leur insolence,
car ils commettent des actions outrageantes et honteuses
dans une demeure étrangère, et ils n'ont plus la moindre
pudeur.

Et, comme ils se parlaient ainsi, le chevrier Mélanthios
s'approcha d'eux, conduisant, pour le repas des Prétendants, les meilleures chèvres de tous ses troupeaux, et deux
bergers le suivaient. Et il attacha les chèvres sous le portique sonore, et il dit à Odysseus, en l'injuriant de nouveau :

— Etranger, es-tu encore ici à importuner les hommes
en leur demandant avec instance? Ne passeras-tu point les
portes? Je ne pense pas que nous nous séparions avant que
tu aies éprouvé nos mains, car tu demandes à satiété, et il
y a d'autres repas parmi les Akhaiens.

Il parla ainsi, et le prudent Odysseus ne répondit rien, et
il resta muet, mais secouant la tête et méditant sa vengeance. Puis, arriva Philoitios, chef des bergers, conduisant
aux Prétendants une génisse stérile et des chèvres grasses.

Des bateliers, de ceux qui faisaient passer les hommes, l'a-
vaient amené. Il attacha les animaux sous le portique sonore,
et, s'approchant du porcher, il lui dit :

— Porcher, quel est cet Etranger nouvellement venu
dans notre demeure? D'où est-il? Quelle est sa race et
quelle est sa patrie? Le malheureux! certes, il est semblable à un roi: mais les Dieux accablent les hommes qui
errent sans cesse, et ils destinent les rois eux-mêmes au
malheur.

Il parla ainsi, et, tendant la main droite à Odysseus, il lui
dit ces paroles ailées :

— Salut, Père Etranger! Que la richesse t'arrive bientôt,
car maintenant, tu es accablé de maux! Père Zeus, aucun
des Dieux n'est plus cruel que toi, car tu n'as point pitié
des hommes que tu as engendrés toi-même pour être accablés de misères et d'amères douleurs! La sueur me coule,
et mes yeux se remplissent de larmes en voyant cet Etranger, car je me souviens d'Odysseus, et je pense qu'il erre
peut-être parmi les hommes, couvert de semblables haillons, s'il vit encore et s'il voit la lumière de Hèlios. Mais,
s'il est mort et s'il est dans les demeures d'Aidès, je gémirai
toujours au souvenir de l'irréprochable Odysseus qui m'envoya, tout jeune, garder ses bœufs chez le peuple des Ké-
phalléniens. Et maintenant ils sont innombrables, et aucun
autre ne possède une telle race de bœufs aux larges fronts.
Et les Prétendants m'ordonnent de les leur amener pour
qu'ils les mangent; et ils ne s'inquiètent point du fils d'O-
dysseus dans cette demeure, et ils ne respectent ni ne crai-
gnent les Dieux, et ils désirent avec ardeur partager les
biens d'un roi absent depuis longtemps. Cependant, mon
cœur hésite dans ma chère poitrine. Ce serait une mauvaise action, Tèlémakhos étant vivant, de m'en aller chez
un autre peuple, auprès d'hommes étrangers, avec mes
bœufs; et, d'autre part, il est dur de rester ici, gardant

mes bœufs pour des étrangers et subissant mille maux. Déjà,
depuis longtemps, je me serais enfui vers quelque roi éloigné,
car, ici, rien n'est tolérable ; mais je pense que ce malheureux reviendra peut-être et dispersera les Prétendants dans
ses demeures.

Et le prudent Odysseus lui répondit :

— Bouvier, tu ne ressembles ni à un méchant homme,
ni à un insensé, et je reconnais que ton esprit est plein de
prudence. C'est pourquoi je te le jure par un grand serment :
que Zeus, le premier des Dieux, le sache ! Et cette table
hospitalière, et cette demeure du brave Odysseus où je suis
venu ! Toi présent, Odysseus reviendra ici, et tu le verras
de tes yeux, si tu le veux, tuer les Prétendants qui oppri-
ment ici.

— Etranger, puisse le Kroniôn accomplir tes paroles ! Tu
sauras alors à qui appartiendront ma force et mes mains.

Et Eumaios suppliait en même temps tous les Dieux de
ramener le très-sage Odysseus dans ses demeures.

Et tandis qu'ils se parlaient ainsi, les Prétendants préparaient le meurtre et la mort de Tèlémakhos. Mais, en ce
moment, un aigle vola à leur gauche, tenant une colombe
tremblante.

Alors Amphinomos leur dit :

— O amis, notre dessein de tuer Tèlémakhos ne s'accomplira pas. Ne songeons plus qu'au repas.

Ainsi parla Amphinomos, et sa parole leur plut. Puis,
entrant dans la demeure du divin Odysseus, ils déposèrent
leurs manteaux sur les siéges et sur les thrônes, ils sacrifiè-
rent les grandes brebis, les chèvres grasses, les porcs et la
génisse indomptée. Et ils distribuèrent les entrailles rôties.
Puis ils mêlèrent le vin dans les kratères ; et le Porcher
distribuait les coupes, et Philoitios, le chef des bouviers,
distribuait le pain dans de belles corbeilles, et Mélanthios

versait le vin. Et ils étendirent les mains vers les mets placés devant eux. Mais Tèlémakhos fit asseoir Odysseus, qui
méditait des ruses, auprès du seuil de pierre, dans la salle,
sur un siége grossier, et il plaça devant lui, sur une petite
table, une part des entrailles. Puis, il versa du vin dans une
coupe d'or, et il lui dit :

— Assieds-toi là, parmi les hommes, et bois du vin. J'é-
carterai moi-même, loin de toi, les outrages de tous les
Prétendants, car cette demeure n'est pas publique ; c'est la
maison d'Odysseus, et il l'a construite pour moi. Et vous,
Prétendants, retenez vos injures et vos mains, de peur que
la discorde se manifeste ici.

Il parla ainsi, et tous, mordant leurs lèvres, admiraient
Tèlémakhos et comme il avait parlé avec audace. Et Antinoos, fils d'Eupeithès, leur dit :

— Nous avons entendu, Akhaiens, les paroles sévères de
Tèlémakhos, car il nous a rudement menacés. Certes, le
Kroniôn Zeus ne l'a point permis ; mais, sans cela, nous
l'aurions déjà fait taire dans cette demeure, bien qu'il soit
un habile agorète.

Ainsi parla Antinoos, et Tèlémakhos ne s'en inquiéta
point. Et les hérauts conduisirent à travers la ville l'hécatombe sacrée, et les Akhaiens chevelus se réunirent dans le
bois épais de l'Archer Apollôn.

Et, après avoir rôti les chairs supérieures, les Prétendants
distribuèrent les parts et prirent leur repas illustre ; et,
comme l'avait ordonné Tèlémakhos, le cher fils du divin
Odysseus, les serviteurs apportèrent à celui-ci une part
égale à celles de tous les autres convives ; mais Athènè ne
voulut pas que les Prétendants cessassent leurs outrages,
afin qu'une plus grande colère entrât dans le cœur du Laertiade Odysseus. Et il y avait parmi les Prétendants un
homme très-inique. Il se nommait Ktèsippos, et il avait sa

demeure dans Samè. Confiant dans les richesses de son père, il recherchait la femme d'Odysseus absent depuis longtemps. Et il dit aux Prétendants insolents :

— Écoutez-moi, illustres Prétendants. Déjà cet Etranger a reçu une part égale à la nôtre, comme il convient, car il ne serait ni bon, ni juste de priver les hôtes de Tèlémakhos, quels que soient ceux qui entrent dans sa demeure. Mais moi aussi, je lui ferai un présent hospitalier, afin que lui-même donne un salaire aux baigneurs ou aux autres serviteurs qui sont dans la maison du divin Odysseus.

Ayant ainsi parlé, il saisit dans une corbeille un pied de bœuf qu'il lança d'une main vigoureuse ; mais Odysseus l'évita en baissant la tête, et il sourit sardoniquement dans son âme ; et le pied de bœuf frappa le mur bien construit. Alors Tèlémakhos réprimanda ainsi Ktèsippos :

— Ktèsippos, certes, il vaut beaucoup mieux pour toi que tu n'aies point frappé mon hôte, et qu'il ait lui-même évité ton trait, car, certes, je t'eusse frappé de ma lance aiguë au milieu du corps, et, au lieu de tes noces, ton père eût fait ton sépulcre. C'est pourquoi qu'aucun de vous ne montre son insolence dans ma demeure, car je comprends et je sais quelles sont les bonnes et les mauvaises actions, et je ne suis plus un enfant. J'ai longtemps souffert et regardé ces violences, tandis que mes brebis étaient égorgées, et que mon vin était épuisé, et que mon pain était mangé ; car il est difficile à un seul de s'opposer à plusieurs ; mais ne m'outragez pas davantage. Si vous avez le désir de me tuer avec l'airain, je le veux bien, et il vaut mieux que je meure que de voir vos honteuses actions, mes hôtes chassés et mes servantes indignement violées dans mes belles demeures.

Il parla ainsi, et tous restèrent muets. Et le Damastoride Agélaos dit enfin :

— O amis, à cette parole juste, il ne faut point répondre
injurieusement, ni frapper cet Étranger, ou quelqu'un des
serviteurs qui sont dans les demeures du divin Odysseus ;
mais je parlerai doucement à Tèlémakhos et à sa mère ;
puissé-je plaire au cœur de tous deux. Aussi longtemps que
votre âme dans vos poitrines a espéré le retour du très-sage
Odysseus en sa demeure, nous n'avons eu aucune colère de
ce que vous reteniez, les faisant attendre, les Prétendants
dans vos demeures. Puisque Odysseus devait revenir, cela
valait mieux en effet. Maintenant il est manifeste qu'il ne
reviendra plus. Va donc à ta mère et dis-lui qu'elle épouse
le plus illustre d'entre nous, et celui qui lui fera le plus de
présents. Tu jouiras alors des biens paternels, mangeant et
buvant ; et ta mère entrera dans la maison d'un autre.

Et le prudent Tèlémakhos lui répondit :

— Agélaos, non, par Zeus et par les douleurs de mon
père qui est mort ou qui erre loin d'Ithakè, non, je ne m'oppose point aux noces de ma mère, et je l'engage à épouser
celui qu'elle choisira et qui lui fera le plus de présents ;
mais je crains de la chasser de cette demeure par des paroles
rigoureuses, de peur qu'un Dieu n'accomplisse pas ceci.

Ainsi parla Tèlémakhos, et Pallas Athènè excita un rire
immense parmi les Prétendants, et elle troubla leur esprit,
et ils riaient avec des mâchoires contraintes, et ils mangeaient les chairs crues, et leurs yeux se remplissaient de
larmes, et leur âme pressentait le malheur. Alors, le divin
Théoklyménos leur dit :

— Ah ! malheureux ! quel malheur allez-vous subir ! Vos
têtes, vos visages, vos genoux sont enveloppés par la nuit ;
vous sanglotez, vos joues sont couvertes de larmes ; ces
colonnes et ces murailles sont souillées de sang ; le portique
et la cour sont pleins d'ombres qui se hâtent vers les ténèbres de l'Érébos ; Hèlios périt dans l'Ouranos, et le brouillard fatal s'avance !

Il parla ainsi, et tous se mirent à rire de lui ; et Eurymakhos, fils de Polybos, dit le premier :

— Tu es insensé, Etranger récemment arrivé ! Chassez-le
aussitôt de cette demeure, et qu'il aille à l'agora, puisqu'il
prend le jour pour la nuit.

Et le divin Théoklyménos lui répondit :

— Eurymakhos, n'ordonne point de me chasser d'ici. Il me
suffit de mes yeux, de mes oreilles, de mes pieds et de l'esprit équitable qui est dans ma poitrine. Je sortirai d'ici, car
je devine le malheur qui est suspendu sur vous ; et nul
d'entre vous n'y échappera, ô Prétendants, hommes injurieux qui commettez des actions iniques dans la demeure
du divin Odysseus !

Ayant ainsi parlé, il sortit des riches demeures et retourna
chez Peiraios qui l'avait accueilli avec bienveillance. Et les
Prétendants, se regardant les uns les autres, irritaient Tèlémakhos en raillant ses hôtes. Et l'un de ces jeunes hommes
insolents dit :

— Tèlémakhos, aucun donneur d'hospitalité n'est plus à
plaindre que toi. Tu as encore, il est vrai, ce vagabond affamé, privé de pain et de vin, sans courage et qui ne sait
rien faire, inutile fardeau de la terre ; mais l'autre est allé
prophétiser ailleurs. Ecoute-moi ; ceci est pour le mieux :
jetons tes deux hôtes sur une nef et envoyons-les aux Si-
kèles. Chacun vaudra un bon prix.

Ainsi parlaient les Prétendants, et Tèlémakhos ne s'inquiéta point de leurs paroles ; mais il regardait son père, en
silence, attendant toujours qu'il mît la main sur les Prétendants insolents.

Et la fille d'Ikarios, la sage Pènélopéia, accoudée sur son
beau thrône, écoutait les paroles de chacun d'eux dans les
demeures. Et ils riaient joyeusement en continuant leur

repas, car ils avaient déjà beaucoup mangé. Mais, bientôt, jamais fête ne devait leur être plus funeste que celle que leur préparaient une Déesse et un homme brave, car, les premiers, ils avaient commis de honteuses actions.

RHAPSODIE XXI.

 LORS, la Déesse Athènè aux yeux clairs inspira
à la fille d'Ikarios, à la prudente Pènélopéia,
d'apporter aux Prétendants l'arc et le fer brillant, pour l'épreuve qui, dans les demeures
d'Odysseus, devait être le commencement du carnage. Elle
gravit la longue échelle de la maison, tenant à la main la
belle clef recourbée, d'airain et à poignée d'ivoire; et elle
se hâta de monter avec ses servantes dans la chambre haute
où étaient renfermés les trésors du Roi, l'airain, l'or et le
fer difficile à travailler. Là, se trouvaient l'arc recourbé, le
carquois porte-flèches et les flèches terribles qui le remplissaient. Iphitos Eurythide, de Lakédaimôn, semblable aux
Immortels, les avait donnés à Odysseus, l'ayant rencontré
à Messènè, dans la demeure du brave Orsilokhos, où Odysseus était venu pour une réclamation de tout le peuple qui
l'en avait chargé. En effet, les Messèniens avaient enlevé
d'Ithakè, sur leurs nefs, trois cents brebis et leurs bergers.

Et, pour cette réclamation, Odysseus était venu, tout jeune
encore, car son père et les autres vieillards l'avaient envoyé.
Et Iphitos était venu de son côté, cherchant douze cavales
qu'il avait perdues et autant de mules patientes, et qui,
toutes, devaient lui attirer la mort ; car, s'étant rendu auprès du magnanime fils de Zeus, Hèraklès, illustre par ses
grands travaux, celui-ci le tua dans ses demeures, bien qu'il
fût son hôte. Et il le tua indignement, sans respecter ni les
Dieux, ni la table où il l'avait fait asseoir, et il retint ses
cavales aux sabots vigoureux. Ce fut en cherchant celles-ci
qu'Iphitos rencontra Odysseus et qu'il lui donna cet arc
qu'avait porté le grand Eurytos et qu'il laissa en mourant à
son fils dans ses hautes demeures. Et Odysseus donna à
celui-ci une épée aiguë et une forte lance. Ce fut le commencement d'une triste amitié, et qui ne fut pas longue, car
ils ne se reçurent point à leurs tables, et le fils de Zeus tua
auparavant l'Eurytide Iphitos semblable aux Immortels. Et
le divin Odysseus se servait de cet arc à Ithakè, mais il ne
l'emporta point sur ses nefs noires en partant pour la
guerre, et il le laissa dans ses demeures, en mémoire de son
cher hôte.

Et quand la noble femme fut arrivée à la chambre haute,
elle monta sur le seuil de chêne qu'autrefois un ouvrier
habile avait poli et ajusté au cordeau, et auquel il avait adapté
des battants et de brillantes portes. Elle détacha aussitôt la
courroie de l'anneau, fit entrer la clef et ouvrit les verrous.
Et, semblables à un taureau qui mugit en paissant dans un
pré, les belles portes résonnèrent, frappées par la clef, et
s'ouvrirent aussitôt.

Et Pènélopéia monta sur le haut plancher où étaient les
coffres qui renfermaient les vêtements parfumés, et elle détacha du clou l'arc et le carquois brillant. Et, s'asseyant là,
elle le posa sur ses genoux, et elle pleura amèrement. Et,
après s'être rassasiée de larmes et de deuil, elle se hâta

d'aller à la grande salle, vers les Prétendants insolents, tenant à la main l'arc recourbé et le carquois porte-flèches et
les flèches terribles qui le remplissaient. Et les servantes
portaient le coffre où étaient le fer et l'airain des jeux du
Roi.

Et la noble femme, étant arrivée auprès des Prétendants,
s'arrêta sur le seuil de la belle salle, un voile léger sur ses
joues et deux servantes à ses côtés. Et, aussitôt, elle parla
aux Prétendants et elle leur dit :

— Ecoutez-moi, illustres Prétendants qui, pour manger
et boire sans cesse, avez envahi la maison d'un homme absent depuis longtemps, et qui dévorez ses richesses, sans
autre prétexte que celui de m'épouser. Voici, ô Prétendants,
l'épreuve qui vous est proposée. Je vous apporte le grand
arc du divin Odysseus. Celui qui, de ses mains, tendra le
plus facilement cet arc et lancera une flèche à travers les
douze haches, je le suivrai, et il me conduira loin de cette
demeure qui a vu ma jeunesse, qui est belle et pleine d'a-
bondance, et dont je me souviendrai, je pense, même dans
mes songes.

Elle parla ainsi et elle ordonna au porcher Eumaios de
porter aux Prétendants l'arc et le fer brillant. Et Eumaios
les prit en pleurant et les porta ; et le Bouvier pleura aussi
en voyant l'arc du Roi. Et Antinoos les réprimanda et leur
dit :

— Rustres stupides, qui ne pensez qu'au jour le jour,
pourquoi pleurez-vous, misérables, et remuez-vous ainsi
dans sa poitrine l'âme de cette femme qui est en proie à la
douleur, depuis qu'elle a perdu son cher mari? Mangez en
silence, ou allez pleurer dehors et laissez ici cet arc. Ce
sera pour les Prétendants une épreuve difficile, car je ne
pense pas qu'on tende aisément cet arc poli. Il n'y a point
ici un seul homme tel que Odysseus. Je l'ai vu moi-même,
et je m'en souviens, mais j'étais alors un enfant.

Il parla ainsi, et il espérait, dans son âme, tendre l'arc et lancer une flèche à travers le fer; mais il devait, certes, goûter le premier une flèche partie des mains de l'irréprochable Odysseus qu'il avait déjà outragé dans sa demeure et contre qui il avait excité tous ses compagnons. Alors, la Force sacrée de Tèlémakhos parla ainsi :

— O Dieux ! Certes, le Kroniôn Zeus m'a rendu insensé. Voici que ma chère mère, bien que très-prudente, dit qu'elle va suivre un autre homme et quitter cette demeure ! Et voici que je ris et que je me réjouis dans mon esprit insensé ! Tentez donc, ô Prétendants, l'épreuve proposée ! Il n'est point de telle femme dans la terre Akhaienne, ni dans la sainte Pylos, ni dans Argos, ni dans Mykènè, ni dans Ithakè, ni dans la noire Epeiros. Mais vous le savez, qu'est-il besoin de louer ma mère ? Allons, ne retardez pas l'épreuve; hâtez-vous de tendre cet arc, afin que nous voyions qui vous êtes. Moi-même je ferai l'épreuve de cet arc; et, si je le tends, si je lance une flèche à travers le fer, ma mère vénérable, à moi qui gémis, ne quittera point ces demeures avec un autre homme et ne m'abandonnera point, moi qui aurai accompli les nobles jeux de mon père !

Il parla ainsi, et, se levant, il retira son manteau pourpré et son épée aiguë de ses épaules, puis, ayant creusé un long fossé, il dressa en ligne les anneaux des haches, et il pressa la terre tout autour. Et tous furent stupéfaits de son adresse, car il ne l'avait jamais vu faire. Puis, se tenant debout sur le seuil, il essaya l'arc. Trois fois il faillit le tendre, espérant tirer le nerf et lancer une flèche à travers le fer, et trois fois la force lui manqua. Et comme il le tentait une quatrième fois, Odysseus lui fit signe et le retint malgré son désir. Alors la Force sacrée de Tèlémakhos parla ainsi :

— O Dieux! ou je ne serai jamais qu'un homme sans force, ou je suis trop jeune encore et je n'ai point la vi-

21

gueur qu'il faudrait pour repousser un guerrier qui m'atta-
querait. Allons! vous qui m'êtes supérieurs par la force,
essayez cet arc et terminons cette épreuve.

Ayant ainsi parlé, il déposa l'arc sur la terre, debout et
appuyé contre les battants polis de la porte, et il mit la
flèche aiguë auprès de l'arc au bout recourbé; puis, il retourna s'asseoir sur le trône qu'il avait quitté. Et Antinoos, fils d'Eupeithès, dit aux Prétendants :

— Compagnons, levez-vous tous, et avancez, l'un après
l'autre, dans l'ordre qu'on suit en versant le vin.

Ainsi parla Antinoos, et ce qu'il avait dit leur plut. Et
Leiôdès, fils d'Oinops, se leva le premier. Et il était leur
sacrificateur, et il s'asseyait toujours le plus près du beau
kratère. Il n'aimait point les actions iniques et il s'irritait
sans cesse contre les Prétendants. Et il saisit le premier
l'arc et le trait rapide. Et, debout sur le seuil, il essaya
l'arc; mais il ne put le tendre et il se fatigua vainement les
bras. Alors, il dit aux Prétendants :

— O amis, je ne tendrai point cet arc; qu'un autre le
prenne. Cet arc doit priver de leur cœur et de leur âme
beaucoup de braves guerriers, car il vaut mieux mourir
que de nous retirer vivants, n'ayant point accompli ce que
nous espérions ici. Qu'aucun n'espère donc plus, dans son
âme, épouser Pènélopéia, la femme d'Odysseus. Après
avoir éprouvé cet arc, chacun de vous verra qu'il lui faut
rechercher quelque autre femme parmi les Akhaiennes aux
beaux péplos, et à laquelle il fera des présents. Pènélopéia
épousera ensuite celui qui lui fera le plus de présents et à
qui elle est destinée.

Il parla ainsi, et il déposa l'arc appuyé contre les battants polis de la porte, et il mit la flèche aiguë auprès de
l'arc au bout recourbé. Puis, il retourna s'asseoir sur le
trône qu'il avait quitté. Alors, Antinoos le réprimanda et
lui dit :

— Leiôdès, quelle parole s'est échappée d'entre tes dents? Elle est mauvaise et funeste, et je suis irrité de l'avoir entendue. Cet arc doit priver de leur cœur et de leur âme beaucoup de braves guerriers, parce que tu n'as pu le tendre! Ta mère vénérable ne t'a point enfanté pour tendre les arcs, mais, bientôt, d'autres Prétendants illustres tendront celui-ci.

Il parla ainsi et il donna cet ordre au chevrier Mélanthios :

— Mélanthios, allume promptement du feu dans la demeure et place devant le feu un grand siége couvert de peaux. Apporte le large disque de graisse qui est dans la maison, afin que les jeunes hommes, l'ayant fait chauffer, en amollissent cet arc, et que nous terminions cette épreuve.

Il parla ainsi, et aussitôt Mélanthios alluma un grand feu, et il plaça devant le feu un siége couvert de peaux; et les jeunes hommes, ayant chauffé le large disque de graisse qui était dans la maison, en amollirent l'arc, et ils ne purent le tendre, car ils étaient de beaucoup trop faibles. Et il ne restait plus qu'Antinoos et le divin Eurymakhos, chefs des Prétendants et les plus braves d'entre eux.

Alors, le porcher et le bouvier du divin Odysseus sortirent ensemble de la demeure, et le divin Odysseus sortit après eux. Et quand ils furent hors des portes, dans la cour, Odysseus, précipitant ses paroles, leur dit :

— Bouvier, et toi, Porcher, vous dirai-je quelque chose et ne vous cacherai-je rien? Mon âme, en effet, m'ordonne de parler. Viendriez-vous en aide à Odysseus s'il revenait brusquement et si un Dieu le ramenait? A qui viendriez-vous en aide, aux Prétendants ou à Odysseus? Dites ce que votre cœur et votre âme vous ordonnent de dire.

Et le bouvier lui répondit :

— Père Zeus! Plût aux Dieux que mon vœu fût accompli! Plût aux Dieux que ce héros revînt et qu'un Dieu le ramenât, tu saurais alors à qui appartiendraient ma force et mes bras !

Et, de même, Eumaios supplia tous les Dieux de rame-ner le prudent Odysseus dans sa demeure. Alors, celui-ci connut quelle était leur vraie pensée, et, leur parlant de nouveau, il leur dit :

— Je suis Odysseus. Après avoir souffert des maux in-nombrables, je reviens dans la vingtième année sur la terre de la patrie. Je sais que, seuls parmi les serviteurs, vous avez désiré mon retour; car je n'ai entendu aucun des au-tres prier pour que je revinsse dans ma demeure. Je vous dirai donc ce qui sera. Si un Dieu dompte par mes mains les Prétendants insolents, je vous donnerai à tous deux des femmes, des richesses et des demeures bâties auprès des miennes, et vous serez pour Tèlémakhos des compagnons et des frères. Mais je vous montrerai un signe manifeste, afin que vous me reconnaissiez bien et que vous soyez per-suadés dans votre âme : cette blessure qu'un sanglier me fit autrefois de ses blanches dents, quand j'allai sur le Parnè-sos avec les fils d'Autolykos.

Il parla ainsi, et entr'ouvrant ses haillons, il montra la grande blessure. Et, dès qu'ils l'eurent vue, aussitôt ils la re-connurent. Et ils pleurèrent, entourant le prudent Odys-seus de leurs bras, et ils baisèrent sa tête et ses épaules. Et, de même, Odysseus baisa leurs têtes et leurs épaules. Et la lumière de Hèlios fût tombée tandis qu'ils pleuraient, si Odysseus ne les eût arrêtés et ne leur eût dit :

— Cessez de pleurer et de gémir, de peur que, sortant de la demeure, quelqu'un vous voie et le dise; mais ren-trez l'un après l'autre, et non ensemble. Je rentre le pre-mier; venez ensuite. Maintenant, écoutez ceci : les Préten-dants insolents ne permettront point, tous, tant qu'ils sont, qu'on me donne l'arc et le carquois; mais toi, divin Eu-maios, apporte-moi l'arc à travers la salle, remets-le dans

mes mains, et dis aux servantes de fermer les portes solides
de la demeure. Si quelqu'un entend, de la cour, des gémissements et du tumulte, qu'il y reste et s'occupe tranquillement de son travail. Et toi, divin Philoitios, je t'ordonne de
fermer les portes de la cour et d'en assujettir les barrières
et d'en pousser les verrous.

   Ayant ainsi parlé, il rentra dans la grande salle et il s'assit sur le siége qu'il avait quitté. Puis, les deux serviteurs
du divin Odysseus rentrèrent. Et déjà Eurymakhos tenait
l'arc dans ses mains, le chauffant de tous les côtés à la
splendeur du feu; mais il ne put le tendre, et son illustre
cœur soupira profondément, et il dit, parlant ainsi :

   — O Dieux! certes, je ressens une grande douleur pour
moi et pour tous. Je ne gémis pas seulement à cause de mes
noces, bien que j'en sois attristé, car il y a beaucoup d'autres Akhaiennes dans Ithakè entourée des flots et dans les
autres villes; mais je gémis que nous soyons tellement in-
férieurs en force au divin Odysseus que nous ne puissions
tendre son arc. Ce sera notre honte dans l'avenir.

   Et Antinoos, fils d'Eupeithès, lui répondit :
   — Eurymakhos, ceci ne sera point. Songes-y toi-même.
C'est aujourd'hui parmi le peuple la fête sacrée d'un Dieu;
qui pourrait tendre un arc? Laissons-le en repos, et que les
anneaux des haches restent dressés. Je ne pense pas que
quelqu'un les enlève dans la demeure du Laertiade Odysseus. Allons! que celui qui verse le vin emplisse les coupes,
afin que nous fassions des libations, après avoir déposé cet
arc. Ordonnez au chevrier Mélanthios d'amener demain les
meilleures chèvres de tous ses troupeaux, afin qu'ayant brûlé
leurs cuisses pour Apollôn illustre par son arc, nous ten-
tions de nouveau et nous terminions l'épreuve.

   Ainsi parla Antinoos, et ce qu'il avait dit leur plut. Et les
hérauts leur versèrent de l'eau sur les mains, et les jeunes
hommes couronnèrent de vin les kratères et le distribuèrent

entre tous à coupes pleines. Et, après qu'ils eurent fait des
libations et bu autant que leur âme le désirait, le prudent
Odysseus, méditant des ruses, leur dit :

— Ecoutez-moi, Prétendants de l'illustre Reine, afin que
je dise ce que mon cœur m'ordonne dans ma poitrine. Je
prie surtout Eurymakhos et le roi Antinoos, car ce dernier
a parlé comme il convenait. Laissez maintenant cet arc, et
remettez le reste aux Dieux. Demain un Dieu donnera la
victoire à qui il voudra : mais donnez-moi cet arc poli, afin
que je fasse devant vous l'épreuve de mes mains et de ma
force, et que je voie si j'ai encore la force d'autrefois dans
mes membres courbés, ou si mes courses errantes et la misère me l'ont enlevée.

Il parla ainsi, et tous furent très-irrités, craignant qu'il
tendît l'arc poli. Et Antinoos le réprimanda ainsi et lui dit :

— Ah ! misérable Etranger, ne te reste-t-il plus le moindre
sens ? Ne te plaît-il plus de prendre tranquillement ton repas
à nos tables ? Es-tu privé de nourriture ? N'entends-tu pas
nos paroles ? Jamais aucun autre étranger ou mendiant ne
nous a écoutés ainsi. Le doux vin te trouble, comme il
trouble celui qui en boit avec abondance et non convenablement. Certes, ce fut le vin qui troubla l'illustre Centaure
Eurythiôn, chez les Lapithes, dans la demeure du magnanime Peirithoos. Il troubla son esprit avec le vin, et, devenu
furieux, il commit des actions mauvaises dans la demeure
de Peirithoos. Et la douleur saisit alors les héros, et ils le
traînèrent hors du portique, et ils lui coupèrent les oreilles
avec l'airain cruel, et les narines. Et, l'esprit égaré, il s'en
alla, emportant son supplice et son cœur furieux. Et c'est
de là que s'éleva la guerre entre les Centaures et les
hommes ; mais ce fut d'abord Eurythiôn qui, étant ivre,
trouva son malheur. Je te prédis un châtiment aussi grand
si tu tends cet arc. Tu ne supplieras plus personne dans
cette demeure, car nous t'enverrons aussitôt sur une nef

noire au Roi Ekhétos, le plus féroce de tous les hommes. Et
là tu ne te sauveras pas. Bois donc en repos et ne lutte point
contre des hommes plus jeunes que toi.

Et la prudente Pènélopéia parla ainsi :

— Antinoos, il n'est ni bon ni juste d'outrager les hôtes
de Tèlémakhos, quel que soit celui qui entre dans ses demeures. Crois-tu que si cet Etranger, confiant dans ses
forces, tendait le grand arc d'Odysseus, il me conduirait
dans sa demeure et ferait de moi sa femme? Lui-même ne
l'espère point dans son esprit. Qu'aucun de vous, prenant
ici son repas, ne s'inquiète de ceci, car cette pensée n'est
point convenable.

Et Eurymakhos, fils de Polybos, lui répondit :

— Fille d'Ikarios, prudente Pènélopéia, nous ne croyons
point que cet homme t'épouse, car cette pensée ne serait
point convenable; mais nous craignons la rumeur des
hommes et des femmes. Le dernier des Akhaiens dirait :
— Certes, ce sont les pires des hommes qui recherchent la
femme d'un homme irréprochable, car ils n'ont pu tendre
son arc poli, tandis qu'un mendiant vagabond a tendu aisément l'arc et lancé une flèche à travers le fer. — En parlant
ainsi, il nous couvrirait d'opprobre.

Et la prudente Pènélopéia lui répondit :

— Eurymakhos, ils ne peuvent s'illustrer parmi le peuple
ceux qui méprisent et ruinent la maison d'un homme brave.
Pourquoi vous êtes-vous couverts d'opprobre vous-mêmes?
Cet Etranger est grand et fort, et il se glorifie d'être d'une
bonne race. Donnez-lui donc l'arc d'Odysseus, afin que
nous voyions ce qu'il en fera. Et je le dis, et ma parole s'accomplira : s'il tend l'arc et si Apollôn lui accorde cette
gloire, je le couvrirai de beaux vêtements, d'un manteau et
d'une tunique, et je lui donnerai une lance aiguë pour qu'il
se défende des chiens et des hommes, et une épée à deux

tranchants. Et je lui donnerai aussi des sandales, et je le renverrai là où son cœur et son âme lui ordonnent d'aller.

Et, alors, le prudent Tèlémakhos lui répondit :

— Ma mère, aucun des Akhaiens ne peut m'empêcher de donner ou de refuser cet arc à qui je voudrai, ni aucun de ceux qui dominent dans l'âpre Ithakè ou qui habitent Elis où paissent les chevaux. Aucun d'entre eux ne m'arrêtera si je veux donner cet arc à mon hôte. Mais rentre dans ta chambre haute et prends souci de tes travaux, de la toile et du fuseau. Ordonne aux servantes de reprendre leur tâche. Tout le reste regarde les hommes, et surtout moi qui commande dans cette demeure.

Et Pènélopéia, surprise, rentra dans la maison, songeant en son âme aux paroles prudentes de son fils. Puis, étant montée dans la chambre haute, avec ses servantes, elle pleura son cher mari Odysseus jusqu'à ce que Athènè aux yeux clairs eût répandu le doux sommeil sur ses paupières.

Alors le divin porcher prit l'arc recourbé et l'emporta. Et les Prétendants firent un grand tumulte dans la salle, et l'un de ces jeunes hommes insolents dit :

— Où portes-tu cet arc, immonde porcher? vagabond! Bientôt les chiens rapides que tu nourris te mangeront au milieu de tes porcs, loin des hommes, si Apollôn et les autres Dieux immortels nous sont propices.

Ils parlèrent ainsi, et Eumaios déposa l'arc là où il était, plein de crainte, parce qu'ils le menaçaient en foule dans la demeure. Mais, d'un autre côté, Tèlémakhos cria en le menaçant :

— Père! porte promptement l'arc plus loin, et n'obéis pas à tout le monde, de peur que, bien que plus jeune que toi, je te chasse à coups de pierres vers tes champs, car je suis le plus fort. Plût aux Dieux que je fusse aussi supérieur par la force de mes bras aux Prétendants qui sont ici! car

je les chasserais aussitôt honteusement de ma demeure où
ils commettent des actions mauvaises.

Il parla ainsi, et tous les Prétendants se mirent à rire de
lui et cessèrent d'être irrités. Et le porcher, traversant la
salle, emporta l'arc et le remit aux mains du subtil Odysseus. Et aussitôt il appela la nourrice Eurykléia :

— Tèlémakhos t'ordonne, ô prudente Eurykléia, de fermer les portes solides de la maison. Si quelqu'un des nôtres
entend, de la cour, des gémissements ou du tumulte, qu'il
y reste et s'occupe tranquillement de son travail.

Il parla ainsi, et sa parole ne fut point vaine, et Eurykléia
ferma les portes de la belle demeure. Et Philoitios, sautant
dehors, ferma aussi les portes de la cour. Et il y avait, sous
le portique, un câble d'écorce de nef à bancs de rameurs, et
il en lia les portes. Puis, rentrant dans la salle, il s'assit
sur le siége qu'il avait quitté, et il regarda Odysseus. Mais
celui-ci, tournant l'arc de tous côtés, examinait çà et là si
les vers n'avaient point rongé la corne en l'absence du
maître. Et les Prétendants se disaient les uns aux autres en
le regardant :

— Certes, celui-ci est un admirateur ou un voleur d'arcs.
Peut-être en a-t-il de semblables dans sa demeure, ou veut-
il en faire ? Comme ce vagabond plein de mauvais desseins
le retourne entre ses mains !

Et l'un de ces jeunes hommes insolents dit aussi :

— Plût aux Dieux que cet arc lui portât malheur, aussi
sûrement qu'il ne pourra le tendre !

Ainsi parlaient les Prétendants ; mais le subtil Odysseus,
ayant examiné le grand arc, le tendit aussi aisément qu'un
homme, habile à jouer de la kithare et à chanter, tend, à
l'aide d'une cheville, une nouvelle corde faite de l'intestin
tordu d'une brebis. Ce fut ainsi qu'Odysseus, tenant le
grand arc, tendit aisément de la main droite le nerf, qui résonna comme le cri de l'hirondelle. Et une amère douleur

saisit les Prétendants, et ils changèrent tous de couleur, et
Zeus, manifestant un signe, tonna fortement, et le patient
et divin Odysseus se réjouit de ce que le fils du subtil
Kronos lui eût envoyé ce signe. Et il saisit une flèche rapide
qui, retirée du carquois, était posée sur la table, tandis que
toutes les autres étaient restées dans le carquois creux jusqu'à ce que les Akhaiens les eussent essayées. Puis, saisissant la poignée de l'arc, il tira le nerf sans quitter son siége;
et visant le but, il lança la flèche, lourde d'airain, qui ne
s'écarta point et traversa tous les anneaux des haches. Alors,
il dit à Tèlémakhos :

— Tèlémakhos, l'Etranger assis dans tes demeures ne
te fait pas honte. Je ne me suis point écarté du but, et je
ne me suis point longtemps fatigué à tendre cet arc. Ma
vigueur est encore entière, et les Prétendants ne me mépriseront plus. Mais voici l'heure pour les Akhaiens de
préparer le repas pendant qu'il fait encore jour; puis ils se
charmeront des sons de la kithare et du chant, qui sont les
ornements des repas.

Il parla ainsi et fit un signe avec ses sourcils, et Tèlémakhos, le cher fils du divin Odysseus, ceignit une épée
aiguë, saisit une lance, et, armé de l'airain splendide, se
plaça auprès du siége d'Odysseus.

RHAPSODIE XXII.

 LORS, le subtil Odysseus, se dépouillant de ses
haillons, et tenant dans ses mains l'arc et le
carquois plein de flèches, sauta du large seuil,
répandit les flèches rapides à ses pieds et dit
aux Prétendants :

— Voici que cette épreuve tout entière est accomplie.
Maintenant je viserai un autre but qu'aucun homme n'a
jamais touché. Qu'Apollôn me donne la gloire de l'atteindre !

Il parla ainsi, et il dirigea la flèche amère contre Antinoos. Et celui-ci allait soulever à deux mains une belle
coupe d'or à deux anses afin de boire du vin, et la mort
n'était point présente à son esprit. Et, en effet, qui eût
pensé qu'un homme, seul au milieu de convives nombreux,
eût osé, quelle que fût sa force, lui envoyer la mort et la

Kèr noire? Mais Odysseus le frappa de sa flèche à la gorge, et la pointe traversa le cou délicat. Il tomba à la renverse, et la coupe s'échappa de sa main inerte, et un jet de sang sortit de sa narine, et il repoussa des pieds la table, et les mets roulèrent épars sur la terre, et le pain et la chair rôtie furent souillés. Les Prétendants frémirent dans la demeure quand ils virent l'homme tomber. Et, se levant en tumulte de leurs siéges, ils regardaient de tous côtés sur les murs sculptés, cherchant à saisir des boucliers et des lances, et ils crièrent à Odysseus en paroles furieuses :

— Etranger, tu envoies traîtreusement tes flèches contre les hommes! Tu ne tenteras pas d'autres épreuves, car voici que ta destinée terrible va s'accomplir. Tu viens de tuer le plus illustre des jeunes hommes d'Ithakè, et les vautours te mangeront ici !

Ils parlaient ainsi, croyant qu'il avait tué involontairement, et les insensés ne devinaient pas que les Kères de la mort étaient sur leurs têtes. Et, les regardant d'un œil sombre, le subtil Odysseus leur dit :

— Chiens ! vous ne pensiez pas que je reviendrais jamais du pays des Troiens dans ma demeure. Et vous dévoriez ma maison, et vous couchiez de force avec mes servantes, et, moi vivant, vous recherchiez ma femme, ne redoutant ni les Dieux qui habitent le large Ouranos, ni le blâme des hommes qui viendront! Maintenant, les Kères de la mort vont vous saisir tous !

Il parla ainsi, et la terreur les prit, et chacun regardait de tous côtés, cherchant par où il fuirait la noire destinée. Et, seul, Eurymakhos, lui répondant, dit :

— S'il est vrai que tu sois Odysseus l'Ithakèsien revenu ici, tu as bien parlé en disant que les Akhaiens ont commis des actions iniques dans tes demeures et dans tes champs. Mais le voici gisant celui qui a été cause de tout. C'est Antinoos qui a été cause de tout, non parce qu'il désirait ses

noces, mais ayant d'autres desseins que le Kroniôn ne lui
a point permis d'accomplir. Il voulait régner sur le peuple
d'Ithakè bien bâtie et tendait des embûches à ton fils pour
le tuer. Maintenant qu'il a été tué justement, aie pitié de
tes concitoyens. Bientôt nous t'apaiserons devant le peuple.
Nous te payerons tout ce que nous avons bu et mangé dans
tes demeures. Chacun de nous t'amènera vingt bœufs, de
l'airain et de l'or, jusqu'à ce que ton âme soit satisfaite.
Mais avant que cela soit fait, ta colère est juste.

Et, le regardant d'un œil sombre, le prudent Odysseus
lui dit :

—Eurymakhos, même si vous m'apportiez tous vos biens
paternels et tout ce que vous possédez maintenant, mes
mains ne s'abstiendraient pas du carnage avant d'avoir châtié l'insolence de tous les Prétendants. Choisissez, ou de me
combattre, ou de fuir, si vous le pouvez, la Kèr et la mort.
Mais je ne pense pas qu'aucun de vous échappe à la noire
destinée.

Il parla ainsi, et leurs genoux à tous furent rompus. Et
Eurymakhos, parlant une seconde fois, leur dit :

— O amis, cet homme ne retiendra pas ses mains inévitables, ayant saisi l'arc poli et le carquois, et tirant ses
flèches du seuil de la salle, jusqu'à ce qu'il nous ait tués
tous. Souvenons-nous donc de combattre ; tirez vos épées,
opposez les tables aux flèches rapides, jetons-nous tous sur
lui, et nous le chasserons du seuil et des portes, et nous
irons par la ville, soulevant un grand tumulte, et, bientôt,
cet homme aura tiré sa dernière flèche.

Ayant ainsi parlé, il tira son épée aiguë à deux tranchants,
et se rua sur Odysseus en criant horriblement ; mais le divin
Odysseus le prévenant, lança une flèche et le perça dans la
poitrine auprès de la mamelle, et le trait rapide s'enfonça
dans le foie. Et l'épée tomba de sa main contre terre, et il
tournoya près d'une table, dispersant les mets et les coupes

pleines; et lui-même se renversa en se tordant et en gémissant, et il frappa du front la terre, repoussant un thrône de
ses deux pieds, et l'obscurité se répandit sur ses yeux.

Alors Amphinomos se rua sur le magnanime Odysseus,
après avoir tiré son épée aiguë, afin de l'écarter des portes;
mais Tèlémakhos le prévint en le frappant dans le dos,
entre les épaules, et la lance d'airain traversa la poitrine; et
le Prétendant tomba avec bruit et frappa la terre du front.
Et Tèlémakhos revint à la hâte, ayant laissé sa longue lance
dans le corps d'Amphinomos, car il craignait qu'un des
Akhaiens l'atteignît, tandis qu'il l'approcherait, et le frappât
de l'épée sur sa tête penchée. Et, en courant, il revint
promptement auprès de son cher père, et il lui dit ces paroles ailées :

— O père, je vais t'apporter un bouclier et deux lances
et un casque d'airain adapté à tes tempes. Moi-même je
m'armerai, ainsi que le porcher et le bouvier, car il vaut
mieux nous armer.

Et le prudent Odysseus lui répondit :

— Apporte-les en courant; tant que j'aurai des flèches
pour combattre, ils ne m'éloigneront pas des portes, bien
que je sois seul.

Il parla ainsi, et Tèlémakhos obéit à son cher père, et il
se hâta de monter dans la chambre haute où étaient les
armes illustres, et il saisit quatre boucliers, huit lances et
quatre casques épais d'airain, et il revint en les portant, et
il rejoignit promptement son cher père. Lui-même, le premier, il se couvrit d'airain, et, les deux serviteurs s'étant
aussi couverts de belles armes, ils entourèrent le sage et
subtil Odysseus. Et, tant que celui-ci eut des flèches, il en
perça sans relâche les Prétendants, qui tombaient amoncelés
dans la salle. Mais après que toutes les flèches eurent quitté
le Roi qui les lançait, il appuya son arc debout contre les
murs splendides de la salle solide, jeta sur ses épaules un

bouclier à quatre lames, posa sur sa tête un casque épais à
crinière de cheval, et sur lequel s'agitait une aigrette, et il
saisit deux fortes lances armées d'airain.

Il y avait dans le mur bien construit de la salle, auprès
du seuil supérieur, une porte qui donnait issue au-dehors
et que fermaient deux ais solides. Et Odysseus ordonna au
divin porcher de se tenir auprès de cette porte pour la
garder, car il n'y avait que cette issue. Et alors Agélaos dit
aux Prétendants :

— O amis, quelqu'un ne pourrait-il pas monter à cette
porte, afin de parler au peuple et d'exciter un grand tumulte ? Cet homme aurait bientôt lancé son dernier trait.

Et le chevrier Mélanthios lui dit :

— Cela ne se peut, divin Agélaos. L'entrée de la belle
porte de la cour est étroite et difficile à passer, et un seul
homme vigoureux nous arrêterait tous. Mais je vais vous
apporter des armes de la chambre haute ; c'est là, je pense,
et non ailleurs, qu'Odysseus et son illustre fils les ont déposées.

Ayant ainsi parlé, le chevrier Mélanthios monta dans la
chambre haute d'Odysseus par les échelles de la salle. Là,
il prit douze boucliers, douze lances et autant de casques
d'airain à crinières épaisses, et, se hâtant de les apporter, il
les donna aux Prétendants. Et quand Odysseus les vit
s'armer et brandir de longues lances dans leurs mains, ses
genoux et son cher cœur furent rompus, et il sentit la
difficulté de son œuvre, et il dit à Tèlémakhos ces paroles
ailées :

— Tèlémakhos, voici qu'une des femmes de la maison,
ou Mélanthios, nous expose à un danger terrible.

Et le prudent Tèlémakhos lui répondit :

— O Père, c'est moi qui ai failli, et aucun autre n'est
cause de ceci, car j'ai laissé ouverte la porte solide de la
chambre haute, et la sentinelle des Prétendants a été plus

vigilante que moi. Va, divin Eumaios, ferme la porte de la
chambre haute, et vois si c'est une des femmes qui a fait
cela, ou Mélanthios, fils de Dolios, comme je le pense.

Et, tandis qu'ils se parlaient ainsi, le chevrier Mélanthios retourna de nouveau à la chambre haute pour y chercher des armes, et le divin porcher le vit, et, aussitôt, s'approchant d'Odysseus, il lui dit :

— Divin Laertiade, subtil Odysseus, ce méchant homme
que nous soupçonnions retourne dans la chambre haute.
Dis-moi la vérité : le tuerai-je, si je suis le plus fort, ou te
l'amènerai-je pour qu'il expie toutes les actions exécrables
qu'il a commises dans ta demeure ?

Et le subtil Odysseus lui répondit :

— Certes, Tèlémakhos et moi nous contiendrons les Prétendants insolents, malgré leur fureur. Vous, liez-lui les
pieds et les mains, jetez-le dans la chambre, et, avant de
fermer les portes derrière vous, enchaînez-le et suspendez-
le à une haute colonne, afin que, vivant longtemps, il subisse de cruelles douleurs.

Il parla ainsi, et ils entendirent et obéirent. Et ils allèrent promptement à la chambre haute, se cachant de Mélanthios qui y était entré et qui cherchait des armes dans
le fond. Ils s'arrêtèrent des deux côtés du seuil, et, quand
le chevrier Mélanthios revint, tenant d'une main un beau
casque, et, de l'autre, un large bouclier antique que le
héros Laertès portait dans sa jeunesse, et qui gisait là depuis longtemps et dont les courroies étaient rongées; alors
ils se jetèrent sur lui et le traînèrent dans la chambre par
les cheveux, l'ayant renversé gémissant contre terre. Et ils
lui lièrent les pieds et les mains avec une corde bien tressée,
ainsi que l'avait ordonné le patient et divin Odysseus, fils
de Laertès; puis, l'ayant enchaîné, ils le suspendirent à
une haute colonne, près des poutres. Et le porcher Eumaios lui dit en le raillant :

— Maintenant, Mélanthios, tu vas faire sentinelle toute
la nuit, couché dans ce lit moelleux, comme il est juste.
Eôs au thrône d'or ne t'échappera pas quand elle sortira
des flots d'Okéanos, à l'heure où tu amènes tes chèvres aux
Prétendants pour préparer leur repas.

Et ils le laissèrent là, cruellement attaché. Puis, s'étant
armés, ils fermèrent les portes brillantes, et, pleins de courage, ils retournèrent auprès du sage et subtil Odysseus.
Et ils étaient quatre sur le seuil, et dans la salle il y avait
de nombreux et braves guerriers. Et Athènè, la fille de
Zeus, approcha, ayant la figure et la voix de Mentôr. Et
Odysseùs, joyeux de la voir, lui dit :

— Mentôr, éloigne de nous le danger et souviens-toi de
ton cher compagnon qui t'a comblé de biens, car tu es de
mon âge.

Il parla ainsi, pensant bien que c'était la protectrice
Athènè. Et les Prétendants, de leur côté, poussaient des
cris menaçants dans la salle, et, le premier, le Damastoride
Agélaos réprimanda Athènè :

— Mentôr, qu'Odysseus ne te persuade pas de combattre les Prétendants, et de lui venir en aide. Je pense que
notre volonté s'accomplira quand nous aurons tué le père
et le fils. Tu seras tué avec eux, si tu songes à les aider, et
tu le payeras de ta tête. Quand nous aurons dompté vos
fureurs avec l'airain, nous confondrons tes richesses avec
celles d'Odysseus, et nous ne laisserons vivre dans tes demeures ni tes fils, ni tes filles, ni ta femme vénérable !

Il parla ainsi et Athènè s'en irrita davantage, et elle réprimanda Odysseus en paroles irritées :

— Odysseus, tu n'as plus ni la vigueur, ni le courage
que tu avais quand tu combattis neuf ans, chez les Troiens,
pour Hélénè aux bras blancs née d'un père divin. Tu as
tué, dans la rude mêlée, de nombreux guerriers, et c'est
par tes conseils que la Ville aux larges rues de Priamos a

22

été prise. Pourquoi, maintenant que tu es revenu dans tes
demeures, au milieu de tes richesses, cesses-tu d'être brave
en face des Prétendants? Allons, cher! tiens-toi près de
moi; regarde-moi combattre, et vois si, contre tes ennemis, Mentôr Alkimide reconnaît le bien que tu lui as
fait!

Elle parla ainsi, mais elle ne lui donna pas encore la
victoire, voulant éprouver la force et le courage d'Odysseus
et de son illustre fils; et ayant pris la forme d'une hirondelle, elle alla se poser en volant sur une poutre de la salle
splendide.

Mais le Damastoride Agélaos, Eurynomos, Amphimédôn, Dèmoptolémos, Peisandros Polyktoride et le brave
Polybos excitaient les Prétendants. C'étaient les plus courageux de ceux qui vivaient encore et qui combattaient
pour leur vie, car l'arc et les flèches avaient dompté les
autres. Et Agélaos leur dit :

— O amis, cet homme va retenir ses mains inévitables.
Déjà Mentôr qui était venu proférant de vaines bravades
les a laissés seuls sur le seuil de la porte. C'est pourquoi
lancez tous ensemble vos longues piques. Allons ! lançons-
en six d'abord. Si Zeus nous accorde de frapper Odysseus
et nous donne cette gloire, nous aurons peu de souci des
autres, si celui-là tombe.

Il parla ainsi, et tous lancèrent leurs piques avec ardeur,
comme il l'avait ordonné ; mais Athènè les rendit inutiles;
l'une frappa le seuil de la salle, l'autre la porte solide, et
l'autre le mur. Et, après qu'ils eurent évité les piques des
Prétendants, le patient et divin Odysseus dit à ses compagnons :

— O amis, c'est à moi maintenant et à vous. Lançons
nos piques dans la foule des Prétendants, qui, en nous
tuant, veulent mettre le comble aux maux qu'ils ont déjà
causés.

Il parla ainsi, et tous lancèrent leurs piques aiguës,
Odysseus contre Dèmoptolémos, Tèlémakhos contre Eu-
ryadès, le porcher contre Elatos et le bouvier contre Peisandros, et tous les quatre mordirent la terre, et les Prétendants se réfugièrent dans le fond de la salle, et les vain-
queurs se ruèrent en avant et arrachèrent leurs piques des
cadavres.

Alors les Prétendants lancèrent de nouveau leurs longues
piques avec une grande force ; mais Athènè les rendit inutiles ; l'une frappa le seuil, l'autre la porte solide, et l'autre
le mur. Amphimédôn effleura la main de Tèlémakhos, et la
pointe d'airain enleva l'épiderme. Ktèsippos atteignit l'épaule
d'Eumaios par-dessus le bouclier ; mais la longue pique
passa par-dessus et tomba sur la terre. Alors, autour du
sage et subtil Odysseus, ils lancèrent de nouveau leurs
piques aiguës dans la foule des Prétendants, et le destructeur de citadelles Odysseus perça Eurydamas ; Tèlémakhos,
Amphimédôn ; le porcher, Polybos ; et le bouvier perça
Ktèsippos dans la poitrine et il lui dit en se glorifiant :

— O Polytherside, ami des injures, il faut cesser de
parler avec arrogance et laisser faire les Dieux, car ils sont
les plus puissants. Voici le salaire du coup que tu as donné
au divin Odysseus tandis qu'il mendiait dans sa demeure.

Le gardien des bœufs aux pieds flexibles parla ainsi, et
de sa longue pique Odysseus perça le Damastoride, et Tèlémakhos frappa d'un coup de lance dans le ventre l'Eve-
nôride Leiôkritos. L'airain le traversa, et, tombant sur la
face, il frappa la terre du front.

Alors, Athènè tueuse d'hommes agita l'Aigide au faîte de
la salle, et les Prétendants furent épouvantés, et ils se dispersèrent dans la salle comme un troupeau de bœufs que
tourmente, au printemps, quand les jours sont longs, un
taon aux couleurs variées. De même que des vautours aux
ongles et aux becs recourbés, descendus des montagnes,

poursuivent les oiseaux effrayés qui se dispersent, de la
plaine dans les nuées, et les tuent sans qu'ils puissent se
sauver par la fuite, tandis que les laboureurs s'en réjouissent ; de même, Odysseus et ses compagnons se ruaient
par la demeure sur les Prétendants et les frappaient de
tous côtés ; et un horrible bruit de gémissements et de
coups s'élevait, et la terre ruisselait de sang.

Et Léiôdès s'élança, et, saisissant les genoux d'Odysseus,
il le supplia en paroles ailées :

— Je te supplie, Odysseus ! Ecoute, prends pitié de moi !
Je te le jure, jamais je n'ai, dans tes demeures, dit une parole outrageante aux femmes, ni commis une action inique,
et j'arrêtais les autres Prétendants quand ils en voulaient
commettre ; mais ils ne m'obéissaient point et ne s'abste-
naient point de violences, et c'est pourquoi ils ont subi une
honteuse destinée en expiation de leur folie. Mais moi, leur
sacrificateur, qui n'ai rien fait, mourrai-je comme eux ?
Ainsi, à l'avenir, les bonnes actions n'auront plus de récompense !

Et, le regardant d'un œil sombre, le prudent Odysseus
lui répondit :

— Si, comme tu le dis, tu as été leur sacrificateur, n'as-
tu pas souvent souhaité que mon retour dans la patrie
n'arrivât jamais ? N'as-tu pas souhaité ma femme bien-
aimée et désiré qu'elle enfantât des fils de toi ? C'est pourquoi tu n'éviteras pas la lugubre mort !

Ayant ainsi parlé, il saisit à terre, de sa main vigoureuse,
l'épée qu'Agélaos tué avait laissée tomber, et il frappa Léiôdès au milieu du cou, et, comme celui-ci parlait encore, sa
tête roula dans la poussière.

Et l'Aoide Terpiade Phèmios évita la noire Kèr, car il
chantait de force au milieu des Prétendants. Et il se tenait
debout près de la porte, tenant en main sa kithare sonore ;
et il hésitait dans son esprit s'il sortirait de la demeure

pour s'asseoir dans la cour auprès de l'autel du grand
Zeus, là où Laertès et Odysseus avaient brûlé de nombreuses cuisses de bœufs, ou s'il supplierait Odysseus en
se jetant à ses genoux. Et il lui sembla meilleur d'embrasser les genoux du Laertiade Odysseus. C'est pourquoi
il déposa à terre sa kithare creuse, entre le kratère et le
thrône aux clous d'argent, et, s'élançant vers Odysseus, il
saisit ses genoux et il le supplia en paroles ailées :

— Je te supplie, Odysseus ! Ecoute, et prends pitié de
moi ! Une grande douleur te saisirait plus tard, si tu tuais
un Aoide qui chante les Dieux et les hommes. Je me suis
instruit moi-même, et un Dieu a mis tous les chants dans
mon esprit. Je veux te chanter toi-même comme un Dieu ;
c'est pourquoi, ne m'égorge donc pas. Télémakhos, ton
cher fils, te dira que ce n'a été, ni volontairement, ni par
besoin, que je suis venu dans ta demeure pour y chanter
après le repas des Prétendants. Etant nombreux et plus
puissants, ils m'y ont amené de force.

Il parla ainsi, et la Force sacrée de Télémakhos l'entendit, et, aussitôt, s'approchant de son père, il lui dit :

— Arrête ; ne frappe point de l'airain un innocent. Nous
sauverons aussi le héraut Médôn, qui, depuis que j'étais
enfant, a toujours pris soin de moi dans notre demeure, si
toutefois Philoitios ne l'a point tué, ou le porcher, ou s'il
ne t'a point rencontré tandis que tu te ruais dans la salle.

Il parla ainsi, et le prudent Médôn l'entendit. Epou-
vanté, et fuyant la Kèr noire, il s'était caché sous son
thrône et s'était enveloppé de la peau récemment enlevée
d'un bœuf. Aussitôt, il se releva ; et, rejetant la peau du
bœuf, et s'élançant vers Télémakhos, il saisit ses genoux
et le supplia en paroles ailées :

— O ami, je suis encore ici. Arrête ! Dis à ton père qu'il
n'accable point ma faiblesse de sa force et de l'airain aigu,
étant encore irrité contre les Prétendants qui ont dévoré

ses richesses dans ses demeures et qui t'ont méprisé comme des insensés.

Et le sage Odysseus lui répondit en souriant :

— Prends courage, puisque déjà Tèlémakhos t'a sauvé, afin que tu saches dans ton âme et que tu dises aux autres qu'il vaut mieux faire le bien que le mal. Mais sortez tous deux de la maison et asseyez-vous dans la cour, loin du carnage, toi et l'illustre Aoide, tandis que j'achèverai de faire ici ce qu'il faut.

Il parla ainsi, et tous deux sortirent de la maison, et ils s'assirent auprès de l'autel du grand Zeus, regardant de tous côtés et attendant un nouveau carnage.

Alors, Odysseus examina toute la salle, afin de voir si quelqu'un des Prétendants vivait encore et avait évité la noire Kèr. Mais il les vit tous étendus dans le sang et dans la poussière, comme des poissons que des pêcheurs ont retirés dans un filet de la côte écumeuse de la mer profonde. Tous sont répandus sur le sable, regrettant les eaux de la mer, et Hèlios Phaéthôn leur arrache l'âme. Ainsi les Prétendants étaient répandus, les uns sur les autres.

Et le prudent Odysseus dit à Tèlémakhos :

— Tèlémakhos, hâte-toi, appelle la nourrice Eurykléia, afin que je lui dise ce que j'ai dans l'âme.

Il parla ainsi, et Tèlémakhos obéit à son cher père, et, ayant ouvert la porte, il appela la nourrice Eurykléia :

— Viens, ô vieille femme née autrefois, toi qui surveilles les servantes dans nos demeures, viens en hâte. Mon père t'appelle pour te dire quelque chose.

Il parla ainsi, et ses paroles ne furent point vaines. Eurykléia ouvrit les portes de la grande demeure, et se hâta de suivre Tèlémakhos qui la précédait. Et elle trouva Odysseus au milieu des cadavres, souillé de sang et de poussière, comme un lion sorti, la nuit, de l'enclos, après avoir mangé un bœuf, et dont la poitrine et les mâchoires

sont ensanglantées, et dont l'aspect est terrible. Ainsi
Odysseus avait les pieds et les mains souillés. Et dès
qu'Eurykléia eut vu ces cadavres et ces flots de sang, elle
commença à hurler de joie, parce qu'elle vit qu'une grande
œuvre était accomplie. Mais Odysseus la contint et lui dit
ces paroles ailées :

— Vieille femme, réjouis-toi dans ton âme et ne hurle
pas. Il n'est point permis d'insulter des hommes morts. La
Moire des Dieux et leurs actions impies ont dompté ceux-ci.
Ils n'honoraient aucun de ceux qui venaient à eux, parmi
les hommes terrestres, ni le bon, ni le mauvais. C'est pourquoi ils ont subi une mort honteuse, à cause de leurs violences. Mais, allons ! indique-moi les femmes qui sont dans
cette demeure, celles qui m'ont outragé et celles qui n'ont
point failli.

Et la chère nourrice Eurykléia lui répondit :

— Mon enfant, je te dirai la vérité. Tu as dans tes demeures cinquante femmes que nous avons instruites aux
travaux, à tendre les laines et à supporter la servitude.
Douze d'entre elles se sont livrées à l'impudicité. Elles ne
m'honorent point, ni Pènélopéia elle-même. Quant à Tèlémakhos, qui, il y a peu de temps, était encore enfant, sa
mère ne lui a point permis de commander aux femmes.
Mais je vais monter dans la haute chambre splendide et
tout dire à Pènélopéia, à qui un Dieu a envoyé le sommeil.

Et le prudent Odysseus lui répondit :

— Ne l'éveille pas encore. Ordonne aux femmes de venir
ici, et d'abord celles qui ont commis de mauvaises actions.

Il parla ainsi, et la vieille femme sortit de la salle pour
avertir les femmes et les presser de venir. Et Odysseus,
ayant appelé à lui Tèlémakhos, le bouvier et le porcher,
leur dit ces paroles ailées :

— Commencez à emporter les cadavres et donnez des
ordres aux femmes. Puis, avec de l'eau et des éponges po-

reuses purifiez les beaux thrônes et les tables. Après que vous aurez tout rangé dans la salle, conduisez les femmes, hors de la demeure, entre le dôme et le mur de la cour, et frappez-les de vos longues épées aiguës, jusqu'à ce qu'elles aient toutes rendu l'âme et oublié Aphroditè qu'elles goû- taient en secret, en se livrant en secret aux Prétendants.

Il parla ainsi, et toutes les femmes arrivèrent en gémis- sant lamentablement et en versant des larmes. D'abord, s'aidant les unes les autres, elles emportèrent les cadavres, qu'elles déposèrent sous le portique de la cour. Et Odys- seus leur commandait, et les pressait, et les forçait d'obéir. Puis, elles purifièrent les beaux thrônes et les tables avec de l'eau et des éponges poreuses. Et Tèlémakhos, le bouvier et le porcher nettoyaient avec des balais le pavé de la salle, et les servantes emportaient les souillures et les déposaient hors des portes. Puis, ayant tout rangé dans la salle, ils conduisirent les servantes, hors de la demeure, entre le dôme et le mur de la cour, les renfermant dans ce lieu étroit d'où on ne pouvait s'enfuir. Et, alors, le prudent Tèlémakhos parla ainsi le premier :

— Je n'arracherai point, par une mort non honteuse, l'âme de ces femmes qui répandaient l'opprobre sur ma tête et sur celle de ma mère et qui couchaient avec les Pré- tendants.

Il parla ainsi, et il suspendit le câble d'une nef noire au sommet d'une colonne, et il le tendit autour du dôme, de façon à ce qu'aucune d'entre elles ne touchât des pieds la terre. De même que les grives aux ailes ployées et les co- lombes se prennent dans un filet, au milieu des buissons de l'enclos où elles sont entrées, et y trouvent un lit funeste; de même ces femmes avaient le cou serré dans des lacets, afin de mourir misérablement; et leurs pieds ne s'agitèrent point longtemps.

Puis, ils emmenèrent Mélanthios, par le portique, dans

la cour. Et, là, ils lui coupèrent, avec l'airain, les narines et les oreilles, et ils lui arrachèrent les parties viriles, qu'ils jetèrent à manger toutes sanglantes aux chiens ; et, avec la même fureur, ils lui coupèrent les pieds et les mains, et, leur tâche étant accomplie, ils rentrèrent dans la demeure d'Odysseus. Et, alors, celui-ci dit à la chère nourrice Eurykléia :

— Vieille femme, apporte-moi du soufre qui guérit les maux, et apporte aussi du feu, afin que je purifie la maison. Ordonne à Pènélopéia de venir ici avec ses servantes. Que toutes les servantes viennent ici.

Et la chère nourrice Eurykléia lui répondit :

— Certes, mon enfant, tu as bien parlé ; mais je vais t'apporter des vêtements, un manteau et une tunique. Ne reste pas dans tes demeures, tes larges épaules ainsi couvertes de haillons, car ce serait honteux.

Et le prudent Odysseus lui répondit :

— Apporte d'abord du feu dans cette salle.

Il parla ainsi, et la chère nourrice Eurykléia lui obéit. Elle apporta du feu et du soufre, et Odysseus purifia la maison, la salle et la cour. Puis, la vieille femme remonta dans les belles demeures d'Odysseus pour appeler les femmes et les presser de venir. Et elles entrèrent dans la salle ayant des torches en mains. Et elles entouraient et saluaient Odysseus, prenant ses mains et baisant sa tête et ses épaules. Et il fut saisi du désir de pleurer, car, dans son âme, il les reconnut toutes.

RHAPSODIE XXIII.

ET la vieille femme, montant dans la chambre haute, pour dire à sa maîtresse que son cher mari était revenu, était pleine de joie, et ses genoux étaient fermes, et ses pieds se mouvaient rapidement. Et elle se pencha sur la tête de sa maîtresse, et elle lui dit :

— Lève-toi, Pènélopéia, chère enfant, afin de voir de tes yeux ce que tu désires tous les jours. Odysseus est revenu ; il est rentré dans sa demeure, bien que tardivement, et il a tué les Prétendants insolents qui ruinaient sa maison, mangeaient ses richesses et violentaient son fils.

Et la prudente Pènélopéia lui répondit :

— Chère nourrice, les Dieux t'ont rendue insensée, eux qui peuvent troubler l'esprit du plus sage et rendre sage le plus insensé. Ils ont troublé ton esprit qui, auparavant, était plein de prudence. Pourquoi railles-tu mon cœur déjà si affligé, en disant de telles choses ? Pourquoi m'arraches-

tu au doux sommeil qui m'enveloppait, fermant mes yeux
sous mes chères paupières? Je n'avais jamais tant dormi
depuis le jour où Odysseus est parti pour cette Ilios fatale
qu'on ne devrait plus nommer. Va! redescends. Si quelque
autre de mes femmes était venue m'annoncer cette nouvelle
et m'arracher au sommeil, je l'aurais aussitôt honteusement
chassée dans les demeures; mais ta vieillesse te garantit de
cela.

Et la chère nourrice Eurykléia lui répondit :

— Je ne me raille point de toi, chère enfant; il est vrai
qu'Odysseus est revenu et qu'il est rentré dans sa maison,
comme je te l'ai dit. C'est l'Etranger que tous outrageaient
dans cette demeure. Tèlémakhos le savait déjà, mais il cachait par prudence les desseins de son père, afin qu'il châ-
tiât les violences de ces hommes insolents.

Elle parla ainsi, et Pènélopéia, joyeuse, sauta de son lit,
embrassa la vieille femme, et, versant des larmes sous ses
paupières, lui dit ces paroles ailées :

— Ah! si tu m'as dit la vérité, chère nourrice, et si
Odysseus est rentré dans sa demeure, comment, étant seul,
a-t-il pu mettre la main sur les Prétendants insolents qui se
réunissaient toujours ici?

Et la chère nourrice Eurykléia lui répondit :

— Je n'ai rien vu, je n'ai rien entendu, si ce n'est les gémissements des hommes égorgés. Nous étions assises au
fond des chambres, et les portes solides nous retenaient,
jusqu'à ce que ton fils Tèlémakhos m'appelât, car son père
l'avait envoyé m'appeler. Je trouvai ensuite Odysseus debout au milieu des cadavres qui gisaient amoncelés sur le
pavé; et tu te serais réjouie dans ton âme de le voir souillé
de sang et de poussière, comme un lion. Maintenant, ils
sont tous entassés sous les portiques, et Odysseus purifie
la belle salle, à l'aide d'un grand feu allumé; et il m'a en-
voyée t'appeler. Suis-moi, afin que vous charmiez tous deux

vos chers cœurs par la joie, car vous avez subi beaucoup
de maux. Maintenant, vos longs désirs sont accomplis.
Odysseus est revenu dans sa demeure, il vous a retrouvés,
toi et ton fils ; et les Prétendants qui l'avaient outragé, il
les a tous punis dans ses demeures.

Et la prudente Pènélopéia lui répondit :

— Chère nourrice, ne te glorifie pas en te raillant ! Tu
sais combien il nous comblerait tous de joie en reparaissant
ici, moi surtout et le fils que nous avons engendré ; mais
les paroles que tu as dites ne sont point vraies. L'un d'entre
les Immortels a tué les Prétendants insolents, irrité de
leur violente insolence et de leurs actions iniques ; car ils
n'honoraient aucun des hommes terrestres, ni le bon, ni le
méchant, de tous ceux qui venaient vers eux. C'est pourquoi ils ont subi leur destinée fatale, à cause de leurs iniquités ; mais, loin de l'Akhaiè, Odysseus a perdu l'espoir de
retour, et il est mort.

Et la chère nourrice Eurykléia lui répondit :

— Mon enfant, quelle parole s'est échappée d'entre tes
dents ? Quand ton mari, que tu pensais ne jamais revoir à
son foyer, est revenu dans sa demeure, ton esprit est toujours incrédule ? Mais, écoute ; je te révélerai un signe très-
manifeste : j'ai reconnu, tandis que je le lavais, la cicatrice
de cette blessure qu'un sanglier lui fit autrefois de ses
blanches dents. Je voulais te le dire, mais il m'a fermé la
bouche avec les mains, et il ne m'a point permis de parler,
dans un esprit prudent. Suis-moi, je me livrerai à toi,
si je t'ai trompée, et tu me tueras d'une mort honteuse.

Et la prudente Pènélopéia lui répondit :

— Chère nourrice, bien que tu saches beaucoup de
choses, il t'est difficile de comprendre les desseins des
Dieux non engendrés. Mais allons vers mon fils, afin que
je voie les Prétendants morts et celui qui les a tués.

Ayant ainsi parlé, elle descendit de la chambre haute,

hésitant dans son cœur si elle interrogerait de loin son cher mari, ou si elle baiserait aussitôt sa tête et ses mains. Après être entrée et avoir passé le seuil de pierre, elle s'assit en face d'Odysseus, près de l'autre mur, dans la clarté du feu. Et Odysseus était assis près d'une haute colonne, et il regardait ailleurs, attendant que son illustre femme, l'ayant vu, lui parlât. Mais elle resta longtemps muette, et la stupeur saisit son cœur. Et plus elle le regardait attentivement, moins elle le reconnaissait sous ses vêtements en haillons :

Alors Tèlémakhos la réprimanda et lui dit :

— Ma mère, malheureuse mère au cœur cruel ! Pourquoi restes-tu ainsi loin de mon père ? Pourquoi ne t'assieds-tu point auprès de lui afin de lui parler et de l'interroger ? Il n'est aucune autre femme qui puisse, avec un cœur inébranlable, rester ainsi loin d'un mari qui, après avoir subi tant de maux, revient dans la vingtième année sur la terre de la patrie. Ton cœur est plus dur que la pierre.

Et la prudente Pènélopéia lui répondit :

— Mon enfant, mon âme est stupéfaite dans ma poitrine, et je ne puis ni parler, ni interroger, ni regarder son visage. Mais s'il est vraiment Odysseus, revenu dans sa demeure, certes, nous nous reconnaîtrons mieux entre nous. Nous avons des signes que tous ignorent et que nous connaissons seuls.

Elle parla ainsi, et le patient et divin Odysseus sourit, et il dit aussitôt à Tèlémakhos ces paroles ailées :

— Tèlémakhos, laisse ta mère m'éprouver dans nos demeures, peut-être alors me reconnaîtra-t-elle mieux. Maintenant, parce que je suis souillé et couvert de haillons, elle me méprise et me méconnaît. Mais délibérons, afin d'agir pour le mieux. Si quelqu'un, parmi le peuple, a tué même un homme qui n'a point de nombreux vengeurs, il fuit, abandonnant ses parents et sa patrie. Or, nous avons tué l'élite de la ville, les plus illustres des jeunes hommes d'Ithakè. C'est pourquoi je t'ordonne de réfléchir sur cela.

Et le prudent Tèlémakhos lui répondit :

— Décide toi-même, cher père. On dit que tu es le plus sage des hommes et qu'aucun des hommes mortels ne peut lutter en sagesse contre toi. Nous t'obéirons avec joie, et je ne pense pas manquer de courage, tant que je conserverai mes forces.

Et le patient Odysseus lui répondit :

— Je te dirai donc ce qui me semble pour le mieux. Lavez-vous d'abord et prenez des vêtements propres, et ordonnez aux servantes de prendre d'autres vêtements dans les demeures. Puis le divin Aoide, tenant sa kithare sonore, nous entraînera à la danse joyeuse, afin que chacun, écoutant du dehors ou passant par le chemin, pense qu'on célèbre ici des noces. Il ne faut pas que le bruit du meurtre des Prétendants se répande par la ville, avant que nous ayons gagné nos champs plantés d'arbres. Là, nous délibérerons ensuite sur ce que l'Olympien nous inspirera d'utile.

Il parla ainsi, et tous, l'ayant entendu, obéirent. Ils se lavèrent d'abord et prirent des vêtements propres; et les femmes se parèrent, et le divin Aoide fit vibrer sa kithare sonore et leur inspira le désir du doux chant et de la danse joyeuse, et la grande demeure résonna sous les pieds des hommes qui dansaient et des femmes aux belles ceintures. Et chacun disait, les entendant, hors des demeures :

— Certes, quelqu'un épouse la Reine recherchée par tant de prétendants. La malheureuse ! Elle n'a pu rester dans la grande demeure de son premier mari jusqu'à ce qu'il revînt.

Chacun parlait ainsi, ne sachant pas ce qui avait été fait. Et l'intendante Eurynomè lava le magnanime Odysseus dans sa demeure et le parfuma d'huile; puis elle le couvrit d'un manteau et d'une tunique. Et Athènè répandit la

beauté sur sa tête, afin qu'il parût plus grand et plus majestueux, et elle fit tomber de sa tête des cheveux semblables aux fleurs d'hyacinthe. Et, de même qu'un habile
ouvrier, que Hèphaistos et Pallas Athènaiè ont instruit,
mêle l'or à l'argent et accomplit avec art des travaux charmants, de même Athènè répandit la grâce sur la tête et sur
les épaules d'Odysseus, et il sortit du bain, semblable par
la beauté aux Immortels, et il s'assit de nouveau sur le
thrône qu'il avait quitté, et, se tournant vers sa femme, il
lui dit :

— Malheureuse ! Parmi toutes les autres femmes, les
Dieux qui ont des demeures Olympiennes t'ont donné un
cœur dur. Aucune autre femme ne resterait aussi longtemps loin d'un mari qui, après avoir tant souffert, revient,
dans la vingtième année, sur la terre de la patrie. Allons,
nourrice, étends mon lit, afin que je dorme, car, assurément, cette femme a un cœur de fer dans sa poitrine !

Et la prudente Pènélopéia lui répondit :

— Malheureux ! je ne te glorifie, ni ne te méprise ; mais
je ne te reconnais point encore, me souvenant trop de ce
que tu étais quand tu partis d'Ithakè sur ta nef aux longs
avirons. Va, Eurykléia, étends, hors de la chambre nuptiale, le lit compacté qu'Odysseus a construit lui-même, et
jette sur le lit dressé des tapis, des peaux et des couvertures
splendides.

Elle parla ainsi, éprouvant son mari ; mais Odysseus,
irrité, dit à sa femme douée de prudence :

— O femme ! quelle triste parole as-tu dite ? Qui donc a
transporté mon lit ? Aucun homme vivant, même plein de
jeunesse, n'a pu, à moins qu'un Dieu lui soit venu en aide,
le transporter, et même le mouvoir aisément. Et le travail
de ce lit est un signe certain, car je l'ai fait moi-même, sans
aucun autre. Il y avait, dans l'enclos de la cour, un olivier
au large feuillage, verdoyant et plus épais qu'une colonne.

Tout autour, je bâtis ma chambre nuptiale avec de lourdes pierres; je mis un toit par-dessus, et je la fermai de portes solides et compactes. Puis, je coupai les rameaux feuillus et pendants de l'olivier, et je tranchai au-dessus des racines le tronc de l'olivier, et je le polis soigneusement avec l'airain, et m'aidant du cordeau. Et, l'ayant troué avec une tarière, j'en fis la base du lit que je construisis au-dessus et que j'ornai d'or, d'argent et d'ivoire, et je tendis au fond la peau pourprée et splendide d'un bœuf. Je te donne ce signe certain; mais je ne sais, ô femme, si mon lit est toujours au même endroit, ou si quelqu'un l'a transporté, après avoir tranché le tronc de l'olivier, au-dessus des racines.

Il parla ainsi, et le cher cœur et les genoux de Pènélopéia défaillirent tandis qu'elle reconnaissait les signes certains que lui révélait Odysseus. Et elle pleura quand il eut décrit les choses comme elles étaient; et jetant ses bras au cou d'Odysseus, elle baisa sa tête et lui dit :

— Ne t'irrite point contre moi, Odysseus, toi, le plus prudent des hommes! Les Dieux nous ont accablés de maux; ils nous ont envié la joie de jouir ensemble de notre jeunesse et de parvenir ensemble au seuil de la vieillesse. Mais ne t'irrite point contre moi et ne me blâme point de ce que, dès que je t'ai vu, je ne t'ai point embrassé. Mon âme, dans ma chère poitrine, tremblait qu'un homme, venu ici, me trompât par ses paroles; car beaucoup méditent des ruses mauvaises. L'Argienne Hélénè, fille de Zeus, ne se fût point unie d'amour à un Etranger, si elle eût su que les braves fils des Akhaiens dussent un jour la ramener en sa demeure, dans la chère terre de la patrie. Mais un Dieu la poussa à cette action honteuse, et elle ne chassa point de son cœur cette pensée funeste et terrible qui a été la première cause de son malheur et du nôtre. Maintenant tu m'as révélé les signes certains de notre lit, qu'aucun homme n'a jamais vu. Nous seuls l'avons vu, toi, moi et ma ser-

vante Aktoris que me donna mon père quand je vins ici et
qui gardait les portes de notre chambre nuptiale. Enfin, tu
as persuadé mon cœur, bien qu'il fût plein de méfiance.

Elle parla ainsi, et le désir de pleurer saisit Odysseus, et
il pleurait en serrant dans ses bras sa chère femme si prudente.

De même que la terre apparaît heureusement aux na-
geurs dont Poseidaôn a perdu dans la mer la nef bien construite, tandis qu'elle était battue par le vent et par l'eau
noire ; et peu ont échappé à la mer écumeuse, et, le corps
souillé d'écume, ils montent joyeux sur la côte, ayant évité
la mort ; de même la vue de son mari était douce à Pènélopéia qui ne pouvait détacher ses bras blancs du cou d'Odysseus. Et Eôs aux doigts rosés eût reparu, tandis qu'ils pleuraient, si la déesse Athènè aux yeux clairs n'avait eu une
autre pensée.

Elle retint la longue Nuit sur l'horizon et elle garda dans
l'Okéanos Eôs au trône d'or, et elle ne lui permit pas de
mettre sous le joug ses chevaux rapides qui portent la lumière aux hommes, Lampos et Phaéthôn qui amènent Eôs.
Alors, le prudent Odysseus dit à sa femme :

— O femme, nous n'en avons pas fini avec toutes nos
épreuves, mais un grand et difficile travail me reste qu'il
me faut accomplir, ainsi que me l'a appris l'âme de Teirésias
le jour où je descendis dans la demeure d'Aidès pour l'interroger sur mon retour et sur celui de mes compagnons.
Mais viens, allons vers notre lit, ô femme, et goûtons ensemble le doux sommeil.

Et la prudente Pènélopéia lui répondit :

— Nous irons bientôt vers notre lit, puisque tu le désires
dans ton âme, et puisque les Dieux t'ont laissé revenir vers
ta demeure bien bâtie et dans la terre de ta patrie. Mais
puisque tu le sais et qu'un Dieu te l'a appris, dis-moi quelle

23

sera cette dernière épreuve. Je la connaîtrais toujours plus
tard, et rien n'empêche que je la sache maintenant.

Et le prudent Odysseus lui répondit :

— Malheureuse! pourquoi, en me priant ardemment, me
forces-tu de parler? Mais je te dirai tout et ne te cacherai
rien. Ton âme ne se réjouira pas, et moi-même je ne me
réjouirai pas, car il m'a ordonné de parcourir encore de
nombreuses villes des hommes, portant un aviron léger,
jusqu'à ce que je rencontre des hommes qui ne connaissent
point la mer, et qui ne salent point ce qu'ils mangent, et
qui ignorent les nefs aux proues rouges et les avirons qui
sont les ailes des nefs. Et il m'a révélé un signe certain que
je ne te cacherai point. Quand j'aurai rencontré un autre
voyageur qui croira voir un fléau sur ma brillante épaule,
alors je devrai planter l'aviron en terre et faire de saintes
offrandes au Roi Poseidaôn, un bélier, un taureau et un
verrat. Et il m'a ordonné, revenu dans ma demeure, de
faire de saintes offrandes aux Dieux immortels qui habitent
le large Ouranos. Et une douce mort me viendra de la mer
et me tuera dans une heureuse vieillesse, tandis qu'autour
de moi les peuples seront heureux. Et il m'a dit ces choses
qui seront accomplies.

Et la prudente Pènélopéia lui répondit :

— Si les Dieux te réservent une vieillesse heureuse, tu
as l'espoir d'échapper à ces maux.

Et tandis qu'ils se parlaient ainsi, Eurynomè et la nourrice préparaient, à la splendeur des torches, le lit fait de
vêtements moelleux. Et, après qu'elles eurent dressé à la
hâte le lit épais, la vieille femme rentra pour dormir, et
Eurynomè, tenant une torche à la main, les précédait,
tandis qu'ils allaient vers le lit. Et les ayant conduits dans
la chambre nuptiale, elle se retira, et, joyeux, ils se couchèrent dans leur ancien lit. Et alors, Tèlémakhos, le bou-

vier, le porcher et les femmes cessèrent de danser, et tous
allèrent dormir dans les demeures sombres.

Et après qu'Odysseus et Pènélopéia se furent charmés
par l'amour, ils se charmèrent encore par leurs paroles.
Et la noble femme dit ce qu'elle avait souffert dans ses
demeures au milieu de la multitude funeste des Prétendants
qui, à cause d'elle, égorgeaient ses bœufs et ses grasses
brebis, et buvaient tout le vin des tonneaux.

Et le divin Odysseus dit les maux qu'il avait faits aux
hommes et ceux qu'il avait subis lui-même. Et il dit tout,
et elle se réjouissait de l'entendre, et le sommeil n'approcha
point de ses paupières avant qu'il eût achevé.

Il dit d'abord comment il avait dompté les Kikônes, puis
comment il était arrivé dans la terre fertile des hommes
Lôtophages. Et il dit ce qu'avait fait le Kyklôps, et comment
il l'avait châtié d'avoir mangé sans pitié ses braves
compagnons; et comment il était venu chez Aiolos qui
l'avait accueilli et renvoyé avec bienveillance, et comment
la destinée ne lui permit pas de revoir encore la chère terre
de la patrie, et la tempête qui, de nouveau, l'avait emporté,
gémissant, sur la mer poissonneuse.

Et il dit comment il avait abordé la Laistrygoniè-Tèlèpyle
où avaient péri ses nefs et tous ses compagnons, et d'où lui
seul s'était sauvé sur sa nef noire. Puis, il raconta les ruses
de Kirkè, et comment il était allé dans la vaste demeure
d'Aidès, afin d'interroger l'âme du Thébain Teirésias, et
où il avait vu tous ses compagnons et la mère qui l'avait
conçu et nourri tout enfant.

Et il dit comment il avait entendu la voix des Seirènes
harmonieuses, et comment il avait abordé les Roches errantes,
l'horrible Kharybdis et Skillè, que les hommes ne
peuvent fuir sains et saufs; et comment ses compagnons
avaient tué les bœufs de Hèlios, et comment Zeus qui
tonne dans les hauteurs avait frappé sa nef rapide de la

blanche foudre et abîmé tous ses braves compagnons, tandis que lui seul évitait les Kères mauvaises.

Et il raconta comment il avait abordé l'île Ogygiè, où la Nymphe Kalypsô l'avait retenu dans ses grottes creuses, le désirant pour mari, et l'avait aimé, lui promettant qu'elle le rendrait immortel et le mettrait à l'abri de la vieillesse; et comment elle n'avait pu fléchir son âme dans sa poitrine.

Et il dit comment il avait abordé chez les Phaiakiens, après avoir beaucoup souffert; et comment, l'ayant honoré comme un Dieu, ils l'avaient reconduit sur une nef dans la chère terre de la patrie, après lui avoir donné de l'or, de l'airain et de nombreux vêtements. Et quand il eut tout dit, le doux sommeil enveloppa ses membres et apaisa les inquiétudes de son âme.

Alors, la Déesse aux yeux clairs, Athènè, eut d'autres pensées; et, quand elle pensa qu'Odysseus s'était assez charmé par l'amour et par le sommeil, elle fit sortir de l'Okéanos la Fille au trône d'or du matin, afin qu'elle apportât la lumière aux hommes. Et Odysseus se leva de son lit moelleux, et il dit à sa femme :

— O femme, nous sommes tous deux rassasiés d'épreuves, toi en pleurant ici sur mon retour difficile, et moi en subissant les maux que m'ont faits Zeus et les autres Dieux qui m'ont si longtemps retenu loin de la terre de la patrie. Maintenant, puisque, tous deux, nous avons retrouvé ce lit désiré, il faut que je prenne soin de nos richesses dans notre demeure. Pour remplacer les troupeaux que les Prétendants insolents ont dévorés, j'irai moi-même en enlever de nombreux, et les Akhaiens nous en donneront d'autres, jusqu'à ce que les étables soient pleines. Mais je pars pour mes champs plantés d'arbres, afin de voir mon père illustre qui gémit sans cesse sur moi. Femme, malgré ta prudence, je t'ordonne ceci : en même temps que Hèlios montera, le bruit se répandra de la mort des Prétendants que j'ai tués dans nos demeures. Monte donc dans la chambre haute avec tes servantes, et que nul ne te voie, ni, ne t'interroge.

Ayant ainsi parlé, il couvrit ses épaules de ses belles armes, et il éveilla Tèlémakhos, le bouvier et le porcher, et il leur ordonna de saisir les armes guerrières; et ils lui obéirent en hâte et se couvrirent d'airain. Puis, ils ouvrirent les portes et sortirent, et Odysseus les précédait. Et déjà la lumière était répandue sur la terre, mais Athènè, les ayant enveloppés d'un brouillard, les conduisit promptement hors de la Ville.

RHAPSODIE XXIV.

E Kyllénien Hermès évoqua les âmes des Pré-
tendants. Et il tenait dans ses mains la belle
baguette d'or avec laquelle il charme, selon sa
volonté, les yeux des hommes, ou il éveille
ceux qui dorment. Et, avec cette baguette, il entraînait
les âmes qui le suivaient, frémissantes.

De même que les chauves-souris, au fond d'un antre divin, volent en criant quand l'une d'elles tombe du rocher où
leur multitude est attachée et amassée, de même les âmes
allaient, frémissantes, et le bienveillant Herméias marchait
devant elles vers les larges chemins. Et elles arrivèrent au
cours d'Okéanos et à la Roche Blanche, et elles passèrent
la porte de Hèlios et le peuple des Songes, et elles parvinrent promptement à la Prairie d'Asphodèle où habitent les
Ames, images des Morts. Et elles y trouvèrent l'âme du

Pèlèiade Akhilleus et celle de Patroklos, et celle de l'irréprochable Antílokhos, et celle d'Aias, qui était le plus grand
et le plus beau de tous les Danaens après l'irréprochable
Pèléiôn. Et tous s'empressaient autour de celui-ci, quand
vint l'âme dolente de l'Atréide Agamemnôn, suivie des
âmes de tous ceux qui, ayant été tués dans la demeure d'Aigisthos, avaient subi leur destinée. Et l'âme du Pèléiôn dit
la première :

— Atréide, nous pensions que tu étais, parmi tous les
héros, le plus cher à Zeus qui se réjouit de la foudre, car tu
commandais à des hommes nombreux et braves, sur la terre
des Troiens, où les Akhaiens ont subi tant de maux. Mais
la Moire fatale devait te saisir le premier, elle qu'aucun
homme ne peut fuir, dès qu'il est né. Plût aux Dieux que,
comblé de tant d'honneurs, tu eusses subi la destinée et la
mort sur la terre des Troiens! Tous les Akhaiens eussent
élevé ta tombe, et tu eusses laissé à ton fils une grande
gloire dans l'avenir; mais voici qu'une mort misérable t'é-
tait réservée.

Et l'âme de l'Atréide lui répondit :

— Heureux fils de Pèleus, Akhilleus semblable aux
Dieux, tu es mort devant Troiè, loin d'Argos, et les plus
braves d'entre les fils des Troiens et des Akhaiens se sont
entre-tués en combattant pour toi. Et tu étais couché, en
un tourbillon de poussière, grand, sur un grand espace, oublieux des chevaux. Et nous combattîmes tout le jour, et
nous n'eussions point cessé de combattre si Zeus ne nous
eût apaisés par une tempête. Après t'avoir emporté de la
mêlée vers les nefs, nous te déposâmes sur un lit, ayant
lavé ton beau corps avec de l'eau chaude et l'ayant parfumé d'huile. Et, autour de toi, les Danaens répandaient
des larmes amères et coupaient leurs cheveux. Alors, ta
mère sortit des eaux avec les Immortelles marines, pour
apprendre la nouvelle, car notre voix était allée jusqu'au

fond de la mer. Et une grande terreur saisit tous les
Akhaiens, et ils se fussent tous rués dans les nefs creuses,
si un homme plein d'une sagesse ancienne, Nestôr, ne les
eût retenus. Et il vit ce qu'il y avait de mieux à faire, et,
dans sa sagesse, il les harangua et leur dit :

— Arrêtez, Argiens! Ne fuyez pas, fils des Akhaiens!
Une mère sort des eaux avec les Immortelles marines, afin
de voir son fils qui est mort.

Il parla ainsi, et les magnanimes Akhaiens cessèrent de
craindre. Et les Filles du Vieillard de la mer pleuraient autour de toi en gémissant lamentablement, et elles te couvrirent de vêtements immortels. Les neuf Muses, alternant
leurs belles voix, se lamentaient; et aucun des Argiens ne
resta sans pleurer, tant la Muse harmonieuse remuait leur
âme. Et nous avons pleuré dix-sept jours et dix-sept nuits,
Dieux immortels et hommes mortels; et, le dix-huitième
jour, nous t'avons livré au feu, et nous avons égorgé autour de toi un grand nombre de brebis grasses et de bœufs
noirs. Et tu as été brûlé dans des vêtements divins, ayant
été parfumé d'huile épaisse et de miel doux; et les héros
Akhaiens se sont rués en foule autour de ton bûcher, piétons et cavaliers, avec un grand tumulte. Et, après que la
flamme de Hèphaistos t'eut consumé, nous rassemblâmes tes
os blancs, ô Akhilleus, les lavant dans le vin pur et l'huile;
et ta mère donna une urne d'or qu'elle dit être un présent
de Dionysos et l'œuvre de l'illustre Hèphaistos. C'est dans
cette urne que gisent tes os blancs, ô Akhilleus, mêlés à ceux
du Mènoitiade Patroklos, et auprès d'Antilokhos que tu honorais le plus entre tous tes compagnons depuis la mort de
Patroklos. Et, au-dessus de ces restes, l'armée sacrée des
Argiens t'éleva un grand et irréprochable tombeau sur un
haut promontoire du large Hellespontos, afin qu'il fût
aperçu de loin, sur la mer, par les hommes qui vivent
maintenant et par les hommes futurs. Et ta mère, les ayant

obtenus des Dieux, déposa de magnifiques prix des jeux au milieu des illustres Argiens. Déjà je m'étais trouvé aux funérailles d'un grand nombre de héros, quand, sur le tombeau d'un roi, les jeunes hommes se ceignent et se préparent aux jeux; mais tu aurais admiré par-dessus tout, dans ton âme, les prix que la Déesse Thétis aux pieds d'argent déposa sur la terre pour les jeux; car tu étais cher aux Dieux. Ainsi, Akhilleus, bien que tu sois mort, ton nom n'est point oublié, et, entre tous les hommes, ta gloire sera toujours grande. Mais moi, qu'ai-je gagné à échapper à la guerre? A mon retour, Zeus me gardait une mort lamentable par les mains d'Aigisthos et de ma femme perfide.

Et tandis qu'ils se parlaient ainsi, le Messager tueur d'Argos s'approcha d'eux, conduisant les âmes des Prétendants domptés par Odysseus. Et tous, dès qu'ils les virent, allèrent, étonnés, au-devant d'eux. Et l'âme de l'Atréide Agamemnôn reconnut l'illustre Amphimédôn, fils de Mélantheus, car il avait été son hôte dans Ithakè. Et l'âme de l'Atréide lui dit la première :

— Amphimédôn, quel malheur avez-vous subi pour venir dans la terre noire, tous illustres et du même âge? On né choisirait pas autrement les premiers d'une ville. Poseidaôn vous a-t-il domptés sur vos nefs, en soulevant les vents furieux et les grands flots, ou des ennemis vous ont-ils tués sur la terre tandis que vous enleviez leurs bœufs et leurs beaux troupeaux de brebis? ou êtes-vous morts en combattant pour votre ville et pour vos femmes? Réponds-moi, car j'ai été ton hôte. Ne te souviens-tu pas que je vins dans tes demeures, avec le divin Ménélaos, afin d'exciter Odysseus à nous suivre à Ilios sur les nefs aux solides bancs de rameurs? Tout un mois nous traversâmes la vaste mer, et nous pûmes à peine persuader le dévastateur de villes Odysseus.

Et l'âme d'Amphimédôn lui répondit :

— Illustre Roi des hommes, Atréide Agamemnôn, je me
souviens de toutes ces choses, et je te dirai avec vérité la fin
malheureuse de notre vie. Nous étions les Prétendants de
la femme d'Odysseus absent depuis longtemps. Elle ne re-
poussait ni n'accomplissait des noces odieuses, mais elle
nous préparait la mort et la Kèr noire. Et elle médita une
autre ruse dans son esprit, et elle se mit à tisser dans sa
demeure une grande toile, large et fine, et elle nous dit
aussitôt :

— Jeunes hommes, mes Prétendants, puisque le divin
Odysseus est mort, cessez de hâter mes noces jusqu'à ce
que j'aie achevé, pour que mes fils ne restent pas inutiles,
ce linceul du héros Laertès, quand la Moire mauvaise de la
mort inexorable l'aura saisi ; afin qu'aucune des femmes
Akhaiennes ne puisse me reprocher, devant tout le peuple,
qu'un homme qui a possédé tant de biens ait été enseveli
sans linceul.

Elle parla ainsi, et notre cœur généreux fut persuadé
aussitôt. Et, alors, pendant le jour, elle tissait la grande
toile, et, pendant la nuit, ayant allumé les torches, elle la
défaisait. Ainsi, trois ans, elle cacha sa ruse et trompa les
Akhaiens ; mais, quand vint la quatrième année, et quand
les mois et les jours furent écoulés, une de ses femmes, sachant bien sa ruse, nous la dit. Et nous la trouvâmes, défaisant sa belle toile ; mais, contre sa volonté, elle fut contrainte de l'achever. Et elle acheva donc cette grande toile
semblable en éclat à Hèlios et à Sélènè. Mais voici qu'un
Daimôn ennemi ramena de quelque part Odysseus, à l'extrémité de ses champs, là où habitait son porcher. Là aussi
vint le cher fils du divin Odysseus, de retour sur sa nef noire
de la sablonneuse Pylos. Et ils méditèrent la mort des Prétendants, et ils vinrent à l'illustre ville, et Odysseus vint le
dernier, car Tèlémakhos le précédait. Le porcher conduisait Odysseus couvert de haillons, semblable à un vieux

mendiant et courbé sur un bâton. Il arriva soudainement,
et aucun de nous, et même des plus âgés, ne le reconnut.
Et nous l'outragions de paroles injurieuses et de coups;
mais il supporta longtemps, dans ses demeures, et avec patience, les injures et les coups. Et, quand l'esprit de Zeus
tempêtueux l'eut excité, il enleva les belles armes, à l'aide
de Tèlémakhos, et il les déposa dans la haute chambre, dont
il ferma les verrous. Puis il ordonna à sa femme pleine de
ruses d'apporter aux Prétendants l'arc et le fer brillant pour
l'épreuve qui devait nous faire périr misérablement et qui
devait être l'origine du meurtre. Et aucun de nous ne put
tendre le nerf de l'arc solide, car nous étions beaucoup trop
faibles. Mais quand le grand arc arriva aux mains d'Odysseus, alors nous fîmes entendre des menaces pour qu'on
ne le lui donnât pas, bien qu'il le demandât vivement. Le
seul Tèlémakhos le voulut en l'excitant, et le patient et
divin Odysseus, ayant saisi l'arc, le tendit facilement et
envoya une flèche à travers le fer. Puis, debout sur le seuil,
il répandit à ses pieds les flèches rapides et il perça le roi
Antinoos. Alors, regardant de tous côtés, il lança ses traits
mortels aux autres Prétendants qui tombaient tous amoncelés et nous reconnûmes qu'un d'entre les Dieux l'aidait.
Et aussitôt son fils et ses deux serviteurs, s'appuyant sur
sa force, tuaient çà et là, et d'affreux gémissements s'éle-
vaient, et la terre ruisselait de sang. C'est ainsi que nous
avons péri, ô Agamemnôn! Nos cadavres négligés gisent
encore dans les demeures d'Odysseus, et nos amis ne le
savent point dans nos maisons, eux qui, ayant lavé le
sang noir de nos blessures, nous enseveliraient en gémissant, car tel est l'honneur des Morts.

Et l'âme de l'Atréide lui répondit :

— Heureux fils de Laertès, prudent Odysseus, certes, tu
possèdes une femme d'une grande vertu, et l'esprit est sage
de l'irréprochable Pènélopéia, fille d'Ikarios, qui n'a point

oublié le héros Odysseus qui l'avait épousée vierge. C'est pourquoi la gloire de sa vertu ne périra pas, et les Immortèls inspireront aux hommes terrestres des chants gracieux en l'honneur de la sage Pènélopéia. Mais la fille de Tyndaros n'a point agi ainsi, ayant tué le mari qui l'avait épousée vierge. Aussi un chant odieux la rappellera parmi les hommes et elle répandra sa renommée honteuse sur toutes les femmes, même sur celles qui seront vertueuses !

Tandis qu'ils se parlaient ainsi, debout dans les demeures d'Aidès, sous les ténèbres de la terre, Odysseus et ses compagnons étant sortis de la Ville, parvinrent promptement au beau verger de Laertès, et que lui-même avait acheté autrefois, après avoir beaucoup souffert. Là était sa demeure entourée de siéges sur lesquels s'asseyaient, mangeaient et dormaient les serviteurs qui travaillaient pour lui. Là était aussi une vieille femme Sikèle qui, dans les champs, loin de la Ville, prenait soin du Vieillard. Alors Odysseus dit aux deux pasteurs et à son fils :

— Entrez maintenant dans la maison bien bâtie et tuez, pour le repas, un porc, le meilleur de tous. Moi, j'éprouverai mon père, afin de voir s'il me reconnaîtra dès qu'il m'aura vu, ou s'il me méconnaîtra quand j'aurai marché longtemps près de lui.

Ayant ainsi parlé, il remit ses armes guerrières aux serviteurs, qui entrèrent promptement dans la maison. Et, descendant le grand verger, il ne trouva ni Dolios, ni aucun de ses fils, ni aucun des serviteurs. Et ceux-ci étaient allés rassembler des épines pour enclore le verger, et le Vieillard les avait précédés.

Et Odysseus trouva son père seul dans le verger, arrachant les herbes et vêtu d'une sordide tunique, déchirée et trouée. Et il avait lié autour de ses jambes, pour éviter les écorchures, des knèmides de cuir déchirées; et il avait des gants aux mains pour se garantir des buissons, et, sur la

tête, un casque de peau de chèvre qui rendait son air plus
misérable.

Et le patient et divin Odysseus, ayant vu son père accablé de vieillesse et plein d'une grande douleur, versa
des larmes, debout sous un haut poirier. Et il hésita dans
son esprit et dans son cœur s'il embrasserait son père en
lui disant comment il était revenu dans la terre de la patrie, ou s'il l'interrogerait d'abord pour l'éprouver. Et il
pensa qu'il était préférable de l'éprouver par des paroles
mordantes. Pensant ainsi, le divin Odysseus alla vers lui
comme il creusait, la tête baissée, un fossé autour d'un
arbre. Alors, le divin Odysseus, s'approchant, lui parla
ainsi :

— O Vieillard, tu n'es point inhabile à cultiver un verger.
Tout est ici bien soigné, l'olivier, la vigne, le figuier, le
poirier. Aucune portion de terre n'est négligée dans ce
verger. Mais je te le dirai, et n'en sois point irrité dans ton
âme : tu ne prends point les mêmes soins de toi. Tu subis
à la fois la triste vieillesse et les vêtements sales et honteux qui te couvrent. Ton maître ne te néglige point ainsi
sans doute à cause de ta paresse, car ton aspect n'est point
servile, et par ta beauté et ta majesté tu es semblable à un
roi. Tu es tel que ceux qui, après le bain et le repas, dorment sur un lit moelleux, selon la coutume des vieillards.
Mais dis-moi la vérité. De qui es-tu le serviteur ? De qui
cultives-tu le verger? Dis-moi la vérité, afin que je la
sache : suis-je parvenu à Ithakè, ainsi que me l'a dit un
homme que je viens de rencontrer et qui est insensé, car il
n'a su ni m'écouter, ni me répondre, quand je lui ai demandé si mon hôte est encore vivant ou s'il est mort et
descendu dans les demeures d'Aidès. Mais je te le dis;
écoute et comprends-moi. Je donnai autrefois l'hospitalité,
sur la chère terre de la patrie, à un homme qui était venu
dans ma demeure, le premier, entre tous les étrangers er-

c

rants. Il disait qu'il était né à Ithakè et que son père était
Laertès Arkeisiade. L'ayant conduit dans ma demeure, je
le reçus avec tendresse. Et il y avait beaucoup de richesses
dans ma demeure, et je lui fis de riches présents hospitaliers, car je lui donnai sept talents d'or bien travaillé, un
kratère fleuri en argent massif, douze manteaux simples,
autant de tapis, douze autres beaux manteaux et autant de
tuniques, et, par surcroît, quatre femmes qu'il choisit lui-
même, belles et très-habiles à tous les ouvrages.

Et son père lui répondit en pleurant :

— Etranger, certes, tu es dans la contrée sur laquelle tu
m'interroges ; mais des hommes iniques et injurieux l'op-
priment, et les nombreux présents que tu viens de dire
sont perdus. Si tu eusses rencontré ton hôte dans Ithakè,
il t'eût congédié après t'avoir donné l'hospitalité et t'avoir
comblé d'autant de présents qu'il en a reçu de toi, comme
c'est la coutume. Mais dis-moi la vérité : combien y a-t-il
d'années que tu as reçu ton hôte malheureux ? C'était mon
fils, si jamais quelque chose a été ! Le malheureux ! Loin
de ses amis et de sa terre natale, ou les poissons l'ont
mangé dans la mer, ou, sur la terre, il a été déchiré par les
bêtes féroces et par les oiseaux, et ni sa mère, ni son père,
nous qui l'avons engendré, ne l'avons pleuré et enseveli. Et
sa femme si richement dotée, la sage Pènélopéia n'a point
pleuré, sur le lit funèbre, son mari bien-aimé, et elle ne
lui a point fermé les yeux, car tel est l'honneur des Morts !
Mais dis-moi la vérité, afin que je la sache. Qui es-tu
parmi les hommes? Où sont ta ville et tes parents ? Où
s'est arrêtée la nef rapide qui t'a conduit ici ainsi que tes
divins compagnons? Es-tu venu, comme un marchand, sur
une nef étrangère, et, t'ayant débarqué, ont-ils continué
leur route?

Et le prudent Odysseus, lui répondant, parla ainsi :

— Certes, je te dirai toute la vérité. Je suis d'Alybas, où

j'ai mes demeures illustres; je suis le fils du Roi Apheidas Polypèmonide, et mon nom est Epèritos. Un Daimôn
m'a poussé ici, malgré moi, des côtes de Sikaniè, et ma nef
s'est arrêtée, loin de la ville, sur le rivage. Voici la cinquième année qu'Odysseus a quitté ma patrie. Certes,
comme il partait, des oiseaux apparurent à sa droite, et
je le renvoyai, m'en réjouissant, et lui-même en était joyeux
quand il partit. Et nous espérions, dans notre âme, nous
revoir et nous faire de splendides présents.

Il parla ainsi, et la sombre nuée de la douleur enveloppa Laertès, et, avec de profonds gémissements, il couvrit à deux mains sa tête blanche de poussière. Et l'âme
d'Odysseus fut émue, et un trouble violent monta jusqu'à
ses narines en voyant ainsi son cher père; et il le prit dans
ses bras en s'élançant, et il le baisa et lui dit :

— Père! Je suis celui que tu attends, et je reviens après
vingt ans dans la terre de la patrie. Mais cesse de pleurer
et de gémir, car, je te le dis, il faut que nous nous hâtions.
J'ai tué les Prétendants dans nos demeures, châtiant leurs
indignes outrages et leurs mauvaises actions.

Et Laertès lui répondit :

— Si tu es Odysseus mon fils de retour ici, donne-moi
un signe manifeste qui me persuade.

Et le prudent Odysseus lui répondit :

— Vois d'abord de tes yeux cette blessure qu'un sanglier
me fit de ses blanches dents, sur le Parnèsos, quand vous
m'aviez envoyé, toi et ma mère vénérable, auprès d'Autolykos le cher père de ma mère, afin de prendre les présents qu'il m'avait promis quand il vint ici. Mais écoute,
et je te dirai encore les arbres de ton verger bien cultivé,
ceux que tu m'as donnés autrefois, comme je te les demandais, étant enfant et te suivant à travers le verger. Et nous
allions parmi les arbres et tu me nommais chacun d'entre
eux, et tu me donnas treize poiriers, dix pommiers et qua-

rante figuiers; et tu me dis que tu me donnerais cinquante
sillons de vignes portant des fruits et dont les grappes mû-
rissent quand les saisons de Zeus pèsent sur elles.

Il parla ainsi, et les genoux et le cher cœur de Laertès
défaillirent tandis qu'il reconnaissait les signes manifestes
que lui donnait Odysseus. Et il jeta ses bras autour de son
cher fils, et le patient et divin Odysseus le reçut inanimé.
Enfin, il respira, et, rassemblant ses esprits, il lui parla
ainsi :

— Père Zeus, et vous, Dieux! certes, vous êtes encore
dans le grand Olympos, si vraiment les Prétendants ont
payé leurs outrages! Mais, maintenant, je crains dans mon
âme que tous les Ithakèsiens se ruent promptement ici et
qu'ils envoient des messagers à toutes les villes des Képhallèniens.

Et le prudent Odysseus lui répondit :

— Prends courage, et ne t'inquiète point de ceci dans
ton âme. Mais allons vers la demeure qui est auprès du
verger. C'est là que j'ai envoyé Tèlémakhos, le bouvier et
le porcher, afin de préparer promptement le repas.

Ayant ainsi parlé, ils allèrent vers les belles demeures, où
ils trouvèrent Tèlémakhos, le bouvier et le porcher, coupant les chairs abondantes et mêlant le vin rouge. Cependant la servante Sikèle lava et parfuma d'huile le magnanime Laertès dans sa demeure, et elle jeta un beau manteau autour de lui, et Athènè, s'approchant, fortifia les
membres du prince des peuples et elle le fit paraître plus
grand et plus majestueux qu'auparavant. Et il sortit du
bain, et son cher fils l'admira, le voyant semblable aux
Dieux immortels, et il lui dit ces paroles ailées :

— O Père, certes, un des Dieux éternels te fait ainsi paraître plus irréprochable par la beauté et la majesté.

Et le prudent Laertès lui répondit :

— Que n'a-t-il plu au Père Zeus, à Athènè, à Apollôn,

que je fusse hier, dans nos demeures, tel que j'étais quand
je pris, sur la terre ferme, commandant aux Képhallèniens,
la ville bien bâtie de Nérikos! Les épaules couvertes de
mes armes, j'eusse chassé les Prétendants et rompu les genoux d'un grand nombre d'entre eux dans nos demeures,
et tu t'en fusses réjoui dans ton âme.

Et ils se parlaient ainsi, et, cessant leur travail, ils préparèrent le repas, et ils s'assirent en ordre sur les siéges et
sur les thrônes, et ils allaient prendre leur repas, quand le
vieux Dolios arriva avec ses fils fatigués de leurs travaux;
car la vieille mère Sikèle, qui les avait nourris et qui prenait soin du vieillard depuis que l'âge l'accablait, était
allée les appeler. Ils aperçurent Odysseus et ils le reconnurent dans leur âme, et ils s'arrêtèrent, stupéfaits, dans la
demeure. Mais, Odysseus, les rassurant, leur dit ces douces
paroles :

— O Vieillard, assieds-toi au repas et ne sois plus stupéfait. Nous vous avons longtemps attendus dans les demeures, prêts à mettre la main sur les mets.

Il parla ainsi, et Dolios, les deux bras étendus, s'élança ;
et saisissant les mains d'Odysseus, il les baisa, et il lui dit
ces paroles ailées :

— O ami, puisque tu es revenu vers nous qui te désirions
et qui pensions ne plus te revoir, c'est que les Dieux t'ont
conduit. Salut! Réjouis-toi, et que les Dieux te rendent
heureux! Mais dis-moi la vérité, afin que je la sache. La
prudente Pènélopéia sait-elle que tu es revenu, ou lui en-
verrons-nous un message?

Et le prudent Odysseus lui répondit :

— O Vieillard, elle le sait! Pourquoi t'inquiéter de ces
choses?

Il parla ainsi, et il s'assit de nouveau sur son siége poli.
Et, auto   de l'illustre Odysseus, les fils de Dolios, de la

24

même façon, saluèrent leur maître par leurs paroles et baisèrent ses mains. Ensuite ils s'assirent auprès de Dolios leur père.

Tandis qu'ils mangeaient ainsi dans la demeure, Ossa se répandit par la Ville, annonçant la Kèr et la mort lamentable des Prétendants. Et, à cette nouvelle, tous accoururent de tous côtés, avec tumulte et en gémissant, devant la demeure d'Odysseus. Et ils emportèrent les morts, chacun dans sa demeure, et ils les ensevelirent; et ceux des autres villes, ils les firent reconduire, les ayant déposés sur des nefs rapides. Puis, affligés dans leur cœur, ils se réunirent à l'agora. Et quand ils furent réunis en foule, Eupeithès se leva et parla au milieu d'eux. Et une douleur intolérable était dans son cœur à cause de son fils Antinoos que le divin Odysseus avait tué le premier. Et il parla ainsi, versant des larmes à cause de son fils :

— O amis, certes, cèt homme a fait un grand mal aux Akhaiens. Tous ceux, nombreux et braves, qu'il a emmenés sur ses nefs, il les a perdus; et il a perdu aussi les nefs creuses, et il a perdu ses peuples, et voici qu'à son retour il a tué les plus braves des Képhallèniens. Allons! Avant qu'il fuie rapidement à Pylos ou dans la divine Elis où dominent les Epéiens, allons! car nous serions à jamais méprisés, et les hommes futurs se souviendraient de notre honte, si nous ne vengions le meurtre de nos fils et de nos frères. Il ne me serait plus doux de vivre, et j'aimerais mieux descendre aussitôt chez les Morts. Allons! de peur que, nous prévenant, ils s'enfuient.

Il parla ainsi en pleurant, et la douleur saisit tous les Akhaiens. Mais, alors, Médôn et le divin Aoide s'approchèrent d'eux, étant sortis de la demeure d'Odysseus, dès que le sommeil les eut quittés. Et ils s'arrêtèrent au milieu de l'agora. Et tous furent saisis de stupeur, et le prudent Médôn leur dit :

— Ecoutez-moi, Ithakèsiens. Odysseus n'a point accompli ces choses sans les Dieux immortels. Moi-même j'ai vu un Dieu immortel qui se tenait auprès d'Odysseus, sous la figure de Mentôr. Certes, un Dieu immortel apparaissait, tantôt devant Odysseus, excitant son audace, et tantôt s'élançant dans la salle, troublant les Prétendants, et ceux-ci tombaient amoncelés.

Il parla ainsi, et la terreur blême les saisit tous. Et le vieux héros Halithersès Mastoride, qui savait les choses passées et futures, plein de prudence, leur parla ainsi :

— Ecoutez-moi, Ithakèsiens, quoi que je dise. C'est par votre iniquité, amis, que ceci est arrivé. En effet, vous ne m'avez point obéi, ni à Mentôr prince des peuples, en réprimant les violences de vos fils qui ont commis avec fureur des actions mauvaises, consumant les richesses et insultant la femme d'un vaillant homme qu'ils disaient ne devoir plus revenir. Et, maintenant que cela est arrivé, faites ce que je vous dis : ne partez pas, de peur qu'il vous arrive malheur.

Il parla ainsi, et les uns se ruèrent avec un grand tumulte, et les autres restèrent en grand nombre, car les paroles de Halithersès ne leur plurent point et ils obéirent à Eupeithès. Et aussitôt ils se jetèrent sur leurs armes, et, s'étant couverts de l'airain splendide, réunis, ils traversèrent la grande Ville. Et Eupeithès était le chef de ces insensés, et il espérait venger le meurtre de son fils; mais sa destinée n'était point de revenir, mais de subir la Kèr.

Alors Athènè dit à Zeus Kroniôn :

— Notre Père, Kronide, le plus puissant des Rois, réponds-moi : que cache ton esprit? Exciteras-tu la guerre lamentable et la rude mêlée, ou rétabliras-tu la concorde entre les deux partis?

Et Zeus qui amasse les nuées lui répondit :

— Mon enfant, pourquoi m'interroges-tu sur ces choses?
N'en as-tu point décidé toi-même dans ton esprit, de façon
qu'Odysseus, à son retour, se venge de ses ennemis? Fais
selon ta volonté; mais je te dirai ce qui est convenable.
Maintenant que le divin Odysseus a puni les Prétendants,
qu'ayant scellé une alliance sincère, il règne toujours.
Nous enverrons à ceux-ci l'oubli du meurtre de leurs fils et
de leurs frères, et ils s'aimeront les uns les autres comme
auparavant, dans la paix et dans l'abondance.

Ayant ainsi parlé, il excita Athènè déjà pleine d'ardeur
et qui se rua du faîte de l'Olympos.

Et quand ceux qui prenaient leur repas eurent chassé la
faim, le patient et divin Odysseus leur dit, le premier :

— Qu'un de vous sorte et voie si ceux qui doivent venir
approchent.

Il parla ainsi, et un des fils de Dolios sortit, comme il
l'ordonnait; et, debout sur le seuil, il vit la foule qui approchait. Et aussitôt il dit à Odysseus ces paroles ailées :

— Les voici, armons-nous promptement.

Il parla ainsi, et tous se jetèrent sur leurs armes, Odysseus et ses trois compagnons et les six fils de Dolios. Et
avec eux, Laertès et Dolios s'armèrent, quoique ayant les
cheveux blancs, mais contraints de combattre.

Et, s'étant couverts de l'airain splendide, ils ouvrirent
les portes et sortirent, et Odysseus les conduisait. Et la
fille de Zeus, Athènè, vint à eux, semblable à Mentôr par
la figure et la voix. Et le patient et divin Odysseus,
l'ayant vue, se réjouit, et il dit aussitôt à son cher fils Tèlémakhos :

— Tèlémakhos, voici qu'il faut te montrer, en combattant
toi-même les guerriers. C'est là que les plus braves se re-
connaissent. Ne déshonorons pas la race de nos aïeux, qui,

sur toute la terre, l'a emporté par sa force et son courage.

Et le prudent Tèlémakhos lui répondit :

— Tu verras, si tu le veux, cher père, que je ne déshonorerai point ta race.

Il parla ainsi, et Laertès s'en réjouit et dit :

— Quel jour pour moi, Dieux amis ! Certes, je suis plein de joie ; mon fils et mon petit-fils luttent de vertu.

Et Athènè aux yeux clairs, s'approchant, lui dit :

— Arkeisiade, le plus cher de mes compagnons, supplie le Père Zeus et sa fille aux yeux clairs, et, aussitôt, envoie ta longue lance, l'ayant brandie avec force.

Ayant ainsi parlé, Pallas Athènè lui inspira une grande force, et il pria la fille du grand Zeus, et il envoya sa longue lance brandie avec force. Et il frappa le casque d'airain d'Eupeithès, qui ne résista point, et l'airain le traversa. Et Eupeithès tomba avec bruit, et ses armes résonnèrent sur lui. Et Odysseus et son illustre fils se ruèrent sur les premiers combattants, les frappant de leurs épées et de lances à deux pointes. Et ils les eussent tous tués et privés du retour, si Athènè, la fille de Zeus tempêtueux, n'eût arrêté tout le peuple en criant :

— Cessez la guerre lamentable, Ithakèsiens, et séparezvous promptement sans carnage.

Ainsi parla Athènaiè, et la terreur blême les saisit, et leurs armes, échappées de leurs mains, tombèrent à terre, au cri de la Déesse ; et tous, pour sauver leur vie, s'enfuirent vers la Ville. Et le patient et divin Odysseus, avec des clameurs terribles, se rua comme l'aigle qui vole dans les hauteurs. Alors le Kronide lança la foudre enflammée qui tomba devant la fille aux yeux clairs d'un père redoutable. Et, alors, Athènè aux yeux clairs dit à Odysseus :

— Divin Laertiade, subtil Odysseus, arrête, cesse la discorde de la guerre intestine, de peur que le Kronide Zeus qui tonne au loin s'irrite contre toi.

Ainsi parla Athènaiè, et il lui obéit, plein de joie dans son cœur. Et Pallas Athènaiè, fille de Zeus tempêtueux, et semblable par la figure et par la voix à Mentôr, scella pour toujours l'alliance entre les deux partis.

FIN DE L'ODYSSÉE.

HYMNES HOMÉRIQUES

ÉPIGRAMMES

LA BATRAKHOMYOMAKHIE

HYMNES HOMÉRIQUES

HYMNE I.

A Apollôn.

Je me souviendrai toujours de l'Archer Apollôn, et je ne l'oublierai jamais, lui que les Dieux eux-mêmes redoutent, quand il marche dans la demeure de Zeus ; et, certes, tous se lèvent de leurs siéges à son approche, quand il tend son arc illustre.

Lètô reste seule auprès de Zeus qui se réjouit de la foudre. Elle détend le nerf, elle ferme le carquois, et, l'ayant retiré des robustes épaules du Dieu, elle suspend l'arc le long d'une colonne de la demeure paternelle, à un clou d'or ; et, conduisant Apollôn, elle le fait asseoir sur un thrône.

Et le Père, glorifiant son cher fils, lui donne le nektar dans une coupe d'or; puis les autres Dieux s'asseyent, et la vénérable Lètô se réjouit parce qu'elle a enfanté un fils, puissant archer.

Salut, ô heureuse Lètô, car tu as enfanté d'illustres en-ants, le Roi Apollôn et Artémis joyeuse de ses flèches, celle-ci dans Ortygiè et celui-là dans l'âpre Dèlos, étant courbée auprès de la grande montagne et de la colline de Kynthios, sous un palmier, le long de l'Inôpos.

Comment te louerai-je, toi, le plus digne de louange? C'est par toi, ô Phoibos, que les chants sont inspirés, soit sur la terre ferme qui nourrit les génisses, soit dans les îles. Les hauts rochers te chantent, et les sommets des montagnes, et les fleuves qui roulent à la mer, et les pro-montoires qui avancent sur la mer, et les ports.

Certes, d'abord, je dirai comment Lètô t'enfanta, joie des hommes mortels, étant couchée près de la montagne de Kynthios, en une île âpre, dans Dèlos entourée des flots. Et, des deux côtés, l'eau noire heurtait la terre, poussée par les vents qui soufflaient harmonieusement.

Elancé de là, tu commandes à tous les hommes mortels, à tous ceux que renferment la Krètè et les Dèmes Athè-naiens, et l'île Aigina, et Euboia illustre par ses nefs, Aigas, Eirésia et Péparèthos sur les bords de la mer, et l'Athôs Thrèkien, et les cimes du Pèlios, et Samos Thrèkienne, et les monts Idaiens couverts de forêts, et Skyros, et Phokaia, et la haute montagne d'Autokanè, et Imbros bien peuplée, et l'inaccessible Lemnos, et la divine Lesbos, terre de l'Aio-liôn, et Khios, la plus fertile des îles de la mer, et la ro-cheuse Mimas, et les cimes de Korykos, et l'éclatante Klaros, et la haute montagne d'Aisagiè, et l'humide Samos, et les hauts sommets de Mykalè, et Milètos, et Koôs, ville des hommes mortels, et la haute Knidos, et Karpathos

battue des vents, et Naxos, et Paros, et la rocheuse Rai-
naia.

En tous ces lieux, au moment d'enfanter le divin Archer,
Lètô erra, demandant si l'une de ces terres voulait servir
d'abri à son fils ; mais toutes furent saisies de terreur, et
aucune, quelque fertile qu'elle fût, ne voulut accueillir
Phoibos.

Et la vénérable Lètô, ayant enfin abordé à Dèlos, elle
l'interrogea et lui dit ces paroles ailées :

— Dèlos, si tu veux être la terre de mon fils Phoibos
Apollôn et le placer dans un riche temple, aucun autre ne
t'abordera, ni ne te priera, et je ne pense pas que tu sois
désormais riche en bœufs et en brebis. Tu ne porteras
point de vignes et tu ne produiras point les plantes innombrables ; mais, si tu possèdes le temple de l'Archer Apollôn, tous les hommes t'apporteront des hécatombes, et
ils se rassembleront ici, et l'immense odeur des sacrifices
t'enveloppera, aussi longtemps que tu nourriras le Roi ; et
les Dieux te garderont d'une domination étrangère, car ton
sol n'a point de fertilité.

Elle parla ainsi, et Dèlos se réjouit, et elle lui répondit :

— Lètô, très-illustre fille du grand Koios, j'accueillerais
volontiers ta race, le royal Archer, car je suis en mauvaise
renommée auprès des hommes, et je serais ainsi plus
honorée ; mais je redoute ce qu'on dit, ô Lètô, et je ne te
le cacherai point. On dit qu'Apollôn doit être orgueilleux
et qu'il sera un rude Prytane des Immortels et des hommes
mortels sur la terre féconde. C'est pourquoi je crains beaucoup, dans mon esprit et dans mon âme, que, dès qu'il aura
vu la lumière de Hèlios, il méprise l'Ile, parce que je suis
une terre stérile, et que, me frappant du pied, il me pousse
dans la haute mer, où les grandes eaux pleines de violence
m'inonderont toujours. Alors, il s'en ira vers une autre
terre qui lui plaira mieux et où on lui bâtira un temple

dans un bois sacré d'arbres épais. Et les Polypodes et les noirs Phoques feront de moi leurs demeures caverneuses, étant négligée de la foule des hommes. Mais tu me rassureras, Déesse, si tu jures par le grand Serment, qu'il construira ici son grand temple où sera l'Oracle des hommes, mais de tous les hommes, car il est très-célèbre.

Dèlos parla ainsi, et Lètô jura le grand Serment des Dieux :

— Que Gaia le sache, et le large Ouranos supérieur, et l'eau souterraine de Styx ! Et c'est le plus grand serment qui soit pour les Dieux heureux. Certes, le temple parfumé de Phoibos sera toujours ici, et il t'honorera par-dessus toutes les îles.

Et, après qu'elle eut juré et prononcé toutes les paroles du Serment, Dèlos se réjouit de la naissance de l'Archer Apollôn.

Et neuf jours et neuf nuits Lètô fut tourmentée des douleurs désespérées de l'enfantement. Et toutes les Déesses étaient autour d'elle, et les plus illustres, Dionè, Rhéiè, et Thémis qui suit les traces, et la sonore Amphitritè, et les autres Immortelles, sauf Hèrè aux bras blancs qui était assise dans les demeures de Zeus qui amasse les nuées.

Seule, Eileithia, qui soulage les douleurs, ne savait rien. Et elle était assise au faîte de l'Olympos, sur des nuées d'or, car Hèrè aux bras blancs l'avait retenue par jalousie, Lètô aux beaux cheveux allant enfanter un fils irréprochable et puissant.

Et les Déesses envoyèrent Iris, de l'île aux belles demeures, afin d'amener Eileithia, lui promettant un grand collier noué de fils d'or et long de neuf coudées. Et elles lui ordonnèrent de l'appeler à l'insu de Hèrè aux bras blancs, de peur que celle-ci, par ses paroles, la détournât de venir.

Et, dès que la rapide Iris aux pieds prompts comme le vent les eut entendues, elle partit en s'élançant et traversa

rapidement l'espace. Et quand elle fut arrivée dans le haut
Olympos, thrône des Dieux, elle appela aussitôt Eileithia
à la porte des demeures, et elle lui dit en paroles ailées et
pressées tout ce que les Déesses qui ont des demeures
olympiennes lui avaient ordonné de dire, et elle persuada
son cœur dans sa chère poitrine.

Et toutes deux partirent, semblables par leurs pieds à
des colombes timides. Et, quand la libératrice Eileithia
arriva à Dèlos, alors l'enfantement saisit Lètô, et elle était
près d'accoucher. Et elle jeta ses bras autour du palmier,
et elle ploya ses genoux sur la molle prairie, et la terre
sourit au-dessous d'elle, et l'Enfant jaillit à la lumière, et
toutes les Déesses hurlèrent de joie.

Puis, elles te lavèrent dans une eau claire, Archer Phoibos, chastement et purement ; et elles t'enveloppèrent dans
un vêtement blanc, léger et beau, qu'elles entourèrent
d'une ceinture d'or. Et sa mère ne donna point sa mamelle
à Apollôn à l'épée d'or, mais Thémis lui offrit de ses mains
immortelles le nektar et l'ambroisie désirable, et Lètô se
réjouit parce qu'elle avait enfanté un fils, puissant archer.

Mais, ô Phoibos, après avoir goûté la nourriture immortelle, la ceinture d'or ne put te contenir palpitant ;
aucun lien ne te retint plus, et tous furent rompus ; et
Phoibos Apollôn dit aussitôt aux Immortelles :

— Qu'on me donne la kithare amie et l'arc recourbé, et
je révélerai aux hommes les véritables desseins de Zeus.

Ayant ainsi parlé, l'Archer Phoibos aux longs cheveux
descendit sur la terre aux larges chemins, et toutes les
Immortelles étaient stupéfaites, et Dèlos se couvrit tout
entière d'or, en voyant le rejeton de Zeus et de Lètô ; et
elle se réjouit, parce que le Dieu l'avait choisie pour sa
demeure parmi toutes les îles de la terre ferme, et l'avait
préférée ; et elle fleurit comme le faîte d'une montagne sous
les fleurs de la forêt.

Et toi, Archer Apollôn à l'arc d'argent, tantôt tu gravissais le rocheux Kynthios, tantôt tu fuyais les îles et les hommes, car tes temples et tes bois sacrés aux arbres épais sont nombreux, et les hauts rochers te sont chers, et les sommets des grandes montagnes, et les fleuves qui roulent à la mer.

Mais c'est à Dèlos que tu charmes le plus ton âme, ô Phoibos. Là, pour toi se réunissent les Iaones aux tuniques traînantes, avec leurs enfants et leurs femmes ; et, se souvenant de toi, ils se réjouissent, quand ils célèbrent des Jeux, par le pugilat, la danse et le chant.

Si quelqu'un survenait tandis que les Iaones sont ainsi rassemblés pour toi, il croirait que ce sont autant d'Immortels à l'abri de la vieillesse. Et il admirerait leur grâce à tous, et il serait charmé, en son âme, de contempler les hommes et les femmes aux belles ceintures, et les nefs rapides et leurs nombreuses richesses, et, par-dessus tout, un grand prodige dont la louange ne cessera jamais : les Vierges Dèliades, servantes de l'Archer Apollôn.

Elles louent d'abord Apollôn, puis Lètô et Artémis joyeuse de ses flèches. Puis, elles se souviennent des hommes et des femmes antiques, et, chantant un hymne, elles charment la race des hommes. Elles savent imiter les voix et les rhythmes de tous les peuples, et on dirait entendre une seule voix, tant elles accordent parfaitement leur chant.

Allons ! par Lètô, Apollôn et Artémis ! salut à vous toutes ! Et souvenez-vous de moi plus tard, si quelqu'un d'entre les hommes terrestres, un étranger malheureux, survient et vous interroge ainsi :

— O jeunes filles, quel est cet homme, le plus harmonieux des Aoides, qui reste ici et que vous écoutez avec un grand charme ?

Alors, répondez-lui, pleines de bienveillance :

— C'est un homme aveugle. Il habite la rocheuse Khios, et tous ses chants seront les meilleurs dans l'avenir.

Et nous, errant parmi les villes bien peuplées des hommes, nous porterons notre louange sur toute la terre, et tous nous croiront, car nous aurons dit la vérité. Et moi, je ne cesserai jamais de louer l'Archer Apollôn à l'arc d'argent qu'enfanta Lètô aux beaux cheveux.

O Roi! tu possèdes la Lykiè, et l'aimable Mèoniè, et la maritime Milètos, ville désirable; mais tu commandes par-dessus tout à Dèlos entourée des flots.

Et le fils de l'illustre Lètô, faisant résonner sa kithare creuse, et couvert de vêtements ambroisiens et parfumés, s'avance vers la rocheuse Pythô; et à l'aide du plektre, sa kithare d'or rend un son harmonieux.

De là, comme la pensée, s'élançant de la terre vers le grand Olympos, il entre dans la demeure de Zeus, au milieu de l'assemblée des autres Dieux, et, aussitôt, les Immortels ne songent plus qu'à la kithare et au chant. Et toutes les Muses, répondant de leur belle voix, célèbrent les dons ambroisiens des Dieux et les misères des hommes, que ceux-ci reçoivent des Dieux immortels, vivant désespérés et insensés, et ne trouvant de remède ni à la vieillesse, ni à la mort.

Mais les Kharites aux beaux cheveux et les Heures bienveillantes, Harmoniè, et Hèbè, et Aphroditè, fille de Zeus, dansent, se tenant par la main, et, avec elles, danse aussi, non point laide et petite, mais admirable par la grandeur et par la beauté, Artémis, joyeuse de ses flèches et l'égale d'Apollôn. Et, avec elle, dansent aussi Arès et le vigilant Tueur d'Argos.

Et Phoibos Apollôn fait résonner magnifiquement sa kithare, et l'éclat de ses pieds et l'éclat de sa belle tunique l'enveloppent de splendeur, et Lètô aux cheveux d'or et le

sage Zeus sont très charmés, dans leur cœur, de voir leur
cher fils jouant avec les Dieux immortels.

Comment te louerai-je, toi, le plus digne de louange? Te
louerai-je au milieu de tes épouses et dans ton amour,
quand tu aimas ardemment la Vierge Azantide, en même
temps que le divin Iskhys Elasionide aux beaux chevaux?
Ou quand tu luttais avec Phorbas, fils de Triopos, ou avec
Erekhteus, ou avec Leukippos, ou avec la femme de Leukippos, à pied ou sur ton char? Et, cependant, Triopos
n'était point absent. Ou te louerai-je, Archer Apollôn,
quand tu marchais sur la terre, cherchant où tu rendrais
ton oracle aux hommes?

Et, d'abord, tu descendis de l'Olympos dans la Piériè, et
tu traversas le Lektos sablonneux et la Hémathiè et Per-
rhaibes, et tu parvins promptement à Iolkos, et à Kénaïos
et à Euboiè illustre par ses nefs. Et tu t'arrêtas dans la
plaine de Lélas, mais il ne te plut point dans ton cœur d'y
bâtir ton temple et d'y planter tes bois sacrés.

Et, de là, Archer Apollôn, ayant passé l'Euripos, tu
gravis la divine montagne verdoyante, et tu t'en éloignas
rapidement vers Mykalèssos et Teumessos pleine d'herbe,
puis vers la terre Thèbaine couverte de forêts. En effet,
aucun mortel n'habitait encore la sainte Thèbè; il n'y avait
encore ni sentiers, ni routes, sur la terre Thèbaine féconde
en blé, mais elle était couverte de forêts.

Et tu t'en éloignas, Archer Apollôn, et tu parvins à
Onkhestos, bois sacré et magnifique de Poseidaôn, où le
cheval récemment dompté souffle, accablé de travail, en
traînant les beaux chars. Et le conducteur, quoique plein
d'adresse, marche, sautant du char à terre; et les chevaux,
n'ayant plus de conducteur, traînent le char vide. Et s'ils
le conduisent dans le bois sacré, on les suit et on les dé-
telle. Et, selon le rite primitif, on prie le Roi Poseidaôn; et
la Moire conserve le char pour le Dieu.

.Et tu t'éloignas de là, Archer Apollôn, et tu parvins au Kèphissos au beau cours qui, de Lilaiè, roule ses belles eaux. Puis, le traversant, ô Archer, ainsi que la fertile Okhaléè, tu parvins à Amartos pleine d'herbe. Et là, tu vis Delphousè, terre tranquille qui te plut pour y bâtir ton temple et y planter tes bois sacrés. Et tu t'arrêtas près d'elle, et tu lui dis :

— Delphousè, je pense bâtir ici un temple illustre, oracle des hommes qui m'y sacrifieront toujours de parfaites hécatombes. Et ceux qui habitent le gras Péloponnèsos, ou l'Europè, ou les Iles entourées des flots, viendront m'interroger, et je prophétiserai en paroles véridiques, rendant mes oracles dans le temple opulent.

Ayant ainsi parlé, Phoibos Apollôn posa les larges et longues fondations du temple. Mais, voyant cela, Delphousè, irritée dans son cœur, lui dit :

— Royal Archer Phoibos, je mettrai quelques paroles en ton esprit. Puisque tu penses bâtir ici un temple illustre, oracle des hommes qui, toujours, t'y sacrifieront de parfaites hécatombes, je te dirai ceci ; garde-le dans ton esprit : Le trépignement des chevaux rapides te troublera, et celui des mulets abreuvés dans mes fontaines sacrées. Ici chaque homme aimera mieux regarder les chars bien faits et entendre le trépignement des chevaux rapides que regarder le grand temple et les richesses qui y seront. Mais, si tu te laisses persuader, ô Roi, car tu es plus fort et meilleur que moi, et ta force est très-grande, bâtis à Krissè, sous la gorge du Parnèsos, là où les beaux chars ne courront point, où le trépignement des chevaux aux pieds rapides ne résonnera point autour de l'autel bien construit. Les races illustres des hommes y amèneront des présents à Io-Paian, et tu recevras, joyeux dans ton esprit, les beaux sacrifices des hommes voisins.

Ayant ainsi parlé, elle persuada son esprit, afin qu'il y

25

eût gloire sur la terre pour elle-même, Delphousè, et non pour l'Archer.

Et tu t'éloignas de là, Archer Apollôn, et tu parvins à la ville des Phlégyens injurieux qui habitaient, sur la terre, n'ayant nul souci de Zeus, dans une belle vallée, auprès du lac Kèphisos. Et de là, gravissant rapidement la montagne, tu parvins à Krissè, sous le neigeux Parnèsos, au pied d'une cime tournée vers Zéphyros. Et, au-dessus, se dresse le rocher, et, au-dessous, s'étend une vallée creuse et âpre; et, là, le Roi Phoibos Apollôn pensa bâtir un temple désirable, et il dit ces paroles :

— Je pense bâtir ici un temple illustre, oracle des hommes qui m'y sacrifieront toujours de parfaites hécatombes. Et ceux qui habitent le gras Péloponnèsos, et l'Europè, et les îles entourées des flots, viendront m'interroger, et je prophétiserai en paroles véridiques, rendant mes oracles dans le temple opulent.

Ayant ainsi parlé, Phoibos Apollôn posa les larges et longues fondations du temple, et, sur ces fondations, Trophonios et Agamèdès, fils d'Erginos, chers aux Dieux Immortels, construisirent le seuil de pierre, et, autour, les innombrables races des hommes bâtirent le temple en pierres taillées, afin qu'il fût éternellement illustre.

Et il y avait, auprès, une source aux belles eaux, où le Roi fils de Zeus tua, à l'aide du nerf solide de son arc, un dragon femelle, monstre énorme, long et horrible, qui, sur la terre, faisait des maux sans nombre aux hommes, et, autant qu'à eux, à leurs brebis aux longs pieds, car c'était un fléau sanglant.

Et, autrefois, l'ayant reçu de Hèrè au trône d'or, elle nourrissait le farouche et horrible Typhaôn, fléau des mortels, que Hèrè enfanta jadis, irritée contre le Père Zeus, quand le Kronide engendra de sa tête la très-illustre

Athènè. Et, aussitôt, la vénérable Hèrè, irritée, dit aux Dieux immortels assemblés :

— Ecoutez-moi, vous tous, ô Dieux, et vous toutes, ô Déesses, puisque Zeus qui amasse les nuées, le premier, me fait injure, à moi dont il a fait sa femme et qui suis chaste. Maintenant, il a engendré sans moi Athènè aux yeux clairs, qui est très-illustre entre tous les Immortels heureux, tandis que mon fils Hèphaistos, que j'ai enfanté moi-même, est débile et a les pieds tournés; car, l'ayant saisi de ses mains, il l'a jeté dans la mer large; mais la fille de Nèreus, Thétis aux pieds d'argent, le reçut et le mena à ses sœurs. O funeste et plein de ruses, tu devrais plaire autrement aux Dieux heureux! Et maintenant que médites-tu encore? Comment as-tu osé engendrer seul Athènè aux yeux clairs? Est-ce que je ne puis plus enfanter, moi qui suis appelée tienne cependant parmi les Immortels qui habitent le large Ouranos? Maintenant, je vais tenter quelque chose, afin qu'il naisse de moi un fils qui domine parmi les Dieux immortels, sans que j'aie souillé ton lit sacré ni le mien. Et je ne coucherai point dans ton lit, et, loin de toi, j'irai vers d'autres Dieux immortels.

Ayant ainsi parlé, irritée, elle s'éloigna des Dieux. Et aussitôt, la vénérable Hèrè aux yeux de bœuf pria, et, frappant de sa main la terre, elle dit :

— Ecoutez-moi maintenant, Gaia, et toi, large Ouranos supérieur, et vous, Dieux Titans qui habitez sous terre autour du grand Tartaros et de qui sont nés les hommes et les Dieux! Ecoutez-moi tous maintenant, et donnez-moi un fils, sans Zeus, et qu'il ne lui soit point inférieur en force, et qu'il le surpasse même, autant que Zeus au large regard l'emporte sur Kronos.

Ayant ainsi parlé, elle frappa la terre de sa main vigoureuse, et la terre qui donne la vie trembla; et, voyant cela, Hèrè se réjouit dans son cœur, car elle pensa que son désir était accompli. Et, dès lors, jusqu'à la fin de l'année, elle ne vint point au lit du très-sage Zeus, et elle ne s'assit point auprès de lui sur le beau thrône où, auparavant, elle méditait de sages desseins; mais elle resta dans ses temples fréquentés par de nombreux suppliants; et, là, la vénérable Hèrè aux yeux de bœuf se réjouit des sacrifices offerts.

Enfin, après les nuits et les jours, et le retour des saisons et de l'année, elle enfanta un fils dissemblable aux Dieux et aux hommes, le cruel et horrible Typhaôn, fléau des mortels. Et la vénérable Hèrè aux yeux de bœuf, l'ayant saisi aussitôt, donna le monstre au monstre.

Et le Dragon femelle le prit, et il fit de grands maux aux illustres races des hommes. Et elle, à celui qu'elle rencontrait elle apportait son jour fatal, avant que l'Archer Apollôn lui eût lancé un trait vigoureux. Et, consumée de douleurs amères, elle gisait, haletante, étendue sur la terre. Puis, poussant une clameur immense et violente, elle se tordit avec fureur sous les bois, et, toute sanglante, elle rendit l'esprit. Et Phoibos Apollôn, se glorifiant, dit :

— Maintenant, pourris, là, sur la terre qui nourrit les hommes. Tu ne vis plus et tu ne seras plus le fléau des hommes qui mangent les fruits de la terre qui nourrit tout, et ils amèneront ici de parfaites hécatombes. Ni Typhoeus, ni la lugubre Khimaira n'éloigneront de toi la triste mort; mais, ici, la noire terre et l'infatigable Hypériôn te pourriront.

Il parla ainsi en se glorifiant, et les ténèbres couvrirent les yeux du Dragon femelle. Et, depuis, ce lieu fut nommé Pythô, parce que la force sacrée de Hèlios y avait pourri le monstre; et le Roi fut nommé Pythien, parce que, là, la force aiguë de Hèlios avait pourri le monstre.

Et alors Phoibos Apollôn reconnut dans son esprit que la source aux belles eaux l'avait trompé, et, irrité, il alla

vers Delphousè, et il arriva promptement, et, debout auprès
d'elle, il lui dit :

— Delphousè, il n'était pas dans ta destinée, ayant trompé
mon esprit, d'écouler plus longtemps, dans ce lieu désirable, ta belle eau limpide. Voici que ma gloire éclatera
ici et non la tienne seule.

Il parla ainsi, et le royal Archer Apollôn poussa le rocher d'où jaillissait l'eau et en cacha le cours. Et il bâtit
un temple, dans un épais bois sacré, près de la source au
beau cours ; et, là, tous les hommes font des vœux au Roi,
le nommant Delphousien, parce qu'il a humilié le cours
sacré de Delphousè.

Et alors Phoibos Apollôn songea dans son esprit quels
hommes il initierait à ses mystères, afin qu'ils fussent ses
ministres dans la rocheuse Pythô.

Songeant donc à cela dans son esprit, il vit sur la mer
pourprée une nef rapide où étaient des hommes braves et
nombreux, des Krètois de Knôssos, ville de Minôs, habiles
aux sacrifices du Roi et qui révèlent les volontés de Phoibos
Apollôn à l'épée d'or, quelque chose qu'il dise, quand il
rend ses oracles du milieu d'un laurier, sous le Parnèsos.
Et ils naviguaient sur une nef noire, pour leurs affaires
et leurs besoins, allant à la sablonneuse Pylos, vers les
hommes Pyliens.

Et Phoibos Apollôn, au devant d'eux, sauta dans la mer,
semblable à un Delphin, et entra dans la nef rapide où il
gisait, monstre énorme et horrible. Et aucun d'eux ne le
reconnut dans son esprit, et il s'agitait de tous côtés, ébran-
lant les bois de la nef ; et tous, muets et pleins de crainte,
restaient assis dans la nef. Et ils ne détachaient point les
manœuvres sur la nef noire et creuse, et ils ne serraient
point la voile de la nef à poupe noire ; mais ils naviguaient,
assis aux avirons comme auparavant. Et le violent Notos
poussait par l'arrière la nef rapide, et ils passèrent devant

Maléiá, et la terre Lakonide, et la haute ville de Hélos, et Tainaros, lieu de Hèlios qui charme les hommes, où les illustres brebis aux laines épaisses du Roi Hèlios paissent toujours et possèdent un lieu désirable.

Et ils voulaient, en ce lieu, arrêter la nef et en sortir pour admirer ce grand prodige et voir de leurs yeux si le monstre resterait sur le pont de la nef creuse, ou s'il bondirait dans l'eau de la mer qui nourrit beaucoup de poissons. Mais la nef bien construite n'obéissait pas aux avirons, et elle continua sa route le long du gras Péloponnèsos, et le royal Archer Apollôn la dirigeait aisément à l'aide du vent.

Et la nef, faisant sa route, parvint à Arènè, à la désirable Argyphéè, à Thryos où est le gué de l'Alphéios, à Aipys bien peuplée, à la sablonneuse Pylos où sont les hommes nés Pyliens; puis, elle longea Khalkis, et Dymè et la divine Elis où commandent les Epéiens; puis, ayant passé Phèra, poussée par le vent favorable de Zeus, la haute montagne d'Ithakè leur apparut du milieu des nuées, et Doulikhios, et Samè, et Zakynthos couverte de forêts.

Mais, quand la nef eut passé tout le Péloponnèsos, le golfe immense de Krissè, qui termine le gras Pèloponnèsos, leur apparut; et le grand vent Zéphyros, par la volonté de Zeus, souffla impétueusement de l'Aithèr, afin que la nef achevât rapidement son chemin sur l'eau salée de la mer.

Et ils naviguaient, revenant du côté d'Eos et de Hèlios, conduits par le roi Apollôn, fils de Zeus; et ils arrivèrent au port de Krissè qui abonde en vignes; et la nef, en marchant, rasa les sables.

Et le royal Archer Apollôn sauta de la nef, semblable à un astre au milieu du jour, et d'innombrables étincelles jaillissaient de lui, et la splendeur en montait jusque dans l'Ouranos. Et le Dieu pénétra dans le sanctuaire, vers les trépieds vénérables ; et il y mit le feu, manifestant ses signes ; et l'éclat de la flamme enveloppa Krissè tout entière. Et les femmes des Krissagones et leurs filles aux belles ceintures hurlèrent au choc de Phoibos, et une grande terreur saisit chacune d'elles.

Puis, le Dieu, d'un bond, vola de nouveau, comme la pensée, sur la nef, semblable à un homme jeune et robuste, dans sa première puberté, avec une flottante chevelure sur ses larges épaules. Là, il leur dit ces paroles ailées :

— O Etrangers, qui êtes-vous ? D'où venez-vous sur les routes humides ? Naviguez-vous pour un négoce, ou à l'aventure, comme des pirates qui vagabondent sur la mer, exposant leur vie et portant les calamités aux autres hommes ? Pourquoi restez-vous stupides et ne descendez-vous point à terre, après avoir déposé les agrès de la nef noire ? Telle, en effet, est la coutume des hommes industrieux, quand, arrivés de la haute mer sur leur nef noire, ils touchent la terre, accablés de fatigue. Aussitôt le désir de la douce nourriture saisit leur esprit.

Il parla ainsi, et il inspira l'audace à leur âme, et le chef des Krètois lui répondit :

— Etranger, car tu n'es point semblable aux mortels, ni par le corps, ni par la beauté, mais tu ressembles aux Dieux immortels, salut ! Réjouis-toi, et que les Dieux te rendent heureux ! Mais dis-moi la vérité, afin que je la sache. Quel est ton peuple ? Quelle est ta terre ? Quels hommes t'ont engendré ? Ayant d'autres pensées, nous naviguions sur les grandes eaux, vers Pylos, venant de la Krètè où nous nous glorifions d'être nés. Et maintenant nous sommes venus ici contre notre gré, avec notre nef, par d'autres routes et d'autres chemins, et désirant le retour. Mais un des Immortels nous a conduits ici contre notre gré.

Et l'Archer Apollôn, leur répondant, dit :

— Etrangers, certes, vous habitiez auparavant Knôssos couverte de forêts, mais voici qu'aucun de vous ne retournera plus vers sa ville aimable et ses belles demeures et sa chère femme ; et vous garderez ici mon temple magnifique honoré par la foule des hommes. Et moi, je me glorifie d'être Apollôn, fils de Zeus. Je vous ai conduits ici sur les grandes eaux de la mer, ne vous voulant point de mal ; mais vous garderez ici mon temple magnifique honoré par la foule des hommes. Et vous connaîtrez les volontés des Immortels, et, par la volonté des Dieux, vous serez sans cesse honorés tous les jours. Mais, allons ! obéissez promptement à ce que je vais dire. Serrez d'abord la voile à l'aide des courroies, et traînez la nef rapide à terre. Enlevez de la nef égale le chargement et les agrès, et bâtissez un autel sur le rivage de la mer. Puis, allumant du feu et sacrifiant les blanches farines, priez, debout autour de l'autel. Et, de même que j'ai bondi de la noire mer sur la nef rapide, semblable à un Delphin, de même vous me nommerez, en priant, Delphien ; et l'autel Delphien lui-même sera toujours illustre. Prenez ensuite votre repas auprès de la nef noire et rapide, et faites des libations aux Dieux heureux qui habitent l'Olympos. Et, après que vous aurez assouvi le désir de la douce nourriture, venez avec moi, et chantez Io-Paian, jusqu'à ce que vous soyez arrivés au lieu où vous garderez le temple magnifique.

Il parla ainsi, et ils le craignirent et ils obéirent. Et d'abord ils serrèrent la voile et délièrent les avirons ; et, abattant le mât à l'aide de câbles, ils le couchèrent sur l'avant ; puis, ils descendirent eux-mêmes sur le rivage de la mer, et ils traînèrent à terre la nef rapide, vers le haut des sables, et ils la soutinrent avec de longs étais. Puis ils firent un autel sur le rivage de la mer, et, allumant du feu et sacrifiant de blanches farines, ils prièrent, comme il l'avait ordonné, debout autour de l'autel.

Ensuite, ils prirent leur repas auprès de la nef noire et rapide, et ils firent des libations aux Dieux heureux qui habitent l'Olympos. Puis, ayant assouvi le désir de boire et de manger, ils se mirent en chemin, et le Ròi Apollôn, fils de Zeus, les menait; et il avait une kithare dans les mains, et il en jouait admirablement, et les Krètois, étonnés, le suivaient vers Pythô, chantant Io-Paian, comme ont coutume de chanter les Krètois dont la Muse divine remplit la poitrine de doux chants.

Et, d'un pied infatigable, ils gravirent la montagne, et ils parvinrent au Parnèsos et au lieu désirable qu'ils devaient habiter à l'avenir, étant honorés par la foule des hommes. Et le Dieu qui les conduisait leur montra le sol et le temple opulent. Et leur âme fut émue dans leurs chères poitrines, et le chef des Krètois, lui répondant, dit :

— O Roi, puisque tu nous as conduits loin de nos amis et de la terre de la patrie, ainsi qu'il a plu à ton cher cœur, nous te demandons de nous dire comment nous vivrons maintenant. Cette terre n'est point fertile en vignes et n'a point de prairies de façon que nous en puissions vivre et, en même temps, être utiles aux hommes.

• Et, en souriant, Apollôn, fils de Zeus, leur répondit :

— Hommes insensés, misérables, avides d'inquiétudes, de douleurs amères et de gémissements de cœur, je vous dirai aisément la vérité et je la déposerai dans votre esprit. Que chacun de vous ait dans sa main droite un couteau pour égorger sans cesse les brebis. Toutes les choses que m'amèneront les races illustres des hommes vous seront offertes abondamment. Gardez le temple et accueillez les hommes qui s'assembleront ici, et surtout observez ma volonté, soit qu'il vous soit dit une parole vaine, soit qu'on vous outrage, ce qui arrive aux hommes mortels. Ensuite, vous aurez d'autres maîtres auxquels vous serez toujours soumis par nécessité. Toutes ces choses te sont dites; garde-les dans ton esprit.

Et toi, je te salue, fils de Zeus et de Lètô ! Et je me souviendrai toujours de toi et des autres chants.

HYMNE II.

A Hermès.

Muse, chante Hermès, fils de Zeus et de Maia, qui règne sur Kyllènè et l'Arkadia abondante en troupeaux, très-utile messager des Immortels, qu'enfanta Maia, la vénérable Nymphe aux beaux cheveux, après s'être unie d'amour à Zeus.

Loin des Dieux heureux, elle habitait un antre sombre où le Kroniôn s'unit, au milieu de la nuit, à la Nymphe aux beaux cheveux, afin que le doux Hypnos enveloppât Hèrè aux bras blancs, et qu'ils pussent se cacher des Dieux immortels et des hommes mortels. Mais quand la volonté de Zeus eut été accompli, et quand le dixième mois fut marqué dans l'Ouranos, Maia mit au jour, et des œuvres merveilleuses apparurent. Et elle enfanta alors un fils subtil et éloquent, voleur, ravisseur de bœufs, conducteur de songes, éclaireur de nuit, gardien de portes, et qui devait promptement manifester d'illustres travaux parmi les Dieux immortels.

Né au matin, il joua de la kithare au milieu du jour, et, le soir, il vola les bœufs de l'Archer Apollôn. Et la vénérable Maia l'enfanta le quatre du mois.

Dès qu'il eut jailli du corps immortel de sa mère, il ne resta pas plus longtemps couché dans le berceau sacré ; mais, se levant, il chercha les bœufs d'Apollôn. Puis, sortant de l'antre élevé, et, ayant trouvé une tortue, il posséda une richesse infinie.

Certes, Hermès construisit le premier la tortue sonore qui s'offrit à lui auprès des portes de la cour, paissant, devant la demeure, l'herbe fleurie, et marchant lentement. Et le fils utile de Zeus, l'ayant vue, rit, et il dit aussitôt :

— Voici qui me sera très-profitable et qui n'est pas à dédaigner. Salut, être aimable, compagne qui excites aux danses et aux festins et qui m'es apparue heureusement ! D'où viens-tu, beau jouet, tortue qui vis dans les montagnes, à l'écaille variée ? Mais, t'ayant prise, je t'emporterai dans ma demeure. Tu me seras utile, et je ne te mépriserai point, et, d'abord, tu vas me servir. Il vaut mieux être dans la demeure, car il est dangereux de rester dehors. Certes, vivante, tu seras un remède à beaucoup de maux ; et, si tu meurs, tu chanteras alors admirablement.

Ayant ainsi parlé, il l'enleva de ses deux mains, et il entra aussitôt dans la demeure, portant l'aimable jouet. Et, là, avec un burin de fer brillant, il arracha la vie à la tortue montagnarde. De même qu'une rapide pensée traverse l'esprit d'un homme agité par de nombreuses inquiétudes, ou que des rayons jaillissent des yeux, de même l'illustre Hermès parla et agit en même temps. Il fixa des tiges de roseaux, coupées à diverses longueurs, et il les fit passer à travers le dos de la tortue ; puis, il tendit, autour, avec adresse, une peau de bœuf ; et il adapta les deux bras et le chevâlet, et il tendit ensuite sept cordes harmoniques en boyaux de brebis.

Puis, ayant construit l'aimable jouet, il fit résonner chaque note à l'aide du plektre; et la tortue, sous sa main, résonna, sonore; et le Dieu, excité par son œuvre, chanta admirablement. De même, des adolescents, dans l'âge fleuri, se piquent les uns les autres par des railleries au milieu des repas.

Et il chantait Zeus Kronide et Maia aux belles sandales, quand ils se charmaient de leur amour, et sa propre naissance; et il annonçait son nom illustre, et il célébrait les compagnes et les belles demeures de la Nymphe, et les trépieds et les bassins durables.

Il dit ces choses, mais il eut d'autres pensées dans son esprit. Et il déposa la lyre creuse sur le berceau sacré. Puis, désirant des chairs, il sauta de la demeure odorante sur une colline, méditant dans son esprit une ruse profonde, telle que les voleurs en méditent à l'heure de la nuit noire.

A la vérité, Hèlios tombait, sous la terre, dans l'Okéanos, avec ses chevaux et son char; et Hermès parvint en courant aux montagnes ombragées de la Piériè, où les bœufs immortels des Dieux heureux ont leurs étables et paissent les prairies non fauchées et désirables.

Alors, le fils de Maia, le vigilant Tueur d'Argos, sépara du troupeau cinquante vaches mugissantes, et il les chassa, vagabondes, par un endroit sablonneux, ayant effacé leurs traces, car il n'oubliait pas son art rusé. Et il tourna les sabots de devant en arrière, et ceux de l'arrière en avant, et lui-même marchait à reculons. Et il jeta aussitôt ses sandales sur le sable de la mer, et il en tressa d'autres, incroyables et merveilleuses, enlaçant les rameaux des tamaris et des myrtes. Puis, ayant lié ce faisceau de feuillage frais, il attacha sans crainte, sous ses pieds, ces sandales légères avec leurs feuilles. Et, portant ces sandales, l'illustre

Tueur d'Argos s'écarta de son chemin en quittant la Piériè, et, bien que se hâtant, prit la plus longue route.

Et un Vieillard, travaillant dans un riche verger, le vit comme il gagnait la plaine par les herbages d'Onkhestos ; mais le fils de l'illustre Maia lui dit le premier :

— O Vieillard, qui creuses la terre autour des arbres, en courbant les épaules, certes, tu récolteras beaucoup, quand tous auront porté leurs fruits ; mais ne vois pas ce que tu vois, n'entends pas ce que tu entends, et tais-toi, puisque ton propre bien n'a pas souffert.

Ayant ainsi parlé, il poussa les fortes têtes des vaches. Et l'illustre Hermès traversa beaucoup de montagnes ombragées, et de vallées sombres, et de plaines désirables. Et déjà la divine nuit noire qui l'aidait s'était presque écoulée, et déjà la divine Sélènè, fille du Roi Pallas Mégamide, était montée sur la hauteur, quand le puissant fils de Zeus poussa dans le fleuve Alphéios les vaches au large front de Phoibos Apollôn. Et elles parvinrent, infatigables, à une grande étable et à un lac, devant une belle prairie.

Là, ayant rassasié de bonnes herbes les vaches mugissantes qui mangeaient le lotos et le souchet mouillé de rosée, il les poussa toutes ensemble dans l'étable.

Puis, il amassa beaucoup de bois, et il chercha l'art du feu. Ayant pris un beau rameau de laurier, qu'il pela à l'aide du fer, il le frotta de la paume de sa main, et une chaude vapeur s'en échappa. Hermès prépara d'abord les choses du feu, puis le feu. Il déposa dans une fosse creuse beaucoup de bois sec et épais, et une haute flamme brilla, faisant jaillir le crépitement du foyer brûlant.

Tandis que la force de l'illustre Hèphaistos brûlait, il entraîna hors de l'étable, vers le feu, deux vaches mugissantes aux pieds flexibles, car sa vigueur était très-grande. Et il les renversa toutes deux, haletantes, sur le dos ; et, les courbant, il les roula et les égorgea ; et, passant d'un

travail à un autre, il coupa en morceaux leurs chairs chargées de graisse. Puis, les ayant traversés de broches de
bois, il rôtit les chairs et le dos honorable, et le sang noir
qui est dans les entrailles. Et tout cela était étendu sur la
terre.

Puis, il étala les peaux sur une âpre roche, comme maintenant encore, quand on les coupe après les avoir longtemps préparées, afin qu'elles puissent durer impunément;
puis, Hermès, plein de joie, retira les viandes grasses et
les mit en un endroit plat, et les divisa en douze parties
devant être tirées au sort, attribuant à chacune un grand
honneur.

Alors, l'illustre Hermès désira une portion sacrée des
chairs, et leur odeur le troubla, bien qu'il fût immortel.
Mais son cœur généreux n'obéit point à son grand désir, et
il ne les fit point passer par son gosier sacré. Et il déposa,
dans la haute étable, la graisse et les chairs abondantes; et
il les déposa aussitôt, en signe de son action récente; et il
amassa du bois sec, et l'ardeur du feu dévora promptement
et entièrement les pieds et les têtes.

Après que le Dieu eut accompli ces choses selon le rite,
il jeta ses sandales dans l'Alphéios aux tourbillons profonds, et il éteignit le feu; et, pendant le reste de la nuit, il
dispersa la cendre noire.

La belle lumière de Sélènè brillait, et, au matin, Hermès
revint aux divins sommets Kylléniens; et, dans sa longue
route, aucun des Dieux heureux ne le rencontra, ni des
hommes mortels, et les chiens n'aboyèrent point. Et le fils
très-bienveillant de Zeus, s'étant courbé, entra dans sa
demeure par la serrure de la porte, semblable à une vapeur
ou à un souffle d'automne, et, marchant sans bruit, il parvint au riche temple de l'antre, et il ne faisait point de bruit
sur le sol, comme il arrive d'habitude.

Puis, l'illustre Hermès entra rapidement dans le berceau

sacré, enveloppant ses épaules de ses langes, comme un enfant nouveau-né. Et il se coucha, repoussant de ses mains, en jouant, la couverture jusqu'à ses jarrets, et tenant sa chère tortue dans sa main gauche. Mais le Dieu ne put pas se cacher de la Déesse sa mère, qui lui dit :

— Pourquoi ceci, plein de ruse et revêtu d'impudence ? D'où viens-tu à cette heure de la nuit ? Je pense que, même les flancs entourés de longs liens, même saisi par les mains du Lètoïde qui t'emporterait dans ses bras, tu te glisserais de nouveau ! Certes, ton père t'a engendré pour être un grand souci aux hommes mortels et aux Dieux immortels !

Et Hermès lui répondit par ces paroles rusées :

— Ma mère, pourquoi me surveilles-tu ainsi comme un enfant nouveau-né qui, dans son esprit, connaît très-peu le mal, timide et craignant les réprimandes de sa mère ? Mais, songeant à toi et à moi, je me servirai d'un art qui est le meilleur de tous, et nous ne resterons pas ici, comme tu l'ordonnes, seuls, entre les Dieux immortels, sans présents et sans nourriture. Il vaut mieux demeurer tous les jours avec les Immortels, dans la richesse et l'abondance, et possédant de nombreuses moissons, que d'habiter cet antre obscur. J'obtiendrai, moi aussi, comme Apollôn, l'honneur des sacrifices. Si mon père ne me le donne pas, je tenterai de le posséder, et je puis devenir le prince des voleurs. Et si le fils de l'illustre Lètô me poursuit de ses recherches, je pense qu'il lui arrivera une chose pire. J'irai à Pythô, j'entrerai de force dans la grande demeure, et là, je volerai en quantité les trépieds brillants et les bassins, et l'or, et le fer éclatant, et de nombreux vêtements, et tu le verras, si tu veux.

Et ils se parlaient ainsi, le fils de Zeus tempêtueux et la vénérable Maia. Et voici qu'Eôs, née au matin, sortant du cours profond d'Okéanos, apporta la lumière aux hommes mortels. Mais Apollôn, étant parti, parvint à Onkhestos,

bois sacré et charmant du retentissant Poseidaôn qui entoure la terre, et il y trouva le vieillard décrépit qui travaillait à la haie du verger, près de la route. Et l'illustre
fils de Lètô lui dit le premier :

— O vieillard, qui tailles les buissons d'Onkhestos plein
d'herbe, je viens ici, cherchant les troupeaux de la Piériè.
Toutes les bêtes sont femelles, et toutes ont des cornes
recourbées. Un taureau noir paissait seul, à l'écart du
troupeau, et quatre chiens terribles les suivaient, pleins du
même zèle, comme des hommes. Les chiens et le taureau
m'ont été laissés, chose admirable ! mais toutes les vaches
ont disparu, à la dernière chute de Hèlios, de leur molle
prairie et de leur doux pâturage. Dis-moi, vieillard très-
âgé, si tu as vu un homme faisant route avec ces vaches.

Et le vieillard lui répondit par ces paroles :

— O ami, certes, il est difficile de dire toutes les choses
qu'on voit de ses yeux, car beaucoup de voyageurs passent
par le chemin, les uns cherchant à faire le mal, et les
autres le bien; et il est difficile de dire ce que pense chacun
d'eux. Pour moi, tout le jour, jusqu'à la chute de Hèlios,
j'ai creusé autour du clos de vigne verdoyante, et j'ai vu un
enfant, ô très-cher, mais je ne le sais pas d'une façon cer-
taine, j'ai vu un enfant qui suivait des vaches aux belles
cornes. Il tenait une baguette, et il marchait en faisant des
détours, et il les poussait à reculons, et elles avaient la tête
en face de la sienne.

Le vieillard parla ainsi, et Phoibos Apollôn continua
très-rapidement sa route. Et il vit un oiseau aux ailes éten-
dues, et, aussitôt, il connut le voleur fils de Zeus Kroniôn.
Et le Roi Apollôn, fils de Zeus, s'élança impétueusement
vers la très-divine Pylos, cherchant ses vaches aux pieds
flexibles, et il couvrit ses larges épaules d'une nuée pourprée. Et l'Archer trouva ses traces, et il dit ceci :

— O Dieux ! certes, je vois de mes yeux un grand prodige.

Ces traces sont celles des vaches aux cornes dressées, mais voici qu'elles sont tournées de nouveau vers la Prairie d'Asphodèle ; et ces pas ne sont ni ceux d'un homme, ni ceux d'une femme, ni de loups aux poils gris, ni d'ours, ni de lions. Ils ne ressemblent point non plus à ceux d'un taureau au cou épais, qui aurait laissé de telles traces d'un pied rapide. Ruse d'un côté de la route, et ruse plus grande de l'autre côté.

Ayant ainsi parlé, le Roi Apollôn, fils de Zeus, partit, et il parvint à la montagne de Kyllènè couverte d'une forêt, et à la retraite rocheuse et sombre où la Nymphe ambroisienne avait enfanté le fils de Zeus Kroniôn. Et une douce odeur se répandait par la montagne divine ; et, là, de nombreuses brebis aux longues jambes paissaient l'herbe.

Alors, l'Archer Apollôn descendit rapidement sur le seuil de pierre, et entra dans l'antre sombre. Mais, dès que le fils de Zeus et de Maia vît l'Archer Apollôn irrité à cause de ses vaches, il s'enfonça dans ses langes parfumés, de même que la cendre du bois cache de nombreux charbons. Ainsi Hermès, ayant vu l'Archer, se cacha de lui. Et, dans le même moment, il ramassa sa tête, ses bras et ses pieds, appelant le doux sommeil, comme on fait, revenant de la chasse et s'étant baigné. Et il tenait sous son aisselle la tortue récemment travaillée.

Mais le fils de Zeus et de Lètô reconnut sans se tromper l'illustre Nymphe montagnarde et son petit enfant plein de ruses subtiles ; et, regardant dans tous les coins de la grande demeure, il ouvrit, ayant pris la clef brillante, trois endroits secrets pleins de nektar et de douce ambroisie. Et il y avait aussi là beaucoup d'or et d'argent, et beaucoup de vêtements de la Nymphe, de pourpre ou d'argent, ainsi qu'il y en a dans les demeures sacrées des Dieux heureux. Et le Lètoïde, ayant cherché dans tous les coins de la grande demeure, parla ainsi à l'illustre Hermès :

26

— O enfant, qui es couché dans ce berceau, dis-moi
promptement où sont mes vaches, ou nous allons nous
quereller à l'instant, ce qui ne sera pas convenable. En effet,
je vais te jeter dans le Tartaros noir, dans les ténèbres affreuses de la mauvaise mort. Et ta mère ni ton père ne te
rendront à la lumière, et tu vagabonderas sous la terre,
chef d'un petit nombre d'hommes.

Et Hermès lui répondit en paroles rusées :

— Lètoïde, quelle parole rude as-tu dite? Pourquoi es-tu
venu chercher ici tes vaches agrestes? Je n'ai rien vu, ni
rien appris; je n'en ai point entendu parler, je ne puis t'en
rien dire, et je ne gagnerai point de récompense pour les
avoir retrouvées. Je ne ressemble point à un homme vigoureux voleur de bœufs. Ce n'est pas là mon affaire, et j'ai
d'autres soucis. Je m'inquiète du sommeil, du lait de ma
mère, d'avoir des langes autour de mes épaules, et de
prendre des bains tièdes. Prends garde qu'on t'entende et
qu'on sache d'où vient cette querelle. Ce serait, certes, un
grand prodige pour les Immortels qu'un enfant nouveau-
né traversant le portique avec des bœufs agrestes! Tu as
parlé en insensé. Je suis né d'hier, mes pieds sont tendres et
la terre est dure. Mais, si tu le veux, je jurerai la tête de
mon père, ce qui est un grand serment, que je n'affirme
point que je sois coupable et que je n'ai vu personne voler
tes vaches, si ce sont des vaches, car en voici la première
nouvelle pour moi.

Il parla ainsi, faisant briller ses yeux sous ses paupières,
fronçant les sourcils, regardant çà et là et sifflant longuement, comme s'il avait entendu une vaine parole. Mais
l'Archer Apollôn, souriant doucement, lui dit :

— O petit enfant, menteur et plein de ruse, puisque tu
dis de telles choses, certes, je pense que tu pénétreras très-
souvent dans les riches demeures, et que, pendant la nuit,
ayant dévalisé sans bruit la maison, tu feras coucher plus

d'un homme sur la terre. Certes, tu affligeras ainsi de
nombreux bergers de brebis, dans les vallées de la montagne, quand, désirant des chairs, tu rencontreras des troupeaux de bœufs ou des troupeaux de brebis. Mais, allons!
de peur de dormir ton dernier et suprême sommeil, sors de
ce van, Compagnon de la nuit noire. Tu auras du moins, et
désormais, cet honneur parmi les Immortels d'être appelé
toujours le Prince des voleurs.

Ayant ainsi parlé, Phoibos Apollôn, prenant l'enfant, l'emporta. Mais, en même temps, le puissant Tueur d'Argos
songea dans son esprit, et, tandis que les mains l'enlevaient,
il envoya un augure, misérable serviteur de son ventre,
insolent messager; puis il éternua fortement. Et dès
qu'Apollôn l'eut entendu, il jeta à terre l'illustre Hermès,
et il s'assit devant lui, malgré son désir de marcher, et,
réprimandant Hermès, il lui dit :

— Rassure-toi, fils de Zeus et de Maia, enveloppé de
langes! avec ces augures je retrouverai bientôt les fortes
têtes de mes vaches, et tu me conduiras toi-même.

Il parla ainsi, et le Kyllénien Hermès se leva de nouveau
avec rapidité. Et, marchant avec peine, il poussa de ses
mains, vers ses deux oreilles, les langes qui enveloppaient
ses épaules, et il dit :

— Où m'entraînes-tu ainsi, ô le plus violent de tous les
Dieux? Certes, c'est parce que tu es irrité à cause de tes
vaches que tu me maltraites ainsi. O Dieux! que la race des
bœufs n'a-t-elle péri! Je n'ai pas volé tes vaches, et je n'ai
vu personne, si ce sont des vaches, car en voici la première
nouvelle pour moi. Rends-moi justice et reçois-la de Zeus
Kroniôn.

Et ils se parlaient ainsi, l'un après l'autre, et hautement,
ayant chacun un sentiment contraire, Hermès le solitaire
et l'illustre fils de Lètô. Et celui-ci disait la vérité et n'ac-
cusait pas injustement l'illustre Hermès au sujet de ses

vaches; et le Kyllénien, à l'aide de ses paroles flatteuses et
de ses ruses, voulait tromper le Dieu à l'arc d'argent; mais
le dissimulé avait rencontré le rusé.

Hermès allait rapidement sur le sable, et derrière lui
venait le fils de Zeus et de Lètô. Et les fils illustres de
Zeus parvinrent bientôt aux sommets de l'Olympos odorant,
auprès du Père Kroniôn. Là, les plateaux de la Balance les
attendaient tous deux.

Et une grande rumeur se répandit dans l'Olympos neigeux, et les incorruptibles Immortels se rassemblèrent
dans les gorges de l'Olympos. Et Hermès et Apollôn à l'arc
d'argent se tenaient devant les genoux de Zeus, et Zeus
qui tonne dans les hauteurs interrogea son illustre fils et
lui dit :

— Phoibos, d'où amènes-tu cette capture de prix, cet
enfant nouveau-né ayant l'aspect d'un héraut? C'est une
affaire difficile qui se présente dans l'assemblée des Dieux.

Et le royal Archer Apollôn lui répondit :

— O Père, tu vas entendre une parole qui n'est pas ordi-
naire, toi qui me réprimandes comme si j'étais le seul pilleur.
Ayant franchi un grand espace, j'ai trouvé, sur la montagne
de Kyllènè, cet enfant, effronté voleur, tel que je n'ai point
vu son semblable, ni parmi les Dieux, ni parmi les hommes, tous, tant qu'ils sont, mangeant sur la terre. Ayant
volé mes vaches dans la Prairie, il les a poussées, sur le
soir, vers le rivage de la mer aux bruits sans nombre, et il
les a conduites droit à Pylos, et leurs traces étaient pleines
de ruse, et, certes, admirables, et elles étaient l'œuvre d'un
Daimôn illustre. En effet, la poussière noire montrait les
pas des vaches tournés vers la Prairie d'Asphodèle, et lui-
même, rusé outre mesure, ne marchait ni sur les pieds, ni
sur les mains, dans ce lieu sablonneux; mais par une pré-
caution singulière, il laissait de telles traces sur la route
qu'on eût dit qu'il marchait sur de jeunes chênes. Aussi

longtemps qu'il s'avança dans ce lieu sablonneux, il laissa ouvertement toutes ces traces sur la poussière; mais, quand il eut franchi la grande route de sable, la trace des vaches et la sienne propre devinrent invisibles sur un sol plus dur. Et un homme mortel le vit, poussant rapidement vers Pylos la race des vaches aux larges fronts. Les ayant donc tranquillement enfermées, et ayant accompli çà et là tout ce qu'il avait médité dans le feu de l'action, il se coucha dans son berceau, semblable à la nuit noire, au fond des ténèbres de l'antre obscur; et l'aigle même au regard aigu ne l'eût point aperçu. Et il se frottait souvent les yeux de ses mains, en méditant des ruses; et, aussitôt, il dit précipitamment :

— Je n'ai rien vu, ni rien appris; je n'en ai point entendu parler, je n'en puis rien dire, et je ne gagnerai point de récompense pour les avoir retrouvées.

Ayant ainsi parlé, Phoibos Apollôn s'assit, et Hermès, à son tour, lui répondit, parlant au Kroniôn qui commande à tous les Dieux :

— Père Zeus, certes, je te dirai la vérité, car je suis véridique et je ne sais point mentir. Il est venu vers moi, cherchant ses vaches aux pieds flexibles, aujourd'hui, au lever de Hèlios; et il n'a point amené de Dieux immortels, comme témoins ou spectateurs. Et il m'a ordonné par violence de lui indiquer les choses, me menaçant beaucoup de me jeter dans le large Tartaros, parce qu'il possède la tendre fleur de la glorieuse puberté, tandis que moi je suis né d'hier, et il le sait bien, et je ne ressemble pas à un homme vigoureux voleur de bœufs. Crois-moi, — en effet, tu te glorifies d'être mon cher père, — je n'ai point poussé les vaches dans notre demeure. Que je sois riche aussi sûrement! Je n'ai point passé le seuil. Et je te dis ceci véridiquement. Je révère beaucoup Hèlios et les autres Daimons, et je t'aime, et je crains celui-ci. Tu sais toi-même que

je ne suis point cause de tout ceci. Et je ferai le grand Serment : Non ! par les portiques bien construits des Immortels! Et moi, un jour, je lui vaudrai cette querelle inju-
rieuse, bien qu'il soit vigoureux. Et toi, viens en aide aux
plus jeunes.

Le Kyllénien tueur d'Argos parla ainsi en clignant les
yeux, et il avait ses langes sur les bras, et il ne les rejeta
pas. Et Zeus rit beaucoup en voyant cet enfant plein de
ruse nier adroitement et habilement, au sujet des vaches ;
mais il leur ordonna de chercher d'un commun accord, et
à Hermès de conduire, et de montrer, en toute innocence
d'esprit, le lieu où il avait caché les fortes têtes des vaches. Et le Kroniôn fit un signe de tête, et l'illustre Hermès
obéit, car la volonté de Zeus tempêtueux persuade aisément.

Et les illustres fils de Zeus se hâtèrent tous deux, et ils
parvinrent à la sablonneuse Pylos, et au gué de l'Alphéios,
et aux champs et à la haute étable, là où le butin avait été
enfermé vers la nuit.

Et, alors, Hermès entra dans l'antre de pierre, et il en
poussa à la lumière les fortes têtes des vaches. Mais le Lètoïde, regardant de loin, reconnut les peaux de vaches sur
la roche élevée, et, aussitôt, il interrogea l'illustre Hermès :

— Comment as-tu pu, plein de ruse, couper la gorge de
deux vaches, étant un enfant qui vient à peine de naître?
Moi-même je suis étonné de ta force. Il ne faut pas que tu
grandisses davantage, Kyllénien, fils de Maia !

Il parla ainsi, et il tournait de ses mains de fortes branches d'osier ; et celles-ci, sous ses pieds, prenaient racine
en terre, là même, bien qu'entrelacées ; et il en arriva autant à toutes les vaches, par la volonté du subtil Hermès.
Et, voyant cela, Apollôn fut saisi d'admiration ; et le puissant Tueur d'Argos regarda de côté tout autour de lui, les
yeux pleins de feu et désirant se cacher.

Mais, le voulant ainsi, il apaisa très-aisément le fils de l'illustre Lètô, car il était puissant. Saisissant la tortue de la main gauche, il en essaya le son avec le plektre, et la tortue résonna admirablement sous sa main. Et Phoibos Apollôn rit, joyeux, et le son charmant pénétra son esprit, tandis qu'il écoutait de l'âme. Et le fils de Maia, rassuré, et jouant de la douce lyre, se tenait à la gauche de Phoibos Apollôn. Et, faisant vibrer fortement la kithare, il chanta à son tour, et sa voix aimable s'éleva.

Et il chanta les Dieux immortels et la terre ténébreuse, et comment les choses furent faites au commencement, et comment chacun fut partagé par le sort. Et il chanta Mnèmosynè par-dessus toutes les Déesses, la mère des Muses, car elle était échue au fils de Maia. Et l'illustre fils de Zeus chanta ensuite les autres Dieux immortels, chacun selon son rang, et comment ils étaient nés ; le tout admirablement, et faisant résonner la kithare sous ses mains. Et un immense désir s'éleva dans l'âme d'Apollôn, et il dit à Hermès ces paroles ailées :

— Tueur de vaches, rusé travailleur, compagnon des repas, tu possèdes là quelque chose qui vaut cinquante bœufs. Je pense que nous sortirons tranquillement de querelle. Et maintenant, dis-moi, rusé fils de Maia, si tu as fait cette chose admirable après ta naissance, ou si quelqu'un d'entre les Immortels ou les hommes mortels t'a fait ce présent illustre et t'a enseigné le chant divin ? Mais j'écoute cette voix nouvelle et admirable, et je pense qu'aucun des hommes ni aucun des Dieux qui ont des demeures Olympiennes ne te l'a enseignée, excepté toi-même, ô menteur, fils de Zéus et de Maia ! Quel est cet art ? Cette Muse qui guérit les inquiétudes amères ? Et cette habileté ? En effet, ces trois choses sont réunies, pour la joie, le désir et le doux sommeil. Moi qui suis le compagnon des Muses Olympiades, qui prends soin de leurs chœurs et de l'illustre

règle des vers et du chant fleuri et de l'aimable accord des
flûtes, jamais mon âme n'a été plus pénétrée que par ces
sons, tels que ceux des jeunes hommes dans les festins. Je
les admire, ô fils de Zeus, et comme tu fais vibrer doucement ta kithare. Et, maintenant, puisque, bien que tout
petit, tu possèdes un art illustre, je vous dirai la vérité à
toi et à ta mère. Oui ! par cette lance de cornouiller, certes,
je te conduirai illustre et heureux parmi les Immortels, et
je te ferai de magnifiques présents, et je ne te tromperai
jamais.

Et Hermès lui répondit par ces paroles rusées :

— Tu me le demandes, ô Archer, et moi je ne refuse
point de t'enseigner mon art. Tu le sauras aujourd'hui. Je
veux être bienveillant pour toi en pensée et en paroles, car
tu sais toutes choses dans ton esprit, et tu siéges, fils de
Zeus, le premier parmi les Immortels, beau et vigoureux;
et Zeus qui t'aime t'avertit des choses sacrées, et il t'a fait
d'illustres dons, et on dit que tu es honoré par la volonté
de Zeus et que tu as reçu de lui, ô Archer, la science des
divinations et de toutes les destinées. Et, maintenant, c'est
moi qui enseignerai un enfant riche. Mais tu es libre d'apprendre ce que tu veux. Puisque tu as le désir de jouer de
la kithare, chante et joue de la kithare, et réjouis-toi, la
recevant de moi, et toi, cher, donne-moi la gloire. Chante,
ayant en mains cette douce compagne instruite à résonner
avec art et admirablement. Puis, tranquille, porte, nuit et
jour, dans les festins et les jeux funèbres, la joie et les danses
aimables. A celui qui l'interrogera avec science et avec art,
la kithare, docile à de molles pressions, enseignera beaucoup de choses variées et agréables à l'esprit; mais, redoutant un travail pénible, elle répondra d'une façon discor-
dante à celui qui l'interrogera avec violence. Mais tu es
libre d'apprendre ce que tu veux, et je te donnerai cette
kithare, ô fils illustre de Zeus. Puis, ô Archer, nous retour-

nerons sur la montagne et dans la plaine où paissent les chevaux, et nous ferons paître tes bœufs dans les pâturages. Là, les vaches, unies aux taureaux, les femelles aux mâles, produiront en quantité. Il ne faut donc pas, bien que tu sois avide, que tu restes violemment irrité.

Ayant ainsi parlé, il lui offrit la kithare, et Phoibos Apollôn la prit; et il donna à Hermès un fouet brillant, et il lui confia la garde des vaches, et le fils de Maia, joyeux, prit le fouet.

Et l'illustre fils de Lètô, le royal archer Apollôn, soutenant la kithare de la main gauche, essaya le son avec le plektre, et la kithare résonna admirablement, et le Dieu chanta.

Puis, les vaches étant revenues à la Prairie divine, les illustres fils de Zeus retournèrent tous deux à l'Olympos neigeux, charmés par la kithare. Et le sage Zeus fut joyeux et les amena à s'aimer. Et, alors, Hermès aima toujours le Lètoïde, comme il l'aime encore aujourd'hui, après lui avoir donné la kithare en signe d'amitié. Et, quand l'Archer eut appris à jouer de l'aimable kithare, elle résonna toujours sur son bras. Le Lètoïde lui-même inventa un autre art. Il fit la syrinx sonore, et il dit à Hermès :

— Je crains, fils de Maia, messager plein de ruse, que tu m'enlèves furtivement ma kithare et mon arc recourbé. En effet, tu as reçu de Zeus cet honneur de présider aux échanges des hommes sur la terre féconde. Mais si tu jures le grand Serment des Dieux, en faisant un signe de la tête, ou par l'Eau violente de Styx, tout ce que tu feras sera agréable à mon esprit.

Et alors, le fils de Maia lui promit par un signe de sa tête qu'il ne déroberait rien de ce qui appartiendrait à l'Archer, et qu'il n'approcherait jamais de sa demeure solide. Et le Lètoïde Apollôn scella par un signe de tête leur concorde et leur amitié, et il jura que personne ne lui serait plus cher, ni parmi les Immortels, ni parmi les fils de Zeus, ni parmi les hommes, et il dit :

— Je rendrai ceci manifeste aux Immortels, et à tous, par un signe honorable et cher à mon âme. Je te donnerai une illustre baguette de félicité et de richesse, d'or pur, à trois feuilles. Elle te protégera, puissante sur tous les Dieux, par la vertu des paroles et des actions utiles que je déclare m'avoir été révélées par la volonté de Zeus. Mais il ne t'est point donné, fils de Zeus, ni à aucun autre des Immortels, de comprendre la science divinatoire que tu interrogeras. Seule, la pensée de Zeus la comprend ; et moi, à qui elle a été révélée, j'ai promis, et j'ai juré par le grand Serment, qu'aucun autre des Immortels, excepté moi, ne connaîtrait la sage pensée de Zeus. Et toi, frère à la baguette d'or, ne me demande pas de te révéler les destinées qu'a résolues Zeus qui tonne dans les hauteurs. Je nuirai aux uns, parmi les hommes, et je viendrai en aide aux autres, me mêlant aux races innombrables des misérables hommes. Je viendrai en aide par ma voix à qui croira à mon oracle et au vol des oiseaux irrécusables. Celui-là sera protégé par mon oracle, et je ne le tromperai pas ; mais celui qui se fiera en de vains oiseaux, qui voudra interroger mon oracle hors de ma pensée, et en savoir plus que les Dieux qui vivent toujours, je dis que celui-là prendra une route sans issue, quand même j'aurais reçu des présents. Et je te le dis, très-illustre fils de Maia et de Zeus tempêtueux, très-utile Daimôn des Dieux : il y a trois Moires, vierges et sœurs, et qui se réjouissent de leurs ailes rapides. La tête couverte de blanche farine, elles habitent dans une vallée du Parnèsos ; et elles m'ont enseigné la science divinatoire à laquelle j'aspirais, encore enfant, au milieu de mes bœufs, et mon père ne s'en inquiéta point. Depuis, en ce lieu, volant çà et là, elles mangent les rayons de miel et accomplissent chaque chose. Alors, ayant mangé le miel vert,

elles deviennent furieuses et veulent ardemment dire la
vérité; mais quand elles sont privées de la douce nourriture
des Dieux, elles tentent de conduire hors du chemin. Je te
les donne, interroge-les avec soin et charme ainsi ton esprit;
et, si quelque mortel connu de toi te rencontre, il pourra
en croire ton oracle. Prends-les, fils de Maia, ainsi que les
bœufs agrestes aux pieds flexibles. Prends soin des chevaux
et des mulets patients, et des lions horribles, et des sangliers aux blanches dents, et des chiens, et de toutes les
brebis que nourrit la vaste terre. Commande à toutes les
brebis, illustre Hermès, et sois le seul messager irrécu-
sable chez Aidès; et, bien qu'il ne soit point riche, il ne te
fera point un pauvre présent.

Ainsi le Roi Apollôn aima le fils de Maia de toute son
amitié, et le Kroniôn lui accorda la grâce. Et il se mêle à
tous les mortels et à tous les Immortels. Et il vient en aide
à un petit nombre, mais il trompe sans cesse, dans la nuit
ténébreuse, les races des hommes mortels.

Et ainsi, je te salue, fils de Zeus et de Maia, et je me
souviendrai de toi et des autres chants.

HYMNE III.

A Aphroditè.

Muse, dis-moi les travaux d'Aphroditè d'or, de Kypris,
qui donna aux Dieux le doux désir, et qui dompta les races
des hommes mortels, et les oiseaux aériens, et la multitude
des bêtes sauvages que nourrit la terre ferme, et celles que

nourrit la mer. Tous ont le souci de Kythéréiè à la belle
couronne.

Mais il y a trois Déesses dont elle n'a pu fléchir l'âme et
qu'elle n'a pu tromper. D'abord, la Vierge Athènè aux yeux
clairs, fille de Zeus tempêtueux. En effet, les travaux d'A-
phroditè d'or ne lui plaisent point ; mais ce sont les guerres
qui lui plaisent, et le travail d'Arès, et les combats et les
mêlées, et aussi les illustres ouvrages. La première, elle
enseigna aux hommes terrestres ouvriers à faire des chars
de combat et des chariots ornés d'airain ; et elle enseigna
aux jeunes vierges, dans leurs demeures, à faire d'illustres
ouvrages, et elle inspira leur esprit.

Jamais, non plus, Aphroditè qui aime les sourires ne
dompta la bruyante Artémis au fuseau d'or. En effet, les
arcs lui plaisent, et le meurtre des bêtes sauvages sur les
montagnes, et les Lyres, et les danses, et les hurlements
sonores, et les bois sombres, et une ville d'hommes justes.

Jamais, non plus, les travaux d'Aphroditè ne plurent à la
vénérable Vierge Histiè, qu'engendra la première le subtil
Kronos, et qui fut ensuite vénérée par la volonté de Zeus
tempêtueux, et que recherchèrent Poseidaôn et Apollôn.
Mais elle ne voulut pas, et elle refusa fermement, et elle
jura un grand serment qui s'est accompli, ayant touché la
tête du Père Zeus tempêtueux, de rester toujours vierge et
la plus noble des Déesses. Et le Père Zeus lui fit un beau
don, au lieu des noces : elle possède la graisse des victimes
offertes, assise au milieu de la demeure. Dans tous les temples des Dieux elle a d'abord droit aux honneurs, et de
tous les Dieux elle est la plus honorée parmi les hommes
mortels.

Aphroditè n'a pu fléchir l'âme de ces trois Déesses, ni les
tromper ; mais aucun des autres Dieux heureux et des
hommes mortels ne lui échappa. Elle dompta l'esprit de
Zeus qui se réjouit de la foudre, lui qui est le plus grand

et qui a reçu les plus grands honneurs. Autant de fois qu'elle
le voulut, elle trompa cet esprit sage, et elle l'unit aisément à des femmes mortelles, à l'insu de Hèrè, sa sœur et
sa femme, qui est d'une grande beauté, la plus belle entre
les Déesses Immortelles. Le subtil Kronos et Rhéiè enfan-
tèrent cette très-illustre Déesse, et Zeus aux pensées éter-
nelles en fit sa femme vénérable et sage.

Mais Zeus inspira à l'âme d'Aphroditè elle-même le doux
désir de s'unir à un homme mortel, afin qu'elle éprouvât le
lit d'un homme, et qu'Aphroditè qui aime les sourires ne
dît pas en se glorifiant et en riant, parmi les Immortels,
qu'elle avait uni les Dieux aux femmes mortelles qui enfan-
taient des fils mortels avec les Dieux, ni qu'elle avait uni
des Déesses aux hommes mortels.

C'est pourquoi il lui inspira le doux désir d'Ankhisès qui,
alors, errait sur les sommets de l'Ida aux sources sans
nombre, paissant ses bœufs, et semblable par la beauté aux
Immortels.

Et dès qu'Aphroditè, qui aime les sourires, l'eut vu, elle
l'aima, et le désir saisit violemment son âme. Et s'étant
rendue à Kypros, elle entra dans le temple odorant de
Paphos, où sont le bois sacré et l'autel divin. Après être
entrée, elle ferma les portes brillantes. Là, les Kharites la
baignèrent et la parfumèrent d'huile ambroisienne qui sert
aux Dieux éternels, ambroisienne, divine, et qui lui avait été
offerte en sacrifice.

Puis, ayant mis de beaux vêtements autour de son corps
et s'étant parée avec de l'or, Aphroditè qui aime les sourires
partit de l'odorante Kypros pour Troiè; et faisant rapidement son chemin par les hautes nuées, elle parvint à l'Ida,
où abondent les sources et les bêtes fauves.

Et elle marcha droit à l'étable, à travers la montagne, et,
autour d'elle, les loups gris, les lions terribles, les ours, et
les léopards légers insatiables de cerfs, allaient en remuant

la queue. Et, en les voyant, elle était charmée dans son esprit, et elle mit le désir dans leurs poitrines, et tous, à la fois, s'accouplèrent dans les vallons ombragés.

Et elle s'arrêta elle-même aux solides cabanes de bergers, et elle trouva dans les étables, seul, loin des autres, le héros Ankhisès qui avait reçu des Dieux la beauté. Tous les bergers avaient suivi les bœufs dans les gras pâturages, et il était resté seul à l'étable, marchant çà et là et faisant sonner sa kithare avec force. Et la fille de Zeus, Aphroditè, s'arrêta devant lui, semblable par la stature et la beauté à une vierge indomptée, afin qu'il ne fût point saisi de terreur en la voyant.

Et Ankhisès, l'ayant vue, la contempla, admirant sa beauté et sa stature et ses riches vêtements. En effet, elle était enveloppée d'un péplos plus splendide que l'éclat du feu, et elle avait des bracelets flexibles, et des épingles brillantes, et, autour de son cou délicat, de très-belles chaînes d'or qui étincelaient comme Sélènè sur son beau sein et qui étaient admirables à voir. Et le désir saisit Ankhisès, et il lui dit :

— Salut, Reine, une des Bienheureuses, qui viens ici! Artémis, ou Lètô, ou Aphroditè d'or, ou la noble Thémis, ou Athènè aux yeux clairs, ou quelqu'une des Kharites qui accompagnent tous les Dieux et sont appelées Immortelles; ou quelqu'une des Nymphes qui habitent les belles forêts, ou de celles qui habitent cette belle montagne, ou les sources des fleuves, ou les grasses vallées! Pour moi, sur les hauteurs, en un lieu découvert, je t'élèverai un autel et je t'y sacrifierai abondamment et à toute heure; et toi, dans un esprit bienveillant, accorde-moi d'être illustre parmi les Troiens, fais-moi une postérité florissante, que je vive bien et longtemps, que je voie la lumière de Hèlios, et que, riche parmi les peuples, je parvienne au seuil de la vieillesse!

Et Aphroditè, la fille de Zeus, lui répondit :

— Ankhisès, le plus illustre des hommes nés sur la terre, je ne suis pas une Déesse : pourquoi me compares-tu aux Immortelles ? Je suis mortelle, et une femme m'a enfantée. Mon père se nomme Otreus, si toutefois tu as entendu ce nom, et il commande sur toute la Phrygiè aux solides murailles. Je sais votre langue aussi bien que la nôtre, car une nourrice Troienne m'a nourrie dans nos demeures et m'a élevée toute petite, m'ayant reçue de ma chère mère. C'est pour cela que je sais notre langue et la vôtre. Et, maintenant, le Tueur d'Argos à la baguette d'or m'a enlevée du milieu d'un chœur de la bruyante Artémis au fuseau d'or. Nous jouions là, un grand nombre de nymphes et de vierges valant beaucoup de bœufs, et une multitude nous entourait. C'est de là que m'a enlevée le Tueur d'Argos à la baguette d'or. Et il m'a emmenée à travers de nombreux travaux d'hommes mortels et de lieux ni cultivés, ni bâtis, que hantent seules les bêtes fauves mangeuses de chairs crues, dans les sombres gorges. Et il ne m'a point laissée toucher de mes pieds la terre qui donne la vie; et il me disait que j'étais appelée, épouse vierge, au lit d'Ankhisès, et que de beaux enfants devaient te naître de moi. Puis, ayant ainsi parlé, le puissant Tueur d'Argos retourna parmi la Race immortelle. C'est pourquoi je suis venue vers toi, car la nécessité m'a contrainte. Mais je te supplie par Zeus et par tes parents illustres, car des parents indignes n'eussent point engendré un tel fils, conduis-moi, indomptée et vierge encore, à ton père, à ton illustre et sage mère, à tes frères de même sang que toi. Je ne leur serai point une belle-sœur indigne, mais digne d'eux ; et ils sauront si je serai une femme digne de toi, ou non. Envoie promptement un messager chez les Phrygiens qui ont des chevaux de poil varié, afin qu'il parle à mon père et à ma mère inquiète. Et ils t'enverront beaucoup d'or et de vêtements tissés, et tu recevras de nombreux et beaux présents. Et, toutes ces choses une fois accomplies, célèbre nos noces heureuses et honorables aux yeux des hommes et des Dieux immortels.

La Déesse, ayant parlé ainsi, mit dans son cœur le doux désir, et le désir saisit Ankhisès, et il lui dit :

— Si vraiment tu es mortelle, si une femme t'a enfantée, si ton père illustre est Otreus, comme tu le dis, et si tu es venue ici par l'ordre du Messager des Dieux, de Hermès, tu seras toujours appelée ma femme. Aucun des Dieux ni des hommes mortels ne m'empêchera de m'unir à toi d'amour, maintenant et aussitôt, même quand l'Archer Apollôn me lancerait, de son arc d'argent, ses traits amers! Je consentirais même, ô femme semblable aux Déesses, à descendre aux demeures d'Aidès, après être entré dans ton lit!

Ayant ainsi parlé, il lui prit la main, et Aphroditè qui aime les sourires le suivit, détournant la tête et baissant ses beaux yeux, vers le lit bien dressé où se couchait le Roi, et qui était fait de tapis laineux et recouvert de peaux d'ours et de lions rugissants qu'il avait tués lui-même sur les hautes montagnes.

Etant montés tous deux sur le lit bien construit, Ankhisès enleva d'abord du corps d'Aphrodité sa parure éclatante, les agrafes et les flexibles bracelets, et les épingles, et les colliers. Il détacha la ceinture et ôta les vêtements merveilleux, et il les déposa sur un thrône aux clous d'argent. Et c'est ainsi que, par la volonté des Dieux et par la destinée, un mortel coucha avec une Déesse immortelle, mais ne le sachant pas.

A l'heure où les bergers ramènent à l'étable, des pâturages fleuris, les bœufs et les grasses brebis, alors Aphroditè versa le doux sommeil à Ankhisès, et la noble Déesse, reprenant ses beaux vêtements, et s'en étant revêtue entièrement, se tint auprès du lit, touchant de sa tête le haut de la demeure bien construite. Et la beauté immortelle de ses joues resplendissait, et c'était bien Kythéréiè à la belle couronne. Et, l'éveillant, elle lui dit :

— Lève-toi, Dardanide! Pourquoi dors-tu d'un sommeil aussi profond? Dis-moi si je te semble telle que tu m'as vue d'abord.

Elle parla ainsi, et, se réveillant, il l'entendit aussitôt. Et voyant le cou et les beaux yeux d'Aphroditè, il trembla, et, détournant les yeux, il couvrit son beau visage d'une couverture, et il la supplia, et il lui dit ces paroles ailées :

— Aussitôt, Déesse, que je te vis de mes yeux, j'ai reconnu que tu étais Déesse ; mais tu ne m'as point dit la vérité. Je te supplie par Zeus, ne permets pas que je vive plein de faiblesse parmi les hommes; aie pitié de moi, car celui qui a couché avec les Déesses immortelles ne garde pas longtemps la vigueur de la jeunesse.

Et la fille de Zeus, Aphroditè, lui répondit :

— Ankhisès, le plus illustre des hommes mortels, rassure-toi, et ne crains rien dans ton esprit. Ne redoute aucun mal de moi, ni des Dieux heureux, car tu es cher aux Dieux. Tu auras un fils qui régnera parmi les Troiens, et toujours des fils naîtront de ses fils. Et son nom sera Ainéias, car j'ai ressenti une douleur terrible d'être entrée dans le lit d'un homme mortel. Et les hommes mortels de vôtre race seront, toujours et surtout, proches des Dieux par la beauté et par la stature. Le très-sage Zeus a enlevé, à cause de sa beauté, le blond Ganymèdès, afin que, se mêlant aux Dieux, il leur versât le vin dans la demeure de Zeus. Et il est admirable à voir, honoré de tous les Immortels et puisant d'un kratère d'or le nektar rouge. Mais Trôs avait une grande douleur dans sa poitrine, et il ne savait pas où la divine tempête avait emporté son cher fils. Et il le pleurait tous les jours, et Zeus eut pitié de lui, et il lui donna, pour prix de son fils, des chevaux aux pieds rapides, de

ceux qui portent les Immortels. Il les lui donna, et le Messager tueur d'Argos lui apprit, selon la volonté de Zeus,
que son fils était immortel et ne devait plus vieillir. Et,
après avoir écouté le message de Zeus, il ne gémit pas
davantage, et, joyeux dans son esprit, il se fit porter par
les chevaux rapides. De même, Eôs au thrône d'or enleva
Tithôn, homme de votre race, semblable aux Immortels. Elle
alla demander au Kroniôn qui amasse les nuées qu'il fût
immortel et qu'il vécût toujours, et Zeus consentit par un
signe de tête, et il accomplit son désir; mais la vénérable
Eôs, l'insensée! ne songea pas dans son esprit à demander
pour lui la jeunesse et à le soustraire à la cruelle vieillesse.
Aussi longtemps qu'il posséda la jeunesse chère à tous,
charmé par Eôs au thrône d'or, née au matin, il habita,
aux limites de la terre, sur les bords de l'Okéanos; mais,
dès que les premiers cheveux blancs se répandirent de sa
belle tête, et que sa barbe fut blanche, la vénérable Eôs
s'éloigna de son lit. Et elle le nourrit cependant, dans sa
demeure, de froment et d'ambroisie, et elle lui donna de
beaux vêtements. Mais quand il eut atteint l'odieuse vieillesse, sans pouvoir remuer ses membres ni se lever, Eôs
pensa que le mieux était de le déposer dans la chambre
nuptiale dont elle ferma les portes brillantes. Là, sa voix
coule, inentendue, et la force n'est plus qui était autrefois
dans ses membres flexibles. Je ne te désirerais point tel
parmi les Immortels et devant vivre toujours; mais si tu
devais vivre toujours beau comme te voilà, et si tu étais
appelé mon époux, jamais la lourde douleur n'envelopperait
mon esprit. Cependant la vieillesse impitoyable t'ensevelira
promptement, elle qui assiége tous les hommes, cruelle et
lourde, et que les Dieux ont en haine. A la vérité, une
grande injure me sera faite désormais, à cause de toi, parmi
les Dieux immortels qui craignaient auparavant mes paroles
et mes desseins, parce que je les avais tous unis à des

femmes mortelles, et que ma volonté les avait tous domptés. Maintenant, il ne me sera plus permis de leur rappeler
cela, puisque moi-même j'ai commis une grande faute,
une action mauvaise et intolérable, et que j'ai erré dans
mon esprit. Voici que je porte un enfant sous ma ceinture,
m'étant unie à un homme mortel. Dès qu'il aura vu la
lumière de Hèlios, les Nymphes montagnardes aux larges
seins le nourriront, elles qui habitent cette montagne grande
et divine et qui n'obéissent, ni aux mortels ni aux Immortels, mais qui vivent longtemps, mangent l'ambroisie et
dansent en chœur avec les Immortels. Les Silènes et le
vigilant Tueur d'Argos s'unissent à elles, d'amour, au fond
des fraîches cavernes. Les sapins et les chênes élevés, nés en
même temps qu'elles sur la terre qui nourrit les hommes,
croissent, grands, beaux et florissants, sur les hautes montagnes, et les Nymphes les nomment les bois sacrés des Immortels, et jamais les hommes ne les coupent avec le fer.
Mais quand la Moire de la mort s'approche d'eux, les beaux
arbres se dessèchent d'abord, leur écorce se corrompt et leurs
rameaux tombent, et, en même temps, l'âme des Nymphes
abandonne la lumière de Hèlios. Elles garderont et nourriront mon fils, et, quand il sera pris par la jeunesse chère
à tous, les Déesses te l'amèneront et te montreront ton
enfant. Mais, moi-même, afin de me souvenir de tout, je
viendrai t'amenant ton fils dans sa cinquième année. Et
dès que tu auras vu cette fleur de tes yeux, tu te réjouiras,
car il sera semblable aux Dieux. Et tu le conduiras aussitôt
à Ilios battue des vents ; et si quelqu'un d'entre les hommes
mortels te demandait quelle mère a porté ton cher fils sous
sa ceinture, souviens-toi de répondre comme je te l'ordonne. Dis-leur que c'est le fruit d'une Nymphe à la peau
fraîche comme la rose, qui habite la montagne couverte de
bois. Car, si tu dis la vérité, si tu te vantes comme un
insensé de t'être uni d'amour à Kythéréiè à la belle cou-

ronne, Zeus irrité te frappera de la blanche foudre. Tout est dit, garde mes paroles dans ton esprit, contiens-toi, ne me nomme pas, et crains la colère des Dieux.

Ayant ainsi parlé, elle retourna dans l'Ouranos battu des vents.

Salut, Déesse qui commandes à Kypros bien bâtie! Ayant commencé par toi, je passerai à d'autres hymmes.

HYMNE IV

A la Même.

Je chanterai Aphroditè, belle, vénérable, qui a une couronne d'or, à qui ont été données en partage les citadelles de la maritime Kypros, où la force humide du souffle de Zéphyros la porta, dans la molle écume, sur l'eau de la mer aux bruits sans nombre.

Et les Heures aux bandelettes d'or l'accueillirent avec bienveillance et la couvrirent de vêtements ambroisiens. Et elles mirent sur sa tête ambroisienne une belle couronne d'or bien travaillée, et, dans ses oreilles percées, des fleurs de laiton et d'or précieux. Et elles ornèrent son cou délicat et sa blanche poitrine des colliers d'or dont elles-mêmes, les Heures aux bandelettes d'or, étaient ornées, quand elles s'unirent au chœur aimable des Dieux, dans les demeures de leur père.

Et, l'ayant ainsi ornée sur tout son corps, elles la conduisirent aux Immortels. Et ceux-ci, l'ayant vue, la saluèrent et lui tendirent les mains, et chacun désira la prendre pour femme encore vierge et la conduire dans sa demeure.

Et ils admiraient la beauté de Kythéréiè couronnée de violettes.

Salut, douce comme le miel, aux paupières arrondies!
Donne-moi la victoire dans ce combat, et orne mon chant!
Et moi, je me souviendrai de toi et des autres chants.

HYMNE V.

A Dionysos.

Je ferai souvenir de Dionysos, fils de l'illustre Sémélè,
quand il apparut au rivage de la mer stérile, sur un promontoire avancé, semblable à un jeune homme dans la
première adolescence. Ses beaux cheveux bleus flottaient,
et il avait un manteau pourpré autour de ses épaules robustes.

Voici que, dans leurs nefs aux solides bancs de rameurs,
des pirates Tyrrhéniens arrivèrent rapidement sur la noire
mer, et une destinée mauvaise les amenait.

Ayant vu Dionysos, ils se firent signe les uns aux autres, et, sautant à terre, ils le saisirent et le déposèrent dans
la nef en se réjouissant dans leur cœur. Ils pensaient que
c'était un fils de Rois nourrissons de Zeus, et ils voulurent
le charger de lourds liens. Mais les liens ne le retinrent
pas, et les branches d'osier tombèrent de ses pieds et de ses
mains, et il s'assit, souriant de ses yeux bleus. Et dès que
le pilote l'eut vu, il commanda aussitôt à ses compagnons
et il leur dit :

— Insensés! Quel est ce Dieu puissant que vous avez
saisi et lié? La nef bien construite ne peut le porter. En

effet, c'est Zeus, ou Apollôn à l'arc d'argent, ou Poseidaôn; car ce n'est pas aux hommes mortels qu'il est semblable, mais aux Dieux qui ont des demeures Olympiennes.
Allons! Déposons-le aussitôt sur la noire terre ferme, et ne
portez pas les mains sur lui, de peur qu'il soulève les vents
accablants et un vaste tourbillon.

Il parla ainsi, et le chef le réprimanda par cette rude parole :

— Malheureux! Fais attention au vent propice et sers-
toi de la voile et de tous les agrès de la nef à la fois. Nos
hommes s'occuperont ensuite de celui-ci. J'espère qu'il arrivera en Aigyptiè, ou à Kypros, ou chez les Hyperboréens,
ou plus loin encore, et qu'il nous dira enfin quels sont ses
amis et ses richesses et ses parents, puisqu'un Dieu nous l'a
envoyé.

Ayant ainsi parlé, il dressa le mât et tendit la voile de la
nef, et le vent gonfla la voile par le milieu, et ils apprê-
tèrent tous les agrès. Mais, aussitôt, des prodiges leur apparurent.

Et voici d'abord qu'un vin doux, et répandant une odeur
divine, coula par la nef noire et rapide, et les marins,
l'ayant vu, furent saisis de stupeur.

Et, aussitôt après, jusqu'au haut de la voile, une vigne se
déploya çà et là, et de nombreuses grappes en pendaient.
Et un lierre noir s'enroulait au mât, et il était couvert de
fleurs, et de beaux fruits y naissaient. Et toutes les chevilles des avirons avaient des couronnes. Et les marins,
ayant vu cela, ordonnèrent au pilote Médeidè de revenir à
terre.

Cependant, voici que Dionysos leur apparut en lion terrible sur la nef; et il rugissait violemment. Puis Dionysos,
manifestant ses signes, créa une ourse au cou hérissé qui
se leva furieuse, tandis que le lion, au bout du pont, lançait des regards horribles. Alors, les marins s'enfuirent à la

poupe, autour du pilote plein de sagesse, et ils s'y arrêtèrent épouvantés. Et le lion bondit et saisit le chef; et tous,
pour éviter la noire destinée, sautèrent tous ensemble dans
la mer divine, où ils devinrent dauphins. Mais Dionysos eut
pitié du pilote, et il le rendit très-heureux, et il lui dit :

— Rassure-toi, divin pilote, cher à mon cœur. Je suis le
bruyant Dionysos qu'a enfanté une mère Kadméide, Sémélè, s'étant unie d'amour à Zeus.

Salut, fils de Sémélè aux beaux yeux! Il ne serait point
permis à qui t'oublierait d'orner son doux chant.

HYMNE VI.

A Arès.

Très-puissant Arès, fardeau des chars, au casque d'or, au
grand cœur, porte-bouclier, sauveur de villes, armé d'airain, aux bras vigoureux, infatigable, puissant par ta lance,
rempart de l'Olympos, père de l'heureuse guerrière Nikè,
auxiliaire de Thémis, tyran des révoltés, chef des hommes
justes, porte-sceptre du courage, roulant dans le cercle enflammé de l'Aithèr, parmi les sept astres mouvants, là où
tes chevaux flamboyants te portent toujours, au-dessus du
troisième orbite! entends-moi, allié des mortels, qui
donnes l'audacieuse jeunesse, qui répands d'en haut la douce
lumière et le courage guerrier sur notre vie! Puissé-je détourner l'amère lâcheté de ma tête, et contenir l'impétuosité trompeuse de l'âme, et réprimer la violence du cœur
qui me pousserait à d'horribles combats!

Mais toi, ô Heureux! donne-moi le vrai courage, afin que je reste sous les lois inviolées de la paix, ayant échappé à la mêlée des ennemis et aux Kères violentes.

HYMNE VII.

A Artémis.

Chante Artémis, Muse, la sœur de l'Archer, la Vierge qui se réjouit de ses flèches, nourrie avec Apollôn, et qui, ayant fait boire ses chevaux dans le Mélès plein de joncs, pousse rapidement son char d'or, à travers Smyrnè, sur Klaros où croissent les vignes, et où Apollôn à l'arc d'argent est assis, attendant la Chasseresse qui se réjouit de ses flèches.

Et je te salue ainsi de mon chant, toi et toutes les Déesses. Mais je te chanterai d'abord, et je commencerai par chanter ce qui vient de toi; puis, ayant commencé par toi, je passerai à un autre hymne.

HYMNE VIII.

A Aphroditè.

Je chanterai Kythéréiè née dans Kypros et qui fait de doux présents aux mortels. Son visage charmant sourit toujours, et elle porte la fleur aimable de la jeunesse.

Salut, Déesse qui commandes à Salamis bien bâtie et à Kypros entière ! Donne-moi un chant qui charme, et je me souviendrai de toi et des autres chants.

HYMNE IX.

A Athènè.

Je chanterai Pallas Athènaiè, puissante protectrice des villes, et qui s'occupe, avec Arès, des travaux guerriers, des villes saccagées, des clameurs et des mêlées. Elle protége les peuples qui vont au combat ou qui en reviennent.

Salut, Déesse ! Donne-moi la bonne destinée et la félicité.

HYMNE X.

A Hèrè.

Je chante Hèrè au thrône d'or, que Rhéiè a enfantée, Reine immortelle, illustre par sa beauté sans égale, femme et sœur de Zeus qui tonne dans les hauteurs, glorieuse, et que tous les Dieux heureux, dans le large Olympos, honorent et vénèrent autant que Zeus qui se réjouit de la foudre.

HYMNE XI.

A Dèmètèr.

Je commence par chanter Dèmètèr aux beaux cheveux, vénérable Déesse, elle et sa fille, la très-belle Perséphonéia.

Salut, Déesse! Conserve cette ville et préside à mon chant.

———

HYMNE XII.

A la Mère des Dieux.

Chante-moi un hymne à la Mère de tous les Dieux et de tous les hommes, Muse harmonieuse, fille du grand Zeus! Le son des krotales et des tympans lui plaît, et le trépignement des pieds, et le hurlement des loups, et le rugissement des lions féroces; et les montagnes sonores lui plaisent, et les gorges boisées.

Et je te salue ainsi par mon chant, toi et toutes les Déesses.

———

HYMNE XIII.

A Hèraklès Cœur-de-Lion.

Je chanterai Hèraklès, fils de Zeus, le plus brave des

hommes terrestres, et qu'enfanta Alkmènè, dans Thèbè aux beaux chœurs, s'étant unie au Kroniôn qui amasse les nuées.

Il erra d'abord, par les ordres du Roi Eurystheus, sur la terre immense et la mer. Il accomplit beaucoup de travaux terribles, et il subit beaucoup de maux. Et, maintenant, il se réjouit, habitant la belle demeure du neigeux Olympos, et il possède Hèbè aux beaux talons.

Salut, Roi, fils de Zeus! Donne-moi la vertu et la félicité.

HYMNE XIV.

A Asklèpios.

Je commence par chanter le Guérisseur de maladies, Asklèpios, fils d'Apollôn, et que la divine Korônis, fille du roi Phlégios, enfanta dans la plaine de Dôtios, pour être une grande joie aux hommes et l'apaisement des douleurs mauvaises.

Et je te salue ainsi, ô Roi, et je te prie par mon chant.

HYMNE XV.

Aux Dioskoures.

Chante Kastôr et Polydeukès, Muse harmonieuse, les Tyndarides nés de Zeus Olympien, et qu'enfanta, sous les cîmes de Tëygétos, la vénérable Lèda, secrètement domptée par le Kroniôn qui amasse les nùées.

Salut, Tyndarides, monteurs de chevaux rapides !

HYMNE XVI.

A Hermès.

Je chante Hermès Kyllénien, Tueur d'Argos, qui règne sur Kyllènè et l'Arkadia aux nombreux troupeaux, très-utile Messager des Immortels, et qu'enfanta Maia, fille vénérable d'Atlas, s'étant unie d'amour à Zeus. Elle évitait l'assemblée des Dieux heureux, et elle habitait un antre sombre, où le Kroniôn s'unit à la Nymphe aux beaux cheveux, pendant la nuit obscure, au moment où le doux sommeil enveloppait Hèrè aux bras blancs, et il se cacha des Dieux immortels et des hommes mortels.

Et je te salue ainsi, fils de Zeus et de Maia ! Ayant commencé par toi, je passerai à un autre hymne.

Salut, Hermès, distributeur de grâces, Messager, dispensateur des biens.

HYMNE XVII.

A Pan.

Chante-moi, Muse, le cher fils de Herméias, aux pieds de chèvre, aux deux cornes, ami du bruit, qui marche à travers

les vallées boisées avec les Nymphes accoutumées aux
danses, et qui foulent les sommets des hauts rochers, invoquant Pan, Dieu des bergers, à la splendide chevelure négligée, qui a reçu en partage les montagnes neigeuses, et
les cîmes des monts, et les sentiers pierreux.

Il va, çà et là, parmi les halliers touffus, tantôt charmé
par un cours d'eau tranquille; ou bien il retourne aux rochers escarpés, et, gravissant la plus haute cîme, il regarde
ses brebis.

Souvent, il parcourt les grandes montagnes couvertes de
pierres blanches, et souvent il court le long des collines,
tuant les bêtes fauves qu'il a vues de loin.

Quelquefois, seul, le soir, au retour de la chasse, il tire
un doux chant de ses roseaux, et l'oiseau qui, dans le feuillage du printemps fleuri répandant sa plainte, fait entendre
le chant le plus suave, ne l'emporterait pas sur lui.

Alors les harmonieuses Nymphes Orestiades, l'accompa-
gnant en foule vers la source aux eaux profondes, chantent,
et l'écho résonne au sommet du mont et dans la molle
prairie où le safran et l'hyacinthe, fleuris et odorants, se
mêlent à l'herbe. Et le Dieu, agitant les pieds, bondit çà et
là dans le chœur, ayant sur le dos la peau sanglante d'un
lynx, et charmant son âme de ces doux chants.

Et les Nymphes célèbrent les Dieux heureux, et le large
Olympos, et le très-bienveillant Hermès, qu'elles disent l'emporter sur tous les autres; et comment il est le messager
rapide de tous les Dieux, elles le disent aussi.

Et il vint dans l'Arkadia arrosée de sources, mère des
brebis, là où est son bois sacré Kyllénien; et, là, bien que
Dieu, il paissait, comme un homme mortel, ses brebis aux
laines frisées, car un tendre désir fleurissait en lui de s'unir
d'amour avec la Nymphe aux beaux cheveux Dryops.

Et il accomplit cette union charmante, et la Nymphe enfanta dans ses demeures le cher fils de Hermès, prodigieux,

aux pieds de chèvre, aux deux cornes, se réjouissant du bruit tumultueux et riant doucement. Et la nourrice s'enfuit en bondissant et laissa l'enfant, car elle eut peur, dès qu'elle vit sa face farouche et barbue.

Mais, aussitôt, le très-bienveillant Hermès le prit dans ses mains, et le Dieu se réjouissait beaucoup dans son âme. Et il se rendit promptement aux demeures des Immortels, ayant enveloppé l'enfant dans la fourrure épaisse d'un lièvre montagnard.

Et il s'assit auprès de Zeus et des autres Immortels, et il leur montra son fils. Et tous les Immortels se réjouirent dans leur cœur, et Bakkhos Dionysos fut surtout charmé. Et ils le nommèrent Pan, parce qu'il les avait tous charmés.

Et je te salue ainsi, ô Roi! Et je te prie par ce chant. Et je me souviendrai de toi et des autres chants.

HYMNE XVIII.

A Hèphaistos.

Chante le très-habile Hèphaistos, Muse harmonieuse, lui qui, avec Athènaiè aux yeux clairs, enseigna, sur la terre, les illustres travaux aux hommes qui, auparavant, habitaient les antres des montagnes, comme des bêtes fauves.

Maintenant, instruits par l'illustre ouvrier Hèphaistos, ils passent aisément toutes les années et leur vie entière, tranquilles, dans leurs demeures.

Sois propice, ô Hèphaistos! Donne la vertu et la félicité!

HYMNE XIX

A Apollôn.

Phoibos, le cygne, à la vérité, te chante harmonieusement, volant de ses ailes sur les bords du Pènéîos tourbillonnant; mais l'Aoide aux douces paroles, qui tient la
kithare sonore, te chante toujours le premier et le dernier.
Et je te salue ainsi, ô Roi! Et je t'apaise par mon chant.

HYMNE XX.

A Poseidaôn.

Je commence à chanter sur Poseidaôn, le grand Dieu,
qui ébranle la terre et la mer stérile, qui possède Aigas et
le Hélikôn.

Les Dieux t'ont partagé les honneurs, ô toi qui ébranles
la terre! Ils t'ont fait dompteur de chevaux et sauveur de
nefs.

Salut, Poseidaôn qui entoures la terre, Bienheureux, aux
cheveux bleus, ayant un cœur bienveillant, et qui secours
les marins!

HYMNE XXI.

A Zeus.

Je chanterai Zeus, le meilleur des Dieux, le plus grand,
qui tonne au loin, puissant, accompli, et qui a de fréquents
entretiens avec Thémis qui s'incline, assise auprès de lui.

Sois propice, Kronide qui tonnes au loin, très-auguste,
très-grand !

HYMNE XXII.

A Histiè.

Histiè, qui protéges la demeure sacrée de l'Archer
Apollôn, dans la divine Pythô, l'huile liquide coule toujours de tes tresses. Viens dans cette demeure, ayant un
esprit propice, avec le prévoyant Zeus, et accorde la grâce
à mon chant.

HYMNE XXIII.

Aux Muses et à Apollôn.

Je commencerai par les Muses, par Apollôn et par Zeus.
En effet, les Aoides et les Kitharistes, sur la terre, viennent

des Muses et de l'Archer Apollôn; mais les Rois viennent de Zeus. Et il est heureux celui que les Muses aiment! Une voix suave coule de sa bouche.

Salut, enfants de Zeus! Donnez l'honneur à mon chant, et je me souviendrai de vous et des autres chants.

HYMNE XXIV.

A Dionysos.

Je commence par chanter Dionysos couronné de lierre, bruyant, glorieux fils de Zeus et de l'illustre Sémélè, et que nourrissaient les Nymphes aux beaux cheveux, l'ayant reçu du Père-Roi, dans leur sein. Et elles le nourrirent avec tendresse dans les vallées de Nysè, et il grandit, par la volonté de son père, dans un antre odorant, et il était au nombre des Immortels.

Mais, les Déesses l'ayant élevé pour être très-loué, alors il parcourut les solitudes boisées, couronné de lierre et de laurier. Et les Nymphes l'accompagnaient, et il les conduisait, et le bruit de leurs pieds enveloppait l'immense forêt.

Et je te salue ainsi, ô Dionysos riche en raisins! Donne-nous de recommencer les Heures, pleins de joie, et d'arriver par celles-ci à de nombreuses années!

HYMNE XXV.

Au Même.

. . . .

Les uns, en effet, disent que Sémélè t'a conçu dans Drak-
anos, de Zeus qui se réjouit de la foudre, ô rejeton de Zeus,
cousu dans sa cuisse! Les autres, dans Ikaros battue des
vents; les autres, dans Naxos; d'autres, sur les bords de
l'Alphéios tourbillonnant, et d'autres, ô Roi, disent que tu
es né dans Thèbè; et tous mentent.

Le Père des hommes et des Dieux t'a engendré loin des
hommes, et se cachant de Hèrè aux bras blancs.

Il y a une haute montagne, Nysè, couverte de forêts,
loin de la Phoinikè, près du fleuve Aigyptos.

. . . .

Et ils lui dresseront de nombreuses images dans les temples. Et comme ces choses sont trois, les hommes, tous les
trois ans, te sacrifieront de complètes hécatombes.

. . . .

Il parla ainsi, et le Kroniôn promit en remuant ses sourcils bleus; et les cheveux ambroisiens du Roi s'agitèrent
sur sa tête immortelle, et il fit trembler le vaste Olympos.

. . . .

Ayant ainsi parlé, le très-sage Zeus fit un signe de la
tête.

. . . .

Sois propice, ô cousu dans la cuisse, qui aimes les femmes
avec fureur; nous, les Aoides, nous te chanterons en commençant et en finissant, car il n'est point permis à qui t'oublie de se souvenir du chant sacré.

Et je te salue ainsi, Dionysos cousu dans la cuisse, toi et
ta mère Sémélè, qu'on nomme Thyônè.

———————

HYMNE XXVI.

A Artémis.

Je chante Artémis au fuseau d'or, tumultueuse, vierge vénérable, qui pérce les cerfs, qui se réjouit de ses flèches, sœur d'Apollôn à l'épée d'or, qui, par les montagnes boisées et les sommets battus des vents, se charme par la chasse, tend son arc tout en or et lance des traits mortels. Les cimes des hautes montagnes tremblent et la forêt sombre résonne de la clameur des bêtes fauves. Et la terre frémit, et la mer · poissonneuse, tandis que la Déesse au cœur ferme, allant de tous côtés, détruit la race des bêtes féroces.

Mais, quand la Chasseresse qui se réjouit de ses flèches s'est ainsi charmée, ayant détendu son arc, joyeuse, elle va dans la grande demeure de son cher frère Phoibos Apollôn, vers le riche peuple des Delphiens, afin de former le beau chœur des Muses et des Kharites.

Là, ayant suspendu l'arc flexible et les flèches, vêtue de riches parures, elle commande et mène les chœurs.

Et toutes, faisant entendre leur voix divine, louent Lètô aux beaux talons, parce qu'elle a conçu des enfants qui sont les premiers des Immortels en pensées et en actions.

Salut, enfants de Zeus et de Lètô aux beaux cheveux! Je me souviendrai de vous et des autres chants.

HYMNE XXVII.

A Athènè.

Je commence par chanter Pallas Athènaiè, Déesse illustre, aux yeux clairs, très-sage, au cœur indomptable, vierge vénérable, protectrice des villes, vigoureuse, que le prévoyant Zeus enfanta lui-même de sa tête augustè, couverte d'armes guerrières d'or et resplendissantes, et que tous les Immortels contemplèrent avec admiration.

Devant Zeus, elle jaillit impétueusement de la tête immortelle, brandissant sa lance aiguë, et le grand Olympos fut ébranlé sous le bond de la Déesse aux yeux clairs, et, autour, la terre retentit horriblement, et la mer fut ébranlée, bouleversant ses eaux pourprées; mais l'abîme salé s'apaisa aussitôt, et l'illustre fils de Hypériôn arrêta ses chevaux aux pieds rapides jusqu'à ce que la Vierge Pallas Athènaiè eût enlevé ses armes divines de ses épaules immortelles, et le très-sage Zeus s'en réjouit.

Et je te salue ainsi, fille de Zeus tempêtueux! Je me souviendrai de toi et des autres chants.

HYMNE XXVIII.

A Histiè et à Hermès.

Histiè, qui, dans les hautes demeures de tous les Dieux immortels et des hommes qui marchent sur la terre, as

reçu en partage un siége éternel, honneur antique! Tu as
cette belle récompense et cet honneur, car, à la vérité, il
n'y aurait point sans toi de festins chez les mortels. C'est
par Histiè que chacun commence et finit, en faisant des
libations de vin mielleux.

Et toi, Tueur d'Argos, fils de Zeus et de Maia, Messager
des Bienheureux, qui portes une baguette d'or, dispensateur des biens! sois-moi propice! Vous habitez tous deux
de belles demeures qui vous plaisent à l'un et à l'autre.
Sois-moi propice, avec la vénérable et chère Histiè! Tous
deux, en effet, vous savez les beaux travaux des hommes
terrestres, et vous êtes les compagnons de l'esprit et de la
jeunesse.

Salut, fille de Kronos! Et toi, Hermès à la baguette d'or!
Je me souviendrai de vous et des autres chants.

HYMNE XXIX.

A Gaia, Mère de Tous.

Je chanterai Gaia, Mère de tous, aux solides fondements,
très-antique, et qui nourrit sur son sol toutes les choses qui
sont. Et tout ce qui marche sur le sol divin, tout ce qui nage
dans la mer, tout ce qui vole, se nourrit de tes richesses,
ô Gaia!

De toi viennent les hommes qui ont beaucoup d'enfants
et beaucoup de fruits, ô Vénérable! Et il t'appartient de
donner la vie ou de l'ôter aux hommes mortels.

Il est heureux celui que tu honores avec bienveillance
dans ton cœur, et toutes choses lui abondent. Son champ

est toujours fertile, ses prés sont pleins de bétail et sa demeure est pleine de richesses.

Ceux que tu honores règnent, par des lois justes, sur les
villes où abondent les belles femmes; ils ont les richesses
et la félicité, leurs fils se glorifient des joies de la jeunesse;
et leurs filles vierges, le cœur joyeux, forment des chœurs
heureux et dansent sur les molles fleurs de l'herbe. Et telle
sera la riche destinée de ceux que tu honoreras, ô Déesse
vénérable!

Salut, Mère des Dieux, Epouse d'Ouranos étoilé! Donne-
moi avec bienveillance, pour ce chant, une douce nourriture. Je me souviendrai de toi et des autres chants.

HYMNE XXX.

A Hèlios.

Commence, Muse, enfant de Zeus, Kalliopè, à chanter
de nouveau un hymne à Hèlios, étincelant, qu'enfanta Eu-
ryphaessa aux yeux de bœuf pour le fils de Gaia et d'Ouranos étoilé.

Hypériôn épousa, en effet, sa sœur, l'illustre Eury-
phaessa, qui lui donna de beaux enfants, Eôs aux bras
rosés, et Sélènè aux beaux cheveux, et l'infatigable Hèlios,
semblable aux Dieux immortels, qui, traîné par ses chevaux, éclaire les hommes mortels et les Dieux immortels.

Terrible, il regarde de ses yeux, sous un casque d'or, et
de clairs rayons jaillissent de lui-même, et, sur ses tempes,
les joues brillantes du casque enferment sa belle face éclatante. Autour de son beau corps des vêtements légers res-

plendissent au souffle des vents, et des étalons sont soumis
au joug; et, là où il arrête, le soir, son char au joug d'or et
ses chevaux, il les envoie de l'Ouranos dans l'Okéanos.

Salut, Roi! Donne-moi, bienveillant, une douce nourriture. Ayant commencé par toi, je chanterai la race des
hommes qui ont une voix articulée, des hommes demi-
Dieux dont les Immortels ont manifesté les travaux aux
hommes.

HYMNE XXXI.

A Sélènè.

Enseignez-moi à célébrer Sélènè aux ailes déployées,
Muses, harmonieuses filles du Kroniôn Zeus, habiles au
chant!

Sa splendeur, qui sort d'une tête immortelle, se répand
dans l'Ouranos et enveloppe la terre. Tout est orné par sa
splendeur éclatante, et l'air obscur s'illumine à sa couronne
d'or.

Ses rayons se répandent dans l'air, quand, ayant lavé son
beau corps dans l'Okéanos, et vêtue de ses habits brillants,
la divine Sélènè lie au joug ses chevaux aux têtes hautes et
pousse rapidement ses chevaux lumineux aux belles crinières, le soir, au milieu du mois, quand son orbe est plein,
et quand ses plus éblouissants rayons se sont accrus dans
l'Ouranos, en signe et en présage pour les mortels.

Autrefois, le Kroniôn s'unit d'amour avec elle, et, étant
devenue enceinte, elle enfanta une fille, Pandiè, admirable
par sa beauté parmi les Dieux immortels.

Salut, Reine! Déesse aux bras blancs, divine Sélènè,

bienveillante, aux beaux cheveux ! Ayant commencé par toi, je chanterai les louanges des hommes demi-Dieux dont les Aoides, serviteurs des Muses, célèbrent les travaux par des chants aimables.

HYMNE XXXII.

Aux Dioskoures.

Muses aux paupières arrondies, parlez-moi des Dioskoures Tyndarides, illustres enfants de Lèda aux beaux talons, Kastòr dompteur de chevaux et l'irréprochable Polydeukès.

Sous les sommets du Teygétos, la grande montagne, après s'être unie d'amour avec le Kroniôn qui amasse les nuées, elle enfanta des fils sauveurs des hommes terrestres et des nefs rapides, quand les tempêtes de l'hiver bouleversent la mer implacable.

Alors, les marins suppliants invoquent les fils du grand Zeus en leur sacrifiant des agneaux blancs sur le haut de la poupe.

Et la violence du vent et l'eau de la mer les submergent déjà, quand les Dioskoures apparaissent aussitôt, se hâtant à travers l'Aithèr, sur des ailes orangées. Et ils apaisent rapidement les tourbillons des vents terribles, et ils calment en les aplanissant les flots de la blanche mer, signe de repos pour les marins qui, les ayant vus, se réjouissent et cessent leurs travaux accablants.

Salut, Tyndarides, portés sur des chevaux rapides ! Je me souviendrai de vous et des autres chants.

HYMNE XXXIII.

A Dèmètèr.

Je commence par chanter Dèmètèr aux beaux cheveux, vénérable Déesse, elle et sa fille aux belles chevilles qu'Aidôneus, du consentement du retentissant Zeus au large regard, enleva loin de Dèmètèr à la faucille d'or et aux beaux fruits, comme elle jouait avec les filles aux seins profonds d'Okéanos, cueillant des fleurs, des roses, du safran et de belles violettes, dans une molle prairie, des glaïeuls et des hyacinthes, et un narcisse que Gaia avait produit pour tromper la Vierge à la peau rosée, par la volonté de Zeus, et afin de plaire à Aidôneus l'insatiable. Et ce narcisse était beau à voir, et tous ceux qui le virent l'admirèrent, Dieux immortels et hommes mortels. Et de sa racine sortaient cent têtes, et tout le large Ouranos supérieur, et toute la terre et l'abîme salé de la mer riaient de l'odeur embaumée.

Et la Vierge, surprise, étendit les deux mains en même temps pour saisir ce beau jouet; mais voici que la vaste terre s'ouvrit dans les plaines de Nysios, et le Roi insatiable, illustre fils de Kronos, s'en élança, porté par ses chevaux immortels. Et il l'enleva de force et la porta pleurante sur son char d'or. Et elle criait à haute voix, invoquant le Père Kroniôn, le très-puissant et le très-suprême; mais aucun des Dieux immortels ni des hommes mortels n'entendit sa voix ni celles de ses compagnes aux mains pleines de belles fleurs.

Seule, la bienveillante fille de Persaiòs, Hékatè aux brillantes bandelettes, l'entendit du fond de son antre; et le

Roi·Hèlios, l'illustre fils de Hypériôn, entendit aussi la
Vierge invoquer le Père Kroniôn ; mais celui-ci était assis
loin des Dieux, dans un temple aux nombreux suppliants,
où il acceptait les beaux sacrifices des hommes mortels.

Et le frère de son père, l'Insatiable qui commande à
beaucoup, l'illustre fils de Kronos, avec des chevaux immortels, enleva de force la jeune Vierge, par la volonté de
Zeus. Et aussi longtemps que la Déesse vit la terre et l'Ouranos étoilé, et l'abîme de la mer poissonneuse, et la lumière
de Hèlios, elle espéra voir encore sa mère vénérable et les
tribus des Dieux éternels, et l'espérance charma sa grande
âme, malgré sa douleur.

Et les cimes des montagnes et les profondeurs de la mer
résonnaient de sa voix immortelle, et sa mère vénérable
l'entendit. Et une âpre douleur entra dans son cœur, et elle
arracha de ses mains les bandelettes de ses cheveux ambroisiens, et, jetant un voile bleu sur ses deux épaules, elle s'é-
lança, telle qu'un oiseau, cherchant sur la terre et sur la
mer.

Mais personne ne voulut lui dire la vérité, aucun d'entre
les Dieux, ni d'entre les hommes, ni d'entre les oiseaux; et
aucun messager véridique ne vint vers elle. Et, pendant neuf
jours, la vénérable Dèmètèr erra sur la terre, tenant en
mains des torches ardentes, et, dans sa douleur, ne goûtant
ni à l'ambroisie, ni au doux nektar, et ne baignant point son
corps. Mais quand la brillante Eôs revint pour la dixième
fois, Hékatè, portant une lumière en main, la rencontra, et,
lui donnant des nouvelles, lui dit :

— Vénérable Dèmètèr, qui dispenses les saisons et les
beaux présents, qui d'entre les Dieux Ouraniens ou les
hommes mortels a enlevé Perséphonè et affligé ton cher
cœur? En effet, j'ai entendu sa voix, mais je n'ai point vu
de mes yeux qui l'enlevait. Je te dis promptement toute la
vérité.

Ainsi parla Hékatè, et la fille de Rhéiè aux beaux cheveux ne lui répondit rien, mais, avec elle, elle s'élança en
avant, tenant en main des torches ardentes. Et elles parvinrent auprès de Hèlios qui regarde les Dieux et les hommes,
et elles s'arrêtèrent devant ses chevaux, et la très-noble
Déesse l'interrogea :

— Hèlios, honore-moi plus que toutes les Déesses, si
jamais j'ai charmé ton cœur et ton âme par mes paroles ou
par mes actions ! Honore aussi la fille que j'ai enfantée,
douce fleur, illustre par sa beauté ! J'ai entendu sa voix re-
tentissante à travers l'Aithèr sans fond, comme si on lui eût
fait violence ; mais je ne l'ai point vue de mes yeux. Dis-
moi la vérité, toi qui, de l'Aithèr sacré, découvres avec tes
rayons toute la terre et la mer, dis-moi, cher enfant, lequel
des Dieux ou des hommes mortels, si tu l'as vu, m'a enlevé
ma fille, en mon absence, et par violence, et contre son
gré.

Elle parla ainsi, et le Hypérionide lui répondit :

— Fille de Rhéiè aux beaux cheveux, Reine Dèmètèr, tu
le sauras. Certes, je te vénère beaucoup et j'ai compassion
de toi qui gémis sur ton enfant aux belles chevilles. Aucun
des Immortels n'a fait cela, si ce n'est Zeus qui amasse
les nuées. Il a donné ta fille pour épouse florissante à son
frère Aidès, et celui-ci, l'ayant enlevée sur ses chevaux,
malgré ses clameurs, l'a conduite sous les noires ténèbres.
Cependant, Déesse, réprime ta douleur cruelle ; il ne convient pas que tu nourrisses une téméraire et vaine colère.
Aidôneus, qui commande à beaucoup, n'est pas un gendre
indigne de toi parmi les Immortels. Il est ton frère et du
même sang ; et, quand tout fut divisé en trois parts, il reçut
cet honneur en partage d'habiter avec les Morts et de leur
commander.

Ayant ainsi parlé, il excita ses chevaux, et ceux-ci effrayés par ses menaces, entraînèrent aussitôt le char rapide, les ailes déployées comme des oiseaux.

Mais une douleur plus amère et plus accablante envahit le cœur de Dèmètèr ; et, irritée contre le Kroniôn qui amasse les noires nuées, fuyant le haut Olympos et l'agora des Dieux, elle alla vers les villes des hommes et les grasses cultures, en dérobant pour longtemps sa beauté. Et personne, parmi les hommes et les femmes aux larges ceintures qui la virent, ne la reconnut, avant qu'elle fût arrivée dans la demeure du prudent Kéléos, qui, alors, était roi de l'odorante Eleusis.

Et elle s'assit au bord de la route, affligée au fond du cœur, non loin du puits Parthénien, où puisaient les citoyens, à l'ombre, car un olivier touffu croissait au-dessus d'elle. Et elle était semblable à une très-vieille femme privée du pouvoir d'enfanter et des dons d'Aphroditè qui aime les couronnes. Telles sont les nourrices des fils des Rois qui gardent la justice, ou leurs intendantes, dans les demeures sonores.

Et les filles de l'Eleusinien Kéléos la virent, en venant puiser de l'eau pour la porter, dans des urnes d'airain, aux chères demeures de leur père. Et elles étaient quatre, telles que des Déesses, ornées de la fleur de la jeunesse, Kallidikè, Kleisidikè, la belle Dèmô et Kallithoè qui était l'aînée de toutes. Et elles ne la reconnurent pas. En effet, les Dieux sont peu aisément manifestes aux mortels. Et, s'approchant d'elle, elles lui dirent ces paroles ailées :

— Qui es-tu et d'où viens-tu, vieille femme, contemporaine des anciens hommes ? Pourquoi restes-tu loin de la ville et n'approches-tu point des demeures ? Là, dans nos demeures pleines d'ombre, des femmes de ton âge et d'autres plus jeunes t'accueilleront avec bienveillance, en paroles et en actions.

Elles parlèrent ainsi., et la vénérable Déesse leur répondit :

— Chères enfants, qui que vous soyez parmi les faibles femmes, salut! Je vous parlerai, car il est juste de vous dire la vérité à vous qui m'interrogez. Dèô est mon nom, et ma mère vénérable me l'a donné. Je viens maintenant de la Krètè, sur le large dos de la mer, non volontairement, car des pirates m'en ont enlevée par la violence. Puis, ils menèrent leur nef rapide à Thorikos, où toutes les femmes descendirent en foule à terre, et ils préparèrent eux-mêmes leur repas auprès des câbles de la nef. Mais je n'avais point le désir du doux repas, et, m'élançant à la dérobée à travers la noire terre ferme, j'ai fui ces maîtres insolents, de peur que, ne m'ayant pas achetée, ils me vendissent et eussent un prix de moi. Et je suis venue ici en errant, et je ne sais quelle est cette terre et quels sont ceux qui l'habitent. Pour vous, que les Dieux qui ont des demeures Olympiennes vous accordent de jeunes maris et des enfants tels qu'en souhaitent des parents! Mais, ayez pitié de moi, jeunes Vierges! chères filles, soyez-moi bienveillantes, jusqu'à ce que j'arrive à la demeure d'un homme ou d'une femme pour qui je travaillerai volontiers, selon ce que peut faire une vieille femme. Je porterais dans mes bras et je nourrirais bien un enfant nouveau-né, ou je garderais la demeure, ou je dresserais le lit des maîtres au fond de la chambre nuptiale, ou j'enseignerais leurs travaux aux femmes.

La Déesse parla ainsi, et, aussitôt, la vierge Kallidikè, la plus belle des filles de Kéléos, lui répondit :

— Mère, nous subissons, quelque pénibles qu'ils soient, les présents des Dieux, car ceux-ci sont de beaucoup les plus puissants. Mais je t'instruirai entièrement et je te nommerai les hommes qui ont ici le plus de pouvoir, et qui dominent parmi le peuple, et qui gardent les murailles de la ville par leur sagesse et leurs jugements équitables:

le prudent Triptolémos, Dioklès, Polyxeinos, l'irréprochable Eumolpos, Dolikhos, et notre brave père; et les
femmes de tous ces héros prennent soin de leurs demeures.
Aucune d'elles, en te voyant, ne méprisera ta beauté et ne
te chassera de sa demeure; mais toutes t'accueilleront, car
tu es semblable à une Déesse. Mais, si tu le préfères, reste,
pendant que nous irons à la demeure de notre père. Et
nous dirons tout à notre mère Métaneirè à la large ceinture,
et elle ordonnera peut-être que tu viennes à notre demeure,
sans en chercher une aütre. Un fils engendré dans leur
vieillesse, né tard, très-désiré et très-aimé, est nourri dans
la solide demeure intérieure. Si tu le nourrissais et qu'il
pût atteindre à la puberté, toutes les femmes t'envieraient,
tant il ferait de présents à sa nourrice.

Elle parla ainsi, et Dèmètèr consentit par un signe de
tête. Et les jeunes filles remportèrent fièrement les vases
éclatants pleins d'eau. Et elles parvinrent promptement à
la grande demeure de leur père et dirent aussitôt à leur
mère ce qu'elles avaient vu et entendu. Et celle-ci leur
ordonna de retourner et de l'engager pour un grand salaire.

Et les jeunes filles, comme des biches ou des génisses
qui, au printemps, sautent dans les prairies, rassasiées de
pâturage, relevant les plis de leurs belles robes, se hâtèrent
vers le chemin creusé par les chars, et leurs cheveux,
semblables au safran en fleur, flottaient autour de leurs
épaules.

Et elles trouvèrent l'illustre Déesse au bord de la route,
là où elles l'avaient laissée, et elles la conduisirent aux
chères demeures de leur père. Et Dèmètèr, affligée au fond
du cœur, marchait derrière, la tête voilée; et le péplos
bleu flottait autour des pieds légers de la Déesse.

Et elles arrivèrent bientôt aux demeures de Kéléos nourrisson de Zeus, et elles traversèrent le portique où leur

mère vénérable était assise auprès de la porte de la salle bien construite, ayant au sein son petit enfant nouveau-né, et les jeunes filles coururent à elle.

Mais la Déesse franchit le seuil, et voici que sa tête atteignit la poutre du toit, et qu'elle emplit les portes d'une splendeur divine. Et la terreur respectueuse et l'admiration saisirent Métaneirè, et elle lui donna son siége et lui ordonna de s'asseoir. Mais Dèmètèr, dispensatrice des saisons et des présents splendides, ne voulut point s'asseoir sur le siége éclatant, et elle resta muette, baissant ses beaux yeux, jusqu'à ce que la sage Iambè eût approché pour elle un siége solide qu'elle recouvrit d'une peau blanche.

Dèmètèr, s'étant assise, ramena de ses mains le voile de ses cheveux et resta ainsi muette de douleur sans dire un mot, sans geste, sans sourire, ne mangeant ni ne buvant; mais elle resta assise, pleine du regret de sa fille à la belle ceinture, jusqu'à ce que la sage Iambè, qui, plus tard, lui plut par sa gaieté, ayant excité la Déesse vénérable par beaucoup de plaisanteries, l'eût amenée à rire doucement et à réjouir son âme.

Et Métaneirè lui offrit une coupe pleine de vin doux; mais elle la refusa, disant qu'il ne lui était point permis de boire le vin rouge, et elle demanda qu'on lui donnât à boire de l'eau mêlée de farine et de pouliot broyé. Et Métaneirè, ayant fait ce mélange, l'offrit à la Déesse, comme elle l'avait demandé; et la vénérable Dèmètèr, l'ayant accepté, accomplit la libation sacrée. Et, alors, Métaneirè à la belle ceinture lui dit :

—Salut, femme! Je ne pense pas, en effet, que tu descendes de parents vils, et sans doute ils sont excellents, car la pudeur et la grâce brillent dans tes yeux, telles que dans ceux des Rois qui gardent la justice; mais il nous faut subir les présents des Dieux, quelque pénibles qu'ils soient, car leur joug est sur notre cou. Maintenant, puisque tu es

venue ici, tu auras les mêmes dons qui m'ont été faits. Nourris cet enfant engendré tardivement et inespéré. Les Dieux
me l'ont donné, et il était très-désiré par moi. Si tu le nourrissais, et qu'il pût atteindre à la puberté, toutes les femmes
t'aimeraient, tant il ferait de présents à sa nourrice.

Et Dèmètèr à la belle couronne lui répondit :

— Et toi, femme, je te salue aussi ; que les Dieux te com-
blent de biens ! Je prendrai volontiers ton fils, comme tu
me l'ordonnes, et je le nourrirai, èt j'espère que, par les
soins de sa nourrice, il sera préservé des incantations et des
herbes magiques. Je connais, en effet, un remède très-puissant à l'herbe magique, et je sais aussi un remède excellent
aux incantations funestes.

Ayant ainsi parlé, elle prit l'enfant, de ses mains immortelles, sur son sein parfumé, et la mère fut joyeuse dans
son cœur.

Et, ainsi, Dèmètèr nourrit dans les demeures le fils illustre du prudent Kéléos, Dèmophoôn, qu'avait enfanté
Métaneirè à la belle ceinture ; et celui-ci grandit, semblable
à un Dieu, sans manger de pain et sans être allaité. Et Dèmètèr l'oignait d'ambroisie, et, le portant sur son sein, elle
soufflait doucement sur lui comme sur l'enfant d'un Dieu.
La nuit, elle l'enveloppait de la force du feu, tel qu'une
torche, à l'insu de ses chers parents, et il semblait merveilleux à ceux-ci de le voir grandir avec tant de vigueur, ayant
l'aspect d'un Dieu. Et la Déesse l'eût mis à l'abri de la
vieillesse et rendu immortel sans l'imprudence de Métaneirè à la belle ceinture, qui, observant, une nuit, vit de sa
chambre nuptiale parfumée. Et elle jeta un cri, frappant
ses deux cuisses et craignant pour son fils. Et une grande
faute troubla son esprit, et, se lamentant, elle dit ces paroles ailées :

— Mon enfant Dèmophoôn, l'Etrangère t'enveloppe d'un

grand feu, et elle me prépare la douleur et les peines
amères!

Elle parla ainsi en gémissant, et la noble Déesse l'entendit. Et Dèmètèr à la belle couronne, irritée contre elle,
ayant retiré du feu, de ses mains immortelles, le cher fils
que Métaneirè avait enfanté, inespéré, dans ses demeures,
le déposa à terre loin d'elle, et, enflammée d'une très-vio-
lente colère, elle dit à Métaneirè à la belle ceinture :

— Hommes ignorants et insensés! impuissants à prévoir
le bien ou le mal! Tu as commis une grande faute par ta
folie, car j'atteste, et ceci contraint les Dieux, j'atteste
l'Eau inexorable de Styx! J'aurais mis ton cher fils à l'abri
de la vieillesse, et je l'aurais rendu immortel, et je l'aurais
comblé d'honneurs sans fin. Mais voici qu'il ne lui est plus
permis d'échapper à la mort et aux Kères terribles. Cependant, il sera toujours honoré, car il a été reçu sur mes genoux, et il a dormi dans mes bras. Mais, dans le cours des
temps, après les années révolues, et après lui, les fils des
Eleusiniens seront à jamais en guerre les uns contre les
autres. Et moi, je suis Dèmètèr très-honorée, joie et grande
richesse pour les Immortels et les mortels. Mais allons!
Que tout le peuple me bâtisse un grand temple, et un autel
dans ce temple, sous la haute muraille de la ville, sur le
Kallikhoros et la colline élevée. Et, moi-même, je vous enseignerai mes Orgies, afin qu'à l'avenir vous me sacrifiiez
selon le rite et que vous apaisiez mon esprit.

Ayant ainsi parlé, la Déesse changea de stature et de
forme, et elle rejeta la vieillesse, et la beauté respira autour
d'elle, et une douce odeur s'exhala de son péplos parfumé,
et la lumière jaillit du corps immortel de la Déesse, et ses
cheveux roux flottèrent sur ses épaules, et la solide demeure s'emplit de splendeur autant que par la foudre, et
Dèmètèr sortit des demeures.

Mais les genoux de Métaneirè furent rompus, et elle resta

longtemps muette, ne se souvenant pas de relever du pavé
son fils engendré tardivement. Et ses sœurs, entendant sa
voix lamentable, sautèrent de leurs lits bien construits. L'une
releva l'enfant de ses mains et le mit sur son sein, et l'autre
alluma le feu, et une autre courut de ses pieds délicats, afin
d'éveiller sa mère dans la chambre nuptiale. Et toutes, ras-
semblées, lavèrent l'enfant palpitant, en l'embrassant avec
tendresse; mais son cœur n'était point apaisé, car des
nourrices inférieures à Dèmètèr le tenaient dans leurs bras.

Et, pendant toute la nuit, frappées de terreur, elles apai-
sèrent la Déesse vénérable. Puis, aux premières lueurs
d'Eôs, elles racontèrent la vérité au puissant Kéléos et elles
lui dirent les choses qu'avait ordonnées la Déesse Dèmètèr
à la belle couronne. Et Kéléos, convoquant la multitude
diverse du peuple à l'agora, ordonna de bâtir à Dèmètèr
aux beaux cheveux un temple magnifique et un autel sur
la haute colline. Et tous obéirent aussitôt à ses ordres et
construisirent, comme il l'avait ordonné, le temple qui s'é-
leva rapidement par une volonté divine. Et, l'ayant achevé,
ils cessèrent leur travail, et chacun retourna dans sa demeure.

Et la blonde Dèmètèr se retira là, loin de tous les Bienheureux, consumée par le regret de sa fille à la riche ceinture. Et elle infligea aux hommes, sur la terre nourricière,
une année très amère et très cruelle; et la terre ne produisit aucune semence, car Dèmètèr à la belle couronne
les avait cachées toutes. Et les bœufs traînèrent dans les
champs beaucoup de vaines charrues recourbées, et il
tomba inutilement sur la terre beaucoup d'orge blanche.
Certes, alors, toute la race des hommes qui parlent eût péri
par la faim cruelle, privant ceux qui ont des demeures
Olympiennes de l'honneur des dons et des sacrifices, si
Zeus n'y eût songé et n'eût délibéré dans son esprit. Et il
envoya d'abord Iris aux ailes d'or appeler Dèmètèr aux

beaux cheveux et à la beauté parfaite. Il parla, et Iris obéit
à Zeus Kroniôn qui amasse les nuées, et, de ses pieds, elle
parcourut rapidement l'espace. Et elle arriva dans la ville
parfumée d'Eleusis, et elle trouva dans le temple Dèmètèr
au péplos bleu; et, l'appelant, elle lui dit ces paroles
ailées :

— Dèmètèr, le Père Zeus qui sait les choses qui s'accompliront t'appelle afin que tu viennes vers les tribus des
Dieux qui vivent toujours. C'est pourquoi, viens, et que
l'ordre de Zeus, que je t'apporte, ne soit pas vain.

Elle parla ainsi en suppliant, mais le cœur de Dèmètèr
ne fut point fléchi. Et Zeus lui envoya de nouveau tous les
Dieux heureux qui vivent toujours, et ceux-ci l'appelèrent
les uns après les autres, et ils lui firent d'illustres et nombreux présents, et ils lui offrirent tous les honneurs qu'elle
voudrait posséder parmi les Dieux immortels; mais aucun
ne put fléchir le cœur et la volonté de Dèmètèr très irritée,
et elle rejeta obstinément leurs offres, et elle refusa de jamais remonter dans l'Olympos parfumé et de faire pro-
duire la terre, avant d'avoir vu de ses yeux sa fille aux
beaux yeux.

Et après que le retentissant Zeus qui regarde au loin eut
entendu ces paroles, il envoya dans l'Erébos le Tueur
d'Argos à la baguette d'or, pour exhorter Aidès par de
flatteuses paroles, et pour que celui-ci laissât la chaste
Perséphonéia revenir à la lumière, vers les Dieux, du fond
des noires ténèbres, afin que sa mère, l'ayant vue de ses
yeux, déposât sa colère.

Hermès ne refusa point d'obéir, et, laissant l'Olympos,
il s'enfonça, rapide, dans les profondeurs de la terre. Et il
trouva le Roi dans ses demeures, assis sur un lit avec sa
femme vénérable, attristée par le regret de sa mère qui, à
cause des actions intolérables des Dieux heureux, persistait

dans sa ferme volonté. Et le puissant Tueur d'Argos, se tenant près d'eux, leur parla ainsi :

— Aidès aux cheveux bleus, qui commandes aux Ombres, le Père Zeus m'a ordonné de ramener l'illustre Perséphonéia de l'Erébos vers les Dieux, afin que sa mère, la voyant de ses yeux, mette fin à sa colère et à sa vengeance contre les Immortels, car elle médite un dessein terrible, et elle veut perdre la race misérable des hommes nés de la terre, en dérobant toutes les semences et en détruisant ainsi les honneurs des Immortels. Elle ressent une colère terrible, et elle ne se mêle point aux Dieux; mais elle est assise à l'écart, en un temple parfumé, dans la ville escarpée d'Eleusis.

Il parla ainsi, et le Roi des Morts, Aidôneus, sourit en remuant ses sourcils, et il ne négligea point l'ordre du Roi Zeus, et, aussitôt, il commanda ainsi à la prudente Perséphonéia :

— Va, Perséphonè, vers ta mère au péplos bleu, emportant dans ta poitrine un cœur bienveillant, et ne t'afflige point par-dessus toutes les autres femmes. Je ne serai point un mari indigne de toi parmi les Immortels, étant le frère du Père Zeus. Mais, quand tu reviendras ici, tu domineras sur tout ce qui vit et se meut, et tu jouiras des plus grands honneurs parmi les Immortels; et le châtiment des hommes iniques sera éternel, s'ils n'apaisent point ton esprit par des victimes, en te sacrifiant selon le rite et en te faisant de légitimes présents.

Il parla ainsi, et la prudente Perséphonéia se réjouit, et, aussitôt, elle sauta de joie. Et il lui donna, à part, des grains de grenade, douce nourriture qu'il lui fit manger à la dérobée, afin qu'elle ne restât pas toujours auprès de Dèmètèr au péplos bleu. Puis, Aidôneus, qui commande à beaucoup, lia à un char d'or ses chevaux immortels. Et Perséphonéia monta sur le char, et, auprès d'elle, le puissant

Tueur d'Argos, saisissant de ses mains les rênes et le fouet, poussa les chevaux à travers les demeures, et ceux-ci ne volaient point lentement. Et ils accomplirent rapidement la longue route, et, ni la mer, ni l'eau des fleuves, ni les vallées pleines d'herbe, ni les sommets ne retardèrent l'impétuosité des chevaux immortels, car ils volaient par-dessus, fendant la nuée épaisse.

Et le conducteur arrêta le char là où était Dèmètèr à la belle couronne, devant le temple parfumé. Et dès que celle-ci eut vu, elle bondit comme une Mainas à travers la forêt touffue de la montagne.

Et Perséphonéia, de son côté. . . . .
au-devant de sa mère. . . . .
bondit, afin de courir. . . . .
mais à elle . . . .
a. . . . .
— Enfant, n'as-tu rien. . . . .
de nourriture? Parle. . . . .
En effet, revenant ainsi. . . . .
et tu habiteras avec moi et avec le Père Kroniôn qui amasse les nuées, honorée par tous les Immortels. Mais si tu as goûté ceci, tu retourneras sous les profondeurs de la terre et tu y resteras la troisième partie de l'année, et, les deux autres parties, auprès de moi et des Immortels. Et quand la terre s'ornera de toutes les fleurs parfumées du printemps, alors tu remonteras de nouveau des épaisses ténèbres, comme un grand prodige pour les Dieux et les hommes mortels. Mais par quelle ruse le puissant Aidôneus t'a-t-il trompée?

Et la très-belle Perséphonè lui répondit :

— Certes, ma mère, je te dirai toute la vérité. Quand Hermès, très-utile et messager rapide, vint envoyé par le Père Kronide et les autres Ouraniens, afin que je sortisse de l'Erébos, et que, m'ayant vue de tes yeux, tu misses fin à ta colère et à ta vengeance terrible contre les Immortels, aussitôt je sautai de joie. Mais Aidôneus me fit manger à la dérobée des grains de grenade, douce nourriture, et il me força d'en goûter. Et je te dirai, et je te raconterai entièrement, ainsi que tu le demandes, comment Aidôneus, m'ayant enlevée, m'emporta dans les profondeurs de la terre, par la volonté de mon père Kronide. Toutes, dans une molle prairie, Leukippè, Phainô, Elektrè, Ianthè, Mélitè, Iakhè, Rhodéia, Kalliroè, Mélobosis, Tykhè, Okyroè à la peau rosée, Khrysèis, Ianeira, Akastè, Admètè, Rhodopè, Ploutô, la charmante Kalypsô, Styx, Ouraniè, Galaxaurè, Pallas qui excite aux combats, et Artémis qui se réjouit de ses flèches, nous jouions et nous cueillions de nos mains des fleurs charmantes, mêlant le safran, les glaïeuls, l'hyacinthe, des boutons de rose et des lys. Et la vaste terre produisit là, tel qu'un safran, une chose admirable, un narcisse. Et je le cueillais en me réjouissant, quand la terre s'entr'ouvrit, et le puissant Aidôneus s'en élança et il m'emporta sous terre sur son char d'or, malgré mes efforts et mes hautes clameurs. Et, bien que triste, je te dis la vérité en toutes ces choses.

Ainsi, pendant le jour, unies par les mêmes pensées, elles charmèrent tour à tour leur âme et leur cœur, s'embrassant avec tendresse. Et leur douleur s'apaisa, et elles se firent l'une à l'autre de joyeux présents. Et Hékatè aux brillantes bandelettes s'approcha d'elles, et elle fit beaucoup de caresses à la chaste fille de Dèmètèr, parce que la Reine l'avait accompagnée et suivie.

Mais le retentissant Zeus qui regarde au loin envoya Rhéiè aux beaux cheveux afin qu'elle ramenât Dèmètèr au péplos bleu parmi les tribus des Dieux. Et il promit de lui accorder tous les honneurs qu'elle souhaiterait parmi les Dieux immortels, et il lui promit aussi, par un signe de tête, que sa fille, ne restant que la troisième partie de l'année sous les ténèbres épaisses, resterait, les deux autres parties, auprès de sa mère et des autres Immortels.

Zeus ayant parlé ainsi, la Déesse ne désobéit point à ses ordres; et, aussitôt, s'élançant des sommets de l'Olympos, elle vint dans Rarios, auparavant féconde mamelle de la terre, mais maintenant stérile, muet, privé de feuilles, et dérobant l'orge blanche par la volonté de Dèmètèr aux beaux talons. Mais elle devait bientôt fleurir de longs épis, au retour du printemps, et hérisser les gras sillons de moissons qu'on lierait en gerbes. La Déesse descendit là, d'abord, de l'Aithèr sans fin. Et toutes deux se regardèrent avec bienveillance et furent joyeuses dans leur cœur. Et Rhèiè aux brillantes bandelettes lui parla ainsi .

— Viens, enfant! Le retentissant Zeus qui regarde au loin t'appelle afin que tu viennes vers les tribus des Dieux, et il a promis qu'il t'accorderait tous les honneurs que tu souhaiterais parmi les Dieux immortels, et il a promis aussi, par un signe de tête, que ta fille, ne restant que la troisième partie de l'année sous les ténèbres épaisses, resterait les deux autres parties auprès de toi et des autres Dieux. C'est pourquoi, viens, mon enfant, et obéis, et ne sois pas irritée immodérément contre le Kroniôn qui amasse les nuées; mais, aussitôt, multiplie les fruits qui font vivre les hommes.

Elle parla ainsi, et Dèmètèr à la belle couronne ne s'y refusa pas, et, aussitôt, elle produisit les fruits des champs fertiles. Et toute la vaste terre se hérissa de feuilles et de fleurs; et Dèmètèr, en partant, instruisit les Rois qui rendent la justice : Triptolémos, et Dioklès dompteur de chevaux, et la force d'Eumolpos, et le chef des peuples Kéléos. Et elle les instruisit du ministère sacré, et elle les initia tous, Triptolémos, Polyxeinos, et surtout Dioklès, à ses orgies sacrées qu'il n'est permis ni de négliger, ni de sonder, ni de révéler, car le grand respect des Dieux réprime la voix.

Heureux qui est instruit de ces choses parmi les hommes terrestres ! Celui qui n'est point initié aux choses sacrées et qui n'y participe point ne jouit jamais d'une semblable destinée, même mort, sous les ténèbres épaisses.

Après que la noble Déesse eut tout enseigné, elles se hâtèrent toutes deux d'aller vers l'Olympos et l'assemblée des autres Dieux. Là, elles habitent auprès de Zeus qui se réjouit de la foudre, sacrées et vénérables. Et il est très-heureux celui des hommes terrestres qu'elles aiment ! Car, aussitôt, elles lui envoient, afin qu'il soit toujours présent dans sa grande demeure, Ploutos qui dispense les richesses aux hommes mortels.

Et toi qui possèdes la contrée d'Eleusis parfumée, et Paros entourée des flots, et la rocheuse Antrôn, Vénérable, aux riches présents, qui amènes les saisons, Reine Dèmètèr ! toi et ta fille, la très-belle Perséphonéia, accordez-moi, à cause de ce chant, une vie heureuse ! Et moi, je me souviendrai de vous et des autres chants.

ÉPIGRAMMES

I

Aux Néoteikhéiens.

RÉVÉREZ celui qui manque d'abri et de présents hospitaliers, vous qui habitez la haute Ville, riante fille de Kymè, sur la dernière pente de Saidènè aux larges feuillages, et qui buvez l'eau ambroisienne du fleuve jaune, du Hermos tourbillonnant qu'engendra l'immortel Zeus.

II

En retournant à Kymè.

Que mes pieds me ramènent bientôt à une ville d'hommes vénérables dont l'âme est bienveillante et dont la pensée est excellente !

III

A Midès.

Je suis une vierge d'airain et je suis placée sur le tombeau
de Midès. Tant que l'eau coulera, que les grands arbres
verdiront, que Hèlios resplendira en se levant, ainsi que la
brillante Sélènè, que les fleuves déborderont et que la mer
bouillonnera, restant en ce lieu, sur ce tombeau mouillé de
larmes, je raconterai à ceux qui passent que Midès est enseveli ici.

IV

Aux Kymaiens.

Pour quelle destinée le père Zeus m'a fait tomber, nouveau-né, sur les genoux d'une mère vénérable, et m'a
nourri!

Par la volonté de Zeus tempêtueux, les peuples de Phri-
kôn, dompteurs de chevaux rapides, braves et se vouant à
Arès comme le feu dévorant, entourèrent autrefois de murailles l'Aiolide Smyrnè, maritime et battue par la mer et
que traversent les belles eaux du Mèlès sacré.

Les filles de Zeus, illustres enfants, étant parties de là,
voulaient célébrer la terre divine et la ville des hommes.
Mais ceux-ci, dans leur démence, repoussèrent la voix sacrée et la révélation du chant. Celui qui les a éprouvés com-
prendra ce qui a causé, à leur honte, ma destinée mauvaise.

Mais je supporterai la Kèr qu'un Dieu m'a faite à ma naissance, j'endurerai d'un cœur patient l'inaccomplissement

des choses. Cependant, mes chers membres désirent ne plus rester dans les rues sacrées de Kymè, et mon grand cœur me pousse à me rendre chez un peuple étranger, bien que je sois sans forces.

V

Au Thestoride.

Thestoride, beaucoup de choses sont obscures pour les hommes, mais rien, pour les hommes, n'est plus obscur que leur propre esprit.

VI

A Poseidaôn.

Entends-moi, très-puissant Poseidaôn, qui ébranles la terre, qui commandes au loin et sur le divin Hélikôn! Donne aux marins un vent propice et un heureux retour, eux qui mènent cette nef et la dirigent. Fais que je rencontre, en arrivant aux pieds du Mimas escarpé, des hommes vénérables et justes, et que je me venge de l'homme qui, trompant mon esprit, a offensé Zeus hospitalier et la table hospitalière!

VII

A la ville Erythraia.

Terre vénérable, magnifique, dispensatrice des douces richesses, pour les uns tu es prodigue, mais pour ceux contre lesquels tu es irritée, tu es âpre et stérile.

VIII

Aux Marins.

Marins qui, semblables à l'odieuse Atè, traversez la mer, et dont la vie est malheureuse comme celle des timides poules d'eau, révérez la puissance de Zeus hospitalier qui règne dans les hauteurs, car la vengeance de Zeus hospitalier est terrible à qui l'a offensé.

IX

Aux Mêmes.

Voici, ô mes hôtes, que le vent contraire vous a saisis; mais accueillez-moi maintenant, et vous naviguerez.

X

Au Pin.

O Pin, d'autres arbres portent de meilleurs fruits que toi, sur les cimes de l'Ida battue des vents, aux gorges nombreuses.

Là, le fer d'Arès sera éprouvé par les hommes terrestres. quand les Kébrèniens posséderont le pays.

XI

A Glaukos le Chevrier.

Glaukos, gardien des troupeaux, je déposerai cette parole dans ton esprit : d'abord souviens-toi de donner à manger aux chiens devant les portes de l'enclos, car ceci est pour le mieux. En effet un chien sait, le premier, si un homme approche, ou si une bête fauve est entrée dans l'enclos.

XII

A une Sacrificatrice de Samos.

Entends ma prière, Protecteur des jeunes hommes! Fais qu'elle refuse l'amour et le lit des jeunes hommes, et qu'elle soit charmée des vieux à tête blanche dont la vigueur est éteinte, bien qu'ils désirent encore !

XIII

A une Demeure de Confrères.

Les enfants sont l'ornement de l'homme, les tours sont celui d'une ville, les chevaux celui de la plaine, et les nefs celui de la mer. Les richesses ornent une demeure; les Rois vénérables, quand ils siégent dans l'Agora, sont l'or-

nement des citoyens qui les voient. Plus vénérable encore
est la demeure où le feu brille, un jour d'hiver, quand le
Kroniôn fait pleuvoir les neiges.

XIV

Le Fourneau ou le Vase de terre.

Si vous me donnez une récompense, ô Potiers, je chanterai : — Viens ici, allons ! ô Athènaiè, et de ta main protége ce fourneau. Que les coupes et tous les vases prennent
de la couleur, cuisent bien et soient d'un grand prix ;
qu'on en vende beaucoup dans l'agora et beaucoup dans
les rues, et qu'ils rapportent beaucoup.—Voilà comme nous
chanterons pour vous. Mais, si, enclins à l'impudence,
vous dites des mensonges, alors j'évoquerai les destructeurs
de fourneaux : Syntrips, Smaragos, Asbétos, Sabaktès et
Omodamos, celui qui causera le plus de maux à votre art :
— Détruisez par le feu la demeure et le portique ! Que
tout le fourneau soit broyé, que les vases éclatent en grin-
çant comme des mâchoires de cheval, et que le fourneau
grince ainsi, brisant les vases les uns contre les autres !
Viens ici, fille de Hèlios, Kirkè riche en poisons ! Répands
tes cruels poisons et détruis-les, eux et leurs travaux ! Viens
aussi, Kheirôn ! amène les nombreux Centaures. Les uns
ont échappé aux mains de Hèraklès, si les autres ont péri.
Qu'ils broient ces vases, que le fourneau s'écroule, et
qu'eux-mêmes gémissent à la vue du mal accompli ! Et
moi, je me réjouirai en voyant leur œuvre funeste ! Et que
ceux qui se pencheront sur le fourneau, pour y regarder,
aient toute la face brûlée par le feu, afin que tous ap-
prennent à bien agir.

X V

Chanson de Mendiants.

Nous sommes près de la demeure d'un homme qui a une grande puissance. Il peut beaucoup, et il murmure beaucoup, bien qu'il soit heureux.

Ouvrez-vous de vous-mêmes, ô portes! Les richesses entreront en foule, et, avec les richesses, la joie florissante et la bonne paix.

Que la pâte gonflée soit toujours pétrie dans la huche! Et, bientôt, ce sera un beau pain d'orge et de sésame.

Voici que la femme de votre fils arrive sur son char, et que les mulets aux pieds vigoureux la traîneront vers cette demeure.

Qu'elle-même tisse la toile, assise sur l'émail!

Je te reviendrai, je reviendrai tous les ans, comme l'hirondelle. Je suis debout sous le portique, les pieds nus. Apporte promptement quelque chose. . . . .

Si tu me donnes, ou si tu ne me donnes pas, nous ne resterons point, car nous ne sommes pas venus pour habiter ici.

XVI

Aux Pêcheurs.

HOMÈROS.

— Hommes, pêcheurs d'Arkadia, aurons-nous quelque chose?

LES PÊCHEURS.

— Ce que nous prendrons nous le laisserons; ce que nous ne prendrons pas nous l'emporterons.

HOMÈROS.

— Vous êtes bien du sang de vos pères qui ne possédaient ni champs, ni troupeaux paissants.

XVII

Au Tombeau de Homèros.

Ici la terre couvre une tête sacrée, le Chanteur des héros, le divin Homèros.

XVIII

Vers extraits du Margitès.

Il savait de nombreuses choses, mais il les savait toutes mal.

Les Dieux ne l'avaient fait ni jardinier, ni laboureur ; il n'était propre à rien, et il n'avait aucun art.

Serviteur des Muses et de l'Archer Apollôn.

LA BATRAKHOMYOMAKHIE

E n commençant, et avant tout, je supplie le chœur des Muses de descendre du Hélikôn en mon esprit, à cause d'un chant que j'ai mis dans mes tablettes, récemment, sur mes genoux; guerre immense, œuvre pleine du tumulte guerrier d'Arès, me flattant de faire entrer dans les oreilles de tous les hommes comment les Rats, combattants intrépides, se ruèrent sur les Grenouilles, imitant les travaux des Géants nés de Gaia, ainsi qu'on le rapporte parmi le mortels.

Et cette guerre eut cette origine.

Un jour, un Rat altéré, ayant échappé au péril de la Belette, trempa son tendre menton dans le marais voisin, se
délectant de l'eau douce comme miel. Une babillarde se
plaisant dans le marais le vit et lui dit ces paroles :

— Etranger, qui es-tu? D'où es-tu venu vers ce rivage?
Qui est ton père? Dis-moi vrai en toutes choses, de peur
que je te prenne mentant. En effet, si je reconnais en toi
un digne ami, je te conduirai dans ma demeure, et je t'offrirai de nombreux et illustres présents hospitaliers. Moi,
je suis le Roi Physignathos aux joues enflées, honoré dans
tout le marais, chef immuable des Grenouilles, et mon père
Pèleus le fangeux, m'a engendré autrefois, s'étant uni d'a-
mour à Hydromédousè la Reine de l'eau, sur les bords de
l'Eridanos. Mais je vois que, beau et brave entre tous, tu
dois être un Roi porte-sceptre et un guerrier dans les batailles. Allons! dis-moi promptement ta race.

Et Psikharpax le voleur de miettes lui répondit et dit :

— Pourquoi m'interroger sur ma race, ami? Elle est
connue de tous les hommes, et des Dieux, et des oiseaux
aériens. A la vérité, je me nomme Psikharpax le voleur de
miettes, et je suis fils de Trôxartès le rongeur de pain, mon
père magnanime, et ma mère, certes, est Leikomylè qui lèche
les meules, fille du roi Pternotrôktès rongeur de jambon.
Elle m'enfanta dans un trou et me nourrit de choses bonnes à
manger, de figues, de noix, et de toute façon. Mais comment
ferais-tu de moi ton ami, moi qui ne suis point ton semblable de nature? En effet, ta vie est dans les eaux, et moi
j'ai coutume de ronger toute chose parmi les hommes. Le
pain trois fois pétri ne m'échappe point dans la corbeille
ronde, ni les galettes larges contenant beaucoup de sésame,
ni le morceau de jambon, ni le foie revêtu de sa blanche
tunique, ni le fromage nouveau de doux lait caillé, ni le
bon gâteau de miel que désirent les Bienheureux eux-mêmes,
ni aucune des choses que les cuisiniers préparent pour le

repas des hommes, quand ils ornent les plats d'argile d'as-
saisonnements de toute sorte. Je n'ai jamais fui non plus
la clameur terrible de la guerre, et, me ruant droit dans la
bataille, je me suis mêlé aux premiers combattants. Et je ne
crains point l'homme, bien qu'il ait un grand corps ; mais,
montant sur son lit, je mords le bout de son doigt. Et
même une fois, je l'ai saisi au talon, et, quand il eut senti
la douleur, aussitôt son doux sommeil fut troublé par ma
morsure. A la vérité, je crains deux ennemis sur toute la
terre, l'épervier et la belette, qui me causent de grands
maux, et aussi la ratière lamentable où veille une destinée
pleine de ruses. Mais je crains par-dessus tout la Belette,
car elle est de beaucoup la plus forte, et elle entre aussi dans
les trous, et elle y furette. Je ne mange ni les radis, ni les
choux, ni les citrouilles, et je ne me repais point non plus
du vert poireau, ni du persil. Ces choses sont votre nourriture, à vous qui vivez dans les marais.

A ces paroles, Physignathos aux joues enflées, souriant,
lui répondit : .

— Étranger, tu te glorifies beaucoup de ton ventre ; mais
de nombreuses choses admirables à voir sont à nous, dans
le marais et sur terre ; car le Kroniôn a donné en partage
aux Grènouilles d'être amphibies, de sauter sur la terre et
de plonger dans l'eau, et d'habiter des demeures divisées en
deux éléments. Si tu veux savoir ces choses, cela est aisé.
Monte sur mon dos, mais tiens-toi bien, de peur de périr ;
et, de cette façon, tu parviendras, joyeux, dans ma demeure.

Il parla donc ainsi et présenta son dos, et Psikharpax le
voleur de miettes monta promptement d'un saut léger,
entourant de ses pattes le cou mou. Et, à la vérité, il se
réjouit d'abord, quand il contempla les ports voisins, en se
délectant de la natation de Physignathos aux joues enflées ;
mais quand, enfin, il fut baigné par les eaux pourprées,

pleurant beaucoup et se reprochant son repentir tardif, il
s'arracha les poils, et il serrait ses pieds contre son ventre,
et, dans sa poitrine, son cœur battait à cause de la nou-
veauté, et il voulait revenir à terre. Et il gémissait profondément, par la violence de la froide peur. Et, d'abord, il
étendit sa queue sur l'eau, en la remuant comme un aviron,
et suppliant les Dieux, afin de revenir à terre, parce qu'il
était baigné par les eaux pourprées. Et il criait beaucoup,
et il dit ceci du fond de sa gorge :

— Le taureau ne porta pas ainsi le fardeau d'amour,
quand il mena Europè dans la Krètè, à travers les flots ! Il
ne fit pas comme cette grenouille qui, sur son dos, me porte
en nageant vers sa demeure, tandis qu'elle élève son corps
pâle au-dessus de l'eau blanche.

Mais voici qu'un Hydre apparut soudainement, horrible
apparition pour tous deux, et il dressait son cou au-dessus
de l'eau. Et Physignathos aux joues enflées, l'ayant vu,
plongea, ne songeant pas que son compagnon abandonné
allait périr. Et, plongeant au fond du marais, il évita la
noire Kèr.

Et Psikharpax le voleur de miettes, dès qu'il eut été abandonné, tomba aussitôt à la renverse dans l'eau ; et il serrait
les pattes, et il criait en périssant. Et il fut souvent sub-
mergé, et il remonta souvent en battant l'eau ; mais il ne
lui était pas permis d'éviter la destinée. Et ses poils, étant
mouillés, pesaient sur lui plus lourdement ; et, enfin, comme
il périssait, il dit ceci :

— Tu ne cacheras point par ruse, Physignathos aux
joues enflées, les choses que tu as faites, en me jetant, nau-
fragé, du haut de ton corps, comme d'une roche. Tu ne
l'aurais emporté sur moi, à terre, ô très-mauvais, ni au
pugilat, ni à la lutte, ni à la course ; mais, là où tu m'as
aventuré, tu m'as jeté dans l'eau. Les Dieux ont un œil

vengeur, et tu seras châtié par l'armée des Rats, et tu n'é-
chapperas point.

Ayant ainsi parlé, il expira dans l'eau. Et Leikhopinax
qui lèche les plats, assis sur les molles rives, le vit, et il
gémit terriblement, et il courut l'annoncer aux Rats.

Et dès qu'ils eurent appris sa destinée, une grande colère
les saisit tous, et ils ordonnèrent à leurs hérauts de convoquer, au lever du jour, les Rats à l'agora, dans les demeures de
Trôxartès le rongeur de pain, père du malheureux Psikharpax le voleur de miettes, qui, dans les marais, flottait
le ventre en l'air, comme un cadavre. Et le malheureux ne
flottait point près du bord, mais au milieu de cette mer.

Et quand ils furent tous arrivés, en même temps que le
jour, le premier, Trôxartès le rongeur de pain se leva, irrité
à cause de son fils, et il fit cette harangue :

— O amis, bien que j'aie subi seul bien des maux de la
part des Grenouilles, cette Moire mauvaise vous est faite à
tous. Et je suis maintenant très-malheureux, car j'ai perdu
trois fils. Et, en effet, la très-haïssable Belette saisit le premier et le tua, l'ayant surpris hors du trou. Les hommes
féroces ont mené l'autre à la mort, à l'aide d'une invention
nouvelle, de la machine en bois pleine de ruses qu'ils nomment Ratière, perdition des Rats. Celui-ci était le troisième,
aimé de moi et de sa chaste mère, et Physignathos aux
joues enflées l'a étouffé, l'ayant conduit dans l'abîme. Mais,
allons ! armons-nous et ruons-nous sur les Grenouilles,
ayant revêtu nos corps d'armes artistement travaillées.

Ayant ainsi parlé, il les excita tous à s'armer, et Arès, à
la vérité, qui songe toujours à la guerre, les fit s'armer.
Et, d'abord, ils mirent autour de leurs jambes des knèmides, ayant fendu des cosses de fèves vertes, bien préparées, et qu'ils avaient eux-mêmes rongées pendant la nuit.
Et ils avaient des cuirasses habilement faites de la peau
d'une Belette écorchée, et ils les recouvrirent de roseaux.

Et leur bouclier était le milieu bombé d'une lampe, et leur lance était une très-longue aiguille, toute d'airain, travail d'Arès, et le casque, sur leurs tempes, était une coque de noix.

Ainsi les Rats étaient debout et en armes. Et dès que les Grenouilles les eurent vus, elles sortirent de l'eau. Puis, étant venues en un seul lieu, elles s'assemblèrent pour délibérer sur la guerre mauvaise. Et tandis qu'elles examinaient d'où venaient cette levée d'armes et ce tumulte, un héraut vint à elles, portant le sceptre dans ses mains, le fils du magnanime Tyroglyphos le troueur de fromage, Embasikhytros qui trotte dans les marmites. Et il venait leur annoncer la nouvelle funeste de la guerre, et il dit ceci :

— O Grenouilles, les Rats, vous ayant menacées, m'ont envoyé vous avertir de vous armer pour la guerre et le combat. Ils ont vu, en effet, sur l'eau, Psikharpax le voleur de miettes, qu'a tué votre Roi Physignathos aux joues enflées. Combattez maintenant, vous qui êtes les plus braves d'entre les Grenouilles.

Ayant ainsi parlé, il fit son message, et sa parole, étant entrée dans les oreilles de toutes, troubla les esprits des Grenouilles insolentes. Et, les réprimandant toutes, Physignathos aux joues enflées, se levant, dit :

— O amis, je n'ai point tué ce Rat, et je ne l'ai point vu périr. Sans doute il s'est noyé en jouant auprès du marais et en imitant la natation des Grenouilles ; et, maintenant, voici que, pleins de méchanceté, ceux-ci m'accusent, moi qui suis innocent. Mais, allons ! délibérons pour savoir comment nous détruirons les Rats artificieux. Et moi, je dirai d'abord ce qui me semble le plus sage. Tenons-nous tous, couverts de nos armes, sur les hauteurs du rivage, là où il est le plus escarpé ; et quand les Rats se jetteront impétueusement sur nous, chacun saisissant par le casque celui qu'il rencontrera, nous les entraînerons dans le marais avec leurs casques. Et, en effet, nous les étoufferons ainsi dans l'eau, car ils ne savent pas nager ; et, pleins de joie, nous élèverons ici un trophée à cause des Rats que nous aurons tués.

Ayant ainsi parlé, il les fit tous s'armer. Et ils entourèrent leurs jambes des feuilles de mauves, et ils avaient des cuirasses de larges et vertes poirées, et ils firent des boucliers avec des feuilles de choux, et ils avaient pour lance un long roseau pointu, et ils couvrirent leurs têtes de légères coquilles de limaçon. Et, s'étant ainsi armés, ils se tinrent debout sur la hauteur du rivage, brandissant leurs lances, et chacun étant plein de colère.

Et Zeus, ayant appelé les Dieux dans l'Ouranos étoilé, leur fit voir la puissance de cette guerre, et les braves combattants, nombreux et grands et portant de longues lances. Telle s'avançait l'armée des Centaures et des Géants. Et, souriant doucement, il demanda qui viendrait en aide aux Grenouilles ou aux Rats affligés. Et il dit à Athènaiè :

— O ma fille, ne vas-tu point venir en aide aux Rats ? En effet, tous bondissent toujours à travers ton temple, se délectant de l'odeur des graisses et des restes des sacrifices.

Ainsi parla le Kronide, et Athènè lui répondit :

— O Père, jamais je ne viendrai en aide aux Rats affligés, car ils m'ont fait subir beaucoup de maux, rongeant mes bandelettes et nuisant à mes lampes, à cause de l'huile ; et ce qu'ils m'ont fait m'a trop mordu au cœur. Ils ont rongé mon péplos que j'avais tissé d'une trame subtile et d'un fil très-fin, et ils y ont fait des trous ; et le ravaudeur me demande beaucoup et me presse, et j'en suis irritée ; car il exige des intérêts, ce qui est affreux pour les Immortels ; et j'ai travaillé en empruntant, et je n'ai pas de quoi rendre. Mais je ne veux pas non plus venir en aide aux Grenouilles, car elles n'ont pas l'esprit sain. Récemment, revenant de la guerre, j'étais très-fatiguée et j'avais besoin de sommeil, et, par leur bruit, elles ne m'ont pas laissée fermer l'œil, et je suis restée couchée tout éveillée, ayant mal à la tête, jusqu'à ce que le coq eût chanté. Allons! ne les secourons donc point, ô Dieux, de peur qu'un d'entre nous soit blessé par un trait aigu et qu'il ait le corps percé d'une lance ou d'une épée; car les voici ardents au combat, même quand un Dieu viendrait à leur rencontre. Mais, tous, du haut de l'Ouranos, charmons-nous en regardant le combat.

Elle parla ainsi, et tous les autres Dieux lui obéirent et se réunirent tous en un seul lieu.

Et, alors, deux hérauts s'avancèrent, portant le signal du combat, et des Cousins, ayant de grandes trompettes, sonnèrent terriblement le trépignement de la mêlée ; et, de l'Ouranos, le Kronide Zeus tonna, présage de la guerre mauvaise.

Et le premier, Hypsiboas qui crie haut frappa de sa lance Leikhènôr qui lèche l'homme, debout entre les premiers combattants, dans le ventre, en plein foie. Et celui-ci tomba à la renverse, et il souilla de poussière ses poils délicats; et il tomba avec bruit, et ses armes résonnèrent sur lui.

Et, après celui-ci, Troglodytès l'habitant des trous frappa Pèléiôn le limoneux, et lui enfonça sa forte lance dans la poitrine ; et la noire mort saisit le guerrier tombé, et son âme s'envola de son corps. Puis, Seutlaios le poiréen tua Embasikhytros qui trotte en marmitte, d'un coup au cœur; mais la douleur saisit Okimidès l'enfant du basilic, et il frappa Seutlaios le poiréen d'un roseau pointu.

Et Artophagos le mangeur de pain frappa Polyphonos le bavard, dans le ventre, et celui-ci tomba à la renverse, et son âme s'envola de son corps. Mais Limnokharis la grâce du marais voyant périr Polyphonos, et prévenant Troglodytès, le frappa au milieu du cou d'une pierre telle qu'une meule, et la nuit enveloppa ses yeux.

Et Leikhènôr lança contre Limnokharis la grâce du marais sa pique éclatante, et la pique, sans s'égarer, le frappa dans le foie. Dès qu'il vit cela, Krambophagos qui mange les choux, fuyant, tomba des hautes rives; mais Leikhènôr ne cessa point de combattre et le frappa. Et Krambophagos tomba et ne se releva point, et le marais fut teint de son sang pourpré; et il resta flottant auprès du bord, ses grasses entrailles hors du ventre. Et, sur ces mêmes rives, fut tué Tyrophagos le mangeur de fromage.

Et Kalaminthios qui hante les roseaux, voyant Pternoglyphos le troueur de jambon, fut saisi de frayeur; et, fuyant, il sauta dans le marais, après avoir jeté son bouclier.

Et l'irréprochable Borborokoitès qui couche dans la fange tua Philtraios le charmant. Et Hydrokharis la grâce de l'eau tua le roi Pternophagos le rongeur de jambon, l'ayant frappé d'un rocher sur le haut de la tête. Et sa cervelle coula par ses narines, et la terre fut souillée de sang.

Et Leikhopinax qui lèche les plats, se ruant avec sa lance, tua l'irréprochable Borborokoitès, et l'obscurité enveloppa ses yeux.

Alors, Prassophagos le mangeur de poireau, saisissant l'occasion, entraîna par un pied Knissodiôktès qui accourt à l'odeur de la graisse, et, le tenant par le tendon, le noya dans le marais. Mais Psikharpax le voleur de miettes, vengeant ses compagnons morts, frappa Prassophagos, comme celui-ci n'était pas encore remonté à terre; et Prassophagos tomba devant lui, et son âme alla chez Aidès.

Pèlobatès qui trotte dans la fange, l'ayant vu, lui jeta une poignée de boue à la tête, et il l'aveugla aussitôt; mais Psikharpax, très-irrité de cela, saisissant de sa patte robuste une lourde pierre, fardeau de la terre, qui gisait dans la plaine, en frappa Pèlobatès sous les genoux; et toute la jambe droite fut fracassée, et il tomba à la renverse dans la poussière.

Et Krangasidès le fils de la vocifération, pour le défendre, revint sur Psikharpax et le frappa au milieu du ventre, et le roseau aigu s'y enfonça tout entier, et toutes les entrailles se répandirent à terre, arrachées avec la lance par une main vigoureuse. Et dès que Sitophagos le mangeur de blé l'eut vu sur les bords du fleuve, il s'éloigna du combat en boitant, car il souffrait beaucoup, et il sauta dans un fossé, afin de fuir la destinée terrible.

Et Trôxartès le rongeur de pain frappa Physignathos aux joues enflées à l'extrémité du pied, et celui-ci, fuyant, sauta, affligé, dans le marais; mais Prassaios nourri de poireau, le voyant tomber à demi inanimé, se rua parmi les premiers combattants et lança un roseau aigu; mais il ne perça point le bouclier, et la pointe de la lance y resta. Alors, le divin Origaniôn enfant de l'Origan, imitant Arès lui-même, frappa Trôxartès sur son casque irréprochable fait d'un morceau de marmite carrée. Et il était le seul, parmi les Grenouilles, qui combattît bravement dans la mêlée. Et les Rats se ruèrent tous sur lui; mais, voyant cela, il ne soutint pas l'attaque de héros puissants, et il plongea dans les profondeurs du marais.

Et il y avait, parmi les Rats, un seul adolescent qui l'emportait sur tous les autres en combattant de près, cher fils de l'irréprochable Artépiboulos le guetteur de pain, chef semblable à Arès lui-même, le hardi Méridarpax le voleur de portions, qui seul, entre les Rats, excellait encore en combattant. Et il s'arrêta orgueilleusement près du marais, en avant des autres, et il se vantait d'exterminer la race des belliqueuses Grenouilles. Et, certes, il l'eût fait, car sa force était grande, si le Père des hommes et des Dieux ne l'eût aussitôt deviné. Et, alors, le Kroniôn eut pitié des Grenouilles qui périssaient, et, secouant la tête, il dit ceci :

— O Dieux ! je vois de mes yeux une grande action. Méridarpax le voleur de portions ne m'a pas peu troublé en menaçant furieusement d'exterminer les Grenouilles auprès du marais. Envoyons très-promptement Pallas qui excite la mêlée guerrière, et Arès aussi, et ils éloigneront Méridarpax du combat, malgré sa vigueur.

Le Kronide parla ainsi, mais Arès lui répondit :

— Kronide, ni la force d'Athènaiè, ni celle d'Arès, ne suffiront à préserver les Grenouilles de la destinée terrible. Allons plutôt tous à leur aide, ou bien brandis ta grande arme tueuse de Titans, très-puissante, avec laquelle tu as tué les Titans, les plus terribles de tous ; avec laquelle tu as tué autrefois Kapaneus, homme farouche, par laquelle tu as enchaîné Egkélados et dompté la race féroce des Géants ! Brandis-la, et, bien que celui-ci soit très-brave, il sera réprimé.

· Il parla ainsi, et le Kronide lança la foudre fuligineuse.

Et, d'abord, à la vérité, il tonna et il ébranla le grand Olympos ; puis il lança la foudre, arme terrible et tournoyante de Zeus. Et elle jaillit des mains du Roi. Et l'éclair épouvanta les Grenouilles et les Rats. Cependant, l'armée des Rats ne cessait pas de combattre, et elle n'en désirait que davantage détruire la race des belliqueuses Grenouilles ; mais, du haut de l'Olympos, le Kroniôn eut pitié des Grenouilles, et il leur envoya aussitôt des alliés.

Et, soudainement, survinrent, avec des dos tels que des enclumes, et des ongles recourbés, marchant obliquement, louches, la bouche entourée de tenailles, la peau écaillée, le corps osseux, le dos large, les épaules reluisantes, les pieds tournés, les mains longues, regardant par la poitrine, à huit pattes, à deux têtes et manchots, — ceux qu'on nomme Crabes, et qui tranchèrent de leurs bouches les queues, les pieds et les pattes des Rats. Et les lances se rompaient sur eux. Et les misérables Rats, épouvantés par eux, prirent la fuite.

Et voici que Hèlios tombait, et ce fut la fin de cette guerre d'un seul jour.

PARIS, IMPRIMERIE D. JOUAUST, RUE SAINT-HONORÉ, 338.

OUVRAGES DU MÊME AUTEUR

HOMÈRE. — ILIADE, traduction nouvelle. 1 vol. in-8.   7 50

POÈMES ANTIQUES. — Poèmes et poésies. —
Poésies nouvelles. 1 vol. in-18. . . . . 3 »

POÈMES BARBARES. 1 vol. in-18. . . . . 3 »

IDYLLES DE THÉOCRITE & ODES ANA-
CRÉONTIQUES. 1 vol. in-18 . . . . 3 »

Pour paraître en Décembre 1868

LES

ÉTATS DU DIABLE

Poème

PAR LECONTE DE LISLE

Un volume.

Paris, imprimerie JOUAUST, rue Saint-Honoré, 338.

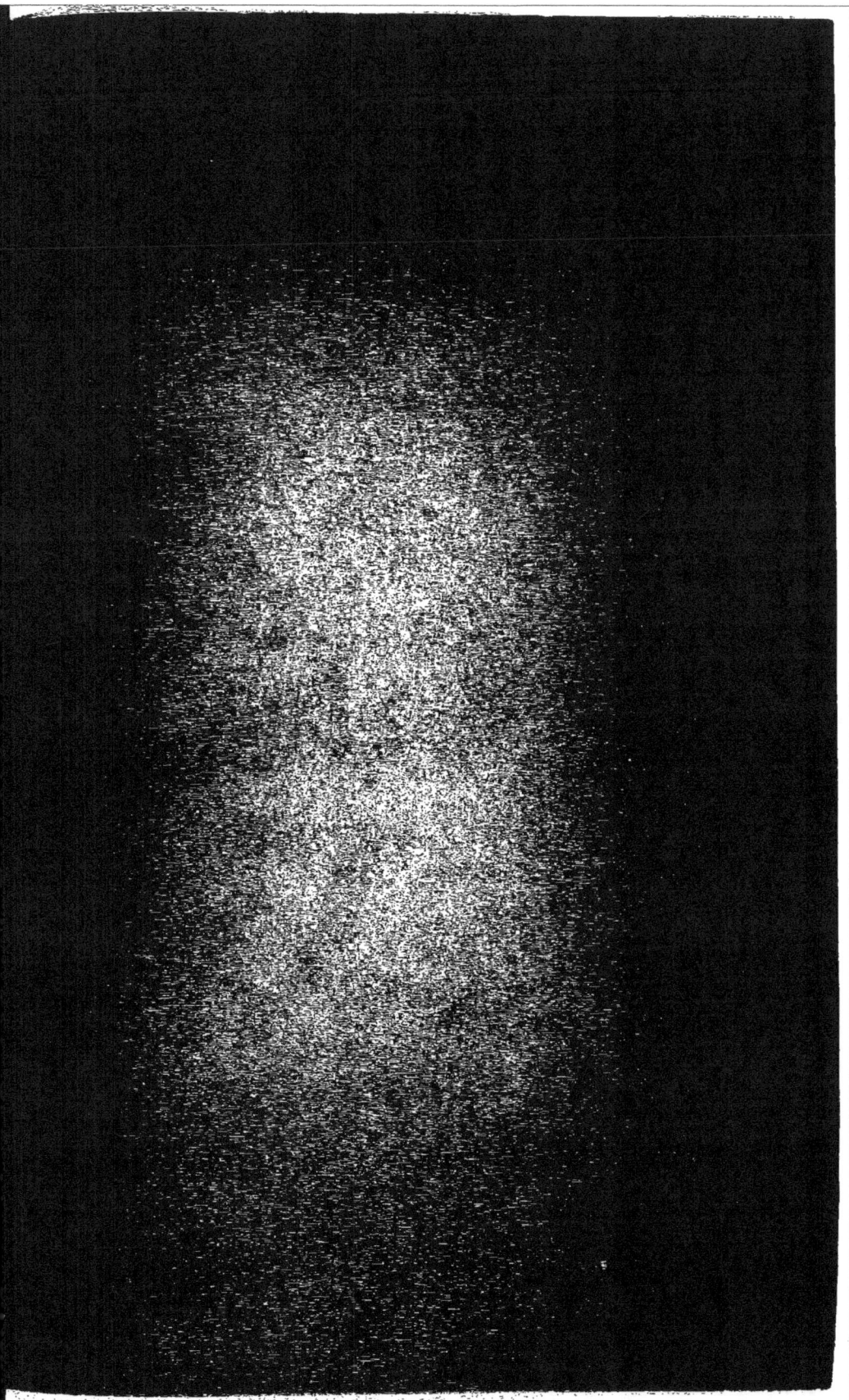

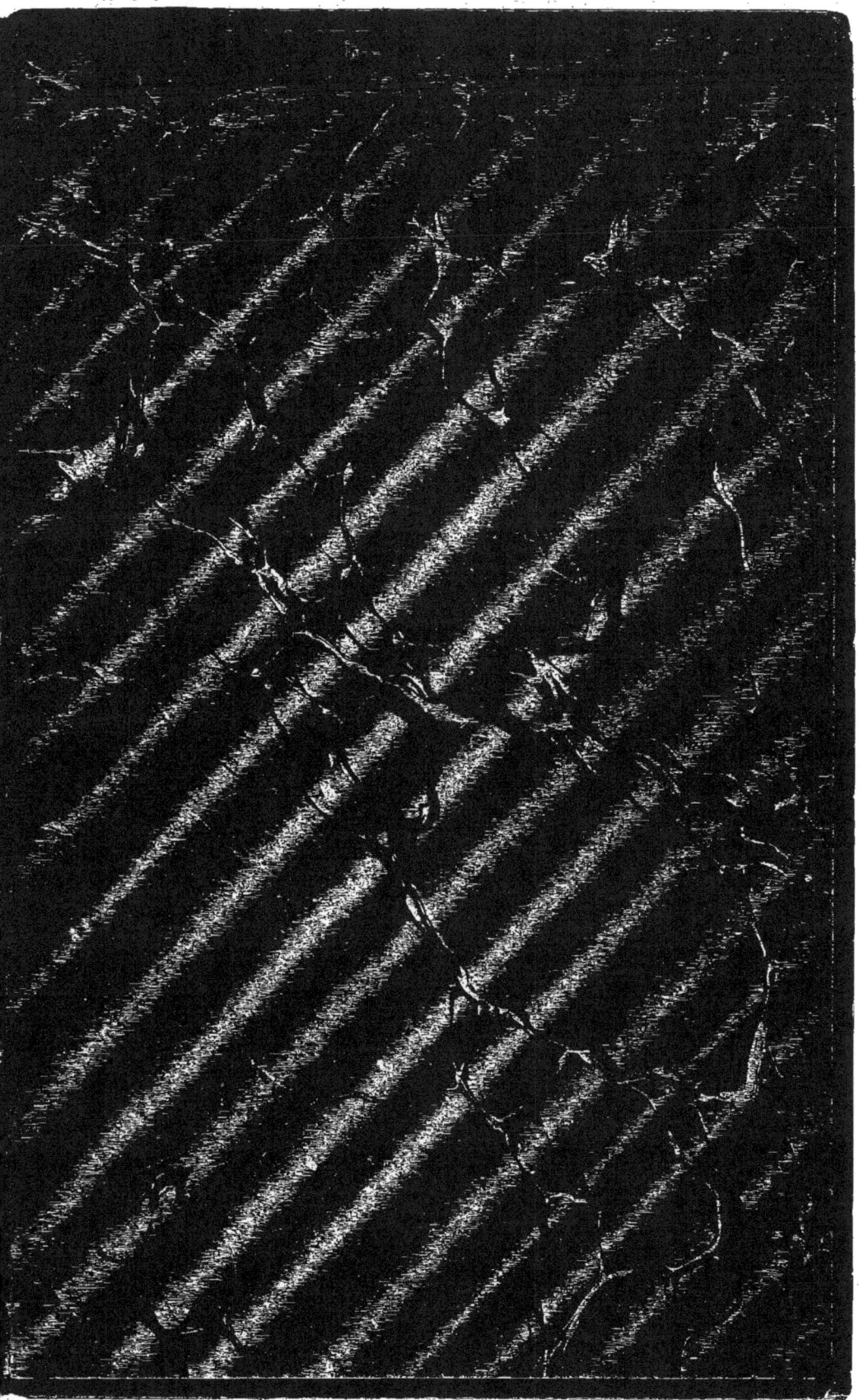